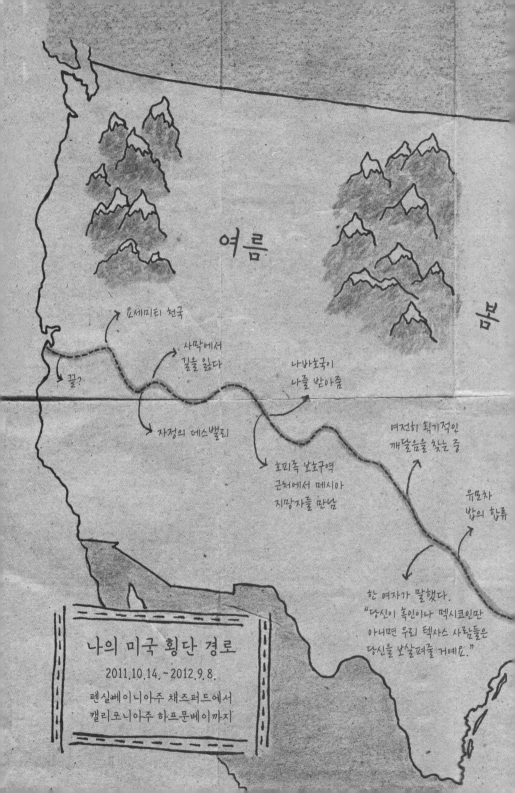

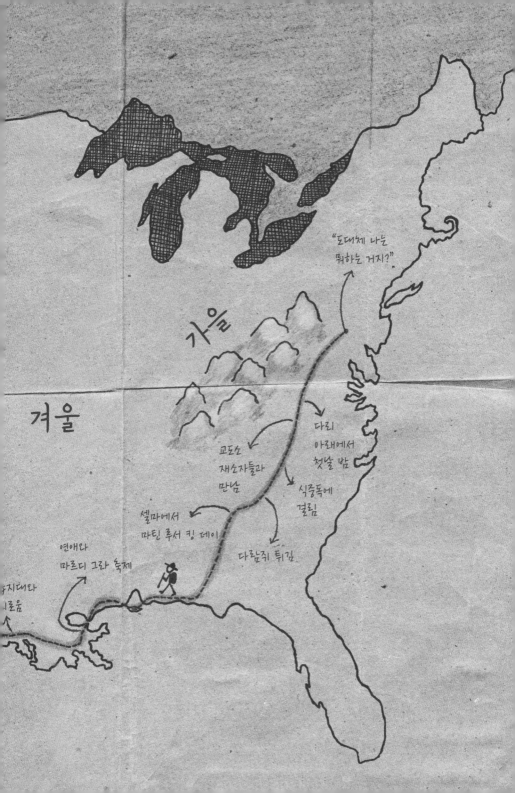

나는 걷기로 했다

작가의 말

미국을 걸어서 횡단하는 동안 총 85시간 분량의 인터뷰를 녹음했고, 책에 실은 대화 대부분은 녹음 내용에서 편집했다. 그러나 길에서 보낸 1년 동안 녹음하지 못한 대화가 많았다. 순식간에 대화를 하게 되어 미처 녹음할 겨를이 없었거나, 다양한 이유로 녹음기를 사용할 수 없는 상황이 많았다. 이런 순간 중 몇 가지는 장면 묘사로 실었고, 어떤 경우는 여행 일기의 메모를 참고해 재구성한 대화도 있다. 그러나 사람들의 이야기와 이야기를 들려준 방식의 진정성을 유지하기 위해 가능한 한 모든 대화에서 임의적 편집은 최소화했다.

또 몇 가지 예외를 제외하고 대부분 실명을 사용했다. 다음은 익명이다. 댄, 프랭크, 사이먼, 돈, 메이, 에릭, 매니, 제이, 마이어, 베로니카, 비, 루소 시장, 필, 헨리.

당신의 이야기를 듣기 위해, 나의 이야기를 찾기 위해

나는 걷기로 했다

WALKING ᠄TO᠄ LISTEN

〈 앤드루 포스소펠 〉
이주혜 옮김

ANDREW FORSTHOEFEL

김영사

나의 어머니 테레즈 존린에게.
당신에게 진 빚은 말로 다 할 수 없지만,
최선을 다해 감사드립니다.
영원히 당신의 기도를 듣겠습니다.

나는 오랫동안 아무것도 하지 않고 듣기만 하리라.
내가 들은 것들을 내 안에 불어넣어……
그 소리가 내게 이바지하게 하리라.
— 월트 휘트먼

너, 어제의 소년이여,
혼란이 찾아왔구나.
들어라, 네가 누구인지 잊지 않으려면.
— 라이너 마리아 릴케

말한 사람이 저였던가요?
나 또한 듣는 자가 아니었나요?
— 칼릴 지브란

|

"나를 기억해줘요."

조지아주 북동쪽 언덕들은 검은 실타래 같은 고속도로 변에 길게 이어진 채 새벽빛을 받아 바다 녹색으로 빛났다. 나는 집에서 멀리 떠나와 더러운 몰골로, 내 앞에 무엇이 기다리는지 전혀 알지 못한 채, 다시 이 고속도로에 올라 홀로 겨울 한복판을 걷고 있었다. 그러나 오늘은 그것도 괜찮아 보였다. 익숙했다. 지금 당장은 여기가 일종의 집처럼 느껴졌다. 어쩌다 닿은 곳이라도 지금은 여기에 속해 있다는 친밀감이 들었다. 그 느낌이 점점 꾸준해졌고, 매일 길에서 그 느낌을 조금 더 믿게 되었다. 어쩌면 언젠가는 그 느낌이 믿음을 넘어 확고하게 아는 것이 될지도 모른다.

계절에 어울리지 않게 따뜻한 12월, 1km를 걷고 또 1km를 걷고 다시 1km를 걸으며 머리 위로 높은 하늘을 이고 발아래는 온통 비옥한 땅을 딛고 가는 게 마치 거대한 두 손 사이에 붙들려 있는 것 같은 느낌이 들었다. 오늘 아침은 힘들 것도 없이 둥둥 떠 가는 기분이었다. 오늘 나는 누구지? 나는 조용히 물어보았다. 나는 어떤 사람이 되고 싶지? 주위에 광활한 공간과 무수한 미지의 존재가 에워싸고 있는 만큼 그 무엇도 대답이 될 수 있을 것이다.

이제 겨우 두 달째 걷고 있지만, 이 사실을 제외하고 다른 것은 전혀 존재하지 않는 것만 같았다. 앞선 모든 것이 내 발걸음 너머로 사라졌다. 한순간의 속삭임과 깜박임에 불과하던 어린 시절, 부모의 이혼이라는 단 하나의 생생한 선으로 흐릿하게 지워져버린 청소년기, 어느 조상이나 오래전에 죽은 누군가가 물려준 듯 고대의 일로만 느껴지는 대학 시절의 기억, 그리고 너무 늦은 밤에 들어서 꿈이 아니었을까 싶은 이야기처럼 생각되는 바닷가재잡이 배에서 일했던 불운한 기억 등. 모두 멀어졌고, 거의 잊었다. 지금은 오직 자동차와 트럭만이 나를 죽일 듯 아주 가까이 지나가고 있었다. 차들이 일으키는 기류는 보이지 않는 괴물의 혀와 같아서 작별 인사라도 하듯 온종일 내 몸을 핥고 또 핥았다.

오전 8시 무렵, 고속도로 갓길에 널린 쓰레기 사이에서 손으로 쓴 연애편지를 하나 발견했다. 나는 편지를 주워 들고 읽었다. "케일럽에게. 두 달 기념일 축하해! 정말 정말 사랑해! 진짜 대단한 날들이었어. 우린 앞으로도 더 대단한 시간을 함께 보낼 거야."

생각해볼 만한 일이었다. 꼭 그래야 하는 건 아니었지만. 온종일 고속도로 위를 홀로 걷다 보면 생각할 게 많아진다. 나는 사람들에 관해 생각하는 게 좋다. 지금껏 만난 사람들과 내가 사랑한 사람들을 생각했다. 또 먹을 것 생각도 많이 했다. 그러나 지금은 케일럽과 그의 여자 친구에 대해 생각했다. 그리고 사랑에 빠졌거나 걸어서 국토를 횡단할 때는 2개월이라는 시간이 평생처럼 느껴질 수도 있다는 사실을, 또 그 시간이 얼마나 빨리 지나갈 수 있는지, 그리고 그 시간은 이미 지나가버렸다고 생각했다. "너는 나의 절대적인 전부야. 늘 그렇듯 여기 앉아 너를 그리워하고 있어. 너도 똑같기를 바라." 한때 연애편지였던 것이 지금은 쓰레기가 되었고, 곧 썩어 흙으로 돌아갈 것이다. 나 역시 크게 다르지 않았다. 언젠가는 썩어 흙으로 돌아갈 운명이니까. 나는 연애편지를 다시 풀밭에 내려놓았다. 내가 간직할 만한 물건이 아니었다.

전날 밤 닭을 키우는 다이앤이라는 농부의 헛간에서 묵었다. 그녀의 집은 길쭉한 흙길 진입로 끝 소나무 숲속에 있었다. 현관문으로 향하는 길목에 크리스마스 지팡이 사탕 장식이 한 줄로 늘어서 있었다. 해가 지기 직전이라 초조한 마음으로 현관문을 두드렸다. 누가 문을 열어줄까? 밤에 안전한 잠자리를 구하는 게 가장 힘들었다. 사람들이 나를 보고 비명을 지를까? 개를 풀어놓을까? 나이 든 여성이 문을 열어주었다. 나는 그녀가 문을 쾅 닫기 전에 말했다.

"안녕하세요, 제 이름은 앤드루입니다. 저는 사람들의 이야기를 들으며 미국을 걸어서 횡단하고 있어요. 두 달 전 펜실베이니아에서 출발해 캘리포니아를 향해 가고 있어요. 혹시 여기 마당에서 텐트를 치고 자도 될까요?"

나는 밤에 낯선 사람이 다른 사람의 집 현관문을 두드리는 게 예사로운 일인 양 행동하려고 애썼다. 그것도 2011년에 말이다. 요즘 그런 일은 취약성을 안전하게 씻어낸 온라인에서나 일어난다. 현실 세계에서 낯선 사람과 피상적인 인사말을 나누는 정도를 넘어 교류하는 일은 위험한 경험이다. 이런 일은 언젠가는 완전히 사라질 것이고, 지금 우리가 느끼는 불확실하고 무방비한 상태를 다시는 느낄 필요가 없어질 것이다. 낯선 사람의 집 현관문을 두드릴 때만큼 불편함을 느껴본 적이 없을 정도지만, 동시에 문이 열리자마자 반대편 미지의 세계가 나에게 자기 존재를 알리기를 기다린다는 사실에 최고의 생생함과 짜릿함을 느꼈다. 평범하게 행동하자. 웃자. 이번에는 효과가 있었다. 다이앤은 문간에 서서 앞마당 잔디밭에 텐트를 치고 자도 된다고 말했다.

크리스마스 지팡이 사탕 장식 전등이 뿜어내는 빨간색과 흰색 불빛이 수채화처럼 내 텐트 위에 번졌다. 텐트 밑의 겨울 잔디가 부드럽게 느껴졌고, 밤공기는 거의 따뜻할 지경이었다. 긴장감이 풀리고 온종일 고속도로를 걸으며 쌓인 스트레스와 근육통도 사라지기 시작했다. 그때 텐트 밖에서 다이앤의 목소리가 들렸다.

"앤드루? 저예요. 안에 있어요? 정말 미안한데, 오늘 밤 여기서 묵을 수 없겠어요."

나는 텐트 밖으로 머리만 내밀었다. 다이앤은 남편에게 전화로 내 이야기를 전했더니 남편이 달가워하지 않는다고 설명했다.

"남편은 늘 나 같지 않아요." 다이앤이 말했다. "남편은 베트남전에 참전했다가 돌아와서는 몹시 인색한 사람이 되었어요. 당신이 밤사이 우리 집에 쳐들어와 자기를 토막 내어 죽일 거래요."

나는 이렇게 위협적인 사람으로 오해받는 게 싫었다. 조금만 마음을 열고 대화를 나눠보면 다이앤의 남편과 나는 두려움을 벗어난 어느 지점에서 만날 수 있을지도 모른다. 집을 떠난 이후 무수히 많은 낯선 사람과 그렇게 했다. 그러나 그 남자를 탓할 수만은 없었다. 낯선 사람의 집 문을 두드리는 게 쉽지 않은 만큼 자기 집 문을 두드린 낯선 사람에게 문을 열어주는 일 역시 쉽지 않다. 게다가 낯선 사람을 자기 집 마당에서 재워준다고? 혹은 다른 방에 아이들이 있고 옆에 사랑하는 사람이 있는데 낯선 사람을 거실 소파에서 재워준다고? 잠드는 순간 곧바로 무방비 상태가 될 텐데? 나라면 낯선 사람을 내 집에 들일지 확신할 수 없다. 이미 많은 이가 그렇게 했다는 것도 믿을 수 없을 정도다.

다이앤은 엄청 미안해하며 내가 온 동쪽으로 다시 1.6km를 되돌아가면 가족의 헛간이 있는데, 거기까지 자기 차로 데려다주겠다고 했다. 나는 서쪽을 향해 걷고 있었으므로 다음 날 1.6km를 다시 걸어와야 한다는 뜻이었지만 괜찮았다. 나는 텐트를 걷고 짐을 챙겨 다이앤의 차에 실었다. 당장이라도 그녀의 남편이 진입로를 쏜살같이 달려올지 모른다는 생각이 들었다. 그러나 그는 오지 않았다.

헛간은 도로 바로 옆에 있었다. 다이앤은 나를 내려주고 다시 차를 몰고 떠났다. 나는 따뜻하고 어두운 공간에 숨어 짚단 위에 앉았다. 모든 근심과 걱정이 다시 검은 하늘로 날아갔고, 자동차들은 곤두박질치는 혜성처럼 1분에 한 대꼴로 내 옆을 스쳐갔다. 온종일 걷다가 이제야 가만히 있을 수 있었다. 노출되어 있었지만 지금은 보이지 않고, 보호받고 있었다. 갑자기 모든 것이 단순하고, 심오하고, 아름답게 느껴졌다. 달도, 헛간도, 저녁으로 먹은 바나나도 아름다웠다. 내 몸의 땀도, 때도 만족스러웠다. 이해할 수 없었다. 이 미묘한 평화는 뭐지? 어떻게 유지할 수 있지? "흡족하다." 나는 일기에 썼다. "왜인지 설명할 수는 없지만, 몹시 흡족하다." 월트 휘트먼의 시집 《풀잎》에서 본 시구가 떠올랐다. "내 흡족함을 설명할 길은 없지만…… 그냥 그렇다. 내 삶을 정의할 길은 없지만…… 그냥 그렇다."

숨결이 오르락내리락했다. 내가 하는 일은 없었다. 그저 일어나고 있었다. 어쩌면 나 역시 이미 되어버린 내 모습 말고 다른 무엇이 될 필요가 없을지도 모른다는 생각이 들었다. 호흡처럼 그냥 그렇게 되어버렸다. 이미 일어나고 있었다. 짚단 위에 앉아 있으니 다른 곳이 아닌 바로 여기, 어떤 것도 아닌 바로 이것, 공기를 들이마시고 밤을 목격하고 홀로 있는 것 말고 달리 할 일이 전혀 없는 게 분명해졌다.

그 느낌은 오래가지 않았다. 다음 날 아침, 잠에서 깨자마자 다시 전혀 모르는 것을 향해 걸어야 하는 게 걱정스러웠다. 그게 무엇이든 지금은 멀리 떨어져 있는 듯 보였다.

1~2시간을 걸어 로이스턴이라는 작은 읍에 도착했다. 그곳의 작은 식당에서 친구 펜을 만나 같이 아침을 먹기로 했다. 집을 떠나온 후 처음 만나는 옛 친구라서 이 만남을 몹시 고대해왔다. 우리는 고등학교 시절처럼 많이 웃었다. 나는 혼자가 아니라 다른 사람과 함께 이 걷기 여행을 한다면 어떨지 얼핏 그려보았다. 그래서 친구가 차를 몰고 떠나는 것을 지켜보기 힘들었다.

그래도 고독은 여전히 중요하게 느껴졌다. 겁이 났지만, 그게 바로 내가 고독을 선택한 이유였다. 나는 평생 꼼짝없이 함께 지낼 그것, 바로 나 자신을 두려워하고 싶지 않았다. 그보다는 즐기고 싶었고, 즐기려면 그것을 배우고 잘 알아야 했다. 그 작업을 하기에 가장 좋은 것이 바로 고독이었다.

로이스턴을 출발해 걷는데, 한 노인이 자신의 중고품 상점 앞 인도에 나와 있다가 나를 불러 세웠다. 노인의 어금니는 모두 금으로 씌워져 있었다. 육중한 가슴 위로 빨간색 폴로셔츠가 팽팽히 늘어나 있었다. 혹시 한때 황소였던 적이 있느냐고 물어보고 싶을 정도였다.

"어디 가는 길이오?" 백발을 뒤로 깔끔하게 빗어 넘긴 노인이 고갯짓으로 내 배낭을 가리키며 물었다.

나는 확신할 수는 없지만, 동쪽에서 서쪽으로 미국을 횡단하며 걷고 있다고 대답했다. 그리고 배낭 뒤에 붙인, '듣기 위해 걷는 중'이라는 알림판을 보여주며 길목에서 만난 사람들의 이야기와 조언을 듣고 있다고 설명했다. 노인은 내 말에 흥미를 보였고, 우리는 잠시 인도에 서서 이야기를 나누었다. 노인과의 대화는 아침 식사보다 훨씬 더 좋았다. 마치 동행에 굶주린 영혼을 위한 음식 같았다. 친구 펜이 가버리고 나는 다시 혼자가 되었는데, 아직은 혼자 남을 준비가 덜 되었던 모양이다. 전날 밤의 고독은 몹시 흡족했지만, 지금은 소리 없이 공포를 안겨주고 있었다. 가끔 이런 일이 벌어졌는데, 그럴 때면 오직 누군가와 이야기를 나누거나 혹은 듣기라도 해야 했다. 상대는 누구라도 좋았다. 누구든 상관없었다. 그날 아침에는 그 노인이었다. 우리는 특별한 이야기를 나누지는 않았지만, 사실 나는 어떤 이야기를 나누느냐가 그리 중요하지 않았기 때문에 괜찮았다. 그저 함께 있는 게 중요했다. 그게 전부였다. 조지아주의 작은 읍에서 만난 두 명의 미국인, 큼직한 푸른 행성의 두 인간, 광활한 우주의 두 지구인이면 되었다.

처음 걸어서 미국 땅을 횡단하기 시작했을 때 나는 어디로 갈지, 얼마나 오래 갈지, 가는 길에 무슨 일을 만날지 전혀 알지 못했다. 오직 어떻게 갈 것인지만 알았다. 바로 걸어서. 그리고 왜 걷는지도 알았다. 나는 남은 생에서 나라는 사람을 떠맡을 어른으로 변하는 게 실제로 어떤 의미인지 알고 싶었다. 그 남자를 만나고 싶었다. 그는 어떤 사람일까? 그는 무엇을 알고 있을까? 그는 마침내 어떻게 해서 자기 자신이 되었고, 어디에 소속되어 있을까?

때로 이러한 탐색이 다급하게 느껴졌다. 나는 스물세 살이었고, 곧 서른세 살이 될 것이며, 마흔세 살이 되겠지만, 이미 움직이고 있는 내 인생을 어떻게 헤쳐나가야 할지 알지 못했다. 되돌아가는 길은 없었다. 나는 정보와 경험이 필요했고, 인생을 헤쳐나가는 데 도움이 될 만한 일종의 방향타가 필요했다.

배낭에 '듣기 위해 걷는 중'이라는 알림판을 붙이고 다니는 이유도 사람들이 이러한 질문에 대한 답을 알려주길 바랐기 때문이다. 어떤 면에서는 누구나 나의 스승이 될 수 있었고, 그것이 내가 세상을 바라보는 방식이었다. 이 걷기 여행은 인간의 경험에서 대학원 과정과 같으며, 내가 여전히 내 것이라고 느끼지 못하는 성인기로 들어가는 관문이었다. 나는 녹음기를 가지고 다니며 사람들의 말을 기록했는데, 그때마다 반복해서 던진 질문이 있다. "스물세 살의 당신에게 무슨 말을 해주고 싶은가요?" 나는 무사히 걸으며 가까이에서 듣는다면 내가 알아야 할 것들을 발견할 기회가 있을 거라고 생각했다. 그렇게 100만 걸음 넘게 걸어서 조지아주 로이스턴에 도착했고, 앞으로 가야 할 길이 수백만 걸음도 넘게 남아 있었다.

노인에게 이제 그만 가봐야겠다고 했더니, 그는 잠시 기다리라고 말하고는 서둘러 가게 안으로 들어갔다. 잠시 후 노인은 반질반질 윤이 나는 진한 호박색 지팡이를 들고 나왔다. "튼튼해요." 그가 말했다. "히커리나무(호두나무의 일종-옮긴이)로 만들었거든. 개들을 쫓아낼 때도 좋지." 노인은 내게 지팡이를 내밀었다. "나를 기억해줘요."

나는 그날 아침 노인이 새벽 여명 속에서 깨어나 김이 모락모락 나는 블랙커피를 들고 집 앞의 포치로 나왔을 장면을 상상했다. 그가 묵묵히 겨울 언덕을 바라보는 장면이 눈에 보이는 듯했다. 매일 아침, 잠에서 깨어날 때 어떤 생각이 그를 맞을까? 어쩌면 청춘이 불과 며칠 전처럼 느껴질지도 모른다. 젊음이 너무 빨리 가버렸고, 많은 것이 잊혔다고. 어쩌면 그 역시 잊힐 거라고.

노인의 이름은 어니스트 잭슨이다. 4년이 지난 지금 나는 정말로 그를 기억하지만, 그의 모습은 빠른 속도로 희미해지고 있다. 내 마음속의 그는 점점 흐릿해지고 있고, 머지않아 나는 그에 관해 아무것도 기억할 수 없게 될 것이다. 이런 망각을 생각하면 괴롭다. 안녕이라는 말 속에는 언제나 잘 있으라는 작별의 말이 담겨 있고, 죽음이라는 불가피한 이별이 삶을 가능하게 한다. 그러므로 할 수 있을 때 모든 것을 기억하는 게 좋다. 특히 걷기 여행 중에 만난 사람들을, 나보다 앞서서 이 길을 갔고 내 뒤에서 이 길을 따라오는 사람들을 기억하는 게 좋다. 그들을 기억하면서 나 자신을 기억한다. 그들이 어떻게 나라는 사람을 만드는 데 이바지했는지를, 또 내가 어떻게 그들을 만드는 데 이바지했는지를, 이렇게 우리가 계속해서 서로를 만들어가고 있다는 사실을 기억한다. 나는 외로움의 의미를 믿지만, 우리가 진정 홀로 존재하기는 불가능하다는 사실을 기억한다. 이 모든 사람과, 그리고 당신이 누구이든 당신과 연결되지 않는다면 나는 아무것도 아니라는 사실을, 우리는 원하든 원치 않든 모두 함께 걷고 있음을 기억한다. 이를 부정하는 것은 망각의 다른 형태에 불과하다. 그러나 어쩌면 망각이야말로 기억의 일부분일지도 모른다. 먼저 잊지 않는다면 어떻게 기억할 수 있겠는가?

"나를 기억해줘요." 어니스트 잭슨은 말했다. 그것이야말로 내가 지금 여기서 하고 싶은 일이다. 기억하는 것.

케빈 존린 웰스 파고 은행 지점장이자 나의 삼촌

펜실베이니아주 채즈퍼드 엄마의 집 부엌 식탁에서

10월 걷기 여행을 떠나기 직전

"너, 길에서 구더기를 먹을 수도 있다. 단백질이 풍부하거든. 또 네 오줌을 받아서 마시면 수분도 보충되지. 나라면 오줌과 구더기를 원하겠어. 그렇지 않으면 넌 실패할 거다."

아무도 믿지 마

〈 1 〉

WALKING ⇒TO⇐ LISTEN

펜실베이니아주 케넷 스퀘어 외곽의 철로 위를 걷다가 그들을 처음 보았다. 저 멀리 철로에 네 남자가 앉아 있었다. 나는 주위를 둘러보았다. 북쪽은 숲, 남쪽은 빈 산업부지였고, 그들 말고는 아무도 보이지 않았다. 내가 소리를 질렀을 때 들릴 만한 위치에는 아무도 없었다. 읍 외곽의 철로에 앉아 시간을 보내는 사람들은 과연 누구일까? 걷기 여행을 나선 지 2시간 만에 집에서 11km 떨어진 곳에서 나는 강도를 만나 총에 맞고 죽은 채로 버려질 것이다. 그럴 소지가 다분해 보였다. 돌아가야 할지도 모른다고 생각했지만, 내 발은 계속 움직였다.

우리 집 뒷마당에도 같은 철로가 지나가기 때문에 내 계획은 그 철로를 따라 40km를 걸어 메릴랜드주까지 가는 것이었다. 도로보다는 철로를 걷는 편이 나았다. 첫날이었기 때문에 도로로 나갈 준비가 되어 있지 않았다. 도로는 노출이 심했다. 소음도 지나쳤다. 철로는 고요한 별세계로 숲과 농경지와 교외 주택의 뒷마당을 지나갔다. 어쩌다 한 번씩 화물 열차가 침묵을 가르며 달려왔지만, 내가 달릴 때와 비슷한 속도로 안전하게 천천히 지나갔다. 걷기 여행의 출발지로 삼기 좋았다. 심지어 읍 외곽의 지저분한 산업지구조차 평화로워 보였다. 적어도 눈앞에 네 남자가 나타나기 전까지는 그랬다. 그중 한 사람이 나를 발견하자, 나머지 세 사람도 일제히 내 쪽으로 고개를 돌렸다. 제기랄.

2시간 전, 엄마의 집주인인 밥이 차를 타고 나를 쫓아오면서 이러면 안 된다고 했다. 그가 처음 차를 세웠을 때 나는 그를 알아보지 못했다. 누구인지 모르지만 내 배낭에 붙인 '듣기 위해 걷는 중'이라는 알림판을 보고 차를 세웠을 거라고만 생각했다. 밥이 나를 붙잡으려고 왔다면 차를 몰고 울창한 덤불숲을 뚫고 왔을 것이므로 뭔가 중요하게 할 말이 있다는 뜻이었다.

그제야 나는 밥을 알아보았다. 모터사이클을 타고 집을 지어 팔며 웬만해선 웃지 않는 전직 필라델피아 경찰. 뾰족한 염소수염을 기르고 엄숙한 표정을 짓는 사람. 그는 늘 그 표정을 짓고 있었다. 밥은 우리 집 뒷마당에(사실은 그의 집 뒷마당에) 낡은 트레일러를 놔두었고, 종종 들러 버림받은 기계들의 무덤에서 기계를 손보거나 나중에 태우려고 나뭇가지를 쌓아두었다. 우리는 서로 손을 들어 인사를 건네긴 해도 대화를 나누는 일은 별로 없었다.

"안녕하세요." 나는 철로로 다가온 그를 향해 말했다. "우연이네요."

"우연이 아니야." 밥이 말했다. 평소처럼 꽤 침울한 말투였다. "네 엄마 지금 만신창이가 되었더라. 너 이러면 안 되는 거야."

나는 와줘서 고맙다고 해야 할지, 사과해야 할지 알 수가 없어서 그저 그의 발치만 내려다보았다. 나는 겨우 이렇게 말했다. "네."

"6개월이 걸릴 수도, 6시간이 걸릴 수도 있다." 그는 여전히 나를 보면서 말했다. 그는 내게 아버지의 책임감 비슷한 것을 느끼는 모양이었다. 정작 나의 아버지는 나를 붙잡으러 오지도 않았다. 아버지는 펜실베이니아주에서 7시간 거리에 살았다. 그즈음 아버지를 1년에 두세 번밖에 보지 못했다.

"알아요." 나는 말했다. "어떻게 될지 한번 보자고요."

"칼 가지고 있어?" 밥이 말했다. 그는 내가 대답하기도 전에 접이식 주머니칼을 꺼냈다. 묵직한 윈체스터 칼이었다. "이거 받아라. 이제 너 혼자다. 아무도 믿지 마."

나는 사람들을 믿고 그들의 말을 듣는 게 이번 걷기 여행의 목적이므로 내 마음의 문을 닫는 것은 그 취지에 어긋난다고 애써 말하지 않았다. 그냥 고맙다고 말하고, 길 위에서 그를 떠올릴 거라고 말했다.

"내 생각은 하지 마라." 그가 말했다. "네 엄마를 생각해."

거기서 10km를 걸어 마주친 네 남자를 향해 가면서 주머니 속에 든 밥의 칼을 생각했다. 어쩌면 칼을 사용해야 할지도 모른다. 싸움을 해본 적은 없었다. 싸움과 가장 비슷한 경험은 고등학교 시절 레슬링을 배울 때였다. 링에서 상대와 맞붙을 때는 원시적인 격렬함을 느꼈지만, 옆에는 심판이 있었고 또 레슬링 선수들은 모두 레오타드 비슷한 번들거리는 레슬링복을 입었다. 싸우려면 진지해야 하는데, 레오타드 같은 걸 입고 진지해지기란 어려웠다. 그러나 이번에는 달랐다. 정말로 진지하게 느껴졌다. 결국 싸움이 벌어지면 나는 정말로 저 사람들 중 하나를 칼로 찌를 수 있을까?

내 몸은 가뿐했고, 튀어 오를 준비가 되어 있었다. 아직은 통증을 느낄 만큼 오래 걷지 않았다. 다만 모든 게 어색했다. 그날 아침 배낭에 23kg 무게의 짐을 넣었고, 지금은 모든 게 엉망진창이 되어 내 등에 얹혀 있었다. 옆 주머니 밖에는 물주머니가 축 늘어진 채 매달려 있었다. 조리용 냄비는 걸을 때마다 요란하게 흔들리며 머그잔과 부딪쳐 짤그랑 소리를 냈다. 만돌린도 제 위치를 벗어나 있었다. 미국 깃발은 오른쪽에서 내 몸을 찔러댔고, 지구 깃발은 왼쪽에서 찔러댔다. 내 몰골은 완전히 어릿광대 같았고, 필라델피아 외곽을 헤매는 산사람 같았다. 내가 무엇을 하는지는 나도 몰랐다. 그러나 눈앞의 네 남자는 내가 뭘 하고 있는지 확실하게 볼 수 있었을 것이다.

내가 가까이 다가가자 그들은 말없이 나를 물끄러미 쳐다보았다. 한 사람은 몸집이 큰 배불뚝이였고, 두 사람은 콧수염을 길렀다. 모두 라틴계였고, 노숙자로 보였다. 순간 나는 내가 백인임을 의식했고, 내가 누리는 이동의 자유가 대체로 내 피부 색깔에 근거한다는 사실을 깨달았다. 내 마음의 자유 역시 마찬가지였다. 만약 내가 유색인종이라면 나 혼자 미지의 세계를 향해 내 집 뒷문을 나선 여정이 얼마나 달라졌을까? 내가 만약 여성이었다면? 불가능한 일이라고 말하려는 것은 아니다. 미국 대륙을 걸어서 횡단한 탐험가 중 가장 유명한 사람은 여성이었다. '평화 순례자'로 알려진 밀드러드 노먼 말이다. 또 나의 영웅 중 한 사람인 '플래닛 워커' 존 프랜시스는 22년을 걸었고, 그중 17년을 침묵의 맹세와 더

불어 걸은 흑인 환경운동가이다. 대학 졸업반 때 나는 프랜시스 박사의 강연을 듣고 깊이 감동했다. 그러므로 2011년에 미국 대륙을 걸어서 횡단하려면 반드시 백인 남성이어야 할 필요는 없었다. 그러나 이 나라의 편견을 기꺼이 바라볼 마음이 절반이라도 있다면 백인 남성이 확실히 도움이 된다는 것을 알 수 있다. 심지어 집을 떠나기 전에도 백인 남성의 몸으로 살아가는 과분한 사회적 특권 덕분에 내 행보는 이미 쉬웠다. 나는 길에서 강간을 당하거나 납치를 당할지도 모른다는 악몽에 시달리지도 않았고, 경찰을 만나거나 아직도 남부연합 깃발을 흔드는 미국인 무리를 만날지도 모른다는 두려움으로 온몸이 마비되지도 않았다. 나의 걷기 여행이 폭력으로부터 완전히 면역되지는 않았지만, 내겐 생존과 성공 가능성이 훨씬 컸다. 게다가 어느 정도는 그 사실을 알고 거기에 의존했다. 그게 오늘날 인종주의와 성차별주의의 모습이었다. 은밀하지만 압도적으로 기운 특권의 분배. 그것은 무엇을 의미하는가? 흑인 젊은이가 나처럼 아무 걱정 없이 자신의 집 뒷문을 걸어 나올 수 있을 때까지, 혹은 젊은 여성이 두려움 없이 몸과 마음 모두 자유롭게 홀로 고속도로를 걸을 수 있을 때까지 몇 세대가 걸릴지도 모른다는 뜻이었다. 그런 모습의 미국은 어디쯤 있을까? 그 미국은 내가 지금 걸어서 대륙 횡단을 시작한 이 미국은 아니었다.

그러나 동시에 어떤 장소에서는 내가 백인이라는 사실이 나를 과녁으로 만들 수도 있었다. 라틴계 남자들을 향해 다가가는 읍 외곽의 철로 위가 바로 그런 곳 중 하나일지 모른다. 나는 만약 이 남자들이 나 같은 백인 남자를 좋아하지 않는다면 어떻게 할까, 속으로 생각했다. 그들은 모두 내 쪽을 보고 있었다. 그들은 무슨 생각을 하고 있을까?

나는 고개를 끄덕하며 인사를 건넸다. 남자들은 어리둥절해 보였다. 나도 틀림없이 어리둥절해 보였을 것이다. 어쩌면 심각할 정도로 혼란스러워 보였을지도 모르겠다. 우리는 모두 잠시 거기에서 서로를 보고 있었다. 이윽고 한 사람이 억양이 심한 영어로 물었다. "당신 지금 뭐 하고 있어?"

나는 걸어서 미국 대륙을 횡단하고 있다고 말했다. 아직 채 16km도 안 걸었기 때문에 어딘가 우습게 들렸지만, 그들은 그 사실을 몰랐다.

"걸으면서 사람들의 이야기를 듣고 있어요." 나는 말했다. "이를테면 '듣기 위해 걷는 중'이죠." 그러면 신용이라도 얻을 수 있다는 듯이 집에서 만들어온 알림판을 보여주었다.

그들은 내 말을 믿는 것처럼 보이지는 않았다. 나에게 질문한 남자가 침목 더미에 앉은 남자를 쳐다보았다. 그가 스페인어로 뭐라고 말하자(나의 사형선고가 틀림없을 것이다), 침목 더미에 앉은 남자가 옆에 있는 큼직한 플라스틱 통에서 뭔가를 찾기 시작했다. 어쩌면 지금이 도망칠 때였다.

내가 달아나기 전, 혹은 배낭 때문에 달리기는 불가능할 테니 뒤뚱거리며 걷기 전에 남자가 뜯지 않은 쿠키 봉지와 사과 주스 몇 개를 꺼냈다. 그는 내게 그것들을 받으라고, 그리고 침목 더미에 같이 앉자고 손짓했다. 나는 그렇게 했고, 다른 세 남자도 합세했다. 그들의 이름은 마르틴, 세르지오, 페드로, 가브리엘이었다. 내가 만돌린으로 노래를 연주하자 마르틴이 5분의 1 정도 남은 니콜라이 보드카를 꺼내 돌렸다.

"신용카드 같은 거 있어?" 어느 순간 불쑥 마르틴이 말했다.

"네." 내가 말했다. "저는 현금을 많이 가지고 다니지 않아요."

"잘됐네. 현금이 있으면 우리가 뺏어갈지도 모르잖아." 그는 손으로 권총 흉내를 냈다. "하지만 우린 그런 사람 아니야. 우린 친구야, 친구."

모든 게 초현실적으로 빛났다. 기억할 수 있는 오래전부터 이런 식의 이야기대로 살고 싶었다. 배낭 하나 달랑 메고 미지의 큰 세계로 흘러들어 간 여행자가 길에서 낯선 사람들을 만나 그들과 빵을 나눠 먹고, 그들만의 독특한 삶의 언어를 배우고, 다시 미지의 큰 세계로 떠나는 이야기. 이는 옛사람들의 경험이었고 순례자와 나그네들의 이야기일 뿐, 미국의 밀레니얼 세대이자 교외 지역 주민의 아들에게는 잃어버린 유산처럼 느껴졌다. 순례는 안전하고 학문적인 거리에서 공부하는 것이고, 나그네의 여정이란 할리우드 영화의 진부한 이야기나 자기 방에서 게임기로 즐길 수 있는 경험, 혹은 지금 이 책과 별반 다를 바 없는 책들에서 얻을 수 있는 경험이었다. 순례나 나그네의 여정은 미국의 중간 계층에는 흔한 경험이 아니었다. 그런 일에는 실존적인 다급함과 호기심이라는 촉매가 필요한 법인데, 지속적인 안락과 소비의 생활 방식 안에서는 어려웠다. 나는 충분히 안락하고 안전했다. 밖에 나가 나의 운을 찾아다닐 이유가 없었다. 이미 운을 향해 가는 길이 잘 닦여 있었다.

그러나 나는 내 앞에 놓인 길에 뭔가 빠졌다고 느꼈고, 그것은 돈이나 성취, 축적과는 아무런 상관이 없었다. 내가 살아 있는 수수께끼이며 만난 적도 없는 이웃도 모두 수수께끼지만, 우리는 우리라는 존재의 놀라운 현상과 그에 따른 온갖 의문을 논의하기 위해 모인 적이 한 번도 없다는 사실과 관계가 있었다. 아무도 신경 쓰지 않는 것 같았다. 아니, 이런 사실을 알아채는 사람도 없는 것 같았다. 우리는 모두 우주의 불가사의이고, 이번 생에 불려 나와 삶을 경험하고 필요하면 고통을 받으라는 선고를 받았지만, 그런 사실에 대한 소중한 성찰과 지지는 거의 없었다. 게다가 정말로 지지가 필요하다고 해도 우리에겐 뭔가 어긋나는 면이 있다. 우리는 나약하거나 아프거나 약간 멍청하다. 어쩌면 우리 모두 너무 바빠서 진정으로 서로를 위해 옆에 있어주지 못한다. 혹은 너무 바빠서 자신을 즐겁게 해주지도 못한다. 절박하게 교류를 원하고, 쏜살같이 지나가는 덧없는 삶의 아름다움과 슬픔을 오프라인으로 얼굴을 마주하고 공유하길 원하지만, 어떻게 할지 방법을 몰라 그저 낯선 사람으로 머물면서 낯설지 않은 척한다.

나는 그렇게 살 수는 없었지만, 어쩌면 벌써 그렇게 살고 있었을지도 모른다. 마침내 대학을 졸업했을 때 나는 그렇지 않다는 것을 확실히 하기 위해 뭔가 극단적인 일을 해야 한다고 생각했다. 나는 여정을 떠나야 했고, 순례를 나서야 했다. 뭐든 해야 했다. 약간 억지로 꾸민 듯 부자연스럽고 빤하다는 생각도 들었지만, 동시에 필요하다고 느꼈다. 체계에 충격을 가할 필요가 있었고, 망각의 습관이나 삶은 별것 없이 평범하거나 세속적일 수 있다는 믿음에서 벗어날 필요가 있었다.

"우리는 모두 들을 만한 특별한 이야기를 품고 있다. 나는 그 이야기를 들으려고 이 땅을 걷고 있다." 걷기 시작하고 몇 주 후 여행 블로그에 이렇게 썼다. "평균의 삶 같은 것은 없다. 지루하고 재미없고 특별할 것 없는 삶도 없다." 이 문장을 걷기 여행의 전제로 삼았지만, 문제는 나에 대해선 이 말을 믿지 않는다는 것이었다. 사실은 믿지 않았다. 집주인 밥의 말이 가장 분명하게 이 사실을 드러낸다. 넌 이럴 필요가 없어. 그때는 그의 말을 흘려들었지만, 지금 생각해보면 그의 말뜻을 잘 이해할 수 있다. 그는 이렇게 말했던 것이다. "너는 이런 일을 하지 않아도 충분해." 그러나 그때는 그의 말뜻을 제대로 알아듣지 못했다. '듣기 위해 걷는 중'이라는 알림판을 써 붙이고 다녔으면서도. 그래서 나는 계속 걸었다.

나는 네 남자와 철로 침목 위에 앉아서 만돌린을 연주하고 보드카를 홀짝였다. 그때 하늘이 어두워지더니 서쪽에서 소나기구름이 몰려오기 시작했다. 몇 분 후 희뿌연 안개 장벽이 우리를 향해 다가오는 게 보였다.

"빨리빨리!" 마르틴이 말했다. "온다, 와!" 페드로는 벌써 가버렸다. 가브리엘과 세르지오는 철로 옆 들판을 가로질러 숲으로 달려가고 있었다. 소나기구름이 우리 머리 위에 비를 흩뿌렸고, 나는 순식간에 흠뻑 젖었다.

"같이 가." 마르틴이 말했다. "우리 집으로."

밥이 준 주머니칼이 주머니 안에서 묵직하게 느껴졌다. 그러나 쿠키와 사과 주스가 좋은 신호 같았다. 보드카 역시 좋은 신호였다. 아닐 수도 있지만, 더 깊이 생각하기도 전에 나는 마르틴을 따라 철로를 벗어나 들판을 가로질러 숲으로 들어갔다. 나는 걸어서 미국을 횡단하고 있다. 그런데 못할 게 뭐 있겠어?

남자들이 텐트를 친 숲속 빈터는 걸어서 금방이었다. 각자 텐트 하나씩을 차지하고 있었다. 텐트 위로 지붕 삼아 파란색 방수천이 드리워졌고, 화물 운반용 목제 받침대를 벽처럼 세워놓았다. 모든 게 등산용 밧줄과 자전거로 지탱하고 있었다. 전에 여러 차례 가본 적이 있는 상점가 바로 뒤였다. 이런 게 있는 줄도 모르고 건너편 샌드위치 가게에서 점심을 먹은 게 몇 번인지 몰랐다.

마르틴이 자기 숙소로 나를 초대했다. 텐트가 좁아서 두 사람의 몸이 꼭 붙어 있다시피 했다. "앉아, 앉아." 마르틴이 매트리스를 가리키며 말했다. 그러고는 상자 몇 개를 뒤지더니 뭔가를 꺼냈다. 마르고 깨끗한 운동복 바지였다. 그가 내게 옷을 건넸다. 필요 없다고 대답하자 그는 속옷까지 훌렁 벗어 털투성이 불룩한 배를 잠시 드러내더니 그 운동복 바지를 입고 새 티셔츠로 갈아입었다.

그의 영어는 형편없었고 내 스페인어는 훨씬 더 엉망진창이라서 대화를 많이 나누지는 못했지만, 이상하게 친밀감이 들었다. 마르틴은 자기 물건을 보여주기 시작했다. 10대 딸의 사진과 과달루페의 성모마리아 사진, 반쯤 벗은 세 명의 버드와이저 모델 포스터였다. 나는 우리 가족사진을 보여주었다. "여동생이 미인이야." 그가 말했다. "아주 아름다워." 우리는 자리를 잡고 앉아 만돌린을 연주하고 보드카를 더 마시며 비가 그치기를 기다렸다. 보드카가 넘어가면서 목이 타는 것 같았다.

"바깥도 폭풍, 안도 폭풍이야." 내가 기침을 하자 마르틴이 말했다.

비는 오래가지 않았고 나는 전혀 취하지 않았다. 다시 밖으로 나가니 하늘에 작별 인사 같은 무지개가 묵직하게 걸려 있었다. 우리는 둘 다 이 짧고도 기이한 만남을 끝내는 법을 알지 못했다. 나는 조금만 더 이 만남을 붙들고 싶었다. 어쩌면 그들 역시 마찬가지였을 것이다.

"그러니까 듣기 위해 걷는 중이군." 마르틴이 말했다. "좋아, 좋아."

"어떻게 생각해요?" 내가 물었다.

"네가 선택해." 그가 어깨를 으쓱하며 말했다.

"미국인에 대해 어떻게 생각해요?" 마르틴 역시 미국인이었지만, 이렇게 물었다. 내가 그의 텐트 안에서 인터뷰를 하려고 녹음기를 꺼내자 그는 신분증을 보여주었다. 내가 위장 경찰일지도 모른다고 생각한 모양이었다.

"좋은 사람도 있고 나쁜 사람도 있어." 그가 말했다. "멕시코 사람도 같아. 어디나 똑같아."

나는 야영장 한가운데에 서서 주위를 둘러보았다. 단단하지만 젖은 땅에 찌그러진 맥주 캔이 널려 있고, 임시방편으로 지은 오두막은 기울어져 있었다. 석쇠는 부실한 다리가 천천히 녹슬어가고 있었다. 이곳은 망명자들의 땅이었고, 오늘 아침 내가 출발한 곳과 전혀 달랐다. 우리 집은 싱글 맘이자 요가 강사이자 마사지사인 여자의 교외 주택이자 근무지였다. 그러나 길을 나선 지 얼마 되지 않아 아직 어떻게 걸을지 알지 못하던 시기의 나에게는 이곳도 집과 비슷하고 내게 필요한 안전한 은신처로 느껴졌다.

떠나기 전 마르틴이 주황색 피망을 하나 주면서 내 혀에 불을 질렀고, 이어 집에서 키운 선인장 열매를 잘라 주었다. "부채선인장이야." 그가 말했다. 열매는 달콤했고, 입안의 불을 꺼주었다.

"신의 가호가 있기를." 마르틴이 악수하며 말했다. "조심해. 칼을 가지고 자. 아니면 권총이나." 그가 또 손으로 총을 쏘는 시늉을 했다.

다시 철로로 돌아와 플라타너스, 참나무, 단풍나무, 너도밤나무가 우거진 아치형 터널을 지나갔다. 나무마다 가을빛으로 불타오르고 있었다. 버섯 농장과 비료 공장을 지나갈 때는 냄새가 코를 톡 쏘았다. 쟁기가 검고 김이 나는 비료를 머리 높이까지 닿는 이랑으로 만들었다. 전에도 이 철로를 걸은 적이 있지만, 이렇게 멀리 온 적은 없어서 모든 게 달라 보였다. 말로 설명할 수는 없지만 무시할 수도 없는 어떤 의미가 풍경에 뒤섞여 있었다. 말 세 마리가 내 시선을 붙들었다. 메노파(유아세례와 병역 등을 거부하는 기독교의 한 종파-옮긴이) 남자가 아이들을 뒤에 달고 함께 밭을 일구고 있었다. 철로에 어떤 동물이 죽어 있었는데, 기차에 깔려 짓뭉개진 탓에 형체를 알아볼 수 없었다. 콩밭에서는 콩 이파리가 바람에 몸을 떨었다.

땅거미가 질 무렵, 배낭 때문에 양쪽 어깨가 짓물렀다. 물집이 두 개 잡혔는데, 살아 있는 것처럼 저 혼자 고동쳤다. 물집이 생긴 것도 몰랐다. 해가 넘어가면서 윤기 흐르는 금빛이 눈앞의 철로 위로 쏟아졌다.

엄마 생각이 났다. 엄마는 집주인 밥의 말처럼 만신창이가 되지는 않았다. 전혀 아니었다. 엄마는 우리 삼 남매를 대할 때면 스스로 '로마 백부장'이나 '암늑대'라고 불렀다. 다시 말해 엄마는 그렇게 쉽게 만신창이가 되는 사람이 아니었다. 그러나 엄마는 지금 나를 위해 싸울 수 없어서 힘들 것이다. 엄마는 내가 엄마 없이 혼자 걸을 수 없다는 것을 알았다. 엄마와 나의 사이는 무척 가까워서 가끔은 엄마가 내 마음을 읽을 수 있을 것처럼 보였다. 나는 삼 남매의 맏이였는데, 엄마는 우리 남매의 마음을 전부 읽는 것 같았다. 엄마와 아버지가 이혼한 후 우리는 더 가까워졌다. 아버지를 제외하고 모두 가까워졌다. 아버지는 순식간에 타인이 되었다. 당시 열다섯 살이었던 나는 이제 고통스러운 경험을 받아들일 수 있을 만큼 자랐고, 내 방랑벽은 상당수 그때의 고통에서 왔다. 물론 그 연관성을 생각해본 적은 거의 없었다. 그것은 일종의 속임수였다. 고통은 생각하지 마라. 차라리 방황해라. 걷는 게 낫다.

부모님의 이혼 직후 우리는 펜실베이니아주 이리의 아버지 곁을 떠나 주를 가로질러 필라델피아 외곽에 있는 밥의 셋집에 정착했다. 아버지는 시간이 날 때마다 우리를 만나러 왔지만, 내가 외면하고 싶은 고통도 함께 데려왔다. 풍경은 늘 똑같았다. 몇 시간 동안 언쟁을 벌이고, 당혹스러워 몸을 비틀고, 그러고 나면 아무도 무슨 말을 해야 할지 몰라 긴 침묵이 이어졌다. 딱 자르는 엄마의 목소리. 씁쓸한 아버지의 눈빛. 세 살 어린 여동생 케이틀린이 나를 대신해 주로 울었고, 아홉 살의 어린 루크는 제 방에 숨어 있었다. 나는 몇 시간 동안 사라지곤 했다. 그대로 머물러 있다가는 집이나 아버지를 산산조각 낼까 봐 두려웠다. 요즘은 해체되는 가정이 너무 많아 이런 일이 벌어지더라도 충격을 웬만큼 대비할 수 있을 거라고 생각하겠지만, 실제로 아이들이 그런 일에 준비되어 있을 리가 없다. 특히 모든 게 괜찮은 줄 알았다가 순식간에 그런 일이 벌어졌다는 말을 부모에게 듣는다면 그 충격은 이루 말할 수 없다. 나는 그런 일에 전혀 준비되어 있지 않았고, 어떻게 받아들여야 할지도 몰랐으며, 그래서 받아들이지 못했다. 대신 나는 철로를 몇 킬로미터씩 걸었다. 하지만 아무리 걸어도 충분하지 않았다. 기차가 너무 천천히 달려서 유혹이 극심했다. 특히 아버지가 찾아와 가까이 있을 때는 아무 열차나 잡아타고 어디로든, 여기가 아닌 다른 곳으로 가는 게 너무나 쉬워 보였다.

그러나 철로는 고통에서 벗어나는 탈출로가 아니었다. 교외 지역에서 벗어나는 탈출로였다. 교외는 내게 집처럼 느껴지지 않았다. 더 이상 내 집이 어디인지 알 수 없었고, 이러한 공허 속에서 방랑벽이 활짝 피어났다. '방랑wander'이라는 말은 내 이름 앤드루Andrew의 철자 순서를 바꾼 말이었다. 내 이름 자체가 명령어였다. 방랑의 의미는 몰랐지만, 그 말은 좋았다. 방랑이라는 말은 존재의 가벼움과 관계가 있었고, 우리를 어디로든 데려갈 새로운 순간을 수용적으로 받아들이는 방법과도 관계가 있었다. 특별히 도착해야 할 곳이 없었기 때문에 장애물도 존재하지 않았다. 각 장소가 다음 장소만큼 좋았다. 방랑자는 지나치게 오래 머무르지 않았다. 계속 움직였고, 언제나 여기에 존재했다. 나는 그렇게 방랑자로 살고 싶어서 엄마 집 뒤의 철로를 헤매고 다녔다. 혹은 헤매려고 해봤다. 그러나 한 번도 완전히 떠난 적은 없었다. 그저 돌아다니는 것 말고는 모든 것에서 벗어난 적도 없었다.

어느 해 여름, 울창한 숲속의 터널식 배수로 아래 철로에서 버려진 막사를 발견했다. 지저분한 흙바닥에 누군가가 남긴 삶의 잔여물이 흩어져 있었다. 더러운 이불과 탄 자국이 있는 냄비, 추레하고 지저분한 방수 재킷이. 완전히 다른 세계 같았다. 아주 잠시나마 나 역시 그 일부가 되고 싶었다. 누가 살았는지, 어디에서 온 사람들인지, 그들은 무엇을 보았는지 알고 싶었다. 궁금했다. 펜실베이니아주 교외의 1km² 안에도 내 집과 이 미지의 방랑자가 살다 간 막사처럼 완전히 다른 두 세계가 존재하는데, 이 대륙이 품고 있는 서로 다른 세계는 얼마나 많을까? 지구가 품고 있는 세계는 또 얼마나 많을까?

그 후 대학에 가서 월트 휘트먼의 시구를 발견했다. "그대는 1,000에이커가 넓다고 생각해봤는가? 이 지구가 크다고 생각해봤는가?" 휘트먼을 만난 후로 지구를 크게 생각해보는 충동에서 벗어날 수가 없었다. 휘트먼이 지핀 불꽃을 잭 케루악이 부채질했지만, 케루악은 늘 술을 마셨고 무모하며 맹렬했다. 나는 케루악을 배움의 원천으로 삼지는 않았다. 휘트먼도 약간 맹렬했다. "미칠 것 같은 위기에서 고래고래 악을 쓰고 입에 거품을 물며, 나 역시 길들지 않았고 나 역시 번역할 수가 없었으며, 세계의 지붕 위에 올라 야만적인 소리를 지껄여댄다." 휘트먼은 이렇게 썼다. 휘트먼은 분명 불안정했지만, 케루악처럼 망가지지는 않았으므로 나는 그를 나의 안내자로 삼았다.

이 모든 과정에 엄마가 있었다. 엄마는 곁에서 나를 지켜보고, 기다렸다. 내가 집을 떠나 잠시 걷겠다고 했을 때 엄마는 놀라지 않았지만, 흥분하지도 않았다.

"너에게 정말 화났어." 출발하는 날 아침, 작별의 포옹 전에 엄마가 이렇게 말했다. "너를 낳았을 때처럼 내 몸이 다시 펑 터져버린 것 같아."

우리는 거실에서 함께 아침을 먹었다. 케이틀린과 루크는 아직 자고 있었고, 엄마와 나 둘만 먹었다. 엄마가 특기 중 하나인 마시멜로를 채운 필스버리 크루아상으로 깜짝 요리를 해주었다. 오븐의 열기 속에서 마시멜로가 달콤한 시럽으로 녹아 액체 하트가 되었다. 이 깜짝 요리는 어디로 이사를 가든 엄마가 늘 함께 데리고 다니는 불변요소 중 하나였다. 시카고의 아파트에 살 때도, 필라델피아 외곽의 셋집에 살 때도, 엄마와 아버지가 이혼하기 몇 년 전에 살았던 이리의 집에서도 늘 이 요리를 먹었다. 사실 우리는 단 한 번도 우리 소유의 집에 살아본 적이 없었고, 엄마가 우리와 함께 살면서 집에서 돈을 벌었다.

그날 아침, 엄마는 라테도 만들었다. 엄마는 스팀 봉으로 우유를 뜨겁게 데우는 법을 배우려 하지 않았고, 언제나 전자레인지로 우유를 데웠다. 엄마의 이런 면을 짜증스러워했지만, 이렇게 식탁에 함께 앉아 있으니 이런 점도 그리워질 것을 깨달았다. 엄마가 그리울 것이다. 엄마를 찬찬히 들여다보았다. 긴 머리는 거의 흰색에 가까운 회색이었고, 얼굴에는 깊은 주름이 잡혀 있었다. 지난 8년은 엄마에게 힘든 시간이었다. 그 세월을 엄마의 몸에서도 볼 수 있었다. 살이 너무 빠져서 거의 노쇠해 보일 지경이었다. 그런데도 여전히 나는 엄마 옆에 있을 때 안전하다고 느꼈다. 엄마는 요가와 명상을 가르치는 사람이었지만, 자기 자식을 위협하는 사람이 나타나면 그게 누구라도 당장 전멸시킬 수 있었다. 다시는 엄마를 볼 수 없을 거라는 생각은 상상할 수조차 없어서 상상해보려고 해도 떠오르지 않았다.

엄마가 아침을 먹으며 시 하나를 읽어주었다. 수피교 신비주의자 루미의 시였다. "그러니 소심하게 굴지 마라." 엄마가 시를 읽었다. "배에 짐을 싣고 떠나라. 그 배가 가라앉을지 항구에 닿을지는 아무도 확실히 모른다."

나의 경우 배가 가라앉는다는 게 어떤 모습일지 상상해보았다. 또 항구에 닿는다는 것이 무엇일지 생각해보았다. 궁금했다.

"어쨌든 앤드루, 이 시는 우리를 붙들고 있는 죽음을 놓아주라는 말이란다." 엄마가 말했다. 나는 녹음기를 켰다. 첫 인터뷰였다. "생각해봤는지 모르겠지만, 너는 지금 위험을 무릅쓰고 있어. 엄마는 너 때문에 몹시 힘들 거야. 다시 내 몸이 펑 터지는 것만 같아. 정말이야. 엄마는 살아 있을게."

아침 식사를 마친 후 나는 배낭을 집어 들었고, 우리 둘은 집 뒤쪽의 철로까지 걸어갔다. 케이틀린과 루크는 잠옷 바람으로 뒤쪽 포치에 서서 우리를 지켜보았다. 엄마가 내 사진을 찍겠다고 했다. 한 장만 찍겠다는 게 열두 장이 되었고, 나는 처음 학교에 들어간 여섯 살 아이가 된 기분이었다. 배낭과 소지품을 챙겨 든 모습까지 똑같았다.

"아, 빨리 좀 가! 사진 찍다가 밤새우겠어!"

열세 살의 루크가 포치에 서서 외쳤다. 그는 이런 일로 이렇게 일찍 일어나야 한 것에 화가 나 있었다. 순간 대장정의 출발이 지닌 낭만이 깨지고 말았다. 루크에게 바보 멍청이라고 욕을 해줄 수도 있었지만, 이대로 떠날 구실을 만들어주어 고마웠다.

나는 엄마와 작별의 포옹을 나누었다. 철로를 100m 정도 내려갔을 때 엄마가 마지막으로 사진을 찍겠다며 양팔을 번쩍 들라고 소리쳤다. 나는 걸음을 멈추지 않고 뒤도 돌아보지 않았지만, 두 팔을 번쩍 들었다. 그때 딱 한 번 울었다. 그와 동시에 웃고 있었다.

"2년 반 동안 목숨을 걸고 전쟁터에 나갔다가 돌아왔는데, 사람들이 전부 당신이 틀렸다고 생각한다는 걸 알게 되면 기분이 어떨 것 같아요? 당신이 겪은 그 모든 끔찍한 일은 어떻게 될까요? 겨우 살아서 돌아왔는데 다들 당신을 미친놈에 마약중독자로 생각한다면요? 제기랄. 나는 정말 화가 났어요. 내 발을 받치고 있던 토대가 전부 사라졌으니까요. 붙들 수 있는 게 없어요. 빌어먹을, 단 한 개도 없더라고요. 6~7년 동안 정신병원을 들락거렸고, 약물 해독제를 먹었고, 감옥에 갔다가 거리로 나와 노숙자가 되었죠. 이 모든 게 진짜 현실이 무엇인지 알아내려고 노력하다가 벌어진 일이었어요. 나는 뭐라도 믿어야 했고, 뭐든 소유해야 했고, 내가 진짜라는 증거를 위해 뭐든 통제해야 했어요. 그러다가 내가 그런 생각들을 놓아버리자 함께 따라붙었던 쓰레기도 전부 사라졌어요. 그리고 그게 뭐든 내가 생각하고 싶은 모습의 사람으로 돌아왔죠. 쓰레기는 따라오지 않았어요. 진짜는 내가 경험하고 느끼는 것이었어요. 그게 진짜였어요. 의식은 진짜가 아니었어요. 무엇이 진짜인지 내가 의식하는 건 진짜가 아니죠. 그런데 그 의식은 누가 하죠? 그러니까 사실은 아무것도 없다는 거예요."

"그게 무슨 의미죠?"

"아무것도 아니라고요. 나는 하나의 활동이에요. 오직 한 가지만이 존재해요. 나는 그 한 가지의 일부분이고, 그 한 가지가 하는 일을 할 뿐입니다."

"우디 커리라는 한 가지를 한다?"

"나는 그렇게 말해요. 하지만 다른 사람들의 말과 크게 다르지 않아요. 그저 나만의 말하는 방식이 있을 뿐이죠. 그게 재미있어요. 나는 이 우주를 내 놀이터라고 불러요. '이곳은 디즈니랜드 같아'라고 말하죠. 헛소리가 아니에요. 나는 놀이 기구를 하나 탔다가 겁이 나서 오줌을 지릴 수도 있어요. 그러다가 놀이 기구에서 내려오면 마음이 편해지죠. 그래놓고 또 빌어먹을 다른 놀이 기구를 타요. 그런 식이죠. 나는 우주를 타고 놀아요. 그러나 대다수 사람은 자신 외의 것을 통제 대상으로 보기 때문에 무기력감을 느낍니다.

나는 말해요. '도대체 뭘 통제한다는 거야? 당신의 선택을 남들이 통제할 수는 없어. 당신이 무엇을 받아들이고 무엇을 거부할지는 다른 사람이 통제하지 않아. 당신은 당신보다 위대한 어떤 힘이 변덕을 부려 당신의 삶을 제멋대로 휘두른다고 생각하지만, 당신이 무엇을 받아들이고 무엇을 거부할지는 당신에게 달려 있는데 대체 어떤 대단한 힘이 이 우주에 존재한다는 말이지? 당신이야말로 궁극적인 힘이야.' 사람들에게 무엇을 두려워하느냐고 물으면 그들은 심지어 그게 뭔지 알지도 못해요. 그저 자신의 두려움만 알지요. 그럼 나는 말해요. '걱정하지 말아요. 그런 걸 제멋대로 떠돌아다니는 근심 걱정이라고 불러요. 그 끝에 온갖 쓰레기가 걸려 올라오는 게 보일 거예요.'

당신도 내가 그 나이 때 느꼈던 것들을 느낄 겁니다. '나는 알아야 해. 왜인지 알아야 해. 또 이 모든 게 무엇을 의미하는지도 알아야 해.' 뭐, 당신이 원하는 의미가 있겠죠. 하지만 당신이 지금 찾는 것은 바깥에 존재하지 않아요. 당신 안에 있죠. 늘 거기 있었어요. 오직 당신의 것이죠. 셰익스피어가 이미 오래전에 그런 헛소리를 했어요. 오래전부터 있었던 말이라고요. 《창세기》에도 쓰여 있듯이 신은 하늘과 땅과 그 사이 모든 것을 창조했고, 자신의 모습으로 인간을 만들었어요. 그러니 당신이 신의 모습을 하고 있다면 당신이 하늘과 땅과 그 사이의 모든 것을 창조한 게 맞아요. 그게 바로 당신이 하는 일이에요. 그러니 당신은 당신이 지금 바라보는 것, 당신이 세상이라고 부르는 이것의 창조주예요.

그렇다면 뭐가 문제일까요? 당신은 무엇 때문에 어떤 일이 벌어지고 있는지 찾고 있는 걸까요? 맙소사, 지금 벌어지고 있는 일은 바로 당신이에요. 당신에게 일어나는 일은 없어요. 당신이 일어나고 있어요. 당신은 자신이 누구인지 모르고, 그게 바로 당신이 탐색하는 것이죠. 당신은 듣게 될 겁니다. 어디든 당신이 가는 곳에 도착하면 그곳이 당신이 가게 될 곳이고, 거기서 당신은 보게 될 겁니다. 나처럼요. 어딜 가나 진행 중인 똑같은 쓰레기를 발견하게 될 거예요. 그러나 당신은 훨씬 더 현명한 사람이 될 겁니다. 그리고 이 여정이 끝나면 스트레스와 의문이 한결 줄어들 겁니다. 그래요, 당신은 알게 될 거예요. 당신이 누구인지 알게 될 겁니다. 어쨌든 그게 당신이 찾는 것이니까요. 이 여정은 당신이 발견하기 위해 선택한 매개체일 뿐입니다."

나는
걷기로 했다

다른 일을 알아보는 게 좋을 거야

〈 2 〉

WALKING ÷TO÷ LISTEN

걷기 여행을 떠나기 두세 달 전, 나는 강물이 수천 년간 그린산맥으로 흘러들어 깎아내린 절벽의 땅 버몬트주에 있는 미들베리 대학교 졸업반이었다. 친구들과 나는 종종 이 절벽 위에 올라 발아래 흐르는 강물에 뛰어들곤 했다. 바위가 끝나면서 허공이 시작되는 벼랑 끝으로 걸어가는 일에는 저항할 수 없는 뭔가가 있었다. 그런 다음 뛰어들기. 놓아버리기. 그곳은 삶과 죽음 사이의 문간 같은 느낌이 들었고, 실제로 한두 번은 그랬다. 아래로 곤두박질치는 그 짧은 몇 초 동안 나는 내가 완전히 살아 있다는 거대한 중력과 내가 가끔은 살아 있지 않다는 잊을 수 없는 사실을 느꼈다.

보통 교실에 앉아서 하는 일이나 럭비부 친구들이 외치는 '8! 9! 10! 11! 11! 11! 11!' 소리에 맞춰 물구나무를 선 채로 맥주를 마시는 일보다는 허공을 가르며 차디찬 산속 강물에 뛰어들 때 훨씬 더 살아 있다고 느겼다. 대학에서도 배울 점은 분명 많았지만, 교육과정과 상관없는 게 더 많았다. 예를 들면 금요일 밤 혼자 흔들리는 소나무 위에 올라가 하늘을 바라보며 지내도 괜찮다는 것을 깨달았을 때. 이런 시간이 반드시 슬프거나 아프거나 기회를 놓쳤다는 뜻이 아니라는 것을 배웠을 때. 오히려 정반대였다. 그러나 이런 걸 졸업할 무렵에야 배웠다. 우선 맥주 캔에 구멍을 뚫고 재빨리 마시기나 입안에서 애플파이 칵테일 만들기, 애플파이 칵테일을 몇 잔쯤 마셔야 토하는지, 주말마다 토하는 게 얼마나 흥미로운지, 그리고 마침내 이런 일들이 전혀 흥미롭지 않다는 것부터 배워야 했다.

사랑에 대해서도 조금 배웠다. 그리고 2년 후 그녀와 헤어졌을 때는 실연의 아픔도 배웠다. 그때부터 밤에 혼자 소나무 숲에 가기 시작했고, 내가 거기 가는 것을 좋아하며 밤에 혼자 있는 게 무섭지 않다는 것도 깨달았다.

어느 학기에 인기가 많은 교수의 역사 기록학 수업에 대한 얘기를 들었다. 그 수업을 들으면 전혀 다른 사람이 된다는 소문이 돌았다. 나는 끊임없이 변하고, 깨치고 싶었다. 그런 수업을 듣고 싶어서 대학에 갔다. 인간이 되는 방법을 알려주는 선생님을 원했다. 실제로 그런 선생님을 몇 사람 발견했고, 우리는 시와 철학과 창조적 글쓰기라는 매개체를 통해 인간이 되는 방법을 에둘러 배웠다. 그러나 나는 이론과 담론이 제공하는 현실과의 분리 없이 완전하게 몰입하고 싶었다. 나는 삶을 개척해 나가는 기술을 배우는 도제가 되고 싶었지, 수많은 죽은 자가 그 일을 어떻게 해왔는지 말하는 세미나를 원한 게 아니었다. 옛 시인과 철학자들,

작가들의 작품을 읽는 것만으로는 그 정도까지 갈 수가 없었다. 그들이 뭐라고 말했든 직접 경험하고 스스로 깨쳐야 했다. 어쩌면 역사 기록학 수업이 그 방법을 제시해줄지도 모른다는 생각이 들었다. 인기가 많아서 수업을 원하는 학생들이 수강 신청을 위한 에세이를 써야 했다. 내가 쓴 에세이에서 유일하게 기억나는 내용이 연필에 대한 비유다. 나는 끝이 뭉툭한 연필인데, 이 수업을 듣고 늘 원하던 대로 잘 깎아 날카롭게 다듬은 연필이 되고 싶다고 썼다. 당연히 나는 수강 신청에 떨어졌다.

연필에 대한 비유는 그렇게 실패했지만, 미들베리 대학교에서의 마지막 학기에 나는 진심으로 내가 뭉툭하다고 느꼈다. 나는 놀랍도록 복잡한 생화학적이고 정신적·감정적인 기계를 작동시키며 생각하고, 감정을 느끼고, 궁금해하고, 걱정했다. 도대체 그 기계가 어떻게 돌아가는지 이해하고 싶었다. 내가 바로 그 기계였지만, 나는 그 기계의 사용 설명서를 읽어본 적이 없었고 방법을 알려줄 수업도 찾지 못했다. 실제로 그런 수업이 존재한다고 해도 내가 너무 둔해서 찾을 수 없었다. 어쩌면 찾았을 수도 있지만, 제대로 된 질문을 던지지 못했다.

졸업을 불과 몇 달 앞두고 졸업 논문을 준비하면서 성인이 된다는 게 어떤 의미인지 묻는 인터뷰를 시작했다. 나는 남자여야 했지만, 남자로 느껴지지 않았기 때문에 남자들을 인터뷰했다. 그러나 아버지하고는 이 이야기를 나눌 수가 없었다. 나는 아버지가 어떤 선택을 내린 후로는 믿을 만한 지침을 줄 사람이라고 믿지 않았다.

"나에게 성인이 된다는 것은 균형을 잡으려고 노력하는 일입니다." 환경학 교수 마크 래핀의 말이다. "소외감을 느끼는 자신의 일부분을 통합하는 일이고, 동시에 '나라는 사람이 되기 위해 뭔가를 더 할 필요는 없다'고 인정하는 것입니다. 오늘날 사람들은 왜 이렇게 불안해할까요? 무엇이 사람들을 불안하게 만들까요? 자기가 하는 일이 옳지 않거나 괜찮지 않다고 생각하기 때문입니다. 즉 자신을 신뢰하지 못한다는 뜻입니다."

나는 마을의 민속학자인 그레그 섀로와 함께 앉아 있었다. "요즘 내 고민은 공감입니다." 그가 말했다. "상상력을 통해 다른 사람의 경험 속으로 들어가 그들이 왜 이런 일을 하는지 이해하고 싶어요. 그들이 내게 상처를 주더라도 나는 그들의 고통을 알고 그들을 사랑할 수 있기를 바랍니다. 대부분의 사람이 어릴 적에 어느 정도의 피해를 경험하고, 그 피해 때문에 자신에 대해 잘 알지 못하게 됩니다. 사람들은 자신의 고통 속에 갇혀버리죠. 그러므로 성인이 된다는 것은 자신의 내면을 향해 성장하는 모든 일을 말합니다."

나는 합기도 선생이자 교육학 교수인 조너선 밀러-레인을 만났다. "가장 좋은 건 사회가 개인을 돌본다는 것을 각자에게 보여주는 방법이고, 바로 그것이 성인이 되는 일이라고 생각해요. 사회는 이 젊은이를 우리 구성원으로 인정해야 하고, 젊은이도 고개를 들고 '아, 나는 이곳의 일부이구나. 이 모든 사람이 나를 걱정하고 보살핀다는 사실을 미처 깨닫지 못했구나'라는 걸 알아야 해요."

인터뷰 자료를 모으는 동안 마음이 점점 급해졌다. 졸업이 코앞으로 다가왔다. 성장 과정을 계속 연구하기 위해 왔슨 장학금을 신청했지만, 대학 위원회의 1차 심사에서 떨어졌다. 나는 세계 곳곳의 토착민 공동체

를 둘러보며 그곳의 젊은이들이 어떻게 성인기로 진입하는지 보고, 그들
의 그러한 전통을 내게 무수한 의문을 남긴 미국의 주류 방법론과 비교
해보고 싶었다. 나의 경험상 어른이 된다는 게 어떤 의미인지 지속적이
고도 개인적인 대화를 나눠본 적이 없었다. 변화를 촉진하고 그 단계를
기념하는 어떤 의식도 없었다. 아마 가장 가까운 의식은 대학 1학년 때
남성으로만 구성된 아카펠라 그룹에 들어갔을 때일 것이다. 나는 브래지
어와 치마를 입은 채 조미료와 생선 기름 세례를 견디고, 학생회에 찾아
가 어리둥절해하는 사람들 앞에서 노래를 한 곡 부르고, 원하면 술을 진
탕 마셔야 했다. 나는 고주망태가 될 때까지 마셨다. 아주 험한 밤이었지
만, 이게 남자다움의 가장 좋은 모델은 아니었을 것이다. 우리는 소년들
로 이루어진 부족이었다. 물론 완전한 성인이 된 졸업생도 많았다. 대학
1학년 때 중년의 테너가 동아리 파티에 온 적이 있다. 우린 둘 다 술에 취
했다. "움직이는 건 다 없애버려." 그가 충고했다. "할 수 있을 때 해." 그
러고는 내 뺨을 때렸다. 포핸드였고 10점 만점에 5~6점은 되었다. 그러
더니 내게 자기 뺨을 8점짜리 백핸드로 치라고 했다. 나는 의무적으로
했다. 장님이 장님의 길 안내를 하는 꼴이었다.

　졸업 전, 나는 장학금을 받지 못해도 장학금 프로젝트를 계속 진행하
기로 했다. 나는 부르키나파소(서아프리카의 공화국-옮긴이)의 다가라족 출신
샤먼으로 브랜다이스 대학교에서 박사 학위를 받은 말리도마 소메에게
연락했다. 그의 저서를 읽고 업스테이트 뉴욕에 있는 그의 연락처를 찾
아냈다. 그는 내게 자기가 자란 마을의 삼촌 집에 머물며 공부할 수 있다
고 했다. 완벽해 보였다. 지금껏 내가 알았던 그 어떤 것과도 동떨어진

중요한 것을 발견할 수 있을 터였다.

졸업 논문을 위한 마지막 인터뷰로 지리학 교수 제프 하워스를 만났다. "어른이 되는 모든 과정은 자신에게서 타인으로 초점을 옮기는 능력을 키우는 것과도 관계가 있습니다." 그가 말했다. "자신에게 지나치게 몰두하지 않도록 마음을 열어야 해요. 자신의 요구를 알아보듯 타인의 요구도 알아볼 수 있어야 합니다. 어른이 되면 더 이상 다른 사람에게 실망하지 않는 때가 옵니다. 그때는 감정이입을 하게 되지요. 아이가 부모를 향한 사랑을 키우는 과정을 생각해볼까요? 권위적인 인물에게도 결점이 있다는 사실을 깨달았을 때 우리는 더 이상 그런 결점을 향해 반항하지 않게 되지요."

제프 하워스 교수는 장학금 프로젝트를 위해서도 내가 초점을 스스로에게 맞춰야 한다고 조언했다. 나는 어른이 되는 일을 어떻게 생각하는가? 내 경우는 어떤가? 순간 아버지를 인터뷰해야 한다는 걸 깨달았다. 우리는 그런 일을 해본 적이 없었다. 나는 마음의 준비가 될 때까지 기다리기로 했다.

졸업하고 이틀 후, 나는 케이프코드만의 바닷가재잡이 배 위에서 생선 껍질이 가득한 미끼 주머니를 채우고 있었다. 가능한 한 빨리 돈을 많이 벌어서 서아프리카로 날아갈 계획이었다. 지체할 시간이 없었다. 등록금 대출 상환은 오랫동안 미뤄야 했다. 뱃일은 처음이었다. 대학과는 전혀 달랐고, 나는 이 일이 좋았다. 선장 댄은 땅딸막한 남자로 말이 별로 없었다. 대개는 유머가 좋았지만, 때로는 우울했다. 그를 처음 만난 날, 나는 그에게 댄 선장이라고 부를지, 그냥 선장님이라고 부를지 물었다. "나는 선장이 아니야." 사실이 아니었으면서 그는 이렇게 대답했다. "그저 배가 있는 사람일 뿐이야. 그냥 댄이라고 불러."

우리는 은빛 물 위에서 오랜 시간을 보냈다. 가끔 주낙(긴 낚싯줄에 여러 개의 낚시를 달아 얼레에 감은 뒤 물살을 따라 감았다 풀었다 하며 고기를 잡는 어구-옮긴이)으로 돔발상어를 잡았다. 상어는 음침한 유령처럼 300개의 낚싯바늘을 단 주낙에 걸린 채 허연 배를 반짝이며 깊은 물속에서 올라왔다. 상어가 바닥에 떨어지면 낚아채 몸부림치는 놈들을 후미의 상자에 넣는 게 내 일이었다. 매일 일이 끝날 무렵이면 내 주황색 작업복은 어미 상어가 죽으며 유산한 노란 배아액과 피로 범벅되어 있었다. 처음에는 새끼 상어가 어떻게든 살아남기를 바라며 뱃전 너머 바다로 던져주었다. 갈매기들이 무척 좋아했다.

"역겹지?" 첫날 댄이 말했다. "고기잡이라는 게 전부 역겹지."

나는 곧 익숙해졌다. 우리는 수백 개의 바닷가재잡이 올가미를 끌고 다녔고, 나는 그해 여름 수천 마리의 가재 다리를 끈으로 동여매며 갑각류 껍질 위로 빛나는 무지개색에 매료되었다. 미끼 주머니를 채우고, 올가미를 끌어당기고, 바닷가재 다리를 묶으며 몇 시간을 보내다 보면 내 마음은 온통 눈앞의 일과 바람과 너울대는 굶주린 바다에 푹 빠지곤 했다.

우리는 집에 가기 전 늘 술집에 들렀다. 나는 그저 노를 젓는 조수에 불과했지만, 댄이 나를 선장 클럽에 끼워주었다. 선장 클럽은 오직 어부들만 앉는 바의 끝 쪽이었다. 댄은 자식이 없었고 나는 아버지와 멀리 떨어져 있는 탓에 우리 둘은 가끔 다른 언어로 말하는 것 같았지만, 그래도 조금 친해졌다. 술집에서 몇 시간씩 버드 라이트를 홀짝이고, 다른 선장들에게 '추파'를 던지고, 서로 도발적인 말을 하면서 놀았다.

여름이 되고 몇 주가 지났을 때 나는 어부 생활의 새로운 경험에서 영감을 받아 그 경험을 기록하는 블로그를 시작했다. 그러나 내 이야기를 들은 댄은 별로 달가워하지 않았다. 처음 대화를 나눈 이후로 우리는 그 이야기를 다시는 하지 않았다. 둘 다 어쩌면 좋을지 모르는 것 같았다. 나는 더 이상 술집에 초대받지 못했지만, 어리석게도 블로그에 계속 이야기를 썼다. 그러다가 9월 1일, 댄은 나 없이 혼자 고기를 잡으러 갔다. 내 문자메시지에 답장도 하지 않았다. 그날 밤 그의 집을 찾아갔더니 거실에 앉아 권투경기를 보고 있었다.

"어떻게 된 거죠?" 내가 물었다.

"그냥 하고 싶은 말을 해." 그가 말했다.

"오늘 나 없이 혼자 고기를 잡으러 갔잖아요."

그가 잠시 나를 보더니 이윽고 말했다. "다른 일을 알아보는 게 좋을 거야."

틀림없이 블로그 때문이었지만, 그는 단도직입적으로 말하지 않았다. 내가 그를 모욕했나? 그는 내게 배신당했다고 느꼈나? 블로그 때문에 시작된 감정의 충돌을 진작 알아챘어야 했다. 그러나 나는 그러지 못했고, 그는 그 이야기를 원하지 않았다. 만약 당신이 다른 사람의 물속에 올가미를 놓는 어부라면 진실과 화해의 과정은 없을 것이다. 그저 부표를 자르면 된다. 그것으로 끝이다. 내가 경험하지 못한 미국 남성성의 한 가지 방식이었다.

나는 12월까지 뱃일을 할 계획이었다. 이제 서아프리카까지 갈 돈이 없었다. 다른 일을 구할 전망도 없었다. 대비책이 없었다. 오직 대답을 구하는 질문과 방랑벽만 있을 뿐이었다. 이 모든 일을 없던 것으로 하고 잊을 수는 없었다. 집에 머무를 수도 없었다. 나는 이제 엄마 집에 얹혀사는 대학 졸업생이 되었다. 엄마를 사랑하는 만큼 그 사실을 씻을 수가 없었다.

해고되고 일주일 후에 절망적인 계획을 짰다. 우리 집 뒷문을 나와 계속 걷는다면 어떨까 생각하기 시작했다. 생각을 많이 할수록 점점 더 말이 되었다. 5년이 지난 지금 생각해도 마찬가지이다. 걷기 여행은 이 나라 지맥의 깊은 곳에 자리 잡았다. 사실상 하나의 종교다. 매년 수천 명의 현대판 순례자가 장거리 경로를 종주한다. 그들은 언제나 엄청나게 무거운 질문을 끌고 다닌다. 그런데 안 될 이유가 뭔가? 걷기 여행은 조상 대대로 물려받은 가려움이자 진화의 충동이다. 북미인은 수 세기 동안 그렇게 해왔다. 대초원(로키산맥 동부의 캐나다와 미국에 걸친 건조 지대-옮긴이)의 부족들은 전통적으로 답사 여행을 다녔다. 어쩔 수 없이 강제로 걸었던 부족도 있다. 나바호족의 '머나먼 여정'(1863년 약 8,000명의 나바호 원주민 부족이 전쟁포로가 되어 약 5,000km 떨어진 뉴멕시코주 포트섬너로 걸어서 강제로 이주당했는데, 그 과정에서 많은 원주민이 희생되었다-옮긴이)과 체로키족의 '눈물의 길'(1838년 조지아주에서 오클라호마까지 1만 6,000여 명의 체로키족을 걸어서 강제로 이주시키는 과정에서 추위와 질병, 굶주림으로 4,000여 명이 목숨을 잃었다-옮긴이) 이야기이다. 또 개척자들, 모르몬교 난민들, 도망친 노예들, 인권운동 행진자들, 평화운동가들 그리고 비트와 히피 시대 방랑자들의 걸음도 있었다. 수많은 이가 나보다 앞서 이 나라를 걸었다. 그들 사이에 내 자리를 마련한다면 어떨까? 혼자 있어도 좋은 친구가 생기는 셈이었다. 덧붙여 걸어가기는 공짜였다. 나는 돈의 여유가 없었다.

해고된 날로부터 준비하는 데 6주가 걸렸다. 초가을이었다. 10월 중순이 지나서 출발하면 길에서 얼어버릴 것이다.

훈련 삼아 하이킹을 한 번 했다. 베개 몇 개를 넣어 완충장치를 한 배낭에 9kg의 역기 두 개를 넣고 5km를 걸었다. 그러나 곧 어리석은 짓임을 깨달았다. 나는 애처로울 만큼 준비가 안 되어 있는데, 굳이 왜 이런 일을 시도해야 한단 말인가.

출발 2주 전, 친구이자 아카펠라 동아리의 동료 바리톤인 앤드루에게 내가 하려는 일을 설명했다. 그는 〈아웃사이드 매거진〉의 장비 기술자로 일했다. 그는 곧 자기 상사에게 전화를 걸었고, 그 상사는 며칠 후 내게 필요한 모든 장비를 보내주었다. 복수심에 불탄 크리스마스가 일찍 찾아온 것 같았다. 소포가 계속 왔다. 부츠, 양말, 바지, 셔츠, 코트, 비옷, 텐트, 침낭, 침낭 깔개, 물 여과기, 선글라스, 배낭 등이 전부 왔다. 모든 장비는 여름내 내가 만든 것들보다 훨씬 더 가치 있었다. 나는 어떤 것도 비용을 내지 않았다. 하느님이나 산타클로스가 존재한다는 증거 같았다.

떠나기 전 스스로 몇 가지 규칙을 정했다.

앞으로 나아가기 위해 어떤 것도 타지 않을 것이다. 오직 걷기만 할 것이다.

걷는 동안에는 음악을 듣지 않을 것이다. 이어폰 사용 금지.

도로에서는 지도를 사용할 것이다. 스마트폰 사용 금지.

누가 재워주지 않으면 텐트에서 자고, 가능한 한 허락을 받아 야영하고, 필요하면 무단침입할 것이다.

계속 도로로 갈 것이다. 다양한 사람들을 만나고 싶은데, 오솔길은 지나치게 선별적일 수 있다.

사람들이 편안하게 다가오길 원하므로 가능하면 버젓하게 하고 다닐 것이다.

세 명의 시인을 안내자로 삼을 것이다. 월트 휘트먼(《풀잎》), 라이너 마리아 릴케(《젊은 시인에게 보내는 편지》), 칼릴 지브란(《예언자》). 영감이 필요할 때마다 그들에게 의지할 것이다.

모든 사람을 스승으로 생각할 것이고, 허락을 받으면 누구라도 인터뷰할 것이다.

그리고 마지막 규칙 하나. 멈춰야 할 것 같은 느낌이 들 때까지는 계속 걸을 것이다. 4,000달러의 예산이 사라질 때까지, 혹은 태평양에 닿을 때까지는. 둘 중 어떤 일이 먼저 찾아오든지.

"아들에게 편지를 쓸 때면 이렇게 말해요. '네가 내 아들이라서 정말 기쁘단다. 네가 자랑스럽고, 너를 사랑해. 나는 너의 엄마야.' 우리는 늘 '인생은 모험이며 경험하는 것이지, 앉아서 지켜보는 것이 아니야'라고 말했어요. 아들은 열여덟 살이 되자 군인이 되기를 몹시 원했고, 스무 살이 되자 우리에게 와서 이렇게 말했어요. '대화는 끝났어요. 나는 이 일을 할 거예요.' 정말 힘들었어요. 지금도 힘들어요. 자기 아들이 자진해서 위험에 뛰어드는 걸 보는 일은 누구나 힘들죠. 그래요. 3년이나 흘렀는데 아직도 눈물이 나네요. 아들이 계속 목숨을 위협하는 선택을 한다고 생각하면 너무 힘들어요.

조용하지만 강한 아이였어요. 또 무척 진지해질 수도 있는 바보 같은 녀석이었죠. 지금도 내가 가장 깊이 걱정하는 부분이에요. 그래서 아들의 채용 담당자에게 '저는 케일럽이 누군가를 죽이는 걸 볼 수 없어요'라고 말했어요. 만약 아들이 누군가와 대면해 그 사람을 쏘아야 한다면 그 일이 아이의 정신에 어떤 영향을 미칠지 정말 걱정돼요. 아주 예민한 아이이거든요. 사람들을 사랑하고, 학교에서 집에 돌아오면 대답을 잘 못했다는 이유로 학생을 조롱하는 선생님 이야기를 하며 화를 내기도 했어요. 그런 일을 좋아하지 않았죠. 그래서 아들이 정말로 누군가를 총으로 쏴서 그 사람을 죽였다는 걸 알게 된다면 어떨지 너무 걱정스러워요. 아들의 채용 담당자는 참 좋은 분이었지만, 나는 계속 물어볼 수밖에 없었어요. '그런 일이 벌어지면 제 아들은 어떻게 되지요? 군대는 그런 일에 대비하고 있습니까? 사후에 그 문제에 관해 아들과 대화를 나눌 계획이 있습니까?' 지금도 그때를 생각하면 화가 나요. 내가 던진 질문들에 만족할 만한 대답을 듣지 못했거든요.

아들이 언제 돌아올지는 몰라요. 아마 내년 초쯤이 아닐까 싶어요. 아들에게 매일 소식을 듣지 못하고, 또 원할 때 곧바로 전화할 수 없어서 정말 힘들어요. 당신 어머니도 같은 마음일 거예요. 당신 어머니도 당신과 연락이 확실히 닿을 수 없어서 많이 힘들 거예요. 나는 아들에게 이렇게 말했어요. '나는 당장이라도 너와 연락이 닿아야 해.' 당신도 우리의 아이예요. 엄마들에게는 절대로 끝나지 않는 존재이죠. 당신은 언제나 우리의 아이랍니다. 물론 자식들은 이런 생각을 몹시 싫어한다는 것도 알아요. 하지만 당신이 서른세 살이든 스물세 살이든 우리에겐 언제나 어린아이예요. 자식이 자라는 모습을 보는 게 힘들죠."

잠시 다른 세상에 가 있었어

〈 3 〉

WALKING ⇒TO⇐ LISTEN

둘째 날 정오 무렵, 철로에서 내려와 처음으로 도로에 올랐다. 그러나 곧 고속도로를 걸어간다는 것은 지옥이라는 사실을 깨달았다. 자동차는 밴시(아일랜드 전설에서 구슬픈 울음소리로 가족 중 누군가 곧 죽을 것을 알리는 요정-옮긴이)처럼 비명을 질러댔고, 트럭은 살인적으로 울부짖었다. 2번 고속도로에서 16번 고속도로로 이어지는 죽음의 병목 지대였다. 아스팔트는 내 무릎에 자비 없는 충격을 주었고, 태양 빛을 피할 도리가 전혀 없었으며, 바람을 막아줄 것도 없었다. 여기서 나는 외계인이었다. 극도로 외로웠다. 자동차를 타고 곁을 지나가는 사람들은 여기가 실제로 어떤 곳인지 전혀 몰랐다. 나조차 차를 몰고 고속도로를 지나갔던 수많은 순간을 까맣게 잊고 있었다. 고속도로는 원래 아무것도 없는 곳이었다. 이토록 음산할 줄은 전혀 예상하지 못했다.

첫 주 동안 메릴랜드주의 주도로를 멍한 아이처럼 걸었고, 이어서 더 멀리 남쪽에 있는 워싱턴 D.C. 근처의 더 무서운 거대도시를 향해 걸었다. 자동차가 소리를 지르며 지나갈 때마다 내 몸은 몹시 섬세하게 느껴졌고, 그런 일은 온종일 그리고 매일 일어났다. 그러던 중 버지니아주 어딘가에서 죽은 사슴을 발견했다. 사체는 도로 45m 범위 안에 마구 흩어져 있었다. 가장 먼저 근육 조직이 연결된 채 피에 흠뻑 젖은 사슴의 심장이 보였다. 이어서 사슴 내장과 뒷다리를 거쳐 마지막으로 선홍색 살더미 위에 붙은 사슴 머리를 보았다. 사슴이 하나뿐인 유리알 같은 눈으로 나를 빤히 쳐다보았다. "너라고 더 나았을 것 같니?" 사슴이 이렇게 말하는 것 같았다. 픽업트럭 한 대가 이 난장판을 피하려고 방향을 틀며 지나갔다. 잠에서 깨어난 기류가 우리 둘 다 뒤흔들었다. 나는 이 자리를 떠나기 전 사진을 몇 장 찍었다.

버지니아주 시골 지역의 고속도로는 속도가 더 느리고 더 조용했다. 엄마 집 뒤쪽의 기찻길 같았다. 다시 숨을 쉴 수 있었다. 볼 것도 많았다. 민들레 빛깔의 차선이 진한 검은색 아스팔트를 가르고 지나가는 모습이나 풍성한 풀밭을 보았다. 풀줄기가 통통해 엄지 사이에 끼우고 풀피리를 만들어 오페라를 연주했다. 석판 같은 하늘은 금방이라도 울 것 같았고, 철로 만든 오래된 수탉이 어느 집 진입로를 지키고 서 있었다. 다람쥐가 전선에서 나뭇가지로 뛰어올랐다. 전에는 한 번도 알아보지 못한 우아하고도 날렵한 재주였다.

헛간도 있었다. 지그 춤(빠르고 가볍고 깨끗하고 날쌔게 추는 춤-옮긴이)을 추는 소와 돼지 그림이 커다랗게 그려진 초록색 헛간도 있었고, 너무 오래 서 있어서 쓰러질 듯한 노인처럼 무너져가는 붉은색 헛간도 있었다. 1시간에 5km 정도로 천천히 이동하고 있어서 지나가는 모든 것과 오래 시간을 보냈다. 어떤 날에는 통통한 거미가 거미줄에서 빈둥거리는 걸 봤는데, 언뜻 공중에 둥둥 떠 있는 것처럼 보이거나 가끔 아주 고운 비단실 가닥이 날리는 것처럼 보이기도 했다. 나비가 오줌을 싸는 모습을 보기도 했다.

나는 굶주린 사람처럼 도로표지판을 읽었다.

도로 위탁관리 구간
쓰레기 투기에 반대하는
성난 촌사람들

버크역 습격 사건
1862년 12월
스튜어트 장군이 이끄는 기병대가
6km 남쪽의 버크역을 습격했다.
스튜어트 장군은
자기가 사로잡은 노새들이 불량이라고
불평하는 내용의 전보를 워싱턴에게 보냈고,
이후 유명한 농담이 되었다.

캘버턴
침례교회

천국과 지옥 가운데
어디에서 영원한 시간을 보내시렵니까?

매일 모든 게 눈으로 쏟아져 들어왔다. 나는 내가 본 것들이 두뇌의 신경 패턴을 어떻게 바꾸는지, 바깥 세계와 내부 세계 사이의 이동에 대해 생각하는 게 좋았다. 내 마음은 바람 속에서 모양을 바꾸는 구름이었고, 내 발걸음이 닿는 세계가 마음을 스쳐갈 때마다 탈바꿈했다. 탐욕스러울 정도의 관찰 덕분에 고통에서 잠시 눈을 돌릴 수 있었다. 매일 하루 치 걸음을 걷고 나면 내 몸은 불타오르는 바늘로 만든 침대 위에 누워 관절염을 앓는 노인이 된 것 같았다. "노인이 우스꽝스럽게 걷는 이유는 아프기 때문입니다." 인터뷰 도중 지리학 교수 제프 하워스가 한 말이다. 이제 그 말이 제대로 이해되었다.

배낭의 맹공을 받은 엉덩이와 어깨도 밤이면 살갗이 벗겨졌다. 나는 통증을 잊으려고 노래를 불렀다. 헨델과 마빈 게이와 크리스마스캐럴을 떠오르는 대로 아무렇게나 불렀다. 노래를 지어내기도 했다. 한번은 페기 레인이라는 이름의 도로를 지나갔는데, 마치 아름다운 여인의 이름 같았다. 마치 그녀의 모습이 보이는 것만 같았다. 그녀에게 함께 걷자고 말해볼까? 땅거미가 내려앉았고, 나는 죽어가고 있었다. 하모니카를 꺼내 기차 리듬처럼 불면서 페기 레인을 향한 불타는 사랑을 즉흥적으로 지어낸 가사로 노래했다.

때로는 내 발걸음에 맞춰 서툴게 랩을 하기도 했고, 때로는 동작에 맞춰 시를 읊기도 했다. 그러나 전부 형편없어서 나는 종종 내가 하는 모든 일이 어이가 없어 신경질적으로 웃음을 터뜨렸다. 멀리서 보면 틀림없이 정신 나간 사람처럼 보였을 것이다. 하지만 통증을 잊게 해주었기 때문에 다른 사람의 시선은 신경 쓰지 않았다. 정말로 아프고 힘들 땐 나를 상상의 인물로 만들기도 했다. 그렇게 하면 내 고통과 나 자신을 잠시 분리할 수 있었다. 나는 입에 담을 수 없이 심한 욕을 하는 천박한 노인이 되기도 했고, 불평투성이 소년이 되기도 했으며, 오페라 가수가 될 때도 있었다. 심지어 인도 억양으로 말하는 불굴의 사나이, 구루가 되기도 했는데 그는 늘 옳은 말만 했다. 거의 쓰러질 지경이 되면 내 안의 구루가 지혜로운 말을 해주었다. "걱정하지 마라, 아들아. 걱정하는 순간 너는 시간이 네게 주는 선물을 거절하는 셈이 된단다. 겁을 내면 주의가 산만해지고, 주의가 산만해지면 삶의 위대한 수확물을 놓치게 될 것이다." 미친 짓에다 어찌 보면 저속한 짓일 수도 있었지만, 효과는 있었다.

구루라는 상상의 인물은 내가 일곱 살 때 우리 가족이 한 해 동안 인도에 살던 시절에서 유래한 것 같다. 우리 가족은 모두 인도로 갔다. 아버지는 박사 과정을 밟았고, 엄마는 요가를 배웠다. 부모님은 내게 길쭉한 모양의 양면 북인 므리당감을 연주하는 법을 배우게 했다. 고빈드 선생님이 맞은편에 앉아 북 치는 법을 가르쳐주었는데, 북의 양면을 두드리고 치는 다양한 방법을 가리키는 용어가 어마어마하게 길었다. 어쨌든 나는 순서를 기억했고, 이후 전혀 문제없이 북을 칠 수 있게 되었다. 내가 놀라운 실력으로 북을 칠 수 있게 된 것은 아마도 나를 믿고 침착하게 가르쳐준 선생님 덕분일 것이다. 선생님이 아니었다면 나는 므리당감을 연주할 수 없었을 것이다. 인도를 떠나 시카고로 돌아온 후 북 연주는 그만두었다. 그런데 그토록 오랜 시간이 지난 후에 고속도로에서 다시 구루를 만나다니 놀라웠다. 어쩌면 선생님은 내내 내 안에 살고 있었던 모양이다.

구루라는 인물은 내 고통과 절망에 맞서는 최후의 수단이었다. 구루마저 나를 구해주지 못하면 나는 광기에 굴복해 제정신을 잃고 고통을 완전한 실체로 상상했다. 나는 고통을 향해 소리치기 시작했다. "내가 널 땅속으로 데려가줄게, 이 개새끼야! 이게 네가 가진 전부야? 이게 네가 가진 전부냐고!"

그런 다음 나는 잠시 휴식을 취했다. 휴식은 언제나 분노보다 효과가 좋았다.

———

버지니아주 샬러츠빌 북쪽에 들어선 지 이틀째 되는 날, 브랜디역 안의 베일리 스토어에서 두 명의 노인과 함께 아침을 먹었다. 29번 고속도로 변의 오래된 정류장이 있는 동네였다.

상점 안쪽 진열대에는 선명한 색깔의 상품이 죽 늘어서 있었다. 핼러윈 장식용 반짝이 거미가 압정으로 천장에 매단 반짝이 거미줄에 붙어 있었다. 계산대 옆에서 거대한 달걀 피클 통을 보고 거의 유혹에 넘어갈 뻔했다. 그러나 팬케이크만 사서 두 노인 옆에 합석했다. 그들은 단골이었고, 내게 같이 앉아도 좋다고 했다.

"일흔 살이면 어떨 것 같아?" 허먼이 말했다. 허먼 옆에 앉은 월리가 일흔 살이었다. "일흔 살은 아무것도 아니야." 허먼이 계속 말했다. "일흔 살은 청소년에 불과하지. 난 다음 주면 여든 살이 되거든."

허먼은 속삭이는 목소리였고, 윌리는 저음의 부드러운 목소리였다. 윌리는 일흔 살처럼 보이지 않았지만, 허먼은 누가 봐도 여든 살 같았다. 윌리는 흑인, 허먼은 백인이었고, 오랜 친구 사이였다. 윌리가 말했다. "내가 허먼과 알고 지낸 지가, 어디 보자, 한 50년은 된 것 같아." 허먼은 이렇게 말했다. "이 친구는 평생 나를 알고 지냈어." 나는 수십 년 동안 그 우정이 어떤 모습이었을지 궁금했다.

"이 친구는 사랑꾼이야. 암, 그렇고말고. 여자가 아주 많았어!" 허먼이 말했다.

"윌리가요?"

"그럼!" 허먼은 각 단어를 강한 억양과 강세로 발음했다.

"여자가 꽤 있긴 했지." 윌리의 말이다.

"어떻게 됐는데요?"

"세월이 흘렀지. 지금은 한 두어 명 되나." 그러고는 잠시 적당한 말을 고르려는 듯 말을 멈추었다. "지금은 그냥 동료랄까. 있잖아, 나이는 숫자에 불과해. 스물네 살을 지나면 어떻게 되는 줄 알아? 마흔두 살이 돼."

"젊은 여자들을 꾀려고 그렇게 말하는 거죠." 조리대 뒤에서 커피를 끓이던 여자가 끼어들었다.

"아니야! 나는 굳이 그런 성가신 일을 하지 않아! 하지만 솔직히 말하자면 약간 진전이 있기는 해. 그건 내가 좋은 사람이기 때문이지. 나는 좋은 사람이 되려고 노력하거든. 그렇지만 이런 말을 해줄 수 없는 사람도 있어."

윌리가 나무라는 듯 허먼을 쳐다보았다. 허먼도 마주 보았다.

"노력과 행동은 다르지 않아?"

"허먼, 자넨 내 친구가 되고 싶지 않은 모양이지만 나는 자네를 아주 오랫동안 알았어. 자네가 말하면 보통 나는 고분고분하게 듣잖아. 자네가 뛰라고 하면 내가 보통 뭐라고 말하지?"

"얼마나 높이?"

"그렇지. 그리고 나는 아직도 뛸 수 있잖아. 그건 좋은 일이지."

떠나기 전 윌리가 나를 위해 신문의 일기예보를 찾아 보여주었다. 신문 1면의 헤드라인 기사가 보였다. '스쿠터 운전자, 픽업트럭과 충돌사고로 사망.' 오하이오주 제인즈빌의 미친 남자 기사도 있었다. 남자는 희귀한 이국의 동물들을 개인적으로 소장하고 있다가 자살하기 전에 모두 풀어주었다. 벵골호랑이와 사자들, 회색 곰과 흑곰, 쿠거와 늑대 등이 모두 교외 지역과 고속도로로 나왔고, 경찰은 거의 50마리에 달하는 동물을 도살했다. 자살한 남자를 제외하고 인간은 아무도 죽지 않았다. 몇 주 만에 뉴스를 접하고 미국의 기이함과 비극, 기능장애에 깜짝 놀랐다. 고속도로 위를 지나는 나의 작은 세계는 잊기 쉬운 일이었다.

일기예보는 그날 밤 눈이 온다고 했고, 다음 날은 쌀쌀하고 진눈깨비가 내린다고 했다. 윌리는 그날 밤 실내에서 묵어갈 장소를 찾아보라고 했다.

"도로를 지나가는 자동차가 미끄러져 불행하게도 자네 텐트를 들이받는 걸 원하지 않는다면 말이야."

그날은 잘 걸었다. 무엇보다 블루리지산맥을 까맣게 잊고 있었다. 그래서 언덕 정상에 올랐다가 저 멀리 산맥이 우뚝 솟아오른 광경을 목격한 순간 화들짝 놀랐다. 자줏빛 산이 장엄히 서 있기에!(미국의 비공식 국가로 통하는 'America the Beautiful'의 한 구절-옮긴이) 나도 모르게 "와!" 하고 탄성을 지르기 시작했다. 다시 몇 킬로미터를 더 걷다가 우연히 포도주 양조장을 만나 시음을 하고, 둥둥 뜬 기분으로 2~3km를 더 걸었다.

그러나 오후 4시가 되자 활기가 사라졌다. 벌써 32km를 걸었고, 브라이트우드라는 작은 마을에 가까워지고 있었다. 공포의 시간이었다. 땅거미가 내려앉는데 묵어갈 장소를 아직 찾지 못했다. 게다가 그날 밤은 눈이 올 예정이었다. 주위는 온통 단풍나무와 떡갈나무가 우거진 울창한 숲이었다. 그때 나무 사이에서 부품을 모두 떼어낸 자동차와 버려진 노란 스쿨버스의 무덤을 보았다. 그 자체로 으스스했는데, 이런 경고 표지판이 있었다.

정지!
사유 도로임!
무단침입 금지
무단침입 시 발포함
살아남아도 구속

텐트를 쳐도 좋다는 허락이 필요했다. 브라이트우드에는 집이 몇 채 없었고, 대부분 집에 사람이 있겠지만 감히 문을 두드릴 엄두가 나지 않았다. 어떤 사람이 문을 열어줄지 두려웠다. 엽총이나 개 혹은 더 나쁜 게 나오면 어쩌지? 위험한 사람은 아닐지라도 비열한 사람일 수 있었고, 고된 하루를 보낸 끝에 그런 사람을 만나고 싶지 않았다. 한참 전에 사우스캐롤라이나주의 도로를 지나다가 다리 밑에서 야영한 적이 있는데, 동화 속 트롤은 어쩌면 그렇게 무시무시한 괴물이 아닐지도 모른다는 생각이 들었다. 트롤도 집에서 멀리 떠나왔고, 사실은 조금 우울했을지도 모른다. 트롤은 염소 삼 형제를 잡아먹겠다고 위협했지만, 그가 정말로 원한 것은 염소들과 함께 있는 것이었을지도 모른다. 다만 어떻게 부탁해야 할지 몰랐거나 거절당할까 봐 두려웠을지도 모른다. 라이너 마리아 릴케도《젊은 시인에게 보내는 편지》에서 비슷한 말을 했다. "어쩌면 우리를 두렵게 하는 것은 가장 깊은 본질 속에서 속수무책으로 우리의 사랑을 원하는 어떤 것일지도 모릅니다."

문을 두드리려면 수치심도 많이 필요했다. 낯선 사람에게 도움을 요청하기는 쉽지 않다. 전에는 사실 그런 일을 할 필요가 전혀 없었다.

그 무렵 나는 남의 집 문을 딱 두 번 두드려보았다. 두 번째는 산소통을 단 나이 든 여성과 짖어대는 개가 문을 열어주었고, 곧바로 거절했다. 실제로 그녀가 뱉은 말은 "가"라는 한마디였다. 첫 번째로 남의 집 문을 두드린 것은 걷기 여행을 나선 첫날 밤이었다. 중년의 여자가 문을 열어주고 야영을 허락했다. 그녀는 나를 집 안으로 들여 호박 수프를 권했다. 조금 대화를 나눈 후 그녀가 나의 엄마를 안다는 사실을 발견하고 둘 다 깜짝 놀랐다. 두 사람 모두 지역의 요가 강사였고, 몇 년 동안 서로 만나려고 했지만 만나지 못한 사이였다. 그녀의 이름은 앨리슨 돈리였다. 앨리슨의 딸이 집에 돌아온 후에는 셋이 난로 옆에 앉아 적포도주 한 병을 나눠 마시며 마치 몇 년 동안 알고 지낸 사람들처럼 수다를 떨었다. 마법 같은 일이었지만, 나는 이런 행운이 계속 이어지길 기대하지는 않았다.

브라이트우드의 집들은 금세 전등불이 꺼져갔다. 어느 교회를 지나가는데, 비어 있는 듯했다. 왼편에 한 가족이 집 앞마당의 석쇠 앞에 모여 있었지만, 다가가지 않았다. 나를 소개해야 한다고 생각하니 속이 울렁거렸다. 바로 그때 창고처럼 생긴 건물이 서 있고 '브라이트우드 잡화점'이라는 간판이 보였다. 다른 간판도 있었다. '매주 금요일 라이브 음악!' 마침 그날은 금요일이었고, 내겐 만돌린이 있었다.

나는 잡화점 안으로 들어갔다. 한 가족이 커다란 나무 탁자에 둘러앉아 저녁을 먹고 있었다. 벽마다 바닥부터 천장까지 이어진 진열대가 들어서 있고, '믿음' '평화' '희망' '사랑'이라는 말로 몰딩을 한 맨 윗부분에는 벽화가 그려져 있었다. 곳곳에 사진이 도배되어 있었다. 웃는 아이들, 밴조를 든 노인들, 사냥한 칠면조를 자랑하는 의기양양한 얼굴의 사냥꾼들. 탁 트인 주방에서는 바비큐와 집에서 만든 피자 냄새가 풍겼다.

나는 계산대 뒤에 서 있는 여자에게 인사를 건넸다. 그녀는 예의 바른 미소를 보냈다. 나는 내 상황을 설명하고 눈이 온다는 예보 때문에 곤경에 처했다고 말했다.

"좋아요." 그녀가 말했다. 재미있어하면서도 조금 걱정하는 말투였다.

"우선 데이브에게 물어보고 올게요. 데이브가 주인이에요."

나는 기다렸다. 커다란 나무 탁자에 둘러앉은 가족은 나를 못 본 척하거나 내 몸에서 풍기는 냄새를 못 맡은 척했다. 잠시 후 데이브 피크가 가게 뒤편에서 불쑥 나타났다. 군복 얼룩무늬의 카고 바지를 입은 그는 모래색의 긴 머리카락을 성조기가 그려진 머릿수건으로 단단히 묶었고, 짧고 검은 턱수염을 길렀다. 그는 대단히 열정적으로 내 손을 잡고 흔들며 인사했다.

"와, 우리 집에 포레스트 검프가 납셨군?" 그가 말했다. 그는 부드럽고도 거칠게 웃었는데, 그 웃음에 격변의 세월이 담겨 있을지도 모른다는 생각이 들면서 긴장이 풀리기 시작했다.

"혹시 배낭에 총이라도 들고 다니나?" 그가 물었다.

"아니요. 하지만 주머니칼은 두 개 있어요. 또 호신용 페퍼 스프레이도 하나 있고요."

"사이코야?"

나는 믿을 만한 사람으로 보이려고 노력하며 사이코가 아니라고 대답했지만, 처음 만난 사람에게 자신이 사이코가 아니라고 믿게 할 방법이 과연 있을까 싶었다. 미친놈은 자신이 미쳤다고 인정하지 않을 테니까. 나는 데이브가 판단할 때까지 기다렸다.

"나는 위층에 사는데, 거기 당신이 묵을 만한 방이 하나 남아. 물론 당신이 총을 들고 다니지만 않는다면 말이지. 침대는 없지만, 바깥보다는 따뜻할 거야. 샤워실도 있고. 또 애슐리가 그러는데, 당신이 만돌린을 가지고 있다며? 오늘 밤 우리랑 같이 연주해. 아마 자정까지 즉흥연주가 있을 거야. 그리고 내일 눈이 오면 하루 더 묵어가도 돼."

기적 같았다. 긴 하루를 걷다 보면 가끔 어린아이의 의식 상태로 돌아갈 때가 있는데, 그럴 때면 나는 쉽게 기뻐했고 쉽게 좌절했다. 까꿍 놀이가 미친 듯이 재미있고, 이제 그만 자라는 말이 비극이었던 시절과 비슷해졌다.

서서히 가게 안에 사람들이 들어오기 시작했다. 대부분 남자였다. 어떤 사람은 실내에서 줄담배를 피워댔고, 공기는 곧 연기와 웅성거림으로 가득 찼다. 무리를 지어 온 사람이 많았다. 그중 한 남자가 내 옆에 앉았는데, 검은색 곱슬머리에 파자마처럼 보이는 옷을 입은 젊은이였다. 그는 음악 때문에 흥분된다고 말했다. 그가 무대 위로 올라가자 데이브가 다가와 그 남자의 무리는 지역의 아가페 하우스에서 왔다고 귀띔해주었다.

"전부 조현병 환자들이야." 데이브가 말했다. "음악 때문에 금요일마다 여기 와. 여기선 아무도 그 사람들을 괴짜라고 부르지 않으니까. 여기선 우리 모두 사랑이거든. 이곳에는 하느님이 있어서 자석처럼 행복을 끌어당기지. 미국에 이런 곳이 많이 남지 않아서 슬퍼."

곱슬머리의 젊은 남자가 무대에 올라가 세 친구와 함께 존 덴버의 노래를 불렀고, 같이 온 보호자가 기타를 연주했다.

"천국과 다름없는 나의 고향 버지니아, 블루리지산맥과 셰넌도어강이 있는 곳!"

전부 음정이 맞지 않았다. 심지어 보호자도 틀렸다. 박자도 틀리고 가사도 가끔 틀렸지만, 그들은 전혀 개의치 않고 노래했다.

"아침에 그녀가 나를 부르는 소리를 들었지. 라디오를 들으니 멀리 떨어진 내 고향이 떠오르네!"

노래하는 그들을 보면서 나는 이 사람들이야말로 내 걷기 여행의 다음 스승이라는 것을 깨달았다. 그들은 판단당할 두려움 없이 자신의 모습을 있는 그대로 보여주었으며, 편안하고 느긋하게 하고 싶은 대로 했다. 주춤거리는 기색도 전혀 없었다. 노래 자체는 불협화음이라 듣다 보면 움찔움찔 놀랄 정도였지만, 노래하는 이들은 스스로 입을 다물지 않았고 나는 그런 점이 정말 좋았다. 곱슬머리 젊은이, 멜빵을 하고 신문팔이 소년처럼 코듀로이 모자를 쓴 뚱뚱한 남자, 가사를 보려고 등을 구부정하게 숙인 안경 쓴 남자, 그리고 이들의 보호자까지 '그냥 부르면 되지!' 하는 자세로 노래했다. 그들 덕분에 나 역시 그 자리에서 일어날 수 있다는 용기를 조금 더 느꼈다.

"시골길이여, 나를 집으로 데려가다오. 내가 있어야 할 그곳으로!"

그들은 G 코드에서 노래를 마쳤고, 멜빵을 한 남자가 외쳤다. "야호!"

다음으로 기계공이 입을 법한 재킷을 걸친 늙고 마른 남자가 일어나더니 자기 기타로 몇 곡을 연주했다. 그도 무리와 함께 왔다. 남자의 목소리는 그의 몸처럼 마구 흔들렸지만, 그 역시 조용한 자신감으로 노래했다. 물론 가끔 가사를 지어내는 것 같기도 했다.

"천국이 집이라네. 언제까지나 살고 싶은 곳, 오직 하나밖에 없는 집이라네."

코드를 짚는 손에 손가락 하나가 없었다. 그가 무대에서 내려왔을 때 나는 그에게 손가락에 관해 물었다. 그에겐 쌍둥이 형제가 있는데, 어렸을 때 나무 그루터기 위에서 도끼질을 했다고 한다. 그가 할 차례였는데, 쌍둥이 형제가 도끼를 빌려주지 않아서 그는 그루터기 위에 자기 손을 올려놓고 말했다. "이러면 너도 못 하겠지." 그렇게 쌍둥이는 둘 다 양보하지 않았다. 결국 손가락이 깔끔하게 절단되지 않아서 그가 손을 들어 올리자 잘린 부분이 대롱대롱 매달려 있었다. 쌍둥이 형제가 먼저 울음을 터뜨리고 나서야 그도 울기 시작했다. 쌍둥이는 나중에 판사 앞에 끌려가 훈계를 들어야 했다. 그리고 판사는 두 사람 다 유죄라고 말했다.

나는 노인에게 노래가 참 좋았다고 말했다.

"긴장했어." 그가 말했다. "하지만 최선을 다했어."

자유 무대 후에 하우스밴드가 나와 로커빌리(로큰롤과 컨트리 음악을 혼합한 미국 음악-옮긴이) 노래를 몇 곡 연주했다. 베이스 연주자가 오늘 못 왔다며 내게 베이스 연주를 부탁했다. 베이스를 연주해본 적은 한 번도 없지만, 노래가 그렇게 어렵지 않았고 리드기타를 연주하는 남자애가 계속 입으로 코드를 알려줬다.

"E······ A······ B······."

나는 음을 많이 놓쳤지만, 손가락 아홉 개로 연주하던 노인과 〈컨트리 로드〉를 부르던 사람들을 떠올리며 계속 연주했다. 베이스의 하모니가 악기의 몸체에서 울려나와 곧바로 내 배로 전달되었다. 내가 곧 악기가 된 것만 같았다. 무엇인가 나를 연주하고 있었다. 공간 자체가 정박지에서 풀려나와 항해하는 것 같았고, 나는 공명하는 소리 한가운데에 푹 빠져 있었다. 내 옆에서 리드기타를 치는 남자애는 기타 천재였고, 우리 사이를 흘러가는 음악을 느끼는 순간 나는 몸을 떨었다. 나는 밤새 연주했다. 다들 떠나고 데이브와 '드럼 치는 놈'이라는 이름의 트럭 운전사, 그리고 하모니카가 가득 든 가방을 들고 온 래리라는 남자만 남아서 오래도록 연주했다.

"나는 언젠가 졸면서 연주를 하기도 했어." 놈이 드럼 세트 뒤에서 말했다. "정신을 깜박 잃었지. 그냥 멍해지더라고. 잠시 다른 세상에 가 있었어."

다음 날 아침, 잠에서 깨어나 보니 진눈깨비가 거의 소리 없이 지붕에 떨어지고 있었다. 나는 뜨거운 물로 샤워를 했다. 불과 12시간 전만 해도 춥고 젖은 몸으로 비참하게 잠에서 깨어날 거라고만 생각했다. 이런 호사는 상상조차 하지 못했다. "고마워요." 나는 큰 소리로 속삭였다. "고마워요."

데이브가 아침으로 에그베네딕트를 만들어주었다. "내가 인생을 위한 충고를 하나 하지. 절대로 뉴스를 보지 마." 그가 말했다. 나는 그날 그 집에 머물며 인터뷰를 녹음하고 사진을 찍었다. 눈에 발이 묶였다.

오후에 어린 소녀가 호박을 조각하러 가게에 왔다. 아이는 호박 줄기를 자르고 씨앗을 긁어내 신문지 위에 쌓아놓았다. 아이 아버지가 곁에 서서 조용히 아이를 지켜보았고, 아이 어머니도 와서 아이가 춥지 않은지 살펴보았다. 아이는 '나는 영웅이 좋아'라고 씌어 있는 분홍색 티셔츠를 입고 있었다. 아이는 잠시 호박에서 물러나 엄마 배 위에 머리를 묻고 쉬었다. 그 모습을 보자 우리 집에 있을 엄마가 떠올랐다. 또 멀리서 나를 지켜보는 아버지도 생각났다.

엄마와 아버지는 우리 남매 앞에서 싸운 적이 한 번도 없었다. 적어도 예고 없이 통제되지 않는 싸움을 벌이지는 않았다. 우리 가족 사진첩에는 두 사람 사이에 여전히 뭔가 남아 있다는 생각이 들게 하는 사진이 한

장 꽂혀 있었다. 두 사람의 약혼 파티 때 찍은 사진이었다. 사진 속의 두 사람은 20대였고, 서로 마주 보고 앞으로 몸을 숙인 채 무릎에 양손을 얹고 있었다. 두 사람의 코는 3~4cm밖에 떨어져 있지 않았다. 두 사람은 거울을 보듯 서로 미소를 짓고 있었는데, 경이로움과 인정이 가득한 얼굴로 우스꽝스럽게 웃고 있었다. 많은 것이 가능한 때였다. "우리는 함께 어떤 일을 하게 될까?" 두 사람은 이렇게 말하는 것 같았다. "우리는 어디로 가게 될까? 무엇을 찾게 될까?" 사진 뒤에 아버지가 결별 직후 엄마에게 쓴 시가 적혀 있었다. 그 후 몇 년 동안 상처는 곪아 터지고 덧나기를 반복했다. 아직도 시 구절이 생각난다.

나는 봐. 나는 기억해.
나는 슬퍼. 나는 고마워.
나는 미안해.
당신이 기쁘기를 바라.
당신을 사랑해.
나는 숨을 쉬어.
내 인생의 사랑
당신을 놔줄게.
테레즈 마리.

나는 이 말들을 이해할 수 없다. 고칠 수 없을 정도로 망가져버린 것을 알면서 한때 사랑했던 사람의 사진을 보면 어떤 기분이 들까? 저런 식으로 작별 인사를 하는 건 어떤 느낌일까?

한때 믿었던 모든 것이 허물어졌을 때 나는 이제껏 환상 속을 살았다는 걸 깨달았다. 환상은 이런 식으로 진행되었다. 델라웨어 출신의 엄마는 보수적인 가정의 파격적인 골칫덩어리이자 육 남매 중 넷째였고, 주정치인의 딸이었다. 미시간 출신의 아버지는 고등학교 교사인 아버지와 간호사인 어머니 사이에서 태어난 육 남매 중 넷째였다. 둘 다 가톨릭 집안에서 자라 신앙을 진지하게 받아들였다. 또 둘 다 20대에 인도에 갔는데, 아버지는 선교 교회에서 일하러, 엄마는 '죽어가는 이들을 위한 집'에서 테레사 수녀와 함께 일하러 갔다. 둘이 시카고에서 만났을 때 아버지는 예수회 수련 수사로 교단에 들어가기 위해 교육을 받고 있었고, 엄마는 프랑스의 수녀원에 들어갈 생각을 하고 있었다. 하지만 두 사람은 단단히 사랑에 빠져버렸고, 결혼하기 위해 모든 계획을 그만두었다. 이렇게 우리는 가족이 되었다. 아파트에서 아파트로, 주택에서 주택으로 옮겨 다녔지만, 다 함께 있었기 때문에 그런 건 전혀 문제가 되지 않았다. 마침내 우리는 이리에 정착했다. 아버지는 시내의 한 대학에서 종교학을 가르쳤고, 엄마는 마사지와 요가를 수련했다. 심지어 우리는 교외에 조그만 집을 마련하기도 했다. 집 앞에는 떡갈나무들이 있고, 뒤쪽에는 썰매를 탈 수 있는 언덕과 타이어로 만든 그네도 있었다. 우리는 러브랜드 애버뉴에 살았다.

어느 날 밤 두 사람은 근처 파네라(미국의 프랜차이즈 음식점-옮긴이)로 데이트를 나갔는데, 늦은 시간에 엄마 혼자 돌아왔다. 엄마가 집 안의 모든 창문을 쾅 소리 나게 닫는 것을 듣고 뭔가 잘못되었다는 것을 알았다. 다음 날 아침 아버지가 집에 돌아왔을 때 두 사람은 우리 남매에게 말했다. 당시 다섯 살이었던 루크만 거실에 남아 만화를 봤다. 케이틀린은 열두 살 생일을 며칠 남겨두었고, 나는 막 열다섯 살이 되었을 때였다. 우리는 모두 엄마의 무릎에 앉았고, 아버지는 우리 맞은편에 앉았다. 우리는 엄마가 마사지 고객을 상대할 때 앉는 의자에 앉았다. 고객들은 거기 앉아서 엄마에게 어디가 아프고 어느 부위에 어떤 문제가 있는지 말하곤 했다.

"무슨 일인지 당신이 애들한테 말해, 톰." 엄마가 말했고, 아버지는 다른 여자와 사랑에 빠졌다고 털어놓았다. 아버지가 가르치는 대학생 중 한 명이었다는 것은 나중에 알게 되었다. 그 여자를 저녁 식사에 초대한 적도 있었다.

그날 아침 나는 소리를 많이 질렀다. 아마 온 동네 사람들이 내 소리를 들었을 것이다. 아버지는 몇 시간 동안 거기 앉아 내 소리를 받아들였다. 결국 아버지는 떠났는데, 어디로 갔는지는 아무도 몰랐다. 엄마는 톱으로 침대 프레임을 반으로 잘라버렸다. 우리는 거실로 매트리스를 끌고 나와 그날 밤 저녁도 먹지 않고 넷이서 그 매트리스 위에 누워 울었다. 잠시 후 나는 더 이상 견딜 수가 없었다. 따뜻한 교외의 밤공기 속으로 나가 도끼를 들고 통나무 하나를 산산조각 냈다. 내 안의 모든 것이 불타버릴 수 있도록 달리고 또 달렸다. 피가 날 때까지 주먹으로 철 쓰레기통을 쳤다. 내 안에 이토록 고통에 대한 취약함과 폭력을 쓸 수 있는 능력과 깨질 수 있는 심장이 있다는 걸 그때 처음 알았다.

한 달 후 우리는 미니밴에 짐을 싣고 펜실베이니아주를 수백 킬로미터 가로질러 갔다. 아버지는 함께 가지 않았지만, 이사를 도와주었다. 상실

이후의 이사는 당황스러울 정도로 단출했다. 우리 옷은 여행 가방에 싸고, 장난감들은 상자에 담아서 미니밴에 실었다. 고통은 초월적이면서 동시에 진부했다. 고통이 내 살을 찢어발기고 내 정신을 다른 행성으로 보내버렸어도 여전히 짐을 싸야 했다.

"잘 가라, 앤드루." 짐을 모두 싣고 나서 아버지가 말했다. "곧 만나러 갈게. 사랑한다." 아버지가 두 팔을 벌렸지만, 나는 몸을 돌렸다.

차가 진입로를 빠져나가 펜실베이니아주를 영원히 떠날 주간고속도로에 접어들기 전, 나는 엄마에게 차를 세워달라고 했다. 나는 아버지에게 달려갔고, 아버지는 나를 안아주었다. 그해 여름 아버지가 우는 모습을 처음 목격했고, 그날 처음으로 둘이서 함께 울었다.

이웃집에 사는 앨 아저씨가 길 건너 자기 집 진입로에 서 있다가 모든 것을 봤다. 아저씨의 대머리가 여름 햇볕을 받아 땀방울과 함께 빛났다. 아저씨는 늘 그랬듯이 셔츠를 벗은 채였다. 거대한 그의 배가 기억난다. 드디어 우리가 차를 타고 출발할 때 그가 잘 가라고 손을 흔들었다. 그는 미소 짓고 있었지만 뺨이 젖어 있었는데, 그것은 땀이 아니었다. 그게 그해 여름의 마지막 기억이다.

너무 충격적인 일이어서 그 후로는 무엇을 혹은 누구를 믿을 수 있을지 알 수가 없었다. 한때 믿었던 모든 것이 이제 의심스럽게 보였다. 어쩌다 이런 일이 일어났는지 이해해야 했고, 다시 이런 일이 일어날 때를 대비해야 했다.

부모가 이혼한 다른 아이들을 알았는데, 그 애들 전부 잘 사는 것처럼 보였다. 그러나 내가 직접 그 일을 경험해보니 다른 사람들도 나를 보면 잘 살아간다고 생각할 게 분명했다. 내 마음은 갈가리 찢어지는 것 같았지만 말이다. 몇 년이 흘렀어도 여전히 의문이 남았다. 의문은 모양을 바꾸고 부풀기도 했지만, 기원은 같았다. 대부분 당시에 느낀 상실감이 안겨준 고통스러운 공허함이 근원이었다. 그 공허함을 메우기 위해 나는 누구를 믿을 수 있을까? 오직 진짜 선생, 산속에 사는 현자나 나이 든 마법사, 수십 년간 동굴에 살면서 어느 한 분야의 달인이 된 사람만 믿을 수 있을 것 같았다. 이 상상의 현자가 내 어깨를 붙잡고 내 눈을 들여다보며 내가 알아야 할 모든 것을 알려주길 바랐다. 어떻게 성장하고 나이 들어갈지, 어떻게 좋은 사람과 좋은 아버지와 좋은 인간이 될지, 어떻게 고통을 잘 헤쳐나갈지, 혹은 아직 청소년인 내가 어떻게 고통을 완전히 피할 수 있을지 등을 가르쳐주길 원했다.

나의 의문은 부모님이 헤어진 그해 여름에 열렬하게 시작되었다. 더불어 나도 언젠가는 아버지처럼 결별할 것이고, 누군가와 아름다운 무언가를 창조한 다음 그것을 파괴할 것이며, 그 과정에서 나 자신을 잃고 말 것이라는 두려움도 함께 시작되었다.

호박을 조각하는 어린 소녀를 바라보며, 아이와 엄마가 끌어안은 모습을 묵묵히 지켜보는 아버지를 보며 나는 이 모든 기억을 떠올렸다. 어쩌면 나는 평생 걸을지도 모른다. 혼자서. 그쪽이 더 나을지도 모른다. 나는 아직 한 번도 가져보지 못한 내 가족을 잃고 상실감에 몸부림칠 수는 없었다.

염소 농장 농부이자 치즈 생산자

캐로몬트 농장 염소 우리에서

길을 나선 지 한 달째

"다른 동물과는 달리 이 염소 녀석들은 우리와 핏줄로 연결된 것 같아요. 촌스럽게 들리겠지만, 정말 심장이 연결된 것 같다니까요. 각자 괴짜 같은 개성이 있어서 기준에 꼭 들어맞지 않는 다양한 성격을 인정하는 법을 배우게 됩니다. 염소는 아주 충실해요. 감정을 보이지 않죠. 반발하지도 않아요. 그저 행동할 뿐입니다. 하루 일진이 몹시 나빠서 스트레스가 잔뜩 쌓였는데, 마침 키우는 짐승이 말을 잘 안 듣는다고 칩시다. 그래서 따끔하게 혼을 내주거나 고함을 질렀는데 오히려 내 기분만 더 나빠져요. 왜냐하면 녀석이 나를 빤히 보면서 '뭐?'라고 하는 것 같은 표정을 짓거든요. 염소들은 그래요. 살면서 얻을 수 있는 대단한 교훈이죠.

염소가 가르쳐준 맘에 쏙 드는 삶의 교훈이 또 뭐가 있을까요? 자매애죠. 녀석들은 정말 서로에게 충실해요. 염소들의 자매애만 한 게 없죠. 절대 서로를 잊지 않아요. 또 염소들의 형제애에서도 배울 점이 있어요. 녀석들은 많은 면에서 제 잇속만 차리는 사악한 놈들이죠. 자신을 만족시키는 놀라운 능력이 있어요. 배울 만한 능력이죠!

하지만 당신이 몹시 아끼는 동물과 계절에 맞게 살아가는데, 녀석들이 당신을 길러주고 젖도 주고 공동체를 위한 음식까지 준다면 당연히 녀석들은 아주 중요한 존재가 되겠죠. 일분일초가 소중해요. 녀석들을 들여다보지 않는 날이 하루도 없어요. 매일 밤 잠자리를 봐주고 안전한지 살펴보죠. 그게 좋은 농부의 삶이에요. 후회하지 않아요. 속박당했다고 느끼지도 않아요. 그런 건 구속이 아닙니다. 책임이에요. 그 동물과 맺은 계약이에요. 그리고 그 동물과의 관계야말로 내가 하는 일을 가치 있게 만들어주죠."

배울 게 많을 겁니다

〈 4 〉

WALKING TO LISTEN

대륙을 걸어서 횡단하고 싶다면 먼저 육체노동을 해보길 권한다. 나는 열세 살부터 블루베리 따는 일을 시작으로 여름방학마다 일했다. 그 후 열 번의 여름방학 동안 비숙련 저임금 단순노동자가 할 수 있는 거의 모든 일을 해봤다. 한번은 진공청소기로 천장을 청소한 적도 있다.

내게 여러 번 일자리를 준 그리스 출신의 노인 거스는 어느 해 여름, 거대한 계단을 만들고 싶어 했다. 그는 다른 사람도 몇 명 고용해 피라미드를 짓기 위한 돌과 모래, 자갈을 트럭에 실었다. 그는 계단을 피라미드로 부르는 걸 좋아했고, 파라오처럼 감독 의자에 앉아 종일 우리를 향해 소리쳤다.

"이집트 사람들도 이런 식으로 피라미드를 지었어!"

그는 우리에게 시원한 수박을 가져다주었고, 가끔은 70대의 나이였음에도 우리와 함께 일했다. 그는 흙 속에 들어가 갓돌을 프리스비처럼 던졌다. 그러나 파라오 노릇을 훨씬 더 좋아했다.

"그 돌! 바로 여기에 놔. 서둘러. 저건 바로 거기에 둬. 너무 무겁다고? 네 입으로 힘이 세다고 말하지 않았던가? 난 충분한 돈을 주고 있어. 이 집트 사람들은 돈을 많이 받지도 못했단 말이야. 이 게으른 녀석아."

그러면 나는 그에게 망령이 났다고 말하며 평석을 옮겼고, 우리는 다음 계단 작업을 시작했다. 여름은 길었다.

내게 일을 주는 사람들은 대부분 잔디밭과 정원의 잡초 뽑는 일을 시켰다. 나는 그 일이 싫었지만, 안타깝게도 잡초 뽑는 실력이 뛰어났고 잡초는 언제나 존재했다. 또한 교외 지역 사람들이 경계를 늦추길 기다리며 끈질긴 야생성을 일깨워주기엔 잡초만 한 게 없었다. 그리고 경계를 늦추지 않는 경비원이 바로 나였다. 내가 두 눈을 뜨고 있는 한 민들레는 절대로 허락할 수 없다! 어느 해 여름에는 거스를 위해 작은 숲의 잡초를 모두 뽑았다. 그는 나무와 수호초, 관목을 제외하곤 전부 뽑아내길 원했다. 그해 여름 대부분을 나는 쭈그려 앉은 자세로 어기적거리며 보냈다. 거스가 도로를 걸어가는 지금의 내 모습을 봤다면 아마 이렇게 말했을 것이다. "이 거창한 걷기 여행은 내가 만들어준 거야. 이제 알겠냐? 내가 너에게 인내심과 절제를 가르쳤다고! 넌 그때 나한테 몹시 화를 냈지. 애처롭게 낑낑대며 화를 내는 어린놈이었어."

걷기 시작했을 때 나는 이 일이 돌계단을 쌓는 것처럼 처음부터 작은 세부 사항을 하나씩 하나씩 세밀하게 계획하고 관리하는 일이기를 원하지 않았다. 늘 걱정하며 잡초 하나 없게 잘 가꾸어야 하는 말끔한 잔디밭이기를 원하지도 않았다. 그래서 스마트폰도 가져가지 않았다. 대륙을 가로지르는 파란 점선만 따라가면 된다고 생각했다. 알지 못하고 가면 별 볼 일 없던 것이 숭고한 것으로 변하는 마법이 일어났다. 만약 정확하게 500m 앞에 주유소가 있다는 사실을 미리 알았더라면 무조건반사 같은 기쁨은 희석될 것이고, 마법은 일어나지 않았을 것이다. 또 뜻밖의 만남이 있었다. 스스로 원하는지조차 몰랐던 곳, 찾고 있는 줄도 몰랐던 사람에게 곧장 데려다주는, 도저히 설명할 수 없는 우연이 연달아 찾아왔다. 우연이란 그 특성상 절대로 통제할 수 없기 때문에 그러려는 시도조차 하지 않았다. 대신 가능한 한 최선을 다해 미지의 세계에서 살아 있는 경험을 할 수 있도록 나를 자유롭게 놓아주었다.

"결국 이것이 우리에게 요구되는 유일한 용기입니다"라고 릴케는 편지에 썼다. "가장 낯설고, 가장 특이하고, 가장 설명할 수 없는 경험과 마주칠 용기입니다. 그러나 이 설명할 수 없는 것에 대한 두려움은 개인의 현실을 황폐하게 만들고, 인간과 인간 사이의 관계도 제한하고 맙니다. 말하자면 무한한 가능성의 강바닥에서 건져 올려 아무 일도 일어나지 않는 불모의 강기슭에 내려놓은 것과 같습니다." 설명할 수 없는 것, 미지의 것, 그리고 우연한 것. '어떤 일이든 일어날 공간을 만드는 게 좋겠어.'라고 나는 생각했다. 그래야 무슨 일이든 일어날 수 있을 테니까.

나는 노트북을 가지고 있어서 인터넷 연결이 가능한 곳을 만날 때마다 매주 기본 경로를 검색해보았다. 겨울이 다가오고 있었기 때문에 엉킨 실타래 같은 주 고속도로와 시골 도로를 보고 남쪽으로 향하는 경로를 찾아야 했다. 어느 날은 그날 밤 어디에서 자야 할지 정확히 알 수 있었다. 그런 날을 '착륙의 날'이라고 불렀다. 정말로 다시 단단한 땅에 내려앉는 듯한 기분이 들었다. 그러나 대부분은 어디에서 자야 할지 알 수 없었다. 그런 날들은 미지의 세계를 향해 떠나는 '비행의 날'이라고 불렀다.

버지니아주의 깊숙한 남쪽, 주위에 아무것도 없는 외딴곳에서 나는 길을 잃고 비행했다. 29번 고속도로를 걷지 않으려면 샬러츠빌에서 뒤쪽 도로로 가야겠다고 결정했다. 며칠 전 구글 지도를 찾아보고 내 노트에 방향을 받아 적을 때만 해도 꽤 간단한 직선 길로 보였다. 그런데 막상 와서 보니 그 뒤쪽 도로라는 것은 산맥을 가로질러 구불구불 지나갔고, 함께 따라오는 강물처럼 왼쪽과 오른쪽으로 지류가 갈라지기 일쑤였다. 표지판도 대체로 정확하지 않았다. 울창한 가을 숲속에 가옥은 거의 보이지 않았다. 어느 순간 나는 왼쪽 길로 접어들어 할로 레인 방향으로 가야 했다. 그러나 그 길은 산속으로 사라지는 좁은 흙길이었고, 거의 오솔길이었다. 순간 나는 길을 잃었거나 곧 길을 잃을 것을 직감했다.

겨우 20분쯤 올라갔는데 숲이 드문드문해지더니 산꼭대기가 나왔다. 도로변에 집 몇 채가 늘어서 있었고, 모든 게 고요했다. 그때 픽업트럭 한 대가 부르릉 소리를 내며 다가왔다. 트럭은 내 쪽으로 방향을 틀고 천천히 다가오더니 내 바로 옆에서 멈춰 섰다. 트럭에는 백인 남자 두 명이 타고 있었다. 운전자는 몸집이 아주 컸고 동승자는 노인이었는데, 그 노인은 미소를 지으면서도 코앞에 있는 내 눈을 마주치지 못했다. 눈을 깜박이는 것 같지도 않았다. 운전자가 차창을 내렸다.

"당신, 어디 가는 길이오?" 그는 '당신'이라는 말을 강조하며 물었다. 나는 '듣기 위해 걷는 중'이라고 쓴 내 알림판을 보여주고 노트에 스케치한 구글 지도의 길 안내를 설명했다.

"800m만 가면 이 길은 끊겨요." 운전자가 말했다. "당신 컴퓨터가 아마 옛날에 벌목용 도로로 쓰던 길을 주도로로 착각한 모양이오. 이 근처 지리를 모르면 아마 몇 시간 동안 제자리를 맴돌 수도 있어요. 트럭에 타요. 내가 다시 고속도로에 모셔다 드릴게. 뭐, 꼭 원한다면 벌목용 도로로 가도 좋고. 기어이 성공할지도 모르니까."

그 무렵 나는 벌써 두 번이나 차를 얻어 타면서 규칙을 어겼다. 한 번은 메릴랜드에서 보행자 통행금지인 다리를 건널 때였고, 또 한 번은 워싱턴 D.C. 근처 친구 집까지 몇 킬로미터 남았는데 땅거미가 지고 있을 때였다. 규칙 위반은 두 번으로 충분했다. 나는 모든 단계를 걸어서 가고 싶었다. 그러나 숲속 한가운데에서 길을 잃고 싶지도 않았다. 운전자는 내 대답을 기다렸고, 조수석에 앉은 노인은 내 너머 어딘가를 멍하니 보고 있었다. 어떻게 하면 좋을지 알 수 없었다. 그때 다른 목소리가 들렸다.

"이 젊은이가 길을 잃은 거냐, 제프?"

볼록렌즈 안경을 쓰고 백발을 짧게 자른 늙은 부인이 앞마당을 가로질러 우리를 향해 걸어왔다. 그녀는 노인치고 키가 꽤 컸으며, 몸집도 다부졌다. 그녀 뒤에는 어린 소녀가 있었다. 트럭 운전자 제프는 그녀의 아들이었다. 우리는 함께 그녀에게 상황을 설명했다.

"목적지에서 멀리 떨어진 모양이로구나, 애야." 그녀가 말했다. "먹을 것이 필요하니? 마실 거라도 줄까?"

나는 제프라는 사람은 확신할 수 없었다. 그릇된 행동은 전혀 하지 않았지만, 그래도 여전히 어떤 태도를 보일지 정하지 못했다. 나는 홀로 길을 잃고 헤매는 초식동물과 다름없었다. 겁먹기 쉬웠고, 언제라도 달아

날 준비가 되어 있었다. 이런 내가 본능적인 공포를 단절시키려는 노력은 진화와 싸우는 것, 즉 동굴 생활자였던 나의 조상 상당수를 살아남게 해주었을 생존 전략과 맞서 싸우는 것과 같았다. 그러나 이 늙은 부인이라면 걱정되지 않았다. 그녀는 나를 "얘야"라고 불렀다.

그녀의 성은 할로였고, 이 흙길의 이름과 같았다. 그녀는 자신을 네티라는 이름으로 부르거나 손녀 크리스티나처럼 '할머니'라고 부르라고 했다. 크리스티나는 할머니 뒤에 숨어서 이따금 이쪽을 훔쳐보며 미소를 지었다. 우리는 집 안으로 들어갔다. 부엌은 깨끗했고, 모든 게 말끔하게 정돈되어 있었다. 늦은 오후의 햇볕이 창문을 넘어 들어와 황동빛으로 녹아내렸다. 거실 TV에서 레드스킨스 팀(워싱턴 D.C. 도시권에 소재한 프로 미식축구 팀-옮긴이)의 경기 소리가 들렸다. 네티가 내게 탁자 앞에 앉아 편히 쉬라고 말했다.

"자, 네가 집에서 먹었을 것 같은 푸짐한 샐러드는 어때?" 네티가 말했다. "햄 샌드위치도 있고. 또 크래커랑 우유, 닥터페퍼도 있단다. 뭐든 먹고 싶은 대로 먹으렴."

나는 "네, 감사합니다, 부인" 하고 말했다. 버지니아주 사람들은 이렇게 말할 것 같았다. 크리스티나도 나와 함께 탁자 앞에 앉았다. 나는 할머니가 보고 있지 않을 때 아이를 향해 우스꽝스러운 표정을 지어 보였다. 아이가 재미있는지 킥킥 웃었다.

"네가 여기 와서 정말 기쁘구나." 네티가 말했다. "너의 위대한 걷기 여행에 내가 잠시 배를 채워줄 수 있어서 정말 영광이야. 소박한 시골 음식에 소박한 시골집일 뿐이지만, 내겐 대단한 것이거든. 네가 길을 잃어서 기쁠 지경이란다. 그렇지 않았다면 우린 만나지 못했을 테니까."

네티의 말을 듣는 순간 내 안의 무언가가 무너져 내렸다. 마치 결승선을 코앞에 둔 마라토너처럼. 물론 이 걷기 여행은 마라톤과 전혀 달랐다. 그동안 내게는 이 일이 완전한 바보짓은 아니라는 사실을 일깨워줄 응원군이 없었다. 나는 익명의 존재였고, 외로움이 덮쳐오면 힘들었다. 나는 지난 10년 동안 울었던 것보다 이 한 달 동안 더 많이 울었다. 내 몸은 언제나 아팠다. 해가 질 무렵이면 그저 누워서 그대로 땅속으로 녹아내리고만 싶었다. 그때마다 네티 같은 사람이 나타나곤 했다.

이 걷기 여행 중에 대단히 친절한 사람을 많이 만났다. 너무 많이 만나서 그 친절이 더는 대단해 보이지 않을 정도였다. 볼티모어 외곽에서 만난 코리 모슬리와 리네 미셸은 나를 거리 바로 앞의 자기 집으로 데려갔다. 리네가 R&B 가수라서 우리 모두 함께 차를 타고 그녀의 밴드 연습실에 갔다. 방 안의 누구도 나를 신경 쓰지 않았다. 뚜렷한 흑인 동네에서 낯선 백인인 나를 말이다. 연습이 끝나고 우리는 모두 가라오케에 놀러 갔다. 또 워싱턴 D.C. 근처에서 만난 롭이라는 건설노동자는 내가 요청하지도 않았는데 자기 주머니에서 곧장 현금을 꺼내 내게 주었다. "내 아들도 당신처럼 걷기 여행을 했으면 좋았을 거요." 그가 말했다. "아드님은 지금 무슨 일을 합니까?" 내가 물었다. "마약. 2년째 감옥에 있어요."

그런 일들이 연달아 일어났다. 그리고 인터뷰가 있었다. 인터뷰는 인간의 목소리로 이루어진 합창이었다. 고속도로에 혼자 있을 때면 기억 속에서 그들의 말을 다시 들었다. "나는 당신이 무척 자랑스러워요." 메릴랜드 라이징 선에서 만난 에디 홈스가 말했다. "매일 아침 당신을 위해 기도할게요." 그리 멀지 않은 벨 에어에서 만난 페기 체리는 내게 이렇게 말했다. "힘들어도 그냥 겪어야 해요." 그리고 이제 여기에 네티가 있다. "즐겨. 그러면 변화가 일어날 거야. 펜실베이니아에서 캘리포니아까지 가는 동안 배울 게 많을 거야. 넌 교육도 받고 학위도 있지만, 여전히 배울 게 많을 거야."

네티는 이미 내 배를 먹을 것으로 가득 채워놓고서 식탁에 초콜릿 케이크 한 조각을 또 내놓았다. 나는 케이크를 겨우 다 먹고 그녀가 또 다른 음식을 내오기 전에 얼른 접시를 들고 싱크대로 갔다. 설거지를 하려고 했지만, 그녀가 허락하지 않았다.

"이 접시들은 건드리지 마. 어서 거실로 가서 레드스킨스의 경기나 보라고. 넌 쉬어야 해."

"네, 부인." 나는 말했다.

잠시 후 제프가 형제 크리스와 함께 돌아왔다. 크리스는 키가 203cm나 되는 거인이었다. 우리는 내 지도를 꺼내 함께 들여다보았고, 내가 경로에서 몇 킬로미터나 벗어났다는 사실을 알게 되었다. 하지만 지금은 벌써 오후 4시였고, 걷기는 끝났다. 나는 그날 밤 앞마당에 텐트를 치고 자도 되겠느냐고 물었다.

"안 된다, 얘야." 네티가 말했다. "위층 손님방에서 자렴. 오늘 밤 바깥 날씨가 몹시 추울 거야. 그리고 네가 우리 집에 묵어간다면 우리가 같이 차를 타고 나가서 내일 네가 갈 도로를 미리 보여줄 수도 있어. 그러면 다시는 길을 잃지 않을 거야."

우리는 애팔래치아산맥을 끌어안고 천천히 흘러가는 강물을 따라 구불구불 뻗어 있는 산간 오지의 미로 같은 샛길을 차를 타고 달렸다. "우린 여기를 자연유로(평탄한 초원 지대에 자연적으로 생긴 물길-옮긴이)라고 불러요." 너른 평원에 도로와 트랙터 샛길과 농부들이 지나다니는 길이 우아한 필기체를 써놓았다. 우리는 말 목초지와 핼러윈 장식품으로 팔려가지 못한 호박이 널린 호박밭을 지나고 분홍빛 저녁 노을이 철로를 비추는 지나 카운티에서 석양을 보기에 가장 좋은 곳을 향해 계속 달렸다. 에메랄드빛 초원과 소 떼와 누더기가 된 붉은색 농가와 산맥을 향해 솟아오른 언덕이 차례차례 우리 옆을 스쳐갔다.

"여기까지 나온 김에 콜린의 가게에 가는 게 좋겠어." 집으로 돌아가는 길에 네티가 말했다. "아이스크림 좋아하지? 콜린의 가게는 아주 유명해. 남편이 죽기 전에 함께 자주 갔었어. 남편이 투석을 받을 때도 우린 몰래 거기로 나들이를 가곤 했지."

함께 차를 타고 가는 동안 네티 할로에 대해 조금 알게 되었다. 그녀는 지난 4년 동안 일주일에 닷새를 아들 내외가 일하러 간 사이 손녀 크리스티나를 돌봐주었다. 크리스티나는 곧 다섯 살이 되고 유치원에 다니기 시작할 것이다. "그러면 지금처럼 친밀하게 지낼 수는 없을 거야." 네티가 말했다.

네티는 67세였고, 평생 버지니아주의 애링턴이라는 작은 도시에 살았으며, 은퇴하기 전까지 읍내의 우체국에서 일했다. 젊었을 때는 우체국의 모든 집기를 뒤로 밀쳐둔 후 음악을 틀어놓고 왈츠를 추는 '댄스파티 사교 모임'을 가지곤 했다.

그녀는 스물두 살에 첫아이를 가졌다. "아이가 이 세상에 와주었을 때 나는 다시 아이가 된 기분이었어."

그녀는 신을 믿었다. "네가 우리 가족을 만난 것도 우연이 아니야. 우리 여기에 모이게 한 건 구글이 아니란다." 또 그녀는 언젠가 예수그리스도가 재림할 것이고, 그녀는 절대로 혼자가 아니며 그 누구도 혼자가 아니라고 믿었다.

그녀는 요즘 들어 죽음에 대해 생각하는 일이 많아졌다. 그녀의 친구 하나는 매일 저녁 8시 무렵 그녀가 괜찮은지 확인하는 전화를 걸었다.

그녀에 대한 정보는 파편에 불과할 뿐이었다. 나는 그때 그 자리에 있는 그녀의 모습만 알 수 있었다. 우리 둘 사이에 그녀의 과거는 존재하지 않았다. 나의 과거 역시 존재하지 않았다. 그래도 그녀의 존재가 무척 친밀하게 느껴졌다. 우리 사이의 우정이 빨리 감기를 하는 것만 같았다.

네티는 콜린의 가게에 차를 세웠고, 우리 둘은 초콜릿 바닐라 트위스트를 사서 커다란 아이스크림콘 간판 아래 서서 핥아 먹었다. 나중에 그녀의 집 부엌으로 돌아와서 그녀는 자신의 밴조를 꺼냈고 나는 내 만돌린을 꺼냈다. 우리의 연주가 섞이며 불협화음이 조화로 이어졌다가 다시 어긋났다.

"즐거웠지?" 네티가 말했다. "우린 아이스크림도 먹었잖아. 누구나 그런 말을 할 수 있는 건 아니거든."

나는 계속 고맙다고 말했지만, 말만으로는 충분한 것 같지 않았다. 나는 도움을 준 사람들에게 조그맣고 매끄러운 조약돌을 하나씩 주었다. 보게사이트(각섬석이나 휘석, 정장석, 사장석 등으로 이루어진 황반암의 일종. 보쥬암이라고도 부름-옮긴이) 조약돌이었다. 우리 동네의 한 남자가 이 돌에는 '다양성의 통합, 인종차별의 해독제'라는 의미가 담겨 있다고 말했다. 나는 그 의미가 마음에 들었다. 사람들이 각자 작은 조약돌을 하나씩 들고 인간 띠를 이루어 대륙 전체를 가로질러 연결된 모습을 상상하는 게 좋았다. 조약돌은 복숭아색과 금색, 분홍색, 갈색, 흰색이 소용돌이를 이루는 무늬가 전부 달랐지만 원천은 같았다. 나는 네티에게 조약돌을 하나 주었다. 그녀가 내 선물의 의미를 이해했다고 생각하지만, 그녀가 내게 베푼 모든 것과 비교해보면 이런 걸 건네는 게 무례해 보일 지경이었다.

"내일 아침은 어떻게 할까?" 네티가 물었다. "나는 가끔 푸짐한 아침 식사를 만드는 걸 좋아해. 난 그걸 나의 밥 에번스(미국의 유명 브런치 프랜차이즈—옮긴이) 아침 식사라고 부르지. 우린 내일 스크램블드에그와 팬케이크 그리고 소시지 패티를 먹을 거야. 오트밀도 먹고. 핫초코 좋아해? 커피도 만들어주겠지만, 난 커피는 안 마셔. 남편이 살아 있을 때는 40년 동안 매일 아침 커피를 만들었지만, 그 사람이 떠난 후론 커피머신을 없애버렸어."

자려고 위층으로 올라가다가 부엌 문틀에 매단 풍경에 머리가 닿았다. 가느다란 금속 막대가 서로 부딪치면서 각자 자기 음으로 짤랑거렸고, 그 음이 한데 어우러져 노래했다. 오직 접촉만으로 이루어지는 노래였다.

"잘 자렴, 앤드루." 네티가 말했다. "사랑한다."

나도 잘 자라고 인사를 건넨 후 사랑한다고 말했다. 이상한 사랑이었지만, 부정할 수는 없었다. 우리가 그날 처음 만난 사이라는 사실은 중요하지 않았다. 시간은 아무 상관이 없었다. 내가 길을 잃었을 때 그녀가 나를 발견했고, 그것으로 충분했다.

스위트 브라이어 대학교 4학년

내게 캠퍼스를 구경시켜준 뒤 기숙사 휴게실에서

추수감사절 직전

"우리 대학에는 '탭 클럽'이라는 게 있어요. 기본적으로 여학생 클럽이죠. 기숙사 룸메이트 중 하나인 로라는 'QVs'라는 클럽 소속이에요. 걔들은 캠퍼스에서 가장 멋진 사람이 되는 게 목표예요. 라억과 나는 '청 멍스Chung Mungs'라는 클럽에 있는데, '다정한 유령'이 되는 게 목표이죠. 우리는 캠퍼스를 위해 봉사하지만, 다른 사람이 알아보게 하지는 않아요. 또 연극반인 '페인츠 앤드 패치스'라는 클럽도 있어요. '에인츠 앤드 애시즈'는 웃긴 애들 클럽이고요. 또 '뱀Bam'이라는 곳도 있는데, 뭐 하는 데인지는 사실 잘 몰라요. 캠퍼스를 청소하는 곳 같은데. 또 뭐가 있더라, 라억?"

"케이티와 저는 '그린 피플'이에요. 1학년 내내 QVs를 도와주는 역할을 하는 사람들이죠. 클럽마다 라이벌이 있어요. QVs의 라이벌은 '범 첨스Bum Chums'인데, 이들은 한밤중에 여학생 사냥을 해요. QVs의 아기들이 밤에 캠퍼스를 돌아다니면서 모든 2학년 방에 선물을 떨어뜨려요. 전부 비밀로요. 그동안 범 첨스는 이 아기들을 찾아 캠퍼스를 돌아다녀요. 잘 모르는 사람이 보면 정말 이상한 광경이죠."

"어떻게 보이는데요?"

"QVs가 선물을 모두 떨어뜨린 다음 캠퍼스 위쪽 안뜰로 가면 범 첨스도 전부 그

곳으로 따라가요. 그동안 QVs는 그들만의 의상을 입고 진입로에다 분필로 범 첨

스는 정말 싫고 자기들이 훨씬 낫다는 등의 낙서를 해놓아요. 정말 이상해요."

당신은 한동안 이 일을 하게 될 거예요

〈 5 〉

WALKING ÷TO÷ LISTEN

필요한 물건보다 훨씬 더 많은 짐을 등에 지고 다녔지만, 어떻게 보면 전부 중요한 물건이었다. 우선 만돌린이 그렇다. 이 물건은 추가로 1~2kg의 무게가 더 나갔지만, 대화만으로는 안 되는 방식의 교류를 가능하게 했다. 또 올림푸스 LS-10 녹음기가 있다. 녹음기는 사람들의 경험에서 스스로 의미를 추론하고 반추해볼 구실을 주었다. 녹음기가 있으면 대화가 풍성해지기도 했다. 어떤 사람들은 마치 몇 년간 이런 질문을 받길 기다리며 숨을 참아온 것처럼 살면서 배운 것을 기꺼이 공유했다. 어떤 일이 있어도 이 녹음기를 없애지는 않을 것이다. 또 옷도 필요 이상으로 많이 가져왔는데, 이 역시 무게를 늘릴 가치가 있었다. 동이 틀 무렵 추운 날씨에 축축하고 냄새나는 옷을 입으면 고역이라서 여벌의 티셔츠를 가지고 다녔다. 결국 내가 버린 것은 커피 용구였다. 나는 머그잔 하나와 거기에 꼭 들어맞는 필터, 커피 가루, 설탕 그리고 가루 크림까지 가지고 다녔다. 그러나 나의 여정은 황무지 탐험이 아니었다. 적어도 하루에 한 번은 주유소를 지나갔다. 커피는 어디에나 있었다.

나는 일주일 동안 먹을 음식을 봉지 하나에 가득 담아 가지고 다녔다. 그렇게 많이 가지고 다닐 필요는 없었지만, 행여 위험에 빠지고 싶지는 않았다. 보통 식료품 봉지에는 다음과 같은 것들을 갖춰놓았다. 인스턴트 오트밀, 팝타르트(냉동 페이스트리 제품으로 페이스트리 안에 과일잼이나 크림, 초콜릿 시럽 등이 들어 있다-옮긴이), 그래놀라 바, 땅콩버터, 누텔라, 짜 먹는 젤리, 피타 브레드(납작하고 둥근 모양의 주머니 빵으로 안에 고기나 채소를 넣어 먹는다-옮긴이), 참치, 육포, 휴대용 쌀밥, 말린 살구, 사과, 스니커즈 바 등이었다. 이제 고속도로보다 더 낯설게 느껴지는 식료품 가게를 만나면 음식을 샀다. 한번은 버지니아주 어딘가에서 배낭을 통로에 내려놓고 계산대 앞에 줄을 서 있는데, 타블로이드 신문이 애슈턴 커처가 불륜 스캔들에 휘말렸고, 데미 무어가 자살 충동을 느낀다는 내용의 기사로 도배되어 있었다. 그 정보가 독약처럼 내 의식으로 스며들더니 내 안의 무언가가 어서 빨리 걷기와 바람과 고속도로의 불규칙한 리듬이 안겨주는 '언플러그드'한 내면의 공간으로 돌아가라고 꾸짖었다. 그것은 내가 누리는 또 하나의 특권이었다. 온라인과 오프라인 할 것 없이 미국을 흠뻑 적시는 미디어와 광고의 심리적 폭격에서 벗어나 작동을 멈출 특권이 있었다. 소음이 너무 많았다. 이 소음에 맞설 의지가 있는 사람이 많지 않았다. 침묵이라는 선물을 접해본 적이 없어서, 혹은 소음에서 탈출할 방법이 없어서, 피난처가 없어서 소음이 얼마나 큰지 알지 못했다. 도로에서 한 달을 보내는 동안 내 마음이 얼마나 비었는지 미처 깨닫지 못했는데, 이 식료품 가게 계산대 앞에 서 있다가 내 안이 점점 비어가는 게 얼마나 좋은 일인지 비로소 깨달았다. 그 고요한 평화의 감각은 몹시 전복적이었다. 내가 고요한 공허를 불편하게 느끼고 잠시도 빈 상태로 있지 못해야만 전체 산업이 제 운명을 유지할 수 있었다.

걷기 자체가 서서히 내 집이 되어가고 있었다. 걷기는 모든 것을 하나로 묶어주는 유일하게 지속적인 연결 고리였다. 배낭을 메고 왼발, 오른발, 왼발, 오른발 박자를 맞춰 걷다 보면 서너 시간은 몸에 통증을 느끼지 않고 걸을 수 있었다. 그때가 가장 달콤한 지점이었다. 나는 걷고 있었지만, 내 몸에 꼭 맞는 오래된 안락의자 속으로 편안하게 파묻히는 기분, 혹은 내 손으로 만든 집에 쏙 들어가는 기분을 느꼈다.

걷기에도 각기 다른 종류가 있었다. 씩씩하게 걷기, 울부짖으며 걷기, 리듬을 타며 걷기, 멍하니 걷기 등등. 하늘에도 각각의 기류가 하나로 섞이듯이 걷기도 한 종류가 자연스럽게 다른 걷기로 이어졌다. 나는 종일 이 기류들 속을 날아다녔다. 기쁨의 걷기가 불타는 걷기로 이어졌고, 때로는 분노의 걷기로 이어지기도 했다. 어떤 걷기가 될지 내가 통제할 수는 없었지만, 각 걷기가 어떻게 작용하는지, 어떤 느낌인지, 그리고 그것을 어떻게 구별하는지 알게 되었고, 걷기에 이름을 붙일 때면 권력감마저 느꼈다.

사람들은 나를 계속해서 집에 들이고 재워주었다. 마치 내가 릴레이 경주의 바통이라도 되는 양 낯선 사람들끼리 서로 나를 넘겨주었다. 로어노크 남쪽의 블루리지산맥에서는 베키 컴프턴과 데일 크리텐든이 나를 재워주었다. 두 사람은 50~60대였고, 베니어합판으로 천장을 낮게 지은 작은 목장 주택에 살았다. 집 안에서 희미하게 담배 냄새가 풍겼다. 집 밖은 안개 바다가 산꼭대기를 집어삼켰다. 숲속 개간지에 목초지와 밭이 조각 이불보 모양으로 일구어져 있었다. 221번 고속도로가 지도에도 보이지 않는 읍내를 지나갔다. 고요한 세계였다. 어쩌다 한 번씩 소나 픽업트럭이 지나가는 소리만 들렸다. 앞으로 200km를 걷는 동안은 매일 밤 밖에서 야영해야 한다고 생각하다가 점심시간에 베키를 만났다. 그녀는 벤트산 자락의 주유소에서 일했다. 그날 밤 어디에서 잘지 확실히 모르겠다고 했더니 그녀가 곧바로 나를 재워주겠다고 제안했다.

"당신이 내 안의 '엄마 마음'을 일깨웠어요." 그날 밤 그녀가 말했다.

땅거미가 질 무렵 베키의 집에 도착했을 때 베키는 벌써 퇴근하고 집에 와 있었다. 그녀는 닭고기를 튀기고 있었다. 집에 와 있던 데일도 곰돌이 푸 머그잔에 커피를 담아 들고 앞쪽의 작은 현관에 나와 있다가 나를 맞이했다. 추운 날씨 탓에 커피에서 김이 모락모락 피어올랐다. 데일은 머리가 벗어지는 중이었고, 안경을 썼으며, 피부가 거칠고 창백한 화강암 같았다. 말투는 사무적이고 건조했지만, 조용히 있을 때도 언제나 싱글벙글 웃는 것 같았다. 지금은 기계공으로 일하지만, 과거에는 여행을 사랑했다. 미국 남동부를 가로질러 펜실베이니아까지 건축 일을 하고 다녔다. 그러다 어느 무렵 석유 굴착지에서 일하려고 와이오밍에 정착했다.

"힘들었지만 나는 그런 일을 무척 좋아했어요. 내 손발에 맞는 일이었다고 할까요. 하루하루가 도전이었지만, 나는 한 번도 안 해본 일을 하는 게 좋았어요. 한 번도 안 해봤지만 떨어질 각오를 하고 바위 위에 올라가는 거죠. 위험하지만 내가 할 수 있는 일에 집중하면 돼요. 움직임도 많고, 그만큼 다칠 가능성도 커요. 사람들은 땅에 구멍만 뚫으면 석유가 펑펑 솟아나는 줄 알죠. 절대 그렇지 않아요. 구멍을 열심히 뚫어봐야 아무것도 안 나와요. 가치 있는 게 나오지도 않아요. 그저 뚜껑을 열어보는 것에 불과해요."

위험하고, 지치기 쉽고, 또 저 밑에 숨은 것을 찾는 과정이 나의 걷기 여행과 비슷해 보였다.

데일은 굴착지에서 '벌레'로 통하는 사람 이야기를 들려주었다. "그는 신참이었어요. 수습 직원이었죠. 이제 막 기름 주입기를 받았는데, 굴착장치에는 기름을 주입할 곳이 정말 많아요."

걷기 여행을 나선 지 한 달째였는데, 내가 바로 도로의 벌레, 아주 멍청한 신참, 온종일 기름 주입기를 들고 일하는 가엾은 녀석이 아닐까 싶었다. 굴착장치의 위계질서 가운데 맨 밑바닥에 그 벌레라는 사람이 속했고, 그 위로 사슬 손, 모터 손, 기중기 담당, 그리고 구멍 뚫는 사람이 차례로 있다고 했다.

"누구든 신참이 오면 굴착장치 곳곳을 데리고 다니면서 속속들이 다 보여주고 알려줘야 해요. '이건 하지 마라. 저것도 하지 마라. 이건 조심해라. 조심하지 않으면 금세 다친다' 등등."

그들은 벌레를 괴롭혔다. 그에게 수면의 물을 떠서 굴착기 맨 꼭대기까지 가져오게 했다. 물론 수면은 지하에 있었고 굴착기 맨 꼭대기는 36m 위에 있었다. 벌레는 20L짜리 양동이에 물을 가득 채워 총 18kg이 넘는 물을 아슬아슬한 맨 꼭대기까지 날라야 했다.

"그렇게 위로 올라갔다가 다시 내려가기 일쑤였어요." 데일이 말했다. "양동이를 어디에 놓을까요? 놓을 자리가 없어요. 이런 식이었으니까요." 데일이 웃음을 터뜨렸다.

사슬 손이 되려면 얼마나 걸릴지 궁금했다. 거기서 구멍 뚫는 사람이 되려면 또 얼마나 걸릴까? 벌레가 된다면 재미있을 수도 있겠지만, 동시에 몹시 화가 나고 혼란스럽고 때로는 무서울 것이다. 벌레라는 말은 신참에게 붙일 수 있는 완벽한 은유이다. 취약하고 맹목적이면서 무기력하고 또 느리다. 나는 도로 위에서만 벌레가 아니었다. 삶에서도 역시 벌레였다. 벌레 노릇은 쉽지 않았다. 나는 늘 모든 일을 조금 더 빠르게 할 수 있으면 얼마나 좋을까 생각했다.

그러나 적어도 나는 석유 굴착장치에서 일하는 벌레는 아니었다. 데일의 이야기를 듣고 나니 이 정도만 해도 감지덕지라는 생각이 들었다. 데일이 일했던 곳은 가장 추운 날 영하 56℃까지 내려갔다. 그가 탄 기중기에는 온열 장치가 전혀 없었다. 그는 가진 옷을 전부 껴입고 그 위에 오리털 작업복을 입었다. 또 기중기에 오르기 전 다른 사람에게 부탁해 자신의 몸에 스프레이로 물을 뿌리게 했고, 물은 몸에 닿자마자 얼었다. 그렇게 얼음 방패를 두르면 바람이 안으로 들어오지 못했다. 그러나 바람은 바지 밑단을 통해 아래에서 위로 들어왔다. 나는 버지니아주의 11월만 해도 춥다고 생각했다.

어느 겨울, 데일은 미끄러지면서 관자놀이뼈가 부러졌다. 아침 7시 30분이었다. 그는 그 상태로 종일 일했다. "두통이 심했어요." 그가 말했다. "의사가 머리에 깁스를 하고 뛰어다니면 조금 웃기겠다고 말하더라고요.

그런데 그 상태로는 말을 할 수 없을 테니 별로 웃기지 않을 것 같았어요." 그가 웃음을 터뜨렸다. "아, 정말 대단했어요."

우리는 커피를 다 마시고 안으로 들어갔다. 베키의 딸 섀넌도 어린아이 스톰과 브리를 데리고 함께 살았다. 일고여덟 살쯤 되어 보이는 스톰은 이제 막 배우기 시작한 남부 시골 억양으로 말했다. 그는 내가 마치 대통령이라도 되는 양 진지하게 내 손을 잡고 악수했다.

"손님을 샤워실로 안내하렴, 스톰." 베키가 말하자 스톰은 의식을 치르는 사람처럼 진지하게 나를 욕실로 데려갔다. "당신이 여기 오기 전부터 연습했어요." 내가 지나갈 때 베키가 살짝 귀띔했다.

저녁 식사 후에 스톰과 나는 밴드를 결성해 스톰은 내 하모니카를 불고 나는 만돌린을 연주했다. 우리가 부엌 식탁에서 연주하는 동안 스톰의 여동생이 춤을 추었다. 데이브의 잡화점에서 보낸 밤처럼 또다시 마법의 순간이 찾아왔다. 외로움이 순식간에 사라졌다. 고속도로에 있을 때는 생생하게 살아 있던 나의 두려움도 아이들과 함께 있으니 모습을 감추었다. 우리는 그저 연주했고, 그게 전부였다. 그들은 자신들이 내 마음에 지대한 영향을 주고 있다는 사실을, 내게 큰 선물을 주고 있다는 것을 전혀 알지 못했다. 어쩌면 그들도 언젠가는 이해할지 모른다.

자러 가기 전 브리가 직접 그린 그림을 보여주었다. 비뚤배뚤한 달걀 모양 하나가 페이지 대부분을 차지했다. 달걀 안에 오른쪽 눈으로 점 하나를, 왼쪽 눈으로 커다란 동그라미를 그려놓았다. 입은 직선이었고, 팔다리는 막대였다.

"누구야?" 내가 물었다.

아이는 아무 말도 하지 않았다. 사실 그날 밤 아이가 말하는 걸 한 번도 듣지 못했다. 그러나 아이는 연필을 마술봉처럼 휘둘러 내 머리를 툭툭 쳤다. 그림 속에 내가 보였다. 나는 비뚤배뚤한 달걀 머리 남자가 되어서 영광이었다.

"브리는 보통 낯선 사람은 상대하지 않아요." 베키가 말했다. "수줍음이 너무 많거든요."

다음 날 아이들은 학교에 가야 했기 때문에 늦게까지 놀 수 없었다. 게다가 아이들 엄마가 나를 신뢰하지 않았다. 섀넌은 그날 밤 자기 페이스북에 연쇄살인범이 집에 왔다고 올렸다. 다들 자러 갔을 때 베키가 컴퓨터로 보여주었다. 베키는 그게 웃긴 일이라고 생각했다.

나라면 도로에서 만난 낯선 사람을 내 집에 들이고 재워줄 수 있을까? 나를 재워주기 위해 필요한 신뢰의 양은 위태로웠다. 베키와 데일이 잠들면 그들은 완전히 취약한 상태에 빠진다. 그들은 나를 제대로 알지 못했다. 내가 어둠을 틈타 악랄한 짓을 저지르지 않는다는 보장이 없었다. 다들 자러 가면 나 역시 같은 위험에 처할 수 있지만, 그들은 모든 면에서 불확실한 상태였다. 그들에겐 자식이 있고, 손주들이 있었으며, 집도 있었다. 그러므로 그날 밤 그들이 내게 준 가장 큰 선물은 잠자리가 아니라 신뢰였다. 그들은 나의 선량함을 믿어주었다. 나를 만난 지 불과 몇 시간밖에 되지 않았는데도. 그들은 나를 가치 있는 사람으로 보았다. 나 자신보다 더 나를 잘 대우했다. 그들 덕분에 나는 겸손한 사람이 되고 싶었고, 가능하면 가장 좋은 모습의 내가 되고 싶었다.

다음 날 아침 일어나서 보니 아이들은 벌써 학교에 가고 없었다. 스톰이 내게 쪽지를 써놓았다. "앤드루, 어젯밤에는 재밌었어요. 아저씨가 집으로 돌아갈 때 다시 우리 집에 들르면 좋겠어요."

걷기 여행을 계속하고 길 위에서 또 다른 사람을 만나려면 베키와 데일의 집을 떠날 수밖에 없었다. '잘 있어요'라는 인사를 해야만 '안녕하세요'라고 인사할 수 있었다. 그러나 이 모든 과정을 처음부터 다시 겪어야 한다는 뜻이기도 했다. 다시 외로움으로 돌아가야 한다는 의미였다. 월트 휘트먼 역시 이제 누더기가 된 《풀잎》에서 이런 딜레마를 예고한 적이 있다.

> 나그네여, 잠시 앉아라.
> 여기 먹을 비스킷과 마실 우유가 있으니.
> 그러나 당신이 잠들어 아름다운 옷을 입고 새로 태어나자마자
> 나는 분명히 당신에게 작별의 입맞춤을 할 것이고,
> 당신이 나아갈 문을 열어놓을 것이다.

매일 아침 일어나 작별 인사를 건네고 떠나는 것, 이게 가장 힘든 부분이었다. 그리고 계속 걸어가는 것. 거의 매일 해가 뜰 때마다 다가올 미지의 것을 향해 뛰어들고 싶지 않았다. 도약을 실천하는 것보다는 그저 도약을 꿈꾸는 편이 더 쉬웠다. 그냥 꿈만 꾼다면 고통도 덜할 것이다. 그러나 휘트먼은 단호하게 말했다.

> 충분히 오랫동안 당신은 경멸받을 만한 꿈을 꾸어왔다.

이제 내가 당신의 눈에서 눈곱을 씻어주리니
눈부신 빛과 당신 삶의 모든 순간으로 돌아가라.

이미 오랫동안 당신은 바닷가에서 널빤지 하나 붙들고 힘겹게 물을 헤쳐왔다.
이제 내가 당신을 용감하게 헤엄치게 하리니
바다 한가운데로 뛰어들어 다시 솟구쳐 올라 내게 고개를 끄덕이며 소리쳐라.
웃으며 머리칼을 흔들어라.

나는 아침마다 이런 환호성을 질러본 적이 없고, 웃으며 머리칼을 흔들어본 적도 없었다. 훨씬 더 애처로운 광경을 만들었고, 종종 마음이 무거웠으며, 때론 다시 혼자가 되는 게 절망스러워 콧물을 훌쩍이며 울었다.

산맥을 지나가는 동안 몇 킬로미터마다 오래된 나무 헛간이 드문드문 나타났다. 고대의 헛간처럼 보였다. 잉크처럼 검고 헐벗은 나뭇가지들이 구름을 배경으로 미로처럼 뻗어 있었다. 어느 집 뒤쪽에서 비눗방울이 연달아 솟아오르는 게 보였다. 이윽고 어린 남자애가 나타나 비눗방울 뒤를 쫓아갔다. 아이 엄마가 따라 나왔다. 저 멀리 무시무시한 푸른 구름이 협곡을 가로질러 내달렸다. 근처에서 한 남자가 트럭 위에 올라가 일하며 담배를 피웠다. 남자가 나를 보더니 턱끝으로 구름을 가리켰다.
"조심해요." 남자가 말했다.
며칠 밤을 보내고 나서부터는 허가를 받지 않고 야영해야 했다. 온라인에서 본 대로 '몰래 야영'이라고 불렀다. 여행하는 동안 나는 약간 불안해하며 몰래 야영을 해야 하지 않을까 예상했었다. 그날 밤은 해가 질 무렵 숲 한가운데에 발이 묶이고 말았고, 무단침입 외에는 달리 선택의 여지가 없었다. 추위는 참혹했고, 나는 더듬거리며 텐트를 쳤다. 아직도 텐트 막대를 어떻게 풀어 조립해야 하는지 손이 익숙하지 않았다. 야영한 적이 거의 없었다. 내 손은 쓸모없는 얼음덩어리였다. 나는 혹시라도 주위에 사람이 있을까 봐 조용히 텐트를 쳤다.

텐트 위로 비치는 나뭇가지 그림자가 스테인드글라스 같은 천장을 만들어주었고, 그 사이로 저녁놀이 반짝였다. 나는 버너를 켜고 휴대용 쌀밥을 데웠다. 그것만으로는 배가 차지 않을 것 같아 식료품 봉지에서 참치를 하나 꺼내 땄다. 흔히 오래 걷고 나면 뭐든 맛있는 법이라고 말하지만, 그 말은 틀렸다.

기온은 꾸준히 떨어졌다. 나는 텐트 안으로 들어가 침낭 속으로 기어들어 갔다. 냉기가 스며들었다. 잠들기에는 너무 이른 시간이었지만, 추워서 달리 할 일이 없었기 때문에 그냥 거기 누워 기다렸다. 숲은 고요하고 조용했다. 나도 고요하고 조용했다. 그날 밤은 그 사실이 불편했다. 나는 아무것도 하지 않고 혼자 있는 법을 몰랐다. 걸을 일도 없고, 전화할 데도 없고, 쓸 글도 없었다. 그저 아무것도 없었다. 그 사실이 불안했고, 내가 불안해한다는 사실이 한층 더 불안했다.

동틀 무렵 추위가 최고조에 달했다. 코에 감각이 사라지고 목이 뻣뻣하게 굳었다. 내 숨결이 망사로 된 텐트 천장에 얼음 결정이 되어 들러붙었다. 얼음 조각이 텐트 바깥쪽에서 갈라질 거라 생각하고 주먹으로 천장을 쳤다. 그러나 얼음 조각은 내 얼굴로 떨어졌다. 너무 추워서 절대로 침낭 밖으로 나가고 싶지 않았다. 그와 동시에 얼른 아침을 끝내고 싶었는데, 그러려면 침낭 밖으로 나가야 했다. 한동안 마음이 마비되면서 의구심이 마구 몰려왔다. 나는 왜 또 이 일을 하려는 거지? 의심이 깊어지기 전에 움직였다. 생각하지 말자. 그냥 할 일을 하자. 오트밀을 만들자. 텐트를 걷자. 짐을 챙기자. 길을 나서자. 의심은 걸음 속에서 흩어졌고, 1~2km쯤 걸으면 거의 사라졌다.

얼마 후 몹시 황폐한 주유소를 만났다. 물이 부족했고 배도 채우고 싶었지만, 주유소 입구가 어딘지 분명하지 않았다. 앞문이 관리 사무실로 이어질 것 같았다. 그 문을 열고 안으로 들어가자 남자들이 의자에 둘러앉아 있는 한가운데에 서 있게 되었다. 남자들은 전부 몸집이 거대했고, 말이 없었다.

"죄송합니다." 내가 말했다. "혹시 제가 방해했나요?"

"아, 아닙니다." 한 남자가 말했다. "우린 그냥 매일 아침 모여서 회의를 합니다."

"아, 그렇군요. 무슨 회의를 하시나요?"

"아, 이런저런 것들요. 주로 호박씨의 재킷에 대해 회의를 하죠."

둘러앉은 남자들이 모두 너털웃음을 터뜨렸다. 단 한 사람, 호박씨만 빼고. 그는 핼러윈 호박 같은 주황색 스노모빌 재킷을 입고 있었는데, 별로 재미있는 표정이 아니었다.

"제 물통 좀 채워도 될까요?"

"아, 물론이죠. 어서 하세요."

뒤쪽에 어깨높이의 선반이 옆으로 뻗어 있었는데, 거의 비어 있었다.

과자 몇 개와 통조림이 골동품처럼 보였다. 모든 상품에 먼지가 막을 이룬 채 쌓여 있었다. 남자들만 아니었다면 이곳이 버려진 곳, 유령들의 주유소라고 생각했을 것이다. 나는 수도꼭지를 틀어 물통을 채우고 출구 쪽으로 갔다.

"듣기 위해 걷는 중이라니 그게 무슨 뜻이죠?" 내가 문 쪽을 향해 원 안으로 비집고 들어갈 때 한 남자가 물었다. 나는 걷기 여행에 관해 설명했다.

"그럼 잠시 앉아 있다 갈래요? 핼러윈 호박 등이 되는 게 어떤 기분인지 들려줄 수 있어요."

또 한바탕 웃음이 터졌고, 호박씨는 가만히 얼굴을 찌푸렸다. 나는 다른 것은 필요 없고 오직 누군가와 함께 있고 싶은 마음에 원둘레에 끼여 앉았다. 회의는 흑곰에 대한 것으로 이어졌다.

"녀석들은 시속 40km로 달릴 수 있다지요. 사슴보다 빠르고 무스보다 커요. 내가 듣기로는요."

"제대로 들었어요. 나는 이번 주에 흑곰 한 마리를 죽였어요. 끌고 가는 데 이틀이나 걸렸다니까요."

"맛이 어땠어요?"

"개고기 맛이었어요."

도로 건너편 저 멀리에 숲이 끝나고 확 트인 목초지가 펼쳐졌다. 블랙앵거스(스코틀랜드 원산 육우로 털이 검고 뿔이 없다-옮긴이) 소 떼가 초록 풀밭에서 빈둥거렸다. 동쪽에 베어낸 옥수수밭이 있었는데, 샬러츠빌 근처에서 북쪽으로 320km 떨어진 다른 옥수수밭이 떠올랐다. 그때 옥수수밭 앞에서 나이 지긋한 할머니가 잔뜩 부푼 토마토와 병에 담은 꿀, 호박, 땅콩, 사과 등을 늘어놓고 팔고 있었다. 할머니는 내게 사과 한 개를 주었다.

이 기억이 연쇄반응을 일으켜 할머니의 가판대에서 그리 멀지 않은 곳에서 본 광고판을 떠올렸다. 심판의 날 구름을 탄 분노의 신을 비추는 자동차 백미러의 이미지였다. 백미러 아래쪽에는 이런 글귀가 씌어 있었다. "사물이 거울에 보이는 것보다 더 가까이 있음."

그러자 바로 전날 교회 앞에서 보았던 또 다른 간판이 떠올랐다. "예수님을 사랑하면 사탄을 물리칠 수 있어요."

아주 사소한 기억 하나가 수백 킬로미터 전의 기억들을 마구잡이로 떠올리게 했고, 겉보기엔 전혀 관계없어 보이는 것들이 예상 밖의 관계를 끄집어냈다. 블랙 앵거스 소가 나의 기억으로부터 수확을 끝낸 옥수수밭과 다정한 할머니를 소환했고, 심판의 날을 그린 광고판을 거쳐 곧장 사탄으로 이어졌다.

그날의 걷기는 결국 가장 힘든 여정 중 하나로 남았다. 의심 때문이었다. 나는 완전히 혼자이고 늘 혼자였으며, 앞으로도 언제나 혼자일 거라는 생각을 떨쳐낼 수 없었다. 나는 이런 걸음을 '상처 걷기'라고 불렀다. 배낭 말고 다른 무거움이 온종일 나를 짓눌렀다. 발걸음은 맹목적인 노역이 되었고, 모든 숨결이 임무였다. 어떤 것을 아름답거나 가치 있게 볼 수 있는 능력과 동반하던 희망이 서서히 빠져나가는 것을 느꼈다. 도로가 강물처럼 내 몸을 싣고 가며 자꾸만 웃음이 나오는 '둥둥 떠서 걷기'와 정반대의 상황이었다. 둥둥 떠서 걷기는 내가 원하는 것만큼 오래가지 않았다. 상처 걷기가 항상 더 오래갔다.

해가 지기 시작할 무렵 눈앞에 소방서 간판이 보였다. 구원의 손길이었다. 소방관들은 언제나 나를 도와주었다.

그런데 눈앞에 보이는 소방서는 별로 조짐이 좋지 않았다. 주차장에 차가 한 대도 없었고, 건물 안쪽도 어두웠다. 벽돌 건물 전면에 굵은 글씨로 지구대 명칭이 씌어 있었다. 호스패스처 지구 의용 소방대. 의용 소방대는 정규직 소방관처럼 연중무휴로 근무하지 않았다. 어쨌든 나는 문을 두드려봤다. 아무도 대답하지 않았다. 다시 소리 높여 불렀다. 내 목소리만 날카롭게 울렸다. 아무도 대답하지 않았다. 다시 나 혼자였다.

돌아서서 나오려는데 소방서 뒤쪽으로 커다란 창고 건물이 하나 있고 그 앞에 자동차 수십 대가 주차된 게 보였다. 나는 그쪽으로 다가갔다. 출입문을 당겨 열자 떠들썩한 소리가 쏟아져 나왔다. 100명쯤 되는 사람들의 목소리가 높은 천장에 부딪혔다가 요란한 메아리가 되어 돌아왔다. 밝은 형광등 불빛이 거대한 공간을 비추었다. 할아버지들이 저녁 식사 테이블에 둘러앉아 회의 중이었다. 아이들은 매끄러운 시멘트 바닥을 마구 뛰어다녔고, 아이 엄마들이 옆에서 아이들을 지켜보고 있었다. 창고 한가운데에 사람들이 모여서 바닥에 놓인 구멍 뚫린 합판에 콩 주머니를 던지고 있었다. 나는 종일 지독한 외로움에 시달린 터라 영화 촬영장이나 꿈속으로 걸어 들어온 게 아닐까 싶었다.

문 앞에서 한 여자가 탁자 뒤에 앉아 입장권을 팔았다. 나는 내 소개를 하고 소방관과 이야기를 나눌 수 있겠느냐고 물었다. 여자는 그리 멀지 않은 곳의 남자를 가리키며 말했다. 염소수염을 기른 거구의 남자였다.

"저 사람이 내 남편이에요." 그녀가 말을 이었다. "저이에게 가서 말하면 돼요."

"감사합니다." 내가 말했다. "그런데 이게 다 뭡니까?"

"옥수수 구멍이에요." 여자는 이렇게만 말했다. 구멍에 콩 주머니를 던져 넣는 게임을 가리키는 말이겠지만, 혹시 나를 경멸적인 별명으로 부른 건 아닐까 생각했다. 그러나 물어보지는 않았다. 그녀의 남편은 제프 페인터였고, 그는 내가 바람을 피해 소방서 뒤쪽에 텐트를 쳐도 된다고 허락했다. 이날 내가 본 행사는 '동계 옥수수 구멍 대회'라는 이름의 기금 모금 행사였다. 옥수수 구멍은 맞수끼리 콩 주머니를 던져 상대편 합판 위에 콩 주머니를 많이 올리거나 구멍에 빠뜨리면 이기는 게임이었다. 그래서 이름이 옥수수 구멍이었다. 경기는 한 판에 열두 번의 게임으로 이루어졌고, 창고 안은 콩 주머니가 합판을 때리는 소리로 요란했다. 소음기를 단 엽총을 마구 쏘는 소리 같았다. 내가 만날 수 있는 것보다 훨씬 더 많은 사람이 모여 있었다. 온종일 자기 연민이라는 구렁텅이에 빠져 상처 걷기를 한 내 모습과는 극명하게 다른 분위기였다. 사람들과 대화를 나눌 때마다 나의 외로움은 사라졌고, 뜻밖의 소속감까지 느꼈다.

"자기야, 힘내!" 코니라는 여자가 계속 소리쳤다. 그녀의 남편과 아버지가 한 팀을 이루고 있었는데, 그 팀이 현재 1위를 다투고 있었다. "아버지, 파이팅!" 그 팀은 한 달 전에 2등을 해서 상금 50달러를 받았다. 1등 상금은 200달러였다. 코니의 말에 따르면 호스패스처에서는 꽤 큰 규모의 옥수수 구멍 대회가 열리고 있으며, 그녀의 가족은 집 헛간에서 그들만의 경기를 해왔다. "우린 이 게임을 정말 좋아해요." 나는 밤새 이런 식의 소소한 대화를 즐겼다. 그러나 나에게는 전혀 소소한 대화가 아니었다. 몰래 야영하는 것보다 훨씬 좋았다.

사람들이 하나둘씩 떠나자 소방관 제프가 다가와 가슴에 팔짱을 끼고 말했다. "당신이 처음 여기 왔을 때는 솔직히 걱정했어요." 그의 목소리는 매끄럽게 굴러가는 저음이었다. "점령군이거나 말썽을 피우러 온 사람인 줄 알았거든요. 그냥 추측이었지만, 지금 생각하니 부끄럽군요. 굳이 불러야 한다면 나는 보수주의자입니다. 보수적인 공화당원이죠. 하지만 난 사려 깊은 사람이고, 다른 사람의 이야기에 귀를 기울이고 싶어요. 그게 바로 당신이 하는 일이죠. 부럽습니다. 정말 다양한 사고방식을 지닌 다양한 사람들을 만나겠군요." 그는 소방서장에게 미리 말을 해놓았으니 그날 밤 창고 안에서 자도 된다고 했다.

"아니면 진저와 나와 함께 우리 집에 가서 자도 돼요." 그가 말했다. "당신이 저 밖에서 텐트를 치고 잔다고 생각하면…… 오, 말도 안 되게 끔찍해요."

제프는 나 때문에 소란을 피우기 시작했는데, 거의 괴로울 지경이었다. 그는 화장실과 샤워실이 어딘지 보여주었다. 또 나초와 피자가 남았으니 먹으라고 알려주었다. 창고 한가운데로 두꺼운 카펫을 끌고 와 내가 시멘트 바닥에서 자지 않도록 했다. 또 혹시라도 내가 지루할까 봐 천장에 매달린 대형 TV를 보는 법도 알려주었다. 진저가 잠시 자리를 비우더니 봉지 하나를 들고 돌아왔다. 그 안에 샴푸와 수건 한 장, 초콜릿과 20달러 지폐 한 장이 들어 있었다. 그녀는 더러워진 옷을 주면 세탁해서 가져다주겠다고 했다.

"정말 여기서 자도 괜찮겠어요?" 제프가 나가면서 말했다. "아무도 들어올 수 없게 문을 모두 잠그고 자요. 나도 왜 그런지 모르겠지만, 내가 당신 엄마가 된 기분이에요."

다음 날 아침, 제프가 깨끗하게 세탁한 내 옷과 진저가 만들어준 아침 식사용 샌드위치를 가지고 돌아왔다. 집에서 만든 비스킷과 달걀프라이와 시골 햄이었다. 나는 짐을 싸면서 제프에게 소방관 일에 대해 전날 밤 궁금했던 것들을 물어보았다. 그의 목소리는 한층 더 깊게 가라앉아 있었는데, 약간의 숙취 때문인 것 같았다.

"상당히 힘들어요. 때로는 정말 힘들죠." 그가 말했다. "특히 누군가를 잃었을 때요. 하지만 대체로는 기다릴 때가 더 많아요. 근무시간의 90%는 소방차를 청소하며 보내니까요. 그러다 불이 나면? 아드레날린이 솟구치며 계속 일할 수 있게 해주죠. 새벽 3시에 깊이 잠들었다가 깨어난다고 생각해봐요. 어느새 소방차에 올라타 있고, 요란한 사이렌 소리와 환한 조명과 분주한 움직임이 찾아오죠. 그 후 사흘 동안은 한숨도 못 자고 깨어 있어요. 흥미롭지 않아요? 좋은 일이죠. 집에 앉아서 TV로 미식축구 경기를 보는 것보다는 나아요."

나는 최악의 화재에 대해 물어보았다. 경보 3등급 규모의 화재였다고 했다. "아이 둘과 아빠를 잃었어요." 그는 더 이상 말하지 않았고 나도 재촉하지 않았다. 우리는 몇 초 동안 침묵했지만, 그 시간이 실제보다 훨씬 더 길게 느껴졌다.

"두려울 때도 있나요?" 내가 물었다.

"두려움은 수없이 느끼죠. 특히 주택에 불이 났을 경우 무슨 일이 벌어질지 알 수 없으니까요. 하지만 그런 생각은 하지 않으려고 하죠."

나는 도로에서 거의 매일 두려움을 느끼고, 어쩌면 걷기와 소방관 일은 크게 다르지 않은 것 같다고 말했다.

"모르겠어요." 그가 말했다. "나는 두 가지가 완전히 다르다고 생각해요. 당신이 어떤 것을 두려워하는 것은 다른 사람들 때문이에요. 그런데여기서 두려운 것은 화재, 즉 무생물이에요. 그 무생물이 당신 것을 뺏어갈 수도 있고 당신을 죽일 수도 있어요. 하지만 내가 보기에는 당신이 길에서 만나는 사람보다 여기서 만나는 화재가 훨씬 다루기 쉬워요. 어떤사람들은 정말로 나쁜 짓을 할 수 있거든요. 불도 나쁘지만, 그래도 미리알 수 있잖아요. 사람들은 뒤통수를 칠 수 있어요. 당신을 감쪽같이 속일수도 있고요. 또 내 일은 정말로 빨리 해치울 수 있지만, 당신 일은 한동안 계속될 겁니다. 그래요. 당신은 한동안 이 일을 하게 될 거예요."

아직 걷지 않은 수 킬로미터의 길이 창고 건물 천장 너머 눈앞에 펼쳐지는 것만 같았다. 천장이 수천수만 킬로미터 뻗은 대륙처럼 보였다. 그위에 천문학적 숫자의 발걸음이 찍혔다. 어지러웠다. 나는 그 생각을 떨쳐내려고 애썼다. 그저 화재에 맞서 싸워라. 그저 숲의 잡초를 뽑아라. 그저 걸어라.

떠나기 전 제프를 위해 만돌린을 연주했다. 감사의 표시였다. 내겐 매끄러운 보게사이트 조약돌 말고는 줄 게 많지 않았다.

"좋은 연주를 들은 사례예요." 내가 연주를 마치자 그가 100달러 지폐한 장을 건넸다. 내가 그린즈버러에 도착하고 며칠 후 그는 내 블로그에이런 글을 올렸다.

일요일 오전, 당신이 소방서를 떠나 더 이상 내 눈에 보이지 않게 되었을 때 난 내 아이나 형제가 오랜 시간을 기약하고 떠나는 것만 같은 기분이 들었어요. 벌써 당신이 언제 돌아오나 궁금했지만, 다시는 볼 수 없을 것을 깨달았지요. 아마 이번 생에서 직접 보는 일은 없겠죠. 이상하게 죄책감이 들고 괴로웠어요. 내가 충분히 잘해주었나? 더 잘해줘야 했는데! 당신 가족은 어떻게 견딜지 상상할 수도 없어요. 우리는 매일 당신을 위해 기도할 거고, 당신의 모험과 안전한 여행 소식을 고대하고 있을게요. 당신이 가는 길목에 사는, 내가 아는 사람 모두에게 이메일을 보내 당신을 재워주라고 말할 거예요. 무사히 당신의 가족에게 돌아가요. 진저가 안부 전해달래요. 혹 가는 길에 옥수수 구멍 대회를 만나거든 잠깐 걸음을 멈추고 함께 즐겨요. 제프가.

우리는 같은 창고 건물 안에서 겨우 2~3시간을 보냈을 뿐이고 두 차례 대화를 나눴을 뿐인데, 우리 사이에 이상한 종류의 사랑이 싹텄다. 내가 네티 할로 부인이나 베키와 데일 부부에게 느낀 것과 같은 감정이었다. 걷기 여행을 하기 전에는 낯선 사람과 이렇게 즉각적인 교류를 경험해본 적이 없었다. 지금은 안 될 게 뭐 있나 싶고, 대륙을 걸어서 횡단하는 이상스러운 일을 하지 않았더라면 불가능했을 거라는 생각이 든다.

노스캐롤라이나주 하이포인트 그녀의 거실 소파에서 저녁 식사를 하면서

11월 내 친구 짐과 낸시 브라이언 부부와 그린즈버러에서 추수감사절을 보낸 후

"나는 30년 동안 과부였어요. 혼자 있는 것에 익숙해졌죠. 지금쯤은 익숙해져야 해요. 그리고 나는 그게 좋아요. 내 일정을 제외하고 다른 사람의 일정을 따르지 않아도 되는 게 좋아요. 또 사람들에게 일일이 설명하는 것도 싫어요. 내 머리로 알고 있는 걸 왜 말해야 하죠? 가서 당신 자신을 발견해요! 늙어가는 것, 전혀 나쁘지 않아요. 한 가지 말해줄게요. 나는 일흔일곱 살이 되는 걸 신경 쓰지 않지만, 3년 후면 여든이에요! 오, 맙소사! 그때가 되면 노부인처럼 굴어야 할 거예요."

"지금껏 살면서 배운 모든 것을 그대로 지닌 채 과거로 돌아갈 수 있다면 스물세 살의 당신에게 뭐라고 말해주고 싶은가요?"

"너무 걱정하지 말라고요. 나는 늘 죽음을 걱정했거든요. 살면서 걱정했던 것 중 진짜로 일어난 게 몇 가지나 되는지 지금은 잘 알죠. 거의 일어나지 않았어요. 또 맨발로 더 가라고 말할 거예요. 그리고 너무 착하게 살지 말라고요. 착하고 순한 남부의 여자애로 살지 말라고요. '나쁜 년'이 되라고 할 거예요. 언젠가 비행기를 탔는데, 몸무게가 270kg 나가는 남자가 '팔걸이에 내 팔을 올려도 될까요?'라고 물었고 나는 '물론이죠!'라고 대답했어요. 하지만 몇 년 전이었다면 '오, 그럼요. 괜찮아요. 어서 올리세요. 나를 깔아뭉개버려요! 난 괜찮으니까요'라고 대답했을 거예요. 나는 수동 공격적이 아니라 그냥 수동적이었어요."

당신은 진정 무엇을 듣고 있나요?

(6)

WALKING ÷TO÷ LISTEN

노스캐롤라이나는 가을이 한창이었다. 노스캐롤라이나라니! 내가 이렇게 멀리 걸어왔다니 믿을 수가 없었다. 그린즈버러 북쪽 뒷길에서 주 표지판이 나를 반겨주었다. 지나가는 차도 없고 숲은 고요했다. 나는 배낭을 내려놓고 잠시 표지판을 보았다. 내 발밑에서 대륙이 천천히 미끄러져 지나갔다. 스니커즈 바 몇 개를 먹고 다시 걷기 시작했다. 그것들 덕분에 여기까지 올 수 있었다.

나는 이제 한 달 넘게 걷고 있었고, 더는 사람들에게 '변혁'이나 '성인이 된다는 것의 의미'를 묻지 않았다. 대화가 너무 억지스러워졌고, 토론 시간에 내 주제를 강요하는 것처럼 느껴졌다. 대신 만나는 사람들의 삶에 대해 물었고, 때로는 그 삶에서 무엇을 배웠는지 물었다. 내가 진심으로 관심을 가질수록 더 잘 들을 수 있었고, 사람들도 더 마음을 열었다. 노스캐롤라이나에 들어서고 며칠 후 한 여성이 미니밴을 타고 가다가 내 옆에 차를 세웠다. 뒷좌석에는 그녀의 두 딸이 타고 있었다. 단 몇 분이 지나서 그녀는 자신이 자궁절제술을 받은 일과 그 경험이 본인의 삶을 어떻게 바꾸었는지 들려주었다. 특별한 상호작용이 아니었다. 사람들은 종종 상황의 핵심으로 뛰어들어 지금의 자신을 만든 연금술의 순간을 들려주었다. 그들은 모성애와 부성애, 학대와 방임, 마약중독과 죽음, 전환의 경험과 전쟁 트라우마에 대해 들려주었다. 더 밝은 주제도 있었다. 너구리 사냥과 비스킷 굽기, 진흙 놀이(픽업트럭 뒤에 친구들을 태우고 모두가 진흙을 뒤집어쓰거나 트럭이 진흙탕에 빠질 때까지 계속 도넛 모양으로 진흙탕 주변을 맴도는 놀이)의 좋은 점 등을 들을 수 있었다. 혼자서 온종일 고속도로를 걸은 다음에는 몇 시간이고 남의 이야기를 들을 수 있었고, 실제로 몇 시간 듣기도 했다. 대부분 기쁜 일이었다. 영광이었다. 그러나 때로는 증오를 이야기하는 사람도 만났는데, 그럴 때면 어떻게 들어야 할지 알 수가 없었다.

노스캐롤라이나주 토머스빌 외곽 어디쯤에서 거구의 대머리 남자가 잠시 나와 같이 걷고 싶어 했다. 우리는 교차로 한가운데에서 만났다. 그는 곧장 내 쪽으로 다가왔다. "듣기 위해 걷고 있다고요?" 그가 방향을 바꾸며 물었다. 우리는 나란히 걷게 되었다. 나는 내 알림판 문구의 뜻을 설명했다.

"대단하군요, 형제님. 잠시 나랑 같이 걸을까요?"

노스캐롤라이나주 피드몬트 대지(애팔래치아산맥과 대서양 연안에 걸친 구릉지역-옮긴이)의 시골 지역이 눈앞에 펼쳐졌다. 지도상으로 보면 꽤 외딴 지역이어서 동행이 생긴 게 기뻤다. 그러나 남자는 오래 걸을 형편이 아니었다. 푸른색 와이셔츠에 넥타이를 매고 반짝거리는 검은 구두를 신고 있었다. 얼굴이 꽤 창백했는데 모자도 없어서 대머리 두피가 고스란히 태양 빛에 그을릴 게 분명했다.

우리는 육교를 건너다가 잠시 걸음을 멈추고 우리 밑을 지나가는 I-85번 고속도로를 내려다보았다. "뭘 좀 물어봐도 될까요?" 남자가 물었다. "당신은 진정 무엇을 듣고 있나요?"

"무슨 뜻입니까?" 나는 무슨 일이 벌어지고 있는지 알았지만, 이렇게 물었다.

"죽은 뒤 무슨 일이 일어난다고 믿나요, 형제님?" 그가 양손을 꼭 모아 쥐고 말했다. 이윽고 '간증'이 시작되었다. 복음주의자들이 전도를 부르는 말이었다. 그는 세상의 모든 아기는 '원죄 때문에 아픈' 상태로 태어난다고 했다. 또 강간과 살인과 근친상간을 포함한 악의 목록에 동성애를 넣었다. 우리 모두 십계명을 어겼고, 천국의 영생을 위한 유일한 길은 예수그리스도라고 말했다.

"나는 당신을 받아들입니다." 진심으로 듣는 사람은 눈으로 말하는 법이다. "당신이 뭐라고 말하든지 당신을 보고, 있는 그대로의 모습으로 당신을 받아들입니다." 서로 판단하지 않고 상대를 통제하거나 변화시키고자 하는 욕구를 내려놓은 상태에서 더 깊이 들을 수 있다. 이상하게도 이런 종류의 듣기는 가장 전복적인 변화를 불러온다. 상대의 마음을 바꿀 필요가 없어지자마자 상대는 훨씬 더 변화하고 싶어 한다. 이건 싸움이 아니니까. 방어할 필요가 없어지므로 새로운 것을 훨씬 더 안전하게 탐색할 수 있다. 그러나 이런 식의 듣기는 쉽지 않다. 특히 듣는 사람의 마음에 혐오감을 일으킨다면 해악을 불러올 것을 알기에 듣고 있기 어려워진다. 나는 이 복음주의자를 받아들이고 싶지 않았다. 그를 보고 싶지도, 인정하고 싶지도 않았다. 그를 차단하려고 했지만, 그는 차단당하려 들지 않았다.

"우리는 하나님의 손에 이끌려 함께하게 되었습니다, 형제님." 복음주의자가 말했다. "우리는 보통 교회에 가지 않는데 오늘은 교회에 갔고, 밖으로 나오다가 당신과 당신의 그 알림판을 보았어요. '듣기 위해 걷는 중'이라는 알림판 말입니다. 그래서 저는 생각했죠. '하나님이 오늘 내게 신호를 보내주셨구나.' 그래서 저는 길을 되돌아가 당신을 붙잡았습니다. 당신은 지금 좋은 소식을 듣고 있다고 믿습니다, 친구여. 그리고 나는 오늘 그 소식을 당신과 나누고 싶어서 여기 왔습니다."

"좋은 소식은 당신 생각이 틀렸다는 거예요." 이렇게 말하고 싶었지만, 그러지 못했다. 재빠르게 휘트먼을 인용하지도 못했다. 그때 나는 다음 구절을 인용했어야 했다.

> 나는 안이나 밖이나 신성하고, 내가 만지는 것이나 나를 만지는 것은 무엇이든 신성해지니,
> 이 겨드랑이 냄새는 기도보다 더 아름다운 향기이며,
> 이 머리는 교회나 《성경》이나 믿음을 뛰어넘는다.

내가 아무리 휘트먼의 시로 광을 내더라도 며칠 동안 샤워를 못 했기 때문에 그 복음주의자도 아마 내게서 풍기는 신성한 냄새를 맡았을 것이다. 그러나 나는 아무 말도 하지 못했다. 그저 조용히 고개를 끄덕이며

스스로 침묵에 수치심을 느낀 채 가만히 서 있었다.

그는 남쪽의 덴턴이라는 읍에서 무술 사범으로 일했지만, 전도야말로 그가 정말로 하고 싶은 일이라 가라테 수업과 전도를 결합했다고 말했다. 육교를 벗어나는 동안에도 그는 계속 내게 전도를 했는데, 시골 지역으로 향하는 주 고속도로에 도착하자 웬 여자가 우리 옆에 미니밴을 세웠다. 그의 아내인 것 같았다.

"내가 타고 갈 차입니다, 형제님." 그는 처음 말을 건넸을 때처럼 돌연 설교를 중단하고 말했다. "동행해줘서 고맙습니다. 사랑합니다."

나는 무식한 놈이라고 소리를 지르고 싶었지만, 대신 이렇게 말했다. "저도 사랑합니다." 그러자 속이 한층 더 울렁거렸다. 나는 그를 사랑하지 않았으니까. 오히려 그가 싫었다. 솔직하게 말하지 못한 나 자신도 싫었다. 언제나 나의 영웅이었던 마틴 루서 킹도 '선량한 사람들의 혐오스러운 침묵'에 대해 언급하지 않았던가. 걷기 여행을 나선 후 여기저기서 편견과 마주치기 전에는 이러한 침묵의 유혹을 이해하지 못했다. 그러나 당당히 말하는 것보다 침묵이 훨씬 더 쉬웠다. 버지니아주에서 만난 한 할머니는 동성애를 '반대'한다고 말했다. 그러나 나는 아무런 말도 하지 못했다. 그로부터 얼마 후에 만난 한 젊은 백인 남자는 스스로 '인종적인' 사람이라고 말했는데, 나는 그 말을 '인종차별적'이라고 이해했다. 그는 그 말을 자기 혈액형을 말하듯이 했고, 나는 그저 이렇게만 말했다. "아, 그렇군요."

나는 적대가 두려웠다. 사람들이 나를 좋아해주기를 바랐다. 모든 게 괜찮은 척하면 정말로 괜찮아질 것이라는 내 논리에는 결점이 있었다.

편견이 갖가지 형태를 띠고 곳곳에 존재했기 때문에 나는 내 비겁함에 꽤나 익숙해졌다. 편견은 대화 중에도 튀어나왔고, 도로에서도 소리 없이 튀어나왔다.

> 남부연합 주민만
> 주차 가능.
> 다른 사람은
> 모두
> 북부로 돌아가라.

가끔은 나를 재워주고 저녁을 대접해준 사람들 사이에서도 편견이 튀어나왔다. 조지아주의 어느 도로에서 만난 한 여자는 다음에 나타날 읍내를 지나갈 때 조심해야 한다고 경고했다. "백인은 전부 떠났어요." 그녀가 말했다. "그리고 하인들만 남았어요. 남부의 흑인은 북부의 흑인하고 완전히 다른 동물이에요." 이 사람은 나를 재워주었고, 밖에 나가 저녁도 사주었으며, 다음 날 아침 식사까지 챙겨주었다. 지극한 고마움과 혐오감이 동시에 느껴져 나는 극도로 당황스러웠다.

노스캐롤라이나에 들어섰을 때 친구 라이야에게 전화를 걸어 이 모든 이야기를 들려주었다. 내가 어떻게 내 생각을 주장할지, 혹은 무슨 말을 해야 할지 모르겠다고 하자 그녀는 그냥 왜 그렇게 생각하는지 물어보라고 했다. "왜 그렇게 믿죠?" 그렇게 그들 스스로 자기 생각이 불합리함을 이해할 수 있게 하라고 했다.

그러나 그 복음주의자와는 그 단계까지 가지 않았다. 그는 자동차에 타고는 내게 손을 흔들었다. 나는 며칠 후 그가 사는 마을을 지나갈 예정이었기 때문에 아마 그를 다시 볼 기회가 있을 것이다.

"어쩌면 덴턴에서 또 볼지도 모르겠어요." 자동차가 출발할 때 이렇게 말했다.

"어쩌면 천국에서 만날지도 모르죠." 그가 차창 너머로 소리쳤다.

그날 밤 나는 귀뚜라미 사체가 널려 있는 어느 침례교회의 기도실에서 잤다. 교회 밖에서 야영할 수 있는지 허락을 구하려고 교회 신도 회관으로 비칠거리며 들어서는데, 목사가 나와 나를 구해주었다. 그날은 일요일이었고, 신도들이 아침 식사 메뉴를 저녁 만찬으로 먹는다는 의미였다. 캐롤라이나주의 상징색인 파란 옷을 입은 둥근 체형의 콧수염 남자가 납작한 그릴에 소시지 패티와 팬케이크를 굽고 있었다. 커피도 있었다. 사람들도 있었다. 내 머리 위에 지붕이 있었다. 내게는 이곳이 천국이었다.

저녁 식사 후 신도들은 교회로 들어갔고, 목사는 나를 예배에 초대했다. 그날은 브라질에서 선교 활동을 하고 온 어느 선교사의 초청 강연이 있었다. 이 교회에서 '미션 광시곡'이라고 부르는 행사의 하나였다. 교회 안쪽에 크리스마스 장식이 되어 있었다. 신도석은 앞쪽의 몇 줄만 차 있었다. 나도 신도석으로 들어가 뺨에 핏줄이 불거진 배불뚝이 남자 옆에 앉았다. 피아노 연주가 시작됐고 우리는 함께 노래했다. "고요한 밤 거룩한 밤 어둠에 지친 밤." 캐럴을 부르니 집 생각이 났다. 크리스마스를 놓친 적이 한 번도 없었는데, 올해 크리스마스는 집 밖에서 보내게 되었다.

키가 아주 크고 몹시 여윈 남자가 스리피스 정장을 입고 설교단으로 나갔다. 그 선교사였다. 그는 '교회 이식'이라는 익숙하지 않은 언어를 써가며 발표하기 시작했다. 그리고 아마존의 '미전도인 집단'을 전도할 '성숙한 사제들'을 모집했으며, 우리의 역할은 십자군 전쟁에 나선 하나님 군대의 장교와 같다고 주장했다. 그는 이 모든 것을 파워포인트로 설명했다.

마지막으로 질의응답 시간이 있었다. 아무도 손을 들지 않았다. 길게 느껴지는 몇 초가 지난 후, 결국 대화나 좀 나눠보려고 내가 손을 들었다. 대학에서 강의가 끝나면 누구라도 뭔가를 물어봐야 하는데 아무도 손을 들지 않아 어색한 침묵이 이어질 때가 생각났다.

"기독교에 대해 아무것도 모르는 사람을 개종시키려면 보통 어디서부터 시작하시나요?" 선교사가 브라질에서 전도 대상으로 삼은 원주민을 생각하고 던진 질문이었다. 그러나 선교사는 그게 내 이야기라고 생각했고, 내 질문을 전도의 초대로 받아들였다. 거구의 대머리 복음주의자와 크게 다르지 않았다.

선교사는 나를 똑바로 바라보며 예수그리스도에 대해, 그리고 그의 가르침과 기적들에 관해 설교하기 시작했다. 그는 십자가에 못 박힌 사람처럼 양팔을 번쩍 쳐들고 목소리를 떨면서 십자가에 못 박힌 예수상을 향해 앞으로 나아갔다. 마치 자신의 눈앞에서 벌어지는 마흔 번의 채찍질과 가시면류관, 못, 망치질, 십자가를 똑똑히 목격하는 사람 같았다. 그는 숨을 쉬지 못했다. 눈이 번들거렸다. 그는 나를 향해 걸어오기 시작했다.

"그분은 왜 죽어야 했을까요?" 그가 벽을 향해 양팔을 뻗으며 말했다. "오, 왜, 도대체 왜 그분은 죽어야 했습니까?"

내 앞의 신도석에 앉은 여자가 숨죽여 울었다. 내 옆에 앉은 뺨에 핏줄이 불거진 배불뚝이 남자는 웃고 있었다. 선교사는 내 바로 위에 서 있었다.

"그분은 바로 당신을 위해 죽었습니다." 그가 나를 내려다보며 말했다. "그게 이유입니다."

나는 선교사와 얽힌 시선을 풀지 못했다. 시선을 외면하면 불손한 짓이 될 것이고, 어느 순간부터 이상한 눈싸움이 되어버렸다. 눈앞을 응시하는 내 시선이 가만히 고동쳤다. 선교사가 먼저 마법의 주문을 깨고 목사를 향해 돌아섰다.

"형제님, 이리 와서 이 젊은이의 몸에 손을 올려주시기 바랍니다. 우리 모두 오늘 밤 바로 이 자리에서 하나님 앞에 다시 태어나길 기도합시다."

목사가 내 어깨에 양손을 올리고 기도를 시작하자, 선교사는 "아멘" "오, 그래요" "오, 주여" 등의 짧은 말을 중얼거렸다. 나는 눈을 감고 내 안의 어둠 속을 둥둥 떠다녔다.

나는 무슨 일이든 일어나길 바랐다. 신이 궁금했고, 그 호기심이 단순한 궁금증을 넘어서길 원했다. 신에 대한 호기심이 경험과 내가 직접 본 것들로 강화되는 지식이길 바랐다. 아홉 살 때 산타클로스를 찾던 것과 똑같은 방식으로 신을 찾는데, 지금까지는 결과가 똑같았다. 아홉 살의 크리스마스 때는 계획을 아주 잘 세웠다. 거실이 보이게 내 방문을 아주 조금 열어놓았다. 1시간 후에 울리도록 알람 시계도 맞춰놓았다. 잠이 들더라도 알람을 듣고 깨어나고 싶었다. 그리고 앉아서 기다리며 지켜보았다. 잠시 후 나는 잠이 들었고, 알람 시계는 울리지 않았다. 또다시 산타클로스를 놓쳤다.

집을 떠날 때는 걷기 여행 중에 신에 대한 지속적인 의문을 품을 거라고는 전혀 예상하지 못했다. 사람들은 대부분 '듣기 위해 걷는 중'이라는 알림판을 보고 나의 여정이 매우 영적인 탐색일 거라고 생각했다. 특히 '성경 지대'(기독교가 강한 미국 남부와 중서부 지대-옮긴이)에서 그랬다. 많은 사람이 내가 신의 목소리를 듣고 있다고 여겼다. 그들은 내게 《성경》과 '당신은 착한 아이였나요, 나쁜 아이였나요?'라는 문구가 인쇄된 팸플릿을 주었다. 그들은 자신의 '간증'이라는 즉석 독백을 들려주었는데, 일부는 개인적인 이야기였고 일부는 홍보용 연설이었다. 사우스캐롤라이나주 클로버의 한 식당에서 만난 잰이라는 나이 든 여성도 자신의 이야기를 들려주었다.

"우린 자유롭게 선택할 수 있어요. 당신이 살면서 어떤 일을 하느냐, 그리스도와 어떤 관계를 맺느냐에 따라 천국에 갈지 지옥에 갈지가 결정돼요. 그분은 '와서 나를 받아들여라. 그러면 내가 너에게 평화와 기쁨을 주리라'라고 하셨어요. 당신도 시련을 겪을 겁니다. 시험에 들 거예요. 나는 5년 전 아들을 잃었어요. 몹시 아팠죠. 하지만 하나님도 당신의 아들을 우리에게 보내지 않으셨던가요? 그게 무슨 뜻이겠어요? '나는 저렇게 할 수 없나?'라고 생각하게 되죠. 예수그리스도는 나의 개인적인 구원자예요. 그분 덕분에 삶을 살아갈 수 있었고, 그분과 함께 걷고 사람들과 함께 걸을 수 있었어요. 나는 다른 사람들의 종교를 비판하지 않아요. 그들을 모두 사랑하니까요. 나는 당신을 사랑해요. 나는 그녀를 사랑해요. 왜 전부 사랑할 수 없죠? 예수그리스도가 우리 모두를 사랑하는데 말이에요. 그래서 나는 당신을 사랑합니다."

때로 이런 증언은 한 사람의 과거를 날것 그대로 볼 수 있게 했고, 나는 어쩔 수 없이 감동했다. 그러나 그들의 모순과 비판 때문에 마음이 괴로워질 때도 있었다. 어느 쪽이든 신에 대한 의문에서 벗어날 수 없었다. 사람들은 몇 번이고 반복해서 내게 물었다. "당신은 하나님을 믿습니까?" 내 안에서 이렇게 직접 이 질문과 맞닥뜨린 적이 없었다. 나는 하나님을 믿는가? 믿지 않는가? 뭐라고 말해야 하지? 대다수 사람들은 '예'나 '아니요'의 명쾌한 답을 찾았다. 다음과 같은 질문에는 관심이 없는 것 같았다. '도대체 신이란 무엇 혹은 누구인가?'

그러나 어쩌면 그 질문에 반드시 대답해야 하는 것은 아닐지도 모른다. 때로는 질문을 던지는 것만으로도 충분해 보였다. 내가 질문을 실제로 이해하기만 해도 대답이 저절로 나타날지 모른다. 최근 이 생각에 대해 라이너 마리아 릴케의 《젊은 시인에게 보내는 편지》에 의존했다. "당신 마음속의 해결되지 않은 모든 것에 대해 인내심을 가져주십시오. 그리고 질문 자체를 사랑해주십시오." 그는 또 이렇게 썼다. "지금 당장 해답을 찾지는 마십시오. 당신이 그 해답에 맞추어 살아갈 수 없어서 해답을 주지 않는 것입니다. 요점은 모든 것을 살아가는 겁니다. 지금은 그 질문을 살아가세요. 그러면 당신도 모르는 사이에 미래의 언젠가는 그 해답에 맞춰 살아가게 될지도 모릅니다." 나는 종종 이 구절에 의존했다.

특히 질문이 참을 수 없다고 생각될 때 그랬다.

그 침례교회 목사가 내 어깨에 양손을 올리고 기도할 때 주변 사람들에게 감동을 주는 어떤 정신이 분명히 존재했다. 선교사는 감정을 고조시키고 있었다. 내 앞의 여자는 울었다. 나는 그 수준까지는 갈 수 없었다. 그런 모습은 아니었다. 나는 그들의 대답보다 내 질문이 더 좋았다.

목사가 나를 위한 기도를 마쳤다. 나는 눈을 뜨고 목사에게 고맙다고 말한 뒤 선교사를 향해 고개를 끄덕였다. 내가 경련을 일으키거나 방언을 하지 않아서 그들은 실망했을까? 약간 용두사미식 결말이기는 했고, 그들은 아마 모두 내 잘못이라고 생각했을 것이다.

다시 기도실로 돌아오니 아침 식사를 담당했던 남자가 내 저녁 몫으로 팬케이크와 소시지 패티 그리고 작은 시럽이 든 용기를 상자 하나에 담아 남겨둔 게 보였다. 어쩌면 이게 하나님이었다. 나는 귀뚜라미 사체 사이에 깔아놓은 내 침낭에 들어가 거대한 나무 십자가 아래 엎드린 자세로, 창문 틈새로 비쳐 들어오는 달빛 속에서 팬케이크를 달콤한 시럽에 찍어 먹었다.

다음 날 아침 노스캐롤라이나 피드몬트 대지의 심장부로 들어섰다. 언덕 위에는 울창한 상록수 숲이 자리했고, 담배밭이 조각보처럼 대지를 뒤덮고 있었다. 왼발, 오른발, 왼발, 오른발. 전날 밤 느꼈던 이질감은 새로운 하루의 빛과 웅웅거리는 고속도로 소리와 함께 지금 이 순간 너머로 희미하게 사라졌다.

2시간 후 약 800m 떨어진 곳에서 표지판 하나를 보았다. 조용한 시골 도로인 109번 고속도로를 집어삼킨 소나무 숲 터널을 배경으로 표지판이 형광 주황색으로 빛났다. 나는 두 번 생각하지 않았다. 동부에서 건설 현장은 특별한 일이 아니었고, 그것 때문에 성가신 일도 없었다. 걸어서 다니는 사람에겐 차량의 흐름이 더 심각한 일이었다. 그런데 표지판에 가까이 다가가자 뭔가 달라 보였지만, 여전히 글씨를 읽기엔 너무 멀었다.

노스캐롤라이나에 오기까지 도로표지판을 너무 많이 봐서 대강의 길이와 희미하게나마 단어의 배치를 보면 실제 내용은 읽을 수 없어도 무슨 뜻인지 짐작할 수는 있었다. 표지판 내용을 추측하는 것은 심심함을 타파하는 좋은 방법이었다. 다음 읍까지 남은 거리를 알려주는 초록색 표지판이 높은 기둥 덕에 가장 추측하기 좋았다. 남은 거리를 과하게 추측하면 예상보다 일찍 도착할 수 있었고, 그러면 좋은 일만 있었다. 더러운 물 대신 시원하고 달콤한 차를 마실 수 있다는 뜻이었고, 덤불 대신 욕실을 만날 수 있다는 뜻이었다. 그러나 남은 거리를 실제보다 짧게 추측하면 재앙이었다. 1.6km를 걸어가는 데 약 20분이 걸렸는데, 3.2km 정도 짧게 추측하면 읍에 도착할 때까지 예상보다 1~2시간을 더 걸어야 한다는 뜻이었다. 세상이 끝장날 만큼 절망적인 일은 아니었지만, 가끔은 재앙에 가깝게 느껴지기도 했다. 특히 화장실이 급할 때가 그랬다.

표지판 내용을 짐작하기도 전에 '재소자 작업 중'이라는 세 개의 단어가 뚜렷하게 보였다.

그러자 평소처럼 마음이 마구 널뛰었다. 나보다 몸집이 두 배인 데다 문신한 남자들이 사슬에 묶인 모습을 상상했다. 내가 지나가면 그들은 폭동을 일으킬 것이다. 내 배낭 속 무기고를 가늠해보아도 도움이 될 만한 게 없었다. 내겐 주머니칼 두 개와 페퍼 스프레이 하나가 있었고, 조금 전 어떤 남자가 차를 멈추고 건네준 마운틴듀 두 개가 있었다. 적어도 재소자들이 나를 죽이기 전에 잠시 그들의 몸을 끈적거리게 만들 수는 있을 것이다. 숨이 밭아졌다. 나는 계속 걸으며 마음을 가라앉히려고 애썼다. 도로에서 지내는 매일은 어떻게 보면 두려움과 춤추는 일이었다. 두려움이 어떻게 나타나는지 배우고 두려움을 놓아버리려는 노력의 연속이었다. 그러나 재소자 무리가 눈앞에서 기다리는 이때에 두려움을 놓아버리기란 쉽지 않았다.

걷기 여행을 시작하기 전에는 두려움을, 그러니까 진짜 두려움을 느껴본 적이 별로 없었다. 부모님이 헤어지고 나서 나는 농장의 들판과 수 킬로미터에 달하는 숲으로 에워싸인 델라웨어의 세인트앤드루스 기숙학교에 들어갔다. 학교는 마지막까지 거의 모든 비용을 대주었고, 가족이 무너지는 동안 나를 받아주었다. 나는 4년을 안전한 마법의 거품 속에서 보냈다. 거기서 내가 가장 두려워한 일은 불이 꺼진 설립자 기념관이라는 성을 탐험하다가 들키는 것이었다. 그곳은 볼드모트가 없는 호그와트와 같았다. 그 후에는 버몬트의 조용한 숲속에 자리한 자유로운 예술대학 안에서 보냈다. 그 기간 내내 교외 지역은 나의 본거지였다. 그 사실은 내게 어마어마한 특권을 주었지만, 대신 위기에 처했을 때만 드러나는 공포나 좌절, 분노에 대해서는 잘 모른다는 뜻이었다. 나는 그런 것들과 맞닥뜨릴 필요가 거의 없었다.

갓길에 단단히 묶어놓은 주황색 쓰레기봉투와 열어놓은 쓰레기봉투가 점점이 놓여 있었다. 아직 보지는 못했지만, 재소자들은 쓰레기를 줍고 있는 모양이었다. 이윽고 멀리서 그들이 보였다. 풀밭으로 이뤄진 갓길에 작은 점이 찍힌 듯 사람들이 보였는데, 그들이 입은 안전용 반사 조끼가 희끄무레한 잿빛 하늘 아래서 빛나고 있었다. 유일하게 공적인 존재는 이동식 화장실 트레일러를 연결한 흰색 밴이었다. 말을 탄 교도관은 보이지 않았다. 독일 셰퍼드도 없었다. 심지어 경찰차도 없었다.

그들 눈에 내가 보일 만큼 충분히 가까이 다가가서 보니 재소자들은 여자였다. 그러나 더 가까이 가기 전에 흰색 밴을 모는 경비원이 나를 향해 손을 흔들었다.

"그냥 지나가는 겁니다." 내가 말했다.

"괜찮아요. 하지만 여기서는 어떤 말도 녹음할 수 없고, 사진 촬영도 안 됩니다."

경비원은 선글라스를 끼고 있어서 내가 볼 수 있는 거라고는 선글라스에 볼록하게 비친 내 모습뿐이었다. 우리는 악수했고, 그는 내가 하는 일을 칭찬했는데 그 사실이 오히려 놀라웠다. 나는 그가 좀 더 적대적으로 나올 거라고 예상했기 때문이다.

"혹시 제가 신경 써야 하는 게 있습니까?"

"아니요." 경비원이 대답했다. "남자 재소자들이 더 손이 가죠. 여자들은 문제가 없어요. 이쪽에서 존중하면 저쪽도 이쪽을 존중해요. 하지만 도로에서 걸어 다니려면 조심해야 할 겁니다. 행운을 빌어요."

나는 여자 재소자 무리에게 다가갔다. 처음 만난 여자는 낚싯대를 들고 있었다. 그게 쓰레기봉투에 들어갈 것 같지는 않았다. 내 지팡이라면 그 낚싯대에 맞서 칼싸움을 할 수 있을 것 같았다. 물론 정말로 그런 상황이 벌어진다면 여자 쪽이 훨씬 더 손을 잘 뻗을 것이다. 나는 고개를 끄덕여 인사했다.

"낚시 좋아해요?" 여자가 낚싯대를 내밀며 말했다. 여자는 60대이거나 아니면 그저 힘들게 살아왔을지도 모른다. 그녀는 내가 자기를 어떻게 생각할지 조금도 신경 쓰지 않는 얼굴로 자신감 있게 말을 건넸다.

"아니요. 고맙습니다." 내가 말했다. "나는 요즘은 낚시를 많이 하지 않아요."

"그럼 요즘은 뭘 해요?" 여자가 물었다. 우리는 함께 걸으며 다른 여자를 몇 명 따라잡았다. 재소자들은 12명 정도 있었다. 나보다 젊어 보이는 사람도 있었고, 할머니처럼 나이가 지긋해 보이는 사람도 있었고, 흑인과 백인이 섞여 있었다. 나는 내가 하는 일을 설명했다.

"정말 멋져요." 그중 한 사람이 말했다. "나도 해보고 싶어요."

나는 만나서 반갑고, 그들의 이야기를 듣고 싶다고 말했다. 낚싯대를 든 여자가 미소를 지으며 흰색 밴을 탄 경비원을 턱짓으로 가리켰다.

"다른 상황이었다면 참 좋았겠군요."

우리는 계속 함께 걸었고, 나는 여자들의 말에 귀를 기울였다.

"나는 곧 밖으로 나가요. 3년밖에 남지 않았어요."

"나는 일주일 후에 나가요. 가장 먼저 우리 아이들을 만날 거예요."

"나는 가장 먼저 혼자 있을 거예요. 감옥은 방 하나에서 50명이 지내요. 서로 포개다시피 하고 있죠. 내가 무슨 일을 하는지 모르는 사람이 없을 지경이라니까요."

"지나가는 사람들이 더러운 속옷이나 오줌이 든 병 같은 걸 던져요. 하지만 그 사람들은 나를 모르니까 괜찮아요. 그들은 온종일 나를 판단할 수 있지만, 상관없어요. 정말로 상관하지 않아요."

우리 옆의 울창한 소나무 방풍림이 점점 줄어들더니 작은 슈퍼마켓 주차장이 나왔다. 우리는 어느새 검은 띠의 가라테 유단자이자 복음주의자가 산다는 덴턴 읍내로 들어서고 있었다. 고속도로에서 가까운 쪽 주차장에서 한 여자가 미니밴에 장바구니를 싣고 있었다. 우리와 거리가 가까웠다. 여자가 곁눈질로 사람의 움직임을 포착했는지 우리 쪽을 올려다보다가 다소 빠른 손길로 미니밴에 짐을 실었다.

또 다른 주황색 '재소자 작업 중' 표지판이 나타났다. 여자들이 있어야 할 도로의 끝이었다. 창문에 쇠창살을 댄 흰색 버스가 고속도로 반대편에 서서 그들을 기다리고 있었다. 나는 그들이 떠나기 전 한 사람 한 사람과 악수를 했다.

"조심해요." 그중 한 사람이 말했다. "세상 사람들이 전부 우리처럼 친절하지 않아요."

그들은 흰색 버스 앞에 줄을 서서 한 명씩 탔다. 나는 도로에 서서 그 모습을 지켜보았다. 나는 어떤 것에도 구속되지 않고 내 몸이 허락하는 데까지 자유롭게 걸어 다닌다는 사실을 뼈저리게 자각했다. 쇠창살이 있는 차창 너머로 여자들은 보이지 않았지만, 나는 버스가 갓길을 떠나 저물어가는 가을빛 속으로 사라지는 동안 가만히 서서 지켜보았다.

노스캐롤라이나주 마운트플레전트 | **노스이스트 카바러스 의용 소방대 휴게실에서 비를 피하며**

11월

"당신은 도로를 걸으며 동시에 당신 마음속을 걸어 다녀요. 거기 있던 모든 것, 거기 있는 모든 것을 지나 걷고 있어요. 앞으로 있을 모든 것을 지나 걷기도 하고, 또 있을지도 모르는 어떤 것을 지나 걷기도 하지요. 아침마다 다시 길을 떠날 때가 아마 가장 힘들 거예요. 계속 앞으로 움직이는 것이요. 나는 매주 죽은 사람을 한두 명은 봅니다. 그래도 계속 앞으로 나아가야죠. 내 마음이 여리기만 했다면 아마 이 일을 할 수 없었을 겁니다. 그 순간 마음이 아프니까요. 정말로 그래요. 말 그대로 아파요. 가슴에 통증이 느껴지기 시작하죠. 숨이 막히고요. 그래도 아픔을 뒤로하고 계속 앞으로 나아가야 해요. 그렇다고 다 잊으라는 말은 아니에요. 계속 앞으로 나아간다는 건 완전히 잊는 게 아닙니다."

나는
걷기로 했다

삶과 죽음은 맘대로 할 수 없으니까요

(7)

WALKING ≒TO≒ LISTEN

12월 초 안개가 자욱한 아침, 사우스캐롤라이나주 블랙스버그로 들어서면서 나는 제대로 된 저녁을 먹을 수 있게 해달라고 기도했다. 나는 제대로 차린 저녁 식사가 필요했다. 전날 밤에는 눈자위가 붉은 젊은 남자와 사슬로 묶은 그의 핏불테리어 두 마리가 사는 트레일러 뒤쪽에서 야영했다. 아침에 일어나니 몸이 찌뿌듯했다. 맛없는 오트밀 한 봉지를 먹고 떠나려는데 개들이 내게 달려들었다. 마침내 대형 화물차가 울부짖고 자동차가 비명을 지르며 지나가는 고속도로에 올랐을 때 나는 외로움과 비참함에 굴복하고 말았다.

이런 걸음은 상처 걷기와 구분하기 위해 고통과 절망이 더해진 '증오 걷기'라고 불렀다. 증오 걷기는 훨씬 더 혐오스러운 상황으로, 자신과 도로와 모든 것을 향해 역겨움을 느꼈다. 외부의 도움 없이 이 상태에서 빠져나가기는 혼자서는 거의 불가능했다. 지금껏 내가 알아낸 탈출 방법은 모두 세 가지다. 첫째는 도로 한쪽에서 계속 짜증을 내며 소리를 질러대는 것. 둘째는 더 깊이 가라앉을 위험을 감수하고 앉아서 이 감정이 조용히 지나가길 기다리는 것. 셋째는 푸짐한 남부식 아침 식사를 끈질기게 사수하는 것.

푸짐한 남부식 아침 식사는 뭐든 고칠 수 있었다. 특히 그것을 얻기 위해 먼 길을 걸어왔다면 효과 만점이었다. 가정식이 가장 좋았지만, 식당에서 먹어도 마찬가지였다. 나는 오직 지역 주민들만 아는, 허름해 보이는 조그만 식당이나 위장한 부엌을 찾아내는 법을 터득했다. '마마스'나 '컨트리' '키친' 같은 단어가 바깥 간판에 보이면 제대로 찾아온 것이다. 주인이 나를 '허니'나 '슈거' '베이비'라고 부르면 더 확실했다.

그러나 다리를 절뚝거리며 블랙스버그로 들어섰을 때는 가망이 별로 없어 보였다. 읍 전체가 침체되어 있었다. 폐점한 가게 전면에 부러진 이처럼 창문마다 덧문이 내려와 있었고, '코카콜라를 마셔요'라는 광고 벽화가 희미하게 그려진 벽돌 건물은 거의 부서져 내리고 있었다. 읍내 중심가와 철로가 나란히 달렸다. 읍이 한창 번성하던 19세기 말, 산간 지역에서 철광석이 발견된 시절, 화물차는 매일 광물을 묵직하게 싣고 부산스럽게 플랫폼으로 들어왔을 것이고, 공장마다 연기를 내뿜고 소리를 내며 돌아갔을 것이다. 읍은 잿빛 먼지로 더러웠을 테지만, 활기를 띠었을 것이다. 그러나 지금은 더 이상 활기를 띠지 않았다. 그냥 더럽기만 했다.

다행스럽게도 읍 심장부의 주요 직통로 앞에 식당이 하나 보였다. 이름이 '어제의 식당'이었다. 나는 곧장 그곳으로 직행했다.

실내는 흰색 소나무 판자를 세로로 마감한 벽이 아늑한 오두막집의 분위기를 자아냈다. 벽에는 깜박이는 크리스마스트리가 걸려 있었는데, 두 꺼운 사전 사이에 꽂아놓은 꽃잎처럼 납작했다. 주방에서 기름에 튀기는 강렬한 냄새가 풍겨왔다. 회색 머리의 남자 둘이 크리스마스트리 아래 탁자에 앉아 있었다. 한 명은 주황색의 사냥꾼 복장을 했고, 또 한 명은 베이지색의 격자무늬 옷을 입고 있었다. 이 정도면 거의 완벽했지만 완 전하지는 않았다. 뒤쪽 구석에 놓인 TV에서 사람들이 서로 고함을 지르 는 소리가 들렸다. 닥터 필('닥터 필'이라는 이름으로 유명한 미국의 방송 진행자이자 작가, 심리학자인 필 맥그로를 말한다-옮긴이)이었다.

　나는 주황색 옷의 사냥꾼과 베이지색 격자무늬 옷의 남자에게서 멀지 않은 자리에 앉았다. 맞은편 자리에 배낭을 내려놓았다. 메뉴판을 가지 고 온 웨이트리스가 서글프고도 고약한 냄새를 풍기는 내 모습을 보고 한쪽 눈썹을 추켜올리더니 몇 분 후 탁자 위에 완벽한 정찬을 차려주었 다. 접시만 한 팬케이크 두 개와 한쪽만 살짝 익힌 달걀 두 개, 거대한 호 수만큼 담은 그리츠(굵게 빻아서 구운 옥수수-옮긴이), 시골 햄 그리고 커피까 지. 내겐 그냥 음식이 아니었다. 맛없는 오트밀 한 봉지는 음식이었지만, 이것은 생명을 주는 기적이었다. 이런 아침을 먹고 싶다는 희망만이 나 를 계속 움직이게 했다.

　내가 정신없이 퍼먹기 시작한 지 얼마 후에 주황색 옷의 사냥꾼이 그 렇게 큼직한 배낭을 짊어지고 뭘 하고 다니느냐고 물었다.

　"미국 땅을 걸어서 횡단한다고?" 그가 말했다. "원래 가장 미친 사람 들이 여길 지나가긴 하지. 하지만 그래도 그렇지……. 나도 그럴 시간이 있으면 참 좋겠네."

"시간만 있다고 되겠어?" 베이지색 격자무늬 옷의 남자가 말했다. "의지가 있어야지. 시간도 있고 의지도 있어야 해. 그런데 자네는 둘 다 없잖아."

주황색 옷의 사냥꾼이 상처받은 얼굴로 이마를 찌푸리며 고개를 흔들었다. "아, 이제 전부 나를 무시해." 그는 내가 무례한 광경을 목격했다는 것을 확인시키듯 나를 보며 말했다. 물론 이것은 두 사람 사이의 연기였다. 아마 두 사람은 같은 탁자에서 매일 비슷한 연기를 하며 놀 것이다. 베이지색 격자무늬 옷의 남자가 주황색 옷의 사냥꾼을 간지럼 태우는 것을 알 수 있었다. 몇 년간 매일 셀 수 없이 많은 커피와 함께 반복되어 부드러워진 일상일 것이다. 세상 그 어떤 것보다 믿을 만한 것, 의지할 만한 것, 그들과 같은 단골들의 것. 나는 거기 낄 수 있어서 영광이었다.

아침 식사를 다 먹어 치웠을 때 웨이트리스가 내 계산서를 가지고 왔는데, 주황색 옷의 사냥꾼이 그녀를 불러 세우고는 내 계산서를 가져갔다.

"감사합니다만 그러지 않으셔도 됩니다." 내가 말했다.

국토를 횡단하는 내내 이런 일이 반복되었다. 노스캐롤라이나의 어느 웨이트리스가 그랬고, 미시시피의 새우잡이 어부가 그랬고, 루이지애나에서 몇몇 노인이 그랬다.

"나도 그러지 않아도 된다는 거 알아요." 주황색 옷의 사냥꾼이 말했다. "하지만 나도 당신을 위해 좋은 일 한 가지쯤 해주고 싶어요. 그리고 조건이 하나 있어요. 이 식당에서 간 옥수수죽을 한번 먹어봐요. 사우스캐롤라이나 최고의 음식인 돼지 간 옥수수죽 말이오."

내가 도망치기도 전에 웨이트리스가 그 음식을 가져왔다. 기원을 알 수 없는 종의 고기를 어찌어찌 처리해 튀긴 갈색의 네모난 덩어리였는데, 먹기도 전에 괴로웠다. 굉장히 실험적인 모양새의 음식으로 프랑켄슈타인스러운 고기 반죽과 스팸처럼 생겼다. 한 입 베어 먹었다. 솔직히 그렇게 나쁘지는 않았다. 나는 무례를 범하고 싶지 않아서 다 먹었다. 게다가 23kg 무게의 배낭을 지고 하루에 32km 넘게 걸으려면 열량 섭취가 중요했다.

다시 도로로 돌아왔을 때 증오 걷기는 사라지고 없었다. 남부의 푸짐한 아침 식사가 이번에도 효력을 발휘했다. 언제나 그랬다. 게다가 그날 밤은 16km 떨어진 개프니 읍내에 잘 자리도 마련해놓았다. '어제의 식당' 주인이 그곳의 노숙자 쉼터에 전화를 걸어주었고, 와서 묵어가도 좋다는 허락을 받았다. 빗속에서 야영하는 것보다는 나을 것이다.

시골 지역으로 넘어가면서 블랙스버그 읍내가 천천히 무너지듯이 사라져갔다. 주요 직통로 앞의 집들은 척추가 굽은 늙은 말처럼 축 늘어져 있었고, 대로변 가로수도 헐벗었다. 어느 상점은 내키지 않는 듯이 두 개의 낡은 안락의자를 가게 앞에 내놓고 광고 중이었다. 껍질이 벗어지는 포치 위에 플라스틱 화분이 죽 늘어섰고, 그 밖으로 죽은 식물이 늘어져 있었다. 모든 게 핼쑥했다. 모든 게 잿빛으로 희미해지고 있었다.

겉치레가 없는 곳에 아름다움이 있었다. 이곳은 그 자체로 존재했다. 현란함도, 광택도, 화장도 없었다. 주유소를 개조한 비디오 대여점을 지나가는데, 니콜 키드먼과 니컬러스 케이지의 번쩍번쩍한 얼굴이 나를 뚫어지게 보고 있었다. 그들은 진짜 인간인 척하는 마네킹처럼 정말이지 터무니없는 모습을 하고 있었다.

키가 작고 강단 있어 보이는 한 남자가 라임색 스쿠터 뒷자리에 키가 큰 여자를 태우고 쌩 지나갔다. 남자는 환하게 웃으며 브레이크를 거칠게 밟더니 내가 방금 지나온 주차장으로 유턴했다. 남자가 웃을 때 보니 이가 한두 개 빠져 있었다. 스쿠터는 두 사람이 타기에 불가능해 보일 정도로 작았지만, 그의 운전 솜씨는 훌륭했고 여자는 남자를 굳게 믿는 눈치였다. 둘 다 백인이었는데, 눈가에는 존경스러운 까마귀 발 모양의 주름이 깊게 패었고 얼굴에도 주름과 골이 깊었다. 남자가 내 쪽으로 스쿠터를 쌩 몰고 오더니 멈춰 섰다.

"뭐 해요, 젊은이?" 남자가 은발의 염소수염을 쓰다듬으며 물었다. 그는 방금 전기가 통하는 전선을 만진 사람처럼 자리에서 풀쩍 뛰어올랐다. 나는 걷기 여행에 대해 설명했다.

"돈을 받지도 않고 그냥 걷는다는 말이야?"

"네."

"단지 그뿐이라고? 걸어 다니면서 사람들의 이야기를 듣는다고?"

"네, 그렇습니다."

"아, 그거 좋네." 남자가 말했다. "자네도 좋고. 자, 여기 돈이 좀 있어. 주스나 뭐 먹을 걸 좀 사 먹어."

나는 사양했다. 나보다 남자가 더 돈이 필요해 보였다.

"정말이야? 이런, 나야 젊은이가 하는 일이 마음에 들었을 뿐이야. 사람들은 소 같잖아. 누가 말릴 때까지 같은 줄에 서서 계속 걷기만 하지. 그래서 장거리달리기를 할 때는 양쪽 끝에 깃발 든 신호수를 세워둬야 하는 거라고. 사람들에게 방향을 일러줘야 하잖아. 사람들은 어딘가 부딪쳐서 소송을 걸 때까지 계속 내달릴걸."

그는 이름이 켄이라며 자기소개를 했다. 모음을 느릿하게 끄는 남부 억양이 심해서 그의 이름을 알아듣는 데에도 두 번이나 반복해달라고 부탁해야 했다.

"캠요?"

"켄."

"킴요?"

"켄. K, E, N. 괜찮아. 자네는 북부 사람이군. 자네가 듣기에 우리 말투가 우습겠지."

켄은 석고보드 설치 업자였고, 일거리를 찾아 돌아다니며 살았다.

"그동안 내가 어딜 다녔지?" 켄이 뒷자리에 앉은 글로리아를 향해 말했다. 그녀는 빨간색 플란넬 코트를 입었는데, 앞주머니에 마운틴듀병이 비죽이 나와 있었다. 그녀는 그동안 켄이 묵었던 여러 지역을 읊었다. 그는 양 손가락을 모두 써야 헤아릴 수 있을 만큼 많은 주를 거쳐왔다.

"오늘 밤 내 차에서 자고 가도 돼. 내가 잘 보살펴줄게. 저녁도 먹여줄 수 있어. 술을 마신다면 맥주도 있고. 난 술을 엄청 좋아하거든. 아, 지금은 취하지 않았으니까 걱정하지 말고."

나는 고맙지만 계속 가야 하며, 그날 밤엔 개프니의 노숙자 쉼터에서 자기로 했다고 말했다.

"거긴 멋진 쉼터지." 켄이 말했다. "전부 남자들만 있고, 좋은 친구들이야. 자는 동안 자네 물건이 사라지지 않도록 주의하기나 해."

그는 나와 악수하고 스쿠터를 출발시켰다. 글로리아가 두 팔로 그의 허리를 단단히 감싸 안았다.

"글로리아는 내 운전을 좋아하지 않아." 켄이 씩 웃으며 말했다. 스쿠터의 속도를 내기 전, 켄이 주머니에 손을 넣어 구겨진 1달러 지폐 세 장을 꺼냈다.

"이거 정말 안 받을 거야? 에이, 그러지 말고 이거 받아."

개프니까지 가는 길 내내 나는 둥둥 떠서 걸었다. 지난 며칠간의 여정에서 얻은, 제2의 피부라고 할 수 있는 온몸의 때와 소금기에서 풍기는 악취가 거의 느껴지지 않을 만큼 들떴다. 나는 칡넝쿨이 빽빽한 숲과 조용한 시골집들을 지나가며 사우스캐롤라이나의 포근한 겨울을 가뿐하고 홀가분하게 통과했다.

개프니에 도착했을 무렵에는 해가 지고 있었다. 이 읍 역시 스노볼 속 마을처럼 크리스마스 단장을 마친 번화가를 제외하고는 블랙스버그와 마찬가지로 쇠락했다. 현금 대출소가 곳곳에 늘어서 있고, 전당포와 중고품 위탁 판매점, 이발소, 낡아 빠진 식당들이 보였다. 주름진 양철 지붕을 얹은 집은 단열재가 꼴사납게 노출되어 있었다. 창밖으로 집 안을 비추는 노란 백열등 불빛이 흘러나왔다. 노부부가 식탁에서 식사 중이었고, 한 남자가 소파에 앉아 TV를 보고 있었으며, 어린 소녀가 엄마 품으로 달려갔다.

노숙자 쉼터에 도착하자마자 다시 비가 내리기 시작했지만, 문 앞에 서서 잠시 망설였다. 읍의 관광 안내소 직원이 개프니는 두 가지로 유명하다고 했다. 거대한 복숭아 모양의 급수탑과 1960년대에 유명했던 개프니 교살범이었다. 두 가지 모두 안내 책자에 나와 있었다. 직원은 최근 또 다른 살인범이 나타났는데, 아직 잡히지 않았다고 했다. 외지 사람으로 복숭아 과수원집에 걸어 들어가 농부를 총으로 쏜 후 차를 몰고 읍내를 마구 휘저으며 돌아다녔다고 한다. 직원은 내게 총을 가지고 다니라고 충고했다.

"어떻게 될지 아무도 몰라요." 직원이 말했다. "여기선 정말로 조심해야 해요. 특히 이맘때 밤은요. 사탄의 시간이거든요."

부슬비가 내리는 동안 쉼터 앞에 서서 자는 동안 강도를 당하거나 폭행을 당할 가능성을 생각했다. 게다가 내가 자고 가도 좋다고 허락을 받은 곳은 노숙자 쉼터인데, 나는 사실상 노숙자도 아니었다. 그러나 점점 비에 젖어 결국 안으로 들어갔다. 턱수염이 있고 과일 배처럼 생긴 거구의 남자가 안내 책상 뒤에 앉아 있었다. 그가 내게 손을 흔들며 웃었다. 앞니가 없었다.

"당신이 앤드루로군요." 그가 말했다. '어제의 식당' 주인이 전화로 내 이름을 알려주었다. "나는 프랭크예요. 여기 와서 접수부터 해요."

놀랍게도 프랭크가 틀림없는 보스턴 억양으로 말하자, 나는 매사추세츠 해변에서 바닷가재잡이 배의 조수로 일했던 짧은 시간을 떠올렸다. 적어도 내가 이곳의 유일한 양키는 아니라는 생각이 들었다. 그 사실이 그렇게 중요한 건 아니었지만, 그래도 집이나 집 비슷한 곳이 떠올랐다.

내 정보를 받아 적은 프랭크는 무기로 쓸 수 있는 모든 것을 꺼내라고 한 다음 내가 하룻밤 잘 방으로 안내했다. 방은 병원 대기실처럼 깔끔하게 살균되어 있었고, 바닥에는 매트 몇 장이 깔렸다. 그중 마음에 드는 매트를 골라 자면 된다고 했다. 뒤쪽의 왼쪽 구석에 있는 매트만 빼고.

"저긴 오늘 밤 다른 친구가 잘 거예요." 프랭크가 말했다. "전도사예요. 매일 밤 여기서 자는데, 다른 장기 투숙자처럼 침대에서 자지는 않아요. 그냥 매트에서 자죠. 몇 년 전 아내를 잃은 후로 마음도 잃었어요. 한때는 읍 최고의 전도사였는데 지금은 그저 거리를 떠돌죠. 지금도 당신을 보면 설교할 겁니다. 하지만 그게 전부는 아닙니다. 나는 그가 왜 그렇게 되었는지 이해해요. 나도 이 사람들과 같은 처지였으니까요. 어쩌면 전도사와 똑같은 처지는 아니었을지 모르지만, 아무튼 이해해요."

내 얼굴에 걱정스러운 표정이 스쳤는지 프랭크가 미소를 지으며 내 등을 두드렸다. "괜찮아요. 전도사가 당신을 괴롭히지는 않을 거예요."

나는 매트 옆에 배낭을 내려놓고 프랭크의 안내를 받아 남자들이 저녁을 먹는 구내식당으로 갔다. 가는 길에 출입문을 지났는데, 바깥에 수염을 기르고 약간 통통한 남자가 서성이는 게 보였다. 내가 빗속에 서서 망설이는 동안 남자도 어디에선가 나를 지켜보고 있었을까.

"저 사람이에요." 프랭크가 말했다. "전도사요. 하지만 늦은 시간까지 밖에 있을 겁니다. 꼭 필요할 때가 아니면 안에 들어오는 걸 좋아하지 않아요."

프랭크는 식당에서 울림 좋은 바리톤 음색의 보스턴 억양으로 나를 소개하고는 다시 안내 책상을 지키러 떠났다. 나는 전학을 와서 새로운 무리 사이에 홀로 떨어졌던 초등학교 3학년 시절을 떠올렸다. 몇몇 사람에게 고개를 끄덕여 인사를 한 뒤 플라스틱 쟁반을 들고 배식을 받기 위해 줄을 섰다.

대다수가 40대에서 60대 사이였다. 어떤 사람은 노숙자처럼 보였고, 어떤 사람은 그렇지 않았다. 쉼터에서 상주하는 두 사람이 배식을 하고 있었다. 저녁 메뉴는 맥 앤드 치즈와 그레이비소스를 곁들인 돼지고기, 구운 콩, 옥수수, 고구마, 달콤한 차였다. 나는 넉넉하게 음식을 받아서 먹었다. 아무도 내게 질문하지 않았다. 몸집이 큰 금발의 남자와 한 테이블에 앉았는데, 그가 말했다. "걸어서 미국을 횡단한다고요? 영적인 여행을 하는 모양이군요, 친구." 그는 선량한 주님을 믿으라고 했으며, 촌스러운 시골 사람들의 친절을 경계하고 조지아주 복숭아들(복숭아는 조지아주의 대표 생산물이다. 복숭아주라는 별명으로 불리기도 한다-옮긴이)에게 붙들리지 말라고 충고했다.

저녁 식사 후에는 대부분이 휴게실로 갔다. TV에서 영화 〈폴라 익스프레스〉를 방영하고 있었다. 나는 머리를 바짝 쳐올리고 전기 같은 푸른색 눈에 바위처럼 단단한 인상의 남자 옆에 앉았다. 그의 이름은 사이먼이었다. 그는 해병대를 제대한 후 애팔래치아 등반 코스를 종주했다. "그래서 당신이 지금 어떤지 짐작할 수 있어요." 그가 말했다. 사이먼은 애팔래치아 등반 코스를 종주한 경험과 해병대 복무 시절 장거리 훈련에 대해 들려주었다. 군 복무 중 45kg 무게의 군장을 메고 109km를 걸어간 적도 있다고 했다.

"그때 내 몸이 생각보다 많은 일을 할 수 있다는 사실을 배웠어요." 그가 말했다. "아프기 시작하면 지금까지 얼마나 멀리 왔는지 생각했어요. 종주에 성공하면 어디서 어떻게 쉴 수 있을지 상상했어요. 그렇게 계속 갔죠."

사이먼은 '사막의 방패'와 '사막의 폭풍' 작전(걸프전 당시 미군의 작전명-옮긴이) 당시 해병대에 복무 중이었고, 사우디아라비아와 아프가니스탄에서도 복무했다. 나는 당시 일에 대해 물었다. 내가 녹음기를 꺼내자 그는 로봇처럼 딱딱하게 굳었지만, 결국 마음을 열었다. 목소리가 살짝 떨리고 숨이 가빠 보였으나 솔직하게 말했다. 나는 치명적인 매혹에 사로잡힌 사람처럼 목을 빼고 그의 이야기를 들었다.

"죽은 아이들을 많이 봤어요. 미국인 말고, 우리 가족과 친구들 말고, 다른 사람에 대한 연민을 느꼈어요. 일반적인 사람들에 대해 연민을 느꼈어요. 또 사람들이 얼마나 잔인해질 수 있는지, 이 세계가 사람들에게 얼마나 잔인하게 굴 수 있는지 알게 되었죠. 최악의 비인간적인 장면은 이라크 군인을 무서워한 어떤 여자가 그 군인들 앞에서 제 아이를 죽이는 광경이었어요. 나중에야 아이가 느낄 슬픔으로부터 아이를 구하려고 그랬다는 걸 알고 이해했죠."

그가 말하는 동안 나는 그가 어떤 일을 했을지 궁금했다. 어쩌면 그도 누군가를, 혹은 많은 사람을 죽였을지도 모른다. 어쩌면 그 장면을 지켜본 다른 사람이 있을지도 모른다. 그가 제 아이를 죽이는 어머니를 목격했을 때처럼 말이다. 그 목격자도 사이먼처럼 학살 광경을 끝내 떨쳐내지 못하고 이 세상 어딘가에서 살아갈지도 모른다.

"당시 군인들은 정말로 두려워했어요. TV에서는 그런 모습을 보여주지 않았지만, 정말 두려워했죠. 그런 곳에 가 있으면 매 순간 두려워요. 삶과 죽음은 맘대로 할 수 없으니까요. 모든 훈련을 마쳤지만, 맘대로 할 수는 없어요. 그런데 여기 미국에서 우리 국민을 대하는 방식이 내가 이라크에서 목격한 것보다 더 낫지도 않아요. 내 말은 여기서도 연민이 솟구친다는 말이에요. 대체로 서로에 대한 연민이 없어요. 이라크에서도 그랬고요. 우린 그저 하나의 물질에 불과해요."

나는 인터뷰에 응해줘서 고맙다는 인사를 하고 녹음기를 껐지만, 사이먼은 한동안 계속 말했다. 그가 말을 마치자마자 나는 화장실로 달려가 그 모든 이야기를 노트에 적었다. 사이먼은 내가 악몽에서조차 상상할 수 없을 일들을 목격했고, 나는 그의 경험을 하나라도 잊고 싶지 않았다. 당의를 입힌 현실에서 길을 잃고 싶지는 않았다.

"사람들은 언젠가는 익숙해질 거라고 말하지만, 그런 일은 절대로 익숙해질 수 없어요. 썩어가는 시체를 땅에 묻으려고 애쓰는 광경을 목격하는 일에 익숙해질 리가 없죠. 시체 일부를 보는 일에 익숙해질 수도 없어요. 다리와 팔, 손 같은 것들요. 영화에서 보는 것처럼 깔끔하게 잘리지 않아요. 힘줄이며 신경 말단이며 피부가 같이 붙어 있어요. 시체에서 막 뜯겨 나온 부위라는 걸 알 수 있어요. 그런 건 절대로 잊을 수 없죠. 피부에 밴 화약 냄새는 탄 레몬 냄새 같아요. 또 피 냄새는 쇠와 철 냄새 비슷하고요. 사람이 죽기 전에 아드레날린이나 에스트로겐, 테스토스테론이 솟구쳤다면 피에서 달콤한 냄새가 나요. 그 달짝지근한 냄새를 결코 잊을 수 없어요. 전쟁터에서 귀국한 남자들은 전부 정신을 잃을 수밖에 없어요. 아는 거라곤 총을 쏘고 사람을 죽이는 일뿐이니까요. 아내와 자식을 어떻게 대해야 할지도 몰라요. 완전히 다른 사람이 되어 돌아옵니다. 당신도 이 여정을 끝내면 달라질 거예요. 어떤 사람은 당신을 알아보지 못할지도 몰라요. 나의 경우도 대부분이 알아보지 못했어요."

주위 사람들은 지옥에서 살아 돌아온 그를 알아보지 못했다. 나도 이 걷기 여행을 마치고 나면 달라질 것을 의심하지 않았지만, 그와 같은 변화는 아닐 것이다. 그럴 리가 없었다. 사이먼을 보니 버지니아주의 소방관 제프 페인터가 떠올랐다. 그는 소방관 일이 지닌 위험성이 내 걷기 여행의 위험성과 비교할 때 별것 아닌 듯이 말했었다. 내 생각에 그런 비교는 당치도 않았다. 사이먼도, 제프도 자신의 일을 충분히 인정하지 않았다. 걸어서 미국을 횡단하는 일은 소방관 일이나 전쟁터에 나가 싸우는 일, 아이를 키우는 일, 농장을 운영하는 일, 말년에 나이 든 어머니를 보살피는 일 등과 비교하면 아무것도 아니었다. 대다수 사람들의 삶과 비교하면 사실 걸어서 미국을 횡단하는 일은 식은 죽 먹기나 마찬가지였다. 나야 한 발 내딛고 또 다음 발을 내딛기만 하면 되었으니까.

밤이 되자 사람들이 서서히 잠자리에 들기 시작했다. 쉼터는 오전 6시에 기상 알람을 울렸고, 모든 거주자는 7시까지 밖으로 나가야 했다. 나는 다음 날 스파튼버그까지 32km를 또 걸어야 했기 때문에 잠을 좀 자두는 게 좋았다. 사이먼과 다른 사람들에게 잘 자라고 인사하고 하룻밤 묵어가는 사람들이 이용하는 방으로 갔다.

문 앞에서 달콤한 냄새가 코를 찔렀다. 죽음의 순간 아드레날린이 솟구치는 피에서 달콤한 냄새가 풍긴다는 사이먼의 말이 떠올랐다. 방 안에는 불이 켜져 있었다. 뒤쪽의 왼쪽 구석에 한 남자가 눈부신 흰색 양복을 입고 구두까지 신은 채 누워 코를 골고 있었다. 그 전도사였다. 그는 구부린 팔 사이에 얼굴을 묻고 엎드린 채로 잤다. 나는 재빠르고도 조용히 내 침낭을 꺼낸 후 전등을 끄고 자리에 누웠다. 전도사는 호흡이 힘겨운 듯 헐떡이며 숨을 들이마셨다가 거칠게 내뱉었다. 어둠 속에서 그 소리가 가깝게 들렸다. 한번은 그 소리가 내 목에 닿았다고 느꼈지만, 있을 수 없는 일이었다.

그날 밤의 잠은 이상했다. 불에 탄 레몬과 주위를 가득 메운 달콤한 악취의 꿈을 꿨다. 사이먼의 목소리가 들렸다. "당신도 이 여정을 끝내면 달라질 거예요. 어떤 사람은 당신을 알아보지 못할지도 몰라요." 2시간에 한 번꼴로 깨어나 방향 감각을 잃고 딱딱한 바닥의 어둠 속에 멍하니 누워 전도사의 잠꼬대를 들었다. 다음 날 아침 전도사가 악몽을 꾸면서 중얼거린 소리를 일부 기억해서 내 일기장에 기록했다. "예수님은······ 깜둥이라도······ 설교한다······." 아침 6시에 알람을 듣고 일어났을 때 그는 나가고 없었다.

밖에는 여전히 부슬비가 내리고 있었다. 아침 식사를 마치고 배낭을 꾸렸다. 이 무렵 나는 다음과 같은 순서로 배낭을 정리했다. 가장 먼저 텐트를 넣고 그 위에 옷 주머니, 침낭과 공기를 뺀 침낭 깔개, 노트북과 응급 의약품을 차례대로 넣은 다음 마지막으로 식료품 봉지를 넣었다. 모든 게 제자리를 지켰고, 그게 편안했다. 프랭크가 문 앞에서 나를 기다렸다. 그는 나를 위해 기도를 해도 되겠느냐고 물었다.

"오, 주여." 그가 고개를 숙이고 기도를 시작했다. "오늘 스파튼버그까지 걸어가 이 나라를 횡단하는 젊은이를 지켜주소서. 이 젊은이를 여기로 인도하사 도울 수 있게 해주신 주님께 감사드립니다. 우리가 어떤 삶을 사는지 귀를 기울여 듣는 일에 관심 갖는 사람이 있게 하신 점도 감사드립니다."

이 축복의 기도는 녹음하지 못했지만, 마지막 문장은 말 그대로 옮겼다. 순간 나는 걷기로 마음먹은 게 순전히 이기적인 결정이 아니었음을, 그저 나만을 위한 일이 아니었음을 느꼈다. 늘 그렇게 느낀 것은 아니었다. 때로는 내가 너무 많은 것을 받기만 하고 충분히 되돌려주지 못하는 것 같았다. 쉼터에서도 내가 준 거라고는 잠자리를 제공해준 대가로 보잘것없는 보게사이트 조약돌 한 개와 저녁 식사에 대한 보답으로 만돌린을 연주하며 노래 한 곡을 불러준 게 고작이었다. 그러나 어떤 이들에게는 기꺼이 귀를 기울이고자 하는 나의 태도가 엄청난 선물이기도 했다. 적어도 프랭크의 기도를 들을 때는 그렇게 생각되었다. 그날 아침에는 마음이 꽤 넉넉했는데, 갑자기 하늘에 구멍이 난 것처럼 빗줄기가 퍼붓기 시작했다. 그 후 8시간 동안 폭우가 쏟아지는 바람에 나의 걷기 여행에 대한 너그럽던 생각은 갈가리 찢어졌고, 내 걸음도 그저 축축하고 춥기만 한 것으로 되돌아갔다.

"이 모든 건 사실 어머니 때문에 시작되었어요. 어머니가 립스틱을 바르는 모습을 처음 보고 립스틱이 사탕인 줄 알았어요. 그래서 어머니가 외출했을 때 어머니의 립스틱 하나를 전부 먹어 치웠죠. '다음 한 입은 괜찮은 맛일 거야' 하면서 끝까지 먹었지만 괜찮은 맛은 아니었어요. 집에 돌아온 어머니는 화를 내지 않았어요. 대신 종이 한 장을 가져와 얼굴을 그리더니 제게 화장품을 주면서 말했죠. '여기에 발라봐. 네가 생각하는 대로 한번 발라보렴.'

그 후 교회에 가면 여자들을 보고 혼자 생각하곤 했어요. '저렇게 하면 안 되는데.' 나는 어릴 적부터 예쁜 것에 대한 기준이 매우 까다로웠어요.

그러다가 영화 〈그리스〉를 보게 되었는데, 거기서 올리비아 뉴턴-존은 어리고 순진무구한 아가씨에서 화끈하고 섹시한 여자로 깜짝 놀랄 변신을 하죠. 그때 금발머리의 누나를 앉혀놓고 영화 속 모습을 그대로 재현했어요. 나는 아홉 살 때부터 누나의 머리를 꾸며줬어요. 열한 살 때는 결혼하는 누나를 위해 신부 머리도 해줬죠. 그때부터 미용 학교에 다녔어요.

보통은 사람들의 흔치 않은 면, 이를테면 얼굴의 생김새나 단점과 장점을 가르쳐 주고 그 사람이 어떤 사람인지 기초적인 것을 이해할 수 있게 도와줍니다. 그래야 원하는 머리 모양을 자기 모습에 맞게 적용할 수 있으니까요. 유행은 언제나 존재해요. 우리는 항상 유행을 따르고 싶어 합니다. 유행이란 어떤 모습을 해야 하는가에 대한 누군가의 생각이니까요. 다시 말해 유행도 그저 하나의 생각이에요. 자신에게 필요한 것만 가져가면 돼요. 유행을 좇기만 하면 원래의 자아를 잃어버리고 말아요. 자신과 똑같은 사람은 없거든요. 내가 미용에 소질이 있는 이유가 바로 이거예요. 나는 사람을 앉혀놓고 그 사람이 아닌 모습으로 바꾸려고 하지 않거든요. 그 사람이 지닌 면을 모두 찾아서 끌어내려고 노력하죠. 누구나 남들 눈에 자신의 외모가 근사해 보이기를 원합니다. 그래서 마음에 안 드는 면은 전부 지워버리고 좋은 면만 보여주려고 해요. 하지만 뭐가 좋고 뭐가 나쁜지 모르면 할 수가 없잖아요. 예를 들어 자신의 눈 모양이 어떻게 생겼는지, 어느 쪽 눈이 더 매력적이고 덜 매력적인지 알아야 해요. 또 목이 긴지 짧은지, 어깨가 넓은지 좁은지 알아야 균형을 맞출 수 있고, 어떻게 스타일링할지 판단할 수 있죠. 헤어스타일의 경우 머리가 너무 크다는 건 얼마나 큰 걸 말할까요? 또 너무 작다는 건 얼마나 작은 걸 말할까요? 결국 어떤 모습이 자신에게 제일 잘 어울리고 균형 있는지 스스로 이해할 수 있게 도와주는 것이 중요합니다. 나는 무엇보다도 균형을 이루는 것이 가장 중요하다고 생각해요."

나는
걷기로 했다

많이 취할 수만 있어요

⟨ 8 ⟩

WALKING ⫥TO⫤ LISTEN

사우스캐롤라이나에서 보낸 마지막 며칠은 거의 무너지기 직전이었다. 자동차 번호판마다 '웃는 얼굴 아름다운 곳'이라는 주州의 슬로건이 보였지만, 팰머토주(팰머토는 작은 야자나무의 일종으로, 미국독립전쟁 당시 야자나무 숲 때문에 영국군을 물리치는 데 도움이 되었다고 하여 사우스캐롤라이나주의 별칭이 되었다-옮긴이)는 나의 진을 쏙 빼놓았다. 거의 매일 비가 내렸고, 개프니에서 그린빌까지 160km 정도 내내 도시 외곽 지역이 무질서하게 뻗어 있어서 나를 의심스럽게 흘낏거리는 시선이 끊이지 않았다. 고속도로 위에서도 나는 괴물처럼 느껴졌다. 그러다가 결정적으로 한 방 맞았다. 상한 페퍼로니 스틱 햄을 먹어버린 것이다. 오후 4시 30분, 구역질이 시작되었다. 달리 갈 데가 없어 몰래 숲으로 들어가 쓰러진 나무 뒤에 텐트를 쳤다. 재빨리. 마지막 말뚝을 박고 몇 미터 떨어진 곳으로 비칠비칠 걸어가 무릎을 꿇고 바닥에 토했다. 실비가 내렸고 추웠다. 밤새도록 텐트 안팎을 들락날락했다. 그리 멀지 않은 거리의 어느 집에서 흘러나오는지 빛이 가물거렸다. 그 사람들이 내 소리를 듣지 못하기만을 바랐다. 잠들었다 깼다 하는 동안 악몽 같은 소리가 연달아 나를 집어삼켰다. 내 속에서 나오는 악령 같은 구역질 소리, 올빼미가 우는 소리, 멀리서 희미하게 시작되었다가 천천히 비명처럼 높아지는 소 울음소리였다. 한밤중에 녹음기를 꺼내 큰 소리로 말했다. 나의 몸부림을 기록하는 것만으로 비참함을 조금이라도 덜어낼 수 있기를 바랐다. 때로는 효과가 있었다.

"나는 황혼이 내리는 기이한 곳에 있어. 모든 게 의심스러운 곳이야. 이봐, 너 이 짓을 계속할 거야? 이렇게 추운데? 이렇게 아픈데? 아무도 없는 외딴곳에 있는데? 무단침입이나 하면서 말이야."

몇 분 후 녹음기를 껐다. 별 도움이 되지 않았고, 게다가 또 토하러 나가야 했다. 머리 위로 나뭇가지가 서로 얽힌 모습이 마치 손가락으로 교회의 뾰족탑을 만드는 놀이 같았다. 달빛이 그 사이를 뚫고 내게 닿지 않았다. 나는 안경을 쓰고 있지 않았고, 주변은 그저 어둡고 흐릿했다.

그러다가 조지아주로 넘어왔다. 달콤하고 달콤한 조지아주. 그 이름을 계속 말하는 걸 멈출 수 없었다. '조우주아'처럼 들리도록 평소 목소리보다 한 옥타브 낮추어 계속 발음했다. 조지아주의 물결치는 언덕처럼 노래했다. 나는 조지아라고 말하네. 오, 조지아. 평화는 찾을 길 없고, 내 마음속에선 달콤한 옛 노래만이 계속해서 조지아를 부르네. 조지아주에서 처음 만난 시골 도로에서는 모든 게 노래하는 것처럼 보였다. 이슬 맺힌 초록색 목초지가 아침 햇빛을 받아 반짝였다. 가시철망 울타리 뒤에 둥근 건초 다발이 놓여 있었다. 한 농부가 밭에 덮은 비닐을 걷어내고 있었다. 이 도로가 영원히 이어지길 소망했다. 그러나 그러지 않을 것을 알아서 이 도로가 더욱 아름답게 느껴졌고, 그 아름다움을 견딜 수 없을 지경이었다.

다음 날 아침 로이스턴이라는 작은 읍을 지나갔는데, 거기서 내 친구 펜을 만나고 이어서 어금니를 금으로 때운 어니스트 잭슨이라는 노인을 만났다.

"나를 기억해줘요." 노인이 히커리나무로 만든 지팡이를 주며 말했다.

그날 걷기는 끝날 것 같지 않았다. 밤이 찾아왔는데도 여전히 좁은 시골의 샛길을 걷고 있었다. 지옥처럼 완전히 어두운 밤이었다. 자동차들도 내 바로 옆을 날아가는 듯한 속도로 지나갔다. 나는 머리에 헤드램프를 쓰고 1시간에 8km라는 최대 속도로 전환했다. 앞에 쉼터가 있었고, 나는 그저 거기에 빨리 도착하고 싶었다.

동쪽으로 몇 킬로미터 전에 대니얼스빌이라는 작은 마을에서 만난 남자가 그날 밤 재워주겠다고 했다. 읍으로 들어서는 길에 어느 주유소 주차장에서 그 남자가 자동차에 기대서 있는 것을 보았다. 남자 옆에는 한 여자가 보닛에 앉아 휴대전화를 들여다보고 있었다. 돈과 메이였다. 나는 두 사람에게 다가가 혹시 야영할 수 있는 곳을 아는지 물었고, 한 10초 후에 메이가 정 많은 이모처럼 내 걱정을 하기 시작했다.

"당신처럼 귀여운 사람에게 무슨 일이 생길지도 모른다고 생각하면 정말 싫어요. 당신이 어디서 왔는지는 모르지만요." 메이의 손톱에는 독수리 발톱이 그려져 있었다. 그녀는 고리 모양의 금귀고리를 하고 붉은

립스틱을 바른 입술 가장자리에는 검은 선으로 윤곽을 그렸다.

"아무나 믿으면 안 돼요. 지금까지 좋은 사람도 만났고 나쁜 사람도 만났겠죠. 어떤 사람이 나타나서 '오, 그래, 이건 내가 해줄게. 저것도 해줄게' 해놓고 당신을 어디론가 데려가 강도로 돌변할지도 몰라요. 그러니 아예 당신 얼굴을 보여주지 말아요. 그러면 빌어먹을 자동차에 억지로 태울 수도 없을 거예요. 알겠죠? 그러니까 그런 사람을 만나면 그냥 '고맙지만 사양합니다' 이렇게 말하란 말이에요. 그리고 계속 가던 길을 가요. 내 말 알아들었죠?"

"네, 부인." 내가 말했다. 주유소 뒤쪽 어딘가에서 수탉이 울었다. 픽업트럭들이 주차장으로 들어왔다가 나갔다.

"하지만 이 사람은 좋은 사람이랍니다." 메이가 돈의 어깨에 손을 올리며 말했다. 돈은 아무 말도 하지 않고 주로 웃기만 했다. 어쩌다 말을 해도 느리고 약간 더듬거렸다. 그의 손가락부터 목까지 미세한 떨림이 지나갔다. 파킨슨병의 초기일 수도 있고 팍팍한 삶의 흔적일 수도 있었다. 돈은 백인, 메이는 흑인이었고, 돈이 메이보다 열 살에서 열두 살 정도 나이 들어 보였다.

"저 빌어먹을 공원에는 절대로 들어가지 말아요." 메이가 계속 말했다. "정말이에요. 저 공원에 벌써 한 남자가 묵고 있어요. 노숙자이죠. 또 사슴을 많이 만날 거예요. 무슨 말인지 알겠어요? 사슴도 있고 또 다른 놈들도 있어요. 아, 뭐라고 부르더라? 하이에나? 걔들 뭐지?"

"코요테." 돈이 말했다.

"그래, 코요테. 이 근처에 코요테가 많으니까 저 빌어먹을 공원에서 자면 안 돼요." 내가 녹음기를 꺼내자 메이가 좀 더 가까이 다가와 말했다. "코요테가 자기 엉덩이를 먹어 치울지도 모르니까 그 공원에서 자면 안 돼요!"

돈과 나는 함께 웃었다.

"네, 부인." 내가 말했다.

"나는 당신에게 아무 일도 일어나지 않았으면 좋겠어요. 당신은 정말 잘생겼고, 또 자랑할 점도 많잖아요. 그러니 앞으로 오래 살아야죠. 내 말 명심해요, 당신. 당신은 아직 젊어요."

한 남자가 조용히 우리 곁을 지나 주유소로 걸어갔다.

"야, 넌 인사도 할 줄 모르냐?" 메이가 남자를 향해 소리쳤다. "그 잘난 머리를 발로 차줄까?" 남자가 인사도 하지 않고 지나갔던 모양이다. 남자가 가던 길을 되돌아와 메이에게 근무 중이냐고 물었다.

"내가 아무리 예뻐 보인다지만, 지금 근무 중으로 보이냐?"

남자는 싱글벙글 웃으며 주유소로 들어갔다.

"여기 사람들은 다 알고 지내나요?" 내가 물었다.

"뭐, 나는 여기서 일하니까 손님들에 대해서는 알아야죠. 그래야 돈을 벌잖아요. 손님을 최대한 깍듯하게 대하지 않으면 다시는 오지 않거든요. 그러니 여기 오는 손님들은 전부 나를 알지요. 아까 못 봤어요? 내가 얼마나 다정해요? 나는 근사한 사람이죠. 그래서 내가 대접받고 싶은 만큼 사람들을 대접한답니다."

결국 메이는 내가 그날 밤 돈의 집에서 묵어가는 게 좋겠다고 결론을 내렸다. 돈은 그저 웃으며 잠자코 그 말에 동의했다. 자기는 읍내에서 볼 일이 남았으니 나 먼저 집에 가 샤워도 하고 먹을 것도 먹으라고 했다. 그의 집은 도로에서 겨우 3~4분 거리에 있다고 했다. 1시간 남짓 걸려서야 나는 돈의 말이 자동차로 3~4분 걸린다는 뜻임을 알았다.

'재촉하며 걷기.' 이는 뭔가 다른 중요한 일이 있을 때 걷기를 말한다.

눈앞에 붉고 하얀 빛이 보였다. 집인가? 나는 천천히 다가갔다. 어쩌면 집 앞 잔디밭의 조명 장식일지도 모른다. 얼마 전 흥미로운 정원 장식을 보았다. 십자가에 못 박힌 해골이 얼룩무늬 군복을 입고 뼈만 남은 손으로 AK-47 소총을 들고 있었다. 가까이 가서 보니 붉은색과 흰색 조명이 위아래로 천천히 움직이고 있었다. 산타클로스가 꾹 다문 입으로 손가락을 올려 '쉿!' 하고 다시 내리는 동작을 반복했다.

돈의 집은 눈에 띄지 않는 곳에 숨어 있어서 눈여겨 살피지 않으면 지나치기 쉬웠다. 창은 어두웠다. 집 안에는 아무도 없었다. 바로 옆집의 투광 조명등 아래에 두 남자가 서 있는 모습이 윤곽으로 보였다. 그들 옆에 개도 한 마리 있었다. 그들이 나를 도둑으로 오해하지 않기를 바라며 서둘러 돈의 집으로 들어갔다.

포치의 나무판자는 뒤틀렸고 삐걱 소리가 났다. 현관문을 열고 작은 거실로 들어갔다. 소파와 의자 위에 빨래가 널려 있었다. 한쪽 구석에는 아주 작은 크리스마스트리가 기대서 있었다. 벽에는 아무것도 없었다. 냉장고 안에는 상추 한 다발과 우유 3.7L, 버드 아이스 캔 맥주 몇 개를 빼곤 별로 없었다. 전선과 배관이 노출된 상태로 화장실 벽 위로 이어졌다. 집 전체가 축축 늘어진 것 같았다. 뒤쪽 방에는 더러운 매트리스 대여섯 개가 쌓여 있었다. 순간 내가 혹시 성매매 조직이나 마약 소굴 한가운데로 걸어 들어온 것은 아닐까 하는 생각이 들었다. 차라리 밖에서 야영하는 게 나았겠다 싶기도 했다. 지금이라도 야영할 자리를 찾아 나서야 하는 건 아닐까?

찬물로 샤워를 했다. 저녁도 먹었다. 식료품 봉지에서 휴대용 쌀밥을 꺼내 먹었다. 그러고는 달리 할 일이 없어서 소파에 앉아 앞문을 바라보며 텅 빈 집에서 혼자 돈이 오길 기다렸다. 그러다가 막상 돈이 오면 가만히 앉아 있지 않고 달리 바쁜 일이 있었던 것처럼 보이고 싶어서 만돌린도 꺼내놓았다. 또 칼을 꺼내 주머니에 넣었다. 집 모양만 보면 금방이라도 무슨 일이 벌어질 것 같은 분위기였다.

생각이 흘러 아버지에게 닿았다. 부모님이 이혼하기 전 크리스마스가 되면 아버지는 다른 식구보다 먼저 일어나 상록수 나뭇가지로 엮은 금색 조명을 켜고 소파에 앉아 뭔가를 생각하며 식구들이 일어나길 기다렸다. 태양이 떠올라 다시 분주한 삶 속으로 끌려 들어가기 전, 그 고요한 순간에 아버지는 홀로 무슨 생각을 했을까? 어떤 기분이었을까? 돈의 집 한쪽 구석에 있는 아주 작은 크리스마스트리를 보니 결별 후 아버지 혼자 살던 작은 아파트가 떠올랐다. 아버지는 그곳에서 크게 내키지는 않았겠지만, 진심으로 집 안을 여느 가정과 같은 분위기로 꾸미려고 노력했다. 기대한 모습과 달랐지만, 성장을 저해당한 그 당시 우리의 관계도 떠올랐다. 크리스마스 직후 아버지가 우리를 만나러 오면 아버지가 묵는 모텔 방에서 우리만의 크리스마스를 치렀다. 몇 년간은 우리가 아버지의 집으로 가기도 했다. 엄마가 우리를 차에 태우고 펜실베이니아를 절반쯤 가로질러 가면 아버지가 주유소에서 기다리고 있다가 우리를 데려갔다.

그 바통 넘기기 과정이 최악의 부분이었다. 우리 집이 산산조각 났다는 사실을 모두 볼 수 있게 전시했다. 사실 우리가 그렇게 야단을 피우지도 않았고 알아보는 사람도 없었을 테지만, 내겐 모든 사람이 지켜보고 있는 것만 같았다.

아버지는 항상 잠시나마 우리와 함께 지내게 된 걸 기뻐했다. 어쩌면 약간 긴장했거나, 아니면 우리에게 너무 많이 고함을 들은 후라 겁을 먹은 것 같기도 했다. 아버지는 차를 몰고 다시 이리로 돌아가는 길에는 조금 초조해했고, 숨쉬기도 힘들어했다. 우리는 같이 영화를 봤는데, 주로 코미디 특집극을 보았다. 꽤 오랫동안 그 사실이 괴로웠다. 나는 아버지와 얘기를 나누고, 울며 소리를 지르고, 뭐든 이 상황을 해결하고 극복하기 위한 일을 하고 싶었다. 몇 번 시도해보기도 했다. 언젠가 조부모님 댁에서 크리스마스를 보냈는데, 아버지와 둘이 상황을 해결하고 서로 친해지기 위해 밤에 읍내로 산책을 나갔다. 실물 크기의 플라스틱 호두까기 인형들이 절대로 맛볼 수 없는 어떤 것에 굶주린 표정으로 말없이 인도에 늘어서 있었다. 우리는 딱히 목적지도 없이 걸었다. 한 1.6km를 걸은 다음 돌아왔다.

대학을 졸업하기 전, 나는 마침내 졸업 논문을 위해 아버지를 인터뷰할 용기를 냈다. 지리학 교수에게 나 자신에게 초점을 맞추라는 말을 듣고 난 후 그래야 할 것 같았다. 우리는 미들베리 읍내의 광장 벤치에 앉았다. 나는 아버지의 아들임을 잊으려고 애썼다. 싸우고 싶지 않았다. 비통해하고 싶지도 않았다. 그저 이해하고 싶었다.

"당신에게 성인이 된다는 것은 어떤 의미인가요?" 나는 아버지의 아들이 아니라 기자처럼 녹음기를 들고 물었다.

"스스로 생각하는 법을 배우는 것, 의견을 내는 법을 배우는 것, 사랑하는 이들을 포함해 사람들에게 도전할 줄 알게 되는 것이라고 생각한다. 잘못에 대해 기꺼이 비난을 받아들이고 책임을 지는 것이기도 하고."

"이혼도 성인이 되는 과정이라고 생각하세요?"

"언제나 성장의 단계들이 있단다. 고통은 일종의 통과의례야. 고통의 한복판에 서서 그런 이야기를 듣고 싶은 사람은 아무도 없겠지만, 고통을 헤쳐나간다면 어떤 결과를 낳을까? 아마 자기 인식도 커지고 연민의 마음도 커지겠지. 일종의 촉매야. 나에겐 이혼과 이혼을 둘러싼 모든 상황이 맹렬한 촉매가 되어주었어."

"무엇을 시작하는 촉매였나요?"

"나 자신 안으로 더 깊이 들어가기 시작했지. 더욱더 진정성 있는 내가 될 수 있었어. 불륜의 은밀함 속에는 기본적으로 진정성이 없었단다. 그러지 않을 수도 있었는데, 그렇게 되어버렸지. 내겐 자각이 없었거든. 지금도 죄책감과 당혹감에 꽤 가까이 있고, 아마 늘 가까이 있을지도 모르지. 하지만 이제는 단 하나의 사건으로 어떤 사람을 규정할 수 없으며, 우리 인생은 미덕과 기술과 기교뿐만 아니라 그림자와 한계와 욕구까지 지닌 복잡한 과정이라는 것도 알고 있어. 때로는 그런 인식이 약간 유혹적일 수도 있단다. 이를테면 '여기 내가 있다. 이 세상 누구나 그걸 알고 자기가 생각하는 대로 생각할 수 있다'라는 식이지. 다른 사람이 어떻게 생각하는지를 내가 통제할 수 없다는 걸 배웠단다. 만약 네가 60년이라는 세월 동안 지금처럼 씁쓸한 분노를 품고 이 정도 거리를 두고 살아간다면 나는 아주 슬프겠지. 그래도 나는 계속 네 마음의 문을 두드릴 테고, 늘 그렇게 하더라도 내가 네 마음을 바꿀 수는 없어."

아버지는 이혼한 그해 내내 극복하기 위한 시를 많이 썼다. 인터뷰 후에 아버지가 시 몇 편을 보내주었다. 그중 한 시가 눈에 띄었다. 〈장거리〉라는 제목으로 나와 여동생에게 쓴 시였다.

또 다른 달리기가 이제 막 시작되었다.

너희 둘은 전속력으로 내게서 멀어진다.

아주 멀리, 내 얼굴이 보이지 않을 정도로 멀리.

나는 이해한다.

그러나 언젠가는

너희도 알게 될 거야.

이 달리기는 장거리경주이므로

나는 그 어떤 노력도

그 어떤 신호도

그 어떤 일도 감수하며

내 마음 가장 깊은 곳의 진실을

너희에게 보여줄

기회가 무궁무진하다고,

너희를 사랑한다는

나의 진실을.

그 시를 읽었던 기숙사 휴게실에 나 말고 다른 사람은 없어서 갑자기 터져 나온 눈물을 감추려고 애쓸 필요가 없었다. 결별 이후 아버지는 여러 번 나를 사랑한다고 말했지만, 그 시를 읽는 순간 나는 사실 아버지의 그 말을 한 번도 믿어본 적이 없다는 것을 깨달았다. 그리고 아버지를 믿지 않으려는 거부감 때문에 나의 고통이 계속되고 있다는 것도.

돈이 현관문을 열고 들어오는 바람에 아버지 생각에서 놓여났다.

"집이 너무 지저분해서 미안해요." 그가 말했다. "누가 올 거라는 생각은 한 번도 못 했어요. 여기가 내 빨래 건조기예요." 그는 내 시선을 의식하며 빨래를 개기 시작했다. "이사 온 지 얼마 안 돼요. 집을 빌린 대신 수리해주고 있죠. 대단하지는 않지만, 당분간은 여기가 집이에요. 먹을 것 있어요?"

우리는 서서히 단둘이 있는 어색한 순간으로 접어들었지만, 그 순간이 1시간이 되고 몇 시간이 되자 어색한 느낌은 사라졌다. 돈이 조지아주의 멧돼지 이야기를 해주었다. 멧돼지가 자꾸 농부들의 농작물을 파헤쳐서 사냥꾼들이 개를 몰고 숲으로 간다고 했다. 개들이 멧돼지를 몰아붙여 귀를 물고 있으면 사냥꾼이 칼을 들고 가 멧돼지의 허파를 깊숙이 찔렀다.

또 그는 고등학교 시절의 연인을 떠올리면서 대서사시를 방불케 하는 오해 때문에 헤어졌는데, 점쟁이가 언젠가는 두 사람이 다시 만나게 될 거라고 예언했다는 이야기도 들려주었다. "하지만 막상 그날이 오더라도 내가 너무 늙어서 그녀를 알아보지 못할걸요." 그가 말했다.

돈은 누구라도 웃기지 못하면 성공한 하루로 치지 않는다고 했다. 그러면서 언젠가 길가에서 금발의 마네킹 머리를 발견한 이야기를 들려주었다. 당시 그의 아내는 야간 근무를 했고, 그는 아내가 집으로 돌아올 무렵 아침 식사를 준비했다. 그런데 그날은 아내가 집으로 돌아와서 보니 식탁이 텅 비어 있었다. "여보, 괜찮아?" 아내가 물으며 침실로 들어가서 보니 남편 옆 베개 위에 금발 머리가 흩어져 있었다. 아내는 분노의 고함을 지르며 남편의 불륜 상대 머리라고 생각한 금발 머리를 힘껏 잡아당겼다. 이야기 끝에 돈과 나는 깔깔 웃었다.

밤늦은 시간, 돈이 버드 아이스 캔 맥주를 하나 더 가져오겠다고 일어났다. 나는 벌써 취해서 알딸딸한 상태였다. 우리는 맥주 캔으로 파이프를 만들어 마리화나를 조금 피웠다. 내게 마리화나 피우기는 일종의 도박이었는데, 단지 돈이 낯선 사람이어서만이 아니라 마리화나에 얽힌 과거 때문이기도 했다. 나는 짧은 역사를 통해 마리화나를 피우면 낄낄 웃어대는 이상한 나라나 망상과 편집증에 시달리는 지옥, 둘 중 한 곳으로 간다는 것을 알게 되었다. 처음 마리화나를 피워본 것은 대학 시절로, 몇 시간처럼 느껴지는 시간 동안 빈백 의자에 껌처럼 딱 들러붙어 신경질적으로 웃어댔다. 최근 몇 년간 그런 일은 일어나지 않았다. 마지막으로 마리화나를 피운 건 바로 지난해 여름이었다. 그때 나는 내 종아리가 제멋대로 움찔거리며 안드로이드가 된 것 같은 착각이 들었고, 그 후로 내 다리 안에 모터가 들어 있다고 굳게 믿게 되었다. 공황장애가 덮쳐오기 직전의 상태가 된 것이다. 그래서 마리화나를 자주 피우지 않았는데, 돈이 제안한 그날 밤은 왠지 그의 세계에 들어가보고 싶다는 마음이 내 의지를 이겼다. 나는 버드 아이스 맥주 캔으로 만든 파이프로 마리화나를 한

대 피운 후 출발 준비를 하고 기다렸다.

돈이 캔 맥주 두 개를 더 가지고 왔다.

"버드 아이스가 꽤 맛이 좋네요." 그가 내민 캔 하나를 받아들며 말했다. "그동안 버드와이저를 마시게 되면 주로 버드 라이트를 골랐거든요."

"버드 아이스가 나쁘진 않죠. 다른 아이스보다는 나아요."

"메스(필로폰 재료로 쓰이는 메타암페타민 가루를 부르는 말로, 은어로 '아이스'라고 부른다─옮긴이)를 말하는 거예요?"

"네." 돈이 말했다. "난 그건 좋아하지 않아요. 좋았던 적도 없어요. 그걸 먹으면 계속 달리고 달리고 또 달리게 되거든. 잠을 자보려는 노력도 아예 하지 않아요. 어차피 못 잘 테니까. 당신은 믿지도 않을 온갖 꼴을 다 봤어요. 한번은 옥시코돈(마약성 진통제─옮긴이)을 먹기 시작한 여자와 사귀었는데, 나중엔 이 여자가 주사로 놓기를 원하더라고요. 그녀는 약을 가루로 빻고 물과 섞어 가열했어요. 그리고 주사기에 넣고 직접 주삿바늘을 찔렀어요. 이 모든 게 5분 더 빨리 효과를 보고 싶어서였어요. 나라면 5분 더 빨리 효과를 보고 싶으면 5분 더 일찍 마리화나를 피우겠어."

"여자분은 괜찮았습니까?"

"몰라요." 돈이 말했다. "내가 여자 곁을 떠났어요. 나에게 자꾸 주사를 사달라는 거야. 그래서 말했지. '네가 자살하도록 돕지는 않을 거야. 그리고 여기 머물면서 네가 자살하는 모습을 보지도 않을 거야.' 나는 정말로 그 여자를 사랑했어요. 아, 어쩌면 아닐지도 모르겠네요. 그녀가 자신을 사랑하지 않았으니까."

"중독될까 봐 걱정하지는 않았나요?"

"한 번 주사를 맞았는데 중독되었다고 말하는 사람들 있잖아요? 다 헛소리예요. 중독은 선택이에요. 본인이 하는 거라고요. 여기서 선택하죠." 그는 자기 심장을 가리키며 말했다. 그는 이어서 헤로인을 지나치게 복용한 직장 동료 이야기를 들려주었다. "그런 친구들은 항상 조금 더 많이 취하고 싶어 해요. 하지만 그런 게 있을 리 없죠. 많이 취할 수만 있어요. 나는 알아요."

나는 그에게 이유를 물어보고 싶었다. 그 사람들은 왜 항상 조금 더 많이 취하고 싶어 하는지. 나도 닿을 수 없는 것을 계속 찾는, 억누를 수 없는 충동이 뭔지, 매일 아침 모든 걸 뒤로하고 그것을 찾으러 떠나는 충동이 무엇인지 알았기 때문이다. 이런 걷기 여행도 중독될 수 있었다. 미지의 땅을 향해 떠남으로써 몹시 취약해지지만, 어느 한 장소나 어느 한 사람에게 전념할 만큼 취약하지는 않기로 선택했다는 역설적인 권력에 취할 수 있었다. 어쩌면 무언가를 추구하는 사람은 마약중독자와 크게 다르지 않을지도 모른다. 내 갈망이 무엇인지 이해할 수만 있다면 아마 나는 평생 작별 인사를 하고 앞으로 계속 움직이며 살 필요가 없을 것이다. 걸어서 미국 땅을 횡단할 필요도 없을 것이고, 무엇이든 증명하거나 혹시 내가 해야 할 어떤 일이 있지 않을까, 내가 탐험해야 할 장소가 있지 않을까, 내가 되어야 할 어떤 모습의 인간이 있지 않을까, 계속 조용히 생각해볼 필요도 없을 것이다. 내 불확실한 마음속으로 휩쓸려 들어가지 않고, 그 마음의 믿을 수 없는 계략을 이해할 수만 있다면 나는 그저 가만히 앉아 있는 것만으로 충분할 것이다. 결국 뭔가를 추구한다는 건 이미 그것이 여기에 없다는 걸 전제하는 것이므로.

"아니요, 이번 생은 너무 짧아요." 돈이 말했다. "그러니 재미있게 살아야 해요. 여기 이 사람처럼요." 그러고는 자기 플립 폰을 꺼내 의자에서 자고 있는 한 남자의 사진을 보여주었다.

"근무시간이었는데 자고 있어서 내가 '넌 당장 해고야!'라고 소리를 질렀죠."

또 상자 속에 앉아 닌텐도를 하는 어떤 남자의 사진과 그가 잡은 커다란 물고기 사진도 보여주었다. 메이의 사진도 있었다.

잠시 후 시간이 너무 늦어서 더는 깨어 있을 수 없었다. 마리화나의 기운도 풀리고 있었다. 다행히 정신착란을 일으키지는 않았다. 돈이 밤중에 소파에서 따뜻하게 자라고 실내용 난방기를 가져왔다. 그 무렵 주머니 속에 넣어둔 칼은 전혀 필요 없어 보였고, 약간 부끄럽기까지 했다. 나는 마리화나를 피우지 않고도 과대망상에 빠졌다.

돈은 동틀 녘에 사냥을 가기로 해서 자기 전에 작별 인사를 나눠야 했다. 나는 그에게 보게사이트 조약돌을 하나 주었고, 모든 것에 감사했다.

"나는 돌멩이를 정말로 좋아해요." 그가 말하며 주머니에서 몇 개를 꺼내 보여주었다. 닳고 닳아 매끄러워진 돌멩이들이 굳은살 박인 그의 손안에서 자꾸 미끄러졌다. "이것들을 보고 있으면 그냥 좋아요. 가만히 들여다보고 있으면 온갖 모양이 다 보이거든요."

다음 날 아침, 낡은 주유소를 하나 발견하고 커피와 허니 번을 사러 들어갔다. 좋아하는 아침 의식 중 하나였다. 그런데 내가 물건값을 치르기도 전에 계산기가 고장이 났다. 직원이 계산기를 고치려고 하면 할수록 점점 더 많은 손님이 줄지어 들어와 아침에 필요한 물건들을 집어 들고 내 뒤에 어마어마하게 긴 줄을 섰다. 사람들 사이에 음울한 분위기가 감돌았다. 낙담의 감정이었다. 또 아침 8시가 되었고, 아직 아무도 커피를 마시지 못했다. 홀쭉하게 들어간 뺨, 몇 개 빠진 치아, 수척한 몸 혹은 비만으로 축 늘어진 몸. 돈과 돈이 들려준 이야기가 떠올랐다. 미국 대륙을 걸어서 횡단하는 동안 닫힌 문 뒤에 숨어 있어서 내가 미처 보지 못한 온갖 고통을 떠올렸다. 우리는 펩시콜라와 말버러 담배와 버드와이저 맥주와 리틀 데비 과자로 이루어진 불량한 무지개 속에 함께 서 있었다. 마침내 직원이 계산기를 고쳤다. 나는 물건값을 치르고 애틀랜타를 향해, 나만의 작은 세계를 향해 걸어갔다. 그곳에서 또 다른 사람이 나타나 다시 나를 밖으로 끄집어내고 오늘날 미국인으로 산다는 게 어떤 의미인지, 인간으로 산다는 게 어떤 의미인지, 돈이 그랬던 것처럼 더 많은 진실을 내게 보여주기를 기다렸다.

사우스캐롤라이나 그리어 그의 부엌에서 아침 식사로 베이컨을 굽고 스크램블
                        드에그를 만들며

11월 크리스마스 몇 주 전

"어느 해 크리스마스이브에 한 가족이 찾아와 말했어요. '목사님, 예배가 끝나고
우리를 좀 만나주세요.' 어딘가 심각해 보였어요. 조금 심각한 게 아니라 몹시 심
각했죠. 그래서 '좋아요'라고 말했어요. 아름다운 예배가 끝나고 신도들이 전부
교회를 떠난 다음 나는 이 가족을 만나러 갔죠. '부부가 이혼하려고 하나? 아니
면 그와 비슷한 일을 하려고 하나? 그래서 내게 말하고 싶은가 보다'라고 추측했
죠. 온 가족이 모여 있는 걸 보고 '누가 뇌종양이에요' 이런 심각한 말을 하려나
생각했어요. 그런데 이 사람들이 골동품 요강을 건네는 거예요. 제가 우스개 삼
아 골동품 요강을 수집하거든요. 그들의 볼일이 바로 그거였어요. 그래서 심각한
얼굴을 했던 거고요. 아주 단순한 한순간이었어요. 20분 전만 해도 전부 그 테이
블에 모여 앉아 성찬식을 치렀는데, 이제 내게 요강을 선물하려고 모여 있었던
거지요. 내겐 무신경한 마음과 신성한 마음, 불경함과 경건함이 한데 뒤섞인 순
간으로 보였어요. 여기엔 라틴어로 《성경》을 읽는 사람도 없었어요. 연기가 피어
오르지도 않았고, 거울도 없었죠. 수염을 달고 '내 자식으로 너를 축복하노라'라
고 말하는 신도 없었어요. 그저 나를 위해 죽을 수도 있고 나도 이들을 위해 죽을
수 있는, 이 가족과 함께하는 아름다운 순간과 재미만이 존재했죠."

앞으로 애통한 일이 아주 많을 거야

〈 9 〉

WALKING ⇒ TO ⇐ LISTEN

아침 식탁은 내가 꿈꾸던 것보다 훨씬 좋았다. 나는 원래 아침 식사를 꿈꾸는 데 매우 능숙했다. 버터를 넣은 그리츠 옆에 달걀프라이가 산더미처럼 쌓여 있었다. 집에서 구운 따뜻한 비스킷은 커다란 곰돌이 모양의 병에 담긴 꿀을 기다렸고, 온갖 것을 듬뿍 바른 소시지 그레이비도 있었다. 길에서 지내며 아침 식사에 물려본 적이 한 번도 없었지만, 이토록 푸짐한 아침을 먹어본 적도 없었다. 이번 아침 식사의 메인 요리는 다람쥐튀김이었다.

빌 가이는 몇 주 전부터 성대한 다람쥐 요리 성찬을 계획해왔고, 내가 그 전날 밤 앨라배마주 셰이디그로브에 있는 그의 집에 가게 된 것은 순전히 뜻밖의 횡재였다. 1월이었고, 추웠다. 수은주가 빠른 속도로 곤두박질치는 가운데 인적 없는 외딴곳에서 해가 지고 말았다. 야영할 자리를 찾아 돌아다니다가 잡화점을 하나 발견했다. 나는 안으로 들어가 혹시

(174)

근처에 내가 그날 밤 얼어 죽지 않게 잘 곳이 있는지 물었다. 교회나 헛간 같은 곳을 말한 것이었다. 그런데 잡화점 주인이 빌 가이에게 전화를 했다.

빌 가이는 몇 분 후에 도착했고, 곧바로 내 다리를 더듬으며 무기가 있는지부터 확인했다. 그는 80대 노인으로 백인 남성이었으며, 키가 나보다 머리 하나 정도 작았다. 몸집은 가냘프고 거의 허약한 수준이었지만, 잡화점 밖에서 나를 세세히 뜯어보는 모습을 보니 꽤 쾌활한 사람이 분명했다. 그는 동작 하나하나가 정확하고 신속했다. 급강하했다가 돌진하듯 날아오르는 참새 같았다. 그는 조금 더 나를 심문하더니 그날 밤 자기 작업실에서 자라고 했다.

"거기가 교회 바비큐 판잣집보다는 더 따뜻할걸." 그가 말했다. 나는 굳이 그 사실을 확인할 필요가 없었지만, 빌 가이가 나를 교회로 데려갔다. 교회에 도착하자 목사가 빌 가이를 불러 별일 없는지 물었다. 빌은 내가 그 자리에 없는 사람처럼 목사에게 상황을 설명했다.

"어떤 친구를 하나 만났어요. 이 추운 날씨에 바보처럼 걸어서 국토를 횡단하고 있다잖아요. 그래서 내 작업실로 데려갔어요. 말쑥한 사람처럼 보이기는 해요. 나는 우리 집에 부랑아를 들이고 싶지는 않거든요. 하지만 그 친구는 괜찮아 보여요. 세상에, 걸어서 이 나라를 횡단하고 있다니요. 그 친구는 걸어서 뉴올리언스까지 간대요. 거기서 다시 캘리포니아까지 갈 거고요. 그렇게 돌아다닌대요. 그 친구 바지가 꽤 깨끗해 보여요. 필라델피아 출신이라고 하네요."

목사가 빌 가이에게 내 이름을 아느냐고 물었다.

"자네 이름이 뭐야?" 빌이 나에게 물었다.

"앤드루 포스소펠입니다." 내가 대답했다.

"앤드루 포스소펠이래요." 빌이 극적인 목소리로 반복했다. "요즘도 이런 이름이 있나요? 목사님은 이런 이름 들어봤어요? 포스소펠이라고? 요즘 이름치곤 정말 이상하지 않아요? 꽤 색다르네요. 이 근처에선 들어본 적이 없는 이름이잖아요? 몸수색은 내가 마쳤어요. 엽총도, 권총도 없더군요. 내 작업실은 꽤 따뜻하니까 이 친구도 좋아할 겁니다. 이 친구 말이 한두 달 정도 여기 머무를 거라더군요. 허! 이 친구가 왜 그런 일을 하는지는 정말 모르겠어요. 내 생각엔 그냥 미친 것 같아요."

빌 가이의 작업실 뒤쪽에는 장작을 태우는 난로가 하나 있었다. 우리가 들어섰을 때 이미 난로가 충분한 열기를 뿜어내고 있었다. 난로 옆에 두 개의 흔들의자가 있었다. 벽에는 온갖 연장이 걸려 있고, 엽총 한두 자루도 함께 걸려 있었다. 맥주와 위스키가 쌓인 냉장고 근처에 움직임을 감지하면 작동하는 큰입농어 모형이 걸려 있었다.

"내 술을 지키는 보안장치야." 물고기가 앨 그린의 노래를 부르기 시작하자 빌이 설명했다. "내 조카들을 위해 마련해놓은 술이지만, 자네도 맘껏 마셔." 빌이 흔들의자에 앉아 담배에 불을 붙였다. 나는 난로 옆에 앉아 노인이 들려주는 삶의 파편들에 관한 이야기에 귀를 기울였다. 그의 목소리는 옛날 남부 시골 지역 억양으로 부드럽게 길들어 있었다. 그는 '칠드런'을 '칠런'이라고 발음했다.

"컴퓨터 말이야. 나는 그게 뭔지 하나도 모르거든. 그런데 우리 애들이 모이면 다들 자기 노트북과 전화기를 하나씩 갖고 있더라고. 게다가 녀석들이 그걸로 뭘 하는지도 몰라! 가끔은 마음에 들지 않아. 대부분 마음에 들지 않아. 그것들을 붙들고 있느라 나랑은 한마디도 하지 않거든. 쓸데없는 짓거리나 하면서 말이지. 그래서 '당장 그것들 좀 끄고 잠시 나랑 이야기 좀 하자'고 말하지. 하지만 벌써 컴퓨터가 이 세상을 점령하고 있어. 왜 그럴까? 그야 자네 같은 젊은이들 때문이지. 매슈, 자네 같은 사람 말이야."

그는 자꾸 나를 매슈라고 불렀다. 그게 기억력이 안 좋아서 그러는 게 아니라는 것을 1시간 남짓 지나서야 깨달았다. 그는 일부러 나를 헛갈리게 만들려고 장난을 치거나 건망증에 걸린 전형적인 노인의 모습을 흉내내고 있었다. 무대가 한적한 앨라배마 어딘가의 헛간이라는 점만 빼면 나는 브로드웨이의 원맨쇼를 보고 있었다.

"내가 개복 심장 수술을 두 번이나 받았어. 수술한 다음 날은 그렇게 나쁘지 않은데, 그다음 날은 엄청 힘들어. 병원 4층에 입원해 있었는데, 내가 창문 좀 열 수 있냐고 물었더니 원래 안 열리게 했다는 거야. 그래서 내가 의사한테 그랬지. '저 창문이 열리면 당신을 밀어 떨어뜨릴 수 있을 텐데 안타깝네요.' 그냥 죽고만 싶더라고. 그런데 셋째 날부터 조금씩 나아졌어. 넷째 날이 되니까 어디든 걸어 다닐 수 있게 되었고. 그 후로 쭉 이렇게 살고 있어.

카테터(체내에 삽입해 소변 등을 뽑아내는 도관-옮긴이)보다 나쁜 건 없어. 한번은 방광에 문제가 생겼는데, 의사가 내 불알을 붙잡고 거기에 카테터를 박아 넣는 거야. 그런데 튜브가 너무 크다면서 더 작은 것을 가져오겠다잖아. 그래서 내가 그랬지. '아니, 원래 더 작은 게 있었다는 말이오?' 의

사들은 내가 20년 전에 죽을 거라고 했지만, 난 아직 죽지 않았어. 왜 죽지 않는지 모르겠어. 오래전에 죽었어야 했어, 매슈."

"장수 비결이 뭔가요?" 내가 물었다.

"계속 담배를 피워서 그런 것 같아." 그가 말했다. "아니야. 담배는 피우지 마. 내가 괜한 말을 했군그래."

나는 그의 말 일부를 녹음했다. 일부는 그날 밤, 노트에 적었다. 그의 말을 전부 놓치고 싶지 않았다. 빌은 내가 노인들에게서 한 번도 목격한 적 없는 유쾌하면서도 불경한 면을 지니고 있었다. 빌 덕분에 나는 노화와 죽어가는 것에 대해 조금은 덜 두려워하게 되었다. 그런 주제를 말할 수 있고, 함께 얘기할 수 있다는 것을 빌이 보여주었다. 처음이었다. 전에는 피할 수 없는 임박한 죽음에 대해 노인과 솔직하게 대화를 나눠본 적이 없었다.

그 어느 때보다 길 위에서 죽음을 점점 더 많이 생각하게 되었다. 도로에서 죽음은 겨우 몇 센티미터 떨어져 있었다. 자동차 한 대가 살짝 방향만 잘못 틀어도 죽음이 찾아올 수 있었다. 끊임없이 죽음에 대한 공포를 느끼면서도 막상 죽음을 어떻게 받아들일지는 전혀 모른다는 사실을 깨달았다. 걷기 여행을 나선 날 아침에 엄마는 내가 죽음의 손아귀에서 벗어나고 싶어서 걷는 거라고 말했는데, 정작 그 말을 많이 생각해보지는 않았다. 내가 죽을 거라는 사실, 그리고 그 사실을 향한 두려움은 전에는 별로 생각해보지 않은 주제였다. 이제 나는 길 위에서 그 주제를 거의 매일 생각했다. 달리 주의를 돌릴 만한 곳이 많지 않았다.

죽음과 가까이 마주친 유일한 때가 외할머니를 통해서였는데, 그 모습이 그리 예쁘지는 않았다. 할머니는 알츠하이머병을 앓았다. 할머니 방은 요양원의 기나긴 복도 맨 끝 방이었다. 면회를 갈 때마다 복도를 지나가야 했는데, 각자의 방으로 들어가는 문이 언제나 거의 열려 있어서 휠체어에 탄 축 늘어진 몸이나 가슴께로 기울어진 머리, 튜브가 꽂힌 코가 고스란히 보였다. 문이 닫힌 경우는 아주 드물었는데, 닫힌 문은 나쁜 일을 뜻할 때가 많아 언제나 못 본 척 지나가곤 했다.

외할머니 옆에 앉아 있으면 항상 첫눈에는 다른 환자들보다 상태가 좋아 보였다. 달라진 게 거의 없어 보였다. 알츠하이머가 두뇌에 터널을 뚫고 있는데도 할머니는 언제나 단정하게 예의를 갖춘 분위기를 풍겼다. 옷차림도 우아했고 머리 모양도 늘 잘 정돈되어 있었다. 가끔 살짝 선이 기울긴 했어도 할머니는 립스틱을 발랐다. 휠체어도 타지 않고, 튜브도 꽂고 있지 않았다. 그러나 몇 분만 대화를 나눠보면 할머니가 아무리 숨기려고 애써도 정신이 곧지 않다는 걸 분명히 알 수 있었다. 눈빛만 봐도 알 수 있었다. 할머니는 두려움에 빠졌지만 정작 그 이유는 모르는 사람 같았다.

할머니를 통해 나는 죽음과 죽어가는 것에 대해 배웠다. 그것은 보이지 않게 잘 감춰진 끔찍한 비밀이었다. 그러나 빌 가이와 함께 난로 옆에 앉아 있으니 노화도, 죽음도 다르게 느껴졌다. 그는 꽤 견딜 만한 방식으로 노화를 입에 담았다.

"자, 매슈." 그가 잠시 후 말했다. "집 안으로 들어가 할머니를 만나야지. 자네 배고프지? 우리 집에 먹을 게 좀 남았어."

빌의 아내 엘로이즈는 남편의 톡 쏘는 성격에 비하면 달콤한 사람이었다. 슬로모션으로 왈츠를 추는 사람처럼 몸의 움직임이 부드러웠고, 나에게 말할 때도 손주를 대하는 할머니 같았다. 그녀는 남은 음식을 잔뜩 내주었다. 집에서 키운 양배추며 동부콩과 베이컨, 포크촙, 고구마 캐서롤, 집에서 만든 퍼지(설탕, 우유, 버터로 만든 연한 사탕-옮긴이)까지. 엘로이즈는 빌의 몸무게를 늘리려고 노력 중이니 나도 본보기를 따라야 한다고 말했다. 나는 기꺼이 행복하게 복종했다.

뜨거운 물로 샤워를 한 뒤 벽을 가득 채운 가족사진을 보고 빌과 나는 다시 작업실 흔들의자로 돌아왔다. 빌은 담배를 피웠고 나는 난로에 장작을 넣었다. 달이 높이 뜬 걸 보고서야 밤이 무척 기울었다는 걸 알았다. 빌은 성대한 다람쥐 요리 성찬을 준비하려면 다음 날 아침 일찍 일어나야 한다고 했다. 그러면서 내게는 준비되는 대로 집으로 건너오라고 했다. 빌이 가고 나는 깜박이는 난로 불빛 아래 누웠다. 밖은 추웠지만 안은 따뜻했다. "이 밤이 끝나지 않았으면 좋겠다." 그날 밤 일기장에 이렇게 썼다.

"매슈, 그레이비소스 좀 건네주겠어?" 빌이 소스 그릇을 가리켰다. 아침 8시 무렵이었고, 성대한 다람쥐 요리 성찬식이 한창 무르익어갔다.

"젊은이 이름은 앤드루잖아!" 엘로이즈가 말했다.

나는 그레이비소스를 건네기 전에 내 접시에 담긴 모든 음식에 흠뻑 부었다.

"이 친구 이름은 매슈야, 여보." 빌이 말했다.

"앤드루야! 당신도 알잖아!"

"아, 그런가?" 빌이 나에게 눈을 찡긋했다.

아침 식탁에는 모두 일곱 명이 있었다. 그중 내가 가장 어렸고, 가장 나이 차가 적게 나는 사람과도 최소 40년 차이였다. 전날 저녁 아이오와주 대선후보 경선 전당대회에서 밋 롬니가 우승자로 지명되었다는 소식이 식탁의 화젯거리였다. 음식을 앞에 두고 기도한 뒤 어떤 남자가 모르몬교에 관한 인쇄물을 읽어주었다. 선량한 공화당원 침례교인이 자신의 후보자를 이해하려는 노력이었다(공화당 대선후보인 밋 롬니의 종교가 모르몬교이다─옮긴이). 남자는 10분 동안 자료를 읽었고, 그사이 음식이 식었다. "자, 다들 알아들었습니까?" 그가 마지막에 말했다.

"오히려 더 헷갈리기만 하네." 내 오른쪽에 앉은 배가 불룩한 남자가 말했다. 그의 이름은 잭이었다. 잭은 슬슬 치매가 진행 중이었다. "잭을 만나면 내가 개자식이라고 불러." 빌이 말했었다. "그런데 그 친구가 더 이상 대꾸를 하지 않아. 그게 정말 싫어." 빌은 아침에도 당연히 잭을 '늙은 개자식'이라고 소개했는데, 어떠한 응수도 없었다. 두 노인은 아침 식사 때 접시를 채우는 방법도 명백히 달랐다. 잭은 비스킷을 향해 천천히 손을 뻗었고, 그리츠도 떨리는 손으로 주저주저하면서 떴으며, 약간 불안해하며 모든 행위에 집중했다. 반면 빌은 탐욕스럽게 다람쥐 다리를 낚아채더니 몇 주 동안 고기를 먹지 못한 사람처럼 게걸스럽게 물어뜯었다. 그러나 잭은 완전히 정신을 잃지는 않았다. 빌이 커피를 마시겠느냐고 물었을 때도 이렇게 대답했다. "고맙지만 사양하겠네. 나는 모르몬교인이니까."

이 식탁에 앉아 나의 젊음을 날카롭게 의식하는 동안 나는 죽음에 대해 생각하지 않는 게 거의 불가능함을 깨달았다. 내 주위의 시든 얼굴들을 보며 잠재적인 내 미래를 수없이 목격했다. 나는 빌처럼 늙을까, 아니면 잭처럼 늙을까? 아니, 그만큼 오래 살 수나 있을까?

전날 밤, 나는 빌에게 물었었다. "그 모든 고통과 상실감을 어떻게 극복하며 살고 있나요?" 그는 자기 부모님과 형제자매 이야기를 들려주었다. 그들은 전부 죽었고, 이제 그 혼자 남았다.

"친구들은 어떤가요?" 내가 물었다. "그러니까, 제 말은요, 저는 제 친구들을 보면서 제가 나이 들어가고 있다는 걸 깨닫거든요. 어르신은 친구들을 보면서 어떤 생각을 하시나요?"

"다 사라져." 그가 말했다. "자네도 늙으면 가족을 잊을 거야. 가족이 죽으면 당연히 힘들지만, 마음이 점점 멀어지게 돼. 어머니가 돌아가신 날이나 아버지가 돌아가신 날처럼 계속해서 슬픔을 느낀다면 이렇게 오래 살 수도 없겠지."

"망각에도 아름다움이 있다는 말씀인가요?" 내가 물었다.

"아, 물론이지." 빌이 말했다. "자네도 그렇게 될 거야. 자네도 엄마와 아버지가 죽으면 애통하겠지. 아주 몹시 애통할 거라고. 자네, 형제가 있나?"

"남동생과 여동생이 하나씩 있어요."

"그들이 죽어도 역시 슬플 거야. 앞으로 애통한 일이 아주 많을 거야." 그가 마음이 가라앉길 기다리는 것처럼 잠시 침묵했다. 내가 "아아"라고 중얼거리자 그가 몸을 뒤로 젖히고 다시 말을 이었다. "그래, 정말로 애통한 일이 많아. 하지만 시간이 자네 마음을 보살펴줄 거야."

아침이 계속 흘러갔고, 우리는 남은 음식을 게으르게 집어 먹었다. 다람쥐 고기를 정말 많이 먹었다. 검은 칠면조 고기 맛이 났고, 정말이지 맛이 좋았다. 이렇게 배가 부른 채로 오번까지 걸어갈 수 있을지 확신이 서지 않았다. 부엌 창으로 비쳐 드는 햇빛이 아침의 날카로움을 잃고 아주 부드러워졌다. 빌의 개 토드도 햇볕에 잠겨 구석에서 자고 있었다.

이제 떠날 시간이었다. 이렇게 오래 사는 사람들이 나를 보면 어떤 생각을 할지, 매일 등에 커다란 짐을 메고 이 마을에서 저 마을로 걸어 다니는 젊은이를 어떻게 생각할지 궁금했다. 그동안 나의 걷기 여행을 대단한 일로 여겨본 적이 한 번도 없는데, 이렇게 나이 든 사람들 사이에 앉아 있으니 새삼 초인적인 힘처럼 느껴졌다.

"아, 나는 이제 낮잠을 자야겠어." 내 옆에서 잭이 말했다. 정신이 맑은 상태인지 흐릿한 치매 상태인지 알 수 없었다. 그가 끈질기고 힘겨운 몸짓으로 계속 자리에서 일어나려고 했지만, 빌이 자리에서 벌떡 일어나 친구 뒤쪽으로 가더니 어깨에 묵직한 손을 올렸다. 잭은 다시 제자리에 주저앉았다.

"우리는 서로 길 건너에서 자랐어요. 모든 것을 함께했어요. 형제나 다름없어요."

"이 친구가 자기는 쿵후 달인이니까 나더러 매일 훈련을 받으라고 했죠."

"내가 그 클럽 리더였어."

"나는 정말 잘 속았어요. 진짜 남의 말을 잘 믿었죠. 참고로, 이젠 안 넘어가. 어렸을 때 이 친구가 나를 구슬리는 거예요. '러셀, 우리 집에서 나랑 놀래?' 그러면 나는 '좋아, 가자' 이러고 갔어요. 한번은 이 친구가 22구경 권총을 꺼냈어요. '영화에서 어떤 게임을 봤는데 우리도 한번 해보자. 러시안룰렛이라는 게임이야!' 그래서 내가 '그게 뭔데?' 하고 물었죠. 그랬더니 이 친구가 '별거 아냐. 여기에 총알을 하나만 넣고 돌릴 거야. 그런 다음 머리에 총을 대고 방아쇠를 당기면 돼. 너부터 해봐' 그러는 거예요. 그래서 '나는 이거 잘 몰라' 그랬더니 제이슨이 '괜찮아. 진짜 재미있을 거야'라고 말했죠. 내가 총을 들고 '진짜?' 하고 물으니까 이 친구가 '당연하지. 얼른 해봐.'라는 거예요. 그래서 결국 나는 방아쇠를 당겼어요. 세상에, 겨우 아홉 살이었는데! 아무 생각이 없었죠. 그리고 내가 '이제 네 차례야' 그랬더니 이 친구가 '싫어. 이 게임 그만할래' 이러면서 총을 집어넣더라고요. 그래서 나는 '야, 이 개자식아' 그랬죠."

"미안해. 나도 어린애였어. 나라고 더 똑똑하지는 못했다고."

어디로 갈지는 모르지만,
여기 머무르지는 않을 거예요

〈 10 〉

WALKING ⇒TO⇐ LISTEN

약 3주 동안 앨라배마주의 흑토지대를 걸어서 통과했다. 흑토지대는 앨라배마주 한가운데를 동쪽에서 서쪽으로 가로지르는 비옥한 검은흙 지대였다. 몽고메리의 슬로건이 이 지대의 상징을 압축적으로 보여주었다.

'남부연합의 요람, 시민 인권운동의 산실.'

이 지역을 비옥하다고 말하는 사람을 몇 명 만났는데, 토양 자체가 그 비옥함을 온몸으로 보여주었다. 양질토의 색이 무척 검어서 이름도 흑토지대였다. "당신 발자국까지 가져가요." 어느 나이 든 여자가 말했다. 봄철에는 구두 밑창에 흙이 끼기 때문에 하는 소리였다. 토양에 붉은색 진흙이 섞이면서 서쪽 사막은 선홍색 팅크 용액 같은 색을 띠었다. 사막은 어떻게든 자라려는 생명을 전부 비웃는 것처럼 보였지만, 흑토지대는 너른 품으로 모든 살아 있는 것을 안아주었다. 겨잣잎과 케일, 사탕수수, 양배추, 오크라, 흰강낭콩과 완두콩의 무성한 잎이 이곳에 안겨 자랐다. 그 아래에는 또 뭐가 있을까? 무와 순무, 스웨덴순무, 양파가 자랐다. 땅이 손짓했다. 나는 그곳에서 헤엄을 치거나 아니면 부처처럼 통통한 스웨덴순무가 되어 땅속 깊은 곳에서 조용히 쉬고 싶었다.

　이런 흙이 브레덴버그라는 작은 마을 도로에도 깔려 있었다. 주인 없는 깡마른 개들이 트레일러와 녹슨 양철 지붕의 오두막 사이를 슬그머니 오갔다. 많은 집이 다양한 모습으로 무너지고 있었다. 이토록 가난이 만연한 곳은 마음이 불편해 사진으로 찍을 수도 없었다. 혹시라도 내가 이곳을 기록으로 남기는 모습을 마을 사람 누군가 본다면 그들은 아마 그 사실이나 자신을 수치스럽게 생각할지도 모른다. 솔직히 나의 수치심을 그들에게 투사하고 있는 게 분명했다. 그들이 누구도 흉내 낼 수 없는 독특한 집과 삶 그리고 자신에 대해 수치심을 느낄 이유가 뭐 있겠나? 브레덴버그로 들어서면서 내가 어떤 수치심을 느꼈다면 그것은 순전히 나의 수치심이었다. 이 가난과 그것이 함축한 몸부림과 고통을 향한 나의 깊은 무의식이 깨어나기 시작했을 따름이다. 단지 몇 발자국 전만 해도 나는 아무것도 볼 수 없었다. 그러나 이 마을에 들어서자마자 나는 내가 누리는 다채로운 특권의 대가를 목격했다. 우리 모두 진정 평화롭게 살고 싶다면 다 함께 가야만 하는 엄청난 거리의 대가를 목격했다. 여기서 말하는 평화는 포괄적이고 종합적인 평화, 단 하나뿐인 진정한 평화이다. 이곳을 목격하면서 나는 속박에서 풀려났고, 안타깝게도 쉽게 잊을 수 있는 사실에 더 가까이 다가갔다. 즉 나 자신의 평화는 다른 사람의 평화와 떼려야 뗄 수 없는 관계이며, 각자 정말로 자유로워질 때까지 진정한 자유는 여전히 불완전한 환상에 불과하다는 사실이었다.

이러한 진실의 그림자 속에 나의 수치심이 있었다. 이 수치심은 더 깊은 그림자를 향한 일종의 반응이었다. 내 안의 무언가가 전체와 나의 연관성에 분개했고, 그저 나만의 길을 걸으며 나만의 삶을 살고 인간 역사의 광기에 전혀 닿지 않은 채 목격이나 경험, 역사가 지금 여기서 뚜렷하게 보여주는 고통과 연관된 그 어떤 것에서도 벗어나고 싶었다. 만약 내게 선택의 여지가 주어진다면 나는 그렇게 면역된 삶을 살 것인가? '아마 그럴 거야.' 내 안의 수치심이 말했다. '어쩌면 너는 이미 면역이 되어버렸을지도 몰라.'

가로등이 몇 개 있었지만 불빛이 약했고, 밤이 되자 눈앞이 거의 보이지 않을 만큼 어두웠다. "오늘 밤 거기 돌아다니지 말아요." 읍의 백인 거주지역에서 한 남자가 말했다. "차를 타고 다니면서 총질을 해대는 사람들이 있어요." 그는 내가 머물기로 한 읍의 흑인 거주지역을 가리키며 말했다. 그날 밤은 성 요셉 수녀원에서 나를 회관에 재워주겠다고 했다. 이곳 회관은 보통보다 두 배 넓은 트레일러로, 방과 후 아이들이 모여 숙제를 한다고 했다. 트레일러 안에서 1~2시간 쉬고 있는데, 누가 문을 두드렸다. 나는 캐시 나바로 수녀일 거라고 생각했다. 그녀는 짧은 회색 머리를 가진 중년의 백인 여성으로 아이들에게 가라테를 가르쳤다. 말할 때도 거의 속삭이다시피 했다. 그런데 문을 열자 바로 앞에 젊은 흑인 남자가 서 있었다. 근육질 몸에 셔츠도 입지 않았고 가슴 전체에 문신이 있었다. 들어오라는 말도 하지 않았는데 남자는 다짜고짜 안으로 들어왔다.

하지만 생각해보면 이곳은 남자의 회관이지 내 집이 아니지 않은가. 그의 친구 두 명도 따라 들어왔다.

"안녕하세요?" 내 목소리가 약간 긴장한 듯 들렸다.

"걸어서 미국을 횡단 중이라면서요?" 문신을 한 남자가 내 인사를 무시하고 곧장 물었다.

"네, 맞아요. 필라델피아에서 여기까지 걸어왔어요. 석 달째 걷고 있죠. 사람들의 이야기를 들으면서요."

"석 달 동안 걸었다고요?"

"네, 석 달요. 왜요? 내 말이 믿기지 않아요?"

세 남자는 웃음을 터뜨리며 내게 질문하기 시작했다. 그들은 나를 만나러 온 것이었다. 문신한 남자는 에릭, 그의 두 친구는 매니와 제이였다. 곧이어 여자들도 합류했는데 그녀들의 이름은 마이아, 베로니카, 비였다. 다들 고등학생이었다. 그들이 오기 전 트레일러는 너무 조용해서 외로움에 혼자 중얼거리고 있었는데, 이제 파티장이 되었다. 여학생들은 카드놀이를 시작했고, 나는 녹음기를 껐다. 그들은 내가 거의 알아들을 수 없는 억양으로 말했다. 단어들 사이에 식별을 위한 쉼표도 없었고, 내 말투에 묻어나는 날카로움이 그들의 말투에는 전혀 없었다. 그들에게 내 말이 얼마나 변변찮게 들릴지 자꾸 의식하게 되었다.

"여기 와본 적이 없는 사람에게 이곳을 이해하는 데 도움이 될 만한 말을 해준다면 무슨 말을 해주고 싶어요?" 나는 여학생들에게 물었다. 그들은 세상에서 가장 바보 같은 질문을 받은 표정으로 나를 쳐다보았다.

"난 설명을 못하겠어요."

"우린 그냥 모여서 놀아요. 해서는 안 되는 일을 하죠. 하지만 그렇게 심각한 일은 아니에요."

"나는 그냥 그 사람에게 여기저기 걸어서 돌아다니라는 말밖에는 못 하겠어요."

"직접 와서 봐야 해요. 그래야 여기가 정확히 어떤 곳인지, 어떤 모습을 하고 있는지 알 수 있죠. 아무리 작은 마을이라고 해도요. 딱 게토라고 할 수 있죠. 여긴 진짜 게토예요."

"흑인과 백인이 한데 있어요. 하지만 백인들이 자기 것을 소유하고 있죠. 우리 시대 이전하고 비슷해요."

"우리 모두의 시대 이전이요."

"하지만 그 사람들, 편견은 없어요. 어떤 사람은 그래요."

"아니야, 아니야. 아무도 편견이 없어."

"나는 그 사람들을 전부 본 적이 없어서 뭐라고 말을 못하겠다."

"나는 있어. 우리 할머니가 예전에 백인 동네에서 청소를 해주었는데, 나도 어렸을 때 같이 가서 할머니를 도와준 적이 있거든."

"그 사람들 친절해."

"맞아."

"그 사람들은 자기 몫을 가졌죠. 노예 시대에 일어난 일이고, 그 후로 변하지 않았다고 생각해요. 하지만 편견은 없어요. 나는 그렇게 생각해요. 그 사람들, 편견은 없어요."

나는 브레텐버그까지 걸어오는 길 내내 내가 목격한 온갖 편견을 떠올렸다. 몇 주 전 오펄라이카에서 만난 한 백인 남자는 나에게 양배추 샐러드를 잔뜩 채워 넣은 30cm짜리 칠리 핫도그를 사주었다. 유명한 음식이었다. 우리는 근사한 대화를 나누었는데, 갑자기 그 남자가 '흑인 마을'에 대한 이야기를 시작했다. 그곳에서 몇 블록 떨어져 있지 않은 곳이었다. "나는 인종차별주의자는 아니에요." 남자가 말했다. "그저 그 사람들이 폭력배처럼 구는 게 싫을 뿐이지요."

브레덴버그로 오는 길에 오래된 플랜테이션 농장과 목화밭을 지나갔다. 백인 묘지와 흑인 묘지, 흑인 교회와 백인 교회도 지나갔다. 주위에는 온통 노예와 노예 소유주의 후손이 그들 조상이 정해놓은 대로 영원히 이웃하며 살고 있었다. 아마 많은 사람이 그러길 바라지 않을 것이다. 그러나 카드놀이를 하면서 내 앞의 여학생들에게 이 이야기를 하지는 않았다.

그날 밤 우리는 '동네 한 바퀴'를 돌았다. 브레덴버그에서는 그렇게 한다고 했다. 달리 할 일이 많지 않았다. 우리는 마을을 두 번 돌았고, 그 후 여학생들은 나를 데리고 시장이 일하는 트레일러로 갔다. 루소 시장은 비의 엄마였다.

"포스소펠이라고요?" 내 소개를 듣고 루소 시장이 말했다. "그 이름은 뭐죠?" 나는 독일어라고 말한 다음 그녀에게 루소라는 이름에 대해 물었다. 루소라면 프랑스어 아니었던가?

"아, 몰라요." 그녀가 말했다. "노예 주인의 이름이었으니까요."

죄책감과 놀라움과 호기심과 수치심과 감사의 마음이 마구 뒤섞인 채 몰려왔다. 이 역시 안타깝지만 쉽게 잊을 수 있는 사실이었다. 역사는 죽어버린 우화가 아니었다. 바로 지금 이 순간에도 스스로 계속 움직이고 활동하는, 살아 있는 현실이었다. 그리고 나 역시 역사의 일부였다. 내가 행한 모든 일이나 내가 하지 않기로 선택한 모든 일에는 나의 책임이 있었다. 나는 루소 시장에게 뭐라고 말해야 할지 알 수 없었다.

루소 시장은 우리 모두를 트레일러 안으로 초대해 푸짐한 저녁 식사를 차려주었다. 돼지 목살구이와 포크춉, 갈비, 동부콩, 옥수수빵이었다. 그녀는 평소 하던 대로 이 일을 했지만, 나는 그 모습이 평범하게 느껴지지 않았다. 어쩌면 순진하기 짝이 없는 생각일지 모르지만, 나처럼 생긴 사람들이 그녀의 조상을 노예로 만들었고 그녀가 사는 이 마을의 현재 빈곤이 이러한 역사와 직접적 연관이 있다는 생각을 그녀도 잠시 했을까 궁금했다. 나는 확실히 그런 생각을 했다.

대학 시절 친구 한 명이 유색인종 여성이었는데, 한번은 내게 "백인들이 자신의 피부색을 잊을 수 있고, 거의 모든 사회적 맥락에서 끊임없이 자신의 인종 정체성을 확인하고 고려해야 할 필요가 없다고 생각하는 것 자체가 백인들의 특권이자 사치"라고 말한 적이 있다. 그녀는 그런 정신적 고뇌와 피로를 매일 겪어야 했다. 미들베리 대학교의 학생은 거의 백인이었고, 버몬트주도 그랬기 때문이다. 내겐 그런 내면의 격한 대화에서 벗어날 자유가 있었다. 나는 무리에 섞여 들어가도 내 익명성의 사생활을 보장받고 즐길 수 있었다. 브레덴버그에서 동네 한 바퀴를 돌며 당시 그 친구가 한 말을 조금 더 이해할 수 있었다. 나는 인도에 살 때 학교에서 유일한 백인 아이였고, 시카고에 살 때는 우리 가족이 아파트에서 유일한 백인 가족이었다. 그러나 그런 경험을 할 당시 나는 어린아이였기 때문에 너무 순진해서 차이를 구별할 수 없었다.

루소 시장이 내 접시를 두 번째로 채워주었고, 나는 다 먹으려고 애썼다. 흑토지대에서 솔 푸드(미국 남부 흑인들의 전통 음식-옮긴이)는 다 함께 먹는 예배용 성찬과 다름없었다. 음식을 얻어먹으며 나는 내가 얼마나 주변 사람들에게 의존하고 있는지 새삼 깨달았다. 순전히 나 혼자서는 절대로 이 걷기 여행을 할 수 없었을 것이다. 아니, 우리 중 누구도 그럴 수 있는 사람은 없을 것이다.

루소 시장의 트레일러를 떠나 여학생들과 함께 마을을 한 바퀴 더 돌았다. 다음 날이면 떠나야 했기 때문에 계속해서 학생들에게 질문을 던졌다. 이곳에서 성장하는 건 어떤지, 앞으로 어떻게 살고 싶은지, 어떤 사람이 되고 싶은지…….

"아이들은 결국 여기서는 아무것도 할 수 없다는 걸 깨달아요." 베로니카가 말했다. "그래서 교육을 받으러 떠나죠. 대부분 자기 부모처럼 살기 싫어서 그러는 거예요. 직업도 없이 매일 한자리에 앉아 같은 일을 반복하는 것 말고는 딱히 할 일이 없는 삶 말이에요. 나도 여기 살고 싶지 않아요."

"여긴 작은 공동체이지?" 내가 물었다.

"네, 다들 서로 알고 지내죠." 마이아가 말했다. "나를 모르는 사람도 없고, 내가 모르는 사람도 없어요. 그건 좋은 점이죠. 나를 아는 사람이 하나도 없는 오래된 대도시에 살면 무슨 일이 벌어져서 꼼짝달싹도 못하게 되거나 나쁜 일을 당해도 아무도 모를 거 아니에요. 그런 곳은 온갖 폭력이 난무하니까요. 하지만 여긴 사람들이 서로 다 알아요. 내게 무슨 일이 생겨도 사람들이 볼 테니까 걱정하지 않아도 돼요. 그런 점은 좋아요."

"그래서 계속 여기 살고 싶어?"

"아뇨. 난 여기 계속 살지는 않을 거예요."

"그럼 어떻게 하고 싶어?"

"떠날 거예요. 어디로 갈지는 모르지만, 여기 머무르지는 않을 거예요."

"왜?"

"여기선 성취할 게 전혀 없으니까요. 대학이든 뭐든 그런 게 있다면 나도 기꺼이 머무르겠죠."

"쇼핑몰만 있어도 머무르겠어요." 비가 말했다. "극장이나 월마트, 맥도날드 같은 것만 있어도 계속 여기 살 거예요."

이렇게 여기 사는 대부분의 아이들이 떠나길 원하지만, 결국 떠나지 못한다고 했다. 떠날 방법이 많지 않았다.

"당신이 내가 여길 벗어날 수 있는 차표예요." 문신한 남자 에릭이 그날 밤 내게 말했다. "당신을 따라 여길 떠날까 생각 중이에요."

다음 날 아침, 나는 혼자 브레덴버그를 떠나면서 에릭을 떠올렸다. 짐을 꾸려 마을을 떠나는 데 겨우 10분이 걸렸다. 그러나 에릭에겐 몇 년이 걸릴 것이다. 아니, 몇 세대가 걸릴지도 모른다. 사실 이미 몇 세대가 걸렸다.

앨라배마주를 지나가는 내 머릿속에 회오리바람이 불었다. 증오와 친절과 분리와 상호 의존과 화해의 부재가 뒤섞였다. 나는 고통이 가득 차오른 땅을 지나가고 있었다. 과거 이곳의 폭력은 물리적이었다. 백인 폭도들이 덤불숲을 태우고, 교회를 폭파하고, 수천 명의 흑인에게 폭력을 휘둘렀다. 현재의 폭력은 조용했지만 여전히 존재했고, 정신적으로 깊은 분열을 안겨주었다. 앨라배마를 가로지르며 걷는 동안 어떻게 해야 할지 알 수 없었다. 그저 걷고 듣기만 해서는 턱없이 부족해 보였다.

몽고메리에서 브라이언 스티븐슨을 만났다. 앨라배마강에서 몇 블록 떨어진 곳에서 공익 변호사로 일하며 평등과 정의 운동을 주도하는 사람이었다. 엄마 친구분이 스티븐슨을 알아서 이메일로 소개를 받았다. 만날 당시에는 몰랐지만, 알고 보니 데즈먼드 투투(남아프리카공화국의 반아파르트헤이트 운동가이자 인권운동가. 1975년 흑인 최초로 요하네스버그 세인트메리 대성당 주교가 되었으며, 1984년 노벨 평화상을 수상했다-옮긴이)가 스티븐슨을 '미국의 젊은 넬슨 만델라'라고 칭한 적이 있었다. 스티븐슨은 감옥에 갇힌 미성년자와 사형선고를 받은 재소자들을 위해 일했고, 미국의 사법제도를 허점투성이로 만든 유색인종과 빈곤계층을 향한 편견에 맞서는 일로 널리 인정받았다.

스티븐슨은 바쁜 일정 가운데 20분을 나에게 내주었다. 그는 나를 데리고 강기슭으로 나가 앨라배마를 어떻게 바라보는지 들려주었다. 그의 말은 앨라배마를 횡단하는 내내 나침반이 되어주었고, 덕분에 나는 고통과 혼란과 압도적인 무기력감을 헤쳐나갈 수 있었다. 우리는 나란히 서서 흘러가는 앨라배마강을 바라보았다.

"이 강이 19세기 초반에 무척 활발한 상업지였다는 사실을 아무도 말하지 않아요. 여기로 노예가 들어와 흑토지대로 보내졌고, 미국 최대의 노예 인구를 형성했어요. 우리가 서 있는 바로 이곳에 배가 정박해 수백 명의 노예를 내려놓았죠. 노예가 된 사람들이 배에서 내려 방금 우리가 걸어온 그 길을 걸어갔어요. 노예 주인과 상인이 남녀 노예를 줄지어 세워놓고는 어떤 노예가 튼튼해 보이고 어떤 노예가 약해 보이는지 검사했어요. 그런 다음 노예들을 데리고 경매장으로 갔죠. 그 경매장은 여기서 걸어갈 만한 거리에 있어요. 거기서 노예 경매가 이루어졌습니다.

아무도 그 역사를 입에 올리고 싶어 하지 않아요. 아주 강력한 역사였는데도 말이죠. 내 말이 무슨 뜻인지 알겠어요? 우리가 누구인지 현실을 인정받으려면 바로 그 역사를 직면해야 해요. 여기 사람들은 내가 외부 손님에게 이곳이 노예무역이 이루어진 항구였다고 설명하면 화를 내기도 해요. 하지만 그게 현실이에요. 여기가 바로 그런 곳이라고요."

나는 몽고메리까지 오는 길에 목격한 수많은 편견과 인종차별에 대해 무슨 말을 해야 할지 알 수 없어서 결국 아무 말도 하지 못한 현실에 대해 말했다.

"당신은 이곳 현실의 목격자가 되고자 애쓰고 있군요." 스티븐슨이 말했다. "그러려면 사람들이 말하려고 하는 것에 기꺼이 귀를 기울여야 합니다. 나는 그것들을 전부 받아들이라고 말하죠. 그러나 지금 당장 우리에게 주어진 도전 과제는 공식적으로 분리 정책이 끝났을 때 우리가 사실상 진실과 화해를 위해 노력하지 않았다는 것을 인정하고 해결하는 겁니다. 우리는 수십 년간의 분리와 차별 정책이 흑인과 백인 모두에게 어떤 해를 끼쳤는지 진실을 말하지 않았습니다. 우리가 만들어낸 트라우마와 우리가 물려받은 무거운 짐과 우리가 아무 생각 없이 먹어버린 심각한 편견에 대해 말하지 않았어요. 그게 바로 2012년 당신이 걷기 여행을 하면서 마주치는 현실인데도 말이죠. 그러므로 현실을 드러내고, 그 현실을 마주하는 것, 그 역사에 대한 화해를 이뤄낼 방법을 찾는 것, 그것이 우리에게 주어진 도전이에요. 그래야 앞으로 나아갈 수 있으니까요."

"선생님은 화해를 원하지 않는 사람들을 어떻게 대합니까?" 내가 물었다.

"글쎄요, 나는 그들 역시 진실을 원하지 않기 때문이라고 생각해요. 그러므로 우선 진실을 대화의 주요 주제로 끌어와야 합니다. 진실이 없으면 상황을 부정하기 쉬우니까요. 나는 우리가 그 역사에 대해 말하는 법을 몰라서 그저 부정하고 본다는 생각이 들어요. 그러니 일단 진실을 알리는 것부터 시작해야 해요. 사람들이 진실을 듣기 시작한다면 처음엔 받아들이기 어려워할지라도 결국은 화해하게 될 거라고 생각합니다. 뭔가 어긋난 부분이 있다고 느껴야 해결의 필요성도 느끼는 법이니까요. 그때까지는 화해를 이룰 수 없을 거예요."

나는 왜 이런 일을 하게 되었는지 동기를 물었다. 그는 인종차별이 심한 남부에서 자랐고, 그의 증조부모는 버지니아주의 노예였다고 대답했다.

"나는 항상 온전한 인간이 되고 싶었어요." 그가 말했다. "그런데 그럴 수가 없었죠. 인종이나 경제적 지위 때문에 무시당하고 모욕당하는 사람들을 보면 현실과 타협하고 말거나 맞서 싸우거나 둘 중 하나를 선택해야 합니다. 내게 온전한 인간이 된다는 것은 그런 일에 맞서 도전해야 한다는 뜻이었고요."

우리는 다시 읍 중심부로 돌아가려고 언덕을 되올랐다. 우리보다 앞서 살았던 이들의 유령 같은 발자국을 되밟아가는 길이었다.

"뭔가 <u>으스스</u>해요." 내가 말했다.

"기분이 <u>으스스</u>하죠? 또 깊이도 있고요. 여긴 아주 풍요로운 역사가 가득한 풍요의 땅이니까요."

몽고메리를 떠나기 전에는 뉴올리언스까지 걸어가 거기서 잠깐 쉬면서 중간 점검을 할 생각이었다. 어쩌면 서쪽으로 계속 걸어갈 수도 있을 것이고, 어쩌면 그러지 않을 수도 있을 것이다. 뉴올리언스가 미국 대륙 횡단의 중간지점은 아니었지만, 내 걷기 여행길의 중간지점이라고 생각했다. 지금의 속도를 계속 유지한다면 마르디 그라 축제(사순절에 들어가기 전날 열리는 축제로, 루이지애나주 뉴올리언스의 축제는 세계 4대 축제로 알려졌다-옮긴이) 무렵에 도착할 수 있을 것이다. 아니면 아예 떠나지 않을지도 모른다.

셀마는 몽고메리에서 서쪽으로 약 80km 거리에 있었다. 나는 남서쪽으로 향하고 있어서 셀마는 내 경로에 있지 않았지만, 마틴 루서 킹 데이가 다가오고 있어서 우회해 가기로 했다. 몽고메리와 셀마를 연결하는 80번 고속도로는 1965년 흑인 투표권을 쟁취하기 위한 행진이 이루어졌던 바로 그 도로다. 총 세 차례의 행진이 있었다. 첫 번째 행진은 3월 7일 일요일에 있었고, 1.6km 남짓 걸은 후 셀마의 에드먼드 페투스 다리에서 끝났다. 주 경찰이 행진 대열이 통과하는 것을 허락하지 않은 데다 최루가스를 살포해 행진대의 눈앞을 흐려놓았고, 소몰이용 전기 봉으로 감전시켰으며, 곤봉과 쇠 파이프와 철조망을 감은 고무호스로 사람들을 마구 때렸다. 그날은 '피의 일요일'로 기록되었다. 두 번째 행진은 '회군의 화요일'로, 수천 명이 다리까지 행진했다가 기도를 하고 돌아왔다. 그날 저녁 몇 명의 백인이 세 명의 백인 유니테리언교 목사를 공격했고, 그중 한 사람이 곤봉으로 머리를 맞아 치명상을 입었다. 세 번째 행진은 몽고메리까지 갔다. 80km가 넘는 거리를 5일 이상 걸었고, 총 8,000명의 참여자 중 300명을 마틴 루서 킹 목사가 이끌었다. 나는 당시 경로를 거꾸로 걸어 마틴 루서 킹 데이에 맞춰 셀마에 도착할 예정이었다.

몽고메리는 시골 지역으로 수 킬로미터에 걸쳐 뻗어 있었다. 나는 묵묵히 유리 세공 상점과 파이프가 이리저리 연결된 식당들, 자동차 정비소, 타이어 수리점이 늘어선 황폐한 산업지구를 지나갔다. 몇 시간 걸어가자 마침내 온화한 시골 지역이 나타났다. 목화 지대의 시작점이었다. 바짝 깎인 목화 줄기가 수염처럼 빽빽하게 꽂힌 채 흐물흐물하게 축 늘어진 목화송이를 매달고 있는 광활한 목화밭이 펼쳐졌다. 참나무에는 둥근 겨우살이 열매가 매달렸고, 붉은 흙 위로 반들거리는 초록색 풀이 돋아났다. 숲 전체에 스페인 이끼가 묵직하게 매달려 있었다.

남북전쟁 전에 지은 저택들이 앞쪽 도로변에 점점이 흩어져 있었다. 일부는 여전히 우아했고, 일부는 천천히 무너지고 있었다. 포치가 등나무 덩굴에 잠식당해 있었다. 가끔 허물어가는 콘크리트 블록으로 떠받친, 몹시 허름한 이동식 주택이 나타났다.

80번 고속도로를 걸을 때는 수십 년 전 이곳을 행진했을 사람들을 상상하니 외롭지 않았다. 그때 상황은 지금과 달랐지만 크게 다르지 않았다.

셀마까지 절반쯤 왔을 때 어느 여성 활동가가 총을 맞고 사망한 장소를 기리는 기념비를 만났다. 그녀는 행진에서 돌아오는 사람들을 자기 차에 태우고 가는 길이었다. 디트로이트 출신의 서른아홉 살 백인 여성이었고, 다섯 아이의 어머니였다. 기념비는 한적한 언덕 꼭대기에 있었다. 묘석에는 이렇게 씌어 있었다. "투표권 쟁취를 위한 투쟁에 삶을 바친 비올라 류조를 기리며." 나는 무엇에 홀린 듯 조용히 묘석을 응시했다. 여기에서, 정확히 이 자리에서 일어난 일이었다. 다음 몇 킬로미터를 걸어가는 동안 내 머릿속에는 계속해서 당시의 장면이 그려졌다. 신속한 추격, 방아쇠를 당기는 KKK단과 총격 그리고 피. 눈앞에 생생하게 보이는 것만 같았다. 이곳에 뭔가가 어른거렸다.

나는 계속 걸었다. 어느 순간부터 침묵이 지루해지자 과거 행진자들에게서 영감을 받아 노래를 시작했다. "우리 승리하리라."(원래는 침례교의 오래된 흑인 교회 찬송가로, 인권과 인종의 평등, 자유를 구하는 시민권운동의 주제가가 되었다-옮긴이) 비브라토가 강하고 기쁨이 가득한 노래였다. 내 노랫소리가 성가대에서 노래하는 일흔다섯 살의 흑인 노인처럼 들렸는데, 만약 좋은 동행이 있었다면 다소 무례하게 들릴 수도 있었을 것이다. 그러나 당시 내겐 좋은 동행이 없었고, 게다가 나는 고속도로 옆에 있었다. 노래하다 문득 고개를 들어 보니 소 떼가 멍한 눈으로 나를 보고 있었다. 소들은 미동도 하지 않았다.

그날 해가 질 무렵, 교외의 몹시 황폐한 주유소를 발견했다. 직원이 주유소 부속 땅에 텐트를 쳐도 좋다고 허락했다. 다시 나오는 길에 주유소 옆 이발소를 지나갔다. 안에 12명 정도의 남자가 있었는데 전부 흑인이었다. 날이 몹시 추워서 그들 대부분은 겨울 재킷으로 온몸을 단단히 감싸고 있었다. 일부는 중년이었고, 일부는 내 또래이거나 좀 더 어려 보였다. 유리문을 통해 베이스가 묵직한 힙합 비트가 흘러나왔다. 갑자기 대학 시절 절벽 끝에 올라 아래에 흐르는 강으로 뛰어내리기 직전의 감정이 되살아났다. 지금 뛰어내리지 않으면 영영 뛰어내리지 못할 것이고, 남은 평생 스스로를 미워하며 살게 될 것 같은 느낌이 들었다.

높은 곳에서 뛰어내리기 전, 인간의 두뇌가 격한 레슬링에 뛰어든다는 내용을 어느 책에서 읽은 적이 있다. 편도체가 스트레스를 유발하는 호르몬인 코르티솔을 분비하지만, 동시에 행복한 기대감이 흘러넘치는 도파민도 분비한다. 즐거움과 공포 사이에 한판 싸움이 벌어진다. 이 모든 것 때문에 많은 양의 아드레날린이 분출한다. 가슴이 쿵쾅거렸다. 그런데 지금 나는 무엇을 두려워하는 거지?

나는 이발소 안으로 들어갔다. 다들 하던 말을 멈추고 고개를 들어 나를 보았다. 힙합 음악을 제외하면 완벽한 침묵이었다. 앨라배마주 외딴 곳에서 웬 백인 청년이 흑인 이발소에 불쑥 들어왔다. 농담의 시작처럼 들리겠지만, 농담처럼 느껴지지는 않았다. 방 안 전체가 진공상태가 되어 숨 쉴 공기가 없어진 것만 같았다. 우리는 서로에게 무슨 일을 하려고 하지? 우리는 무슨 일을 할 수 있지? 만약 이 남자들이 나를 즉시 밖으로 쫓아낸다면 어마어마한 규모의 정의가 1mm 정도 기울 것인지 궁금했다. 우리는 백인 손님은 받지 않습니다. 나는 나의 부조리함, 나의 어리석은 큰 웃음의 부조리와 미국을 걸어서 횡단하는 부조리에 의존했다.

나는 내가 하는 일을 설명한 뒤 바깥에 텐트를 쳐도 되겠느냐고 물었다. 이미 허락을 받은 다음이었지만, 어색한 분위기를 깨고 대화를 터보려는 의도였다. 이발사 한 사람이 물론 된다고 말했고, 다시 천천히 소음이 시작되었다. 별일 아니었다. 루돌프라는 남자가 나를 데리고 나가 텐트를 칠 수 있는 버려진 건물로 안내했다. 나는 다시 이발소로 돌아가 사람들과 어울려도 되겠느냐고 묻는 또 다른 방식으로 사람들의 이야기를 듣고 있다고 말했다.

"아, 그렇군요." 루돌프가 말했다. "여긴 이야기가 엄청나게 많답니다."

이발소에서는 이제 아무도 나를 크게 신경 쓰지 않았다. 나는 나이 지긋한 남자 옆에 앉았다. 그는 거의 평생을 여기 살았다고 했다. 과거 몽고메리까지 행진한 일도 기억하고 있었다. "사람들이 지나가는 걸 봤지요." 그에겐 자식도 몇 있는데, 전부 클리블랜드에 살았다. 가끔 자식들을 만나러 가면 손녀와 쇼핑을 하는 게 좋다고 했다. 나는 일기장에 그날들은 모든 이야기를 자세히 기록했다.

이발소 바닥은 검은색과 흰색의 바둑판무늬였고, 탁한 담배 연기가 신선한 공기를 짓눌렀다. 음악 소리가 컸고 TV 소리도 요란하게 울렸다. 지역 뉴스가 나왔는데, 마틴 루서 킹 데이가 다가와서 그런지 킹 목사에 관한 단신 기사가 나왔다. 몽고메리를 떠나온 후로 종종 킹 목사를 생각했고 그의 발걸음을 느끼려고 노력했는데, 여기 TV 속 오래된 영상 속에서 그가 걷고 있었다.

이발소 사람들의 말을 대부분 이해하기 어려웠던 것은 소음 때문이기도 했지만, 너무도 낯선 억양 때문이기도 했다. 나도 모르게 자꾸 "뭐라고요?" "다시 말씀해주시겠어요?"라고 말했고, 그런 나 자신에게 슬슬 짜증이 치밀어 올랐다. 어느 순간 거기 있는 사람 대부분이 내 말을 이해하지 못한다는 사실을 깨달았다. 나는 이 이발소까지 걸어오는 데 석 달이 걸렸고, 지난해 10월에 필라델피아 외곽에서 출발했다고 말했다. 그러자 갑자기 이발소 안에 웃음소리와 고함이 솟구쳤다.

"필라델피아라고?" 한 남자가 자기 친구를 보며 말했다. "와, 말도 안 돼. 정말 말도 안 돼. 이 사람이 여기까지 걸어왔대. 제기랄."

"너 혹시 걸어서 세계를 돌아다니는 사람을 만나고 싶어?" 새로운 손님이 들어오자 누군가 말했다. "그 사람이 바로 여기 있거든."

나는 웃으며 손을 흔들었다. 그 사람은 내 말을 믿지 않거나 혹은 별로 깊은 인상을 받지 않았거나 둘 중 하나였다.

나는 30분 정도 이발소에서 놀았다. 주로 사람들의 이야기를 듣고 이해하려고 애썼다. 내 안의 일부는 누구라도 방 안의 코끼리처럼 앉아 있는 게 어떤 건지 알아주기를 바랐다. 나는 백인이었고 그들은 전부 흑인이었으며, 그 순간 우리는 모두 노예제도의 유산 속에 함께 앉아 있었다. 그 자체가 재앙 같은 생각, 즉 모든 인간은 사실 평등하게 태어나지 않았다는 생각의 유산이었다. 미국이라는 나라는 그 생각을 무너뜨리려고 세워졌다. 그러나 미국은 백인 설립자들이 세운 방식으로만 그 생각을 구체화했고, 미국의 아들딸들이 서로의 말을 들으려고 하지 않는 한 그 생각은 계속 구체화할 것이다. 도대체 이런 터무니없는 생각은 누가 가장 먼저 떠올렸을까? 누가 가장 먼저 그 생각을 믿고 행동으로 옮겼을까? 분명히 그 생각은 머나먼 고대의 어느 곳에서, 태고의 도마뱀 같은 의식 상태에서 생겼을 것이다. 동굴 생활 시대의 혼란을 참작하면 그런 생각이 태어난 것도 그리 놀랍지는 않다. 정말로 놀라운 것은 21세기인 지금까지 그 생각이 살아 있다는 사실이다. 진화는 우리의 집단의식에 느릿느릿 영향을 미치다가 인간의 마음속에서 공포가 사랑으로 지속적인 도약을 이룰 때 걸작을 낳을 것이다.

나 역시 이 사람들과 일종의 도약을 이루고 싶었지만, 어떻게 할지는 몰랐다. 나는 브라이언 스티븐슨이 노력하고 있는 진실과 화해를 위한 실천을 바로 이곳 이발소에서 하고 싶었다. 그러나 우리는 그런 주제의 대화를 나누지는 않았다. 어쩌면 그날 저녁은 함께 앉아 있는 것만으로도 충분할 것이다. 어쩌면 그게 우리가 할 수 있는 전부일지도 몰랐다.

내가 나가기 전에 한 여자가 이발소 안으로 들어왔는데, 어떤 남자가 내가 하는 일을 설명하자 내 쪽으로 다가와 약간의 돈을 주었다.

"괜찮습니다." 나는 사양했지만, 여자는 벌써 문밖으로 나가면서 나로서는 알아들을 수 없는 말을 했다. 다들 웃음을 터뜨렸다. 나도 같이 웃고 싶었지만, 또 "무슨 말입니까?"라고 물어보고 싶지 않았다. 그래서 그냥 웃으며 고맙다고 말했다.

"나중에 우리가 확인해볼 거예요." 내가 밖으로 나갈 때 한 젊은 남자가 말했다. "당신이 무사한지 확인해볼 거라고요."

그러나 아무도 나를 확인하지 않았고, 나는 동틀 무렵 그곳을 떠났다. 그러나 해가 뜨고 2~3시간이 지나서 그들 중 한 사람을 보았다. 그는 큼직한 크롬 테두리를 두른 강청색 캐딜락을 몰았다. 그가 도로 한가운데에서 차를 세웠다. 다른 자동차는 없었다.

"이봐요. 그 가게에서 여기까지 계속 걸어왔어요?" 그가 말했다. 그때 일부는 금으로 씌우고, 사이사이 금으로 테두리를 두른 그의 치아가 빛났다. "내가 당신 사진을 찍었어요. 어쩌면 〈USA 투데이〉에 나올지도 몰라요."

남자는 크리스피 크림 도넛 한 상자를 가지고 있었다. 그는 내게 도넛 하나를 주고는 다시 이발소 쪽으로 차를 출발시켰다.

"생각해봐요. 나는 1961년 버지니아주 뉴포트뉴스에서 태어났어요. 지금은 2012년이고, 여긴 앨라배마주 셀마예요. 내가 한창 자랄 때는 이렇게 경찰서장이 되어 셀마에 살게 될 거라고 꿈이나 꿔봤겠어요? 그 모든 역사를 생각한다면 내 마음으로는 도저히 그럴 수 없는 일이었죠."

윌리엄 라일리 경찰서장의 말이다. 몽고메리의 누군가가 우리를 만나게 해주었고, 그는 경찰서에 있는 작전용 트레일러에서 나를 묵게 해주었다. 나는 그의 SUV 순찰차를 타고 셀마 시내를 통과하고 있었다. 그는 감청색 제복을 입고 대머리에 안경을 썼으며, 윗입술 위로 가느다란 콧수염이 있었다. 그는 3년 전 셀마의 경찰서장으로 부임했으며, 최초의 아프리카계 미국인 경찰서장 중 한 사람이었다.

"우리의 권리를 위해 저 다리를 건너다가 얻어맞고 죽음을 당한 사람들은 무엇을 위해 싸웠을까요? 네, 그 투쟁은 분명히 효과를 발휘하고 있습니다. 내가 바로 그 증거예요. 더 할 필요가 있을까요? 물론입니다. 우리는 당시의 노력이 헛되지 않았음을 알아요."

나는 1시간 전 셀마에 들어섰고, 라일리 경찰서장은 나를 열렬히 환영해주었다. 심지어 단정치 못한 몰골로 혼자 걷는 나를 위해 황감한 환영 의식까지 치러주었다. 그가 귀띔한 바람에 기자가 와서 신문에 실을 내 사진을 찍어갔다. 그 후 그는 경찰서를 구경시켜주고 킹 목사가 투옥되었던 감방까지 안내해주었다. 그 감방 안에 잠시 서 있던 순간, 걷기 여행 가운데 가장 겸허한 마음이 되었다. 이토록 중요한 영혼에 이토록 가깝게 다가왔다니! 이 영혼도 한때는 지금의 나처럼 육체가 있었을 것이고, 내가 지금 만지는 창살을 만졌던 손이 있었으며, 내가 지금 걷는 바닥을 걸었던 발도 있었을 것이다. 킹 목사의 유령을 보지는 못했지만, 그가 나와 연결되어 있음을 분명히 느낄 수 있었다. 나는 밖으로 나가면 뭐든지 하고 싶었다.

경찰서장은 내게 소갈비를 푸짐하게 대접하고 싶어 했다. 차를 타고 거리를 지나가면서 우리는 다양한 모습으로 무너지고 있는 집들을 보았다. 어떤 집은 판자를 덧대었고, 또 어떤 집은 그라피티 벽화로 뒤덮여 있었다. '경찰 꺼져!'

저소득층 주택단지를 지나는데, 한 어린 여자아이가 인형을 안고 있고 10대 소년들이 자전거를 타고 있었다. 소년들을 보니 셀마로 오기 몇 시간 전 지나친 또 다른 저소득층 주택단지가 떠올랐다. 사슬을 연결한 울타리 너머로 몇몇 10대 아이가 자전거를 타고 있었는데, 줄줄이 늘어선 벽돌집 뒤로 그 모습이 보였다 사라졌다 했다. 집들은 전부 죽어가고 있었으며, 창문은 깨져 있었고 벽은 담쟁이넝쿨로 뒤덮였다. 유령의 도시 같았고 전쟁으로 짓밟힌 상처받은 땅 같았지만, 여전히 사람들이 살았다. 울타리 바로 뒤에 접이식 의자를 놓고 사람들이 앉아 있었다. 한 여자가 지나가는 나를 향해 손을 흔들었다.

"거의 24년을 뉴포트뉴스 경찰서에서 일했어요." 라일리 경찰서장이 차 안에서 말했다. "그리고 대부분 살인 사건을 다루며 지냈지요. 인간이 인간에게 저지를 수 있는 가장 끔찍한 일들을 봤어요. 지금 셀마에서는 나를 놀라게 할 만한 일이 별로 없을 거라고 생각해요. 그건 장담할 수 있어요."

셀마는 폭력 범죄가 창궐했고, 그중 많은 수가 경찰서 근처 저소득층 주택단지와 압도적인 흑인 공동체에서 발생한다고 했다. 그러나 셀마에는 또 다른 악행이 벌어지고 있었다. 예를 들면 컨트리클럽이다. 몇몇 사람이 흑인들은 컨트리클럽의 골프장에서 골프를 칠 수 없다고 내게 말해주었다. 어느 백인 경찰 간부가 녹음기에 대고 이렇게 말하기도 했다. "시장이 매년 골프 대회를 개최하는데, 컨트리클럽에서 할 수가 없어 밸리 그랜드까지 가서 해야 해요." 이곳의 시장은 흑인이었다. 어떤 사람은 타이거 우즈가 와도 그 컨트리클럽에서 골프를 칠 수 있을지 모르겠다고 말했다. '역사적 장소, 사회적 명예'라는 시의 슬로건과 완전히 반대되는 현실이었다. 사회적 명예가 아니라 사회적 수치였다.

"그러나 내가 사는 동안은 선이 악보다 더 중요합니다." 경찰서장이 말했다. "선은 기필코 악을 이겨요. 나는 살면서 '이봐요, 당신 마음속에 뭔가 맺힌 것 같은데 모든 게 괜찮을 거예요'라고 말하는 사람을 많이 만났어요. 심지어 모르는 사람들인데도요. 우리는 누군가 도왔기 때문에 여기까지 왔습니다. 우리는 우리 형제를 지킵니다. 내 말에 동의하지 않는 사람도 있지만, 우리는 정말로 그렇습니다. 우리가 하는 모든 일이 잔물결처럼 번져가는 효과가 있어요. 우리가 어디에 있는지는 상관하지 않습니다. 잔물결 효과가 생길 거예요. 한 번의 친절한 행동이 언젠가는 군대 하나를 정복할지도 몰라요. 정말로 그럴지 모릅니다."

몇 년이 지나 녹음기로 이날의 대화를 다시 들어봐도 경찰서장이 평생 목격한 모든 일을 고려해보면 당시 그가 한 말이 이토록 희망적일 수 있다는 사실이 여전히 놀랍다. 나중에 저녁을 먹으면서 나는 그에게 '인간이 인간에게 저지를 수 있는 가장 끔찍한 일들'이 무슨 뜻이었는지 물었다. 그는 사람들이 '두들겨 맞고, 잘리고, 총에 맞고, 물에 떠내려가고, 물에 빠져 죽고, 목이 매달리고, 불에 타 죽는' 것을 보았다고 말했다. 그가 시너에 젖은 채 온몸에 불이 붙은 노인 이야기를 들려주었을 때는 입맛이 완전히 달아났다. 경찰은 노인의 몸이 부풀어 터지지 않도록 그의 몸을 잘라주어야 했다. 이런 이야기가 많았다. 크랙 코카인, 기차, 칼, 절벽, 프레디 크루거(《나이트메어》 시리즈에 등장하는 살인마로, 손톱 끝에 칼날을 달고 페도라를 쓰고 화상 입은 얼굴이 인상적이다-옮긴이)에 비견할 만한 사람들의 이야기를 들었다. '한 번의 친절한 행동이 언젠가는 군대 하나를 정복할지도 몰라요.' 이것은 단지 순진한 남자가 한 말이 아니었다.

"삶이 변하는 모습을 보면 놀라워요." 경찰서장이 말했다. "사는 일이 원래 그렇죠. 내 아이들에게도 그 사실을 강조합니다. 살아라! 정말로 그냥 살아라! 나는 네가 대학에 가기를 원하지만, 동시에 살아가기를 원한다. 아들 맬컴과 딸 아마니에게 늘 말했어요. 세상은 거대하다고. 우리는 지구상의 작은 점에 불과하니 나가서 세상을 봐야 한다고요. 우리는 항상 아이들에게 세상을 보라고 격려했어요. 누구나 역사와 이야기를 지니고 살아요. 내 아들은 플로리다의 페이스 침례대학에 다녀요. 아들이 소속된 농구 팀에는 남미나 유럽에서 온 친구들도 있죠. 아들은 우크라이나에서 온 친구와 친해요. 나는 그게 가장 훌륭한 일이라고 생각해요. 그러니까 '그래! 잘했어!'라고 말해주고 싶은 일이죠. 그게 내가 원하는 일이에요. 이 세상을 보는 일요. 내 딸은 열한 살인데, 딸에게 뭘 하고 싶으냐고 물으면 그 애는 항상 이렇게 대답해요. '아빠, 나는 요리사가 되어 파리에서 요리하고 싶어요.' 그러면 나는 이렇게 대답하죠. '그래, 좋아!'

나는 당신을 봐요. 당신은 걸어서 미국을 횡단하고 있는 한 청년이죠. 당신은 내가 결코 하지 못할 경험을 할 거예요. 알았어요? 그리고 당연히 당신은 그 경험들 덕분에 부자가 될 겁니다. 당신이 잘되기를 진심으로 빌어요. 그러니 계속 가요."

식당에 도착하기 전 시내에 있는 제2차 세계대전 기념비에 들렀다. 비석에 전몰장병의 이름이 새겨져 있었는데, '백인'과 '유색인'으로 나뉘어 있었다. 그 옆의 비문은 고통스러울 정도로 모순을 담고 있었다.

> 총을 든 동지들의 불굴의 맹세로
> 미국의 생활 방식을 이어가고 수호하기 위해
> 용맹하게 죽어간 이들을 추모하며
> 겸허하게 이 기념비를 바칩니다.

"얼굴에 뺨을 맞은 기분이에요." 경찰서장이 말했다. "이 사람들은 나라를 위해 자기 목숨을 바쳤는데 죽어서조차 평등하지 못해요. 이런 게 버젓이 공개된 것은 이렇게 믿고 생각해도 괜찮다는 선언이나 다름없어요. 부끄러운 일이죠. 이런 건 박물관에나 들어가야 해요."

경찰서장이 어느 고등학교에서 벌어진 일을 들려주었다. 그 학교 상급반 남학생들이 남부연합 깃발을 휘날리며 픽업트럭을 몰고 다닌다고 했다. 일종의 궐기대회였다.

"남부연합 깃발은 '남부의 자부심'이 아니에요." 그가 말했다. "'우리가 네놈들을 소유했었으니 기회만 있으면 다시 소유할 것이다'라는 뜻이지요."

나는 셀마에서 가장 많은 인터뷰를 녹음했다. 이곳에 사흘을 머물렀고, 처치스 치킨(미국의 치킨 프랜차이즈 업체-옮긴이)과 교회 몇 곳, 경찰서, 박물관, 관광 안내 센터를 오가며 지냈다. 말하고 싶어 하는 사람이라면 누구든지 이야기를 들었다.

시 중심가의 한 커피숍에서 쿠엔틴 레인을 만났다. 그는 길 건너 장로교회의 오르간 연주자였고, 자칭 '악기의 왕'인 오르간 연주법을 개별지도로 가르쳐주기도 했다. 텅 빈 교회 안의 침묵이 모든 것을 집어삼킬 듯 압도적이었는데, 그의 손길이 닿자마자 오르간이 우르르 소리를 내며 깨어났다. 그는 오르간 연주용 구두를 신고 있지 않았지만, 그냥 연주했다. 보이지 않는 음들이 폭포수처럼 우리 머리 위로 쏟아져 내렸다. 그가 오르간의 작동 원리를 설명해주었다. 버튼과 레버가 있어서 누르거나 당길 수 있으며, 각기 다른 조합의 음을 만들어냈다. 감미롭고 수줍은 소리, 의기양양한 승리의 소리, 달콤한 소리, 재잘거리는 소리, 끽끽대는 소리가 가능했고, 모든 버튼과 레버를 누르고 당기면 말 그대로 장엄한 소리가 났다. "이렇게 어떤 소리든 만들어낼 수 있어요." 쿠엔틴이 말했다.

그리고 1965년 몽고메리를 향한 행진을 조직하는 데 도움을 주었던 프레더릭 더글러스 리즈 목사도 만났다. 그는 교회 지하에서 《성경》공부를 주도하다가 잠시 쉬는 시간에 내게 '피의 일요일'에 대한 이야기를 들려주었다. 녹음기를 챙겨 가지 못해서 그날 밤 늦은 시간에 그에게 들은 이야기가 달아나기 전 일기장에 미친 듯이 써 내려갔다.

"푸른 바다를 가로지른 다리 위에 경찰과 경찰차가 줄지어 서 있었고, 브라운 예배당을 향해 돌아가는 길 내내 경찰들이 우리를 때렸어요. 머리며 어깨며 마구 두들겨 맞았죠. 경찰들은 곤봉 양쪽 끝을 잡고 사람들을 쟁기질하듯 하나씩 밀어냈어요."

리즈 목사와 함께 있는 동안 포레스트 검프를 보는 것 같았다. 미국 역사의 흐름에 직접적 영향을 미친 사람과 함께 있다고 생각하니 기분이 이상했다. 그러나 셀마의 많은 이가 그랬다. 당시 저항에 나섰던 사람들이 여전히 살아남았다. 저항에 반대하던 이들도 역시 살아남았다. 모두 각자의 이야기를 지녔다. 리즈 목사가 흑백사진 한 장을 보여주었다. 사진 속의 그는 거대한 군중 앞에서 걷고 있었다. 그의 오른팔은 코레타 스콧 킹(마틴 루서 킹의 부인-옮긴이)과 팔짱을 꼈고, 그녀의 오른팔은 남편 킹 목사와 팔짱을 끼고 있었다.

마틴 루서 킹 데이에 100여 명의 군중이 에드먼드 페투스 다리까지 폭력에 반대하는 행진을 했다. 내가 본 백인은 경찰관들과 기자 한 명, 그리고 연설을 하러 온 판사 한 명이었다. 아이들이 젊은 여성과 남성의 초상화와 그들의 이름, 생년월일, 죽은 날이 나란히 적힌 포스터를 들고 있었다. 군중 한가운데에 놓인 나무 관에는 더 많은 초상화가 붙어 있었다. 어머니들, 숙모들, 자매들이 살해당한 사람의 얼굴이 인쇄된 티셔츠를 입고 있었다. 한 여자에게 그녀가 입은 셔츠 속의 젊은 남성이 누군지 물었다. 그녀의 조카라고 했다. "놈들이 조카의 뒤통수를 쏘았어요. 아이 엄마가 바로 그 현장에 있었는데도요." 그녀가 청년의 어머니를 향해 소리를 지르자, 그 어머니가 우리를 향해 미소를 지으며 손을 흔들었다.

몸집이 큰 대머리 남자가 연단으로 올라갔다. '실키 슬림'이라는 별칭으로 소개된 남자의 이름은 아서 리드였다. 그는 나직하게 시작했지만, 처음 몇 문장을 말한 다음에는 남부 연설의 전통대로 곧장 열정적인 연설로 넘어갔다.

"저는 돌아다니며 사람들과 폭력에 관해 이야기를 나눕니다. 저는 스물두 살에 폭력 조직의 리더였습니다. 물론 우리 흑인들은 우리에게 일어나는 모든 일에서 벗어나고 싶어 합니다. 그러나 우리를 물어뜯는 자들이 으르렁거리며 오는지 웃으며 오는지, 우리를 물어뜯는 자들이 오늘날 우리가 미국에서 목격하는 일들과 여전히 같다는 사실을 알아야 합니다. 무엇보다 미국의 사법제도가 정확히 그렇다는 것을 압니다. 빌어먹을 범죄자 무리가 운영하는 게 바로 사법제도입니다. 우리가 잠에서 깨어나고, 자리에서 일어나고, 우리 자신을 강하게 만들 때까지는 어떤 변화도 목격할 수 없을 것입니다. 우리가 진실을 말하면 사람들이 화를 내지만, 반드시 진실을 말해야 합니다! 또 종교계에도 포주가 너무 많다는 이야기를 해야겠습니다. 다들 예수그리스도를 입에 올리지만, 너무도 많은 이가 예수의 길을 걷지 않습니다. 기독교인을 자처하는 건 쉽지만, 그 심장이 기독교인의 심장이 아니라면 그는 양의 탈을 쓴 늑대 무리에 속합니다. 저는 인종차별주의자가 아닙니다. 저는 현실주의자입니다. 우리는 언제나 현실적인 말을 해야 합니다! 예수를 입에 올리는 데 그치지 않고 예수의 길을 걷기 시작한다면 여러분이 사는 지역에 변화가 찾아올 것입니다! 경찰의 책임이 아닙니다! 판사의 책임도 아닙니다! 아이들을 통제하는 것은 바로 여러분의 책임입니다! 여러분의 아이들을 기르십시오! 맥주병을 들어 올릴 수는 있어도 아이들을 들어 올릴 수는 없습니까? 2012년에 축 늘어진 바지를 입고 돌아다니는 것, 그것은 노예처럼 보입니다! 이제 우리 지식을 끌어올릴 때입니다! 우리 바지를 추켜 올릴 때입니다! 릴 웨인(미국의 흑인 래퍼로 의류 브랜드를 출시하기도 했다-옮긴이)을 내려놓을 때입니다! 예수의 십자가를 드세요. 그분을 따르세요! 오늘날 세계의 가장 큰 문제는 예수그리스도의 숭배자는 차고 넘치지만 빌어먹을 노동자는 충분하지 않다는 점입니다! 우리 함께 일하러 갑시다!"

그는 돌연 연설을 마치고 연단에서 내려왔다. 사회자가 마이크를 잡고 말했다. "주여!" 정확히 내가 하고 싶은 말이었다.

셀마를 떠나기 전날 제임스 퍼킨스가 나를 중국 식당으로 초대해 저녁식사를 대접했다. 그는 셀마의 전직 시장이자 시장직을 맡은 최초의 아프리카계 미국인이었다. 식당 주차장에 함께 있는데 그의 휴대전화가 울렸다. "죄송합니다. 전화 좀 받겠습니다." 전화를 건 사람은 살해당한 후 80번 고속도로에 추모비가 세워진 인권운동가 비올라 류조의 딸이었다.

퍼킨스가 스피커폰으로 나를 메리 류조 릴레보에게 소개했다. 그러고는 내가 그 자리에 없는 것처럼 계속 통화했다. 최근 메리는 한 시의원에게 몹시 분노했다. 그 사람이 어머니 비올라 류조를 살해하기로 한 KKK단의 음모를 미리 알고 있었다고 메리는 확신했다. 그러나 그렇게 화를

낸 것을 후회했고, 분노를 일부 철회하고 싶어 했다. 나는 퍼킨스와 메리가 주거니 받거니 통화하는 모습을 보고 꽤 놀랐다. 마치 비올라 류조가 그 자리에 존재해서 우리들 사이에 산 자와 죽은 자의, 혹은 과거와 현재의 기이한 교감이 일어나는 것만 같았다.

"상처를 받아도 괜찮아요." 나중에 퍼킨스가 내게 말했다. 우리는 여전히 자동차에 타고 있었는데, 내가 메리와의 통화에 대해 물었다. 셀마에서의 마지막 인터뷰였다.

"그 상처에는 증오가 포함되어 있지 않아요. 상처를 받아도 괜찮고, 상처를 표현해도 괜찮아요. 상처의 표현은 치유의 일부분이니까요. 우리가 겪는 고통은 물리적이거나 감정적이거나 모두 현실입니다. 그것이 존재함을 인정해야 고통을 향해 무슨 말이든 할 수 있지요. 그래야 내면에서 어떤 일이 벌어지는지 더욱 잘 이해할 수 있으니까요. 셀마에 살면서 사람들과 얘기를 나눠보면 1965년 당시 여기에 있었던 사람을 만나는 게 흔한 일입니다. 당시 운동의 어느 쪽에 서 있었는지를 떠나서요. 그 결과 여전히 치유 과정이 존재합니다. 우리는 반드시 그 이야기를 나눠야 합니다. 그것이 일으킨 고통에 관해 말하고, 그에 대한 내 느낌이 어떤지 이야기해야 해요. 나의 역사를 아는 것과 나의 역사를 어떻게 느낄 것인가는 별개의 문제이니까요."

나는 몽고메리에서 브라이언 스티븐슨을 만나 이야기를 나눌 때 느꼈던, 내 목소리를 내는 것에 대한 두려움에 대해 말했다.

"내 목소리를 낼 것인가 말 것인가, 그 결정을 내리려면 진심으로 자신의 내면을 들여다봐야 해요." 퍼킨스가 말했다. "언제 말하는 게 가장 좋을까? 내 감정을 어떻게 표현해야 가장 좋을까? 우리는 흔히 지식을 무척 중시하지만, 인간은 감정이라는 것도 가지고 있거든요. 그래서 말들이 어떤 의미를 지니는 겁니다. 말들이 어떻게 느낄 것인가를 결정하니까요. 우리가 기꺼이 여기에 앉아 이 일들이 우리에게 어떤 느낌을 주는지 진심으로 이해하고, 해결하려고 하지 않는다면 우리는 아무리 열심히 노력해도 결국 치유 과정에 미치지 못하게 될 것입니다."

그의 말이 침묵 속에서 길게 울렸다. 나는 치유를 자신의 고통을 완전하게 표현하려고 노력하는 것이자 다른 사람에게도 같은 일을 할 기회를 주는 것으로 생각해본 적이 없었다. 너무 쉽게 들렸지만, 당연히 쉽지 않았다. 바로 그런 이유로 여전히 치유가 이루어지지 않았으니까. 나의 고통과 아버지의 고통이 떠올랐고, 내가 이번 걷기 여행에서 매일 겪는 물리적 고통은 그동안 내가 온전히 느끼거나 표현하기를 미뤄온 고통을 처리하고자 하는 완곡한 방법임을 깨달았다. 오래 묵은 상처를 향해 측면으로 들어가는 것과 같았다. 나는 그동안 아버지가 자신의 고통을 느끼도록 허락하지 않았다는 것을 깨달았다. 나는 아버지의 고통을 보고 싶지 않았고, 보기를 거부했으며, 그것은 분명히 힘을 가졌다. 이런 식으로 문제를 바라보자 모든 것이 풀 수 없는 매듭처럼 느껴졌다. 남부도, 미국의 모든 곳도 마찬가지였다. 집단의 고통은 미국의 고속도로 체계처럼 사방으로 얽히고 연결되어 있었지만, 눈에 보이지 않았고 어떻게 헤쳐나갈지 아는 사람도 거의 없어 보였다.

"자, 이제 식사하러 갑시다." 퍼킨스가 말했다.

다음 날 아침, 셀마를 떠나기 전 작은 식당에서 아침을 먹기로 했다. 나 혼자 부스에 들어가 앉았다. 식당 안 건너편에는 노인들이 가득 둘러앉은 커다란 테이블이 있었는데, 전부 백인이었다. 그중 한 사람을 알아보았다. 며칠 전 커피숍에서 만난 사람이었다. 나는 그 사람이 정말 좋았다.

"셀마는 훌륭한 도시예요." 그는 커피를 마시며 내 녹음기에 대고 이렇게 말했다. "여긴 모든 게 좋아요."

내가 혼자 앉은 걸 본 그는 내게 손을 흔들더니 나를 테이블에 앉은 일행에게 소개했다. 다들 나를 따뜻하게 맞아주었다. 그들은 내가 지금껏 만나온 보통 사람들과 마찬가지로 친절했고, 나는 그들과 함께 있는 게 좋았다. 그가 내게 몸을 숙이고 속삭였다. "이 노인들, 참 좋은 사람들이지 않아? 하지만 일부는 여전히 과거를 살아가고 있어. 내 말 알아듣겠어? 그러니 인종 통합 이야기는 꺼내지 말게. 그냥 조용히 있자고."

나는 아무것도 묻지 않았다. 그저 조용히 있었다. 셀마를 떠나기에 참 그럴듯한 방법이라고 나는 생각했다. 그날 오전 대부분을 나는 내 침묵을 역겨워하며, 내 두려움의 힘에 놀라며 보냈다. 만약 내가 흑인이었다면 이 걷기 여행은 어떻게 달라졌을까?

내가 지닌 자유에 대해 생각해보았다. "당신은 정말로 이곳의 모든 것이 좋다고 확신합니까?"라는 질문조차 던지지 못한다면, 조용히 있으라는 말을 듣고 정말로 조용히 있다면 나는 정말로 자유롭다고 말할 수 있을까? 역겨운 나의 침묵은 감옥과 같았고, 그 감옥은 내가 침묵할수록 더 강해졌다. 그렇게 나를 가두고 침묵하는 것은 상처가 되었고, 내가 선택한 감옥의 결과는 다른 사람에게도 상처를 주었다. 이런 식으로 소소하게 중요한 순간들이 찾아오면 나의 자유만 위험에 빠지는 게 아니다. 미국의 자유 역시 위태로워졌다. 미국의 자유는 꿈꾸는 자들이 모두 침묵의 감옥에서 깨어나지 않으면, 실제로 어떤 일이 벌어지는지 진실을 보고 애도하는 작업을 거치지 않으면, 다시 말해 자유라는 작업을 거치지 않으면 여전히 집단의 꿈으로만 남게 될 것이다. 그러나 식당에서 만난 선량한 노인들과 보낸 시간처럼 이곳의 모든 게 좋다고 말하는 달콤한 꿈이나 꾼다면 감옥에서 깨어나 자유로워지는 작업은 요원해질 것이다. 우리 모두 무지와 부정과 침묵의 죄수로 남을 것이고, 미국의 자유를 향한 꿈은 곳곳의 구석에서 정말로 꿈으로만 남을 것이다. 그리고 어쩌면 그 꿈은 악몽일지도 모른다.

제시 모턴 작은 목장 주인이자 농부, 너구리 사냥꾼

앨라배마주 캠던 읍 외곽 시골 지역의 들판에서 그의 소 떼와 함께

1월 추위를 벗어나 충분히 남쪽으로 내려와서

"여기 너구리 사냥 클럽이 있어요. 친구들끼리 모이는 거죠. 각자 자기 개를 데려와요. 이렇게 동시에 자기 개를 풀어놓고 누구 개가 가장 먼저 너구리를 바짝 쫓는지 보는 거죠. 엄청 재미있어요. 우리는 가만히 서서 귀를 기울여요. 소리로 신호를 보내는 사람도 있지만, 나는 내 개에게 소리를 보내지 않아요. 자기 개에게 여전히 숲속에서 기다린다고 알리는 사람도 있지만, 나는 내 개가 너구리를 쫓을 때까지 아무 소리도 내지 않아요. 그리고 내 개가 너구리를 쫓으면 내가 개에게 가죠. 정말 재미있어요. 밤에 해요. 많은 사람이 참여할 때도 있는데, 다들 좋아해요. 숲에서 돌아와 작은 파티를 열기도 해요. 조촐하게 모여서 먹고 마시고 개 이야기를 나누죠. 정말 즐거워요."

"그럼 개가 너구리를 쫓으면 그 너구리를 잡나요?"

"보통 총으로 쏴요. 나는 너구리 고기를 좋아해요."

"어떤 맛이 나죠?"

"몰라요. 그냥 맛있어요. 무슨 맛이라고 설명하기는 어렵지만, 제대로 요리하면 근사한 맛이 나요. 나는 정말로 좋아해요. 1년에 두세 번은 먹어요. 지금도 한 마리 잡으려고 덫을 놓았어요. 이제 개가 없거든요."

"아, 그럼 지금은 개를 기르지 않나요? 개가 그리운가요?"

"무척 그립죠! 지금은 조카랑 사냥 클럽에 가지만, 예전처럼 많이 걷지 못해요. 그냥 트럭에 앉아 개들의 소리를 듣죠. 예전처럼 할 수 있으면 좋겠지만, 지금은 그만큼 건강하지 못하니까 안 좋은 대로 살아야죠. 걷기 빼고는 전부 할 수 있어요. 걷기가 내 약점이에요."

나는
걷기로 했다

그리고 그 세계는 현실이죠

〈 11 〉

WALKING ⇒TO⇐ LISTEN

셀마 남쪽은 소나무 플랜테이션이 언덕을 빼곡하게 채우고, 그 사이로 시골의 샛길이 터널을 뚫고 지나갔다. 벌목용 트럭이 요란한 소리를 내며 도로를 내려왔고, 철로 무장한 트레일러에는 껍질을 벗겨낸 통나무가 높이 쌓여 있었다. 어떤 트럭은 나를 피해 먼 쪽 차선으로 방향을 틀었지만, 대부분은 그러지 않았다.

"저기 가면 차에 치이지 않게 조심해요." 셀마에서 만난 한 노인이 벌목용 트럭을 가리키며 말했다. "자칫하면 다음 사슴 사냥철에나 당신을 발견하게 될지도 몰라요."

해가 떨어지자 터키 콘도르가 무성한 참나무 위를 둥글게 선회하며 날았고, 나무 사이에 숨은 조그만 침례교 예배당이 참을성 있게 일요일을 기다렸다. 서쪽으로 앨라배마강이 세차게 흘렀다. 남쪽은 멕시코만이었다. 땅거미가 내려앉는 동안 나는 상상력을 맘껏 풀어놓고 꿈을 꾸듯 걸었다. 내 배낭은 살아 있는 생물처럼 촉수를 뻗어 내 등에 찰싹 들러붙은 채로 조용히 따라왔다. 뭉툭한 목화밭은 수염을 바짝 깎은 거인의 뺨처럼 보였고, 구불구불 흘러가는 도로는 거인의 혀, 그 위의 자갈은 맛봉오리 같았다. 앞서 점심을 먹으러 들어갔던 판잣집을 떠올렸다. 뷔페 테이블 뒤에서 한 여자가 솔 푸드를 담아주고 있었다. 검은 머리에 검은색 머리그물을 쓰고 여유 있는 배를 빨간색 앞치마로 감쌌다. 그녀가 내게 물었다. "뭘 줄까, 우리 아기?" 꿈을 꾸며 걷는 동안 그녀의 말이 굴러다니는 낙엽 사이로 불어왔다. 누가 나를 아기라고 부르는 상상, 누가 나를 집으로 부르는 상상이었다.

그러나 집은 도무지 가까워지지 않았다. 대체 집이란 무엇일까? 어디에 속한다는 것은 정말 무엇을 의미할까? 이 걷기 여행의 끊임없는 이동과 매일 건네는 작별 인사와 어디에도 매이지 않고 떠나는 발걸음은 대체 무엇일까? 나는 어딜 가든 이방인이었으며, 어디에도 정박하지 않고 늘 떠났다. 이곳은 원래 이런 모습이었을까? 궁금증이 시작되어도 처음 와본 곳이었기에 비교할 수 없었다. 내가 진정 낯선 존재라는 사실만 알 수 있었다. 나는 지나갔고, 통과했고, 멀어졌다. 그렇게 유유히 흘러가는 상태는 내가 걸음을 잠시 멈췄을 때도 여전했다. 이렇게 떠날 운명에 처해 있다면, 혹은 이미 떠나버렸다면, 그런데 너무 느려서 자신조차 제대로 볼 수 없다면 어떻게 소속감을 느낄 수 있을까? 이게 바로 여행자의 세계였고, 각자의 집은 그저 가는 길에 잠시 들르는 정거장이자 다시 움직이기 전에 잠깐 쉬는 곳에 불과했다. 어디서 집을 찾더라도 그 집이 계속 유지되지는 않을 것이다. 그러나 나는 희망을 버리지 못한 채 집을 찾아다녔고, 때로는 그 희망에 상처를 입었다.

"그대 멀리 떠나고 싶은가?" 휘트먼은 이렇게 썼다.

> 그대 마침내 반드시 돌아오라.
> 그대에게 가장 잘 알려진 것들 가운데 최고나 최고만큼 좋은 것을 찾는다면,
> 그대와 가장 가까운 사람들 가운데 가장 다정하고 가장 강인하고 가장 사랑하는 사람을 찾는다면,
> 행복은 다른 데 있지 않다. 다만 여기에…… 다른 시간에 있지 않다. 다만 지금에.

집은 여기였다. 집은 이것이었다. 집은 지금이었다. 다른 답은 있을 수 없었지만, 어쩐지 실망스러웠다. 집은 예측할 수 없는 현재의 유동성이 아니라 견고하고 변함없는 것이어야 한다. 마음 상태가 아니라 어떤 장소여야 한다. 아버지의 아파트와 엄마의 셋집이 섞인 상태, 모든 게 씁쓸함이나 슬픔과 연관되는 곳은 분명 아니어야 한다. 어쩌면 집이란 늘 한 발자국 떨어진 곳에 있는, 내가 지금과 다른 이야기를 지니고 더 좋은 집을 가진 사람이 될 때까지 계속해서 찾아다니고 싶은, 지금의 분노에서 벗어나 계속 움직이게 하는, 용서와 관계가 있는 어떤 것일지도 모르겠다.

그러한 용서 없이 그저 찾기만 한다면 확실히 무익할 것이다. 내 뒤에 숨은 일을 마무리 짓지 않고서 어떻게 나만의 집을 찾고 그 안에서 평온을 누릴 수 있겠는가? 그러려면 아버지를 있는 그대로의 모습으로 받아

들여야 하고, 이혼을 포함해 이혼에 이르게 된 모든 것, 이혼 후에 따라온 모든 것까지 인정해야 했다. 그 이별이 결국 지금의 나를 만들었으므로 그것을 미워한다면 나를 미워하는 것에 불과했다. 그러나 용서는 걸어서 미국 땅을 횡단하는 것보다 더 벅차게 느껴졌다. 걸어서 대륙을 횡단하는 것은 그런 척할 수가 없다. 횡단을 하든가 하지 않든가 둘 중 하나를 해야 한다. 그러나 용서는 그런 척할 수 있다. 사실은 용서하지 않았으면서 용서했다고 자신을 설득할 수도 있다. 어떻게 그럴 수 있을까? 그것이 진짜라고 어떻게 알 수 있을까? 내게는 사랑에 빠지는 일도 마찬가지였다. 집을 찾는 일도 똑같았다.

셀마 남쪽의 교외 지역에서 '홈플레이스'라고 부르는 오래된 농가에 사는 노부부를 만났다. 그들은 여행자를 집에 들여 재워주는 것으로 유명했다. 그 집은 수십 년 동안 자체 중력으로 사람들을 끌어당겼다. 1970년대에 걸어서 대륙을 횡단한 유명한 여행자 피터 젠킨스도 퍼먼 부부의 홈플레이스를 발견했다.

브레덴버그의 캐시 나바로 수녀가 내가 그 집을 소개해주었고, 나는 해 질 무렵 그 집 뒤쪽 포치에 도착했다. 이곳은 각기 다른 시대의 공예품으로 장식되어 있었다. 가느다란 참나무 조각으로 엮은 바구니 옆에는 호두까기 기구가 있고, 등자와 큰 낫, 황소 멍에와 오래된 빅터 축음기, 커피 여과기, 양 방울, 기름 딱지가 앉은 거대한 주물 솥 등이 있었다.

메리언이 뒷문에서 나와 나를 환영하고는 부엌으로 데리고 들어왔다. 거기서 처음으로 허브와 악수했다. 나는 홈플레이스가 무척 마음에 들어서 걷기 여행을 마치고 몇 달 후 다시 찾아갔다. 내가 알기로 허브는 말을 느리게 하고 점잖은 사람이었다. 그는 난로 옆 의자에 앉아 신문을 읽거나 폭스 뉴스를 보며 서서히 잠들었다 깼다 했다. 그의 눈은 평생 햇빛에 시달려 사시가 되었다. 그는 한때 비행기 조종사였고, 한때는 토지측량사였다. 처음 만났을 때 그는 이제 막 은퇴한 뒤였으며, 매일 장작을 쪼개고 날씨를 살피고 끼니마다 축복의 기도를 드리며 살아갔다. "주여, 우리를 축복하소서. 주께서 주신 이 선물들에 감사합니다." 그는 이렇게 자신만의 시간을 보냈다.

메리언은 키가 크고 회갈색의 긴 머리를 틀어 올렸으며, 귀는 언제나 머리카락으로 덮고 있었다. 그녀는 아름다웠지만, 그 사실을 모르거나 인정하려 들지 않았다. "나는 멀대 같아요." 그녀는 이렇게 말했다. "내가 다가가면 아이들은 이카보드 크레인(《슬리피 할로우의 전설》에 등장하는 익살맞은 초등학교 교사로 깡마르고 키가 크다-옮긴이)이라고 불렀어요." 그녀는 자식이 10명이었고, 손주는 27명이었다. 어머니가 세상을 떠났을 때 그녀는 신부를 찾아가 고아가 된 기분이라고 말했다. 그때 신부는 이렇게 말했다고 한다. "당신은 고아가 아니에요. 여가장이죠!" 그녀는 이 이야기를 하면서 웃음을 터뜨렸는데, 정말로 여가장이었기 때문이다. 그녀는 또 세계 여행을 많이 해서 몽골과 이란, 남극까지 다녀왔다. 그녀가 모은 잡지 〈내셔널 지오그래픽〉은 1,000권에 육박했다. 그녀는 솜씨 좋게 비스킷을 구워 오븐에서 꺼내 곧바로 식탁에 올렸다. 나는 그 비스킷에 버터나 당밀 또는 그녀가 집에서 만든 통무화과 절임을 잔뜩 발라서 먹었다. "주님을 찬양하라." 앨라배마에서 이렇게 말하는 사람을 많이 봤는데, 그 비스

킷을 먹을 때마다 내가 해야 할 말이었다. '주님을 찬양하라.'

홈플레이스를 다시 찾은 표면적인 이유는 이 책의 집필 작업 때문이었지만, 사실은 그곳이 풍기는 분위기를 다시 느끼고 싶어서이기도 했다. 나는 자라는 동안 우리 가족의 아파트나 셋집에서, 심지어 엄마와 아버지가 이혼하기 몇 년 전에 마련한 그 집에서조차 홈플레이스가 풍기는 분위기를 느껴보지 못했다. 우리는 퍼먼 부부가 홈플레이스에서 창조한 것들을 만들어낼 만큼 충분히 오래 한 장소에 살지 못했다. 오래된 농가의 낡아가는 벽에는 뭔가 묻어 있었다. 그것은 바로 소속감이었다. 각각의 존재가 속해 있다는 느낌, 피상적 영역을 훌쩍 뛰어넘어 그 안에 속해 있다는 느낌이었다. 그곳의 침대는 그냥 침대가 아니었다. 그 자체로 삶과 죽음의 버팀목이었다. 메리언의 어머니는 그 침대에서 태어났고, 허브의 할머니는 그 침대에서 눈을 감았다.

매끄러운 소나무 바닥에 앉은 그윽한 멋은 100년 동안 가족의 발걸음에 닿아 만들어졌다. 앞쪽 거실을 쌀쌀하게 만드는 외풍은 내 앞의 수많은 이를 춥게 했던 그 외풍이었다. 작업실 한가운데를 차지한 나무 태우는 난로는 강렬한 열기를 발산했는데, 그 열기에도 역시 집이 깃들었다. 수많은 손이 그 열기를 쬐었다. 지금은 주로 허브가 몇 시간을 공들여 쪼갠 호두나무 장작을 난로에 집어넣는다.

어느 날 밤 메리언과 함께 소파에 앉아 있다가 그녀에게 여행에 관해 물었다. 그녀는 즉흥시를 쓰듯 대답했다.

"세상은 너무 크고, 너무 넓고, 무척 아름답고 신나는 곳이죠. 보고 싶은 것, 하고 싶은 일, 경험하고 싶은 게 너무 많아요. 나는 심지어 스카이

다이빙도 해봤어요. 정말로 했어요. 환상적이었죠. 두 번 했는데, 두 번째는 알 수 있었어요. 내가 죽음을 두려워하지 않는 게 아니라 단지 죽음에 대해 많이 생각해본 적이 없고, 잘 생각하지 않는다는 것을요. 하지만 자발적으로 비행기 밖으로 걸어 나가 하늘 아래로 떨어지는 일에는 뭔가가 있어요. 그건 다른 차원과 같아요. 다른 방식의 존재가 되는 것과 같죠. 비록 일시적이지만요. 그 몇 분 동안의 자유낙하 동안 다른 사람이 돼요. 또 완전하고 절대적인 신뢰가 있어요. 여행할 때도 그런 종류의 진입이 있다고 생각해요. 미지의 세계로요. 어쩌면 약간 위험한 세계이죠. 그러나 미지의 세계, 아직 탐험하지 않은 세계, 알려지지 않은 세계예요. 그리고 그 세계는 현실이죠. 고비사막에도 진짜 사람들이 진짜 삶을 살고 있어요. 그리고 빙하와 펭귄과 바다도요. 얼마나 깨끗하고 아름다운지. 얼음이 노래한다는 거 알아요? 얼음이 노래해요. 노래도 하고 목소리도 내요. 그리고 색깔도 달라요. 나는 얼음이 각기 다른 색을 가진 걸 몰랐어요. 당신도 몰랐을 거예요. 직접 가서 보고 듣지 않으면 인정하기 어려울 거예요. 그리고 세상에는 정말로 대단히 경이로운 곳이 많아요. 나는 그런 곳에 가는 게 정말 좋아요. 이를테면 그런 거죠. 강물에 휩쓸려 가거나 바퀴 네 개 달린 차를 타고 건너가거나. 오! 알겠어요? 적어도 당신은 진공청소기에 발이 걸려 넘어지지는 않았잖아요. 나는 그래요. 진공청소기 하나에도 불안해하죠. 어쨌든 그건 완전히 다른 이야기예요. 그러나 난 이 세상을 떠날 때는 진공청소기에 발이 걸려 넘어지지는 않을 거라고 생각해요. 거기에도 진공청소기가 있다면요. 세렝게티 위를 날다가 비행기에서 떨어져 흑인 대이동 시대로 들어갈지도 몰라요. 게다가 일흔

여섯 살이 되면 정말로 잃을 게 뭐가 있겠어요? 나는 쉰 살에도 이런 식으로 느꼈던 것 같아요.”

허브가 난로를 손보는 동안 나는 메리언에게 질문을 더 했고, 그녀는 자기 가족 이야기를 들려주었다. 그들의 딸 앤 마리는 어렸을 때 동물을 사랑했다. 그녀는 링고라는 이름의 흰족제비를 한 마리 키웠는데, 난로 밑의 파이 팬에서 잤다. 또 냄새 기관을 제거한 스컹크와 조라는 이름의 앵무새도 키웠는데, 이 앵무새가 천장 근처의 벽지를 모두 먹어 치웠다. 호프라는 이름의 암사슴은 개들과 함께 뛰어다니며 집 안의 난로 옆에서 잤다. 호프는 첫 새끼를 낳았을 때 차에 치여 죽었다. 허브가 8월의 건조한 땅에 호프를 묻어주었다. 메리언은 그때 남편이 우는 모습을 처음 보았다. “남편은 절대로 울지 않아요, 절대로.” 그녀가 말했다.

어느 해에는 아들 스티븐이 자동차 문을 닫다가 손가락 끝을 잘렸다. 아들은 셔츠 주머니에 손끝을 넣고 다니며 학교 친구들에게 보여주었다. 며칠 후 메리언이 빨래를 하다가 그걸 발견했는데, 그녀는 아들의 손끝을 땅에 묻어야 할지, 퇴비로 만들어야 할지, 그냥 쓰레기로 버려야 할지 알 수 없었다. “아들의 손가락 끝으로 뭘 하겠어요?”

이 밖에도 이야기가 끝이 없었다. 천둥이 치는 밤에 아이들이 부부의 침대로 뛰어들었던 일이나 10대 때 뒤쪽 포치에서 지르박을 추던 일, 1970년 가족의 정원에서 깍지 콩을 엄청나게 수확해 일일이 껍질을 까고 씻어서 384L나 통조림으로 만들었던 일 등 내내 신나는 일의 연속이었다.

각각의 이야기를 통해 그들의 삶이 내 앞에 펼쳐졌고, 나는 허브나 메리언의 전부를 아는 것은 불가능하다는 걸 깨달았다. 그 모든 이야기를 다 듣고 난 후에도 여전히 그들의 이미지는 단지 몇 가지 구체적인 이야기 조각으로 구성되었을 뿐이고, 조각 사이의 틈은 수많은 어림짐작으로 메워야 했다. 그들의 이야기를 전부 듣는 게 불가능한데, 어떻게 그들을 정말로 이해할 수 있을까? 같은 이유로 나는 어떤 사람이라도 이해하고 또 이해받을 수 있을까? 가정에 관해서도 내게 이 질문은 중요했다. 나를 진정으로 이해하지 못하는 장소를 어떻게 집이라고 부를 수 있을까? 아무리 오랫동안 귀 기울여 듣는다고 해도 누구에게나 내가 결코 들어갈 수 없는 내면의 공간이 있을 것이다. 그리고 내 안에도 똑같이 고독한 공간이 있다. 내가 아무리 그 공간을 사람들에게 보여주려고 애쓴들 그들은 볼 수 없을 것이다. 어떻게 볼 수 있겠는가? 그 공간을 완벽하게 설명할 언어는 존재하지 않는다. 그 공간은 단지 나의 것이고, 공유할 수 없으며, 아마 공유하기 위한 곳도 아닐 것이다. 그 공간은 길 위에서 내가 사는 곳이었다. 걷는 일 자체를 제외하면 그 공간은 내게 유일하게 변함없는 존재였다. 나는 점점 더 그 안에서 편안함을 느꼈고, 어느덧 내 안에서 찾을 수 있는 집 말고 다른 집이란 아예 존재하지 않는 것은 아닐까 생각하기에 이르렀다. 원래 그런 게 아니었을까? 앞으로도 그렇지 않을까? 이런 진부한 말도 있지 않은가. "마음을 둔 곳이 내 집이다." 그리고 마음은 내 바깥이 아닌 내 안에 있다.

그러나 홈플레이스는 내 바깥에 존재하는 마음처럼 느껴졌고, 부엌과 작업실과 각 침실들이 심장의 심실과 심방 같았다. 집이란 떠돌아다니는 것이 아니라 깊이 숨은 내 심장에서 솟구치는 것이라고 믿고 싶었기 때문에 나는 홈플레이스 안에서 희망을 느꼈다. 퍼면 부부를 보고 있으면 나도 언젠가는 누군가와 가족을 이루고 가정을 일굴 수 있지 않을까 하는 생각이 들었다. 동시에 내 안에서 집을 발견하지 못한다면 가족과 가정을 이룰 수 없다는 것도 알 수 있었다. 그건 내 집도 없으면서 여행자를 하룻밤 재워주겠다고 제안하는 것과 같았다. 그러므로 가장 먼저 내 안의 집부터 지어야 했고, 그 일은 누구도 대신 해줄 수 없었다.

"당신의 고독은 당신의 버팀목이자 집이 될 것입니다." 릴케는 젊은 시인에게 이렇게 썼다. "몹시 낯선 환경 한가운데서도 당신은 당신의 길을 찾을 수 있습니다."

"그러다가 외로우면 어쩌죠?" 나는 릴케에게 이렇게 묻고 싶었다. "내가 부서진 것 같고 두려우면 어쩌죠? 내 고독 안에 의심 말고 다른 게 전혀 없으면 어쩌죠?"

릴케는 늘 그랬듯이 이 질문에 대한 대답 역시 가지고 있었다. "당신의 내면에서 일어나는 일에 집중하세요. 주변의 그 어떤 것보다 내면의 일을 중시하세요. 가장 내밀한 자아에게 일어나는 일을 온전히 사랑하고, 그 일을 이룰 방법을 찾아내야 합니다."

카리 퓨젯 작가, 대학생, 과부

앨라배마주 폴리 멕시코만 근처의 한 자동차 캠프장, 그녀의 친구 멜리사 파일과 함께 가재튀김으로 저녁을 먹고 난 후 피크닉 테이블에 앉아서

2월 길 떠난 지 넉 달째

"그 사람은 군용 지프를 몰았는데, 사제폭탄을 가지고 있었어요. 최악의 경험을 한 셈이죠. 그는 뭐랄까, 멋쟁이라서 운전대 위에 다리를 올려놓은 채로 차를 몰곤 했어요. 폭탄이 터졌을 때 그 사람 표현에 따르면 다리가 국수 가락처럼 엉켜 버렸다고 해요. 1년 반이 지나 상처에 감염이 시작되었고, 결국 다리를 절단해야 했어요.

그는 파티에 나가도 중심인물이었어요. 재미있고 외향적이었죠. 활기차고 낙관적이었고요. 그 사람이 있으면 방 안이 환해졌어요. 나는 고작 열세 살이었는데도 그런 그에게 매력을 느꼈어요. 그랬던 사람이 전쟁터에서 돌아온 후로는 영혼이 서서히 다른 곳으로 빠져나가는 게 보이더군요. 부상에 대해서도 꽤 낙관적으로 생각했었지만, 몇 년 동안 병원에 들락거리기 시작하면서 성격이 나빠졌어요. 매사에 무심해졌죠. 몇 주 동안 목욕도 하지 않았어요. 진통제에 중독되기 시작했고요. 모르겠어요. 그 사람의 마음은 이라크 어딘가에서 길을 잃고 여기로 돌아오지 않은 것만 같았어요.

그리고 얼마 후 그 사람이 죽어 있는 걸 발견했어요. 믿을 수 없었죠. 그 사람의

죽음을 믿게 된 다음 날, 친구의 콘도에 가서 자외선 차단제도 바르지 않은 채 햇볕 아래 누워 있었어요. 거기 누워서 저 바람이, 혹은 저기 날아가는 새가 그 사람이었으면 좋겠다고 생각했죠. 그에게 미안하다고 말해야 할 것 같아서 그 사람이 내 말을 들을 수 있으면 참 좋겠다고 생각했어요.

내 마음 한구석에서 이런 생각이 들었어요. '왜 우리는 그토록 오래 고통을 겪어야 했을까? 왜 서로를 그렇게밖에 대하지 못했을까? 차라리 이라크에서 끝을 봤더라면 그 사람은 영웅이 될 수 있었을 테고, 그 모든 고통을 겪을 필요가 없었을 텐데.' 그냥 이해할 수 없었어요. 죄책감이 몰려왔어요. 그러나 대부분은 현실과 타협했죠. 내가 할 수 있는 일은 딱 그 정도뿐이고, 죽어가는 사람이라고 해서 그 사실을 바꾸진 못해요. 그들이라고 완벽해지는 않죠.

그 모든 일을 겪고 나서 나는 약간 폐쇄적인 사람이 되었어요. 아마 두려움 때문이겠죠. 예를 들면 사람들에게 가까이 다가갈수록 그들이 죽으면 나는 또다시 상처를 받을 거라는 두려움이 있어요. 어딘가 병적인 생각이라는 걸 알지만, 매일매일 상황을 인정하고 바로잡으려고 노력해요. 이를테면 길가에서 누군가를 만나고 싶을 때 그냥 그렇게 할 거라고 생각하는 거죠. 당신도 누군가를 좋아한다면 그 사람에게 말해요. 당신이 죽을 때 아무도 보기를 원하지 않는다는 말을 남기지 말아요. 작은 교훈은 수없이 많지만, 나는 잘 모르겠어요. 인생의 큰 교훈이 뭔지도 모르겠고요."

나는
걷기로 했다

심판의 날을 기다려요

〈 12 〉

WALKING ⸗TO⸗ LISTEN

마트의 꽃 판매대에 빨간색과 주황색의 탐스러운 튤립 화분이 눈길을 끌었다. 완벽한 꽃이었다. 적어도 꽃다발보다는 나았다. 화분에 심은 튤립은 계속 살아 있을 것이다. 죽음을 눈앞에 둔 여성에게는 희망적인 선물로 보였다. 나중에 알게 된 사실이지만, 그녀의 죽음은 몇 달 앞으로 바짝 다가와 있었다. 나는 튤립 화분을 사서 먼로 카운티 병원으로 갔다.

근처 비어트리스라는 마을의 침례교 목사인 제프 로비슨과 먼로빌에서 만나기 전, 아침에 에마 루 데일리를 면회하러 갔다. 읍내를 지나갈 때 제프 목사가 나를 집에 초대해 가족과 함께 저녁을 먹으면서 에마 루의 이야기를 들려주었다. 그는 '먼로 카운티에서 가장 흥미로운 인물'이라고 그녀를 소개했다. 그녀는 아흔한 살로 소작농이자 무수한 아이들의 유모로 일했으며, 1세대 노예였던 증조부를 보살피기도 했다.

그녀의 병실은 대부분의 병실과 비슷했다. 구역질 나는 냄새를 표백제로 가리고 온통 살균된 흰색의 공간이었다. 우리가 도착했을 때 그녀는 혼자 침대에 푹 파묻혀 있었다. 얼굴은 주름에 가려 잘 보이지 않았고, 잿빛 머리에 검은색 머리그물을 쓰고 있었다. 피부는 마치 비늘 달린 종이 같았고, 숨이 멎는 순간 공중에 떠서 사라질 것처럼 몹시 연약해 보였다. 지금 병원에 있는 건 발의 감염 때문이지만, 전에도 여러 번 고비를 넘겼고 그 나이에는 뭐든 조심해야 했다.

에마 루는 힘겹게 몸을 일으켜 침대 가장자리에 앉아 우리와 이야기를 나누었다. 그녀의 다리는 병실 바닥 위로 대롱대롱 매달렸고, 등은 C자 모양으로 굽었다. 제프 목사와 나는 침대 옆 의자에 앉았다.

"10월부터 걷고 있다고요?" 그녀가 말했다. "아이고, 맙소사. 아이고, 세상에. 하나님의 축복과 가호가 있기를. 오, 세상에. 정말 용감한 청년이군요." 그녀의 목소리는 가늘고, 떨렸다. "오, 세상에." 그녀가 연달아 내뱉는 이 말이 슬픈 노래의 후렴구 같았다.

나는 녹음기를 들고 옆에 앉아서 경외심과 두려움을 동시에 느꼈다. 병실에 들어서서 시든 모습으로 침대에 누운 그녀를 보자마자 경외심을 느꼈는데, 그것은 죽음이 임박한 모습을 볼 때 느끼는 고도의 집중 상태였다. 나는 그녀가 인정을 받고, 축복을 받고, 이해를 받았다고 느끼기를 바랐다. 하지만 무례하지 않게 어떻게 할 수 있을까? 어떻게 해야 그녀에게 공감하면서 동시에 나로선 도저히 그녀의 과거를 궁극적으로 이해할 수 없을 것이며, 나와 그녀의 배경은 극적으로 다르다는 사실을 인정할 수 있을까? 이 마음이 나중에 느낀 두려움이었다. 어떻게 해야 제대로 할 수 있을지 알 수 없었다.

"우리가 처음 여기로 이주해왔을 때 당신이 우리 집에 들어오지 않으려 했다는 이야기를 이 청년에게 해주었어요." 제프 목사가 말했다. 제프 목사는 백인이었다.

"아, 알다시피 당시에는 집 안에 들어가는 게 허락되지 않았어요." 에마 루가 말했다. "우리는 뒤쪽 포치를 통해 집으로 들어갔죠. 그런데 여기 목사님 댁 가족들이 자꾸 나더러 집 안으로 들어오라는 거예요. 그래서 생각했죠. '큰일 났다. 다른 사람한테 들키기라도 하면 어쩌지? 사람들이 내 살가죽을 벗길지도 몰라.' 그래서 말했어요. '아, 먼저 들어가세요.' 그러고는 온갖 거짓말을 생각해냈지요. 기침을 시작해볼까? 이렇게 해볼까, 저렇게 해볼까. 곁눈질하면서 두려움에 떨었어요. 지금도 여전히 그런 마음이 들 때가 있답니다. 누가 나를 잡아다가 무슨 해코지를 하면 어쩌나 생각해요."

"옛날에는 어땠나요?" 나는 계속 두루뭉술한 질문을 했다. 우리는 이제 막 만났고, 그녀가 낯선 사람에게 과거의 트라우마를 들려주고 싶은지 아닌지 확신이 서지 않았다. 그러나 그녀는 꽤 구체적으로 대답해주었다.

"오, 세상에. 절대 잊지 못할 거예요. 백인 남자의 정원에서 흰강낭콩을 따고 있는데, 그 집 부인이 우리에게 물을 길어오라고 하더군요. 부엌에서 양동이를 가져다 우물로 가려고 홀을 가로질렀어요. 양동이를 가득 채워 다시 계단으로 돌아오는데, 주인 남자가 그랬어요. '이 깜둥이들아, 너희는 계단으로 들어오면 안 돼. 집 뒤쪽으로 돌아서 부엌으로 가란 말이다.' 우리는 말했어요. '예, 나리.'"

나는 에마 루가 그녀의 증조부를 바라보던 그 눈으로 나를 보고 있다는 사실을 계속 의식할 수밖에 없었다. 제프 목사가 에마 루의 증조부는 소년 시절 아프리카에서 이곳으로 끌려와 노예가 되었다고 말해주었다. 그렇게 먼 과거와 연결되어 있다는 사실이 믿기지 않았다.

　"증조부님을 아셨나요?" 사실을 확인하기 위해 그녀에게 물었다.

　"그럼요, 선생님." 그녀는 계속 나를 '선생님'이라고 불렀는데, 그렇게 불리기를 원치 않았지만 그러지 말라고 하고 싶지도 않아서 나도 되도록 그녀를 '부인'이라고 부르기 시작했다. "열세 살인가 열네 살부터 증조부의 시중을 들었는걸요. 할아버지는 어깨에 문제가 있었어요. 그때 사람들은 할아버지를 '옹癰'(피하조직의 염증 부위-옮긴이)이라고 불렀어요. 어깨가 큼직하게 뭉쳐 있었죠. 나는 매일 저녁 할아버지의 어깨를 붕대로 감고, 목욕도 시켜드리고, 옷도 입혀드리고, 잠자리 준비를 해드렸어요. 할아버지는 가끔 아프리카 집에서 여기로 끌려왔을 때 울었다는 이야기를 해주었어요. 한 백인 남자가 할아버지에게 말했대요. '그만 우는 게 좋을 거다. 계속 울면 물속에 던져버릴 테다.' 그래서 할아버지는 겁을 먹고 울음을 그쳤대요."

　"증조부님 성함이 어떻게 되시나요?"

　"제프. 사람들은 할아버지를 제프리라고 불렀어요. 제프리 몽고메리."

　어쩌면 그는 내가 브라이언 스티븐슨과 함께 걸었던 몽고메리의 노예시장에서 팔려왔을지도 모른다. 몽고메리 중심가 근처 노예시장이 있던 자리에 눈에 잘 띄지 않는 알림판이 있었다.

다양한 연령대의 노예들이 줄을 서서 토지와 가축과 함께 거래되었다. 공공포스터에 성별과 추정 나이와 이름을 넣어 노예 판매를 홍보했다(노예들은 성이 없었다).

"부인의 가족 중에서 증조부님이 가장 먼저 아프리카에서 여기로 오셨나요?" 내가 물었다.

"예, 선생님."

나는 여전히 그 사실이 놀라웠다. 미국은 1808년 새로 노예를 데려와 거래하는 것을 금지하는 연방법을 통과시켰다. 에마 루의 말대로 그녀의 증조부가 아프리카에서 온 게 사실이라면 아마도 제프리 몽고메리는 밀수를 통해 이곳으로 왔을 것이다.

누군가 문을 두드렸다.

"들어와요!" 에마 루가 말했다.

간호사가 안쪽으로 머리를 내밀고 말했다. "면회객이 있군요? 혈압을 재러 왔어요." 간호사가 들어와 에마 루의 팔에 혈압 측정기를 두르기 시작했다. "인터뷰를 하고 있네요. 미스 루는 유명한 분인가요?"

"정말로 유명한 분입니다." 내가 끼어들어 말했다. 에마 루는 실제로 유명인은 아니었다. 병원으로 그녀를 찾아오는 사람도 전혀 없는 모양이었다. 그녀에겐 자식이 없었고, 남편 모세는 먼저 세상을 떠났다. 퇴원 후 그녀는 다시 빈집의 고독 속으로 돌아가 유일하게 난방이 되는 작업실에서 살 것이다. 지금은 1월이었다. 미스 루는 유명한 분인가요? 나는 그녀가 나이로 보나 경험으로 보나 회복력으로 보나 더 유명해질 자격이 충분하다고 생각했다. 그러나 창밖에서 환호를 보내는 군중이 없었고, 그녀의 말을 듣겠다고 줄을 서서 기다리는 사람들도 없었다. 오직 윙윙대고 삐삐거리는 병실의 소음만이 있을 뿐이었다.

"이따가 약을 가지고 다시 올게요." 간호사가 혈압 측정을 마치고 말했다. 에마 루가 고개를 끄덕였다.

"앤드루는 유라이어를 곧장 가로질러 간답니다." 제프 목사가 말했다. "당신이 일했던 그 남쪽 언덕 너머 목화밭을 지나갈 거예요."

에마 루가 당시 땅 주인이 소작인들을 선발해 일을 시켰던 이야기를 들려주었다. "우린 트럭에 잔뜩 실린 채 갔어요. 주인이 편하게 가라고 트럭에 목화를 깔아두었죠. 그 사람 밭에 일하러 가면 잘됐다 싶었어요. 미스 아이라가 최고로 맛있는 옛날 음식을 만들어주었거든요. 미스 아이라의 어머니와 자매들보다 요리를 잘하는 사람은 세상에 없을 거예요. 오, 그 여자들은 정말 최고였어요. 지금도 큼직한 고구마를 들고 껍질을 벗기며 웃는 내 모습이 눈에 선해요. '나 혼자 이걸 다 먹을 거야. 집에서는 한 조각만 먹어야 하지만, 여기엔 많으니까 이 커다란 고구마를 나 혼자 통째로 먹을 수 있어. 그리고 우유도 큰 컵으로 마실 거야. 옥수수빵 사이에 큼직하게 자른 버터도 발라 먹을 거야. 맛있는 흰강낭콩과 오크라도 먹을 거야.' 아, 정말 대단히 훌륭한 천상의 음식이었답니다."

누가 또 문을 두드렸다. 간호사가 작은 컵에 알약을 담고 약을 삼키기 좋게 잘 익은 바나나도 하나 가져왔다. 에마 루는 알약을 잘 삼키지 못했다. 그녀가 과거의 음식 이야기를 할 때 감사하는 마음이 놀라웠다. 그 모습은 분명히 아름다웠지만, 혼자서 고구마 하나도 맘껏 먹을 수 없었던 당시의 세상은 저주스러웠다. 그러나 어쩌면 내 해석이 틀렸을지도 모른다. 대학 시절 불교에 대한 강의에서 부처의 첫 번째 가르침 중 하나가 귤에 관한 것이라고 배웠다. 부처는 의식을 가지고 귤을 먹으면 우주의 경이로움과 모든 사물 사이의 연결성을 드러낼 수 있다고 말했다. 귤이라는 열매를 맺은 나무와 그 나무를 자라게 한 토양과 그 토양을 비옥하게 한 물, 이렇게 영원히 서로 연결된 모든 것이 궁극적으로 귤이라는 작은 발단에 이른다. 그 고구마 역시 마찬가지이다. '아, 정말 훌륭한 천상의 음식이었답니다.'

정오가 가까웠고, 나는 아직 먼로빌까지 걷지도 못했다. 제프 목사가 비어트리스의 자기 집에서 병원까지 차로 데려다주었는데, 다시 나를 집으로 데려가면 거기서부터 먼로빌 읍내까지 걸어서 돌아갈 계획이었다. 그러나 나는 떠나고 싶지 않았다. 에마 루는 어느새 자신의 '처음'에 대해 말하고 있었다. 처음 라디오를 들었던 일, 처음 자동차를 탄 일, 처음 전화를 건 일. 그리고 처음 영화관에 나들이를 갔던 일도 말했다. 제프 목사와 그 가족과 함께였다.

"오, 슬프기도 하고 기쁘기도 했어요. 영화를 보는 내내 울었답니다."

"왜 우셨나요?"

"내가 너무……." 그녀는 말꼬리를 흐렸다. "사람들이 울지 말라고, 왜 우냐고 물었어요. 나는 극장에 와서 슬픈 게 아니라 기쁘다고 말했죠. 그런데 그렇게 오래 살면서 극장에 온 게 그날이 처음이었잖아요? 여든이 넘어서 극장에 왔단 말이에요. 그래서 기쁘고 즐거웠지만, 동시에 그 오랜 세월 고생했던 힘든 시간이 떠올라서 설움이 복받쳤어요. 게다가 극장이니까 울지 말라고 할 사람도 없을 거 아니에요."

"그날 집으로 돌아가는 길에 우리 차 앞자리에 타게 했다고 부인이 화를 냈어요."

"맞아요. 그때가 비어트리스의 가든 클럽에서 일하기 시작한 지 얼마 안 됐을 때예요. 누가 '뒤에 타요'라고 하면 '예, 부인. 알겠습니다' 하고 뒷문을 열고 차에 탔지요. 거기가 내 자리였으니까요. 나는 차에 타면 무조건 뒷자리에 앉았어요. 그런데 목사님이 앞에 타라는 거예요. '내가 어떻게 목사님과 나란히 앞에 앉아서 가요? 부인이 뒷자리에 앉아 있는데요. 그럴 수 없다는 거 아시잖아요.' 오, 세상에! 요점을 제대로 전달하지 못했어요. 절대로 못했죠. 그래도 목사님 가족은 눈 하나 깜박하지 않더군요.

나는 살면서 누구라도 해를 끼칠 만한 일을 한 적이 없어요. 누구에게도요. 항상 잘못된 일을 옳다고 오해하며 살았죠. 사람들이 나를 싫어한다고 걱정했어요. 적이 생기면 위험에 빠질까 봐 잠도 못 자는 법이잖아요. 내가 자는 동안 누가 와서 불이라도 지르면 어떡해요. 누구라도 나를 향해 그런 마음을 품는 걸 원치 않았어요. 사람들이 나라는 사람을 사랑해주길 바랐죠."

"증오에 가득 차 몹시 못되게 구는 사람들을 어떻게 생각하세요?" 내가 물었다. "그런 사람들을 보면 어떤 마음이 드세요?"

"이런 생각이 들죠. 저 사람들은 심판의 날을 기다리지 않는구나. 나는 심판의 날을 기다려요. 예수님 얼굴을 직접 볼 그날을 기다리며 살아요. 부모님은 악행을 악행으로 맞서지 말라고 가르쳤어요. 상대가 너를 미워하면 너는 상대를 사랑하라고 말했죠. 그럴 때면 이렇게 생각했어요. '작은 깜둥이는 계단으로 들어가지 말고 집 뒤쪽으로 돌아서 들어가'라고 말하는 사람을 어떻게 사랑할 수 있지? 누구라도 어떻게 사랑할 수 있나요, 주님? 그러면 그분은 말씀하셨어요. '그게 원칙이란다. 그게 황금 원칙이란다. 이웃을 너와 같이 사랑하라.' 그래서 그분의 말씀대로 했어요. 그 사람들을 사랑하게 되었답니다."

떠나기 전 에마 루에게 좋아하는 찬송가 〈어메이징 그레이스〉를 불러달라고 청했다. 그녀는 머뭇거렸다. "오, 세상에! 어떻게 시작하는지 모르겠어요." 그녀는 이렇게 말했지만 내가 같이 부르겠다고 약속하자 노래를 하기로 했다. 처음에는 조용히 시작했다. 물이 졸졸 떨어지는 듯 달콤하면서도 구슬픈 소리였다. 나는 약속을 어기고 따라 부르지 않았다.

첫 소절을 부른 후 그녀가 "왜 같이 부르지 않아요?"라고 말해서 나도 따라 불렀다. 그녀의 노래는 눈에 띄게 강해졌고, 배 속 깊은 곳에서 나오는 비브라토로 풍성해졌다. 절정 부분의 셋잇단음표가 반복되는 악절은 마치 춤을 추듯 불렀다. 낮게 가라앉았다가 갈라짐 없이 높이 솟구쳤다. 그녀는 노래를 멈추지 않았다. 한 소절 다음 또 한 소절, 계속해서 노래했다. 나는 가사를 몰라서 하모니를 넣어 흥얼거리기만 했다. 〈어메이징 그레이스〉가 수많은 세월을 흘러 수많은 거리를 지나와 조용한 병실에 쏟아져 들어왔고, 내 눈과 귀와 살갗을 뚫고 내 안으로 들어왔다. 마지막 소절에 거의 이르자 에마 루가 뒤로 몸을 젖히더니 천천히 침대 아래로 내려와 착지했다. "자비로운 주님, 자비로운 주님, 자비로운 주님, 제게 은혜를 내리소서."

비어트리스에서 면로빌로 돌아오는 길은 악몽이었다. 고속도로 대신 버려진 철로를 택했다. 800m 정도 갔을 때 철로가 가시덩굴로 막혀 있었다. 나는 가시 돋친 히드라와 싸우며 사슴 사냥꾼도 못 본 척하고 방울뱀들에게도 무관심한 채 욕을 퍼붓고 고함을 지르며 갔다. 내 소리를 들을 사람이 아무도 없는 뒤쪽 숲에서는 그렇게 할 수 있었다. 이게 '분노 걷기'였다. 또는 '전쟁 걷기'였다. '비명 걷기'이기도 했다. 이렇게 화를 분출하고 있었을지도 모른다. 그날 아침 에마 루의 이야기를 듣고 나서 마음이 너무 아팠다.

다음 날 걷기를 잠시 멈추고 면로빌에 머물렀다. 약간의 여유가 생겨 튤립 화분을 사서 작별 인사를 위해 다시 에마 루를 만나러 갔다. 그녀는 그새 상태가 더 나빠졌다. 앉아 있을 수도 없었고 눈꺼풀도 무거웠다. 머리를 꼭 조이는 겨울 모자를 쓰고 있었다. 나는 침대 옆 테이블에 튤립 화분을 올려놓았다. 차가운 바깥 공기를 쐬니 꽃봉오리가 닫혀 있었다.

"다시는 못 볼 줄 알았어요." 그녀가 말했다. "또 생각했어요. '저 젊은 이는 참 아름답고 잘생겼구나.' 내 마음속에 그 얼굴을 기억하고 싶었어요. 그런데 이렇게 불쑥 찾아와주었군요."

그녀는 머리가 차가운데 모자가 자꾸 벗어져서 추위 때문에 잠을 이룰 수 없다고 말했다. 위장 역시 불안정했다. 병원은 그녀가 원하는 옥수수빵과 버터밀크를 주지 않았고, 진저에일도 없었다.

"주님이 나를 보살펴주실 거예요." "그분은 늘 그러시니까요."

송봉근 자전거로 세계 일주 중인 한국인

미시시피주 패스커굴라 읍내에서 몇 킬로미터 떨어진 90번 고속도로 옆, 습지 대 옆 잔디 깔린 갓길에 앉아서

2월 마르디 그라 축제 직전

"마이애미로 가는 길이에요. 약 1,290km 남았어요. 이달 22일까지는 도착해야 해요. 비행기표를 예약해두었거든요. 보통 하루에 96km에서 110km를 자전거로 달려요. 그런데 어제는 160km를 달렸어요. 그래야 거기 도착할 수 있을 거예요."

"왜 이런 일을 좋아합니까?"

"글쎄요, 이번 여행을 떠나기 전에는 반쯤 눈이 먼 상태였어요. 세상을 전혀 몰랐 죠. 한국인만 알았어요. 지금은 조금 더 나은 삶을 살아가는 방법을 약간 알게 됐 어요. 이번 여행에서 배웠죠."

"비결이 뭐죠? 무엇을 배웠나요? 저도 늘 배우려고 노력하고 있거든요."

"좋아요. 사랑이라고 말해야겠군요. 사람들에게서 사랑을 배웠다고 생각해요. 사 랑은 제가 이번 여행에서 발견한 거예요. 이제 한국으로 돌아갈 시간이에요. 어 제 자전거를 타면서 보니까 지도책에 가야 할 페이지가 한 장 더 남았고, 일정도 약 열흘 남았어요. 그런데 돈은 딱 100달러밖에 남지 않았고, 가야 할 길은 1,000km나 남았더라고요. 눈물을 흘릴 뻔했다니까요."

잘 자라

〈 13 〉

WALKING :TO: LISTEN

"모든 힘이 나를 점점 완전하게 하고 기쁘게 하도록 동원되었다. 지금 나는
내 영혼과 함께 이 자리에 섰다."

전에는 한 번도 본 적이 없는 〈풀잎〉의 이 구절을 멕시코만에서 멀지 않
은 어느 주유소 뒷마당에서 야영하다가 발견했다. 시에서 말하는 '이 자
리'는 걷는 동안 내내 나를 따라오는 것 같았다. 도로에서 마주치는 모든
것이 나를 완전하게 하는 과정에 동원되었고, 점점 그 사실을 이해하게
되었다. 어떤 식으로든 내게 도움이 되지 않는 일은 하나도 없었다. 나는
모든 것으로부터 배우고 있었다. 심지어 쓰레기 같은 일에서도 배울 점
이 있었다. 발의 통증은 인간의 몸에 깃들어 사는 게 어떤 의미인지 가르
쳐주었다. 작별 인사를 나누는 행위는 나를 둘러싼 모든 것이 덧없음을
가르쳐주었고, 헤어지는 순간 느끼는 슬픔은 지속적인 것을 향한 나의

갈망이 얼마나 강렬한지 가르쳐주는 상급반이었다(더불어 어떤 것도 지속적이지 않다는 사실을 인정할 때까지 해야 할 일이 있음을 알려주었다). 심지어 공포도 그 힘은 줄어들지 않았지만 나를 완전하게 하는 과정에 제 역할을 했다. 그러나 여전히 각각의 순간에 의미가 깃들어 있으며, 매 순간이 스승들로부터 배울 게 있고 공포 같은 것조차 제 역할을 하는 일종의 교실임을 깨달을 때 느끼는 기쁨이 있었다.

나는 아직 공격이나 강도를 당한 적이 없지만, 그 사실 역시 얼마든지 변할 수 있었다. 정말 나쁜 일이 일어날 가능성은 여전히 존재했다. 많은 사람이 끊임없이 그럴 거라고 말했다.

주유소 뒷마당에서 야영한 다음 날, 멕시코만에서 멀지 않은 앨라배마주 스테이플턴의 작은 읍내로 들어가다가 맨손만으로 나를 죽일 수도 있을 것 같은 인상의 젊은이와 마주쳤다. 그는 건장한 체격으로 울타리에 몸을 기대고 서서 버드와이저를 홀짝였다. '존경'을 뜻하는 한자 문신을 턱 밑에 새겼고, 뉴올리언스 세인츠(미식축구 팀-옮긴이)의 군복 무늬 모자를 눈 바로 위까지 눌러쓰고 있었다. 머리는 주황색으로 염색한 포니테일 부분만 남기고 나머지는 남김없이 밀었다. 그는 오랫동안 그 자리에 서서 발이 땅 밑으로 뿌리를 내린 것처럼 지나가는 자동차를 바라보았다. 나는 서둘러 지나가지 않고 독성 폐기물처럼 내 마음이 마구 뿜어내는 걷잡을 수 없는 의심에 맞서기로 했다. 그에게 다가갈수록 전날 밤 주유소 뒷마당에서 읽은 휘트먼의 시구가 머릿속을 지나갔다.

"주유소에서 먹을 것도 팝니까?" 나는 남자에게 물었다. "포보이Po'boy 샌드위치 같은 거요."

그가 이어폰을 뺐다. 메탈 음악이 쿵쿵 울렸다.

"뭐라고요?"

"주유소에서 먹을 것도 파냐고요."

영어는 남자의 모국어가 아닌 모양이었다. 게다가 그는 몹시 취해 있었다. 그는 불분명한 발음으로 내게 뭘 하고 있냐고 물었다. 내가 대답하자 그는 반대쪽 이어폰도 마저 뺐다.

"펜실베이니아에소부터 계속 걸어왔다고요?"

"믿거나 말거나 그래요."

"빌어먹게 큰 그 짐을 메고 내내 걸었다고요?" 그가 고갯짓으로 내 배낭을 가리키며 물었다.

"네, 맞아요. 지금은 저녁 먹을 곳을 찾고 있고요. 주유소에서도 음식을 파나 생각했어요."

"빌어먹을 주유소라니." 남자는 허공에 대고 주먹을 휘두르다가 균형을 잃고 넘어질 뻔했다. "주유소에는 그런 거 없어요. 나한테 먹을 거 있어요. 맛있는 거. 난 요리사거든요. 셰프라고요. 자, 나를 따라와요."

또 신기한 일이 벌어지고 있었다.

"당신, 완전 미친놈이네요." 남자가 집을 향해 비틀비틀 걸어가며 어깨너머로 내게 말했다.

남자의 이름은 필이었다. 그의 집은 비어 있었다. 모텔 방이나 판매용 집처럼 사람이 살지 않는 느낌이 들었지만, 그는 벌써 몇 달째 그 집에서 산다고 했다. 그는 하와이에서 왔는데, 열여섯 살 때 미크로네시아에서 하와이로 이민을 왔다. 고향을 떠난 지 몇 년이 흘렀고, 지금은 근처 일본식 숯불 화로 철판구이 식당에서 요리사로 일했다.

냉장고 안은 황폐했다. 타파웨어 용기에 볶음밥이 가득 들었고, 핫도그가 조금 있었다. 그러나 버드와이저는 많았고 다른 술병도 몇 개 보였다. 필은 내 몫으로 전자레인지에 볶음밥을 데우고 핫도그도 몇 개 주었다. 마지막으로 맥주 한 병을 건넸다. 그가 가진 거의 모든 것이었다. 우리는 술병을 부딪쳐 건배하고 부엌 식탁에 앉았다.

나는 그에게 집이 그립지 않냐고 물었다.

"헛소리하지 마요, 친구. 여기가 내 집이에요." 그가 말했다. "내 고향은 폰페이섬이에요. 장담컨대 천국이지요. 인터넷으로 찾아보면 알게 될 거예요. 우리 섬에 대해 알게 될 거라고요." 그는 자랑스럽다는 듯이 주먹으로 제 가슴을 툭툭 쳤다. 나중에 인터넷으로 그 섬을 찾아보다가 위키피디아에서 인상적인 문장을 발견했다. "폰페이섬 사람들은 외부인을 몹시 환대하는 것으로 유명하다."

필은 나중에 고향으로 돌아가 미크로네시아 여자와 결혼해 자기 가게를 열고 싶어 했다. 요리사가 될 생각은 없었지만 벌이가 좋은 데다 일을 마치고 돌아와 술을 마시고 다음 날 늦게까지 잘 수 있어서 좋다고 했다. 그러나 폰페이섬이 자꾸 그를 끌어당긴다고 덧붙였다.

"당신도 언젠가는 그 섬에 가서 보게 될 거예요. 하지만 거긴 폭력적이기도 해요." 그가 팔을 들어 손목에서 팔꿈치까지 이어진 커다란 흉터를 보여주었다. 숨통을 끊을 뻔한 치명적인 자상이었다고 했다. 어쩌면 그 섬에서 가족 간에 불화와 반목이 있었을지도 모르겠다. 그가 말했다.

"당신이 내 가족 중 한 사람을 죽이면 내가 어떻게 할 것 같아요?"

"찾아와 내 가족 중 한 사람을 죽이나요?"

"바로 그거예요! 하지만 그게 그렇게 좋은 일은 아니지요. 누군가를 죽여야 하니까요. 그건 나쁜 일이잖아요. 사람을 존중해야지요."

나는 그의 말에 동의했다.

"하지만 상대가 나를 존중하지 않으면 어떡할까요? 나는 말도 하지 않아요. 그냥 가서 그 사람 얼굴에 주먹을 날려버리지요. 당장 가서……." 거기서 그는 생각의 흐름을 놓친 사람처럼 말을 흐렸다.

"혼꾸멍내주나요?"

"그렇지요! 혼꾸멍내주지요!" 그는 술병을 들어 꿀꺽꿀꺽 마시고 몽롱한 상태로 더 깊이 미끄러져 들어갔다. 나는 볶음밥과 핫도그를 먹었다.

대화를 나누는 동안에도 필은 이어폰을 끼고 있었는데, 양철끼리 부딪치는 소리가 배경음으로 계속 들려와 우리 사이의 침묵을 흔들어놓았다. 거실에 켜놓은 평면 TV에서 수감 첫 주를 맞은 재소자들이 출연한 리얼리티쇼가 흘러나왔다. TV는 밤새 볼륨을 높인 채 반복해서 나왔다. 필이 내 말을 어떻게 알아듣는지 도통 알 수 없었다.

저녁을 먹고 나서 필이 나무로 만든 소금 통과 후추 통으로 철판구이 동작을 보여주었다. 다행히 칼은 없었다. 그의 손안에서 두 개의 양념 통이 빙글빙글 돌며 회오리쳤고, 뒤로 홱 뒤집혔다가 바닥에 쿵쿵 부딪히기를 반복했다.

"아, 제기랄. 엉망이잖아."

그는 양념 통을 옆으로 밀쳐내더니 빈랑나무 열매와 석회 반죽과 얇게 썬 야자수 잎을 가져와 폰페이섬 사람들이 씹는담배를 만들어 즐기는 법을 보여주었다. 나도 해보고 싶었지만, 필이 내게는 맞지 않을 거라고 말해서 그만두었다.

그날 밤, 나는 지도를 꺼내 냉장고에 펼쳐놓고 조지아주에서부터 이곳까지 걸어온 길을 되짚어보았다. 나는 웨스트포인트와 오펄라이카에서 조지아주로 들어와 터스키기를 가로질러 몽고메리로 왔고, 셀마와 먼로빌을 지나 뒤쪽 숲을 통과해 스테이플턴으로 나와서 곧장 필의 집으로 왔다. 그가 제 가슴에 손을 얹고 말했다.

"아, 당신 덕에 기분이 좋아졌어요. 그러나 당신이 걱정돼요. 당신이 떠나면 그리울 거예요. 만약 당신이 내 형제였다면 못 가게 했을걸요. 밖에는 미친 사람이 정말 많거든요. 당신은 어리잖아요. 정말 너무 어려요. 나라면 못했을 거예요. 나라면 진작 그만뒀을걸요. 엉엉 울었겠지요. 울었을 거라고요."

"아뇨, 당신도 할 수 있었을 거예요. 지금도 이만큼 해냈잖아요!" 나는 그가 여기까지 온 경로가 내가 지나온 길보다 훨씬 더 장대하다고 말했다. 그는 대양을 건넜고, 새로운 언어를 배웠으며, 타국에 살면서 가족을 부양하고 그 모든 일을 혼자서 해내고 있었다. 게다가 그는 나보다 나이가 어렸다. 그러나 그는 고개를 저었다.

"아니요. 나는 할 수 없었을 거예요. 나는 아니에요."

그 말이 아무 말도 못 하게 했다. 도로에서 만난 완전한 타인을 제집에 들여 재워주는 그 순간에도 그는 자신이 체화한 극적인 용기를, 그 특별한 친절을 전혀 보지 못했다.

그는 그날 밤 자기 소파에서 자도 되고, 원하면 샤워를 해도 좋다고 말했다. 나는 두 가지 제안을 모두 받아들였다. 행복하게 샤워를 마치고 거실로 돌아와서 보니 그가 어느새 내 몫의 담요를 소파에 가져다 두었다.

"좋아요, 친구." 필이 말했다. "영화를 보고 싶으면 영화를 봐요. 자고 싶으면 자고요. 필요한 게 있으면 뭐든 가져가요." 그는 내게 6달러를 주고 하와이안 꽃무늬가 있는 트렁크 수영복도 주었다.

"내 걱정은 하지 말아요, 친구." 내가 잘 자고 잘 지내라고 말하자 필이 말했다. "나는 살아남았어요. 당신이야말로 조심하라고요. 빌어먹을 걷기 여행을 하는 동안 아무나 덜컥 믿지 말라고요." 그가 손을 들었다. 나는 하이파이브를 했다. 그가 내 어깨에 한쪽 팔을 두르고 나를 단단히 감싸 안았다.

나는 소파에서 잠들었다. 자주 자다 깨다 했는데, 그때마다 필이 맥주를 벌컥벌컥 마시거나, 부엌 의자에서 졸거나, 화장실에 가서 토하는 것을 보았다. 새벽 3시 무렵 설핏 잠들었는데 그가 와서 내 이불을 덮어주었다. 이불이 어느새 바닥에 떨어져 있었다.

"잘 자라, 이 개자식아." 그의 말소리가 들렸다.

사이좋은 노부부

멕시코만 해안의 습지대. 프랜시스와 나는 소파에 나란히 앉고 빈센트는 바닥에 앉아서 아내의 다리에 기대고 있으며, 아내는 그의 어깨에 손을 올려놓고 있다.

2월 **꽤 따뜻해진 날에**

"음, 무엇보다 좋은 추억을 많이 만들어요."

"예, 정말이에요."

"우리도 좋은 추억이 많아요. 너무 많아서 가끔은 일부를 잊어버리죠."

"아무것도 잊지 마세요."

"여기 집에서 함께했던 일들을 전부 기억해요. 오래된 병을 주우러 숲에 나갔던 일 같은 거요. 그냥 그런 일들이 기억나요. 소일거리로 한 즐겁고도 재미있던 일들이요."

"두 분이 압박감을 느낀 순간도 있었나요? 이를테면 도무지 어떻게 해야 할지 알 수 없던 순간들이요."

"아, 그럼요. 많았어요. 그런 일도 끝이 없어요. 당장이라도 그 시절로 돌아갈 수 있어요. 웃기죠? 며칠 전에도 남편에게 이렇게 말했어요. '있잖아, 나는 아직도 우리가 이제 막 결혼한 어린아이들 같아.' 삶은 그렇게 많이 변하지 않았어요. 물론 변하기는 했죠. 하지만 변하지 않았어요. 실제론 변하지 않죠. 어떻게 바라보느냐에 따라서 달라요. 그래서 우린 이렇게 바라봐요. 우리는 그저 서로를 좋아한다고. 함께 있는 게 좋아요. 그게 중요하죠. 남편은 정말 좋은 사람이에요. 아직도 우리가 젊었을 때랑 똑같이 하거든요. 언제나 내 곁에 있어요. 그는 함께 있는 걸 좋아하고, 나도 함께 있는 걸 좋아하게 만들어요. 그게 중요하다니까요. 많은 것을 견뎌야 하지만 그럴 만한 가치가 있답니다. 그렇지 않아요?"

"예, 그래요."

"모든 게 그래요. 당신이 얼마나 멀리 왔는지 봐요. 미처 깨닫기도 전에 여정이 끝나고 당신은 어느새 그곳에 가 있을 거예요. 그러면 모든 일이 어제 일처럼 느껴질걸요. 그날을 기다려요. 당신은 보게 될 겁니다. 반드시 보게 될 거예요. 지금 거기에 관심을 쏟고 있으니까요. 많은 것을 배우고 보게 될 거예요. 갈 길도 멀고 할 일도 많아요. 내 눈엔 벌써 그게 보여요."

겁먹을 새가 없었어요

〈 14 〉

WALKING ≥TO≤ LISTEN

"왜 운전을 하지 않아요?"

내가 지금 뭘 하는지 말하면 어떤 사람은 종종 이렇게 묻는다. 대답은 단순했다. 운전하면 확실히 목적지에 일찍 도착하겠지만, 그러면 처음과 끝 사이의 모든 것을 만나지 못할 거라고. 게다가 내게 '목적지'는 과연 어디란 말인가?

나는 인간이 고속으로 차를 몰고 다니면서 희생하는 게 있다고 믿게 되었다. 사실 인간은 꽤 느리다. 우리는 걸어갈 때 다시 자신에게 돌아가고, 우리 의식이 몸과 모든 감각으로 침투하며 비로소 우리 마음이 숨을 쉬고 탐험하며 놀 여유가 생긴다. 느낄 것은 무수히 많으며, 느끼지 못하게 방해하는 것도 전혀 없다. 충분히 오래 걸으면 이 무한한 느낌이 걷는 사람과 그 밖의 다른 것들 사이의 경계를 흐려놓기 시작한다. 어떤 노인은 그 순간을 '백색 시간'이라고 불렀다. 그의 이름은 제리 프리디로,

1995년부터 단 하루도 빠지지 않고 매일 아침 3.2km를 걸었다. 그 거리는 미국을 네 차례 횡단한 것과 같다.

"느긋하게 걸어요." 그가 말했다. "그러면 눈 폭풍 속에서 화이트아웃(눈이나 햇빛의 난반사로 주위가 온통 백색이 되어 방향감각이 없어지는 상태-옮긴이)을 만나는 것과 같아요. 아무것도 보이지 않고 아무것도 의식하지 못하죠. 그저 계속할 뿐이에요. 대단한 정도는 아니지만, 다 겪고 나면 전체는 꽤 아름다운 경험이 돼요. 머리도 맑아지고요. 어느새 거기 닿아 있죠."

모든 게 함께 흘러가는 상태였기 때문에 백색 시간에 지루함을 느끼지는 않았다. 백색 시간은 나의 집중을 요구했다. 그 시간에는 자동차를 타고 갈 때처럼 앉을 수도 없었다. 내 몸이 바로 나의 탈것이었다. 나는 움직임과 결혼했다. 내가 바로 움직임이었다. 매번의 걸음이 한 땀 한 땀 바느질하듯 내가 만난 사람들과 땅에 나를 단단히 연결했다. 이런 식으로 생각하면 도로는 자동차를 타고 갈 때처럼 모른 척하고 지나갈 수 있는 존재가 아니었다. 자동차를 타고 갈 경우 나는 지나치는 모든 이, 모든 사물과 고립되고 단절된다. 즉 나를 둘러싼 세상과 내가 분리된다. 그러나 걸으면 도로는 시작과 끝을 분리하는 게 아니라 오히려 연결해준다. 내가 만난 사람들과 나를, 내 발이 닿는 땅과 나를, 태양과 바람과 비와 나를 이어준다.

갈수록 걷기의 매력이 커졌지만, 그래도 여전히 대부분의 하루 끝에는 상당히 비참해졌다. 지금껏 겨울 한복판을 걸어왔고, 조금도 쉽게 되지 않았다. 땅거미가 질 무렵이면 어김없이 지치고 온몸이 너덜너덜해졌다. 물집이 계속 생겼고, 아직 엉덩이 살갗이 벗어지는 것에도 익숙해지지 않았다. 익숙해질 거라는 희망도 버렸다. 그러나 최악은 깊은 가려움이었다. 자세히 설명하지는 않겠지만, 혹시 장거리 하이킹을 떠날 생각이라면 한 가지만 조언하고 싶다. 아기용 물티슈를 가져가라.

사실 깊은 가려움보다 더 나쁜 게 있었다. 바로 모기였다. 지금은 2월이라 모기가 활동하기에 충분히 따뜻했다. 놈들은 내 걸음보다 더 빨리 날 수 있고, 안타깝게도 나는 미시시피주와 루이지애나주의 습지대를 통과할 예정이었다.

나는 멕시코만 해안에서 모기에 대한 무시무시한 이야기를 들었다. "놈들은 딱정벌레보다 더 커요." "방충제를 피처럼 들이마시죠." "당신을 태우고 날 수도 있을걸요." 나는 딱 두 번 놈에게 물렸다. 그중 두 번째는 루이지애나 남부의 잔디 깔린 갓길 옆, 고속도로가 방패처럼 둘러막은 한 풀밭에서 텐트를 치다가 물렸다. 꾸준히 성가시게 하던 놈들이 전면 공격을 시작했을 때 나는 얼른 텐트 속으로 피신했다. 벌거벗은 채 반듯하게 누워서 모기들이 망사 천장과 바깥의 비가림막 사이 공간으로 서서히 몰려오는 것을 보았다. 수백 마리는 되었다. 놈들이 어찌나 섬세하게 움직이는지 고요하고 작은 요정이 망사를 찌르며 마실 것을 찾는 것처럼 보였다. 나는 거의 1시간 동안 흡혈귀들의 우아한 발레를 지켜보았다.

내가 첫 번째로 모기에게 공격을 당한 것은 미시시피에 거의 다 왔을 무렵, 도로에 무방비 상태로 노출되었을 때였다. 당시 나는 비옷을 입고 있었다. 별로 효과는 없었다. 놈들이 전부 내 얼굴로 달려들었다. 나는 허공에 주먹을 휘두르고 울부짖으며 내 얼굴을 찰싹찰싹 때렸다. '발광 걷기'였다. 광기에 사로잡히고 과대망상에 빠져 엉망으로 헝클어진 걷기였다. 나도 모르게 맞바람을 향해 중얼중얼 말싸움을 벌이고, 큰 소리로 비를 내려달라고 애원하고, 모기 한 마리 한 마리를 향해 개인적으로 불평을 하며 발광 걷기를 했다.

오후 5시가 되자 갑자기 모기가 사라졌다. 나는 비옷 속에서 고개를 내밀었다. 백로 한 마리가 높이 자란 갈색 풀 사이에서 눈에 띄는 흰색 깃털을 뽐내며 서 있었다. 숲에서 왜가리 두 마리가 푸드덕 날아올랐다. 펠리컨이 그 위를 순항했고, 대머리독수리 한 마리도 비현실적인 모습으로 합세했다. 나는 연거푸 외쳤다. "좋아!" 이것도 발광 걷기의 여파일 것이다.

이곳은 진짜 습지대, 늪처럼 생긴 강의 내포였다. 깊은 곳에 도사린 더 큰 짐승에 비하면 모기는 유순한 편이었다. 진짜 걱정할 만한 존재는 악어였다. 멧돼지도 자유롭게 달렸고 보브캣(북아메리카의 고양이과 야생동물-옮긴이)도 있었으며, 들개 무리도 보였다. 탁한 물속 어딘가에 톱니 이빨을 가진 악어동갈치라는 흉물스러운 짐승도 헤엄쳐 다녔다. 심지어 검은 표범이 산다는 소문도 있었다. 게다가 모든 게 질척거렸다. 이 말은 야영할 만한 땅이 거의 없다는 뜻이었다. 그건 중요하지 않았다. 이렇게 굶주림이 가득한 땅에서는 자지 않을 것이다. 나무 밑이 훨씬 더 안전해 보였다. 다시 말하지만 검은 표범이 있었다.

미시시피에 처음 들어섰을 때 앨런이라는 착한 악어 목장 주인과 그의 여자 친구 애디의 호의 덕분에 늪에서 야영하지 않아도 되었다. 앨런은 악어 목장 내 전시장 위에 있는 아파트의 손님방에 나를 재워주었다. 그는 악어 몇 마리를 가둔 채 키우고 있었다. 그중에 '큰 황소'라는 이름의

4m짜리 악어도 있었지만, 그리 걱정할 녀석들은 아니었다. 울타리 밖에도 악어가 있었다. 허리케인 카트리나가 불어왔을 때 앨런의 악어 목장까지 물이 밀려왔고, 늪이 악어 우리 바로 위쪽까지 상승했다. 물이 빠지자 악어들도 함께 사라졌는데, 전부 150마리였다. 허리케인 이후 7년 동안 앨런은 40마리를 다시 포획했다. 수학적으로 생각해도 야영은 불가능했다.

악어 목장은 패스커굴라 외곽 90번 고속도로 바로 옆의 늪 가장자리에 바짝 붙어 있었다. 뒤쪽에는 작은 수상비행기 함대가 부두 옆에 늘어서서 거대한 프로펠러를 돌리며 까닥거리고 있었고, 지저분한 늪지대 땅의 풀을 벤 자리는 악어들이 못 들어오게 울타리로 막아두었다. 그날 밤앨런의 집 포치에 나가 손전등으로 불빛을 비춰보니 번들거리는 악어들의 눈이 보였다.

거실 TV에서 치정 살인에 관한 프로그램이 나왔다. '죽이는 여성들의 화요 마라톤'이라는 시리즈의 일부였다. 앨런과 애디 사이에 앉아 끔찍한 재연 장면을 보고 있으려니 문득 농담을 하고 싶다는 생각이 들었다. "기록하지 않겠다고 약속할게요." 그러나 나는 그 약속을 어겼다. 우리는 그날 모두 한 지붕 아래서 잘 것이고, 나는 누구라도 신경이 곤두서는 걸원치 않았을 뿐이다.

"앨런은 혹시나 자기가 농락한 여자들이 나오지 않나 싶어서 저 프로그램을 본다니까." 애디가 말하며 요란하게 웃었다. 그녀는 나를 "야" 또는 "자기야"라고 불렀고, 앨런이 나를 집 안으로 들이기도 전에 내 텐트로 다가와 라자냐가 가득 담긴 접시를 주기도 했다. 다른 음식도 한 번 더 주었다. 두 번째 접시를 받은 후로 나는 그녀를 미시시피 어머니라고 부르기 시작했다. 그녀는 만약 자기 아들이 걸어서 미국을 횡단하고 있다면 자동차를 타고 계속 뒤를 따라다니며 큰 소리로 충고를 하고, 낯선 사람들에게 자동차 경적을 울려 경고할 거라고 했다. "우리 애 곁에서 떨어져!" "얘야, 물 좀 마셔라!" 애디의 말을 들으니 진저 이모가 떠올랐다. 진저 이모도 미니밴을 타고 내 뒤를 따라다닐 거라고 했다. 재닛 이모도 함께 가겠다고 약속했다.

"자기 엄마가 너무 딱해." 처음 만났을 때 애디가 말했다. "자기 엄마는 이 일을 어떻게 견디는지 모르겠네." 가장 많이 듣는 질문 중 하나였다. "당신 어머니는 이 일을 어떻게 견디나요?" 우리는 종종 이야기를 나누었고, 한번은 내가 직접 엄마에게 물어보기도 했다. "엄마는 이 일을 어떻게 견뎌요?"

"네가 죽을 수도 있다고 생각하지 않으면, 그러니까 네 인생이 스물세 살에 끝날 수도 있다는 사실을 인정하지 않는다면 훨씬 더 힘들 거야. 그러면 나는 미치고 말 거야. 그래서 완전히 운에 맡기고 어떤 것에도 긍정의 대답을 할 수 있어야 해. 네가 다른 방식으로 긍정의 대답을 해야 하는 것처럼 나도 똑같이 긍정의 대답을 해야 해. 평정심을 유지하려면 아주 열심히 일해야 한단다. 내 안에서 '안 돼! 안 돼! 안 돼!'라고 말할 때가 있어. 그러면 내 안의 나를, 그 짐승 같은 엄마를 화장실에 가둬야 해.

그러다 밤이 오면 곰곰이 생각하지. '두려움이란 무엇일까? 나는 이 일이 왜 힘들까?' 나는 네가 집 밖에 나가 있어서 걱정되지. 그 일은 내게 너무도 직관에 어긋나는 일이야. 너는 한때 내 자궁 안에 있었으니까. 너도 어딘가에 은신처를 찾아야 하는데 대형트럭이 미친 듯 질주하는, 갓길도 없는 도로에 나가 있잖니. 그게 가장 힘든 일이지. '우리 애가 죽으면, 혹은 심각하게, 정말로 심각하게 다치기라도 하면 어쩌지?' 그러면 나는 이렇게 말한단다. '좋지는 않겠지. 하지만 이 아이는 이 일을 하지 않을 수 없잖아.' 네가 이 일을 하지 않으면 너에게 좋지 않을 걸 아니까, 그래서 네가 돌아오지 않아도 그냥 내버려두는 거야. 내 안에 도사린 짐승 같은 엄마와는 맞지 않지만, 내 긍정이 공포보다 점점 힘이 세지고 있어. 점점 그래. 매일같이 '우리 애는 오늘 죽을 수도 있어'라고 생각해. 아주 생생하게 느껴. 깨어 있어. 요즘 나는 말 그대로 동시에 두 곳을 살아가는 느낌이 들어. 내가 있는 이곳과 네가 있는 그곳을. 나는 그게 사랑이라고 생각해."

집을 떠나기 전날 밤, 우리는 뒷마당에 모닥불을 피웠다. 내 이성을 벗어난 곳 어딘가에서 내가 이번 걷기 여행 중에 실제로 죽을 수도 있고, 그러면 지금이 엄마를 보는 마지막 순간일지도 모른다는 생각이 그 모닥불 앞에서 처음으로 들었다. 우리는 기도했다. 누구를 향해 혹은 무엇을 향해 기도할지 확신이 서지는 않았지만, 그건 중요하지 않았다. 고등학교 시절 그리고 대학 시절 신의 존재에 대해 품었던 무수한 고민과 토론은 그 순간 사소해 보였고, 심지어 고려할 가치도 없어 보였다. 나는 무엇을 증명하든 혹은 반박하든 관심이 없었다. 오직 이 걷기 여행을 순조롭게 시작하기만을 바랐다. 그 말은 내가 아주 작은 존재임을 인정하고 이번 여정을 나 혼자 시도할 수 없을지도 모른다는 사실을 존중한다는 뜻이었다. 뒷마당에서 우리끼리 벌인 의식 막바지에 엄마가 따뜻한 물로 내 발을 씻겨주었다. 걷기 여행 중 내 발이 처할 온갖 일들을 생각하면 타당해 보이는 가톨릭 의식이었다. 그 순간 엄마는 처음으로 내가 죽을 수도 있다는 사실을 인정했다.

길에서 무수한 엄마를 만났고, 그중 애디는 내가 좋아하는 엄마 중 한 사람이었다. 그녀는 계속해서 나를 웃겼다. TV에서 한 여자가 크리켓 배트로 자는 애인의 머리를 때렸다.

"오, 저건 제정신이 아니잖아요." 나는 고개를 돌리며 말했다.

"난 이미 오래전에 제정신을 잃었는걸." 애디가 말했다. "하지만 걱정하지 마. 제정신을 다시 찾았거든. 서랍 맨 아래 칸 작은 병에 담아두었어. 다시는 잃어버리지 않으려고. 지금 내 속에는 없어. 준비되면 꺼내올 거야. 그때까지는……." 그녀는 앨런을 향해 몸을 돌렸다. "자기는 조심해야 할 거야."

우리는 둘 다 깔깔 웃었다. 앨런이 불퉁거리며 고개를 절레절레 흔들었다.

"오, 저이는 늙은 괴짜야." 애디가 말했다. "하지만 난 늙은 나쁜 년이니까 우린 제법 잘 어울리지."

앨런은 카우보이 부츠를 신고 큼직한 버클이 달린 허리띠를 맸다. 그는 루이지애나 남부 출신으로, 내가 만난 첫 케이준(프랑스인 후손으로 프랑스 고어의 한 형태인 케이준어를 사용하는 루이지애나 사람-옮긴이)이었다. 그는 습지대에서 태어나 평생 그곳에서 자랐다. 살면서 악어에게 두 번 물렸다. 최악은 2m짜리 악어에게 물렸을 때였는데, 손목을 잃을 뻔했다.

"별일 아니었어." 앨런이 아무렇지도 않게 말했다. "그놈도 일부러 그런 건 아니었으니까."

"악어랑 씨름해본 적이 있어요?" 내가 물었다.

"아니, 실제로는 없어. 허리케인 카트리나 이후 놈들을 잡으러 나갔을 때만 해봤지. 놈의 등에 올라타고 붙잡아야 했거든. 이제 속임수는 쓰지 않아. 뭐, 아직도 속이는 사람들이 있기는 하지. 악어 입에 머리를 들이미는 놈들 말이야. 뇌가 없는 놈들이지. 미친 짓이야."

"악어에게 잡히면 어떻게 해요?" 내가 물었다. "저기 밖에 있는 아주 큰 놈에게요."

"우리 집 큰 황소 같은 악어에게 붙잡히면 어떡하냐고? 그럼 할 수 있는 일이 하나도 없어."

앨런은 녹음기에 대고 습지대에서 겪은 이야기를 몇 가지 들려주었다. 대화는 향수 이야기로 흘렀다. 예전에는 어땠고 요즘은 예전과 어떻게 다른지 이야기를 나누다가 갑자기 세상의 종말 이야기가 튀어나왔다.

앨런은 대환란이 오고 있다고 말했다. 아마겟돈이나 신의 전쟁 같은 것. 정말로 그때가 오면 알 수 있을 것이다. 토네이도나 지진이나 카트리나 같은 허리케인과는 전혀 다를 것이다. 누구도 본 적 없는 일일 것이고, 하늘에서 불비가 내리는 것처럼 도저히 믿을 수 없는 모습일 것이다.

"《성경》에 따르면 '어떤 이는 따라갈 것이고 어떤 이는 남을 것이다'라고 했어. 그러니 뒤에 남는 사람은 멸망한다는 뜻이지. 또 《성경》에는 하나님이 양치기처럼 사람들을 나눈다고 했어. 염소와 양을 나누듯이 말이야. 양은 하나님의 목소리를 알아듣는다고 했는데, 염소는 어떨까? 염소는 파괴와 멸망의 한가운데로 빨려 들어갈 테지. 하나님은 이미 알고 계셔. 누가 양이고 누가 염소인지 다 알고 계셔."

앨런은 종말에 관해서도 꽤 침착하게 말했다. 악어에게 손목을 잃을 뻔한 일을 별일 아니라고 생각하는 사람이 충분히 보일 만한 태도였다.

"누구도 확실히 알 수는 없어." 앨런이 말했다. "하지만 그날은 곧 올 거야."

앨런의 말처럼 세상의 종말이 올 거라는 전망이 오히려 마음을 편안하게 해주었다. 세상은 당황스러울 정도로 복잡하다는 사실을 설명해주었다. 마침내 종말이 오면 누구나 인간 경험이 지닌 이 얼떨떨한 진실을 알게 될 것이다. 그리고 그것은 절대적 순간이 될 것이다. 승자도 있을 것이고 패자도 있을 것이며, 결코 이해하지 못하는 사람도 있을 것이다. 양은 양일 것이고 염소는 염소일 것이다. 그게 그거였다. 나 스스로 그의 말을 거의 믿고 싶을 지경이었다.

그가 자세히 설명하는 동안 나는 뭐라고 대꾸할지 알 수 없었다. 조용히 입을 다물고 있었지만, 앨런은 나를 염소로 생각할지 양으로 생각할지 궁금했다. 내가 보기에 앨런은 염소도, 양도 아니었다. 그는 앨런이었다. 그리고 나는 앤드루였다. 우리는 각각 자기 종류의 동물이었다. 인류 진화의 나무에서 하나의 조그맣고 독특한 잔가지였다. 걸어서 국토를 횡단하는 일은 인간이라는 종의 다양성을 가르는 분류학의 한 가지 활동이었다. 나는 무수한 사람을 만났고, 앞으로 더 많은 사람을 만날 것이다. 히치하이커, 떠돌이 일꾼, 웨이트리스와 그의 단골손님들, 도로 여행자, 목장 주인, 석유 채굴 노동자, 너구리 사냥꾼, 사슴 사냥꾼, 멧돼지 사냥꾼, 다섯 아이 혹은 일곱 아이 혹은 열 아이의 어머니, 소방관, 경찰관, 교수, 조경사와 정원사, 웃는 카우보이, 근엄한 정비공, 인습을 거부하는 얼음 조각가, 술에 취한 일본식 숯불 화로 철판구이 요리사, 목화밭과 옥수수밭과 염소 농장의 농부들, 이제 막 시작한 연인들, 오래된 잉꼬부부들, 옛날 현상금 사냥꾼, 삼류 새우잡이, 집에서 만든 아이스크림 판매자, 비스킷 굽는 사람, 가재점의 달인, 호피족 유리 세공사, 나바호족 주술사, 케이즌 신비주의자, 전과자, 전직 대통령, 불과 유황을 설파하는 전도사, 영광에서 추락한 축구 영웅, 마리아치(멕시코 전통음악-옮긴이) DJ, 자신이 메시아라고 착각하는 사람, 죽은 사람을 화장하고 방부 처리하는 사람, 농약 살포 비행사 지망생, 걷기 여행자 지망생, 잃어버린 사람, 발견된 사람, 구원받은 사람, 저주받은 사람, 고속도로 어딘가에서 만난 노인.

그리고 나의 미시시피 어머니 애디와 종말의 날을 말하는 악어 목장 주인 앨런이 있었다. 물론 혼란 속에서 일종의 질서를 유지하려고 분류한 것일 뿐, 실제로 이 모든 사람은 내가 붙인 제목보다 훨씬 많은 것을 담은 사람들이었다. 이게 왜 문제가 될까? 구별할 수 없는 얼굴들의 덩어리를 수억 개의 조각으로, 즉 개별 인간으로 쪼개기 때문이다. 가까이 다가가서 볼수록 더 다양한 것을 발견하게 되고, 그러면 염소와 양의 이분법은 완전히 터무니없어 보인다. 그저 미국인이 미시시피 사람이 되고, 악어 목장 주인이 되고, 앨런이 된다. 땅거미 질 무렵이면 수상비행기를 타고 늪에서 사냥을 즐기고, '죽이는 여성들의 화요 마라톤'을 즐겨 보며, 염소와 양의 이야기를 믿고, 어쩌면 당신을 염소라고 생각하지만 어쨌든 아침이 오면 푸짐한 아침을 먹여주는 그런 사람 말이다.

멕시코만 해안에 도착하자 새로운 주에 들어선 듯 기이한 느낌이 들었다. 내가 정말로 멕시코만까지 걸어왔다고? 북쪽으로 조금 올라가니 해산물 음식점과 케이즌 시장과 해변의 광고판이 보이기 시작했다. 믿기지 않았다. 내 발걸음은 실제로 땅에 닿으며 하나씩 하나씩 무한하게만 보이던 유한한 것을 만들어내고 있었다.

90번 고속도로를 걸어 패스커굴라와 빌럭시를 통과했다. 거의 7년이 지났지만 허리케인 카트리나의 흔적이 아직 곳곳에 남아 있었다. 나무들은 뒤틀린 채 이상한 각도로 굽었고, 건물들은 마감재가 벗겨져 골격을 드러낸 채로 있거나 새로 지어지고 있었다. 뉴올리언스 북쪽 늪 지역에는 낚싯배가 축축한 둑에 드러누운 채 썩어갔다.

최악은 미시시피주 펄링턴에서 목격했다. 늪 지역의 고풍스러운 작은 마을이 전쟁터가 되어 있었다. 당시 마을 사람들은 태풍의 눈을 똑똑히 목격했다. 나는 해 질 녘 읍내에 도착했고, 언제나 그랬듯 야영할 자리를 찾았다. 왼쪽에 술집이 하나 있었고 오른쪽에 교회가 있었다. 나는 왼쪽으로 갔다.

술집 이름은 '거북의 상륙'이었다. 나는 매부리코에 얼굴이 거칠고 검게 그을린, 어둠 속에서 담배를 피우는 남자 옆에 앉았다. 남자의 이름은 랜디 터핀이었다. 그의 애인인 수지 샤프는 강인하고 튼튼해 보였으며, 잘 웃었다. 그녀는 번득이는 안경을 쓰고 있었다. 두 사람은 세인트루이스 베이의 마르디 그라 축제에 다녀오는 길이었다. 내가 마르디 그라 축제에 가본 적이 없다고 고백하자, 수지가 행렬 차량에서 던져준 자주색 팬티로 만든 왕관과 구슬 목걸이로 나를 꾸며주었다. 술집에 있는 모든 사람이 루이지애나를 향한 충성의 상징인 뉴올리언스 세인츠 팀의 운동복과 루이지애나 주립대학의 모자를 쓰고 있는 것 같았다. 그러나 팬티를 수영모처럼 뒤집어쓴 사람은 없었다. 나 혼자 팬티를 뒤집어쓴 게 어울린다고 생각했다.

맥주를 몇 병 마신 후 랜디와 수지가 그날 밤 나를 재워주겠다고 했다. 나는 부엌 식탁에 앉아 카트리나가 몰려왔을 때의 이야기를 들었다. 읍내 사람들은 저마다 당시 사연이 하나씩은 있었다.

"어딘가에서 아래로 떨어졌는데, 과연 땅에 발이 닿을지 모르겠는 꿈을 꿔본 적이 있을 거예요." 랜디가 말했다. "당시 우리는 과연 땅에 발이 닿을 수 있을지 어쩔지 생각할 여유가 없었어요. 끝날 때까지 악몽에서 벗어날 수 없었죠. 6년이 넘도록 아직도 그때 생각을 해요. 손에 잡힐 듯 가깝게 느껴지죠. 그 떨어지는 꿈 말이에요. 내가 아래로 떨어지는 것도 알고 그게 꿈인 것도 아는데 깨어날 수 없는 상황이죠. 그러다가 압력이 바뀌면서 제트기를 타고 수직으로 이륙할 때처럼 귓속에 뺑! 소리가 들리는 것 같죠."

그는 사포처럼 거친 목소리지만, 감정이 거의 실리지 않은 말투로 말했다. 내가 만약 5호급 허리케인에 갇힌다면 같이 있고 싶은 사람이었다. 도끼를 들고 정확한 순간 싸움에 뛰어드는 사람, 자기가 무슨 일을 하는지 정확히 아는 사람 말이다. 나라면 생각조차 할 수 없을 것이다. 그러나 이것은 이해할 수 있었다. 물이 너무 높게 차오르면 어떻게든 지붕 위로 올라가야 한다는 것은.

"그러다가 갑자기 모든 게 잠잠해지더군요." 랜디가 말했다. "죽은 듯이 고요했어요. 태풍의 눈이라고 들어봤어요? 우리가 바로 태풍의 눈에 들어갔어요. 새파란 하늘이 머리 위로 펼쳐졌죠. 누가 '끝났다!'라고 말했어요. 그러나 내가 말했죠. '아니, 우린 이 개자식의 반대편을 지나게 될 거야. 나쁜 일이 찾아오게 되어 있어.' 10분쯤 지나서 나쁜 일이 찾아왔어요. 물을 봤는데, 어찌나 빨리 솟구치던지! 당장 달아나든지 물에 빠져 죽든지 해야 했죠. 겁에 질릴 시점은 지났어요. 겁먹을 새가 없었어요."

"아래에 있던 게 전부 위로 올라왔고, 위에 있던 건 전부 아래로 내려갔어요." 수지가 허리케인 이후의 사진을 보여주며 말했다. 물과 바람만으로 그런 재앙을 일으킬 수 있다니, 믿기 어려웠다. 물과 바람이 아니라 거인 군단이 와서 저지른 일로 보였다. 거북의 상륙 술집 바텐더는 당시 늪 전체가 펄링턴 쪽으로 몰려왔으며, 물 높이가 8.5m까지 치솟았다고 했다. 집들이 둥둥 떠다니다가 악마의 핀볼처럼 생긴 전신주에 부딪혔다. 나무들이 우지끈 부러졌다. 물에 잠긴 집 지붕을 뚫고 밀폐된 공기의 부양력 때문에 냉장고들이 솟구쳤다. 허리케인이 지나간 다음에는 진흙투성이 쓰레기가 마을을 뒤덮었다. 개들이 쓰러져 죽었고, 불이 났다.

"핵폭탄이 터진 것 같았어요." 랜디가 말했다. "하지만 우리는 숲속에서나 물 위에서 생존하는 법을 알았죠. 짐승을 사냥하고 물고기를 잡고 덫을 놓았어요. 아무도 굶주리지는 않았어요. 우리 마을에 '나'는 없었어요. '우리'만 있었죠. 비바람에 맞선 건 우리였으니까요. 우리는 정부에 맞서지 않았어요. 흑인에게 맞서지도, 백인에게 맞서지도 않았지요. 우리가 해결해야만 하는 문제에 맞섰어요." 그는 늪 쪽을 가리켰다. "우린 어떻게 함께 살아갈지를 알았어요. 당신도 당신에게 닥친 일을 처리하죠. 여유 음식이 있으면 아끼잖아요. 그게 살아가는 방식이에요."

"여기선 모두가 모두를 알아요." 수지가 덧붙였다. "행여 모르는 사람이 있더라도 그 사람은 내가 아는 다른 사람을 알아요."

"그러면 저 같은 사람은 두드러지게 눈에 띄겠네요?" 내가 말했다.

"아뇨, 당신은 두드러지게 눈에 띄지 않아요." 수지가 말했다. "그냥 우리 눈에 띄었을 뿐이죠."

"우리는 사람들을 믿어요." 랜디가 말했다. "때로는 많은 대가가 필요하고, 때로는 그저 악수 말고는 다른 대가가 필요 없기도 해요. 그냥 우리 호기심일지도 몰라요. 우리가 사는 방식일 수도 있고요."

다음 날 뉴올리언스를 향해 갈 때 90번 고속도로를 이용해 늪을 가로질렀다. 늪은 겨울을 맞아 갈색으로 벌거벗었다. 습지대를 건너는 다리들이 바둑판무늬를 그렸다. 90번 고속도로의 존재를 아는 차가 별로 없는 모양이었다. 왠지 비밀 같았고, 나는 그 비밀이 영원하길 바랐다.

뉴올리언스에 닿기 직전 마지막 다리를 건너는데, 기둥 다리 위의 낚시터 오두막들 사이에 술집이 하나 보였다. '크레이지 앨'이라는 이름의 술집이었다. 문을 열고 들어가니 랩이라는 긴 머리의 남자가 칠리 한 그릇을 주면서 충고했다. "뉴올리언스 동쪽은 절대로 걸어가지 말아요. 다들 깜둥이에 강간범에 크랙(강력한 코카인의 일종-옮긴이) 중독자들이니까. 당신이 가진 걸 전부 빼앗을걸요." 이런 말을 몇 주 동안 들었다. 바로 전날 밤 거북의 상류 술집에서도 어떤 남자가 뉴올리언스 동쪽으로 걸어가는 것은 풋내기가 감옥에 들어가는 것과 같다고 말했다.

처음에는 그런 경고의 말이 근본 없고 역겨운 인종차별 발언에 불과하다고 생각했지만, 너무 많은 사람이 같은 말을 했다. 게다가 나는 죽는 것에 대해 현실적인 두려움을 품기 시작했다. 죽음에 대한 두려움은 빌과 함께 다람쥐 고기를 먹을 무렵 서서히 뿌리내리기 시작했다. '앞으로 애통한 일이 아주 많을 거야.' 내가 죽을지도 모른다는 두려움을 품고 하루를 살아가는 일은 새로운 경험이었다. 때로는 그런 생각에 단단히 사로잡히기도 했고, 때로는 멀리 떨어진 채 현실에서 벗어난 단순한 두려움으로 바라보기도 했다. 그러나 죽음에 관한 이른바 비이성적인 두려움의 실체는 이랬다. 즉 우리는 사실상 모두 죽을 것이며, 많은 사람이 사고나 질병으로 일찍 죽는다. 그러므로 우리는 언제라도 죽을 수 있다고 생각하는데, 어떻게 다른 생각을 하며 걸어 다닐 수 있겠는가? 나는 그런 생각이 이성적인지 아닌지도 모른 채 다음 걸음을 걱정하기 시작했다. 머릿속으로 다음 일정을 반복해서 검토했다. 마을 외곽에서 야영할 안전한 곳을 찾아내고, 다음 날 동이 트기 전에 일어나 정오까지 프랑스 거리(뉴올리언스 구시가지-옮긴이)에 도착하면 근처에 친구의 아파트가 있었다. 아침에는 안전할 것이다. 위험한 사람들은 전부 잠에 빠져 있을 것이다. 나는 크레이지 앨 술집에서 칠리를 먹으며 랩에게 내 논리를 설명했다.

"크랙 중독자들은 잠을 안 자요." 그가 말했다.

뉴올리언스에 들어서기 전 마지막 다리를 건너자 늪 지역은 서서히 사라지고 교외가 나왔다. 2~3km 앞에 크레이지 앨 술집에서 들은 소방서가 하나 있었다. 날은 거의 어두웠다.

"이봐요!"

길 건너에서 누군가 나를 향해 소리쳤다. 곁눈질로 보니 한 백인 남자가 자기 집 앞쪽 포치에 서서 나를 보고 있었다. 거친 금발은 점점 벗어지는 중이었고, 남은 머리카락은 감전된 사람처럼 위로 솟구쳐서 그 조합이 어딘가 광기 어린 분위기를 자아냈다. 남자의 말투는 초대하는 게 아니라 거의 비난하는 쪽에 가까워서 나는 못 들은 척했다.

"이봐, 당신! 걷고 있는 사람!"

90번 고속도로를 걷는 사람은 나 말고는 아무도 없었고, 두 번째 고함을 듣고도 계속 무시하는 쪽이 그의 말을 알아듣는 쪽보다 더 위험해 보였다. 나는 손을 흔들며 길을 건넜다. 그의 집은 작은 언덕 위에 있어서 그는 포치에서 나를 내려다보며 뭘 하느냐고 물었다.

"펜실베이니아에서 여기까지 걸어왔다고?" 내 설명을 듣고 그가 말했다. "그렇다면 빌어먹을 양키란 말이군. 누가 당신을 여기로 불렀지? 당신이 어디 서 있는지 한번 봐." 그는 도로와 집 마당 사이 한가운데에 있는 풀밭을 가리켰다. "거기가 중립지대야. 거길 건너오면 당신은 내 영토에 들어오는 셈이고."

이게 바로 사람들이 내게 경고했던 그런 일이었다. 이제 그만 가는 게 좋았다. "알겠습니다. 문제를 일으킬 생각은 없어요." 나는 몸을 돌려 걷기 시작했다.

"이봐, 기다려." 내가 멀어지기도 전에 남자가 버럭 소리쳤다. "맥주 좋아해?"

"음, 예."

"한 병 줄까?"

나는 너무 많이 생각하지 않고 물론 좋다고 대답했다. 전날 밤 랜디에게 들은 이야기를 떠올렸다. 우리는 사람들을 믿어요. 때로는 많은 대가가 필요하고, 때로는 그저 악수 말고는 다른 대가가 필요 없기도 해요.

"중립지대를 건너가도 될까요?" 내가 물었다.

"안 된다고 말한 적은 없어. 하지만 거길 건너면 곧바로 내가 세금을 내는 내 땅임을 잊지 마."

나는 포치로 올라섰다. 그가 배낭은 밖에 놔두라고 했다. "날 향해 권총이라도 쏘면 어쩔 거야." 그리고 내 신분증을 보여달라고 했다. 나는 그에게 당연히 그럴 권리가 있다는 듯이 내 면허증을 보여주었다. 그는 꽤 오랫동안 눈을 갸름하게 뜨고 이마를 찌푸려가며 의심스러운 얼굴로 면허증을 이리저리 돌려 보았다.

"난 한때 주류 판매점에서 일한 적이 있어. 그런데 이건 아무래도 가짜 같아." 그가 말했다.

내가 면허증을 달라고 손을 내밀자 남자는 다시 면허증을 가져갔고, 잠시 둘의 시선이 얽혔다.

"주세요." 내가 말했다. "가짜 면허증 아니에요. 진담입니까?"

그가 갸름한 눈길로 나를 살피다가 한 번 더 눈을 부라리며 면허증을 살피더니 내게 돌려주었다. 우리는 집 안으로 들어갔다.

앞쪽 거실에 종이가 마구 버려져 있었다. 부엌으로 향하는 복도 바닥에는 고양이 장난감이 여기저기 떨어져 있었고, 아담한 뒷마당에는 네온 같은 푸른색으로 빛나는 수영장이 있었다. 교외 개발 구역에 어울리는 작은 목장 스타일의 주택이었다. 남자는 담배에 불을 붙인 후 냉장고에서 검은색 병맥주 두 개를 꺼내 가지고 식탁으로 돌아왔다.

"맥주가 맘에 들 거야." 그가 말했다. "날 믿어. 내가 정말 좋아하는 맥주거든."

그는 컴퓨터 프로그래머로, 그 일을 하기 전에는 알래스카에서 스키를 가르쳤다고 했다. 그러면서 계속 스키 강사 일을 해야 했다고 말했다. 또 그 전에는 한국전쟁에 참전했다. 지금은 혼자 살았다. 식탁에 앉으니 긴장감이 살짝 풀어졌는데, 아마도 우리가 집 안에 들어왔기 때문인 것 같았다. 그는 지금 이 순간도 내가 도로에 나가 있을 때와 마찬가지로 위험에 노출되어 있었다. 우리는 서로 취약성을 나눠 가진 셈이었다.

맥주는 완벽했다. 차갑고 목 넘김이 산뜻했으며, 아주 희미하게 짜릿한 맛이 났다. 맥주 상표 속에서 파란 눈에 가슴이 풍만한 금발의 여자가 거품이 넘쳐흐르는 맥주잔을 몇 개 들고서 나를 보고 웃었다. 내가 크레이지 앨 술집에서 들은 말을 전하며 다음 날 뉴올리언스 동쪽을 지나갈 일이 걱정이라고 말하자 남자가 웃음을 터뜨렸다.

"나라도 그렇게 말했겠지만 그건 어디까지나 내 생각이고, 자네는 가감해서 받아들여야지. 다 과장한 말들이라고. 내가 한국전쟁에 참전했을 때 차에 실려 어딘가로 갔는데, 모르는 곳에 나를 떨어뜨리고 그냥 가버리더라고. 그래서 돌아올 때 걸어서 왔지. '어디 한번 해보시지.' 이런 기분이 들더라고. 뉴올리언스 동쪽은 그만큼 나쁜 곳이야. 오히려 더 나쁘지. 그래, 자네는 차를 타고 가는 게 좋아. 거기 사람들이 고작 셔츠 하나를 뺏어가겠다고 자네한테 총을 쏠 수도 있으니까."

"다들 그렇게 말하더라고요."

"알 게 뭐야! 그냥 가. 자네도 그 못지않게 미쳤잖아. 지금 당장 가. 오늘 밤 가라고. 나는 사람들이 가지 말라고 하는 곳으로 가는 게 좋더라고."

맥주병 안의 맥주가 천천히 아래로 가라앉았다. 우리는 10분 정도 함께 식탁에 마주 앉아 있었는데, 어느 순간 남자가 입을 다물더니 다시 눈을 갸름하게 떴다. 그의 눈이 부엌에서 미친 듯이 날뛰는 유령을 보는 것처럼 앞뒤로 마구 움직였다.

"내 고양이가 어디 있지?" 남자가 말했다. "숨었군. 자네가 마음에 들지 않는 게야."

나는 내 몫의 맥주를 다 마셨다. 나는 칼에 찔리지 않고 무사히 여기까지 왔고, 한동안은 앞으로 계속 가고 싶었다. 황혼이었고, 소방서는 아직 1.6km 남짓 남았다. 나는 우아하게 떠날 수 있도록 대화를 열 구실을 찾기 시작했다. 너무 갑작스럽게 떠나면 남자가 동요할 것이다. 그는 죽음을 동경하는 걷기 여행 중에서도 텍사스에서 경험한 일에 관해 들려주고 있었는데, 내가 그의 말에 끼어들려고 하는 순간 갑자기 자식을 잃었다고 말했다.

"누구라도 엉덩이를 걷어차버리고 싶었기 때문에 그날 누구든 내게 덤볐으면 좋겠다고 생각했어. 내 아들을 땅에 묻어야 한다는 사실이 화가 나 견딜 수가 없었거든. 마침 깜둥이 셋이 달려들기에 나도 덤볐지. 결국 그들은 전부 도망쳤어. 그중 한 놈은 엉덩이에 칼이 꽂힌 채로 달아났지."

잠시 그가 다르게 보였다. 그는 자식을 잃고 아들 대신 고양이와 홀로 사는 애통한 아버지였다. 그 사실이 그의 피해망상과 폭력성, 인종차별을 정당화해주지는 못했지만, 그 모든 것의 원인인 고통을 잠시 비춰주었다. 아주 짧은 순간 그는 바리케이드를 친 작은 문을 열고 숨겨둔 개인적 상처를 드러냈고, 나는 잠시 그곳을 들여다보며 끔찍하게 깊은 상처에 놀랐다. 그리고 그는 그 문을 다시 쾅 닫았다. 내가 도로에서 만난 모든 사람과 만나지 못한 모든 사람, 그리고 존재했던 모든 사람과 앞으로 존재할 모든 사람을 생각하면 우리 모두는 어떤 식으로든 고통을 안은 채 살아가고 있다. 그 고통은 인간이 되기 위한 고통일 수도 있고, 어쩌면 사랑의 고통일 수도 있다. 인간으로 산다는 건 이러지도 저러지도 못하는 상황이기 쉽다. 더 많이 사랑할수록 더 많이 상처받는다. 나는 내게 자신의 상심에 대해 들려준 모든 사람을 떠올렸다. 그들이 마음을 열었을 때 나는 얼마나 단단한 연결을 느꼈던가. 상심이란 같은 삶을 살아가는 것은 말할 것도 없고, 그런 이야기를 듣기만 해도 감정적인 연금술이 생겨난다. 우리는 심장이 부서질 때 조금의 의문도 없이 우리에게 심장이 있음을 알게 된다. 지옥에 떨어진 것처럼 심장이 아플지라도 자신에게 심장이 있음을 알게 되면 좋은 느낌이 든다. 이게 바로 감정적인 연금술이다. 아무것도 느끼지 못하는 지옥보다, 혹은 상처를 부정하는 연옥보다 상처가 있는 편이 낫다. 상처를 부인하는 것은 바로 자신의 심장을 부인하는 것이고, 우리를 보살피는 심장의 놀라운 능력을 부인하는 것이다.

나는 식탁 너머로 남자를 보았다. 그는 시선을 돌렸다. 어쩌면 내가 도로를 걸어갈 때 그가 본 사람은 내가 아닐지도 모른다. 그는 도로를 걷는 내 모습에서 자신의 아들을 본 게 아닐까.

몇 달 전 사우스캐롤라이나의 작은 식당에서 만난 노인이 떠올랐다. 그는 내 자리에 합석해도 되겠느냐고 물었다. 노인의 이름은 폴이었다. 폴은 16년 동안 홀아비로 지냈다. "집에 혼자 있으면 외로워요." 노인이 말했다. "언제든지 하느님께 말할 수는 있지만, 사람들과 대화를 나누는 것과는 달라요." 폴은 조심스럽게 포테이토칩을 골라 입으로 가져갔다. 나는 그가 핫도그를 먹으러 식당에 온 게 아니라는 것을 깨달았다. 그는 누구라도 다른 사람과 함께 있으려고 왔다. 나도 사실은 크게 다르지 않았다. 뉴올리언스 외곽에 사는 이 남자도 마찬가지일지 모른다.

"크레이지 앨 술집에서 뭘 먹었다니 잘됐구먼. 아니면 내가 먹을 걸 주어야 했을 거 아냐." 그가 말했다. 그도 자기 맥주를 다 마셨다. "도로 아래 소방서에서 야영을 허락하지 않으면 우리 집 뒷마당에 텐트를 쳐도 좋아. 울타리가 있어서 안전할 테니까."

그 말을 도입부 삼아 이제 떠날 시간이라고 말했다. 떠나기 전 아직도 그의 이름을 모른다는 사실을 떠올리고 이름을 물었다. 그는 다시 의심스러운 얼굴로 나를 보았다.

"내 이름은 본드야." 그가 말하고 잠깐 멈추었다. "제임스 본드."

도로를 800m 정도 내려왔을 때 제임스 본드가 픽업트럭을 타고 반대편 차선에 서더니 내 걸음에 맞춰 천천히 속도를 줄여가며 나를 따라왔다. 나는 그를 보고도 놀라지 않았다.

"안녕하세요, 본드 씨." 내가 말했다.

"자네 참 천천히 걷는구먼. 여기까지 오는 데 10분씩이나 걸리다니, 어쩔 셈이야? 내가 먼저 가서 소방서에서 야영해도 되는지 물어보겠어."

나는 제임스 본드에게 그러지 않는 편이 더 좋다는 뜻을 내비쳤고 분명히 그러지 않아도 된다고 말했지만, 뒤쪽에서 다른 자동차가 멈춰 서는 바람에 그가 먼저 출발하고 말았다.

소방서는 허리케인 카트리나의 여파로 임시방편으로 지은 창고에 자리 잡고 있었다. 울타리로 친 높은 철조망 꼭대기에 가시철사가 뱀처럼 휘감겨 있었다. 문은 열려 있었고, 제임스 본드의 트럭이 소방차 옆에 서 있었다. 이동식 건물로 지은 소방서 문간에 그가 서 있는 게 보였다. 감전된 사람처럼 위로 뻗은 금발을 보니 그가 틀림없었다. 안에는 두 명의 소방관이 소파에 앉아 있었다. 그들은 매우 부적절한 것이나 두려운 것을 본 듯한 표정으로 그를 올려다보았다.

"호랑이도 제 말 하면 온다더니." 제임스 본드가 '짜잔!'이라고 말하듯이 나를 가리키며 말했다. 나는 소방관에게 사정을 설명했고, 야영을 해도 좋다는 허락을 받았다.

"저 사람, 뇌관을 잔뜩 가지고 노는 사람 같군." 제임스 본드가 떠나자 소방서장이 말했다. 그는 나에게 제임스 본드를 아느냐고 물었고, 나는 약간 배신자가 된 가책을 느끼며 모른다고 대답했다.

휴게실에서 소방관들과 함께 앉았다. 그들은 마상 창 시합에 관한 리얼리티쇼를 보고 있었다. 나는 침묵 속에서 누구라도 TV를 꺼버리기를, 그래서 평화롭게 각자의 현실을 즐길 수 있기를 바랐다. 누가 소방서에 킹케이크를 선물했는데, 마르디 그라 축제의 전통대로 금색과 초록색, 자주색 설탕 옷이 입혀 있었다. 소방서장이 내게 함께 먹어도 좋다고 말했다.

"하지만 직접 가져다 먹어야 해. 설마 내가 당신 엄마처럼 케이크를 갖다 바치길 바라는 건 아니겠지?"

킹 케이크를 먹고 있는데 사이렌이 울렸다. 응급 사이렌이었다. 소방관들이 소방차로 내달리기 시작했다. 소방서장이 나가면서 곧 돌아오겠다고 말했다. "당신, 불운의 사나이야." 그가 고개를 절레절레 흔들며 말했다. "틀림없이 불운의 사나이야. 여기서 이렇게 불려 나가는 일이 좀처럼 없거든."

소방관들이 모두 나간 후 나는 TV를 껐다. 으스스한 침묵이 휴게실을 가득 채웠다. 혹시 제임스 본드가 거짓으로 응급 전화를 걸었고, 지금쯤 나를 죽이러 오고 있는 건 아닐까. 나는 소파에서 일어나 문을 잠갔다.

"노부인이었어." 30분 후 다들 돌아왔을 때 소방서장이 말했다. "심장마비인 줄 알고 연락했지. 문제는 없었어."

그날 밤 나는 다음 날 뉴올리언스를 지나갈 걱정에 잠을 이룰 수 없었다. 그러나 아무 일도 없었다. 그냥 24km만 더 걸어가면 되었다. 처음부터 두려워할 일이 없었을지도 모르고, 어쩌면 내가 운이 좋아서였을지도 모른다. 온종일 제임스 본드가 픽업트럭을 타고 내 옆을 지나가길 기대했지만, 그는 오지 않았다.

미시시피주 패스커굴라 주차장 옆 모텔 방에서 담배 연기가 빠져나갈 수 있게
문을 열어놓고

2월

"이런 가죽옷을 입고 뛰어다니는 현상금 사냥꾼들 봤어요? 절대로 가죽옷은 입
지 말아요. 그 당시 나는 가죽 허리띠도 차지 않았어요. 총알이 가죽을 뚫기 때문
에 감염을 일으키고 죽을 수도 있어요. 두 번의 기회 같은 건 없어요. 그런데 이
사람들은 왜 거추장스럽게 가죽옷을 입고 돌아다니는 거죠? 실크를 입어요. 그
러면 총을 맞아도 파편이 여기저기 튀지 않아요. 늘 실크 셔츠를 입어요."

"싸움 기술도 필요하나요?"

"아, 그럼요. 하지만 몸집은 중요하지 않아요."

"누가 달려들면 가장 먼저 어떤 동작을 취하는 게 좋을까요?"

"불알을 차버려요."

당신은 두 발로 책을 읽고 있군요

〈 15 〉

WALKING ÷TO÷ LISTEN

붐비는 술집에 그녀가 들어섰을 때 브라스밴드가 울부짖고 있었다. 그녀는 마르디 그라 축제에 맞춰 섹시한 공작처럼 입고 왔다. 내게는 축제 의상이 없었다. 나는 한낱 미국을 걸어서 횡단하는 사람에 불과했다. 고등학교 시절의 친구 스티브가 며칠 전 우리를 소개해주었다. 둘 사이에 무슨 일이 벌어질 것 같은 분위기였는데, 그날 밤 그녀가 술집 문을 열고 들어오자마자 실제로 무슨 일이 벌어졌다. 우리는 서로 아무 말도 하지 않고 잠시 바라보다가 동물이나 신이라도 되는 것처럼 뒤엉키기 시작했다. 나는 사라졌다.

몇 달 동안 내가 얼마나 혼자 외로웠는지 떠올랐다. 그 전에는 이만큼 심하게 외로움을 느낄 여지를 스스로 허락하지 않았다. 심하게 외로워할까 봐 내 인생에서 로맨스는 없어도 괜찮은 척하며 걸었다. 그녀를 만날 때까지는 그런 척하며 지내는 데 아주 능숙했다. 사람들이 우리 주위를 빠르게 지나가며 춤을 추고 소리를 질러댔지만, 나는 오직 그녀만을 주목했다. 그녀의 입술, 그녀의 눈동자, 그녀의 긴 갈색 머리. 오, 세상에! 그녀가 내 손을 잡고 군중 깊숙이 들어갔고, 우리는 빵빵거리는 트럼펫과 미끄러지는 트롬본과 육중한 튜바 선율에 맞춰 춤을 췄다. 방탕함과 기쁨 속에서도 나는 지금 이 순간이 상당한 고통을 예비하고 있음을 깨달았다. 그녀는 다음 날 비행기를 타고 뉴올리언스를 떠날 것이고 나도 곧 떠날 것이므로 외로움은 한층 더 심해질 것이다.

그날 밤 늦게 우리는 부엌 바닥에 깔아놓은 에어 매트리스 위에 함께 누웠다. 스티브가 마르디 그라 축제를 맞아 여러 친구를 집에 초대한 바람에 다른 방은 전부 차 있었다. 우리는 말을 많이 나누지 않았다. 서로에 대해 아는 게 거의 없었지만, 서로에 대해 잘 알게 되면 작별하기만 더 힘들어질 것이다. 새벽 3시에 그녀가 부른 택시가 집 밖에서 경적을 울렸다. 그녀는 한 번 더 내게 키스하고 문밖으로 걸어 나갔다. 나는 다시 잠을 이룰 수 없었다. 그녀에 대한 생각을 멈출 수 없었다. 다시는 그녀를 보지 못할 테고, 다시 길 위로 돌아가는 일은 괴롭기만 할 것이다. 어쩌면 뉴올리언스에 주저앉을지도 모른다. 홀로 길을 떠나는 것보다 그쪽이 더 쉬울 것이다.

다시 길을 나서기 전, 나는 《젊은 시인에게 보내는 편지》에서 내 눈길을 끌었던 섹스에 관한 부분을 찾아 읽었다.

성은 어렵습니다. 그렇습니다. 그러나 우리에게 주어진 것은 원래 어렵습니다. 심각한 것은 거의 어렵습니다. 그리고 모든 일이 심각합니다. 이 사실을 인정한다면, 그리고 당신 자신으로부터, 당신의 소질과 성격, 경험과 어린 시절 그리고 힘으로부터 (관습이나 도덕에 영향을 받지 않은) 성에 대한 당신 스스로의 태도를 가질 수 있다면, 자신을 잃거나 당신이 가진 최상의 것에 대한 자격이 있는지 걱정할 필요가 없습니다.

릴케가 무슨 이야기를 하는지 알 수 없었다. 그래서 호기심이 생겼다. 사랑하는 사람과 아무리 가까워도 자신을 잃지 않을 수 있고, 길을 잃지 않을 수 있을 만큼 자신을 잘 안다는 건 어떤 것일까? 그런 식으로 사랑해본 적이 없었다. 대학 시절 서핑을 잘하는 긴 머리의 여자에게 홀딱 반했었다. 열정이 넘치고 아름답고 거친 여자였는데, 나는 자신을 잃을 정도로, 경험 속에서 길을 잃어버릴 정도로 그녀를 사랑했다. 확실히 그건 사랑이 아니었다. 당시 에드워드 샤프 앤드 더 마그네틱 제로스Edward Sharpe and the Magnetic Zeros(바로크 팝의 명맥을 이어가는 LA 출신 인디 밴드-옮긴이)가 〈홈Home〉을 발표했을 때라 그녀와 나는 서로 그 노래를 불러주곤 했다. "집, 날 집으로 보내줘요. 당신과 함께 있는 곳이라면 어디든 집이죠." 그녀와 헤어지고 나니 집에 대한 이런 정의가 갑자기 훨씬 덜 낭만적으로 느껴졌고, 심지어 약간 문제가 있는 것으로 생각되기도 했다. 집에 대한 경험을 연인에게 의지하면 연인이 사라지는 순간 나 자신은 집 없는 노숙자가 된다는 것을 깨달았다. 일종의 존재론적 빈곤 상태가 되었다. 그러나 당시 나는 그게 사랑이라고, 타인에게 나를 주는 과정이라고, 소속감이나 닻으로 묶여 있다는 감각을 상대에게 의존하는 거라고 생각했다. 나 자신에게 홀로 소속되어 있는 것만으로는 충분하지 않다고 생각했다.

집은 다른 사람과 함께 있는 공간이어야 했다. 다른 대안은 너무 두려워서 상상조차 할 수 없었다. 너무 텅 빈 듯 느껴졌다.

다른 사람에게 나를 내주는 것, 내 행복의 짐을 연인의 가슴에 올려두는 것, 그것도 은밀한 형태의 소유이자 조종이었다. 나를 떠나려는 연인에게 끔찍한 죄책감을 느끼게 해 결국 떠나지 못하게 만드는 행위였다. 집은 어디든 당신과 함께하는 곳이야. 그러니 당신은 내가 노숙자가 되길 원하지는 않겠지? 어디든 나랑 같이 가자. 그리고 어떤 일이 있어도 나를 떠나지 마. 거의 독재에 가까운 사랑이었고, 골룸이 반지에 집착하는 것처럼 전혀 사랑이 아니었다. 내가 아니라 네가 소중해. 너는 나의 평화이자 나의 목적이야. 집은 어디든 내가 당신과 함께 있는 곳이고, 내가 외계인이 아닌 곳, 틀리지 않은 곳, 비참하지 않은 곳이야. 나는 이별 후 내 안에서 골룸의 목소리를 들었고, 즉시 그 목소리를 쫓아내고 싶었다. 그렇게 할 수 있는 유일한 방법은 나 홀로 있는 공간에 최대한 몰입하는 것이었다.

"오직 한 가지 고독이 있습니다." 릴케는 이렇게 썼다.

그 고독은 거대하고 무거워 견디기가 수월하지 않습니다. 누구에게나 고독을 다른 것과 바꾸고 싶은 순간이 찾아옵니다. 그게 누구든 처음 나타난 사람, 가장 가치 없는 사람과 조금이라도 외적으로 일치하는 것처럼 보이면 시시하고 값싸게 어울리는 시간을 고독의 시간과 맞바꾸고 싶어집니다. 그러나 바로 그 순간이야말로 고독이 성장하는 시간일지도 모릅니다. 그런 성장은 소년의 성장만큼이나 고통스럽고, 봄의 시작만큼이나 슬픕니다.

"집, 날 집으로 보내줘요, 당신과 함께 있는 곳이라면 어디든 집이죠."
길 위에서 몇 번 나에게 이 노래를 불러주려고 했다. 그러나 이런 식으로
자신에게 세레나데를 불러주는 게 어딘가 변변찮게 느껴졌다. 그러나 휘
트먼은 그런 일에 수치심을 느끼지 않았다. "나는 자신을 축하한다." 그
는 〈나의 노래〉라는 시 첫 구절에서 이렇게 말했다. "나는 자신을 축하한
다. 그리고 자신을 노래한다." 나도 한번 해봐야겠다고, 고독 속에서 편
하게 쉬며 나 자신을 축하하고, 그러면서도 슬픈 바보 같다는 생각을 하
지 않을 위치에 도달해야겠다고 생각했다. 어쩌면 그런 위치는 한낱 신
기루에 불과할지도 모른다. 휘트먼은 나르시시즘에 빠진 광인에 불과할
지도 모른다. 릴케는 자신의 고독을 정당화하는 데 필사적인 과대망상
은둔자에 불과할지도 모른다. 그러나 나는 스스로 봐야 했다. 그래서 걷
기 여행 중 금욕하기로 결심했고 그럭저럭 잘 지키고 있었는데, 뉴올리
언스에서 섹시한 공작을 만나면서 내 결심은 흩어지고 말았다. 그녀가
떠났을 때 나는 내 빈곤과 어긋난 갈망에 빠져 허우적거렸고, 내겐 해야
할 일이 훨씬 더 많다는 릴케의 말이 실제로 들려오는 것만 같았다. 섹스
에 대해서는 휘트먼의 말을 더 들어야 하는 게 아닌가 생각하기도 했다.
휘트먼은 섹스에 대해 이렇게 말했다. "충동이자 충동이자 충동. 언제나
번식을 바라는 세상의 충동."

　그녀의 생각에서 벗어날 수 있는 마르디 그라 축제가 아직 일주일이나
남았다. 나머지 일행은 매일 밤 행렬을 보러 나갔고, 나는 거기서 그녀를
잊으려고 노력했다. 행렬을 보러 가면 구슬 목걸이를 구해야 한다는 사
실을 배웠다. 행렬 차량 위에서 가면을 쓴 사람들이 이 구슬 목걸이를 가

지고 있었고, 나는 어떤 일이 있어도 그들에게 구슬 목걸이를 던져달라고 애원해야 했다. 어느 날 밤 행렬을 구경하러 갔는데, 바로 앞에 거대한 2층짜리 행렬 차량이 서 있었다. 뮤즈들이었다. 그들은 구두를 던져주는 것으로 유명했는데, 줄루족의 색칠한 코코넛보다 더 탐나는 아주 귀중한 마르디 그라의 보물이었다. "구두! 구두! 구두! 구두!" 우리는 모두 함께 외쳤다. 아무것도 날아오지 않았다. 마침내 구두를 던지는 사람과 시선이 마주쳤을 때 나는 바로 옆에서 엄마 어깨에 목말을 탄 사랑스러운 어린 소녀를 가리켰다. "이 아이요!" 나는 외쳤다. "이 아이요!" 순간 흔히 자동차 백미러에 매달아놓는 봉제 장난감 구두 한 켤레가 공기를 가르며 날아왔다. 나는 한 손을 뻗어 장난감 구두를 붙잡았다. 그와 동시에 다른 사람도 같은 구두를 붙잡았다. 우리는 서로 구두를 잡아당겼고, 나는 아주 원시적이고도 필요 없는 함성을 질렀다. 결국 구두 두 짝을 하나로 묶은 끈이 끊어지고 말았다. 나는 구두 한 짝을 가졌다. 내게도 구두가 생겼다! 나는 친구들 앞에서 구두를 흔들었고, 우리는 모두 승리의 함성을 질렀다. 마침내 우리 손에도 소중한 트로피가 들어온 것이다.

몇 분 후 정신을 차리고 보니 나는 고작 백미러 장식품을 탐욕스럽게 지키고 있었다. 나는 죄책감을 느끼며 어린 소녀의 엄마에게 구두를 주었다. 매일 밤 거리의 토사물과 빈 맥주병을 치우고, 남은 구슬 목걸이를 산더미처럼 쌓아놓고, 잊힌 뮤즈들의 구두를 전부 내다 버리는 행사 요원들 곁을 지나가며 내가 대체로 느낀 감정이 바로 죄책감이었다.

뉴올리언스는 쓰레기장이었다. 완전한 낭비와 끔찍한 비효율의 현장이었다. 그러나 여전히 이곳은 나에게 최면을 걸었다. 여기까지 걸어오는 동안 많은 것을 받았고, 깨달음과 상실감은 물론 그 사이에 존재하는 모든 것도 얻었지만, 사실 재미는 없었다. 축제 현장에서 나는 다시 재미를 느꼈다. 신나게 놀았다. 행진하는 밴드의 작은북과 큰북이 밤공기를 향해 둥둥둥 전투적인 소리를 울렸고, 트럼펫은 빵빵빵, 튜바는 퉁퉁퉁 울었다. 백파이프가 높이 솟은 달을 향해 노래했다. 사람들이 강물처럼 거리를 흘러 다녔다. 남자들이 여자가 되었고, 여자들은 상의를 벗었는데 그중 한 여자는 거대한 고무 딜도(남근 대용품—옮긴이)를 카우보이의 올가미처럼 휘둘렀다. 무표정한 전도사들은 "회개하지 않으면 불타 죽으리라!"라고 외치며 버번 거리를 돌아다녔고, 행렬 차량은 어릿광대와 버락 오바마와 가슴을 드러낸 여신과 악어를 태우고 몇 킬로미터를 굴러다녔다. 내내 울리는 북소리가 행렬의 심장박동이 되어 내 심장박동과 함께 울렸다.

———

뉴올리언스가 걷기 여행의 결승점이 될지도 모른다고 생각했지만, 마르디 그라 축제가 끝나자 더는 나를 그곳에 붙잡아둘 게 없었다. 다시 도로로 돌아갈 생각을 하니 진절머리가 났지만, 동시에 약간의 호기심이 솟구치기도 했다. 서쪽에서 무슨 일이 벌어질지 궁금했다. 사막을 궁극적인 깨달음을 얻기 위한 호된 시련의 장으로 생각하기 시작했다. 사막을 걸어서 횡단하는 동안 깨달음을 얻지 못한다면 아마 어디에서도 얻지 못할 거라고 생각했다. 그 열기 속에서 나는 무엇을 단련하고 무엇을 결정으로 남길 것인가? 무엇이 녹아내릴 것인가? 여기서 걸음을 멈춘다면 나는 남은 평생을 '만약 계속 갔더라면 어떻게 되었을까?' 궁금해하며 살 것이다. 나는 궁금해하고 싶지 않았다. 알고 싶었다.

아카데미 시상식 중계방송을 보다가 마침내 계속 가기로 했다. 메릴 스트리프의 수락 연설을 반쯤 들으며 모하비사막의 태양을 생각했다. 만약 내가 그곳에 간다면 내가 도착할 무렵의 8월은 어떤 모습일까? 〈아티스트〉가 오스카상을 휩쓸었고, 나는 헐벗은 광대한 사막의 고요를 상상했다. 내가 느낄 갈증과 타버린 살갗을, 그리고 고독이 내 마음에 어떤 영향을 미칠지를 상상했다. 시상식 후 진행될 파티에서 스타들이 어떤 모습을 보일지 추측하는 마무리 말이 TV에서 흘러나오는 가운데 나는 소파에 앉아 곧 걷기 여행을 재개할 것을 알고 두려움과 안도감을 동시에 느꼈다.

떠나기 직전 나는 존 뮤어(스코틀랜드 태생의 미국인으로 자연보호운동을 벌였다—옮긴이)의 말을 인용한 그라피티 벽화를 보았다.

황무지는 마음에서 시작된다.

나는 곧 그 황무지 깊숙이 들어갈 것이고, 서쪽으로, 도로로, 그리고 내 안에서 기다리는 것으로부터 나를 숨겨줄 다른 게 거의 없는 곳으로 갈 것이다.

마침내 짐을 지고 떠나는 날 아침, 가랑비가 내렸다. 이별의 비처럼 느껴져 몇 시간을 울었다. 자동차를 타고 내 곁을 지나가는 사람들은 내 모습이 꽤 우습다고 생각했을 테지만, 나는 그렇지 않았다. 길 위로 나온 지 거의 5개월이 지났지만, 아직도 고독이 나를 짓눌렀다. 과연 그러지 않을 날이 올지도 확신할 수 없었다.

평소였다면 격려의 말이 필요할 때 엄마에게 전화를 했겠지만, 이번에는 아버지에게 전화했다. 아버지는 나를 믿으며, 내가 자랑스럽다고 말했다. 그리고 슬픔은 지나갈 거라고도 말했다. 아버지에게 속내를 털어놓아서 기분이 좋았다. 나는 몇 년 동안 아버지에게 조언을 구하지 않았고, 이는 우리 관계가 냉랭해진 이유 중 하나였다. 나는 어느 정도의 신뢰가 없으면 아무것도 할 수 없었다. 휴가 기간의 의무적인 방문과 만남을 넘어선 내 인생의 진짜 일에 아버지를 초대할 만큼 나는 아버지를 신뢰할 수 있을까? 그 순간 나는 그럴 수 있다고 느꼈다. 그러나 어쩌면 순간적인 생각에 불과할지도 모른다.

"사랑한다." 전화를 끊기 전 아버지가 말했다.

"저도 사랑해요, 아버지."

"고맙구나." 아버지가 대답했다. 아버지는 내가 사랑한다고 말할 때마다 고맙다고 대답했는데, 아마 이혼 후 몇 년 동안 내가 사랑한다는 말을 하지 않았기 때문일 것이다. 고맙구나. 그 말을 들을 때면 내 맘의 방어벽은 곧장 사라졌고, 나는 아버지의 인간적인 면모를 조금이나마 엿볼 수 있었다. 아버지는 일탈을 일삼는 비정한 악당이 아니었는데, 엄마와 아버지가 헤어진 직후에는 아버지를 그렇게 보았다. 아버지도 사랑받고 싶어 하는 한 사람에 불과하고, 그 사랑이 올 때마다 고마워하는 사람일 뿐이었다. "고맙구나." 아버지가 전화기에 대고 그렇게 말했을 때 나 역시 같은 마음을 느꼈다. 때로는 사랑이 복잡하게 느껴지더라도 서로 그렇게 말할 수 있다는 사실이 고마웠다.

나는 귀로 아버지 목소리를 들으며 계속 걸었고, 점점 고마운 마음이 커졌다. 아버지는 살아서 수화기 너머에 실재했다. 그 사실이 갑자기 믿을 수 없는 선물로 느껴졌다. 10대 시절 나 자신의 고통에 빠져 있을 때는 아버지가 그냥 죽어버리면 한결 수월할 거라고 생각했었다. 지금은 그게 얼마나 잘못된 생각인지 안다. 몇 년 더 흘러 아버지가 노인이 되면 어떨까? 이 생각에 이르자 아버지의 죽음을 상상해보았다. 이내 나는 다시 고속도로 한쪽에서 흐느껴 울었다. 그날을 피할 수 없을 것이다. 울음은 구토와 상당히 비슷했다. 그냥 해야 할 때가 있고, 하고 나면 한결 후련해졌다.

———

그날 막바지에 나는 다시 뉴올리언스에서 서쪽으로 32km 떨어진, 늪지대로 둘러싸인 90번 고속도로에 와 있었다. 야영할 만한 마른 땅이 없었지만, 다행히 공황에 빠지기 전 90번 부두 술집 겸 요트 정박지로 비틀비틀 걸어갔다. 그곳의 주인은 빅 조지라고 불리는 남자였다. 그는 자기 트레일러의 툭 튀어나온 돌출부 바로 밑에 텐트를 치면 2월의 비를 피할 수 있을 거라고 말했다.

술집은 매끄러운 돌판 모자이크로 덮여 있었다. 그 외에 나머지는 모두 목재였는데, 오래 사용했는지 천장이며 바닥이며 벽이 다 낡아 있었다. 목재는 마호가니나 참나무로 보였지만, 조명이 어두침침해 구별할 수 없었다. 뒤쪽에 당구대가 하나 놓여 있고 주크박스에서 레니 크라비츠가 흘러나왔다.

"이사 왔어요?" 술집에 들어서자마자 바텐더가 턱끝으로 내 배낭을 가리키며 말했다. 바 끝에 단골 몇 명이 앉아 있었는데, 전부 케이즌 남자들이었다. 그들이 나를 초대했다. 그날 처음으로 내가 왜 뉴올리언스를 떠나 계속 걷기로 했는지 그 이유를 기억해냈다.

단골 가운데 리처드라는 남자가 계속 내게 맥주를 사주었다. 나는 술에 취한 상태로 걸은 적이 없었기 때문에 앞으로도 계속 그 원칙을 지키고 싶었다. "케이즌에게 술을 그만 마시라는 말을 하면 안 돼요." 내가 그만 마시겠다고 하자 리처드가 말했다. "더 마실래요?"

"모르겠어요." 내가 말했다. "더 마시면 안 될 것 같아요."

"예 아니면 아니요. 결정해요."

"아니요."

"이 친구에게 한 병 더 갖다 줘, 크리스티." 내 앞에 맥주 한 병이 또 놓였다.

마침내 술집 밖으로 나왔을 때는 어느새 비가 개어 있었다. 가로등 불빛이 늪 위로 어렴풋한 흰빛을 드리웠다. 그 빛 너머에 늪이 살아 움직였다. 나이 많은 편백나무가 어렴풋이 보였고, 살아 있는 참나무의 거대한 가지들이 천천히 몸을 비틀었다. 검은 물 아래 온갖 굶주린 짐승들이 먹이를 찾아 헤엄쳤다. 으스스 떨렸다. 휘트먼의 시 〈풀잎〉의 시구가 하나 떠올랐다. "보이지 않는 것과의 접촉."

나는 한동안 어둠을 응시했다. 조지아주 로이스턴 외곽에서 만난 다이앤의 헛간에서 밤을 보내던 날처럼 마음이 흡족했다. 예기치 않은 경이로움과 만족감이 찾아왔다. 녹초가 된 더러운 몸으로 집에서 멀리 떨어진 낯선 땅에 홀로 있는 일에는 뭔가가 있었다. 혼자서 자정의 늪을 목격하는 일, 어둠 속에서 후두두 떨어지는 비, 나무 위로 드리우는 흐릿한 전등불에도 뭔가가 있었다. 그리고 그게 무엇이든 좋았다. 이에 대해 휘트먼은 명확하게 썼다. "가슴을 다 드러낸 밤을 꾹 눌러라! 자성 띤 자양분 넘치는 밤을 꾹 눌러라! 남풍의 밤! 커다란 별들이 총총 떠 있는 밤! 고요히 고개를 끄덕이는 밤! 미쳐서 벌거벗은 여름밤!" 정말로 그런 밤, 설명할 수 없는 느낌표의 밤이었다.

잘 잤고 숙취 없이 일어났다.

"커피가 다 됐어요." 빅 조지가 트레일러 안에서 말했다. "당신 머그잔을 건네줘요. 여기 안쪽은 공간이 충분하지 않아요."

문틈으로 엿보니 그도 끼여 있다시피 했다. 그는 김이 피어오르는 커피를 들고 겨우 문틈을 빠져나와 육중한 몸집에 깔려 삐걱삐걱 소리를 내는 앞 계단으로 내려왔다. 그에게는 염소라는 이름의 개가 한 마리 있었는데, 그 염소도 트레일러 밖으로 나왔다. 인스턴트커피였지만, 늪에서 천천히 피어오르는 아침 안개와 잘 어울렸다. 우리는 거의 말을 하지 않고 함께 커피를 마셨다. 빅 조지의 머그잔은 그의 큼직한 손에 가려 보이지 않았다. "케이즌의 손을 봐요." 간밤 술집에서 만난 어느 단골이 말했다. "케이즌의 손은 악어 사냥꾼의 손, 너구리 사냥꾼의 손, 낚시하고 술

마시는 손이에요." 노동으로 거칠어지고 굳은살이 단단히 박인, 그러나 부드러운 손이었다. 커피를 다 마시자 빅 조지가 양손으로 내 손을 잡고 흔들었다.

"있잖아요." 그가 말했다. "당신은 두 발로 책을 읽고 있군요." 그가 말랑말랑한 귤 네 개와 악어 이빨 한 개를 주었다. "눈을 뜨고 다녀요. 마음을 열고 다녀요."

예상치 못한 심오한 작별 인사였다. 빅 조지와 내가 함께 보낸 시간은 겨우 20분이었고, 나는 그에 대해 아는 게 거의 없었다. 거구의 백인 남자라는 것, 허물어가는 트레일러에 산다는 것, 다이빙 술집을 소유했다는 것, 악어 고기를 먹는다는 것 정도는 안다. 그러나 작별 인사를 나눌 때 나는 그를 충분히 알지 못한다는 사실을 깨달았다.

다시 90번 고속도로로 돌아와 빅 조지의 말을 더 생각해보았다. '당신은 두 발로 책을 읽고 있군요.' 그의 말엔 주목할 만한 점이 있었다. 문장속에서 메시지를 찾을 수 있었다. 연결할 수 있는 지점이 있었다. 새로운 종류의 걷기였다. '읽는 걷기.' 나는 장대함과 풍성함, 복잡함으로 가득한 이 무한한 책의 단어들을 볼 수 있었다. 내가 오랫동안 읽는 걷기를 할 수 없었던 것은 내 집중력이 책의 엄청난 규모를 따라잡지 못했기 때문이다. 나는 광활한 대륙을 지나가는 작은 점에 불과했다. 나는 대륙의 가느다랗고 유한한 선 위를, 장대한 책의 고작 한 문단을 걷고 있었다. 나는 아무것도 아니었다.

1km 또 1km를 걷고, 한 주 또 한 주를 걸으며 모순을 알아보기 시작했다. 무한성은 아주 작은 것 안에 있었다. 모든 세부는 세부 안에 존재

했다. 어쩌면 책을 전부 읽지 못하더라도 그게 상실은 아닐지 모른다. 이만큼 온 것으로도 괜찮을지 모른다.

90번 고속도로에서 보면 늪지대는 사방으로 멀리 그리고 점점 더 깊이 뻗어갔다. 모든 것이 전날 내린 비에 젖어 있었다. 이내 어깨가 아프다고 비명을 질러대고 발이 나를 죽이겠다고 협박하기 시작했지만, 읽는 걷기는 풍성해졌다. 말 세 마리가 풀밭 위를 질주했다. 햇볕에 그을리고 주름진 갈색 얼굴의 남자가 주황색 우유 상자 두 개를 엎어놓고 그 위에 앉아 플라스틱 컵에 맥주를 따라 마시고 있었다. 교외 지역의 유토피아를 홍보하는 오래된 광고판이 꿈대로 살아가라고 말했다. 그 특별한 순간, 내겐 그런 조언이 굳이 필요하지 않았다.

"2년 전만 해도 나는 범죄자에다 마약중독자였어요. 아주 어린 나이에, 고작 여덟 살부터 그런 꼴을 하고 다녔어요. 열여섯 살 때는 누군가에게 몹시 화가 나서 살인죄로 감옥에 갈 뻔하기도 했죠. 맹꽁이자물쇠로 사람의 얼굴을 쳤고, 그의 이를 부러뜨렸어요. 얼굴이 짓뭉개졌죠. 거리에 쓰러져 죽으라고 내버려두고 갔어요. 나는 통제할 수 없었고, 통제받고 싶지도 않았어요.

2년 전 하나님이 성경 대학에 보내주셨어요. 어느 날 밤 자다 깼는데, 내가 완전히 다른 사람이 되어 있었죠. 하느님이 내 삶을 바꿔놓았어요. 그분은 내게 목적과 소명이 있다고 말씀하셨어요. '회개하라. 죽어가는 이들이 있다. 이제 게으름은 그만 피우고 일어나라.' 그날 아침, 일어나자마자 주님 앞에서 흐느껴 울며 회개했어요. 내게 목적이 있음을 알게 된 후로 나는 다른 사람이 되었어요.

사랑이 내 직업이에요. 사랑은 모든 것을 이겨요. 벽을 무너뜨려요. 심장과 마음을 꿰뚫어요. 사람을 온화하게 만들어요. 사랑이요. 당신에게 맞서는 사람조차 사랑할 수 있다면 그들을 온화하게 만들 수 있죠. 그게 누구인지는 중요하지 않아요. 그게 전부예요. 당신 종교가 뭔지 모르니까 이거 한 가지만 말할게요. 내가 그렇게 할 수 있는 유일한 방법은 주님, 우리 예수그리스도와 함께하는 거죠. 그분은 말씀하셨어요. '용서하라. 용서하지 않으면 결코 용서받지 못하리라.' 당신은 용서받기를 원하나요? 예, 나는 그래요. 그러면 어떻게 해야 할까요? 나는 용서할 겁니다. 그러면 거기서 사랑이 와요.

아무한테나 붙들고 있던 불만을 더는 붙들지 않아요. 과거를 끌어오지 않아요. 과거가 찾아오면 이렇게 말합니다. '아니, 나는 내 마음을 용서하지 못하는 붕대로 감아놓지는 않을 거야. 쓰라린 마음을 품고 돌아다닌다면 다른 사람을 도울 수 없으니까.' 어떤 사람을 용서할 수 없다고 앙심을 품고 집착하면 내가 만나는 다른 사람들에게도 전부 영향을 끼쳐요. 그게 감옥이죠. 그러면 여기저기 돌아다니는 것처럼 보여도 마음의 감옥에 갇힌 셈이에요. 그러면 어떻게 될까요? 두려움이 찾아오죠. 두려움은 자만심으로 변하고, 분노와 울분과 쓸쓸함과 살인으로 변해요. 두려움이 뿌리예요. 두려움이요.

그런 일은 일어나지 않을 겁니다. 그리스도를 만나기 전의 내 모습으로 돌아가지 않을 거예요. 그렇게 놔두지 않아요. 사랑 아니면 두려움이에요. 당신은 얼마나 자유로워지고 싶은가요? 그게 하한선입니다. 양심과 마음으로부터 자유로워지고 싶은가요? 순수한 가슴과 마음을 가지고 돌아다니고 싶은가요? 당신을 창조하신 주님을 기쁘게 해드리고 싶은가요? 바로 그겁니다. 그러겠다, 그러지 않겠다, 둘 중 하나를 선택하는 문제입니다."

나는
걷기로 했다

모든 걸 그만두고 당장 집으로
돌아가고 싶어질 거예요

〈16〉

WALKING ≑TO≑ LISTEN

루이지애나 남부의 도로를 걸으면서 눈이 호강했다. 라임 빛깔의 사탕수
수가 낮게 드리운 푸른 하늘을 빗질하듯 죽 뻗어 있었다. 물을 댄 논의
이랑이 정오의 햇빛을 받아 반짝였고, 가재를 잡는 덫의 위치를 표시한
주황색 부표가 방점을 찍듯 간간이 놓여 있었다. 오래된 사탕수수 압착
기와 개구리가 가득한 헛간과 '팻 마마'라는 간판을 단 간이식당을 지나
갔다. 구름이 부처의 배처럼 잔뜩 부풀었고, 거북이와 뱀의 사체가 회반
죽처럼 도로에 납작하게 붙어 있었다.

　푸르른 녹음을 가장 많이 본 곳도 루이지애나 남부였지만, 조선소와
석유 굴착기, 녹슨 고철 더미 등 먼지투성이 잿빛이 모든 빛깔을 어둡게
짓눌렀다. 화려하게 칠한 판잣집에 공장에서 일하는 남자들이 드나들 만
한 '노란 장미' '유혹' 같은 이름의 스트립 클럽이 들어와 있었다.

　이곳은 미국에서 가장 규모가 큰 늪인 아차팔라야 습지대로, 케이즌

지방의 절벽거리는 심장이었다. 강과 호수와 늪지로 이루어진 물의 마디에 마을들이 엉켜 있었다. 위에서 보면 구멍이 많은 해면체처럼 보였다. 도로를 걸어 습지대를 지나는 것은 깨지지 않는 유리 터널 속에서 기묘하고 치명적인 세상을 지나가는 것과 같았다. 다치지는 않겠지만, 많은 것을 볼 수는 없었다. 오직 저 안의 진짜 모습은 어떨지 궁금해할 수만 있었다.

습지대의 깊은 구석에서 몇 달째 혼자 사는 딘 윌슨이라는 남자를 만났다. 그는 내 또래였고, 부엌에서 저녁으로 토끼 브레이즈(기름에 살짝 튀긴 후 약한 불에 끓이는 음식-옮긴이)를 준비하면서 나와 인터뷰했다. 그는 사람보다 동물을 더 좋아해서 습지대에 사는 게 잘 맞았다. 아마존 원주민과 살 계획을 세우고 정글 생활에 대비한 훈련을 하려고 루이지애나에 왔다가 여기가 너무 좋아서 그대로 눌러앉았다. 그는 습지대에 사는 동안 아주 두려웠을 때가 딱 한 번 있었다. 밤이었다. 친구와 황소개구리 사냥을 하고 있었는데, 보트의 모터가 고장 났다. 두 사람은 물속에 들어가 보트를 등에 대고 밀어야 했다. 딘은 손전등 불빛으로 곳곳에 도사린 악어와 코튼마우스(미국 습지대에 사는 독사의 일종-옮긴이)를 보았다. 불빛을 본 놈들이 미쳐 날뛰기 시작했다. 그는 등으로 보트를 밀며 지팡이 칼로 뱀들을 밀치고, 손전등을 조심스럽게 바깥을 향해 비추었다. 바로 앞에 악어 눈이 바닥에 가라앉은 채 빛나는 게 보였고, 잠시 후에는 악어들이 그의 발목을 스치며 지나가는 게 느껴졌다.

"황무지는 마음에서 시작된다." 뉴올리언스의 그라피티 벽화에서 본 존 뮤어의 말이었다. 그 늪이 내 마음처럼 생각되었다. 늪에는 수많은 생물이 살았다. 내 마음의 늪에는 죽음을 향한 공포와 가족에 대한 슬픔, 집을 향한 그리움, 그리고 나는 충분한 사람이 못 된다는 의심까지 살았다. 나는 코튼마우스를 밀쳐내고 악어가 옆을 스쳐가는 와중에도 묵묵히 앞으로 나아가는 딘의 모습을 그려보았다. 숨을 쉬어. 천천히 나아가. 숨을 쉬면서 천천히 나아가야 살아남을 수 있어. 내가 미처 알기도 전에 수많은 생물이 왔다 갔다. 심지어 기쁨과 즐거움도 왔다 갔다. 도로에 나선 후로 이 모든 생물과 방해받지 않는 시간을 수없이 보냈다. 이것들에 대해 많이 알게 되었다. 어떤 것은 인정해주기만 하면 되었다. 또 어떤 것은 구체적인 행동도 요구했다. 이를테면 밤에는 코튼마우스를 향해 빛을 비추지 말 것. 마음의 늪에도 나를 안전하게 지켜줄 작은 방법이 존재했다. 나는 이것들과 더불어 살 방법을 찾아내야 했다. 필요하면 이것들을 사냥할 방법도 찾아야 했다.

예를 들면 깊은 물속에 사는 괴물로, 톱니 이빨을 가진 악어동갈치가 있다. 올리 웨어라는 젊은 남자가 이 악어동갈치 사냥법을 가르쳐주었다. 놈을 잡으려면 나일론 낚싯줄을 사용해서는 안 된다. 미끼를 무는 순간 몸부림을 치기 시작하는데, 놈들은 3.6m까지 자라기 때문에 결코 가볍게 잡을 수 있는 몸집이 아니므로 철제 밧줄을 써야 한다. 놈이 미끼를 물면 철제 밧줄을 계속 잡아당겨야 한다. 그러다 놈이 지치면 보트 옆에 매달고 계속 달리면서 조준을 잘해 정확히 머리를 쏘아야 한다. 머뭇거리면 안 된다. 어떤 일이 있어도 놈에게 물리면 안 된다. 놈의 입에는 사람의 몸을 찢어버릴 수 있는 톱니 이빨이 잔뜩 달렸다. 놈이 죽으면 체인톱으로 잘라야 한다. 내장을 제거하고 얇게 포를 떠서 깨끗이 씻어야 한다. 그러고 나서 먹으면 된다. 실컷 먹을 수 있다. 계속 먹고 살아가려면 그래야 한다.

내 마음의 늪에 사는 악어동갈치는 아마 내가 충분한 사람이 못 된다고 생각할 것이다. 나는 내 가족을 하나로 모을 만큼 충분한 사람이 못 된다. 아버지를 용서하기에 충분한 사람이 못 된다. 다른 사람이 되려고 노력하지 말고 정말로 자신을 잘 알고 사랑하는 사람, 걸어서 미국을 횡단한 사람 또는 자신의 가치를 증명해낸 사람이 되려고 노력하지 말고 있는 그대로의 자기 모습을 간단히 인정하기에 충분한 사람이 못 된다. 이 세상에 의미 있는 일로 보답할 만큼 충분한 사람이 못 된다. 나는 내 마음의 늪에 사는 악어동갈치를 잡으러 가서 당장 머리를 조준해 쏘지 않았으므로 그날의 걷기는 꽤 추한 모습이 될 것이다. 이게 '습지대 걷기'였다.

악어동갈치 사냥꾼 올리 웨어는 자기 집 뒷마당에 피운 모닥불 옆에서 1시간 동안 습지대에서 자란 이야기를 들려주었다. 그는 프랭클린이라는 작은 읍에 살았다. 그의 집에서 동쪽으로 몇 킬로미터 떨어진 곳에서 우연히 그의 친구들을 만났는데, 그들이 올리가 사는 곳을 알려주었다. 올리는 나를 자기 집에서 재워주겠다고 했다. 올리는 내 또래였는데, 벌써 한 아이의 아버지였다. 그의 아들은 올리가 스물두 번째 생일을 맞이하기 일주일 전에 태어났다.

"있잖아요." 그가 모닥불 옆에서 말했다. "아들은 내가 미리 받은 최고의 생일 선물이었어요."

올리와 아이 엄마는 더는 같이 살지 않았다. 올리는 주말마다 아들을 만나러 갔다. 그는 기계공이었다. 턱을 덥수룩하게 덮는 수염이 있었고 문신도 있었다. 많이 웃지 않았고 눈썹을 많이 움직이지도 않았다. 아들 이야기를 하기 전에는 그가 나보다 훨씬 더 금욕적이고 냉정한 사람이라고 생각했다. 그런데 아들 이야기를 봇물 터지듯 쏟아냈다.

"처음 아이가 생겼다는 것을 알았을 때 기분이 어땠어요?" 내가 물었다.

"아, 행복했죠." 그가 말했다. "행복했어요. 어느 날 그녀가 병원에서 혈액검사를 하고 왔고, 이틀 뒤에 병원에서 전화가 왔어요. '임신입니다.' 나는 '굉장하다'고 생각했죠. '제기랄' 또는 '아, 이제 어쩌지?' 같은 느낌이 아니었어요. 그냥 '굉장하다'였어요."

"아들이 태어날 때 옆에 있었나요?"

"아, 그럼요. 내내 옆에 붙어 있었죠."

"아들이 태어났을 때 느낌이 어땠나요?"

"정말 굉장했죠. 의사한테 내가 직접 그녀의 배를 절개해도 되느냐고 물었어요. 의사는 소독하지 않아서 안 된다고 했죠. 얼른 가서 씻고 오겠다고 했지만, 의사가 허락하지 않았어요. 그때 사진이 다 있어요. 원하면 보여줄 수 있어요. 우리 아이는 울지도 않았어요. 내내 나를 보기만 했죠."

그 나이에 아들이 생기고 아버지가 된 게 두렵지 않냐고 물었다. 나라면 그럴 것 같아서 던진 질문이었다.

"솔직히 두렵지 않았어요. 매일매일 받아들였어요. 그 사실이 이상했지만 적응할 수 있어요. 그 일에 관해서라면 나쁜 말은 할 수 없어요. 어떤 것도 후회하지 않아요. 나는 아들을 사랑하고 앞으로도 언제나 사랑할 겁니다. 아마 당신도 지금 아이가 생겼다는 사실을 알게 된다면 모든 걸 그만두고 당장 집으로 돌아가고 싶어질 거예요."

그 순간 실재하는지 확신할 수 없는 나 자신의 일부분을 언뜻 목격했다. 특히 도로에서는 내 안에 조건 없는 이타심이 자리 잡은 걸 본 적이 없었다. 나는 누구와도 함께 걷고 있지 않았다. 누구도 보살피고 있지 않았다. 오직 나의 조그만 머릿속에만 집중할 수 있었다. '당신도 지금 아이가 생겼다는 사실을 알게 된다면 모든 걸 그만두고 당장 집으로 돌아가고 싶어질 거예요.' 걷기 여행이 어느새 내 삶이 되어가는 와중에도 나는 이 일을 그만두고 싶어질 만큼 중요한 일이 생기기를 원했다. 그러나 아직은 그 정도의 이타심을 상상할 수 없었다. 아직은 이론적이었다. 나는 아들을 사랑하고 앞으로도 언제나 사랑할 겁니다. 하지만 올리에게는 이 것이 엄연한 현실이었다.

"나는 이렇게 삶을 보내고 싶지는 않아요." 나는 다소 갑작스럽게 말했다.

"어떤 식으로요?" 올리가 물었다.

"혼자 사는 거요. 방랑하고 탐색하고 여행하는 거요. 모두 사랑하는 일들이지만, 결국엔 약간 공허하게 느껴져요."

"그래요." 올리가 말했다. "하지만 이 걷기 여행을 마치고 다양한 사람을 만나고 나면 당신은 다른 사람이 될 거예요. 지금의 당신이 아닌 사람이 될 거예요. 더 좋은 사람이 될까요? 아니면 더 나쁜 사람이 될까요? 그럴 수도 있고 아닐 수도 있겠죠. 하지만 나처럼 부모가 된 사람을 다섯명 더 만난다고 칩시다. 혼자 아이를 키우는 아버지나 엄마들요. 그 사람들이 당신에게 들려주는 모든 말이 당신이라는 사람을 만드는 데 도움을 주겠죠. 더 좋은 아버지나 더 좋은 남편이나, 뭐 그런 사람이 되겠죠. 당신이 더 좋은 사람이 되기를 바라요. 모든 일에서 성공하길 바라요. 그 길에서 만나는 많은 사람이 당신을 도와주길 바라요. 더 많은 사람을 만나길 바라요. 당신이 안전하게 여행을 마치길 바라요. 그 길에서 정말로 좋은 일이 많이 생기길 바라요."

그와 나는 둘 다 스물세 살의 젊은이였다. 나는 걷고 있었다. 그는 아이를 키우고 있었다. 나는 그에게서 나의 일부분을 엿보았다. 전에는 보지 못한 것이었다. 그 역시 내게서 그 자신의 일부분을 보았기를 바란다.

루이지애나주 프랭클린 집에서 요리한 가재찜으로 저녁을 먹은 후 그의 부엌에서

3월 매일 걷기에 거의 완벽한 날씨

"어떤 것도 차단하지 않았고, 어떤 것에도 질리지 않았어요. 할 수 있는 모든 것을 경험했죠. 어떤 건지 보고 싶었고, 내가 해냈다고 말하고 싶었거든요. 대부분은 좋았어요. 좋지 않은 것도 있었지만요. 하지만 전부 배울 점이 있었어요. 그게 지금의 나를 만들어주었고, 나는 나를 사랑하니까 좋아요. 지금 내 모습에 아주 만족해요. 언제나 나를 사랑하지는 않았어요. 젊었을 때는 나 자신을 잘 몰랐죠. 지금은 나를 잘 알아서 아주 행복해요."

"어떻게 그렇게 되었죠?"

"어느 날 문득 이런 생각이 들더라고요. '사람들이 X, Y, Z라고 말한다고 해서 정말로 그렇다는 의미는 아니다.' 단지 하나의 생각에 불과했지만, 그 순간은 경이로웠어요. 책을 읽기 시작했다고 해서 반드시 끝까지 읽을 필요는 없다는 걸 깨달은 어느 날 같았죠. 전에는 '끝까지 다 읽을 필요가 없어'라는 생각을 해본 적이 없었거든요. 그런데 하루는 '이 책은 시시하군'이라고 말하고 그냥 내려놓았어요. 단순하고 진부한 이야기이긴 하지만, 내겐 벼락같은 순간이었어요. 뉴올리언스에 살 때 친구들과 함께 정말 재미있는 노부부의 대리 손자가 되었는데, 당시 70대이던 할아버지가 이런 말을 했어요. '얘야, 내가 이야기 하나 해줄까?' 그래서 제가 '뭔데요?' 하고 물었죠. 할아버지는 '네가 어디에 있든지, 무슨 일을 하든지 재

미없으면 그냥 나와버려. 제기랄, 하고 그냥 나오려무나'라고 말했어요. 그때도 나는 '와!' 하고 감탄했죠. 정말 누가 뒤통수를 한 대 때리는 것 같았어요. 어디라도 가 있는데 비참한 기분이 들면 앉아 있을 필요가 없다는 말이었어요. 그냥 나가도 된다고요. 전에는 그런 생각을 해본 적이 없었거든요. 늘 사람들 말을 잘 듣는 사람이었어요. 엄격하게 행동 방식을 따르며 살았죠. 너는 이렇게 살아야 한다, 이런 기대를 받고 있다, 이런 행동을 해야 한다는 말을 따랐어요. 그래서 할아버지 말이 큰 도움이 되었어요. 즐겁지 않으면 그냥 그 자리를 떠나라고요."

계속 늘리고 지속시킬 거야

〈17〉

WALKING ÷TO÷ LISTEN

나는 I-10 주간고속도로상에 있는 보몬트 근처에서 트럭들의 육중한 무게 때문에 휘청거리는 다리를 건너 텍사스주로 진입했다. 텍사스주 깃발이 그려진 커다란 표지판에 이렇게 씌어 있었다.

텍사스에 오신 것을 환영합니다.
텍사스식으로 상냥하게 운전하세요.

뉴멕시코주까지 1,416km가 남았다고 알려주는 또 다른 초록색 표지판도 보였다. 숫자를 셈하는 동안 겁에 질리지 않으려고 애썼다. 1시간에 4.8km씩 걸어가면 텍사스주를 통과하는 데 300시간 가까이 걸린다는 뜻이었다. 두 달 남짓이었다. 이제 메이저리그에 들어섰다. 여긴 메릴랜드가 아니었다.

그러나 텍사스에 들어섰다고 해서 실제로 달라진 건 전혀 없었다. 여전히 기분 좋게 천천히 걷고 있었다. 대부분의 변혁은 빙하기 때의 속도로 일어난다는 사실을 인정해야 가능한 느림이었다. 고속도로는 빨리 감기로 억지로 속도를 높인 일탈적인 시간의 흐름이었다. 다른 것은 그렇게 빨리 흐르지 않았다. '반드시 인내할 것.' 일기장에 이렇게 썼다. 모든 질문의 뒤를 쫓아가는 데 질렸다. 이제 질문 속으로 느긋하게 들어가는 게 좋다는 걸 이해했다. 4월이었다. 도로에서 보낸 6개월 동안 어른이 된다는 건 지속적인 과정임을 배웠다. 미국을 횡단하는 걷기 여행에는 바다라는 끝이 있었지만, 어른이 되는 일에는 끝이 없었다. 언제나 새로 배울 것이 생겼다.

사람들은 끊임없이 내게 뭔가를 가르쳐주었고, 고독 역시 내게 가르침을 주었다. 특히 야영할 때 한밤의 고독이 그랬다. 고요와 정적은 가장 엄격하고 힘이 센 스승이었다. 동부에 있을 때처럼 그렇게 괴롭지는 않았다. 때로는 고요와 정적을 꽤 즐기기도 했다.

"당신의 고독을 사랑하십시오." 어느 날 밤 텐트 안에서 읽은 《젊은 시인에게 보내는 편지》에서 릴케가 내게 말했다. "그리고 당신을 있게 한 고통과 함께 노래하십시오." 고독의 챔피언이었던 릴케도 젊은 시인에게 자비 없이 이 점을 강조했다. "결국 가장 깊고 중요한 일을 만나면 우리는 이루 말할 수 없이 고독할 테니까요." 때로는 고독의 중요성을 강조하는 릴케의 생각은 몹시 외로운 사람의 자기합리화에 불과한 것처럼 보이기도 했다. 그러나 이제 그의 생각들이 점점 더 이해되었다.

당신은 가까운 사람들이 멀게 느껴진다고 편지에 썼습니다만, 이는 당신 주위의 공간이 점점 광대해지고 있다는 뜻입니다. 정말로 당신과 가까운 존재가 멀어진다면, 그리하여 당신의 광대함이 저 별들 사이에까지 뻗어가 정말로 막대해진다면 누구와도 함께할 수 없는 당신의 성장을 기뻐하십시오.

릴케가 지금 내 모습을 본다면, 한적한 외딴곳 주유소 뒷마당에서 야영하는 내 모습을 볼 수 있다면 그는 나를 자랑스러워할지도 모르겠다.

그러나 외로움에 대한 평형추로서 인간과의 동행이 필요했다. 고독이 숨 막힐 지경이 되면 숨을 쉴 자리가 있어야 한다. 가끔은 동행이 마음에 걸리고 때로는 혐오감을 자아낼 수도 있지만, 없는 것보다는 나았다. 이를테면 휴스턴 외곽에서 만난 릭처럼.

"이봐, 저기 후터스 술집이 있어. 가서 여자 가슴이나 움켜잡고 죽도록 뛰어보자고."

나는 정말이지 릭과 함께 걷고 싶지 않았다. 그는 추잡했다. 약간 불안정해 보이기도 했다. '가서 여자 가슴이나 움켜잡고 죽도록 뛰어보자고' 같은 소리를 하는 사람이었다. 휴스턴 북쪽의 상업지구를 지나가는데, 내 앞에 그가 걷는 게 보였다. 그의 속도는 나와 어긋났다. 적절한 간격을 유지하기엔 그의 속도가 너무 느렸고, 그를 지나쳐 가버리기엔 그의 속도가 너무 빨랐다. 그의 뒤로 몇 발자국 떨어진 곳에 이르렀을 때 내가 먼저 "안녕하세요" 하고 인사를 건넸다. 그는 흠칫 놀랐다.

"아, 깜짝이야." 그가 말했다. "당신을 전에도 봤거든. 반대 방향으로 갔다고 생각했지." 그의 목소리는 낮았다. 피부는 햇볕에 검게 그을렸고 주름졌다. 남은 치아도 갈색이었다. 부츠는 굽이 떨어져 달랑거렸고, 메고 있는 배낭도 어린아이가 학교에 메고 가는 그런 종류였다. 그에게 어디에서 왔느냐고 물었다.

"휴스턴 시내에서." 그가 말했다. "어젯밤 11시부터 한숨도 안 자고 걷고 있어. 댈러스까지 차를 좀 얻어 타려고 했더니 아무도 안 태워주잖아. 우라질, 나쁜 휴스턴 놈들."

나는 그의 말을 믿지 않았다. 아무도 그를 태워주지 않았다는 사실이 아니라 그가 하루 동안 마라톤 코스의 두 배나 되는 길을 꼬박 걸어왔다는 사실을 믿을 수 없었다. 지금은 정오였고, 휴스턴 시내에서 거의 64km 떨어진 거리였다. 게다가 날은 무척이나 습하고 더웠는데, 정말로 어젯밤부터 잠을 한숨도 자지 않고 걸었다면 릭은 체력이 몹시 뛰어난 야수이거나 거짓말쟁이였다.

우리는 조심스럽게 악수를 했다. 둘 중 누구도 서로 동행을 원하지 않는 것 같았다. 우리는 침묵 속에서 1.6km 남짓 걸었다.

"휴스턴 시내는 여기서 멀어요." 결국 내가 먼저 입을 열었다. "거기서 여기까지 걸어왔다면 미친 짓이죠."

"나는 평생 걸었는걸." 그가 말했다. "한번은 엘패소에서 애빌린까지 걸은 적도 있어. 심지어 그럴 계획이 아니었는데도 말이지. 아무도 날 태워주지 않아서 결국 걸어간 거야. 날씨도 참 우라지게 더웠지."

나는 이내 릭이 거짓말쟁이라고 생각했다. 엘패소에서 애빌린까지 우연히 걷는 사람은 없다. 암울하고 험준한 시골길이 724km나 펼쳐져 있어 준비 없이 그 길을 걷는다면 치명적일 수 있었다.

"몇 년 전 병원에 갔더니 의사가 그럽디다. '릭, 당신은 내가 아는 그 나이대 사람 중에서 가장 건강해요.' 그래서 내가 말했지. '의사 선생도 나처럼 많이 걸으면 건강해질 거요.' 그런데 혹시 담배 가진 거 있나?"

45번 주간고속도로는 자동차 판매소, 패스트푸드 체인점, 가구점이 정신없이 모여 있는 상업지구를 지나갔다. 그렇지 않았으면 꽤나 아름다웠을 땅에 마구잡이로 들어선 상가는 한데 모여 와글와글 증식하고 있었다. 릭과 나는 주간고속도로와 나란히 달리는 부속 도로를 걸었고, 차량 행렬이 꾸준히 우리 옆을 지나갔다. 자동차에 탄 사람들이 우리를 바라보았는데, 나는 그들이 어떻게 생각할지 궁금했다.

"사람들이 당신도 쳐다봅니까?" 나는 릭에게 물었다. "그러니까, 사람들이 당신을 보고 뭔가 두려워하는 기색을 보이나요?"

"상당히 그렇지." 그가 말했다. 우리는 침묵 속에서 조금 더 걸었다. 이윽고 나는 그에게 가족이 있냐고 물었다. 그는 없다고 대답했다. "아내는 여든여섯에 죽었고, 나는 그 후로 쭉 길 위에 있었어." 그 후로 더 이상 가족 이야기는 하지 않았다.

그러다가 후터스라는 술집을 지나가는데 릭이 그 제안을 했다.

"재미있을 거야. 가슴을 만질 수 있다니까. 당신도 아마 만질 수 있을지 몰라. 꽤 오래 걸었잖아. 한번은 뉴멕시코에서 두 여자가 날 태워줬지. 우린 호텔에 묵었고, 난 일주일 동안 신나게 두 여자와 잤어. 그리고 둘 다 떠났지. 한 명은 고향이 그립다고 했고, 또 한 명은 다른 남자가 생겼거든. 그래서 다시 도로로 나가 히치하이킹을 했어."

릭을 만나기 약 24시간 전, 나는 뜻밖의 행운 덕분에 전직 대통령 조지

H. W. 부시의 사무실에 앉아 있었다. 엄마의 어린 시절 친구가 부시를 알아서 그의 직원에게 나에 대해 말했고, 그들은 내가 휴스턴을 지나갈 때 들러서 인사나 나누자며 나를 초대했다. 고속도로 한쪽을 걸어 다니 기만 했는데 그토록 영향력 있는 인물을 직접 보게 되다니 기분이 이상 했다. 셀마에서처럼 또다시 포레스트 검프가 된 기분이었다. 우리는 겨 우 15분을 함께 있었지만(무슨 일을 깊이 파헤치기엔 턱없이 부족한 시간이다), 부 시에게 조언 한마디를 부탁했다. 그는 간단히 말했다. "그냥 덤벼요." 유 익한 조언이었지만 여자 가슴을 움켜잡자는 릭의 음모에는 적용할 수 없 었다. 부시 대통령과 릭은 이상한 조합이었다. 그러나 실재하는 조합이 었다. 두 사람은 내 발걸음이라는 줄로 이어졌다. 전직 대통령과 누가 텐 트를 훔쳐간 바람에 다리 아래에 종이 상자를 납작하게 펴고 자는 남자 가. 둘 다 크든 작든 제 나름대로 역사의 흐름을 바꾼 사람들이라고 생각 했다.

릭은 아파했다. 말하지는 않았지만 알 수 있었다. 그는 콘크리트에 발 이 닿지 않게 하려고 계속 풀밭만 골라 걸었다. 그가 주장한 대로 12시간 동안 64km를 걸었다면 아마 동이 텄을 무렵부터 아팠을 것이고, 그의 발 상태는 최악일 것이다. 나도 늘 그랬기 때문에 알았다. 때로는 개미만 한 쥐 떼가 내 발을 계속 갉아대는 기분이었다. 릭의 걸음이 점점 뒤처졌 다. 나도 함께 뒤처졌다. 그가 쉬려고 멈추면 나도 멈췄다. 짜증스럽지만 완전히 불쾌하지만은 않은 이 동행은 점점 꼴을 갖춰갔다. 우리는 고대 그리스 양식으로 꾸며놓은 쇼핑몰 앞의 잘 정돈된 잔디밭에 앉았다. 가 짜 대리석 기둥이 건물 전면을 지탱하는 척 서 있고, 토가 차림의 여신들이 3층 받침대 위에서 춤을 추었다. 전부 속이 비었을 거라는 생각이 들었다. 릭이 우리 옆에 있는 연못에 눈길을 주었다. 분수대의 열두 구멍에서 물줄기가 뿜어져 나왔다. 조립식 돌벽이 번들거렸다.

"내가 저기 뛰어들어 몸을 씻으면 사람들이 날 감방에 처넣겠지?" 릭이 옆에서 반쯤 피우고 버린 담배꽁초와 은행 거래 전표를 주우며 말했다. 그는 담배꽁초에 불을 붙이고 전표를 들어 보였다.

"이 전표가 행여 못된 놈들 손에 떨어지면 깡통계좌가 될 수도 있어." 그가 말했다. "그래서 난 이런 걸 발견할 때마다 갈가리 찢어버리지." 그는 영수증을 갈가리 찢었다. 여신들이 게슴츠레한 눈으로 받침대 위에서 우리를 내려다보았다.

"한번은 갈색 종이봉투에 현금 3,500달러가 든 걸 발견한 적이 있어. 처음엔 맥주인가 싶었지. 그길로 호텔을 찾아가 '일주일 동안 묵을 거요' 그랬지. 정말 우라지게 좋은 호텔이었어."

릭과 나는 다시 북쪽을 향해 터덜터덜 걷기 시작했다. 머지않아 눈앞에 내가 갈 갈림길이 나타났다. 걸음이 빨라졌다. 친구인 조시와 티나 휴버트가 나를 기다렸다. 우리는 그날 생선 타코스를 먹을 것이고, 함께 음악을 연주할 것이다. 나는 샤워를 하고 침대에서 잠을 잘 것이며, 그 모든 일이 내게 원동력이 되어줄 것이다. 나는 빨리 도로를 벗어나 그곳에 도착하고 싶어서, 나를 빤히 지켜보는 자동차들의 시선에서 벗어나고 싶어서 점점 걸음이 빨라졌다. 내가 갈림길에 도착했을 즈음 릭은 훨씬 뒤쪽에 처져 있었다. 그는 질주하는 자동차들을 배경으로 혼자 걸었다. 세상의 유일한 인간처럼 보였다.

그는 내 쪽으로 오기 전 땅에서 뭔가를 줍더니 주머니에 넣었다. 그가 갈림길에 도착했을 때 나는 그게 뭐냐고 물었다.

"달러 지폐." 그가 말했다.

"잘됐네요. 저기 맥도날드에 가서 1달러 메뉴라도 드세요."

"아니, 저녁때까지 기다릴 거야. 정말로 배가 고파질 때까지." 릭이 말했다. "계속 늘리고 지속시킬 거야. 하지만 일단 물을 좀 마시고 발을 쉴 수 있는 곳에 가야지."

신호등이 초록불로 바뀌고 우리는 3시간 만에 처음으로 헤어졌다. 둘 다 두 걸음 정도 걸은 다음 뒤를 돌아보고 동시에 손을 내밀었다. 그는 왼손을, 나는 오른손을. 우리는 잠시 서로의 손을 단단히 붙잡았다.

"행운을 빌어요." 내가 말했다.

"다시 만나세." 그가 대답했다. 그리고 우리는 각자의 고독 속으로 돌아갔다.

"나는 숭배란 단순히 모든 것에 신성이 있다는 생각을 넘어선다고 봐요. 모든 것에 신이 깃들어 있다고 아는 것 그 이상이죠. 숭배한다는 건 주변의 모든 것에 의식이 있어서 우리 행동에 영향을 받는다는 것을 굳게 믿고 매 순간 행동하는 것입니다. 그러므로 정말로 빨리 움직인다면, 조심하지 않으면 자기도 모르게 주변 환경을 침해할 수 있어요. 혹은 '나는 무슨 일이 있어도 내가 하고 싶은 일을 할 거야. 누구도 내게 뭘 하라고 시킬 수 없어'라는 식의 태도로 행동해도 주변을 침해할 수 있죠. 우리 주변에 살아 있는 것들이 아무리 강하고 영원하더라도 매우 섬세하기 때문에 반드시 숭배심을 지니지는 않아요. 아주 섬세하죠. 이를테면 민들레처럼요. 민들레는 아주 섬세하게 살아 있는 꽃이기 때문에 우리가 후 불어 날리기만 해도 그 완결성이 사라지고 말아요. 그러므로 뭔가를 숭배한다는 건 우리가 입김만 세게 불어도 부서질 수 있는 민들레 근처를 걸어 다니고 있음을 이해하는 것이에요.

또한 숭배한다는 것은 누구나 사물을 향해 신의 견해를 가진다는 것을 아는 것이므로 그 견해에 귀를 기울여야 해요. 당신의 경험 안에서 다음 사람은 당신에게 아주 현실적인 이야기를 들려줄 수 있는 또 다른 형태의 신일 수 있다는 뜻이죠. 그러므로 특별한 순간에 사람들이 가져다주는 축복에 마음을 연다면 그들 스스로 무슨 일을 겪는다고 생각하든 상관없이 당신은 그들에게서 축복을 끌어올 수 있어요. 예를 들어 당신이 숨을 쉬고 행동하면서 현실을 이용할 때 당신의 경험 안으로 들어오는 사람들에게도 같은 요구를 할 수 있어요. 그들은 어쩔 수 없이 당신에게도 똑같이 행동할 겁니다. 그들이 아무리 나쁜 사람이라고 해도 당신이 무조건 그들에게 폐를 끼치는 셈이에요. 그러니 상대가 가까이 다가오면 그를 사랑하세요. 그러면 그는 자신을 초월하고 변화할 수밖에 없을 겁니다."

나는
걷기로 했다

내게서 왔고 내 것으로 이루어졌지만,
나는 아니라는 느낌이야

〈18〉

WALKING ÷TO÷ LISTEN

텍사스 오스틴 외곽에서 유모차를 하나 샀다. 유모차에 앉힐 아기는 내 배낭으로, 나는 더 이상 배낭을 메고 다닐 수 없게 되었다. 아침에는 괜찮았다. 처음에는 배낭을 사랑했다. 등 뒤에서 묵직하게 흔들렸고, 허리 띠가 엉덩이를 감싸주었으니까. 아침이면 세상이 아름다웠다. 송아지 목장과 소나무 숲과 떡갈나무가 이슬을 머금은 지난밤의 꿈을 떨어뜨렸다. 그러나 정오가 되어 태양이 이글거리기 시작하면 배낭은 성격이 못되고 비열해지기까지 했다. 무겁게 나를 짓눌렀고, 축축한 열기는 견디기 어려웠다. 뇌가 끓어오른다는 느낌 외에는 어떤 것도 느낄 수 없었다. 뼈가 타올랐다. 주유소는 에덴동산이었다. 나는 주유소 안으로 비틀거리며 들어가 바닥에 배낭을 내려놓고 에어컨 바람을 쐬었다. 그러나 언제든 연옥으로 돌아가야 했다. 이걸 '왜 걷기'라고 불렀다. 나는 왜 이러고 있는 거지? 군이 왜 이러는 거지? 오, 하느님, 나는 대체 왜 이러죠?

유모차를 구입한 건 뜻밖의 기쁨이자 이기심이었다. 브레넘 외곽에서 하루 치 걸음을 마무리할 무렵, 피터 맥민이라는 젊은 남자가 차를 세우더니 자기네 목장에서 묵어가도 좋다고 초대했다. 그도 1년 전 애팔래치아 트레일을 종주했고(걷기 동료였다), 다음 날 아침 읍내에서 쇼핑몰 할인 행사가 있는데 가장 먼저 입장하려고 그날 밤 그 쇼핑몰 주차장에서 야영할 계획이라고 했다. 나도 합세했는데, 약간의 망설임이 없지는 않았다. 우선 내가 세운 원칙상 쇼핑몰 주차장에서 자는 게 별로 내키지 않았다. 쇼핑몰 앞에서 밤을 지새우는 것은 11월마다 다 큰 어른들이 바비 인형 하나 때문에 서로 때려눕히고, 경찰이 와서 테이저 총을 휘두르는 블랙프라이데이 무렵의 뉴스에서나 볼 수 있는 모습이었다. 그런 뉴스를 보면 언제나 한밤중이었고, 사람들은 좀비를 피해 달아나는 모양새로 상점 안으로 쏟아져 들어갔다. 말 그대로 인간의 피에 굶주린 좀비들이었다. 심지어 할인 행사 기간에 총에 맞고 칼에 찔리고 짓밟혀 죽는 사람도 있었다. 그날 쇼핑몰 밖에서 야영하면서 나도 좀비가 되었다. 다음 날 아침, 우리는 우르르 정문을 통과해 안으로 몰려 들어갔다. 나는 첨단 유모차 두 대를 발견했는데, 둘 다 100달러까지 가격을 깎아주었다. 내 바로 뒤에 아기를 데려온 엄마가 있었다. 우리는 각자 유모차를 하나씩 잡았다. 다행히 두 사람밖에 없어서 추한 꼴을 면할 수 있었다. 계산대 앞에 줄을 서 있는데, 젊은 부부가 다가와 유모차를 양보할 수 있냐고 물었다. 유모차를 잡은 사람은 나였지만, 그들은 정상가로 유모차를 살 여유가 없었으며, 그들에겐 보살펴야 하는 진짜 아기가 있었다. 나는 안 된다고 했다. 그 순간 나는 괴물이었다. 텍사스의 열기가 사람을 그렇게 만들었다. 쇼핑몰도 그렇게 만들 수 있었다.

유모차에는 이름이 있었다. 밥이었다. 차양에 밥이라는 이름이 선명하게 새겨져 있었다. 내 눈에는 '짐을 나르는 짐승 Beast of Burden'의 약자로 보였다. 밥이 생기면서 나는 다시 주변의 모든 것을 볼 수 있었다. 특히 들꽃들을 볼 수 있었다. 들꽃은 참을 수 없어서 터져버린 듯이 피었다. 눈에 보이는 교향곡이었다. 연분홍색은 졸린 듯 하품했고, 연보라색은 거의 들리지 않는 비밀을 속삭였다. 주홍색과 사파이어색은 슬픈 얼굴로 호소했고, 노란색은 보라색과 함께 듀엣으로 지저귀었다. 이 모든 빛깔 위로 불타오르는 사막의 주황색이 유리를 깨뜨릴 정도의 날카로운 고음으로 오페라의 소프라노 여왕을 맡아 노래했다. "나는 합창을 듣는다." 휘트먼은 이렇게 썼다. "장엄한 오페라, 이것이야말로 진정한 음악이다!" 꽃들이 부르는 고요한 노래로 충분하지 않으면 각 꽃에는 마녀의 묘약 재료처럼 들리는 이름이 붙어 있었다. 나는 나중에 그 이름들을 찾아보았다. 아기 숨결, 악당 배추, 초원의 붓, 인디언 담요, 포도주 잔, 염소 발 나팔꽃, 황금 눈 패랭이 등등.

꽃들 사이에서 나비가 춤을 추며 빨대 같은 혀로 꿀을 깊이 들이마셨다. 나비는 대장정의 길을 나섰을지 모르지만, 내 눈에는 목적 없이 주위를 떠다니는 것처럼 보였다. 나비는 자신의 유약함을 느낄까? 고속도로를 날아다니는 대담함을 의식할까? 나비 수백 마리가 자동차에 부딪혀 땅에 떨어졌고, 아스팔트 위에서 섬세한 죽음의 발작을 일으키며 파닥거렸다. 그러면 개미들이 죽은 나비를 발견하고 운반해갔다. 나는 이 장례 행렬을 피하려고 밥의 방향을 바꾸곤 했다.

그러나 나비보다는 꽃이 훨씬 많은 것을 끌어모았다. 사람들이 블루보 닛(텍사스주의 주화로, 봄이면 텍사스 전체에 파랗게 피어난다—옮긴이)을 보러 힐 컨트 리의 고속도로로 몰려왔다. 블루보닛은 모두의 장엄한 여황제였다. 이때 만큼은 내가 자동차 밖에 있는 유일한 인간이 아니었다. 사람들은 블루 보닛의 향기를 맡고 싶어 했고, 꽃을 만지고 싶어 했고, 꽃 사이를 걷고 싶어 했다. 어린아이처럼 꽃에 매혹당해 주위를 헤매는 사람들이 꽃보다 더 사랑스러웠다. 마치 처음으로 세상을 목격하는 사람처럼 호기심이 당 기지만 살짝 망설이고, 주저하지만 한껏 흥분했다. 아버지가 하늘색 바 다에 잠긴 딸의 모습을 사진기로 찍었다. 아이의 얼굴이 꽃잎 위에 둥둥 떠 있었다. 한 가족이 꽃물결 사이를 헤치고 지나갔다. 다들 파란색 숨을 쉬다가 다시 자동차로 돌아가 떠났다.

밥과 함께하는 걸음은 대부분 힘들지 않았고, 이제 미국도 반 이상 횡 단했더니 웬만한 상황에 익숙함을 느꼈다. 점심시간이면 음식을 먹을 만한 숨은 장소를 찾아냈고, 그곳에서 나는 내가 어디에 있는지 아는 유 일한 사람이었다. 레드베터 마을 근처에서 완벽한 다리를 찾아냈다. 다 리 밑의 달콤한 그늘이 열기를 식혀주었고, 갈색 물이 흘렀으며, 고요함 도 있었다. 나는 피타 브레드에 땅콩버터와 젤리를 바른 샌드위치를 먹 었고, 말린 살구도 조금 먹었다. 그사이 개미들도 땅에 떨어진 젤리를 포 식했다. 휘트먼도 밖으로 나와 합세했다. 나는 아무 페이지나 펼쳤다. "당신은 죽음을 의심합니까?" 나는 오늘 점심을 위해 조금 가벼운 마음 으로 읽었다.

죽음을 의심해야 한다면 나는 지금 죽어야 합니다.

잘 차려입고 기분 좋게 전멸을 향해 걸을 수 있을까요?

기분 좋게 잘 차려입고 나는 걷습니다.

어딜 향해 걷는지는 정하지 않았지만, 이 걸음이 좋다는 건 압니다.

온 우주가 좋다고 말합니다.

스니커즈 바로 충분하지 않아 잠시 씹을 게 필요했다.

땅의 모습은 내가 서부에 대해 상상했던 대로였다. 대지는 건조했고, 곳곳에 화강암과 석회암이 박혀 있었다. 노간주나무와 키 작은 메스키트 나무가 점점이 흩어져 자랐고, 가시로 덮인 배 선인장은 아래에서 밖을 향해 발톱을 드러냈다. 걷는 동안 멕시코만의 무성하게 푸르른 왕국은 서서히 초원에 자리를 내주었다. 맨발의 시골은 더 이상 없었지만, 여전히 들꽃이 피었고 나비들도 춤을 추며 꿀을 들이켰다. 가끔은 뭐가 뭔지 구별할 수 없어서 나비가 날아오르면 꽃이 꽃잎 날개를 달고 나는 것처럼 보였다.

어느 날 땅거미가 질 무렵, 1.6km 떨어진 앤디스라는 마을의 한 잡화점에서 세계 최고의 햄버거를 판매한다는 광고판을 보았다. 내가 가는 방향은 아니었지만, 걸어갈 가치가 있어 보였다. 가게 안에는 서니라는 이름의 성미 고약한 노인이 계산대를 지키고 서 있었다. 칠판에 분필로 쓴 메뉴에 훈제 양지머리 샌드위치와 닭고기 스테이크, 로데오 버거, 구운 돼지고기 타코스를 판매한다고 되어 있는 것을 보니 확실히 서부였다.

훈제 양지머리 샌드위치를 다 먹었을 때 한 젊은 여자가 맥주 두 상자를 사러 들어왔다. "아버지가 가재를 찌고 있거든요." 여자가 서니에게 말했다. "맥주가 모자라요."

"이 젊은이도 데려가면 어때?" 서니가 말했다. "이 친구는 굶주렸어. 여기까지 3,200km를 걸어왔대."

"아니, 괜찮습니다." 내가 말했다. "절 초대하지 않아도 돼요."

"같이 가요." 여자가 말했다. 그녀의 이름은 메건이었다. "어서 가요. 음식을 대접할게요. 어쩌면 술도 조금요."

앤디스는 아주 작은 읍이었고, 파티는 바로 길 건너에서 벌어졌다. 여러 가닥의 황금빛 조명이 어둠 속에서 그 집의 윤곽을 드러냈다. 한 무리의 남자들이 앞마당에서 말발굽 놀이(말굽 편자를 일정한 거리에 세운 말뚝에 던져 끼우는 놀이-옮긴이) 비슷한 게임을 하고 있었다. 다른 사람들은 피크닉 벤치와 잔디밭 의자에 앉아 먹고 마셨다. 컨트리 음악이 흘러나왔다. 메건의 아버지 그레그가 내게 가재를 쌓은 접시를 내밀었다. 그는 키가 커서 흐느적거리는 것처럼 보였고, 팔자수염과 얼룩무늬 셔츠가 인상적이었다. 그는 곧바로 그날 밤 내가 그들과 함께 묵을 거라고 선언했다. 그는 약간 취해 있었다. 내게 맥주 하나를 건네더니 나를 자기 집 안으로 데려가 박제 수집품을 보여주었다. 사슴 머리, 멧돼지 머리, 날아가는 모양 그대로 고정된 칠면조 박제가 있었고 TV 밑에는 사나운 보브캣 박제도 있었다. 그가 화장실 문에 붙은 안내판을 가리켰다.

'화장실에 사슴 머리를 붙여놓으면 남부 촌사람.'

"자, 들어가서 확인해봐." 그가 말했다. 나는 화장실 안쪽을 들여다보았다. 변기 위에서 여덟 갈래 뿔이 달린 수사슴의 유리알 눈동자가 나를 노려보았다. 사슴뿔 하나에는 두루마리 화장지가 걸려 있었다.

그레그는 '친구'로 통했다. 다른 사람들도 전부 친구라고 불렀다. 그는 나를 '걸어 다니는 친구'라고 불렀고, 조금 후에는 '걷는 친구'라고 불렀다. 곧 다른 사람들도 나를 '걷는 애'라고 불렀다. 포스소펠이란 성을 가지고 있으니 학창 시절에도 별명이 많았다. '포레스트 쿼펠' '포레스트 오펠' '포 핫 와플' 등등. 나는 신경 쓰지 않았지만, 나와 같은 기분을 느끼는 사람은 아무도 없었다. 그런데 그레그 가족에게 별명을 받고 보니 이상하게도 내가 아주 능수능란한 사람처럼 느껴졌다. 이 가족은 나를 만난 지 1시간도 안 되었고, 스스로를 남부 촌사람이라고 불렀다. 이 가족은 자기들 사이에 내 자리를 만들어주는 것 같았다. 그들의 집 안에 내가 살 집을, 나의 새 이름을 만들어준 것 같았다. 뭔가 해방되고 확장되는 기분이었다. 포 핫 와플이라고 불릴 때와는 전혀 달랐다.

그레그의 아들 미첼은 내 또래였다. 그는 바위 같은 얼굴에 턱수염을 가진 거구의 남자였다. 그도 내게 이름을 두 개 붙여주었다. '바보 새끼'와 '개또라이'였다. 어느 정도는 마음에 드는 이름이었다. 마음에 들지 않았다고 해도 별 소동을 일으키지는 않았을 것이다. 그런 거구의 남자 옆에서는 조심조심 걸어야 하는 법이다.

자정에 멧돼지 한 마리가 나타났다. 멧돼지를 잡아온 두 남자가 뒷다리를 잡고 픽업트럭 짐칸에서 흙바닥으로 끌어내렸다. 작은 곤충들이 검은 털이 솟은 돼지 살갗 위를 서둘러 기어갔다. 한 남자가 차고 천장에 묵직한 말 다리 모양의 쇠고리를 걸었다. 멧돼지는 그 쇠고리에 다리를 쫙 벌린 상태로 거꾸로 매달릴 것이다. 어린아이 둘이 누워 있는 돼지를 발로 찼다. 미첼이 멧돼지 입에 캔 맥주를 쑤셔 넣어서 돼지가 술을 마시는 모양이 되었다. 나는 이 모습을 사진으로 몇 장 찍었는데, 문득 죽은 술주정뱅이를 고문하는 것과 별반 다르지 않다는 생각이 들었다. 낄낄 웃으며 괴롭히는 사람들이나 광란의 현장을 사진으로 찍는 사람이나 대학 시절과 비슷했다.

잠시 후 멧돼지가 쇠고리에 매달리고 도살이 시작되었다. 처음 보는 광경이었다. 조금 전까지만 해도 살아 있던 생명체를 해체하는 모습을 실제로 목격하는 게 몹시 불안정한 일임을 깨달았다. 죽은 생명체가 여전히 살아 있는 우리와 너무 가깝다는 사실이 다시금 죽음과 탄생의 수수께끼에 대해 생각하게 했다. 멧돼지 피가 커다란 플라스틱 양동이에 떨어졌고, 바닥에도 튀었다. 피를 붉게 만드는 철 성분은 한때 저 먼 곳 어딘가의 별에서 왔을 것이다. 지금은 죽은 지 오래된 별 말이다. 나의 피도 같은 이유로 붉은색이었다. 그 별이 죽지 않았더라면, 그래서 내 핏줄을 타고 흐르는 심장의 잔여물이 생기지 않았더라면 지금 나는 살아 있지 않았을 것이다. 지금 나는 살아서 멧돼지 몸에서 솟구치는 액체 별 가루를 볼 수 있고 냄새도 맡을 수 있으며, 심지어 원한다면 만져볼 수도 있다. 그러나 그러고 싶지 않았다. 그저 토하고 싶었다.

도살꾼이 내장을 꺼내려고 배를 칼로 갈랐다. 순간 바람 빠지는 소리가 들렸다. 몇 초 동안 배설물의 진한 악취가 곳곳으로 퍼졌다. 그 냄새가 내 목덜미에 닿았을 때는 거의 맛을 느낄 수 있을 정도였다.

"제기랄, 스코티, 멧돼지 새끼 소리 들었어?"

"스코티 저 자식은 멧돼지 가죽 벗기는 법을 몰라."

"칼이 너무 커."

"멧돼지 새끼를 오래 달리게 했군." 그들의 설명에 따르면 멧돼지는 오래 달릴수록 아드레날린이 분비되어 냄새가 고약했다. 인간도 크게 다르지 않았다. 나는 그 사실을 사우스캐롤라이나의 노숙자 쉼터에서 만난 전직 해병 사이먼에게서 배웠다. "잘 씻지 않으면 프라이팬에서도 냄새가 날걸. 하지만 좋은 소시지가 될 거야. 끝내주게 맛있는 소시지. 내일 점심 도시락을 싸주지, 걷는 애."

피가 넘쳐흘러 가까운 사람들에게 묻었다. 그들의 손도 붉은색으로 물들었다. "놈의 불알도 맛있어 보여. 자네 집 동네에서는 돼지 불알을 많이 먹지는 않지?"

나는 우리 동네에서는 많이 먹지 않는다고 대답했다.

"살면서 이런 질문 처음 받지?"

"네, 우린 소불알? 그걸 튀겨 먹어요."

"맛있어?"

"네, 닭고기 맛이 나요. 그리고 먹을 땐 불알처럼 보이지 않아요."

나는 멧돼지가 얼마나 위험한지 물었다.

"잘못 건드렸을 때만 위험해. 잘못하면 놈들이 험하게 나오고, 사람은 멧돼지보다 빨리 달릴 수 없으니까. 그놈 아가리 봤어? 그 아가리로 뼈까지 우적우적 씹어버릴걸."

도살이 끝나고 자러 가기 전에 미첼이 자기와 함께 안으로 가자고 했다. 그는 커다란 반자동 라이플을 꺼내 들고 소파 위, 내 옆자리에 앉았다. 그는 잡지를 치우고 내 무릎 위에 무기를 내려놓았다. 아주 무거웠다.

"네가 연쇄살인범이 아니라는 걸 확인하려고 그래." 그가 말했다. "우리 집에 총이 몇 개나 있는지 알고 싶지 않을걸. 그러니 오늘 밤 내가 자는 동안 나를 죽이려고 들지 마. 내가 곧바로 널 죽일 테니까." 미첼과 그의 아내 레이시는 아이와 함께 이 집에 살았다. 나는 누구도 죽이지 않겠다고 약속했고, 그는 묵직한 총을 들고 갔다. 나는 이러한 미국의 남성성에 관해 한동안 잊고 살았다. 적대적이고 금속성인 남성성, 불통거리고 으스대는 남자다움. 그러나 미첼만 탓할 수는 없었다. 그날 밤 그의 아내와 아이가 낯선 사람과 한 지붕 아래서 자게 된 것이다. 나였어도 긴장했을 것이다.

다음 날 아침 모두 살아서 깨어났을 때는 비가 내리고 있었다. 그레그가 하루 더 묵어가라고 했고, 미첼은 저녁으로 스테이크를 요리해주겠다고 했다. 어쩌면 몇 시간 전 나를 죽이겠다고 협박한 게 마음에 걸렸는지도 모르겠다. 미첼과 나는 동갑이었지만, 그 옆에 있으면 내가 약간 어린 애처럼 느껴졌다. 루이지애나에서 어린 아들 이야기를 들려주었던 올리웨어 앞에서도 비슷한 느낌이 들었다. 내 또래 젊은이들이 어떤 식으로든 나보다 훨씬 앞선 삶을 살아가는 걸 보면 내가 모자라게 느껴졌고, 거의 당혹스럽기까지 했다.

나와 아주 친한 고등학교 친구도 지금 아버지가 되었다. 라크와 그의 아내 이지 메이슨 부부는 여기서 걸어서 몇 주 거리에 있는 애빌린에 살

왔다. 나는 그 집에 일주일간 묵어갔다. 함께 지내는 동안 나는 내 앞에 놓인 성장의 모습을 엿보았다. 나는 성인이 되기 위한 촉매를 찾아 길을 떠났지만, 가끔은 내가 어쩌면 성인이 되기를 미루고 있는 건 아닐까 싶었다. 나는 어른이 되려고 걷는 걸까, 아니면 어른이 되는 걸 피하려고 걷는 걸까.

한때 몹시 사랑했던 사람의 얼굴을 보니 아주 좋았다. 라크는 기숙학교 시절 야만인으로 통했고, 누군가를 웃게 하려고 무슨 일이든 할 수 있는 마음 넓은 바보였다. 그게 때로는 자전거를 타고 전속력으로 달려 벽돌 벽에 부딪히는 일일지라도. 우리는 밤에 몰래 기숙사를 빠져나와 건물 지붕에 올라가곤 했다. 체육관 지붕이나 미술실 지붕 또는 호그와트처럼 생긴 본관 건물 지붕에 올라갔다. 이제 라크는 아이 아버지가 되었고, 일을 세 가지나 하고 있으며, 대학 졸업을 준비하고 있다. 다른 사람의 말을 빌리자면 그는 성장했다. 성장할 수밖에 없었다.

애빌린에서 지내던 어느 날 밤, 라크와 나는 근처의 버려진 석탄 공장 울타리를 뛰어넘어 예전처럼 홈통을 타고 지붕으로 올라갔다. 우리는 나란히 앉아 반짝이는 도시의 야경을 바라보았다. 나는 그를 인터뷰하고 싶어서 녹음기를 챙겨 갔다. 그가 어떻게 변했는지, 무엇을 배웠는지 알고 싶었다. 그와 그의 아내를 보고 몹시 놀랐다. 이지는 대부분의 시간을 아이와 함께 보냈고, 라크는 아주 능숙하게 아이를 포대기로 감쌀 줄 알았다. 그들의 참을성과 겸손이, 이 젊은 가족의 이미지가 내 안에 일종의 두려운 열망을 불러일으켰다. 어떤 것을 몹시 바라면 오히려 그것을 추구하기가 두려워지는 게 이상했다. 열심히 노력했는데 그것만으로 충분하지 않을까 봐 두려운 것이리라. 혹은 마침내 열망을 이루었는데, 곧바로 그게 내가 바라던 바가 아니었음을 깨닫게 된다면? 어떠한 경고도 없이 어느 여름 아침 모든 게 흩어져버린다면?

"고등학교 시절 나의 행복은 오직 내게서 나왔는데, 그게 어쩐지 공허했어." 지붕 위에서 라크가 말했다. "이게 나라는 사람의 전부이고, 단면뿐인 삶의 외양이었지. 그런데 아내와 아들은 순간적이지 않다는 게 흥미로웠어. 이들은 내가 할 수 있고 또 돌아설 수 있는 그런 존재가 아니야. 끝이 없어. 계속 주고 또 주어야 해. 예전에는 내가 해야 한다고 생각해서 했지. 사람들에게 뭔가를 주고 싶어서 주었지만, 더는 줄 게 없어서 그만둘 수 있었어. 그런데 지금은 항상 더 줄 게 생긴다는 걸 깨달았어."

"그럴 수 없을지도 모른다는 생각이 들면 두렵지 않아?"

"내가 실수를 저질러서 그들이 마땅히 누려야 하는 삶을 누리게 해줄 수 없게 될지도 모른다는 압도적인 두려움이 있어. 내가 일하고 또 일하지만, 그럼에도 충분하게 해주지 못할까 봐 두려워. 처음에는 삶 전체가 슬플 것 같은 생각이 들기도 했어. 예를 들면 무슨 햄버거 가게에서 일하다가 감자튀김 냄새를 풍기며 집에 돌아오면 아들이 제대로 보살펴주는 아버지가 없어서 바보가 되는 그런 상상 말이야. 스트레스가 쌓여서 그런 생각을 했던 것 같아. 보고서를 늦게 제출하고, 직장에 달려가도 계속 지각하고, 뼈 빠지게 일하는데도 월말이면 늘 돈이 모자라고, 청구서를 지불하려면 다음 달까지 기다려야 하잖아. 당연히 힘들지, 안 그래?"

사실 나는 알지 못했다. 그게 어떤 건지 전혀 몰랐다.

"하지만 그때가 내 삶의 마법 같은 시간이었어. 믿을 수가 없었지. 졸업을 앞두고 난 목적이 없어서 몹시 지쳐 있었거든. 그런데 아이가 태어나면 분명한 목적이 생기잖아. 뭘 해야 하는지 알면 거기에 도달하기까지 뭘 하는지는 정말로 중요하지 않아. 정말 솔직하게 말하면 난 어떤 직업을 갖든 상관없어. 그게 중요한 게 아니야. 하지만 한 가정을 부양해야 한다는 건 알지. 나는 일하려면 자동차가 있어야 해. 식탁에 먹을 것을 갖다 두어야 하고, 옷도 갖다 두어야 하지. 아내와 아들을 위해 그 모든 것을 손에 넣을 수 있다면 내가 가진 어떤 것도 기꺼이 희생할 수 있어."

멀리서 기적 소리가 들렸다.

"매일 밤 저 기차 소리를 들어." 라크가 말했다. "그러면 늘 기차에 뛰어오르고 싶었던 한때의 마음이 떠오르지. 매일 밤 저 소리를 들을 때마다 모험이 떠올라. 그리고 같은 장소에 붙박여 있다는 사실에 좌절감을 느끼지. 저 소리가 내게 모험할 기회를 줘."

"아들이 생긴 후로 모험에 대한 생각도 완전히 바뀐 거야?" 내가 물었다. 라크는 한동안 침묵했다.

"모르겠어. 그렇게 생각하기는 어려워. 과거의 나라면 대부분의 모험에 기꺼이 뛰어들었겠지만, 지금 이 순간은 내게 찾아온 하나의 모험이야. 지나온 날들을 돌이켜보면 난 분명 달라졌어. 그러나 특징은 여전히 유지하고 있지. 깜박하고 실수할 때도 있고, 내가 어디에 있는지 깨닫지 못하고 길을 잃어버릴 때도 있어. 또 좌절할 때도 있고, 장애물도 만나고. 그러다가 또 엄청난 기쁨과 진정한 평화를 느낄 때도 있지. 모험이란 이 모든 것을 필요로 한다고 생각해. 나는 항상 우리가 어디에 있는가가 아니라 우리가 어떤 일을 하는가에 따라 기분이 결정된다고 생각해. 그래서 어떤 일이든 모험이 될 수 있다고 말이야."

자정이 넘었지만 우리는 여전히 높은 굴뚝 위에 올라가고 싶었다. 그러나 나는 녹음기를 끄기 전에 라크에게 처음 아들이 태어난 순간 어떤 기분이었는지 물었다.

"아들이 태어나고 곧바로 아이를 안아야 했어. 비현실적이었지. '와, 이 아이가 내 아들이구나. 그런데 이게 무슨 상황인지 좀처럼 이해가 안 되는걸.' 뭐, 이런 생각이 들더라고. 꿈 같았어. 아니면 잠에서 깬 직후 아직 잠기운을 완전히 떨쳐내지 못한 상태로 숲에 나간 것 같은 기분이랄까. 나무의 윤곽도 보이고 건물 측면도 보이고 바위도 보이는데, 뭐가 뭔지 잘 모르겠는 기분 말이야. 사실 앞으로도 이 상황이 뭔지 이해할 수 있을지 모르겠어. 어쩌면 다른 인간을 이해하는 것과 같을지도 몰라. 누군가를 이해하려고 하는데, 그 사람을 붙잡고 있을 수는 있지만 진정으로 이해할 수는 없는 경우 말이야. 그 사람 속으로 들어갈 수는 없잖아. 내 아들을 보면서도 비슷한 느낌을 받았던 것 같아. 마치 내 것이지만 내 것이 아니라는 느낌. 내게서 왔고 내 것으로 이루어졌지만, 나는 아니라는 느낌. 우습지? 이렇게 어린아이를 기른다는 건 정말이지 미친 짓이야. 아직도 아이를 보면서 안개 속을 걷는 느낌이 드는 날이 있어. 아마 평생 이럴 테지. '난 너를 안을 수 있고 너를 웃길 수도 있지만, 너를 통제하지 않을 거고 너를 소유하지도 않을 거야.' 이 세상의 다른 일은 그렇지 않아. 아이는 아름다워. 매일 아침 일어나서 3시간 동안 아이가 하는 일이라곤 오직 웃는 일뿐이야."

게일 할머니, 주유소 직원, 스타 랜치 누드 클럽 회원

텍사스주 맥데이드 쉬는 시간에 주유소 뒤쪽에서

5월

"손녀딸들이 아홉 살, 열한 살 때 밖에 나가기 시작했는데 우리는 옷을 입지 않고 뛰어다니는 게 반드시 성적인 것은 아니라고 이야기를 나눴어요. 누드가 되는 자유를 즐기기 위해서라고요. 그게 5년 전 일이에요. 이제 아이들은 10대가 되었어요. 자신감도 커졌고, 자신의 육체를 더욱 만족스러워해요. 아이들은 사물을 다르게 봐요. 많은 사람이 누드를 성적으로 바라보지만, 그 아이들은 그렇지 않아요. 어쨌든 우리 누드 클럽에서는 아니에요. 우리는 자족적인 클럽이죠."

"처음 클럽에 나가 옷을 벗은 때를 기억하세요?"

"아, 그럼요. 그런데 당신은 남의 눈을 꽤 의식하는군요. 사람들 앞에 누드로 나서는 게 익숙하지 않으면 남의 눈을 의식하게 되지요. 하지만 대부분 금세 사라져요. 사실 아무도 관심이 없다는 걸 깨닫게 되거든요. 일단 옷을 벗으면 어디에 숨거나 다른 것인 척하기가 어려워요. 그냥 눈에 보이는 게 전부이죠. 일종의 자유예요. 자신의 이미지에도 도움이 돼요. 겉으로 어떻게 보이든 사람은 아름답고, 다양한 크기와 색깔로 판단당할 필요가 없어. 모두 평등해요. 그게 이 일의 가장 중요한 점이죠. 우리는 전부 미친 사람들일까요? 아니요. 우린 정상이에요. 다른 사람들이 자신을 정상이라고 생각하는 것처럼 우리가 하는 일도 우리가 보기엔 정상이에요. 이에 반대하는 사람은 이해하지 못해서라고 생각해요."

그때가 되면 알게 될 겁니다

〈19〉

WALKING ≑TO≑ LISTEN

언젠가 내 삶이 어떤 모습이 될지 여정 내내 엿볼 수 있었다. 사람마다 조금씩 다른 모습을 보여주었다. 젊은 사람도, 나이 든 사람도 똑같이 단면을 보여주었다. 가족마다 내가 이전에는 보지 못한 가능성을 제시했다. 나는 그들의 삶을 따라 걸어가면서 그들이 배우고 다듬어온 모습을 보았고, 짧은 순간이나마 인간 경험의 스냅사진을 공유했다. 어떤 이는 출발 단계에 있었고, 또 어떤 이는 막바지에 다다르고 있었다. 그들 모두가 귀중한 정보를 제공하는 원천이었다.

그러나 나는 동시에 나 자신 밖에서, 다시 말해 다른 이들에게서 해답을 구하고자 하는 일상적인 탐색, 즉 듣는 행위의 유용성에도 한계가 있음을 깨닫기 시작했다. 어느 오후, 고속도로 옆 지하 배수로에서 점심을 먹으며 잠시 쉬는 동안 릴케가 이런 생각에 관해 나를 꾸짖었다. "당신은 바깥을 보고 있습니다." 릴케는 젊은 시인에게 이런 편지를 썼다. "그리고 그것이야말로 지금 당장 당신이 가장 피해야 할 태도입니다. 누구도 당신에게 조언하거나 당신을 도울 수 없습니다. 그 누구도 불가능합니다. 당신이 할 일은 오직 한 가지, 당신 자신에게 들어가는 것입니다." 이 구절을 만나면서 나는 '듣기 위해 걷는 중'이라는 내 걷기 여행의 전제를 다시 생각해보게 되었다. 혹시 그 많은 인터뷰와 대화가 건설적이지 못하고 오히려 주의를 뺏기 시작한 시점이 있었던가? 혹시 내가 성인이 되는 과정을 회피한 때가 있었던가? 너무 많은 사람을 만나 너무 많은 대화를 나누며 바깥에서, 또 내부에서 찾았던 이 모든 탐색 과정이 타인의 삶을 위한 텅 빈 그릇이 되어버린 것은 아닐까?

이 점에 대해서는 휘트먼 역시 릴케와 생각이 같았다.

> 그대는 더 이상 간접적으로 무엇이든 가져가지 말 것이며,
>
> 죽은 자의 눈을 통해 보지도 말 것이며,
>
> 책 속의 유령을 먹고 살지도 말 것이며,
>
> 내 눈을 통해 보지도 말고, 내게서 뭔가를 가져가지도 말고,
>
> 오직 사방에 귀를 기울이되 자신을 통해 걸러 들으십시오.

집을 떠날 때는 사람들의 이야기를 수집하고 조언을 거둬들이는 일이 나라는 사람의 존재를 항해하는 믿을 만한 방법이 되기를 바랐다. 그러나 듣는 일이 방해가 될 수도 있고, 직접경험을 회피할 방법이 될 수도 있다는 잠재적 함정을 미처 보지 못했다. 원래 이론은 현실보다 훨씬 덜 위협적이고, 현실을 간접적으로 또는 제3의 손을 통해 받아들이면 모든

것을 이론화하면서 정작 자신에게서 이야기를 멀어지게 하고 냉담한 관찰자로 전락할 위험이 있었다. 충분히 많은 사람을 만나 그들의 경험을 들으면 그것으로 충분할 것이며, 대리로 삶을 사는 것과 같을 거라는 논리는 매우 유혹적이었다. 그렇게 하면 내 삶의 교훈을 얻기 위해 굳이 희생을 치를 필요가 없을 것이고, 나는 어떤 고통도 겪지 않은 채 간접적으로 배운 지혜로 가득 차게 될 거라고, 그 어떤 지혜도 뛰어넘을 수 있는 사람이 될 거라고 생각했다.

그러나 길을 떠난 지 반년쯤 되자 더는 들을 여력이 남아 있지 않았다. 내 삶을 어떻게 살 것인지 알려주는 공식은 없었다. 내 삶은 처음 살아보는 것이므로. 나는 걸음마를 배우는 아이처럼 비틀거리고 넘어질 것이다. 또 부서지고 다시 지어야 할 것이다. 내 삶에 공식이 없는 사실에 대해서는 달리 해결책이 없었다. 내가 이 사람 저 사람 사이를 돌아다닐수록 오히려 나는 덜 살아 있게 된다. 자신에게 들어가십시오. 자신을 완전히 끌어안는 일, 자신에게 완전하게 몰입하는 일을 부끄러워하거나 회피하지 말고 내게 가까이 다가오는 모든 것을 만나고 실제로 느낄 용기를 발견하라는 뜻이었다. 더 이상 뭐든 올바르게 하려는 노력을 그만둘 것. 다른 사람이 살았던 방식으로 살려고 애쓰지 말 것. 그냥 느낄 것, 끌어안을 것, 몰입할 것. '자신을 통해 걸러 들으십시오.'

그러나 나는 여전히 더 수월한 방법이 있을지 모른다는, 나 대신 그 일을 해줄 바깥의 스승이 있을 거라는, 인생을 통과할 노련한 통로를 찾을 비결을 누가 가르쳐줄지도 모른다는 가능성을 완전히 단념할 수 없었다. 집으로 돌아가는 길 내내 누가 안고 가주길 기대하는 어린아이처럼 외부로 눈길을 돌릴 때 위로를 받았다. 어쩌면 그것도 성인이 되는 과정의 일부분일지 모른다. 즉 시선을 안으로 돌리는 게 무엇을 의미하는지 스스로 깨닫고, 실제로 해낼 만큼 충분히 자신을 신뢰하는 것 말이다.

나는 계속해서 텍사스를 가로질러 북서쪽으로 느릿느릿 걸었다. 제럴드와 네나 윌슨 부부는 라크와 이지 부부가 사는 애빌린에서 별로 멀지 않은 노비스라는 작은 읍에 살았다. 그들은 차를 몰고 농장에서 시장으로 가다가 내 옆을 지났는데, 잠시 후 네나가 차를 몰고 돌아왔다. 그녀는 내 이름을 묻지도 않은 채 재워주겠다고 제안했다. 루이지애나주 설퍼 외곽에서 만난 윌리와 버나뎃 버렛 부부가 떠올랐다. 그때 그들이 내 옆에 자동차를 세웠을 때도 윌리는 단지 이렇게만 말했다. "우리 집에서 기분 전환 좀 하고 가겠소?" 윌리는 인사말도 따로 건네지 않았고, 일곱 명이나 되는 그들의 아이들이 전부 차창으로 나를 바라보고 있다는 사실도 중요하지 않은 듯했다. 나는 네나에게 덕분에 최고의 하루가 되었다고, 어쩌면 최고의 한 주가 될지도 모르겠다고 인사한 뒤 곧 그들의 집에 걸어서 도착하겠노라고 말했다. 네나는 다시 차를 몰고 떠났고, 그녀의 초대는 그 자리에 오래 머물렀다. 거의 마약 같은 효과였다. 갑자기 내 발이 그렇게 많이 아프지 않았다. 당시 내 발은 강철 천으로 만든 것만 같은 새로 산 하이킹용 샌들 때문에 갈가리 찢어져 있었다. 고통이 사라진 자리에 온통 노란색으로 터질 듯한 주변의 들판이 눈에 들어왔다. 미나리아재비, 풀잠자리, 데이지, 초원의 금작화가 지천이었다. 모두 노랗게 웃었다. 나는 이 기류를 타고 내내 윌슨 부부의 집까지 갔다. 네나가 나를 위해 소금물 족욕과 바닐라 아이스크림을 준비해두었다. 나는 너무 나도 황홀해서 기절할 뻔했다.

네나는 안경을 쓰고 백발을 짧게 자른 온화한 할머니로, 포옹의 이미지와 완벽하게 일치하는 사람이었다. 그녀는 저녁을 준비하는 동안 가만히 앉아 있으라고 내게 말했다. 저녁은 사슴 고기 스테이크와 맵게 양념한 달걀, 으깬 감자와 그레이비소스였다. 내가 저녁으로 먹을 계획이었던 휴대용 쌀밥보다 훨씬 좋았다. 제럴드가 밭에서 짚단 묶는 일을 마치고 집으로 돌아왔을 때 우리는 다 같이 식탁 앞에 둘러앉았다.

감사의 기도를 올리는 동안 우연히 제럴드의 손을 보았는데, 계속 눈길이 갔다. 셔츠 소매를 걷어 올려 드러난 팔뚝은 핏기 없이 창백했지만, 손은 일하는 사람답게 흙빛이었다. 손톱은 돌처럼 단단해 보였고 흙이 끼어 있었다. 오른손 집게손가락 마디 바로 아래에 깊이 팬 상처가 두 개 났는데, 거기에 흙과 피가 엉긴 딱지가 앉아 있었다. 손바닥의 손금도 명징하게 갈라져 있어서 손금 보는 사람이 있다면 단 1초만 봐도 모든 것을 읽을 수 있을 정도였다. 나는 손에 대한 관심을 거둘 수 없어서 사진을 찍어도 되겠느냐고 물었다. 제럴드는 나의 관심을 재미있어했고, 처음 알아본 사람처럼 자기 손을 들여다보며 조금 수줍어했다.

"나는 늘 일하는 게 즐거워요." 제럴드가 말했다. "내가 어떤 일을 하는지 보고 싶으면 내일 나랑 같이 나가도 좋아요."

식탁에서 제럴드가 순식간에 웃음을 터뜨릴 수 있는 만큼 네나는 순식간에 울 수 있다는 것을 알게 되었다.

"어쩔 수 없어요." 네나가 말했다. "특히 구원을 받은 후로는 예전보다 더 쉽게 울게 되었어요. 이건 기쁨의 눈물이에요. 하나님의 선함이 흘러 넘치는 거라는 말밖에는 달리 설명할 길이 없어요. 슬픔의 눈물일 때도 있지만 대체로 기쁨을 표현하는 눈물이죠. 또 나와 상관없이 저절로 흘러나와요. 나쁜 일은 아니에요. 오히려 좋은 일이죠. 우리 영혼을 둘러싼 단단한 껍데기가 없다는 뜻이니까요."

제럴드 역시 다정했고 남의 말을 잘 듣는 사람이었다. "모르겠어요. 언제나 사람들에게 친근하게 말했던 것 같아요." 그가 말했다. "나는 늘 사람들이 좋았어요. 사람들 이야기를 듣는 것도 좋고요. 오래전부터 깨달았어요. 내가 말을 덜 할수록 사람들이 자기 삶의 경험을 더 많이 들려준다는 것을요. 내가 행여 이바지한 게 있다면 그런 것이죠."

다음 날 우리는 동이 틀 무렵 일어났다. 아침을 먹는 동안 제럴드는 손자가 걸어온 전화를 받았다. 손자는 벌써 일을 나갔다가 건초 포장기가 고장 났다고 연락해왔다. 우리는 서둘러 아침을 먹었다. 커피를 벌컥 들이켜다시피 하고 비스킷은 거의 흡입했다. 우리는 제럴드의 픽업트럭을 타고 밀밭으로 나갔다. 노란색 꽃의 바다와 시시포스 시소처럼 흔들리는 원유 시추기를 지났다. 운전석에 앉은 제럴드는 세로줄 무늬의 버튼다운 셔츠와 청바지 차림이었다. 청바지는 그가 일할 때 입는 작업복으로 최소한 다섯 벌은 가지고 있어서 일주일 내내 돌려 입는 모양이었다. 나머지 네 벌의 청바지가 뒷마당 빨랫줄에 널린 것을 보았다. 인디고 색상과 검은색 청바지였다. 바람이 불 때마다 청바지들이 하나가 되어 비스듬하게 떠올랐다.

제럴드는 며칠 전 콤바인으로 밀밭의 탈곡 작업을 했다. 트럭이 도로를 벗어나 밀밭으로 들어섰을 때 잘린 지푸라기가 황금빛 건초 더미가 되어 손끝의 소용돌이무늬 지문처럼 밭의 곡선을 따라 덮여 있었다.

"나는 콤바인으로 탈곡하는 게 좋아요." 제럴드가 말했다. "밀이 기계로 들어가 잘리고 다시 알곡으로 모이는 걸 보면 즐거워요. 기계를 통과하면 뒤쪽으론 쓰레기가 나오고 깨끗한 곡물은 탱크로 들어가거든요. 그걸 보고 있으면 성취감을 느껴요. 콤바인이 곡식을 수확하는 모습을 볼 때면⋯⋯." 그는 잠시 말을 잇지 못했다. "하나님이 우리를 두 팔로 감싸 안고 당신 곁으로 데려가고 싶은가 보다, 그런 생각이 들어요."

제럴드는 손자와 고장 난 건초 포장기에 대해 상의했다. 그물망에 문제가 있는 모양이었다. 그물망이 건초를 단단히 포장하지 못해서 자꾸 건초 다발이 느슨하게 풀려버렸다. 제럴드는 콤바인의 여기저기를 가리키면서 드라이브 사슬 톱니바퀴며 판 용수철, 중심축, 장력 팔 등에 대해 설명했지만, 나는 뭐가 뭔지 하나도 이해할 수 없었다. 내게 건초 포장기는 불가사의한 수수께끼였다. 내겐 건초 포장기를 고치는 일과 우주선을 몰고 달 착륙에 성공하는 일은 똑같이 어렵고 불가능했다. 그러나 제럴드는 기계를 잘 알았다. 손으로 트랙터의 엔진을 만져보더니 건초 포장기 뒤쪽으로 갔다. 기계 가장자리 아래로 손을 뻗어 뭔가를 만지작거렸다. 그리고는 만족한 듯 트랙터 위로 올라가 차를 몰고 이랑을 내려가자 건초가 단단히 묶인 채 뒤쪽으로 굴러 나왔다.

제럴드는 자기 일에 필요한 기계류는 아주 잘 알았다. 지금 내가 하는 일은 걷기였는데, 나는 아직도 내 몸이 어떻게 걷는지, 한 번 활보하는 데 무엇이 필요한지 거의 몰랐다. 나중에 온라인으로 검색을 해보고서야 대략 이해할 수 있었다. 우선 움직이고자 하는 욕구가 있어야 한다. 이 욕구는 운동 영역 대뇌피질의 어디에선가 일어난다. 운동신경이 수만 킬로미터 길이의 격자무늬로 얽힌 백질을 이동한다. 이 백질은 모세혈관을 통해 영양을 공급받고 모세혈관은 정맥과 동맥을 통해 영양을 공급받으며, 이 혈관들은 평생 천문학적인 양의 혈액을 수만 킬로미터 운반한다. 그런 후에는? 근육이 씰룩거리고 힘줄이 재빨리 긴장하고 뼈가 움직이는데, 이 모든 과정은 피부의 탄력과 충전재 역할을 하는 살이 밸런스를 맞추는 정교한 기적에 의해 이루어진다. 내가 걷는 동안 지구는 1시간에 수 킬로미터(아니면 수백 킬로미터? 수천 킬로미터?)를 회전하고, 태양계는 계속 돌고, 은하는 오직 신만이 아는 곳을 향해 돌진한다. 사실 나는 무슨 일이 벌어지는지 모른다. 그저 일이 벌어질 뿐이다.

"은퇴하고 뒤로 물러나 앉아 있으면 버림받을지도 모른다는 생각이 들어요." 그날 오후가 기울고 저녁이 찾아올 무렵, 집에서 제럴드가 말했다. "아직 건강할 때 바쁘게 일하고 싶어요. 그렇게 할 수 있다는 게 대단한 일이죠. 그럴 수 없을 때가 올 거라는 걸 알아요. 무슨 일이든 일어나겠죠. 병에 걸리거나 심각하게 다치거나, 뭐 그럴 때가 오겠죠. 올 거예요. 그러면 언제 끝낼지 알게 되겠죠."

우리 맞은편 소파에 앉아 있던 네나가 말했다. "흠." 부부가 수많은 논쟁을 했던 주제인 모양이었다. 좀 전에 제럴드가 아직 거실로 오지 않았을 때 네나는 노화에 대해 이런 말을 했다.

"나는 항상 주님께 우리가 함께 오래 살 수 있게 해달라고 기도해요.

정말 모르겠어요. 때로는 그냥 계속 살다가 죽는 게 더 쉬울 것 같고, 또 때로는 너무 피곤해요. 이 나이가 되면 가끔 계속 살아갈 이유가 전혀 없다고 느끼기 쉽거든요. 나는 결혼하고 곧바로 아이가 생겼어요. 10년 사이에 다섯 명을 낳았죠. 아이들이 다 커서 집을 떠날 때까지 한 20년 동안 눈코 뜰 새 없이 바빴어요. 그때는 아이들을 낳고 키우고 보살피고 가르치고 교육하는 게 내 삶이라고 생각했죠. 그런데 아이들이 전부 집을 떠나고 나서 가끔 생각해요. '내가 왜 여기 있지?' 내가 존재하는 이유를 일러주는 일이 필요해요. 나는 무엇이 나를 계속 살게 하는지 잘 모르겠어요."

그 말을 들으니 나도 매일 내 앞에 무엇이 기다리는지 궁금해한다는 생각이 들었다. 70대인 네나는 아직도 내가 현재 궁금해하는 것과 같은 의문을 품고 있었다.

"흠? 당신 그게 무슨 뜻이야? 흠이라니?" 제럴드가 물었다.

"꼭 병에 걸리지 않더라도 그냥 당신 마음이 이제 그만둘 때라고 알려줄지도 모르잖아."

제럴드가 웃으며 나를 보았다. "젊은이도 일흔일곱 살이나 여든 살이 되면 그 육체에 무슨 일이 벌어질 거요." 그는 잠시 말을 멈추었다가 이었다. "그때가 되면 알게 될 겁니다."

나는 그에게 일에서 물러나면 무엇을 할 것인지 물었다.

"아, 모르겠어요." 그가 말했다. "항상 도예를 좋아하긴 했어요."

걷기 시작한 지 6개월쯤 되었을 때 엄마는 이제 큰아들을 한 번 볼 때가 되었다고 생각했다. 내 여정이 아직 끝나지 않았으므로 엄마가 비행기를 타고 나를 만나러 왔다. 엄마가 탄 비행기가 오스틴에 내리면 엄마와 엄마 친구 레슬리가 차를 몰고 와 고속도로에서 나를 태워가기로 했다. 그 무렵에는 내 앞 갓길에 자동차가 서는 모습을 보는 게 특별하지 않았다. 사람들은 종종 내가 뭘 하는지 보려고, 혹은 내가 유모차에 정말로 아기를 태우고 가는지 확인하려고 차를 세우곤 했다. 그러나 멈춰 선 자동차에서 엄마가 내리는 걸 보니 기분이 이상했다. 엄마가 달려와 나를 와락 안았다. 엄마는 아들이 고속도로 한쪽에서 유모차를 미는 걸 보고 웃음을 터뜨렸다. 우리는 처음 보는 양 서로를 보았다.

"아직도 여기서 이러고 있어?" 엄마는 눈으로 이렇게 말하는 것 같았다. "너는 어떤 사람이 되었니? 내 아들은 지금 어떤 사람이야?"

우리는 자동차로 2시간을 달려 오스틴으로 갔다. 걸어가면 사흘이 걸릴 거리였다. 우리는 일주일 동안 쉬면서 밀린 이야기를 나누었다. 어느 날 오후 카페에 앉아서 엄마는 내가 정말 많이 변했다고 말했다.

"좀 더 너 자신이 된 것 같아." 엄마가 말했다. "너 혼자 있는 게 점점 편해진 모양이야. 전화도 자주 하지 않고."

"알아요, 죄송해요." 내가 말했다.

"아니, 그건 괜찮아. 처음엔 네가 필요해서 나한테 전화한다는 걸 알 수 있었어. 널 위해서였지. 하지만 이제 네가 전화하면 날 위해서야. 넌 정말로 이 걷기 여행에 안착한 것 같구나."

정말로 그렇게 느낄 때가 많았다. 늘 그런 건 아니지만 자주 그랬다. 점점 이 여정이 잘 다져진 길 같았고, 나 아닌 다른 사람은 오지 않는 성소로 돌아가는 길 같았다. 나는 혼자 있어도 죽지 않는다는 사실을 깨달았다. 우주 비행사가 외계 행성에 도착해 두려워하며 헬멧을 벗었는데, 알고 보니 호흡이 잘되는 대기를 갖추고 있어 처음부터 헬멧이 필요 없었다는 사실을 깨닫는 것과 비슷했다. 때로 홀로 있는 일은 그 자체로 대단히 멋졌다. 외부 세계 어디에 있더라도, 다리 밑에 있든 주간고속도로 한쪽에 있든 메스키트 숲에 있든 상관없었다. 나는 그 사실을 믿는 법을 배웠다.

아주 어릴 적부터 고독이라는 외계 행성은 자체 중력으로 나를 끌어당겼다. 나는 이따금 외로움의 대가를 치르더라도 고독을 탐색하곤 했다. 두세 살 무렵 몇 시간 동안 크리스마스트리 뒤에 숨어 부모님을 걱정시켰다. 몇 년 후에는 나무껍질과 바람과 새들을 제외하곤 아무것도 없는 공중에서 조용히 시간을 보내고 싶어 나무에 올라가기 시작했다. 대학 시절에도 숲속에 갔고, 밤에는 농장의 들판과 숲에 갔다. 또 눈과 달빛만 빛나는 언덕 꼭대기 소나무 숲에 갔고, 상록수를 왕관처럼 쓰고 만곡에 아늑하게 자리 잡은 산꼭대기에 올랐다. 그곳에서 나는 다시 숨을 쉴 수 있었다. 그날 내가 잃어버린 것을 찾을 수 있었다.

그러나 고독은 어쩌다 한 번 방문하는 외계 행성이었다. 걷기 시작하면서 그 행성을 내 집으로 받아들이기로 한 것 같다. 엄마의 말을 들으니 집을 떠나고 처음 몇 달 동안 내가 얼마나 자주 견딜 수 없이 외롭고 신경이 곤두섰는지 기억났다. 어떻게 보면 지난 몇 년간의 일이기도 했다. 텍사스에 와서 조금 더 자신을 편안하게 느끼기 시작했지만, 외로움은 사라지지 않았다. 어쩌면 나를 녹여버릴 만큼 누군가를 사랑하고 싶다는 열망, 그의 행성과 나의 행성을 하나로 합치고 싶은 갈망이 낳은 결과였을지도 모른다. 그러나 불가능한 소망이었다. 누구나 각자의 행성에 붙들려 있다. 우리 자신이 곧 행성이니까. 두 개의 행성을 하나로 합치려한다면 새로운 하나의 행성이 되는 게 아니라 우주의 재앙 같은 충돌이될 것이다. 릴케도 이와 비슷한 말을 했다.

> 사랑한다는 것은 다른 사람과의 합병과 굴복과 결합을 의미하지 않습니다.
> (정화되지 않고 일관되지도 않은 미완의 존재, 두 사람이 결합한들 무슨 소용이 있겠습니까?) 사랑한다는 것은 개인이 성숙해지고, 자신 안에서 뭔가가 되고, 세상이 되고, 상대방을 위해 자신 안에서 세상이 되고자 하는 높은 동기입니다. 한 사람을 선택해 광대한 거리로 초대하는 것, 그 사람을 향한 크고 높은 요구입니다.

나는 릴케가 나의 가장 사적인 경험을 향해, 내 안의 갈망을 이해하려는 당혹스러운 시도를 향해 직접 말하는 것 같은 느낌이 들었다.

> '밤낮으로 귀를 기울여 경청하고 망치질을 하는' 자신에 대한 임무로서 의미를 지닐 때, 젊은 사람들은 스스로 주어진 사랑을 이용할 수 있습니다. 합병과 굴복과 온갖 종류의 결합은 젊은 사람들을 위한 사랑이 아니고(아직은 오랫동안 자신을 구하고 모아야 합니다) 인간의 삶으로는 도달할 수 없을 만큼 궁극적인 사랑입니다. 그러나 젊은 사람들은 이에 관해 아주 심각한 잘못을 저지르고 있습니다. (본성 자체에 인내심이 없으므로) 사랑이 엄습해오면

서로에게 자신을 내던지고 난잡함과 무질서와 혼란 속에 자신을 마구 뿌려 댑니다. (……) 그러면 각자 상대 때문에 자신을 잃고 결국 상대까지 잃게 되며, 더불어 여전히 찾아오고 싶어 하는 수많은 타인을 잃게 됩니다. 그리고 광대한 거리와 가능성을 잃고, 아무 결실 없는 혼란과 맞바꿔버립니다. 남는 것이라곤 약간의 혐오와 실망과 빈곤뿐이고, 이 위험한 길 위의 공공 쉼터처럼 곳곳에 마련된 수많은 인습 중 하나로 도피하고 맙니다.

하나가 되려고 애쓰다가 스스로 부서지는 두 개의 행성, 우주의 재앙 같은 충돌. 차라리 따로 또 같이 존재하며 공동의 중심 둘레를 도는 두 개의 천체, 두 개의 별이 되는 게 낫다. 육안으로 밤하늘의 별을 올려다보면 두 개의 별은 하나의 빛점으로 보이지만 사실은 두 개의 개별적인 독립체이고, 둘 사이는 우주로 연결되어 있을 뿐 우주로 나뉘지 않는다. 둘을 하나로 묶어주는 것은 무엇일까? 나는 천문학자가 아니다. 위키피디아를 찾아보고서야 어떤 두 별은 서로의 궤도를 한 바퀴 도는 데 1시간도 안 걸리고, 어떤 별은 며칠 걸린다는 것을 배웠다. 또 어떤 별은 한 바퀴를 완전히 도는 데 수십만 년이 걸린다고 한다. 한 바퀴를 완성하는 데 막대한 생애가 걸리는 것이다. 또 둘 사이가 아주 가까우면 두 개의 별이 실제로 질량을 교환하는 전이가 일어나 혼자서는 이룰 수 없는 단계로 진화하기도 한다.

나는 혼자 우주를 떠다니는 법을 알았다. 홀로 걷고, 심지어 그것을 즐기는 법을 알았다. 그러나 다른 사람과 함께하면 어떨지 자꾸 궁금해졌다. 어쩌면 우리는 이미 서로의 궤도를 돌고 있을지도 모른다. 우리도 모르는 사이에 이루어진 선택의 가속도에 의해 매일 조금씩 서로를 끌어당기고 있을지도 모른다. 그렇다면 다른 사람과 함께하는 게 어떤 모습일지 궁금해할 필요가 없었다. 또 두려워할 필요도 없었다. 휘트먼이 밤에 관해 쓴 구절이 떠올랐다. "어떻게 내가 당신에게 왔는지 모릅니다. 당신과 함께 어디로 가게 될지도 모릅니다. 그러나 내가 잘 왔고, 또 잘 가게 될 것은 압니다."

어느 밤, 텍사스 메르켈 외곽의 한 숲속에 있는 황폐한 마리아치(멕시코 전통음악을 연주하는 악단-옮긴이) 라디오 방송국 마당에서 야영했다. 건물 지하의 열린 문으로 음악이 황혼을 향해 흘러나왔다. 그 순간 나는 연인과 손을 잡고 함께 폐타이어와 닭들과 쓰레기 더미를 헤치고 25현 기타 소리에 맞춰 춤을 추면서 우리 사이의 영원한 중심을 돈다면 얼마나 달콤할까 생각했다. 일어나서 나 혼자 춤을 출 수도 있었지만, 그러고 싶지는 않았다.

언젠가는 타인을 사랑할 만큼 충분히 신뢰하게 될지도 모른다는 생각이 들었다. 지금은 도로에 나온 후로 나 자신을 더욱 깊이 신뢰하게 되었다. 또 수많은 이가 몇 달 동안 몇 번이나 반복해서 낯선 나를 재워줄 만큼 신뢰해주었다는 사실에 나도 변했음을 느꼈다. 어찌 보면 나는 더욱 커지고 광대해졌다. 어쩌면 내 삶에도 두려움에 위축되지 않고 타인을 받아들일 충분한 공간이 생겼을지 모른다. 나 홀로 있음을 신뢰하고, 사람들의 홀로 있음을 신뢰하고, 우리 사이의 공간을 신뢰하게 되었을지도 모른다.

오스틴에서 일주일을 보낸 후 엄마는 나를 만나 자동차에 태웠던 그 장소에 다시 내려주었다. 우울했고, 다시 작별 인사를 하려니 기분이 이상하고 슬펐다. 고속도로 한쪽을 터벅터벅 걷기 전에는 향수에 젖었지만, 몇 킬로미터 걸었더니 다시 걷는 일이 편안해졌고 텍사스도 계속되었다.

"나는 영원한 여정을 걸어가네." 휘트먼은 이렇게 썼다. 휘트먼도 틀림없이 '단독 별의 주The Lone Star State'(텍사스주의 별칭-옮긴이)를 걸어서 지나갔을 것이다. 이곳은 끝이 없었다. 불개미가 줄지어 기어갔고, 나무는 점점 보이지 않았으며, 흙은 주황색을 띠었다. 여기는 침례교인의 요새, 성경지대의 중심이었다. 한 남자가 수동 라디오를 주었는데, 많이 듣지는 않았지만 라디오 전원을 켤 때마다 컨트리 음악과 마리아치 음악, 복음 그리고 루시 림보(미국의 보수주의 방송인이자 정치평론가-옮긴이)가 흘러나왔다.

너무도 많은 작은 마을이 죽어가고 있었다. 거리에는 어떤 움직임도 보이지 않았다. 상점은 벽면이 갈라지고 페인트칠이 벗겨졌으며, 잡초가 웃자랐다. 어떤 가게는 굳이 직원을 두지도 않았다. 산타애나의 한 중고품 상점은 지나가는 손님들이 보라고 이런 안내문을 걸어두었다.

잠깐 멈추고 구경하세요!
원하는 물건이 있으면 전화하세요!

이곳의 읍들은 고등학교 풋볼을 중심으로 돌아가는지 곳곳에 범퍼 스티커가 붙었고, 점점 생기를 잃어가는 마을 한복판에 위풍당당한 운동장이 있었다. 지역신문을 보면 내가 오늘은 어느 팀의 영토를 걷고 있는지, 이글스의 나라인지 배저스의 나라인지 라이언스의 나라인지 알려줬다. 봄철이라 경기를 볼 수는 없었지만, 신문 1면 기사를 보면 무슨 일이 벌어지고 있는지 알 수 있었다. 기자는 최근 팀 유니폼을 검은색으로 바꾼 코치의 결정을 비난했다. 여긴 드래건스의 나라이고, 드래건스에겐 검은색보다 초록색이 더 적절하다는 게 비난의 이유였다. 기자는 또한 자신은 평생 드래건스를 응원했기 때문에 감히 비판할 자격이 있다고 덧붙였다.

국토를 횡단하는 비행기에서 내려다보면 이곳의 평야가 퀼트 조각보처럼 보인다는 걸 알았다. 옥수수밭과 밀밭과 목화밭과 목초지가 각각 조각보처럼 붙어 있었다. 그러나 땅에서는 그냥 흙이 영원한 지평선을 향해 쭉 뻗어 있는 것처럼 보였다. 곳곳에서 원유 시추기가 대기를 향해 천연가스의 달콤한 악취를 뿌려댔다. 화물열차가 지나가서 손을 흔들면 화답처럼 기적 소리가 들려왔다. 그 밖의 다른 소리라고는 도로의 자동차가 질주하는 소리, 내 신발 밑창이 아스팔트를 찰싹찰싹 때리는 소리, 내 유모차 밥이 삐걱거리는 소리뿐이었다. 밥이 싣고 가는 짐은 무척 무거웠다. 오후만 되면 밥은 90대 노인이 되었고, 나는 하루 평균 40km를 걸었다. 텍사스주를 지나는 데 거의 두 달이 걸렸다. 마침내 팬핸들 지역(프라이팬 손잡이 모양으로 길고 좁게 다른 주로 뻗은 지역-옮긴이)에 이르렀을 때 멜 잭이라는 남자가 내 옆에 차를 세웠다. 그는 뉴멕시코에서 루이지애나까지 우유를 나르는 트럭 운전사였다. 그는 며칠 동안 자기 경로를 걸어가는 나를 보았고, 내가 궁금해져서 결국 차를 세웠다고 했다. 나와 반대

방향으로 가던 트럭이 속도를 줄이는 것을 보았는데, 몇 초 후 바람결에 한 남자의 목소리가 날아왔다. "선생님! 선생님! 실례합니다, 선생님!" 나는 뒤를 돌아보았다. 갓길에 은색의 원통형 탱크가 달린 트럭이 한 대 서 있었다. 남자가 공중에 한쪽 팔을 흔들며 내 쪽으로 다가왔다. "선생님! 잠깐만요!"

멜은 트럭 운전사의 고전적인 콧수염을 길렀고, 앞으로 툭 튀어나온 거대한 배를 가졌다. 소매가 헐렁한 주황색 폴로셔츠가 배 쪽에서 잔뜩 부풀어 있었다. 그는 흔들지 않는 다른 쪽 팔에 게토레이 두 개를 안고 있었다. 이윽고 내게로 건너온 그는 나를 길에서 두어 번 목격했으며, 내가 뭘 하는지 궁금했다고 말했다. "게다가 당신이 시원한 음료수를 원할 것 같았어요." 그는 내게 게토레이를 건넸다. 그는 흥분해서 말을 더듬거렸는데, 내가 걸어서 국토를 횡단 중이라고 말하자 더욱 더 흥분했다.

"와, 그럼 내가 늘 가는 경로로 클로비스까지 가겠군요. 그럼 내가 지나갈 때마다 차가운 음료수를 기대해요. 내 트럭에는 냉장고가 있거든요." 그리고 내게 팝콘을 좋아하느냐고 물었다. 우리는 함께 트럭까지 걸어갔고, 멜은 문을 열어둔 채 트럭으로 올라갔다. 조수석에 거대한 테디베어가 안전띠를 매고 앉아 있었다. 멜은 다시 트럭에서 내려와 팝콘을 한 봉지 주고는 행운을 빌며 곧 다시 만나자고 말했다. 그가 차를 몰고 떠나고 내가 다시 걷기 시작했을 때는 마치 판타지 영화를 보는 기분이 들었다. 내겐 팝콘도 있고 차가운 음료수도 있었다.

멜은 일주일 동안 내 경로를 따라왔다. 그는 두 번 내 앞의 주유소에 멈춰 서서 주유소 직원들에게 내가 오고 있다고 알렸다. 그리고 자기가 비용을 낼 테니 내가 원하는 걸 전부 주라고 했다. 마지막으로 멜을 보았을 때 그는 갓길에 트럭을 세우고 경적을 울려 인사했다. 그러고는 차에서 내려 '버바 쿨러'라고 부르는 것을 건넸다. 맥주 통처럼 생긴 보냉 용기였다.

"월마트에 갔다가 당신 주려고 사왔어요." 그가 말했다. "여행 중에 견딜 수 없이 더운 날이 오더라도 당장 차가운 음료수를 마실 수 있으면 좋잖아요." 우리는 작별의 악수를 나누며 연락하자고 말했지만, 나는 다시는 서로 만나지 못할 것을 알았다. 그가 트럭을 몰고 떠난 후 보냉 용기를 유모차에 묶으려고 무릎을 꿇었는데, 갑자기 발작적인 흐느낌이 거대한 파도처럼 나를 덮쳤다. 그때까지만 해도 나는 내가 그토록 두려움에 사로잡혀 있는 줄 몰랐다. 사막을 이기지 못할 거라는, 무사히 사막을 건너 살아남을 수 없을 거라는 두려움이 뼛속 깊이 도사리고 있었다. 사막은 너무 가까웠고, 기온은 점점 올라갔다. 그러나 이제 내겐 물을 시원하게 보관할 수 있는 버바 쿨러가 있었다. 함께 걷는 멜 잭이 생겼다.

"교도관 시절 기이한 일이나 무서운 경험이 있었나요?"

"매일 기이하고 무서웠죠. 밖에서 볼 수 없는 것들을 거기서는 보게 되니까요. 거기서 일어나는 쓰레기 같은 일들을 아마 당신은 듣지도 보지도 못했을 거예요. 거기선 늘 있는 일이죠. 죽이고 칼로 찌르고 강간하고. 그런 일이 끝이 없어요. 예를 들면 거기 스무 살 된 애가 있었어요. 그 친구는 다른 시설에 있다가 우리 교도소로 넘어왔죠. 첫날 밤 다섯 명에게 강간당하고 나서요. 놈들이 그 친구 직장을 갈가리 찢어놔서 그 애는 평생 배변 주머니를 달고 살아야 해요."

"거기서 일한 경험이 인간에 대한 관점을 바꿔놓았습니까?"

"그럼요. 한동안 나는 죄수들을 인간 이하로 봤어요. 그들이 아는 거라곤 거리뿐이고, 그래서 그들에게 거리를 줘야겠다고 생각했죠. 하지만 그런 것으로는 아무것도 고치지 못해요. 한때 텍사스 교정과라고 불렸지만, 지금은 아무것도 교정할 수 없어서 이름을 바꿨어요. 지금은 텍사스 사법과라고 불러요."

잘 들여다봐요

〈 20 〉

WALKING =TO= LISTEN

뉴멕시코주 라스베이거스에서 샌타페이를 향해 I-25번 주간고속도로를 걷고 있다면 당신은 혼자가 아니다. 거기 한 남자가 있다고 들었다. 그는 낮 동안 매번 96km를 걸어 두 도시 사이를 오간다. 그는 모두 여섯 개의 여행 가방을 들고 다닌다. 먼저 두 개를 충분한 간격으로 앞에 끌어다 놓은 다음 다시 돌아가 다른 두 개를 가져다 놓고 마지막 두 개를 마저 가져다 놓는 식이다. 이렇게 앞으로 갔다 뒤로 갔다 앞으로 갔다 뒤로 가기를 반복한다. 마지막 목적지에 도달할 때까지 이를 반복하다가 다음 날 다시 이 일을 되풀이한다. 그 여행 가방 안에 무엇이 있는지 다들 추측한다. 생쥐, 금괴, 신과의 인터뷰 증명서 등등. 그러나 그에 관해서는 알려진 게 별로 없다. 그는 미쳤거나 깨달음을 얻었거나 혹은 둘 다일 수도 있다. 나는 샌타페이로 가는 길에 그를 만나지 못했으므로 그에 관해 아는 것도 없다.

그러나 나는 I-25번 주간고속도로에서 대니얼과 레이먼드를 만났다. 두 사람은 이제 막 앨버커키(뉴멕시코주 중부 도시-옮긴이) 근처의 고등학교를 졸업한 라틴계 남자였다. 둘은 졸업을 축하하기 위해 뉴멕시코주 라스베이거스로 순례를 떠났다. 대니얼은 새로 산 카우보이 부츠를 신었고(대체 물집은 어쩌려고), 레이먼드는 야구 모자를 기세 좋게 오른쪽으로 젖혀 썼다. 그들은 72시간째 잠을 못 잤지만, 내가 사진을 찍을 때 그런 낌새는 조금도 내비치지 않고 활짝 웃으며 엄지를 위로 치켜들었다. 이렇게 멀리 왔다는 사실을 스스로 믿지 못하는 사람들 같았다.

"우리 졸업했어요!" 대니얼이 말했다. "이제 자유예요! 싱글이고요! 뭐 일종의 싱글이죠. 고향에서 여자 친구가 기다리고 있긴 하지만요."

그들은 내게 할 말이 아주 많았다. 알려주고 싶은 것도 많았다. 우리는 잠시 서서 이야기를 나누었다. 세 명의 걷기 여행자가 주간고속도로 위에 서서 온갖 인상적인 이야기를 나누는 모습이라니! "나는 여기서 하느님을 만난 것 같아요." 대니얼이 말했다.

북쪽에서 먹구름이 뭉게뭉게 피어올랐다. 나는 소년들에게 어서 고속도로를 떠나 비를 피할 곳을 찾으라고 말했다. 그러나 그들은 내 생각에 반대했다. 그들은 내면의 신념이 마법처럼 외부 현실을 결정하는 '마법사 걷기' 중이었다. 무엇도 그들을 막을 수 없었다.

"우린 오늘 소나기 따위 만나지 않아요." 레이먼드가 말했다. "겨우 32km 남았는걸요. 거의 다 왔어요. 곧 거기 도착할 거예요. 우리가 도착할 거라고 계속 생각하면 도착하는 거예요."

소년들에게서 내 모습을 보았다. 펜실베이니아 시절의 나, 완전히 낯선 일을 시작하려는 거친 생동감으로 넘치던 나를. 이제 길을 나선 지도 거의 8개월이 되었고, 수백 킬로미터만 더 가면 4,800km가 된다. 나는 뉴멕시코까지 갈 것이고, 곧 스물네 살이 될 것이다.

"와, 저 종아리 좀 봐." 대니얼이 말했다. "종아리를 보니 당신이 우리보다 먼 길을 걸어왔다는 걸 알겠어요."

아직도 의심이 들었지만, 정말로 내 안의 무엇인가가 변하고 있었다. 단지 내 종아리 근육만 변한 게 아니었다. 소년들 앞에 있으니 내가 어른 남자처럼 느껴졌다. 적어도 아주 잠깐은 그랬다. 또다시 아버지 생각이 났다.

부모님이 헤어지기 전의 삶은 별로 기억나지 않는다. 기억할 수 없어서라기보다 굳이 기억하고 싶지 않았기 때문이다. 그러나 기억은 살아남기 위해 보살핌을 받아야 하고, 기억을 보살피는 유일한 방법은 기억하는 것이다. 내가 오랫동안 기억을 무시하자, 기억들은 눈치를 채고 자기가 특별한 보살핌을 받지 못한다는 걸 깨달은 모양이다. 대부분의 기억이 다른 기억에 자리를 내주고 어디론가 가버렸다. 이젠 내가 기억하고 싶어도 기억이 나지 않는다. 그러나 모든 기억을 잃지는 않았다. 어떤 기억은 여전히 남아 어른거리며 자신의 가치를 완고하게 믿고 있다. 아버지에 대한 첫 기억은 아주 이르다. 내가 세 살 때 아버지는 나를 서커스에 데려갔다. 우리는 땅에서 2m 높이의 외야석에 앉았는데, 내 옆에 어린 남자애가 있었다. 어느 순간 이 남자애가 나를 뒤로 밀어서 내가 땅바닥에 떨어졌다. 외야석 밑의 더럽고 축축한 콘크리트 바닥에 떨어졌는데 아주 어두웠다. 고개를 들어 아버지를 보았다. 아버지가 스웨터를 벗어 내 쪽으로 길게 늘어뜨려서 내가 붙잡으면 나를 끌어 올리려고 했다. 그러나 내 손이 스웨터에 닿지 않았다. 행여 닿았을지라도 내가 끝까지 붙들고 있을 수는 없었을 것이다. 둘 다 서로 닿으려고 무진 애를 썼지만, 닿지 못했다. 기억은 거기서 끝났다.

기억에 남은 것들로 미루어 짐작해보면 나의 어린 시절은 경이로움으로 가득했고, 주로 행복했다. 지하에 땅의 요정이 숨어 살았고, 꽃들 사이에서 요정이 즐겁게 뛰놀았다. 다만 보이지 않았을 뿐이다. 여동생이 태어나기 전 나는 몇 시간이고 밖에서 놀았으며, 나비를 쫓아다녔는데 때로는 나비가 내 어깨에 내려앉기도 했다. 그러다가 케이틀린이 태어난 후로 우리는 한 방에 화분을 전부 모아놓고 우리의 정글을 만들었다. 복도에 베개를 깔아놓고 힘껏 달려 훌쩍 날아보려고도 했다.

부모님은 결국 갈등을 맞이하게 되었지만, 우리 남매를 위해 사랑이 넘치는 가정을 이루었다. 우리가 거쳐온 그 모든 아파트와 주택에 우리를 위한 풍요로운 환경을 만들었다. 어디에 살든 우리 집 부엌은 손님과 친구들로 북적였다. 우리 집 식탁에 온갖 부류의 사람들이 앉았다 갔다. 가톨릭 사제와 하레 크리슈나교인(힌두교의 크리슈나 신을 믿는 종파-옮긴이), 활동가, 샤먼, 조산사, 학자, 언론인, 예술가가 앉았다. 어린 나는 거기서 오가는 모든 대화를 들었고, 종종 무슨 말인지 이해할 수는 없었지만 수많은 형태의 성찬식을 목격했다.

최근 아버지에게 어린 시절 우리 두 사람에 대해 무엇을 기억하는지 물었다.

"글쎄다, 네가 자전거 타는 법을 배울 때 내가 옆에 있었잖니?"

시카고에 살 때 아파트 뒷골목에서 자전거를 배웠다. 기억은 자전거를 타는 도중에 시작되었다. 아버지가 자전거 손잡이를 붙잡고 계속 밀며 달렸고, 나는 자전거 페달을 밟으며 열심히 자전거를 굴렸다. 어느 순간 내가 알지 못하는 사이에 아버지가 가만히 손잡이를 놓았다. 아버지가 몇 발자국 뒤에서 웃으며 환호하는 소리를 듣고서야 나 혼자 자전거를 타고 있다는 걸 깨달았다. 나는 아버지를 뒤로한 채 계속 자전거를 탔고, 아버지의 목소리는 점점 희미해졌다.

"또 내가 너와 케이틀린과 루크를 데리고 극장에 갔었지. 난 영화를 좋아했거든. 느긋하게 즐길 수 있는 놀이로 말이야."

엄마가 마사지 손님을 받을 때마다 집을 비워줘야 했기 때문에 우리는 주로 아버지와 함께 시간을 보냈다. 아버지는 우리를 데리고 극장에 가거나 이탤리언 아이스크림을 먹으러 갔고, 때로는 두 가지를 다 하기도 했다. 아버지와 함께 있으면 모든 게 놀이였다. 엄마는 TV를 수납장에 넣어두었다가 아주 특별한 일이 있을 때만 꺼내야 한다고 주장했다. 반면 아버지는 우리를 데리고 극장에 자주 갔다.

아버지와 함께 보낸 이런 오후의 기억을 떠올리면 기분이 이상하다. 지금 내가 아는 바에 따르면 사실 아버지는 몹시 우울했고, 엄마 또한 고통을 받았다. 내가 기억하는 사이좋은 우리 가족은 주로 겉모양이었다. 돌이켜보면 부모님의 관계는 실패했으며, 나는 실패의 부산물이고 어쩌면 실패의 촉매가 아니었을까 하는 생각이 들 때도 있다. 극단적인 생각일지 모르지만, 원래 잠재의식 속의 마음은 극단적인 것이니까. 표면적인 속삭임은 무시하기 쉽지만, 더 깊은 곳의 소리는 끈질기게 들러붙는다. 내가 태어나지 않았다면 부모님의 인생은 더 나아졌을 거야. 그래서 그 시절의 기억이 많이 남지 않은 모양이다.

또한 그렇기 때문에 나는 도로에서 사람을 만나 대화를 나눌 때도 그 사람의 삶에 초점을 맞추는 쪽을 선호하는 것인지도 모른다. 나는 내 과거 이야기는 많이 하지 않았다. 듣는 편이 더 좋았다. 내 이야기를 하면서 내가 지나온 그 실패 속으로 다시 들어가고 싶지 않았다. 나의 쓸쓸한 마음과 수치심을, 현실을 인정하지 않으려는 망설임을, 그래서 실패를 영속시키는 내 역할을 다시 보고 싶지 않았다. 다른 사람들에게 그 부분을 보여주지 않으면 내가 진짜 어떤 사람인지 보여주기 위해 내 이야기를 공유해야 하는 임무로부터 숨을 수 있었다. 인터뷰를 하다 대화가 내 이야기로 흘러가면 녹음기를 끄고 관심을 상대방 쪽으로 돌린 다음 다시 녹음기를 켜기도 했다. 그럴 때면 이렇게 합리화했다. 내 이야기로 테이프를 낭비할 필요는 없잖아. 누구도 이 대목은 들을 필요가 없어.

"자신에게 초점을 맞추세요." 졸업 논문을 쓸 때 교수가 말했다. 지금껏 최고의 조언이었는데, 당시에는 몰랐다. 그런 식의 탐색, 즉 굴하지 않고 내면을 응시하는 일, 거기에 무엇이 있든 기꺼이 바라보고 거기서부터 출발하는 일, 그것은 평화로 가는 첫걸음이었다. "나는 물론 그 누구도 당신을 대신해서 그 길을 갈 수는 없습니다." 휘트먼은 이렇게 말했다. "당신이 직접 그 길을 가야 합니다." 그러나 거울을 바라볼 용기조차 없다면 어떻게 직접 그 길을 갈 수 있겠는가?

아주 찰나였지만, 뉴멕시코에서 어느 순간 자신의 이야기를 인정해야만 평화를 찾을 수 있으며, 그렇지 않으면 불가능한 다른 것을 찾아 영원히 헤맬 수밖에 없다는 사실을 깨달았다.

샌타페이 외곽의 세릴로스힐스에서 카우보이모자를 쓴 남자가 픽업트럭을 세웠다. 그는 영국 억양으로 크게 웃으며 자기 아내가 얼마 전 내 곁을 지나간 적이 있는데, 가서 알아보라고 했다고 말했다. 부부는 도로 바로 아래쪽에 살았고, 몇 분간 대화를 나눈 다음 그날 밤 자기 집에서 묵어도 좋다고 했다.

아치 튜와 알렉시스 히긴보텀은 60대 초반이었다. 그들의 흙벽돌집은 도로에서 멀리 떨어진 덤불숲 언덕에 삼나무로 둘러싸여 있었다. 집 뒤에 물고기가 사는 연못이 있었고 말과 개, 거대한 거북이도 길렀다. 그녀는 예술가였고, 그는 혁신 컨설턴트였다. 그리고 두 사람 모두 명상과 요가를 수련했다. 부엌에 커다란 불상과 인도 미술 작품이 있어서 나는 마치 집에 온 기분이 들었다. 이곳은 뉴멕시코주의 엄마 집과 마찬가지였다.

샤워를 마치고 뒤쪽 포치에 있는 부부 곁으로 가서 조언을 구하는 인터뷰를 했다. 그들은 인터뷰 내내 무척 차분했고 평온했으며, 서로 일체감을 드러냈는데 나는 그게 부러웠다.

땅거미가 질 무렵 아치가 저녁을 준비했고, 알렉시스와 나는 부엌에서 계속 이야기를 나누었다. 아치는 계속 포치를 드나들며 저녁을 차렸고, 모든 게 준비되었을 무렵에는 어느새 밤이었다. 알렉시스를 따라 밖으로 나갔더니 식탁이 평범하지 않았다. 마치 연회 테이블처럼 차렸고, 한가운데에 왕좌 같은 의자가 놓였다. 꽃과 양초가 접시를 둘러쌌고 한가운데의 왕좌는 거울을 마주했다.

"당신 자리예요." 아치가 말했다. "잘 들여다봐요."

충격이었다. 나는 자리에 앉았고, 몇 초 동안 거울 속의 내가 나를 응시했다. 이어서 내 안의 자의식이 메시지의 순수성을 엉망으로 만들었다. 거울을 들여다보지 마, 이 빌어먹을 나르시스트야! 아치의 말을 이해했다. 내가 찾는 것은 다른 사람, 스승이나 연인이나 친구나 어떤 대장정의 깨달음이 아니라 바로 나라는 말이었다. 나 자신의 다른 형태도 아니고 그냥 나라는 말이었다. 지금 거울 속에서 나를 보는 바로 그 나. 내 안에는 고치거나 제거할 게 없었다. 보탤 것도 없었다. "나는 나로 존재합니다. 그것으로 충분합니다." 휘트먼은 이렇게 말했다. 그는 내내 이 말을 하고 있었다.

당신 자신에 대해 어떤 생각을 한 이유가 뭡니까?

그때 자신을 덜 생각한 게 당신입니까?

당신보다 더 위대한 대통령을 생각한 게 당신입니까? 당신보다 잘사는 부자를 생각한 게, 당신보다 더 현명하고 배운 사람을 생각한 게 당신입니까?

당신이 기름때에 절어서, 혹은 여드름투성이라서, 혹은 한때 술꾼이었거나 도둑이었거나 병에 걸렸었거나 관절염을 앓았거나 창녀였거나, 혹은 지금 그렇다거나, 혹은 경솔하거나 무력하거나, 혹은 당신이 학자가 아니어서 당신 이름이 활자로 인쇄된 모습을 본 적이 없어서…… 당신은 불멸의 존재가 못 된다고 굴복할 겁니까?

아치가 마련한 연회장의 왕좌에 앉아 잠시 다른 사람의 가치를 비춰볼 수 있으려면 자신의 가치도 인정해야 함을 이해했다. 아치가 나를 위해 한 것처럼, 휘트먼이 수백만 명을 위해 말한 것처럼. 내가 행한 수많은 상호작용에는 섬세한 주장이 깃들어 있음을 깨달았다. 나는 긍정을 추구했고, 다른 사람에게서 나 자신을 탐색했으며, 누가 내게 인정의 왕관을 씌워주기를 희망했다. 그러나 그 전에 나부터 자신을 인정해야 했다. 아무리 많은 왕관이 주어졌더라도 나는 늘 인정받지 못한다고 느꼈다. 나를 인정하는 유일한 방법은 거울이 필요 없어질 때까지 거울을 잘 들여다보는 것이었다. 자신에게 초점을 맞추세요.

이윽고 우리는 저녁을 먹으며 별들을 감상하기 시작했다. 이 교훈의 의미심장함이 점점 흐릿해졌다. 이런 과정을 수없이 반복해서 배워야 할 것이다. 5년이 지난 지금도 여전히 배우고 있다. 평화로 가는 길은 확실히 멀다.

6월

"영국의 중산층 집안에서 자랄 때 이런 말을 들었어요. '아직 연극 학교에 들어올 만큼 성숙하지 못했구나. 더 큰 다음에 와라.' 그들은 더 큰 다음에 오라고 말했죠. 그래서 나는 '아프리카에 가서 평화봉사단에 들어갈 거예요. 그게 내가 할 일이니까요'라고 대꾸했죠. 문제는 내가 어떻게 해야 성숙해질지 전혀 몰랐다는 거예요. 내게 어떤 일이 찾아올지 전혀 알지 못했어요."

"그런데 고릴라 이야기는 뭔가요?"

"아, 당시 우리는 고릴라를 찾아서 르완다로 갔어요. 고릴라를 본 적이 한 번도 없었죠. 고릴라는 울창한 밀림에 살면서 덤불 밑으로 터널을 뚫거든요. 그래서 우리는 그런 터널을 지나가야 했어요. 혹시 고릴라와 마주치더라도 절대로 달아나지 말라고 사람들이 말하더군요. '얼굴을 찡그리고 가능하면 몸집을 크게 부풀리고 서서 그냥 가아아아! 하고 소리를 지르면 돼요.' 하지만 난 고릴라를 만날 일이 없을 테니 그럴 일도 없을 거라고 생각했어요.

그런데 밀림의 골목길 같은 터널을 지나다가 정말로 고릴라와 딱 마주쳤죠. 거대한 고릴라가 내 쪽으로 오더군요. 엄청나게 몸집이 크고 체격이 좋은 짐승이 나를 향해 똑바로 걸어왔어요. 순간 생각했죠. '좋아, 정말로 왔다 이거지? 죽기 아니면 까무러치기야.' 그때 고릴라가 나를 보고 몸을 크게 부풀리더니 '허어어어!' 라고 소리치기 시작했어요. 그래서 나도 어릿광대처럼 딱 서서 '하아아아!' 하고 맞섰죠. 정말 웃겼어요. 녀석이 '어라?' 하는 것 같았거든요. '알았어. 너는 나랑 말이 좀 통하는구나? 정말이지 제대로 하고 있어. 멋져. 좋아, 그만 보내주지'라고 하는 것 같았어요.

내 말을 들어봐요. 당신이 진짜로 믿을 만한 힘을 지니고 있다고 생각한다면 굳이 그걸 증명할 필요는 없어요. '내가 얼마나 강한지 보여주려면 널 죽여야겠다'라고 말할 필요가 없는 거지요. 우리가 누군가를 죽이거나 다치게 하는 유일한 이유는 두려움 때문이에요. 그러나 자신의 힘을 알게 되면, 자신의 본래 자아나 자기가 원래 어떤 사람인지 알게 되면 어떤 것도 증명할 필요가 없고 상처를 줄 이유도 없어요. 당신이 할 일은 오직 사랑뿐이에요. 나는 그걸 동물들에게서 배웠어요. 그 고릴라는 자기가 나보다 힘이 세다는 걸 알았어요. 나를 죽일 수 있다는 것도 알았죠. 그러나 녀석은 그걸 증명할 필요가 없었어요. 심지어 나도 굳이 증명하라고 위협하지 않았고요. 내가 실제보다 더 힘이 세다는 걸 보여주려고 애처롭게 굴었잖아요? 그때 고릴라는 이렇게 생각했을 거예요. '너 이 자식, 완전히 미치광이로구나. 좋아, 보내주지. 네가 알아채기도 전에 나는 널 해칠 수 있으니까.' 녀석이 나를 피할 이유가 없잖아요."

눈앞의 날들이 훅 지나가버려

⟨ 21 ⟩

WALKING ÷TO÷ LISTEN

고등학교 친구 톨리가 앨버커키 외곽에서 나와 합류해 우리는 함께 사흘 동안 걸어서 푸에블로족 보호구역을 통과했다. 그는 기숙학교 시절 1학년 동안 나의 룸메이트였다. 그의 부모님도 그해 여름 이혼했고, 그래서 우리는 매우 가까워졌다. 톨리는 나를 아주 잘 알아서 별 노력 없이도 나를 웃게 했다. 비행기를 타고 나를 만나러 왔을 때 그는 갓 대학을 졸업하고 앞으로 뭘 하며 살지 확신이 없는 상태였다. 그는 나보다 키도 크고 몸집도 컸지만, 아직 걷기 초보라 내 속도를 따라잡지 못했다. 우리는 사흘간 약 104km를 걸었다. 그가 불편에 적응하는 모습을 보면서 나는 내가 과거보다 많은 것을 배웠음을 깨달았다. 나는 조금 더 참을성이 생겼고, 통증과 더러움과 느린 속도와 미지의 것을 좀 더 견딜 수 있게 되었다.

하지만 아메리카 원주민 보호구역을 지나가본 적이 없어서 긴장되었다. 원주민이 아니어도 통과할 수 있을까? 원주민의 법에 대해 아는 게 하나도 없어서 혹시 체포되는 건 아닐까 걱정되었다. 그러면 톨리는 좋아할 것이다. 불평할 만한 좋은 구실이 되어줄 테니까.

함께 걷는 동안 나는 톨리의 보모가 된 기분이었다. 톨리의 배낭을 대신 들어주고, 그가 충분히 물을 마시고 있는지 점검했다. 8개월째 걸었더니 걷는 게 얼마나 어려운 일인지 어느새 잊었다. 첫날 밤, 겨우 27km를 걸었을 뿐인데 톨리는 거의 죽어가고 있었다. 어느 주유소에 도착했을 때 그는 하얗게 질린 얼굴로 시멘트 바닥에 무너졌다. 톨리가 토할 것 같다고 애처롭게 말했는데, 나는 이 순간을 동영상으로 찍어 고향 친구들에게 전송할 완벽한 기회로 삼았다.

"톨리, 무슨 일이야?"

"별일 아니야. 여기 테러리스트 자식이 나를 영원히 걷게 시켰어."

"무슨 일이 있었는지 말해봐."

"음, 내 발의 품질이 떨어졌어. 아, 다른 일도 있었어. 27km 정도면 걸을 만한 거리잖아? 나쁘지 않지. 하지만 빌어먹을 고속도로라면? 끔찍해. 게다가 바깥 날씨가 영상 38℃라고. 이게 전부 테러리스트의 계략이야. 테러리스트의 음모라고."

"그래서 남은 저녁 시간엔 뭘 할 생각이야, 톨리?"

"계획은 동네 주유소에서 배불리 먹고 상처에 붕대를 감는 거야. 상처가 아주 많아. 그런 다음 기절하는 거지. 아, 잠자리에 누워 잠시 이야기를 나누다가. 누워서 할 이야기가 엄청 많을 거야."

우리는 푸에블로족 경찰관에게 고속도로 옆에서 야영해도 좋다는 허가를 받았다. 그는 야영을 별로 대수롭지 않게 여겼고, 그래서 보호구역의 나머지 구간을 지나가는 일도 크게 걱정할 필요가 없을 것 같았다. 톨리와 나는 텐트에 들어가 거의 포개다시피 누웠다. 그날 밤 잠자리에서의 대화는 과거와 거의 비슷했고, 우리는 낄낄 웃다가 서서히 잠에 빠졌다. 우정의 경험이라는 게 형태는 변해도 본질은 얼마나 변함이 없는지, 서로에 대해 알기 전부터 두 사람을 하나로 이어주는 기본적인 자력이 경이로웠다.

둘째 날이 끝나갈 때 톨리는 육체적으로나 심리적으로나 무너지기 직전이었다. 우리는 37km를 걸은 후 고가도로에 도착했고, 거기서 걸음을 멈추었다. 발이 자갈에 부딪히는 순간 톨리가 '악' 하고 기이한 소리를 내며 주저앉았다. 나는 또 다른 동영상을 찍었다.

"방금 무슨 일이야?"

"앉았어. 그냥 그렇게 됐어. 바닥에 주저앉았을 뿐인데, 그게 평생 가장 힘이 드는 일이더라고."

"오늘은 무슨 일이 있었어?"

"오늘 우리는 37km를 걸었어. 어제보다 10km 더 걸었지. 그게 딱 10km 더 걸은 기분이야. 나 아무래도 다리를 잘라야겠어."

"톨리가 면양말을 가져왔더라고."

"꺼져. 이 양말은 훌륭해."

"그리고 면 속옷도 가져왔어."

"여긴 빌어먹을 북극이 아니잖아. 안 그래? 어딜 봐도 물 한 방울이 없어. 그래도 괜찮아."

"또 톨리는 오늘 내 유모차 바퀴를 여섯 개나 터뜨렸어."

"마이너스 여섯 개야."

"그리고 오늘 내 텐트의 지퍼를 완전히 망가뜨렸지."

"아, 그건 맞아. 내가 그랬어."

"그리고 또 뭘 했더라? 아, 톨리는 나를 망가뜨렸어. 톨리가 나를 망가 뜨렸어요."

"더 나쁜 짓도 했어. 지금 당장은 기억이 나지 않을 뿐이지."

"그래서 내일 계획은 뭐야, 톨리?"

"내일 계획은 5km를 걷는 거야. 그런 다음 배가 터지도록 먹을 거야. 또 5km를 걸을 거야. 그리고 조금 더 먹을 거야. 그런 다음…… 음, 15km를 걸어서 카지노에 도착할 거야. 수영장에 드러누웠다가 배 터지게 먹은 다음 침대에서 잠을 잘 거야. 아마 도박을 하기도 전에 곯아떨어 지겠지. 그게 계획이야. 아름다운 계획이지. 완전무결해. 그래, 출발지와 여기 사이에 아무것도 없었어. 주유소도 없었지. 아무것도. 다리가 두 개 있었는데, 그게 아마 우리가 오늘 만난 유일한 그늘이었을 거야. 우리는 다리 밑에서 멈추었어. 그런데 지금 우리가 서 있는 이곳에는 아무것도 없어. 하지만 내일은 틀림없이 아침을 주는 주유소가 있을 거야. 5km만 가면 주유소가 있고, 거기서 또 5km를 가면 아이스크림 가게가 있어. 나 는 바나나 스플릿과 커다란 블리자드를 먹을 거고, 누가 뭐라고 하든 신 경 쓰지 않을 거야."

"작별의 인사 한마디?"

"내 엉덩이에 남가새 열매 가시가 다섯 개나 박혔다. 안녕."

남가새는 열매에 가시가 달린 한해살이풀로, 어디에나 있었다. 염소

머리 모양을 한 단단한 열매 가시는 유모차의 공기주입식 타이어를 터뜨리기에 적합한 모양으로 진화해왔다. 유모차 밥은 가망이 없었다.

텐트를 치려는데 픽업트럭 한 대가 도로에서 벗어나더니 우리 바로 옆에 멈춰 섰다. 나이 든 남자와 여자가 내리더니 구운 옥수수와 과일이 가득 든 식료품 봉지를 주었다. 원주민 의식을 치르고 남은 음식이라고 했다. 그들은 푸에블로족으로 팻과 잰 다이어 부부였다. 나는 내가 하는 일을 설명했고, 톨리는 나와 잠깐 동행하러 왔다고 말했다. 나와 그들 사이의 대화를 톨리가 옆에서 지켜보며 흡수하는 것을 느낄 수 있었다. 톨리에겐 도로에서 처음 만난 사람들이었다. 몇 분도 지나지 않아서 팻이 그날 밤 자기 집에서 묵어도 좋다고 말했다. 나는 짜릿했다. 드디어 톨리도 낯선 이들이 베푸는 친절과 함께 하룻밤을 보내는 일이 선사하는 뛰어난 친밀감을 경험할 수 있게 되었다.

다이어 부부의 집은 석고 모래가 넘쳐흐르는 핏빛 메사(미국 남서부에서 흔히 볼 수 있는 지형으로, 꼭대기는 평평하고 등성이는 벼랑으로 된 언덕-옮긴이) 바닥에 자리 잡았다. 바깥에는 화산암과 삼나무, 산쑥, 회전초가 널려 있었고 제비들이 저녁노을을 뚫고 날았다. 멀리서 계속 번개가 치더니 이내 지평선에 무지개가 걸렸다. 우리는 안으로 들어갔다. TV에서 마이애미 히트와 오클라호마시티 선더가 NBA 결승전을 치르고 있었다. 바깥 경치와 비교하면 시시해 보였다.

"바깥에 안락의자를 가져다 놓으면 진짜 쇼를 볼 수 있어요." 잰이 말했다. "그리고 여기서는 육안으로도 고속도로가 보여요. 우리 부모님이 했던 일이에요. 의자 두 개를 내놓고 거기 앉아 트럭 숫자를 세곤 하셨지요."

다 함께 탁자에 둘러앉자 잰이 음식을 더 가져왔다. 잰과 팻은 자기들 몫에서 음식을 몇 숟가락 덜어내 건드리지 않고 따로 놔두었다. "영혼을 위한 거예요." 팻이 설명했다. "영혼이 와서 먹으라고. 고맙다고 인사하는 거죠."

잰은 팻이 그해 내내 원주민 의식이 있을 때마다 춤을 추었다고 말했다. 대부분의 의식에 외부인은 참관할 수 없었다. 춤꾼들은 고온의 날씨에도 몇 시간씩 밖에서 춤을 추곤 했다. "나는 남편이 춤추는 걸 보는 게 좋아요." 잰이 남편의 등을 쓰다듬으며 말했다. 원주민 의식에서 춤은 모두를 위한 기도의 한 형태이자 감사의 표현이라고 그녀가 설명했다.

"그게 우리가 춤을 추며 스스로 희생하는 목적이에요. 사람들을 위해서이죠. 얼굴색은 중요하지 않아요. 만인을 위한 춤인걸요. 자신을 항상 맨 마지막에 놓아요. 맨 끝에요. 그리고 사람과 땅과 동물들을 가장 앞에 놓아요. 우리 의식에서는 그렇게 해요. 잠도 못 자고, 엄청 더워요. 땀은 또 얼마나 흐르는지! 윽! 가끔은 다 관두고 싶어져요. 하지만 진심을 다해 의식을 완성해야만 효과가 있어요. 아니면 내가 괴로워지죠. 의식이다 끝나고 나서야 피곤함을 깨닫는답니다.

당신과 똑같아요. 당신도 하루 끝이 되어야 피곤해지죠? 이런 일들이 기도가 되면 당신이 하는 일도 단지 걷는 것 이상으로 훨씬 더 많은 의미를 지니게 돼요. 걸으면서 이렇게 말해봐요. '이건 그들을 위해서이다. 나는 당신을 위해 이 일을 한다. 나는 당신을 위해 희생한다. 그리하여 나는 더 나은 삶을 살게 될 것이다.' 이렇게 하면 훨씬 좋을 거예요. 밖에 나가 걷는 일, 그건 정말 큰일이에요. 많은 각오를 해야 하죠. 목은 마르고,

날씨는 덥고, 땀은 줄줄 흐르고. 정말 대단한 일이에요. 사람들을 위한 희생이죠. 물론 당신이 처음부터 그런 생각을 품고 시작한 건 아닐 거예요. 하지만 여기서부터 캘리포니아까지는 내 말대로 해봐요. 누군가를 위해 기도해요. 아무나요. 기도는 모두를 위해 많은 일을 한답니다. 우리는 계속 기도해야 해요. 우리가 서로를 위해 할 수 있는 가장 위대한 일은 바로 서로를 위해 기도하는 거예요."

나도 모르게 이미 그렇게 한 적이 몇 차례 있다. 어떤 하루의 걸음을 특별한 한 사람에게 헌정했다. 그러면 그 몇 킬로미터를 걷는 동안 남다른 풍성함이 느껴졌고, 내 고통도 나 자신보다 더 큰 목적과 결합했다. 비록 그 결합이 단순한 상상에 불과할지라도 분명히 효과가 있었다. 종종 그렇게 걸을 때면 나 자신이 더욱 강인해지고 열정적으로 되었으며, 받는 사람 역시 몹시 감동했다. 루이지애나에서 매우 고통스러운 자신의 과거를 들려준 한 여성에게 37km를 헌정한 적이 있는데, 그녀는 무척 감동했고 지역신문에 그 이야기를 기고하기도 했다. "누군가 다른 사람을 위해 그렇게 해줄 수 있다는 사실이 믿기지 않았어요." 그녀는 말했다. "하느님이 어떤 이유로 내게 그 사람을 보내주었어요. 나는 대단히 감동했습니다." 내게는 아주 사소한 일이었지만, 종종 이런 희생과 헌정을 잊고 나만의 작은 걸음에 몰두했다. 나는 앞으로 더 자주 기억하려고 노력하겠다고 팻에게 말했다. 그가 손목에서 조개껍데기로 만든 팔찌 하나를 풀더니 나에게 주었다.

"내가 의식 때마다 차는 팔찌예요." 그가 말했다. "집에 돌아가면 위대한 인디언 추장한테 받았다고 자랑해요."

"당신은 부족 중에서도 앵무새 씨족이라고 했죠?" 그가 좀 전에 말해주었다. "그럼 앵무새 추장이 줬다고 할게요. 날아다니는 앵무새 추장이요."

"거짓말쟁이 앵무새 추장이 낫겠어요." 그가 말했다. 잰이 웃으며 다시 남편의 등을 어루만졌다.

톨리가 떠나기 전, 그와 나는 친구들을 위해 동영상을 한 번 더 촬영했다. 내 생일 전날 밤이었고, 우리는 톨리가 한턱을 낸 카지노에 묵었다. 동영상이 끝나갈 무렵 내가 이번 걷기 여행에서 무엇을 배웠는지 묻자, 톨리는 아주 잠깐 평소의 냉소를 벗어던졌다.

"내가 여기 왔던 건 '공유'하기 위해서였어. 앤드루의 경험을 공유하려고 걷겠다고 했지. 그리고 정말 많이 배웠어. 이 친구가 왜 이러고 있는지 봤어. 알고 보니 이건 앤드루 자신을 위해서이기도 했지만, 동시에 다른 사람들을 위해서이기도 했어. 그래, 이런 일은 정말 특별하지. 나도 잠시 함께하게 되어서 정말 기뻐."

잠자리 대화에서나 들을 수 있는 진심 어린 말투였다. 그러나 고속도로 걷기를 마친 소감을 묻자 톨리는 그 어느 때보다 재미있게 대답했다. "나에게 걷기는 이제 끝이야. 영영 끝! 절대로 다시는 걷지 않을 거야. 이곳은 건조한 사막의 카지노이지만, 취할 만큼 탄산음료를 무제한 제공하거든. 아, 그리고 혹시 고속도로에서 대형 트럭을 만나거든 폭파해버려. 이번 걷기 여행에 관해 내가 하고 싶은 말은 그게 전부야."

톨리는 다음 날 차를 타고 다시 앨버커키로 돌아갔다. 그날은 내 생일이었다. 나는 홀로 I-40번 주간고속도로를 걸으며 보냈다. 며칠 친구와 함께했더니 혼자 있는 법을 그새 잊어버렸다. 다시 고뇌와 외로움 속으로 돌아가 바람을 향해 나의 모든 두려움을 내비쳤다. 바람은 모질게 불어닥쳤다. 처음에 나는 아기를 달래듯이 부드럽게 말했다. "쉿, 그렇게 심하게 불어올 필요는 없잖아." 효과가 없자 이번에는 이성적으로 설득해보았다. "제발, 그렇게 불다간 너도 녹초가 될 거야. 잠시 쉬어." 나는 바람을 구슬리려 했다. 수작을 부렸다. 그러나 바람은 나 따위는 신경조차 쓰지 않았다. 마침내 나는 고함을 지르기 시작했다. 통제할 수가 없었다.

"순순히 뉴멕시코주의 맞바람으로 들어가지 마세요." 딜런 토머스라면 이렇게 말했을 것이다. "저 악당에 분노하고 또 분노하세요."(딜런 토머스의 "순순히 저 좋은 밤으로 들어가지 마세요. 빛의 소멸에 분노하고 또 분노하세요"라는 시 구절을 차용한 말-옮긴이) 똑같은 느낌은 아니었지만, 공유하는 어떤 정신이 있었다. 맞바람은 죽음과 크게 다르지 않았다. 둘 다 가차 없고 무심했다. 그게 도로가 내게 안겨준 생일 선물이었고, 언젠가는 나도 죽을 거라는 사실을 일깨워주었다. 그 순간부터 나는 정말로 죽음에 집착하기 시작했으며, 무엇이든 죽음을 일깨우는 불길한 징조로 보였다. 유모차 밥의 바퀴가 또 하나 터졌을 때는 100만 개의 신경다발이 일제히 떨며 풀어져버렸다.

그날 밤 그랜츠에 도착했을 때 나는 몹시 초조하고 공허했다. 6번 모텔에 방을 예약하고 주유소에서 포테이토칩과 살사소스를 사와 TV에서 방송하는 〈타이타닉〉을 보며 먹었다. 맛있는 고독이 아니었다. 전혀 아니었다. 전부 포기하고 싶어지는 그런 고독이었다.

여기서 벗어나지 않으면 영영 모텔을 떠날 수 없을 것이다. 〈타이타닉〉은 도움이 되지 않았다. TV를 끄고 노트북을 꺼내 텍사스에서 그리 멀지 않은 뉴멕시코 멜로즈에서 만난 나이 든 카우보이 전도사와 나눈 인터뷰 녹음을 들었다. 오소 로저스는 내가 만난 사람 중 최고의 이야기꾼이었다. 그의 아내 케이가 친구들에게 연락을 받고 나를 재워주었다. 부부는 내게 그린 칠리 스튜와 비스킷을 주었고, 나중에 오소는 거실에서 그동안의 카우보이 노릇에 관한 온갖 이야기보따리를 풀어놓았다. 지금 6번 모텔 방에서 울적하게 있으려니 오소가 들려준 노화와 죽음에 관한 이야기를 다시 듣고 싶었다. 나는 그 대목을 찾아 녹음 분량을 빨리 감았다.

"예전에 할 수 있었던 일을 이제는 할 수 없게 되셨다고요?" 녹음 파일에서 내 말소리가 들렸다. 좋은 사람들과 함께 거실에 앉아 있는, 무척 편안한 내 목소리를 들으니 기분이 묘해졌다. 지금은 똑같은 말을 해도 다르게 들릴 것이다.

"아, 그랬지. 그게 마음이 아파." 오소가 말했다. "예전에는 등자에 발을 얹으면 그냥 훌쩍 말에 올라탔거든? 그런데 지금은 그게 안 돼. 말을 울타리까지 끌고 가서 울타리 위에 올라선 다음 거기서 말에 올라타야 하는 게 당황스러워. 그런 식으로 나의 독립성을 포기하는 게 정말 싫지. 말에 타려면 울타리에 의존해야 하잖아. 정말 터무니없지.

예전에는 내 일을 할 때마다 흡족했어. 항상 목초지에서, 혹은 우리에서 가장 솜씨 좋은 카우보이가 되려고 노력했으니까. 나는 일을 할 수 있었어. 병든 소를 골라내 수의사에게 맡길 수 있었지. 하지만 내가 그 일을 다시 하고 싶다고 소망하는 동안에는 분명히 할 수 있을 거야. 늙지 않았으면 좋겠어. 내 몸이 시키는 대로 말을 잘 들었으면 좋겠어."

"제가 이런 질문을 드린 건요, 어르신도 아시다시피 별일 없으면 저도 언젠가는 노인이 될 테니까요."

"이해해. 그러니 자네는 청춘의 좋은 점을 최대한 누리게. 자네의 힘과 자네 육체와 자네 마음을 말이야. 그때가 올 때까지 최대한 누려. 아직은 그때가 아니니까. 아, 모르겠어. 그때가 어제였는지 그제였는지, 아니면 스무 살 무렵 언제였는지. 그냥 훅 지나가버려. 어릴 적 빨리 운전면허를 따고 싶어서 열여섯 살이 되기만 바랄 때는 시간이 마치 바다에 고수위선을 표시하는 장대처럼 지나가지. 그러다가 막상 그 나이가 되고 밖에 나가 일을 시작하면 시간은 조금 더 빨리 흘러. 울타리 말뚝 정도로 지나가지. 그러다 보면 금세 예순다섯 살이 되고, 삶은 아주 극적으로 변해. 원하는 곳에 발을 디디는 일이나 필요한 곳에 몸을 두는 일 따위가 전부 내 맘대로 안 돼. 그러면 시간이 뭐처럼 흐르는지 알아? 철로의 침목처럼 지나간다고. 칙칙폭폭 칙칙폭폭. 눈앞의 날들이 훅 지나가버려. 그러니 자네에게 주어진 걸 써. 자네 마음, 자네 힘, 자네의 그 민첩함을 아끼지 말고 써.

그래, 지난 40년을 돌이켜보면 하루라도 빨리 천국에 가고 싶어. 다시 젊음으로 돌아가고 싶지는 않아. 하지만 내가 할 수 있었던 일들은 그리워. 정말로 그리워. 만약 내게 10년의 시간이 주어진다면 그것으로 충분해. 그러면 여든세 살이 되겠지. 여든세 살 넘어서까지 살고 싶지는 않아. 누가 나를 하루 종일 보살펴야 하고, 어디든 데리고 다녀야 하고, 뇌졸중으로 집 안 어딘가에 엎드려 침을 흘리며 쉬고 있기를 바라지 않아. 차라리 말에서 떨어져 목이 부러지는 편이 낫지. 정말로 그래.

자네가 10년 후에 여길 다시 찾아온다면 나는 여전히 살아 있을 수도 있고, 이 세상에 없을 수도 있겠지. 만약 내가 없다면…… 괜찮아. 나는 잘 살았어. 자네가 올해 스물세 살이라고 했나? 일흔세 살도 자네 눈엔 꽤 늙어 보이지? 50년이나 차이가 나니까. 50년 차이는 크지. 하지만 난 스물세 살 때를 기억할 수 있으니 내 이야기를 들려주지."

나는 이제 스물네 살이 되었다. 하루에 56km를 걸을 수 있고, 잠을 푹 자면 피로를 떨쳐내고 다시 다음 하루를 시작할 수 있다. 몇 개월간 매일 같이 수십 킬로미터를 걷고 있어도 아직 내 몸은 건강하고, 마음 또한 대체로 문제없다. 그러나 세월은 이미 울타리 말뚝처럼 흘러가고 있으며, 앞으로 점점 더 빨리 흘러갈 거라는 오소의 말을 믿는다. 걸음 역시 점점 빨라졌다. 나는 거의 애리조나주 근처까지 왔다. 곧 태평양까지 갈 것이다. 나는 그 사실에 대해 상당한 양가감정을 느꼈다. 걷기 여행이 끝난다는 사실 말이다. 실제로 양가감정은 그렇게 강하지 않을 것이다. 때로 끝이 보인다는 사실에 노골적인 두려움을 느끼기도 한다. 지난 두 달 동안 걷기가 거의 내 인생처럼 생각되었고, 걷기 여행의 끝은 일종의 죽음처럼 느껴졌다. 이성적으로는 걷기 여행이 끝난다고 해서 내가 죽지는 않는다는 것을 안다. 그러나 수많은 고독한 시간에는 정말 그렇게 느껴졌다. 마치 내가 죽음을 향해 터벅터벅 걷는 것처럼. 사실 우리 모두 그렇지 않은가? 동시에 내가 정말로 그곳에 도착할 것 같지 않았다. 진짜 끝은 존재하지 않을 것만 같았다. 걷기 여행에서나 내 삶에서나 모두 말이다.

어느 쪽이 맞든 그날 밤 오소와의 인터뷰를 다시 듣고 난 뒤로 생일 날 홀로 6번 모텔 방에서 지내는 게 그렇게 슬프지는 않았다. 솔직히 우습기까지 했다. 존재론적인 고뇌라고 해봐야 오소가 '눈앞의 날들'에 대해 생각하는 것과 비교하면 시시한 농담에 불과했다.

"우리는 기교로부터 자유로울 때, 즉 자신을 적절하게 표현할 어떤 방법에 대한 생각으로부터 자유로울 때 진정한 개인이 될 수 있어요. 남들 눈에 어떻게 보일지 자의식이 없는 나, 오직 파편으로만 존재하는 나 말이에요. 사람들이 끊임없이 자신은 아직 충분히 잘하지 못한다고 말한다면 진정한 자아를 유지하기가 정말 어렵죠. 그러므로 진정한 자아가 될 수 있는 그 짧은 순간들, 어떠한 판단의 목소리나 후회의 목소리나 추측의 목소리가 들려오지 않는 그 순간들이 중요해요. '나는 어떤 색깔로도 채색되지 않은 진정한 순간을 경험하고 있어'라고 생각할 수 있는 시간을 말하죠. 무슨 말인지 알 거예요. 당신도 도로에 나가 터벅터벅 걸어갈 때 오직 당신과 당신의 발만 존재하는 순간이 있잖아요. 누구의 아들도, 사촌도, 형제도 아니고 그저 당신인 순간이죠. 누구에게도 좋은 인상을 심어주려고 애쓰지 않는, 자신을 속이려고 들지 않는 그런 순간 말이에요. 그 짧은 찰나에 진정한 자아가 될 수 있어요. 그게 내 인생의 목표였어요. 가능한 한 나 자신에게 진실할 것."

그는 바위라서 정말 행복해요

(22)

WALKING =TO= LISTEN

애리조나사막을 걸으며 내 안이 텅 비어버렸다. 그것은 언어로 묘사할 수 있는 단순한 공백이 아니었고, 그저 비었다기보다는 채워진 공허였다. 열기가 내 마음에서 엄청난 양의 헛생각을 녹여버렸다. 건조함이 내 안의 습지를 말려버렸다. 무無로부터 벗어날 길이 없었다. 몸을 숨길 나무도 없었고, 바람을 피할 건물도 없었으며, 나를 데려다줄 사람도 없었다. 내 발은 온종일 모래알을 끌어모았고, 하루 끝에 샌들을 벗으면 발 전체에 소금기가 가득했다. 피부도 마른 땅처럼 갈라지고, 응달의 갈색보다 더 진한 색으로 그을렸다. 나는 이곳의 다른 것들처럼 이글이글 타오르고 있었다. 열기로 가득한 도로에 아지랑이가 피어올랐다. "여긴 아무것도 없어요." 많은 사람이 이렇게 말했다. 그 아무것도 없다는 곳에서 난데없이 소나기구름이 나타났고, 아무것도 없다는 곳에서 난데없이 은녹색의 산쑥이 자랐으며, 아무것도 없다는 곳에서 갑자기 바람이 일었다. 나 역시 아무것도 없는 곳에서 태어났다. "오늘은 아무것도 아닙니까?" 휘트먼은 이렇게 말했다. "무를 지나 시작조차 없습니까? 미래가 아무것도 아니라면 틀림없이 아무것도 아닙니다." 애리조나에는 아무것도 아닌 것이 많았다. 혹은 모든 것이 무한대로 끝이 없을지도 모르겠다.

어느새 일기 쓰기를 중단했고, 블로그에 접속하는 일도 뜸해졌다. 인터뷰 녹음도 점점 덜 했다. 사진도 덜 찍었다. 모든 것을 기억하는 일은 살아남는 일에 비하면 부차적이었다. 몇 시간 동안 고가도로 밑에 앉아 몸을 숨기고 지나가는 자동차를 바라보았다. 어느 날 고가도로 밑에 앉아 있는데, 조지라는 이름의 남자가 가던 길을 멈추고 말했다. "나는 살아 있는 생명체요. 나는 늙어서 지옥이 무엇인지 이해하고 있소. 왜 아니겠소? 나는 자동차 안에서 노래하고 아무 데서나 춤을 춥니다. 그래서 슬프지 않아요." 멀리서 프레리도그(북아메리카 대초원 지대에 사는 다람쥣과 동물-옮긴이)가 땅속 집에서 날쌔게 몸을 움직이는 걸 목격하곤 했다. 그러면 나는 한동안 움직이지 않고 조용히 그것들을 지켜보았다.

오늘은 오래전 배운 것을 다 잊고 다시금 나에 관한 의심이 스멀스멀 피어오르기에 애리조나의 공허로, 말들 사이의 빈 곳으로 돌아가보았다. 당시 그곳에서의 걸음을 '아름다운 걷기'라고 불렀다. 아름다운 걷기는 나중에 나바호국(나바호 원주민 부족의 후손이 나바호 인디언 보호구역을 부르는 이름-옮긴이)에 갔을 때 깨달았다. 이 걷기는 몸과 마음이 너무 지쳤던 내가 나 스스로를 방어벽 안에 갇힌 외로운 사람이라고 오해했던 그 순간과 명백히 연관된 것이었다. 나는 그저 세상의 다른 모든 것으로부터 고립된 자아라는 부담스러운 생각을 가졌던 직후였다. 마침내 지구를 떠받치던 아틀라스가 쓰러졌다. 아름다운 걷기였다. 선배 걷기 여행가 제리 프리디가 '백색 시간'이라고 부르던 것과 상당히 비슷했다. 백색 시간을 만나면 아무것도 볼 수 없고 아무것도 의식할 수 없다. 그러나 전체적으로 보면 모든 걸 겪고 난 다음 그 경험은 아름답다. 머리가 맑아지고, 어느새 그곳에 존재한다. 나도 아름다운 걷기를 통해 그곳에 존재했다. 어떠한 해석이나 분석도 없이, 부담이나 조작도 없이 그곳에 존재했다. 하지만 그와 동시에 전혀 그곳에 존재하지 않는 느낌이 들었다. 존재하지 않으므로 어떤 것에도 맞설 수 없었다. 심지어 맞바람에도 맞서는 게 불가능했다. 나는 모든 것과 함께 있었다. 아름다운 걷기는 내가 절대적으로 좋아하는 일이었다. 그때마다 나는 그저 고맙다고 말했다.

나바호국에 도착하기 전, 우연히 뉴멕시코주를 횡단하는 장거리 행진 루트를 따라가게 되었다. 1863년 겨울, 미국 정부는 수천 명의 나바호 원주민 부족을 약 500km 떨어진 포트섬너 외곽의 강제수용소로 걸어서 이주시켰다. 그 고통이 어느 정도였을지 나로서는 상상조차 할 수 없었고, 직접 볼 수도 없었다. 눈으로 보기엔 너무 큰 고통이었고, 내 경험과는 너무도 달랐다. 그 정도 거리라면 즐겁게 걸을 수 있을지 모르지만, 나는 젊고 지금은 여름철이며 무엇보다 강제로 시키는 사람이 없었다. 그러나 당시는 겨울이었고, 노인과 어린아이는 물론 임신한 여성들도 얼어붙을 듯 추운 날씨에 그 먼 거리를 고통스럽게 걸어갔다. 고속도로도 없던 시절이었다. 도중에 들러 아이스크림이나 샌드위치를 사 먹을 주유소도 없었다. 뒤처지면 미국 군인들이 총을 쏘았다. 수백 명이 죽었다. 얼마나 소름 끼치는 일이었는지는 오직 하늘만이 알 것이다. 도로에 서서 그 당시 장면을 상상해보려고 했지만, 그들의 과거와 나의 현재가 불협화음을 일으키며 충돌했다. 나는 오직 아무 말 없는 땅만 바라보았다. 그 모든 것을 목격한 땅은 어떤 말도 들려주지 않았다. 수천 년간 우리를 지켜본 땅은 우리 인간을 어떻게 생각할지 궁금했다. 우리가 서로를 얼마나 끔찍하게 대해왔는지 땅은 알 것이다. "멍청한 짐승들." 땅에 머리가 있다면 고개를 흔들며 이렇게 말했을 것이다. "정말이지 빌어먹을 멍청이들."

이 행렬에 대해 들어본 적이 없었다. 미국의 역사 시간에도 배운 적이 없었다. 나바호국을 통과할 계획을 세우다가 그 부족에 대해 아는 게 거의 없다는 사실을 깨달았다. 푸에블로족 보호구역을 지나갈 때는 아무런 문제가 없었지만, 나바호족은 다를지 몰랐다. 나는 백인이었다. 백인. 나바호족을 소 떼 몰 듯 몰고 추운 고지대 사막을 가로질렀던 그 사람들과 똑같은 백인이었다. 264번과 89번 고속도로가 나바호국과 호피족 보호구역을 320km 넘게 지나갔다. I-40번 주간고속도로로 가는 것보다야 낫겠지만, 여전히 내 하얀 얼굴이 그들에게 환영받지 못할까 봐 두려웠다.

나바호국의 땅은 살아 있었다. 소나무와 노간주나무 지대에 일종의 의식이 돌아다녔다. 특히 바위가 살아 있어서 걷는 내 모습을 지켜보고 내 발걸음 소리를 듣는 것 같았다. 멀리 바라보면 지평선이 시야의 반을 채웠다. 나머지 반은 하늘이었다.

어디서나 하늘은 시간의 바깥에 존재하며 감히 헤아릴 수 없는 존재로 보였지만, 이곳의 바위는 시간 속에 깊이 박힌 채 고대를 기록하는 것 같았다. 백악기의 사암과 페름기의 석회암이 있었고, 플라이오세의 현무암과 쥐라기의 이암이 있었으며, 이 모든 것은 지구라는 행성이 가득한 기억을 품고 있었다. 그리고 나는 여기 충적세에 석유로 만든 아스팔트 위를 걷고 있었다. 석유는 한때 존재했던 동물성 플랑크톤과 조류로 만들어졌다. 나는 시간의 노동 위를 걸었다. 형태를 바꾸어가는 유동성 위를 걸었다. 그 안에서 나는 아무것도 아니었다. 미래의 피라미드 맨 꼭대기를 차지할 종이 만들 고속도로에 깔릴 하나의 입자가 되기 위한 아주 작은 동물성 플랑크톤이 될 운명이었다. 벌거벗은 광활한 땅에서 내가 보잘것없는 존재라는 사실을 피할 도리가 없었다. 내 차례가 왔다는 사실이 끔찍할 만큼 덧없게 느껴졌다. 그러나 그 덧없음 속에는 아름다움이 있었다. 나라는 존재와 이 세상의 존재가 아주 짧은 찰나에 지금 이 모습을 이루다가 흩어져 다시는 그 모습으로 되돌아오지 않는다고 생각하면 아름다웠다.

나바호국의 작은 수도 윈도록에서 약 16km 떨어진 곳에서 제임스와 크리스 파이사노 부자가 차를 세우더니 내게 스니커즈 바가 든 봉지를 주었다. 전혀 뜻밖이었다. 뉴멕시코주 갤럽에서 보호구역으로 들어서기 전과 애리조나에서 264번 고속도로는 음주 운전 때문에 위험할 수 있다는 경고를 들었을 뿐이다. 어떤 라틴계 남자는 나바호족이 헤어스프레이를 희석해 음료수로 마시며 '바다의 물'이라 부른다고 말했다. 또 구강청결제를 마신다는 말도 했다. 이런 소문들이 공포를 일으켰는데, 보호구역에 들어서자마자 제임스와 크리스 파이사노 부자를 만났다. 그들은 일주일 전 앨버커키 외곽에서 I-40번 주간고속도로를 터벅터벅 걷는 내 모습을 처음 봤고 집에서 겨우 몇 킬로미터 떨어진 여기서 다시 나를 보게 되었는데, 내게 사탕이 필요할 것 같아 차를 세웠다고 말했다. 나는 이후 18시간을 그들과 함께 보냈다.

제임스는 70대 노인으로 아주 연한 노란빛이 도는 안경을 썼다. 그는 하고 싶은 말을 솔직하게 하는 성격이었고, 많은 이야기를 차분한 열정으로 들려주었다. 그의 아들 크리스는 40대였는데, 잘 웃고 다소 경솔한 면 때문에 제 나이보다 젊어 보였다. 두 사람은 대대로 전해왔지만 지금은 서서히 사라지고 있는 나바호족의 전통 신앙을 믿었다.

크리스는 워싱턴 D.C.에 살다가 얼마 전 보호구역으로 돌아왔다. 최근 어머니가 돌아가셔서 아버지와 함께 살러 왔다고 했다. 제임스는 여전히 세상을 떠난 아내를 그리워했다. 그는 외로웠다. 그와 아내 로다는 47년간 결혼 생활을 했고 55년간 같이 살았다.

"우린 떨어져 산 적이 한 번도 없어요." 그날 밤 늦게 제임스가 말했다. "우린 늘 함께 있었어요. 잘 지냈죠. 나는 정말로 아내를 좋아했어요. 그래서 무척 그리워요. 아내가 떠난 지 1년여밖에 지나지 않아서 많이 힘들어요. 하지만 크리스가 와서 함께 지내니 기뻐요."

나는 제임스와 크리스 두 사람과 도로 옆에서 한참 대화를 나눴다. 윈도록까지 가려면 2시간이 더 걸릴 테지만, 대화를 끝내고 싶지 않았다.

"이제 그만 출발해야겠어요." 마침내 내가 말했다. "하지만 오늘 밤 윈도록에 도착하면 거기서 여러분과 더 이야기를 나누고 싶어요."

몇 시간 후 나는 윈도록에서 파이사노 부자를 다시 만났다. 윈도록이라는 지명은 거대한 바위 한가운데에 구멍이 뚫려 있는 생김새에서 유래했다. 크리스와 제임스는 '퀄리티 인'이라는 식당에서 저녁으로 나바호 타코스를 사주었고, 식사 후에는 나를 자동차에 태우고 고속도로 바로 앞에 있는 협곡으로 데려갔다. 제임스가 자란 곳이었다. 그가 손을 들어 어린 시절 올라갔던 벼랑과 바위 사이의 몸을 숨기기 딱 좋은 장소들을 가리켰다. 우리 앞의 도로에는 소들이 돌아다녔고, 길 잃은 개들도 있었다. 강둑에는 삼나무와 느릅나무, 사시나무, 러시아 올리브나무가 빽빽하게 자랐다. 산속으로 차를 몰고 들어가니 잣나무가 지천이었다. 제임스와 로다는 거기서 함께 잣을 주웠다고 했다.

"우리가 왜 잣나무를 흔들어서 잣을 따지 않는 줄 알아요?" 나중에 크리스가 나바호족의 전통 사상을 설명하며 말했다. "나무를 흔들면 더 쉽게 잣을 얻을 수 있겠죠. 하지만 곰들이 그렇게 하니까 우리는 하지 않아요. 곰은 아주 힘이 센 동물인데, 우리가 곰을 따라 하면 곰을 모욕하는 셈이 되거든요. 그러면 결국 우리에게 해가 돌아와요."

가끔 크리스와 제임스는 나바호 말로 대화했는데, 목 뒤쪽에서 나오는 후두음과 성문폐쇄음의 강세가 동시에 나타나면서 매끄럽기까지 한 게 다시없을 아름다운 언어였다. 마치 프랑스어와 아랍어와 중국어가 섞인 것처럼 들렸다. 나는 어떤 단어도 정확하게 발음할 수 없었다.

우리는 제임스가 젊었을 때 프레리도그를 사냥했던 평원을 지나갔다. 당시 사냥꾼들은 각자 잡은 짐승을 모두 한데 모아놓았다. 털을 태우고 사체를 묻고 그 무덤 위에 불을 피운 다음 프레리도그 고기를 구웠다. 우리는 계속 차를 타고 갔고, 제임스는 주변 풍경에 얽힌 자신의 인생 이야기를 들려주었다. 근처에 두 개의 산이 있었는데, 각각 왕과 왕비라고 불렀다. 돌로 이루어진 아치는 주술사들이 모여 치유 의식을 거행하던 장소였다. 이 협곡에서 제임스의 할머니의 할머니의 할머니의 어머니가 대대로 살았다.

곳곳에 얽힌 그의 이야기를 듣고 있으려니 어지러웠다. 제임스는 모든 협곡에 얽힌 이야기를 전부 알고 있었다. 조상이 어디에서 왔고, 지금은 어디에 있는지 전부 알았다. 나는 내 조상의 기원을 몰랐고, 세상의 어떤 곳에 대해서도 잘 몰랐다. 그 사실이 괴롭던 적 또한 한 번도 없었다. 그런데 자기 고향에 대해 속속들이 알고 있고 완벽하게 속해 있는 제임스의 모습을 보니 오래전 고아가 되었는데 그 사실을 이제야 깨달은 것처럼 당혹스러웠다.

픽업트럭 뒷자리에 앉아서 나 혼자 왔더라면 전혀 다르게 보였을 것들을 보고 또 들었다.

"아마 힘들 거예요." 어느 순간 제임스가 집으로 돌아가는 것에 대해 말했다. "너무 많은 걸 봐서 아마 다른 사람이 되어 있을 테니까요. 사람들은 과거로 절대 돌아갈 수 없다고 말하죠. 그러니 어차피 변할 거라면 다른 방향이 아니라 더 좋은 사람이 되길 바라요. 지금껏 당신이 본 모든 좋은 것이 점점 개인적인 삶에 적용될 거예요. 사람들과 대화를 나누면서 교훈을 얻을 것이고, 그러면 아주아주 좋은 사람이 될 겁니다. 그런데 그러기가 쉽진 않아요. 주의를 뺏는 것이 너무 많으니까요."

"어쩌면 당신이 배운 무수한 교훈을 좀 더 나이가 들 때까지는 이해할 수 없을지도 몰라요." 크리스가 픽업트럭을 운전하며 말했다. "나는 나이가 들어가면서 그걸 배웠어요. 아, 내가 모든 걸 다 배웠거나 현명하다는 말이 아니에요. 하지만 지금 나는 20대였을 때보다 훨씬 더 영리하고 똑똑해졌어요. '아, 그때 난 정말 바보였어'라고 생각할 때가 많죠." 그리고 그는 웃었다. "하지만 더 잘하려고 지금도 배우고 있어요."

파이사노 부자는 윈도록에서 264번 고속도로를 타고 북쪽으로 몇 킬로미터 가야 하는 포트디파이언스 마을 외곽의 작은 집에 살았다. 크리스가 우리를 그 집까지 태우고 왔다. 도착해 자동차에서 내리자 주변은 압도적인 고요가 가라앉아 있었다. 바싹 마른 땅이었지만, 크리스는 여전히 정원을 가꾸었다. 가뭄으로 옥수수가 크게 자라지 못했는데, 비를 바라는 그의 기도가 그날 밤 이루어졌다. 해 질 무렵 하늘이 가볍게 개자 제임스가 내게 원하면 거실에서 자도 된다고 말했다.

그날 밤 우리는 거실에 함께 둘러앉았다. 열기 때문에 앞문을 조금 열어놓고 제임스와 크리스를 인터뷰했다. 그 자리에서 제임스가 여전히 죽은 아내를 매우 깊이 애도하고 있음을 깨달았다. 내가 다른 대화를 이끌 만한 질문을 던지지 않았다면 그는 내내 아내 이야기만 했을 것이다.

"아내는 쥐를 수집했어요. 아내는 작은 생쥐를 정말 좋아했죠! 진짜 쥐는 아니고요, 작은 조각상요. 아내는 생쥐를 몇 상자나 모았어요. 가방도 좋아하고 지갑도 좋아하고 생쥐도 좋아했어요. 카지노에 가는 것도 좋아했죠. 함께 여행을 가면 우리가 좋아했던 일이 있어요. '로다, 이 길로 가 본 적 있어?' '아니.' '우리 가보자.' '좋아!' 우리는 그냥 떠났고, 어딘가로 차를 몰고 갔어요. 그냥 계속 갔어요. 우리가 가기로 하면 가는 거죠. 아내가 지금 여기 함께 있어서 이 모든 걸 같이 즐길 수 있다면 참 좋겠어요."

"저로선 상상하기 어려운 일이에요." 나는 소파 옆자리에 앉아 제임스에게 말했다. "이제 겨우 스물네 살이라서요. 저기, 어르신은 어떻게 극복하고 계시죠? 상처를 어떻게 치유하고 계세요?"

"솔직히 말하면 아직 치유하지 못했어요." 그가 말했다. "하루가 지나고 또 하루가 지나야 겨우 해결되는 문제예요. 요즘은 집 안 곳곳에서 이런저런 일을 하며 바쁘게 보내려고 해요."

"삶의 어느 지점에서나 새롭게 시작할 수 있다는 생각이 흥미로운데요?" 내가 말했다. 나는 밝은 희망 같은 것을 찾으려고 했다. 그의 슬픔을 목격하고도 그냥 슬퍼하게 놔두는 법을 몰랐다. "지금 당장은 새롭게 시작하는 것 말고는 달리 선택의 여지가 없겠군요. 어떻게 보면 즐거운 일이 될 수도 있겠어요. 어떤 일에나 시작이 있으면 끝이 있겠죠. 물론 슬픈 일이기도 하지만……."

제임스가 조금 웃으며 내 말에 끼어들었다.

"나는 아직 즐거운 일이 되는 수준까지는 가지 못했어요. 하지만 계속 바쁘게 살고 있고, 크리스는 여기에 나무를 심고 있죠. 우리는 천천히 당신이 말한 새로운 시작을 향해 가고 있어요. 하지만 아직 진짜로 시작하지 못했어요. 여전히 아내가 그리우니까요. 정말 힘들어요. 이런 이야기는 어디 가서 사람들에게 말하기도 어렵죠. 사람들은 내가 전보다 내성적인 사람이 되었다고 생각할 거예요. 우린 어딜 가든 함께 다녔으니까요. 아내는 떠나고 싶지 않았을 거예요. 아직도 아내가 자기 인생과 가족과 집과 모든 것을 가지고 있다고 상상해요. 아내가 원했던 건 아닐 거예요. 죽고 싶어서 죽는 사람이 어디 있겠어요. 하지만 모르죠. 그런 일이 일어나도 우린 여전히 이승에 있으니까요. 그러니 산 사람은 계속 살아야 하죠."

그 후로 나는 새로운 시작에 관한 이야기는 꺼내지 않았다.

다들 잠자리에 들기 전에 마지막으로 묻고 싶은 게 있었다. 나바호 인디언 보호구역 곳곳에 있는 표지판과 자동차 스티커에서 낯선 문구를 보았다. 'Hózhó Náhásdlíí.' 그게 '아름답게 걸어요'라고 번역된 것도 보았다. 나는 크리스에게 그 말이 무슨 뜻인지 물었다.

"Hózhó는 정말 번역하기 어려운 단어예요." 그가 말했다. "여기서 아름답다는 말은 예쁜 걸 뜻하지 않아요. 사실은 마음 상태를 말하죠. 음과 양처럼 모든 게 균형을 이룬 상태요. 모든 게 제자리에 있는 거예요. 예를 들면 비가 적당히 내려요. 눈이 충분히 와요. 너무 춥지 않아요. 마음에 무서운 생각이 없어요. 조물주의 뜻대로, 정해진 대로, 마땅히 되어야 할 모습으로 살아가는 게 바로 Hózhó예요. 나바호 사람들이 열망하는 궁극적인 삶의 목표이죠. 우리 나바호족의 모든 의식이 목표하는 바가 바로 Hózhó로 돌아가는 것, 만족하며 살고 자신과 주변의 모든 것이 균형을 이루는 자리로 가는 것이에요. 내가 매일 노력하는 것이기도 하고요."

크리스가 자신의 노력을 말하며 웃자 제임스가 끼어들었다.

"당신을 보더라도 지금 당신에겐 걸어 다닐 신발이 있고, 몸도 건강하고, 가고 싶은 목적지도 있고, 거기 가고 있어서 행복하죠. 또 거기 도착하면 '아, 기분이 정말 좋구나. 참 근사하다'라고 말하겠죠. 어떤 것도 소유하지 못할 수 있지만, 당신 기분은 좋아요. 균형을 이루며 걷고 있어요. 행복하게 걷고 있고요. 어쩌면 걸을 때도 그런 기분을 느낄 때가 있을걸요. 주위를 둘러보면 모든 게 행복하죠. 마실 물이 충분하지 않을지도 몰라요. 신발도 닳아가겠죠. 그러나 당신은, 당신 자신은, 당신 마음은 기분이 좋고 행복해요. 그게 바로 Hózhó예요. 지구상의 모든 게 우리와 같아요."

그가 계속 말했다. "모든 것에 생명이 있어요. 모든 것에 존재가 있어요.

심지어 바위에도요. 바위는 바위처럼 되어야 해요. 더 큰 바위에서 떨어져 나왔을지 모르지만, 그것은 바위이고 바위라서 행복해요. 바위는 Hózhó 상태에 있어요. 마땅히 되어야 할 모습으로 있으니까요. 오늘 당장 사라지든 혹은 영영 존재하든 그것은 바위이고, 그 사실을 사랑합니다. 모든 게 이렇게 말해요. '이것이 바로 나이고, 나는 지상에 속해 있다.' 우리는 생각할 수 있고 말할 수 있고 모든 것을 할 수 있지만, 또한 무엇의 일부이기도 해요. 모든 것은 다른 것에 의존합니다. 이 작은 돌멩이는 어떨까요? 자기가 떨어져 나온 더 큰 바위에 의존합니다. 그리고 돌멩이는 저기 아래 개미에게 쉴 곳이 되어 주죠. 개미는 개미예요. 개미는 개미라서 행복하고, 쉴 곳이 있어서 행복하고, 먹이가 있어서 행복하고, 집이 있어서 행복하고, 길이 있어서, 자기가 개미라서, 자기가 존재해서 행복해요. 개미는 행복해요. 개미는 Hózhó예요."

크리스가 말했다. "사물이 왜 그런 모양인지 알면, 그래서 자신 외의 다른 것을 존중할 줄 알게 되면, 당신은 규칙을 아니까 Hózhó 상태로 걸을 수 있어요. 당신은 어디로 가는지 알아요. 인생을 어떻게 여행할지 알아요. 당신보다 더 큰 것이 있다는 걸 알고 그 사실을 존중합니다. 그리고 우리는 그 상태에 이르고자 노력해요. 그게 Hózhó입니다. 나도 노력해요. 아직 그 상태에 도달하지는 못했지만요."

나는 파이사노 부자에게 몇 가지 더 물어보고 싶었다. 바위는 자기가 바위인지 어떻게 알죠? 바위가 되는 법은 또 어떻게 알죠? 확신하지 못한다면 '이게 바로 나다'라고 어떻게 말할 수 있죠? '왜 사물이 이런지' 어떻게 알 수 있죠? 내가 확신하지 못하면 어떻게 내가 속하는 방식이 바뀌죠? 나는 어떻게 잃어버린 아름다움을 찾을 수 있죠? 나는 정말로 아름답게 걸을 수 있을까요? 지금 나는 아름답게 걷고 있을까요?

나중에 이에 관해 릴케는 뭐라고 말하는지 보려고 책을 펼쳤다. 릴케는 언제나 그랬듯이 내게 되물었다.

> 깊이 있고 스스로 생명력을 가진 그 질문과 감정에 관해 당신을 대신해서 대답할 사람은 아무도 없습니다. 자기 생각을 가장 잘 표현하는 사람도 당신을 도와줄 수는 없습니다. 그 말들이 가리키는 것은 너무도 섬세해서 거의 말로 표현할 수 없기 때문입니다.

휘트먼도 비슷한 말을 했다. "모든 건축은 그것을 올려다보는 사람의 시각 자체이다. 건축물이 흰색 석재로 지어졌는가, 회색 석재로 지어졌는가? 혹은 아치가 있는가, 장식 돌출부가 있는가?"

그래, 그래. 나는 생각했다. 알았어, 알았다고. 대답은 내가 직접 찾아야 한다는 말이잖아. 그러나 여전히 이해하기 어려웠다. 건축물이 내 시야 밖에 있는 것 같았다. 내가 찾는 대답도 끊임없이 모습을 바꾸는 스킨워커 같았다. 스킨워커는 나바호족의 둔갑술사로 언덕에 출몰한다고 알려졌으며, 코요테나 여우, 독수리, 올빼미 등 원하는 대로 모습을 바꿀 수 있었다. 심지어 죽은 사람의 눈을 들여다보면 그 사람으로 변할 수도 있었다. 스킨워커는 도저히 잡을 수 없었다. 내가 찾는 대답도 이와 다르지 않았다. 매 순간 새롭게 모습을 바꾸었고, 닿을 것 같은데도 닿지 않았다. 나도 스킨워커가 되어 죽은 나의 눈을 들여다보고 싶었다.

다음 날 새벽 제임스와 크리스는 나를 위해 기도했다. 나바호족도 나처럼 걸어 다녔으며, 지금은 나와 함께 걷고 있을 것이다. 크리스가 '좋은 신 조물주'에게 바치는 공물로 옥수수 꽃가루를 뿌리며 내가 알아들을 수 없는 나바호 말로 중얼거렸다. 그는 내게 나를 지켜준다는 약주머니를 주었고, 두 사람은 나를 차에 태우고 처음 만난 자리로 가서 내려주었다.

"우린 곧 또 만나게 될 거예요." 작별의 포옹을 나누고 제임스가 말했다. 며칠 후 도로 아래쪽에서 나를 다시 만나 호피족(미국 애리조나주 북동부에 사는 푸에블로 인디언의 일족으로, 서부 푸에블로족이라고도 한다-옮긴이) 전통 의식에 데려가기로 했다.

264번 고속도로로 윈도록을 가로지르며 서쪽을 향해 걷는데, 내 앞에 역시 서쪽으로 걷는 남자를 보았다. 스케이트보드 신발을 신고 자주색과 검은색 줄무늬가 있는 폴로셔츠를 입었다. 검은 머리는 예수처럼 어깨까지 늘어져 있었다. 그도 배낭을 메고 있었다. 별다른 생각이 없었는데, 그 옆으로 가 걸음을 멈추고 보니 그 역시 젊은 백인 청년이었다. 인디언 보호구역에 들어선 후로 백인의 얼굴을 처음 봤기 때문에 나는 놀랐다.

"안녕하세요?" 내가 말했다.

"아, 안녕하세요." 남자가 말했다. 몸집이 호리호리했고 어린아이처럼 보였다. 입술이 갈라진 걸 보면 꽤 오래 걸은 사람 같지만, 피부는 정반대였다. 살갗이 핏기 하나 없이 새하얗고 창백했다. 물도 3.7L짜리 한 통만 가지고 있었는데, 반쯤 비어 있었다. 이 역시 그가 이제 막 걷기 시작했다는 증거였다. 자기가 정말로 무슨 일을 하려는지 알았다면 물통 가득 물을 채워 왔을 것이다. 그것도 두 통을. 사막은 허술한 계획을 절대로 용서하지 않았다.

왜 걷고 있냐고 물었더니 그냥 오스틴에서 버스를 내린 후 호피족 보호구역까지 걷고 있다고 말했다.

"거긴 왜 가요?" 내가 물었다.

"망상 때문에요." 그가 잠시 쉬었다가 말했다. 그의 말을 듣자마자 내 마음에 어떤 장면들이 속사포처럼 연달아 지나갔다. 다음 몇 킬로미터를 가는 동안 혹시 일어날지도 모를 장면들이었는데, 어떤 것도 좋아 보이지 않았다. 그러나 소년은 망상이 있어 보이지는 않았다. 꽤 정상으로 보였고, 그렇게 보인다고 말해주었다.

"이야기가 길어요." 그가 말했다.

"난 듣기 위해 걷는 중이에요." 나는 알림판을 보여주었다.

"기본적으로 나는 내가 메시아라고 생각해요." 그가 말했다. "호피족의 예언에 위대한 백인 형제나 그와 비슷한 지도자가 온다고 했는데, 그게 나라고 생각해요. 나는 피를 흘리는 심장도, 구원자도 아니에요. 그냥 지도자예요."

우리는 주유소를 향해 다가가고 있었다. 제임스와 크리스가 나바호국 라디오 방송국에 내가 보호구역을 걷고 있다고 전화로 알렸고, 기자 두 명이 나를 인터뷰하러 와 있었다. 그들은 주차장에서 나를 기다렸고, 나와 소년은 함께 그들을 만났다. 소년은 물을 보충하러 주유소 안에 들어갔다가 나와서 합류했다. 나는 막을 수 없었다. 그는 서쪽으로 걸었고, 나도 서쪽으로 걸으니 함께 걸을 수밖에 없었다.

"당연히 오만하거나 자기중심적이어야 할 거예요." 다시 도로에 올랐을 때 소년이 말했다. 윈도록이 우리 뒤로 천천히 멀어졌다. "그래야 할 거예요. 나는 알아요. 하지만 난 내가 그 사람이라고 꽤 확신해요. 그렇지만 평소에는 사람들에게 이 이야기를 하지 않아요. 다들 미쳤다고 생각할 테니까 말하고 싶지 않아요."

소년은 피가 반씩 섞인 의붓형제와 의붓자매로 이루어진 대가족 출신이었다. 그라피티를 공부하려고 미술대학에 갔지만, 얼마 후 그만두었다. 아무도 그가 여기 와 있는 걸 몰랐다. 버스에서 내린 지 얼마 되지도 않았다. 자외선 차단제도 준비하지 않았고, 물도 충분하지 않았다. 무엇보다 자신이 호피족의 위대한 백인 형제나 그와 비슷한 지도자라는 확신을 품고 사막을 향해 곧장 걷고 있었다. 친구를 사귀는 좋은 방법은 아니었지만, 살아남고 싶다면 친구가 필요할 것이다.

"내 인간관계는 전부 무척 이기적이에요." 소년이 말했다. 나는 왜 그렇게 생각하느냐고 물었다. "언젠가는 이 모든 사람을 내 노예로 삼고 지배해야 하니까요. 그러면서 아무 일도 일어나지 않을 것처럼 굴며 상대방을 대하는 게 얼마나 이기적이에요? 난 내가 그 일을 제대로 할 수나 있을지 모르겠어요. 〈시편〉 110장 읽어봤어요? 내가 그렇게 할 수 있을지 모르겠어요." 소년은 나중에 《성경》을 꺼내 그 구절을 펼쳤다. 한 구절이 눈에 띄었다. "오른쪽에 계신 주께서 노하시는 날에 왕들을 쳐서 깨뜨리실 것이며, 뭇 나라를 심판하여 처형하사 시체로 가득하게 하시고 너른 땅에 머리를 흩뿌리시도다."

"와, 이건 좀 심하네요." 내가 말했다. "내가 아니라서 다행이에요."

우리는 어느새 윈도록 외곽으로 깊숙이 들어가 천천히 야트막한 산의 잣나무 사이로 걸어갔다. 오로지 우리 두 사람뿐이었다.

"그런데 당신 이름이 뭐라고요?" 그가 물었다. "나는 이름을 잘 기억하지 못해요. 한번은 파티에서 만난 여자애 이름을 스무 번인가 서른 번이나 물어봤죠. 결국 여자애는 입을 다물고 나를 노려봤어요. 정말 당황스럽더라고요. 나는 약간 취했고, 또 흥분 상태였거든요."

우리는 계속 걸으며 이야기를 나누었다. 구원자 콤플렉스를 제외하면 소년은 꽤 정상이었다. 사실 소년의 미래 계획에 관한 이야기만 아니면 대화가 꽤 즐거워서 그에게 전혀 문제가 없어 보였다.

"이렇게 길에서 만나니 반가워요." 어느 순간 내가 말했다. "많은 것을 배울 거예요. 생각보다는 훨씬 많은 것을 배우게 돼요."

"네, 사람들이 그러더라고요." 그가 말했다. "하지만 내겐 소명이 있어요. 내 임무가 있어요. 슬프지만 할 일은 해야 하는 거예요."

그날 나는 45km를 걸을 예정이었다. 나바호국 라디오 방송국 연출가인 레이 소시가 이웃한 소도시 가나도에 도착하면 나를 재워주기로 했다. 내가 그렇게 좋은 기회를 놓칠 리 없었다. 또 소년과 같이 묵을 리도 없었다. 사람들이 내가 이 소년의 제자라고 생각하는 걸 원치 않았다. 나는 이제 그만 가야겠다고, 혼자 걸어서 미국을 횡단 중이라고 말했다.

"이제 속도를 내려고요?" 그가 말했다. 좋은 기회였다. 둘이 함께 걷다가 한 사람을 먼지 속에 남겨두고 먼저 가려면 어떻게 할 것인가? 어색한 작별 인사가 몇 분이나 계속될 것이다. 소년은 애리조나의 여름철 열기 속에서 배낭을 메고 고속도로를 걷는다는 게 얼마나 힘든지 몰랐다. 그 무렵 나는 굳은살이 박였고, 유모차를 구해 짐을 날랐다. 나는 이제

도로를 걷는 법을 알았고, 내 발도 어떻게 걸을지 알았다. 소년은 내 걸음을 따라오지 못할 것이다.

"네, 상당히 빨리 걸을 거예요." 내가 말했다. "미안해요." 나는 그에게 내 물 3.7L를 주고 보게사이트 조약돌도 주었다. 우리는 이메일 주소를 교환했다. 나는 그를 친구라고 부르며 안아주었다. 어쩌면 그가 찾는 것은 추종자가 아니라 친구일지도 모른다는 생각이 들었다.

"헤어지기 전에 물어볼 게 있어요. 원래 항상 그 셔츠를 입나요?" 소년이 말했다.

나는 뉴올리언스의 월마트에서 산, 땀에 전 빨간색 티셔츠를 입고 있었다. 배낭 때문에 내 첫 번째 셔츠가 갈가리 찢어졌기 때문이다.

"네, 하지만 여분이 필요하다면 내 배낭에 하나 더 있긴 해요."

"아니, 그게 아니라요." 소년은 잠시 멈추었다가 고개를 갸웃하며 웃었다. "웃겨요. 예언에서 보면 메시아는 눈에 확 띈다고 했거든요. 정말로 확 튀는 사람일 거예요." 그는 형광 노란색으로 쓴 '듣기 위해 걷는 중'이라는 알림판이 유모차 차양을 향해 돛처럼 획획 움직이는 모양을 가리켰다. "그리고 예언에 따르면 메시아는 동쪽에서 빨간색 옷을 입고 온다고 했어요." 그는 고갯짓으로 내 셔츠를 가리켰다.

"무슨 말인지 모르겠어요." 내가 말했다.

"어쩌면 당신이 예언 속의 메시아일지도 모르겠어요. 아, 나한테는 그저 커다란 농담에 불과할지도 모르고요."

"아니요." 내가 말했다. "나라면 그렇게 말하지 않겠어요." 나는 그를 향해 행운을 빌고 나중에 연락하자고 말했다. 작별 인사는 우호적이어야 했다. 그가 갑자기 폭발하는 걸 원하지 않았다.

"그래요, 연락해요." 그가 말했다. "집에 가면 친구가 정말 많지 않거든요. 그러니 연락해요."

지난 4년 동안 이 소년 생각을 많이 했다. 소년이 실제로 찾던 것은 무엇이었을까? 우리 둘은 얼마나 달랐을까? 그는 자신이 메시아라고 생각했지만, 나는 그가 세상에 펼쳐지는 이야기 속에서 빠져서는 안 되는 필수 요소로 보이고 인정받기를, 그 안에 포함되기를, 그리하여 사랑받기를 원했던 거라고 생각한다. 나 역시 그런 욕구로부터 자유롭지 않았다. 누군들 그렇지 않겠는가. 그 근본을 들여다보면 소년은 전혀 미치지 않았다. 그는 자신의 위대함을 믿었으며, 그 안에 광기는 없었고 선천적인 문제도 없었다. 그저 그 일의 신비를 잘못 해석해 자신이 신의 전령이라고 생각했을 뿐이다. 사실 나 역시 그랬다. 누구나 그랬다. 지난 8개월간 나는 그 사실을 깨닫기 시작했고, 휘트먼도 마찬가지였다.

나는 모든 사물에서 신을 듣고 본다. 그러나 나는 신을 조금도 이해하지 못한다.

나 자신보다 더 놀라운 사람이 있을 수 있을지 알 수 없다.

내가 왜 오늘 하루보다 신을 더 보고 싶어 해야 하는가?

나는 24시간 내내, 매 순간 신의 어떤 면을 보고,

남자들과 여자들의 얼굴에서 신을 보고 거울에 비친 내 얼굴에서도 신을 본다.

다음 날 해 질 녘 스팀보트에서 그 소년을 다시 보았다. 그는 히치하이킹을 했다. 햇볕에 그을려 있었고, 3.7L짜리 물병을 하나 더 가지고 있었다. 전날 밤 누군가 그를 재워주었지만, 지금은 혼자였다. 심지어 모르몬교 전도사들조차 그를 외면했다. 나바호 말인 이 읍의 이름을 번역하면 '짐'인데, 소년은 자기도 여기서 짐 덩어리가 된 기분이라고 했다. 그는 왜 여기 와 있는지 더는 확신하지 못했다. 결국 자기가 정말로 미쳤을지도 모른다고 생각하기 시작했다.

"내가 메시아가 아니라면 나는 그냥 죽어야 할지도 몰라요." 그가 말했다.

우리는 Hózhó, 즉 나바호족의 아름다움에 대해 말했다. 그 아름다움이란 무엇이고 어떻게 해야 찾을 수 있을지 이야기를 나눴다.

"모르겠어요. 나는 어쩌면 추하게 걷고 있는지도 모르죠."

나는 그에게 친구든 가족이든 고향에 그리운 사람이 있는지 물었다.

"없어요. 하지만 내가 정말로 그리워하는 게 뭔지 알아요? 어린 시절이에요. 감상적으로 들리겠지만, 그때는 모든 게 마법 같았어요." 그리고 소년은 흐느껴 울었다.

그날 밤 나는 어느 가족의 집에 초대를 받아 묵어가기로 했다. 내가 그만 가려고 하자 소년이 자기도 함께 가도 되느냐고 물었다. 나는 안 된다고 말하고 그를 도로 한쪽에 남겨두었다. 몇 년이 지난 지금, 나는 그때의 내 행동에 부끄럼을 느꼈다. 왜 딱 잘라 거절했을까. 무수히 많은 사람이 나를 받아들였던 것처럼 나는 왜 그를 받아주지 못했을까? 그 신은 도움이 필요했는데, 여기 이 신은 거절했다.

"우리는 착각하고 있어요. 우리는 잠들어 있어요. 바로 지금 여기서 보면 깨어 있는 것처럼 보이죠. 메리는 바느질을 하고 있어요. 배리는 앉아 있죠. 당신은 녹음하고 있고요. 우리가 깨어 있는 것처럼 보이죠. 하지만 우리는 두뇌를 8%만 사용하고 있고, 우리 DNA의 10%만 켜두고 있어요. 이렇게 말해서 미안하지만, 우린 빌어먹을, 잠들어 있어요.

중요한 건 어떤 철학을 믿을 것인가가 아니라 꿈을 꾸는 도중에 깨어날 수 있냐는 거예요. 한밤중에 꿈을 꾸는데 공룡이 지나가요. 그래서 '잠깐, 이거 이상한데? 꿈인가 보다'라고 생각하고 꿈속에서 깨어나죠. 이걸 자각몽이라고 해요. 그러면 뭐든 원하는 대로 할 수 있어요. 절대적 자유를 가지게 되죠. 깨어나면 자유로워져요. 하지만 우리는 깊이 잠들었고, 자고 있는데 깨어 있다고 믿는 커다란 속임수에 빠져 있어요. 밤에 나쁜 꿈이나 싫어하는 꿈을 꾼다면 깨어나서 통제할 수 있어요. 지금은 이상한 꿈을 꾸고 있고요."

우리는 당신을 기다리고 있었어요

⟨ 23 ⟩

WALKING ÷TO÷ LISTEN

나바호국 라디오 방송국 KTNN은 내가 걸어서 보호구역을 지나가고 있다고 방송했다. 많은 사람이 그 방송을 들었는지 내 옆에 자동차가 계속 멈춰 섰다. 한번은 유모차에 다 실을 수 없을 정도로 많은 음식과 물을 주었다. 나는 계속 이 에피소드를 기록했다. 앨 스펜서는 264번 고속도로에서 나를 발견하고 점심으로 버거킹 햄버거를 사주었다. 네이트와 엘리자베스는 차를 세우고 저녁으로 구운 닭고기를 주었다. 건설노동자가 가득 탄 트럭은 물을 잔뜩 주었다. 앤더슨과 크리스틴은 파히타를 요리해주었고, 내가 먹는 동안 도로 한쪽에서 기다려주었다. 또 밴 한 대가 서더니 안에 탄 가족이 타코벨에서 산 부리토를 건넸다. 두에인과 리오나 멜빈 부부는 나를 데려가서 간식을 사주었다. 빌리 컬링은 주유소에서 만난 내게 현금을 주었다. 켈리 베이스트는 3달러를 주었다. 가나도 외곽에서 만난 레이와 달린 소시 부부는 나를 재워주었다. 스팀보트 외곽에 사는 세라와 어빙 커티스 부부도 나를 재워주었다. 숑고파비에 사는 조지프와 재니스 데이 부부도 나를 재워주었다. 호트빌라의 럼슨과 제시카 로마테와마 부부도 나를 재워주었다. 갭에 사는 제이슨과 퀸 세코디도 나를 재워주었다. 비터스프링스에서는 마저리 소시와 키스 레인이 나를 재워주었다. 튜바시티에서는 로드니와 크리스털 야지가 나를 재워주었는데, 내가 먼저 집에 들어갈 수 있도록 여벌의 집 열쇠를 주었다.

나바호국과 호피족 보호구역에 들어오기 전, 나는 나의 안전을 걱정했다. 그러나 서쪽 경계에 이르자 이곳을 떠나고 싶지 않았다. 나는 Hózhó의 핏줄 속으로 미끄러져 들어갔다. 그 아름다움에는 끝이 없었다. 아름다움이 스스로 강해지고 힘을 발휘하는 것 같았으며, 나는 목격자가 되었다. 사람들의 선량함은 더 이상 큰 충격이 아니었다. 어느새 자연스러워졌다. 그러나 그들을 둘러싼 그 모든 고통에도 불구하고 여전히 선량함을 유지할 수 있다는 사실은 충격적이었다.

내게 집 열쇠를 내주었던 로드니 야지는 튜바시티의 경찰관이었다. 이곳은 거리에 말들이 먼지를 일으키며 달리는 작은 읍이었다. 로드니와 그의 아내 크리스털은 목소리가 부드럽고 상냥한 젊은 부부였다. 동쪽에서 만난 사람들이 나를 부부에게 소개했고, 부부는 나를 이틀간 재워주었다. 어느 오후, 로드니가 나를 순찰차에 태워주었다. 나는 조수석에 앉아 그가 호출에 응답하는 걸 들었다. 주유소에서 어떤 남자가 관광객과 싸움을 벌인다, 외지 사람이 마약을 운반하는 것으로 의심된다, 젊은 여자가 약물 과다 복용으로 자살을 기도했다, 버림받은 새끼 고양이가 가득 든 상자가 발견되었다 등등. 그중에 헨리라는 읍내 술꾼이 있었다. 헨리는 90대 어머니와 함께 사는 중년 남자였다. 전파가 지지직대며 얼른 가서 헨리를 데려오라는 지시를 내렸을 때 로드니는 별로 놀라지도 않았다. 우리는 흙 마당이 딸린 교외의 작은 집들을 지나쳐 헨리의 집에 도착했다. 로드니는 차에서 내리고 나는 SUV 차량 조수석에 그대로 앉아 유리창 너머로 모든 걸 지켜보았다.

경찰관들이 헨리를 아기 다루듯 구급차에 실어 호송했다. 헨리를 포함해 동네 사람 누구나 잘 아는 일상이었다. 오는 길에 로드니는 헨리가 병원에 가는 걸 좋아한다고 말했다. 관심을 받기 위해서일까? 간호사가 이마를 쓸어주는 게 좋아서? 경광등이 번쩍거리고 사이렌이 울부짖는 가운데 헨리를 구급차에 태우는 모습이 무슨 축제 행렬 같았다. 헨리는 발이 안쪽으로 휜 사람처럼 흙 마당을 질질 끌며 걸었고, 한쪽 손을 팔걸이 보호대로 감싼 사람처럼 배 위에 얹었다. 뭐라 뭐라 중얼거리며 고장 난 로봇처럼 성한 한쪽 팔을 흔들었다. 구급대원이 그를 들것에 실었지만, 산소를 요구하는 그의 요구를 들어주지 않았다. 로드니는 헨리가 한번은 너무 심하게 취해 발작을 일으킨 적도 있다고 말했다. 발작 상태로 집 밖에 있었는데, 아무도 그를 발견하지 못해 '햇볕에 바짝 구워졌다'고 했다. 그는 오늘 형제와 싸움을 벌였다. 틀림없이 그날 밤 두 사람 모두 유치장에 간힐 것이다.

"오늘 밤은 좀 일찍 잘 수 있겠군." 구급차가 헨리를 싣고 가버리자, 헨리의 어머니가 말했다. 헨리가 경찰서에 간혀 있지 않을 때는 어머니가 그를 찾아서 온 튜바시티를 차를 몰고 돌아다녔다. 그녀는 술에 취한 아들을 찾아 집에 데려오곤 했다. 그리고 행여 실수로 배설이라도 하면 아들을 목욕시키고 재웠다.

나바호국을 통과하는 그 짧은 2주일 동안 나는 사람들에게 너무도 많은 것을 받았다. 내 집이 아니었는데도 소속감을 느꼈다. 단지 걷고만 있을 뿐인데 내가 중요한 사람 같았다. 그래서 헨리라는 사람이 궁금해졌다. 그도 내가 이곳에서 연일 받았던 것을 받았을까?

누구나 살면서 한 번쯤 완벽한 타인이 나를 위해 마련한 성대한 연회의 명예로운 손님이 될 수 있다면, 그렇다면 우린 모두 지금보다 훨씬 잘 살게 될 것이다. 무엇보다 사람이 대단히 겸손해진다. 사랑에 빠지게 되고, 심지어 모르는 사람을 위해 평생 완벽한 연회를 베풀며 살고 싶게 된다. 호피족 보호구역 안에 자리한 지역으로, 나바호족의 섬 같은 제디토에서 그런 경험을 했다. 제디토에서 동쪽으로 64km 떨어진 주유소에서 알리나 고메즈와 몹시 여위었지만 굳세고 강건한 그녀의 할머니 릴리를 만났다. 아이스티를 마시려고 주유소에 들렀는데, 두 사람이 다가와 혹시 라디오 방송에서 들은 그 사람이 맞느냐고 물었다. 우리는 잠시 이야기를 나누었고, 떠나기 전 릴리가 나바호 말로 알리나에게 뭐라고 말했다.

"할머니가 당신에게 음식을 만들어주고 싶대요." 알리나가 통역을 해 주었다. 우리는 전화번호를 교환했고, 알리나는 내가 제디토에 도착하길 기다리겠다고 했다.

이틀 후 264번 고속도로를 걸어 계곡이 하늘로 솟구치는 구간을 지나갔다. 땅은 황량했고 공허가 모든 소리를 잠재웠다. 가끔씩 드럼통에 물을 실은 픽업트럭만 느리게 지나갈 뿐 다른 소리는 거의 들리지 않았다. 릴리는 264번 고속도로 반대편에 살았다. 메사 위를 지나는 도로에서 몇 킬로미터 떨어진 곳이었다. 릴리와 알리나는 내가 그곳까지 걸어오길 원하지 않아서 도로변에 커다란 파티용 천막을 쳤다. 산길을 내려가는데 멀리서도 천막이 보였다. 열기가 안개처럼 피어오르는 가운데 천막 옆에 트럭이 줄지어 섰고, 천막 밑으로 탁자와 의자가 놓여 있는 것도 보였다. 가까이 다가갈수록 사람들도 눈에 띄었다. 사람이 많았다. 이윽고 내가 천막에 도착하자 사람들이 모두 따뜻하게 맞아주었다.

"오래 걸렸죠?" 한 여자가 웃으며 말했다. "우린 당신을 기다리고 있었어요."

식탁은 그림처럼 풍요로웠다. 커다란 냄비에 양고기 스튜가 담겨 있고, 나바호족의 튀긴 빵과 옥수수 껍질로 감싼 옥수수죽, 컵케이크, 차가운 아이스티가 있었다. 알리나와 릴리는 늦은 오전부터 음식을 장만하기 시작했고, 정오 무렵 이웃들이 가세했으며, 마침내 내가 도착했을 때는 오후 5시였다. 사람들과 악수를 나누고 인사를 하면서 나는 이들이 나를 맞이할 준비를 하느라 하루를 꼬박 바쳤다는 사실을 알게 되었다. 그냥 받기엔 너무 큰 선물이었다. 조건 없이 주어졌고, 나 또한 되돌려주거나 아니면 다른 곳에 가서라도 베풀고 싶은 선물이었다. 이런 식으로 인정받고 환영을 받다니! 그것도 나를 전혀 알지 못하는 사람들에게! 튜바시티에서 본 헨리가 이런 환대를 받았다면, 혹은 자신을 메시아라고 생각하던 그 망상에 빠진 소년이 이런 환영을 받았다면 어땠을까? 우리 모두 이런 경험을 한다면 어떨까? 그러면 미국은 어떤 모습이 될까?

마을 사람 둘이 내게 다가왔다. 멜리사와 앤젤리타 블레이크는 30대 안팎의 자매였고, 나바호족 중에서도 '많은 염소' 씨족의 일원이었다. 자매의 어머니 모니타는 차분했으나, 자매는 시끄러울 정도로 쾌활했다. 멜리사는 초등학교 교사로 자식은 없었지만, 엄마 같은 성격이었다.

"나는 가족들을 보살펴야 하는 사람이에요." 나중에 그녀가 말했다. "때론 다른 무엇보다 엄마 역할을 더 많이 해요." 멜리사는 그 가족의 떠오르는 여가장이었다. 멜리사보다 키가 조금 더 작고 나이가 조금 더 많은 언니 앤젤리타는 루푸스와 싸우느라 많이 약해졌다. 병 때문에 일을 할 수 없어서 주로 치료와 열여섯 살 아들을 돌보는 데 주력했다. 두 자매는 보호구역 밖에 살지만 자주 찾아왔다. 자매의 어머니 모니타는 여기서 자랐다. 자매의 할머니 패니는 아직도 메사 위에 살았다. 고속도로에서 보이지 않는, 미로 같은 삼나무 숲의 구불구불한 흙길 너머에 숨어 살았다. 패니는 이 연회에 오지 않았다.

블레이크 자매에게 그날 밤 도로변에서 야영해도 괜찮겠느냐고 물었더니 그들은 곧장 반박했다.

"우리랑 같이 가야죠!" 멜리사가 말했다. "우리가 차에 태워 우리 집에 데려갔다가 다시 정확히 이 자리에 내려줄게요. 문제없어요. 당신은 우리랑 같이 가요. 우리가 알리나에게서 당신을 훔쳐갈 거예요. 조심하는 게 좋을걸요? 다시는 돌아오지 못할지도 모르니까."

"우린 가정파괴범이랍니다." 앤젤리타가 나를 놀리며 말했다. "많은 염소 씨족 여자들은 자기가 갖고 싶은 건 반드시 갖고 말죠."

"제가 감히 어떻게 저항할 수 있겠어요?" 내 말에 앤젤리타가 폭소를 터뜨렸다. 다른 사람과 함께 웃는 일 자체가 좋았다. 도로에서 지낸 지난 9개월간 웃을 일이 많지 않았다. 대부분 하루 치 걸음이 끝나고 유사 망상에 빠져 혼자 웃는 웃음이었다. 밤중에 미친 듯이 낄낄거렸던 휘트먼 같은 종류의 웃음이었다. "나는 영원히 웃는 자다. 초승달이 뜬 황혼 녘이다."

해가 넘어가기 전 서둘러 천막을 걷고 탁자와 의자를 전부 접어 픽업 트럭에 실었다. 나는 블레이크 자매의 트럭 짐칸에 내 유모차를 싣고 메사를 향해 출발했다. 트럭이 흙길에 팬 홈과 깊은 바퀴 자국을 아슬아슬하게 피해갔다.

"우리가 백인 남자를 집에 데려온 걸 보면 할머니가 뭐라고 하실까?" 멜리사가 말했다. 앤젤리타는 쿡쿡 웃었다.

농담인 걸 알았지만 그래도 마음이 불편해졌다. 나의 엄마 쪽 조상 중에 개척자가 있었다. 그들은 짐마차를 타고 서쪽으로 이주해 미네소타에 정착했다. 그중 한 사람이 윌리엄 더건 시니어라는 농부였는데, 1862년 수족(아메리카 원주민의 한 종족—옮긴이)의 봉기 당시 의용군에 가담해 미니애폴리스에서 싸웠다. 수족의 봉기는 미국 역사상 가장 대규모 학살이 이루어진 사건으로, 38명의 수족 포로가 교수형을 당했다. 내 조상들은 그 밖에 또 무슨 일을 했을까? 지속적으로 벌어진 인류의 폭력과 응징의 이야기 속에서 어떤 역할을 담당했을까? 패니 할머니는 어떤 이야기를 들으며 자랐을까? 그녀의 조상은 누구였을까? 오늘 여기서 우리 두 사람이 만나면 어떨까? 각자의 역사가 우리를 어디로 데려갈까? 우리는 결합할 수 있을까? 아니면 충돌할까? 멜리사와 앤젤리타 자매는 할머니를 공포에 가까울 정도로 숭배했다. 그녀는 아주 엄격하고 매사에 꾸밈이 없다고 했다. 그녀는 오랜 전통을 실천하며 살았다. 매일 해가 뜨기 전에 일어나 기도를 했고, 식물과 그 약효에 조예가 깊었다. 소녀 시절 원주민 기숙학교에 다녀서 영어를 조금 배우긴 했지만, 일부러 쓰지 않았다. 최소한 내 곁에서는 쓰지 않았다. 딱 한 번 내가 떠나기 직전만 제외하고.

우리는 가족의 주택단지로 들어섰다. 땅은 단단하게 다진 흙이었다. 삼나무와 노간주나무가 두꺼운 초록 벽처럼 집을 에워쌌다. 주택단지 한가운데에 태양처럼 부엌용 오두막이 자리했고, 비바람에 씻긴 나머지 집들이 주변에 늘어섰다. 집 몇 채와 전통 의식을 치르는 호건(나바호족의 전통 가옥으로 원추형 골조 위에 잔디나 흙을 덮은 흙집-옮긴이) 한 채, 말 우리, 양 우리, 옥외 화장실 한 채로 이루어졌다. 전등도, 전화선도, 물을 데우는 히터도, 정화조도 없었다. 때때로 아이들이 TV를 보고 싶어 하면 윙윙거리는 발전기를 돌렸다.

패니 할머니는 나를 알은척도 하지 않았다. 할머니는 안경을 썼고 머리카락은 가느다란 회색이었다. 천천히 움직였지만 허약해 보이지는 않았다. 멜리사의 말에 따르면 패니 할머니는 내가 온 것을 별로 신경 쓰지 않으며, 다만 들개 때문에 당황했을 뿐이라고 했다. 그 말을 믿어도 좋을지 알 수 없었다.

멜리사와 앤젤리타는 어두워지기 전에 주변 풍경을 보여주고 싶어 했다. 우리는 석양을 향해 서쪽으로 걸었다. 겨우 200m 남짓 걸었는데 땅이 푹 꺼지더니 구불구불하고 광활한 평야가 저 아래 펼쳐졌다. 숨이 멎을 만큼 놀라웠고, 숨소리마저 앗아가는 풍경이었다. 물을 지나가는 상어 지느러미처럼 뾰족한 바위가 높이 솟았고, 계곡 맨 끝에 다시 바위벽이 솟아올랐다. 거대한 황금빛 그릇처럼 노을빛이 벼랑 가장자리까지 가득 차올랐다.

멜리사가 땅을 내려다보라고 했다. 곳곳에 도자기 파편이 널려 있었다. "아나사지예요." 그녀가 말했다. 아나사지는 13세기 무렵 신비롭게 이 지역에서 자취를 감춘 푸에블로족 조상을 가리키는 나바호 말이었다 (미국 남서부 푸에블로족이 세운 문명을 아나사지 문명이라고 한다-옮긴이). 멜리사가 도자기 파편을 하나 주워보라고 채근해서 하나를 주웠는데, 갑자기 자매가 흥분해서 나바호 말로 떠들기 시작했다.

"왜요?" 내가 말했다. "무슨 일이에요?"

"규칙 위반이거든요." 멜리사가 설명했다. 두 사람은 웃고 있었다. "여기 있는 어떤 것도 손대거나 가져가면 안 된다고 들었거든요. 하지만 막상 규칙을 어기면 어떻게 되는지는 몰랐어요."

"그럼 내가 실험용 생쥐 같은 건가요?"

"그렇죠. 하지만 당신은 나바호족이 아니니까 규칙도 당신에겐 다르게 적용될 거예요."

"확실한가요?"

"그럼요."

"아니면 어쩌죠?"

"괜찮을 거예요." 그리고 두 사람은 다시 웃으며 나바호 말로 대화를 나누었다. 나는 미안하다고 속삭이며 도자기 파편을 땅에 내려놓았다.

우리는 벼랑 가장자리를 따라 바위벽이 훨씬 더 높이 솟아오른 곳에 이르렀다. 거기서 약 1m 높이의 바위 위에 얕은 동굴이 있었다. 자매가 옛사람들이 살다 버리고 간 주거지라고 알려줬다.

"자." 멜리사가 말했다. "저 안에 들어가봐요."

"왜요?"

"어떻게 되는지 보려고요." 멜리사는 웃음을 참지 못하고 말했다.

"양보할게요." 내가 말했다. "숙녀분들이 먼저죠."

멜리사가 다시 폭소를 터뜨렸다.

돌아오는 길에 자매가 사암에 찍힌 30cm 크기의 오목한 홈을 보여주었다. 역시 옛사람들의 흔적이라고 했다. 이곳은 우리보다 먼저 살았던 사람들이 남겨둔 수수께끼로 가득한 태고의 공간이었다. 어쩌면 그들은 아직도 우리 주위에 있을지도 모른다. 간혹 그들을 목격하는 사람들이 있다고 멜리사가 말했다. 그들은 몸집이 작고 꼬리가 있다고 했다.

나바호 인디언 보호구역은 이런 전설들로 가득했다. 보이지 않는 신과 초자연적 존재에 얽힌 이야기가 풍성했다. 신성한 산 네 곳의 경계 안에 신성한 사람들인 diyin diné'e가 살았다. 어쩌면 그들은 석양을 바라보는 우리를 어디선가 지켜보고 있을지도 모른다. 스킨워커 역시 생각해볼 만한 존재였다. 또 전통 의식 때 가면을 쓴 춤꾼의 몸에 깃든다고 알려진, 형언할 수 없는 독립체인 ye'ibeshichai도 있다. 며칠 후 윈도록에서 온 제임스와 크리스 파이사노 부자와 함께 직접 ye'ibeshichai를 보기로 했다. 그들은 나를 호피족 보호구역에서 열리는 '다리를 꼰 카치나(푸에블로족의 수호신으로, 비의 신이다─옮긴이) 춤'이라는 전통 의식에 데려갔다. 외지인에게 개방된 의식이었지만 사진 촬영은 금지했다. 심지어 글로 쓰는 것도 허락하지 않았다. 나는 아주 오래된 마을의 어느 루프톱에 올라가 춤판이 벌어지는 흙 마당을 물끄러미 내려다보았다. 그리고 하나뿐인 북소리와 쿵쿵 구르는 발소리, 주변의 허공으로 내달리는 광활한 사막 풍경을 향해 노래하는 남자들의 목소리에 귀를 기울이며 만사가 어떻게 돌아가는지 다 알 것 같다는 주제넘은 생각에 젖은 채 스킨워커와 ye'ibeshichai와 diyin diné'e에 대해 곱씹었다.

주택단지로 돌아왔을 때 나는 멜리사에게 패니 할머니처럼 산다는 게 무슨 의미인지, 그런 삶에 어떤 대가가 따르는지 물었다. 내가 녹음기를 꺼내자 멜리사는 조금 긴장했다.

"무엇보다 할머니 세대에겐 가족이 가장 중요해요. 가족이 없으면 평소에 해야 하는 일반적인 일을 할 수 없거든요. 나무를 하러 가거나 물을 길으러 가거나 양을 치려면 일손이 많이 필요해요. 가족과 가축과 행복을 바탕으로 부나 성공 여부를 측정하니까요. 그러니 '월급이 얼마나 됩니까? 집이 얼마나 큽니까? 어떤 자동차를 탑니까?'와 같은 질문과 비교하면 정말 다르죠. 저는 여기와 도시를 오가며 살아요. 전통문화 속에서 사는 것도 좋지만, 백인들의 삶으로 돌아가는 것도 좋아요."

"이 삶에서 저 삶으로 바꿔가며 사는 건 어떤가요?" 내가 물었다.

"왔다 갔다 하며 사는 게 좋아요. 여기 오면 정말 좋지만, 내 집에 돌아가도 좋아요. 거기엔 TV나 실내 화장실 같은 편의 시설이 있으니까요. 또 멀리까지 운전하지 않아도 되고, 식료품 가게도 가깝잖아요.

저는 조부모님이 주술을 다루는 엄격한 집안 출신이에요. 주술을 다루는 사람은 누군가를 돕기도 하지만, 저주하기도 하거든요. 그분들을 보면서 자랐지만, 나이가 들면서 다른 사람들은 어떻게 사는지 궁금했어요. 그래서 이렇게 불러도 될지 모르겠지만, 무슬림의 교회에 갔죠. 또 성당에 가서 바티칸에 대해 배웠어요. 모르몬교와 제7일안식일예수재림교, 침례교에 대해서도 배웠고요. 저는 고립되지 않고 많은 것을 배우고 싶었어요. 이렇게 많이 배우면서 우리 문화를 이해하려고 애쓴 건 전부 호기심 덕분이라고 생각해요. 우리 문화를 그저 정당화하지 않고 더 깊이 존중하며 이해하고 싶었거든요."

우리는 부엌 오두막 바깥에 앉아 있었다. 집안 여자들 모두 나와 함께했다. 이곳의 나이 든 여성들은 어린 시절 원주민 기숙학교에 보내졌다고 멜리사가 말했다. 이 학교에 대해서는 전에도 들어본 적이 있었다. 대부분 기독교 선교사들이 세운 학교로, 100년 정도의 기간에 수만 명의 원주민 아이들이 이런 학교에 다녔다. 대부분의 학교가 토착 문화를 폄훼했고, 원주민의 이름과 언어, 옷차림, 전통 의식을 금지했다. 나는 자매의 어머니 모니타에게 당시의 경험에 관해 물었다.

"학교에 꼭 가야 했어요." 그녀가 말했다. "나는 학교가 좋았어요. 집에서는 엄마가 온갖 일을 시켰거든요. 물을 길어오고 나무도 해와야 했지요. 학교에 가면 그런 일을 할 필요가 없어서 좋았어요."

"학교에서 각자 종교를 골라야 했대요." 멜리사가 끼어들었다. "학교에서 전통 신앙은 인정하지 않았어요. 대신 여러 교회 중에서 하나를 골라야 했지요. 엄마가 그러는데 어떤 교회는 영화를 보여주면서 팝콘도 주었고, 또 어떤 교회는 아이스크림을 주었대요. 그러면서 종교를 고르게 한 거지요."

"어느 교회가 가장 좋았습니까?" 나는 모니타에게 물었다.

"나는 침례교회에 다녔어요."

"거기서 뭘 줬나요?"

"팝콘요."

"엄마에게 들은 이야기 중 1960년대 히피 이야기가 제일 재미있어요." 멜리사가 웃으며 계속 말했다. 모니타는 고개를 절레절레 흔들었다. "당시 아이들은 많은 일에 노출되지 않았기 때문에 낯선 것, 낯선 사람을 두려워했대요. 그중 하나가 히피들이었죠. 누군가 처음 만들어낸 소문이 퍼지고 퍼져서 히피는 나쁜 사람들이라더라, 사람을 죽인다더라 등등의 말이 나돌았대요. 그래서 한밤중에 폭스바겐이 지나가면 깜짝 놀라 아무도 없는 곳에 숨어서 잤대요. 신발도 안 신은 채로요!"

우리는 오랫동안 그렇게 이야기를 나누었다. 이 시간이 끝나지 않기를 바랐지만, 여자들이 한 명씩 한 명씩 자기 집으로 돌아갔다. 부엌 바깥에서 나누던 대화가 소강상태가 되자 고요한 침묵이 내려앉았고, 벽 뒤에서 가족끼리 중얼거리는 소리까지 들렸다. 별들은 믿을 수 없을 만큼 밝고 아득했다.

잠시 후 패니 할머니도 나바호 말로 뭐라고 하더니 자리를 떠났다.

"할머니는 일찍 일어나요." 앤젤리타가 말했다. "4시에 일어나죠."

"3시에 일어날 때도 있어요."

"할머니가 가장이시죠?" 내가 물었다.

"그렇죠." 멜리사가 말했다. "할머니는 대장이에요. 우리가 당신을 집에 모셔와서 살짝 화가 났어요."

내 심장이 덜컥 내려앉았다.

"정말요?"

"농담이에요! 할머니는 이랬어요. '너희 뭘 하고 있냐?' 그래서 내가 '저 사람을 집에 데려와서 이런저런 것들을 보여줄 거예요.'라고 했죠. 그러자 할머니는 '좋아'라고 말했어요. 내 생각엔 할머니가 조금 수줍어하는 것 같아요. 아니면 조금 당황했거나요. 할머니 곁에는 개도 얼씬대지 않거든요. 개가 다가가면 할머니가 멀리 쫓아버리니까요. 그런 할머니가 당신을 보고 당황한 거죠. 할머니는 못됐어요. 나쁜 뜻으로 못된 게 아니라 아주 엄격하다는 말이에요. 기대치가 높아요."

침묵의 시간이 점점 길어졌다.

"달빛을 봐요." 멜리사가 말했다. "저게 우리가 사용하는 빛이에요. 늦도록 대화를 나눌 수는 있지만, 대신 TV를 켤 수는 없어요. 여기서는 말로 하는 오락이 많아요. 개인적인 이야기를 나누거나 어릴 적 이야기를 듣거나 할머니에게 옛날이야기를 듣거나 하는 식이죠."

"달리 할 일이 없으니까 대화를 나누게 돼요." 앤젤리타가 말했다. "그냥 누워서 시시껄렁한 이야기를 나누는 거죠. 잠들 때까지 계속 말하는 거예요."

정말로 그랬다. 모니타와 멜리사와 앤젤리타는 작은방이 두 개 있는 집에 살았다. 그들은 한쪽 방에 나를 위한 간이침대를 펴주고, 남은 방에서 셋이 같이 잤다. 우리는 문을 열어두고 각자 방에서 계속 이야기를 나누었다. 나는 잠이 들었다 깼다 했고, 두 자매는 계속 나를 놀려대고 모니타는 웃었는데 그 소리가 전부 자장가 같았다. 나는 다시 패니 할머니를 떠올리며 그녀에게 내가 이 집에 묵어가는 건 어떤 의미일까 생각했다.

"할머니는 많이 좋아졌어요." 멜리사가 말했다. "우리 자매나 사촌들과 사이가 훨씬 좋아졌지요. 우린 점점 개방적으로 바뀌었고, 이전 세대 어른들도 대체로 거기에 적응했어요. 엄마도 우리가 자꾸 새로운 것을 시도해보게 했더니 많이 익숙해졌고요. 때론 사람들이 다른 사람들을 향해 비판적이기도 하다는 거 알아요. 그 사람들이 무슨 일을 겪는지 몰라서 그렇죠. 그 사람들이 왜 그러는지 전혀 모르잖아요. 각자 자신의 계획이 있고, 살면서 성취하고자 하는 일이 있어요. 또 어떻게 해야 할지 찾고 있을지도 모르고요. 우리는 그 사람들에게 길을 안내해줄 수 있지만, 거기까지만 할 수 있지요."

카메라 덕분에 패니 할머니와 두 번 눈을 마주쳤다. 그 외에 그녀와 교류할 방법이 없었다. 그녀는 새벽 일찍 일어나 기도를 했고, 나는 얕은 새벽잠 속에서 그녀가 도끼로 장작 패는 소리를 들었다. 이윽고 내가 침대 밖으로 나왔을 때 집안 여자들은 전부 부엌 오두막에서 나바호 말로 웃으며 대화를 나누고 있었다. 모니타는 스토브를 이용해 토르티야를 만들었다. 멜리사는 커피를 끓였다. 클로디나 이모는 스크램블드에그를 만들고 스팸을 구웠다. 대화 소리 위로 라디오가 지지직거리며 톰 크루즈와 케이티 홈스의 이혼 소송 소식을 전해주었다. 이 사람들이 그런 일에 관심을 둔다는 사실이 지금 생각해도 놀랍다. 나는 부엌 맨 구석에서 이 행복한 풍경을 카메라에 담았다. 사진 한가운데에 패니 할머니가 있다. 카메라를 똑바로 응시하는 그녀의 눈은 딱히 불친절하지는 않지만, 웃고 있지도 않다.

두 번째 사진에서는 양 한 마리가 노란색 노끈으로 다리가 묶인 채 목만 판자 위에 올리고 흙바닥에 누워 있다. 남자 치료 주술사에게 줄 것으로, 앤젤리타의 치유 의식을 위한 비용이었다. 나는 클로디나 이모와 멜리사와 함께 양 우리로 내려가서 양을 잡아보겠다고 했지만, 다들 나를 보고 웃었다. 클로디나가 단 한 번 만에 올가미를 양 목에 걸었다. 그녀가 양을 묶자 삼촌 한 명이 양을 트럭 짐칸에 실었다. 양의 눈이 커졌다. 아무도 양을 죽이고 싶어 하지 않아서 결국 패니 할머니가 나섰다. 나는 그녀가 양을 죽이기 직전에 사진을 찍었다. 사진 속에서 할머니는 양을 굽어보며 서 있다. 왼팔을 뒤로 휘두르는 중이라 칼은 보이지 않는다. 내가 쪼그려 앉은 자세로 사진을 찍어서 할머니는 안경 너머로 내 카메라를 똑바로 내려다보고 있다. 그녀가 칼로 양의 목을 찌르기 직전에 사진을 찍었다. 모니타가 그릇에 양의 피를 받았다. 그릇은 금세 피로 가득 찼다. 우리는 모두 움찔하며 고개를 돌렸다. 어떤 일이 벌어질지 다 알고 직접 나선 할머니만 시선을 돌리지 않았다. 양은 철저하게 조용히 죽었다. 몇 분 지나지 않아 축 늘어졌고, 우리도 역시 긴장을 풀었다. 우리 자신의 죽음에 관한 생각도 다시 사라졌다. 할머니는 도살 방법에 대해 몇 마디 짤막한 지시를 내리고 자리를 떴다.

나는 그 집에서 며칠을 묵었고, 떠나기 직전에야 할머니가 나에게 화가 나지 않았다는 것을 확신할 수 있었다. 나는 할머니에게 감사의 선물로 보게사이트 조약돌을 건넸다.

"고마워, 아들." 그녀는 영어로 말했다.

나중에 멜리사가 문자메시지로 내가 떠날 때 패니 할머니가 울었다고 알려주었다. 나도 약간 목이 메었다. 그 가족의 주택단지는 앨라배마주

에 있는 메리언과 허브 퍼먼 부부의 '홈플레이스'처럼 내게 또 하나의 집
이 되었다. 나는 떠나고 싶지 않았지만, 동시에 머무를 수도 없었다. 나는
온종일 그 모순을 곱씹으며 걸었다.

"살다 보면 겪어야 할 일들이 있어. 나쁜 일이지. 내 첫 아내가 죽었을 때처럼 말이야. 나는 상처를 받았어. 조물주와 모든 것에 화가 났지. 그런 일이 일어나고 나서야 어떤 것인지 알았어. 누군가 '믿음을 가져라'라고 말해도 그 이상은 이해가 안 되잖아. 누가 자살하면 예전에는 '자기 삶을 제대로 운영할 줄 모르는 사람이군' 하고 무시했어. 그렇게 말하는 건 아주 쉽지. 하지만 자신이 그런 일을 당하면…… 아, 진짜 힘들지. 순전히 자기 혼자이거든. 아무도 없어. 자식도 있고 친척도 있지만 나를 만나서 나랑 이야기하는 사람은 아무도 없어. 그때 나는 그만 살려고 했어. 자살이 너무 쉽게 생각되는 때가 있어. 악마가 '어서 해. 어서 하라고' 하고 속삭이거든. 온갖 부정적인 생각이 떠오르고, 아무도 나를 신경 쓰지 않는다고 느끼게 돼."

"그 상황에서 빠져나오게 된 계기가 있었나요?"

"나는 정말 죽고 싶었어. 매일 아침, 잠에서 깨면 말했지. '하루 더 죽음에 가까워졌구나.' 그 이야기를 동생에게 했더니 이러더라고. '하루 더 치유에 가까워졌구나, 라고 말하는 게 어때?' 그래서 그렇게 말하기 시작했어. 처음에는 아무런 의미도 없이 그저 그렇게 말했을 뿐이야. 그런데 시간이 흐르니 점점 의미가 생기더라고. 사는 게 그래. 사람들이 특히 죽음에 관해 각자 무슨 일을 겪는지 깨달을 수 있다면 좋겠지. 떠난 사람은 떠난 사람이고, 다들 그 일을 겪고 싶지는 않잖아. 하지만 반드시 겪어야 할 일이고, 누구나 그 길을 걷고 있지. 그럼에도 사람들은 대부분 자신이 무슨 일을 겪는지 미처 보지 못해. 사실 제대로 볼 수 있어야 하는데 말이야."

완벽한 삶은 어떤 것이라고 생각해?

〈 24 〉

WALKING ÷TO÷ LISTEN

고속도로 물웅덩이 위로 네바다의 열기가 떠돌았고, 아지랑이 너머로 모든 게 흐릿해 보였다. 낮의 더위를 피해 밤에 걸어야 했는데, 어떻게 보면 사막은 밤에 가장 근사했다. 나는 우주를 유영하는 외계인 같았다. 저 멀리 펼쳐진 긴 고갯길은 금빛 등이 박힌 우주선이었고, 거기서 쏟아지는 상향등이 허공을 반으로 갈랐다. 동이 트기 전 어둡지도 밝지도 않은 무렵이면 바위를 소로, 명아주 덤불을 사슴으로 착각하곤 했다. 이러한 변신이 몇 번이고 반복해서 일어났다. 모든 게 다른 것으로 보였다. 어쩌면 스킨워커가 나바호국에서부터 나를 따라왔을지도 모른다. 아니면 내가 헛것을 보는 것일 수도 있고.

낮에는 자야 하는데, 불지옥에서는 잠을 이룰 수 없었다. 그래서 밤마다 거의 꿈을 꾸며 걸었다. 나를 둘러싼 심연에 눈이 있었지만, 그것은 꿈이 아니었다. 도로 저 멀리 어둠을 향해 헤드램프를 비추면 눈들이 초록색으로 빛나는 게 보였다.

네바다로 넘어오기 몇 주 전, 나바호국을 떠나온 후로 모든 게 약간 이상해졌다. 인디언 보호구역을 떠난 첫날 밤, 그랜드캐니언에서 북동쪽으로 몇 킬로미터 떨어진 콜로라도강 위 벼랑에서 야영했다. 가랑비가 내렸고 사방은 칠흑처럼 어두웠다. 텐트에 누웠는데 갑자기 춤을 추고 싶은 강렬한 충동이 일었다. 충동은 노크도 없이 문을 밀고 들어온 한밤의 낯선 사람처럼 기이하고 막무가내였다. 사실 진짜 춤을 출 만큼 강한 충동은 아니었고, 그저 미쳐 날뛰고 싶은 충동이었다. 이렇게 나 자신을 확 놓아버리고 싶었다. 제기랄. 나는 생각했다. 나는 텐트 밖으로 나가 이어폰으로 덥스텝(1990년대 말 영국에서 발달한 전자 댄스음악-옮긴이)을 크게 들으며 몸을 흔들었다. 비가 섞인 땀이 흘러내렸다. "맙소사!" 휘트먼은 울부짖었다. "발작이 제멋대로 나를 움직인다!" 경계선 밖에서 빗방울이 저 깊은 협곡으로 떨어졌다. 나도 떨어질 수 있었다. 그럴 수 있었다. 그러나 그러지 않을 것이다. 지금은 아니다. 아직은 아니다. 이런 식으로는 아니다. 광기가 고조되었을 때 깊은 틈 사이에서 둥근 빛 두 개가 나타나더니 나를 향해 미끄러져 왔다. 나는 얼어붙었다. 어쩌면 내가 그것들을 불러들였을지도 모른다. 그들은 벨벳처럼 부드러운 바다 위를 유영하듯이, 서두르는 기색도 없이 침묵을 뚫고 산쑥 냄새를 헤치며 점점 가까이 다가왔다. 빛이 점점 크게 부풀더니 두 개의 빛이 네 개로 쪼개졌다. 자동차 두 대였다. 이제 됐다. 쉴 시간이다. 잘 시간이다.

이제 이 걷기 여행의 끝이 멀지 않았고, 나는 여전히 어떤 전망을, 결론적인 변혁의 순간을 찾고 있었다. 사막에 오면 그런 일이 생길 것 같았지만, 이곳은 그저 뜨겁고 나는 자주 비참해졌으며 녹초가 되어 있었다. 신의 번개 같은 게 내리친다고 해도 너무 졸려서 제대로 볼 수 없을 지경이었다. "몹시 피곤하네요." 포레스트 검프도 사막에서 맞은 계시의 순간 이렇게 말했다. 그 말에는 추종자들을 위한 숨은 뜻도, 암호 메시지도 없었다. 그저 피곤했을 뿐이고, 그게 전부였다.

"이미 아는 것을 아세요." 루이지애나주에서 만난 케이즌 신비주의자 조슈아 터쥬는 이렇게 말했다. "안다는 말을 할 필요도 없어요. 나무가 어떻게 나무인지 말할 수 없잖아요. 초월자들에게 초월해야 한다고 말하지 않아요. 초월할 게 분명하니까요. 그게 인간의 경험이 성장하는 본질입니다. 우리는 지속적인 극복 상태에 있어요. 그러므로 이해하고, 그 과정에 순응하는 게 중요합니다."

사막에 와보니 그의 말이 더 이해되었다. '우리는 지속적인 극복 상태에 있어요.' 그 말은 끝이 없다는 의미였다. 아무리 해도 도착할 수 없는 머나먼 곳에서 나를 때릴 신의 번개는 없다는 뜻이었다. 오직 느리게 극복하는 과정, 다음 단계에서 그다음 단계로 넘어가는 순간만이 있을 뿐이었다. '그러므로 이해하고, 그 과정에 순응하는 게 중요합니다.' 이 깨달음은 해방감과 절망감을 동시에 안겨주었다. 한편으로는 내가 이미 목적지에 도달했고, 내내 거기 있었다는 의미였다. 시작과 끝이 같았다. 오직 걷는 과정만 있을 뿐이고, 그 일은 언제나 일어나고 있다. 반면에 이 말은 결승선이 없다는 뜻이기도 했다. 나는 평생 걸어야 하고, 그 말을 듣기만 해도 완전히 지쳤다. 또 영원도 생각해봐야 했다.

릴케의 편지에서 이와 비슷한 생각을 발견했다. 조슈아 터쥬가 '초월자'라고 부른 것을 릴케는 '예술가'라고 불렀다.

> 예술가는 계산하거나 셈을 하지 않고 나무처럼 성숙해집니다. 나무는 수액
> 의 흐름을 재촉하지 않고, 봄날의 폭풍우 속에서도 우뚝 서서 혹시 여름이
> 안 오는가 하는 걱정도 하지 않습니다. 여름은 반드시 옵니다. 그러나 여름
> 은 마치 눈앞에 영원이 놓인 듯 아무런 근심도 없이 조용히 너른 마음으로
> 기다리는 인내심 강한 사람들에게만 찾아옵니다.

봄은 지나갔고 마침내 여름이 왔지만, 내가 보기에 여름은 그저 덥고 지옥 가장 깊숙한 곳에 사는 악마의 똥구멍 속보다 더 뜨거웠다. 이와 비교하면 봄날의 폭풍우는 차라리 달콤했다.

그랜드캐니언을 지나가는데 레저용 차량이 거침없이 몰려와 고속도로를 가득 메웠다. 그들은 자꾸만 갓길을 침범해 매일 수십 번도 더 나를 죽이겠다고 위협했다. 264번 고속도로를 걸어 나바호국을 통과할 때와는 완전히 반대였다. 그때는 지나가는 자동차가 1시간에 몇 대 되지도 않았다. 지금은 교통의 흐름이 말 그대로 살인적이었다.

네바다에 도착하기 전 그랜드캐니언 둘레를 우회해야 했다. 그러면 유타 남부의 자이언 국립공원을 곧장 통과할 수 있었다. 자이언 국립공원 밖에서 나는 퀘벡에서 온 젊은 커플인 장세바스티앵 바뱅과 크리스텔 아르세노를 만났다. 그들은 1년 동안 함께 밤색 웨스트팔리아 밴을 타고 세계 일주 중이었다. 우리는 커내브의 한 커피숍에서 우연히 만났는데,

그들이 내게 며칠 동안 함께 국립공원을 탐험하자고 제안했다. 당시 나는 걷는 데 지쳐 있었고, 작별 인사에도 지쳐 있었다. 그리고 나 자신에게도 질렸고, 신비에도, 빌어먹을 질문들에도 완전히 질린 상태였기 때문에 그들의 초대를 받아들였다. 나는 완전한 방전 상태였다. 지도를 볼 때마다 내 안의 일부분이 공황에 빠지곤 했다. 나는 걸어서 모하비사막을 건널 것이다. 어쩌면 죽음의 계곡과 시에라네바다산맥(미국 캘리포니아주 동부를 남으로 달리는 산맥-옮긴이)을 965km 걸어 해안으로 가야 할 것이다. 절대로 그러고 싶지 않았고, 동시에 다른 모습은 상상할 수 없었다.

나는 장세바스티앵과 크리스텔의 제안을 받아들여 이들과 함께 어울리며 잠시 일정을 중단하고 한숨 돌리기로 했다. 우리 셋은 이틀 동안 벼랑 위를 올라가거나 협곡으로 내려가며 보냈다. 그들을 바라보는 내 마음에 약간의 질투심이 일었다. 때로 두 사람은 내게 카메라를 건네며 자기들을 찍어달라고 했다. 그러면 나 역시 크리스텔에게 내 카메라를 건넸고, 그녀가 내 독사진을 찍어주었다. 두 사람은 밴 한가운데에서 잤고, 나는 그 위 튀어나온 부분에서 혼자 잤다. 나는 그저 누군가를 만지고 싶었다. 너무 오래되어서 생각만 해도 찌릿한 전율이 느껴졌다. 휘트먼도 그런 감정을 알고 있었다. "내 몸이 다른 사람의 몸에 닿는 일은 내가 감당할 수 있습니다." 다른 사람을 안고 다른 사람에게 안기는 것. 오, 맙소사! 지난 몇 달간의 수도승 같은 금욕 생활이 갑자기 미친 짓으로 느껴졌다. 날카로운 의문이 뇌리를 스쳤다. 나는 자신에게 무슨 짓을 한 걸까? 왜 이러고 있는 걸까?

나는 다시 릴케에게 의존했다. 그 주에 벌써 두 번째였다. 나는 손전등

<u>으로</u> 릴케의 말을 비춰가며 읽었다.

> 인간이 다른 인간을 사랑하는 것, 어쩌면 이는 우리에게 주어진 가장 어려운 임무일지 모릅니다. 궁극의 임무이자 최후의 시련이자 시험으로, 그 밖의 다른 일은 전부 사랑을 위한 준비 작업에 불과합니다. 그러므로 모든 일에 초보자인 젊은이들은 아직 사랑할 '능력'이 갖춰지지 않았습니다. 사랑은 반드시 배워야 하는 일이니까요. 모든 존재를 걸고, 고독하고 불안하고 점점 높이 뛰는 심장 주위로 모여든 모든 힘을 다해 사랑을 배워야만 합니다. 그러나 사랑을 배우는 시간은 언제나 길고 고립된 시기입니다. 그러므로 사랑은 오랜 시일을 거쳐 삶의 깊숙한 내부에 이르는 고독입니다. 즉 사랑하는 사람은 더욱 높고 더욱 깊이 고독해져야 합니다.

캐나다에서 온 연인의 위쪽 공간에 깔아놓은 내 침낭 속에 누워 나는 고독으로 깊이 가라앉고, 그 고독으로부터 배우고, 궁극의 임무이자 최후의 시련이자 시험을 위한 준비 작업으로 고독을 이용해보려고 했지만, 그저 외롭고 모든 게 무의미하게만 느껴졌다.

다음 날 밤 모닥불 주위에 함께 앉아 있을 때 장세바스티앵이 물었다. "앤드루, 있잖아. 너는 완벽한 삶은 어떤 것이라고 생각해? 네게 완벽한 삶은 뭐야?"

나는 나바호국을 떠난 후로 얼마나 암울했는지 떠올려보고, 내게 완벽한 삶은 무엇인지 생각해보았다. 확실히 지금의 모습은 아니었다. 외로움과 갈망과 더러움과 피로와 절망의 속삭임이 어떻게 완벽한 삶에 포함될 수 있겠는가? 이보다 훨씬 더 나은, 다른 형태의 잠재적인 삶은 수없이 많을 것이다. 그런 삶의 모습을 상상해보고, 앞으로 언젠가 그 완벽한 삶이 어떤 모습을 띨 것인지 떠올려보고, 그런 삶이 빨리 오기를 희망하면서 몇 시간을 보낼 수도 있었다. 그렇게 생각하고 희망하며 평생을 보낼 수도 있을 것이다. 그만큼 쉬웠다. 사실 완벽한 삶이란 이미 존재하는 삶이 아니라 다른 모습일 거라고 믿을 수밖에 없었다. "저 먼 데실리온 (100만의 10제곱—옮긴이)의 세월을 지나 내게 온 이 순간은." 휘트먼은 이렇게 썼다. "그 어떤 때보다 소중하다." 그러므로 내가 지금 이 순간 완벽함을 발견하지 못한다면 어떻게 내일이나 다음 달 혹은 지금으로부터 20년 후에 완벽함을 발견할 수 있겠는가? 평온함은 구체적이고 변덕스러운 외부의 조건이 아니라 내면의 관점이어야 한다. 모닥불이 타닥거리며 장세바스티앵과 크리스텔을 노란색과 주황색으로 비추는 지금이 나의 완벽한 삶임을 깨달았다. 완벽한 삶이어야 했다.

"나는 지금 완벽한 삶을 살고 있어야만 해." 내가 말했다. 이어서 여기 말고 다른 곳에 있었으면, 다른 일을 하고 있었으면, 다른 사람과 함께 있었으면 하고 바랐던 최근의 내 마음 상태에 대해 말했다. 나는 이 걷기 여행을 그만두기 일보 직전이었다.

"어쩌면 너의 그 욕구가 완벽한 삶의 일부분일지도 모르겠네." 장세바스티앵이 말했다. "미래의 일을 바라는 욕구가 불완전한 일은 아닐 거야. 그것도 완벽한 삶의 일부분일지 몰라."

다음 날 장세바스티앵과 크리스텔은 나를 태워주었던 곳에 내려주고 작별 인사를 나누었다. 그날 밤 나는 다리 밑에서 야영하며 불과 24시간 전에 모닥불 옆에서 그들과 나누었던 대화를 떠올리고 그 말들을 믿으려고 애썼다.

다음 날 석양 무렵, 자이언 국립공원 동쪽 문으로 갔다. 공원 안에 산을 곧장 통과하는 1.6km 길이의 터널이 있다는 말을 들었다. 그러나 보행자는 통행금지였다. 지나가는 자동차를 얻어 타고 싶지는 않아서 밤중에 터널을 걸어가기로 했다. 도로 위로 안개 줄기가 희미한 촛불처럼 너울거렸는데, 안개를 뚫고 지나가기 직전에만 눈에 보였다. 그 위로 구름이 갈라진 곳에 별들이 야광 목화밭처럼 빛났다. 귀가 쟁쟁한 함성을 일으키는 무한한 별, 보고 있으면 고개를 젓고 코웃음을 치게 되는 그런 별이었다. 나는 그날 밤 공원에서 유일하게 깨어 있는 인간이었다. 이 세계에 살아 있는 마지막 인간일지도 몰랐다.

구불구불한 장밋빛 도로를 걸어 자이언 국립공원을 지나갔다. 어둠이 주위의 모든 것을 감싸고 있어서 나는 마치 자궁 속에 있는 것처럼 앞을 보지 못하고 둥둥 떠다니듯 걸었다. 도로가 없었다면 위는 아래가 되었을 것이고 아래는 위가 되었을 것이다. 아무것도 보이지 않았다. 사암으로 이루어진 산도, 사막의 모래언덕도, 오래전 사라진 바다가 남기고 간 이암 절벽도, 하품하는 하늘의 입과 바위 아치도 보이지 않았다. 장세바스티앵과 크리스텔을 만나기 전에 이곳의 일부를 보았기 때문에 지금 내게 무엇이 보이지 않는지 알 수 있었다. 그러나 어둠 속을 걷고 있으려니 모든 게 사라졌다.

이윽고 마른번개가 쳤다. 그 순간 모든 게 눈에 들어왔다.

드디어 1.6km 길이의 터널에 도착했고, 나는 유모차를 밀며 질주하기 시작했다. 터널을 완공하는 데 1년이 걸렸다는데, 나는 단 6분 만에 지나갔다. 아무런 사고도 없었다. 터널 반대편에 도착하자마자 땅바닥에 드러누웠다. 가슴이 마구 뛰었다. 해가 뜨면서 별들이 씻겨 내려가는 게 보였다. 잠들고 싶었지만, 아직은 잘 수 없었다. 그날 걸어야 할 거리가 꽤 멀었다.

작은 식당에서 아침을 먹다가 바깥세상의 끔찍한 소식을 들었다. 콜로라도주 오로라의 한 영화관에서 또 총기 난사 사건이 일어났다. 내 또래의 젊은 백인 남자 제임스 홈스가 한밤중에 반자동 소총 한 자루와 피스톨 한 자루, 엽총 한 자루를 들고 〈다크 나이트 라이즈〉를 상영하고 있는 극장에 들어갔다. 그는 관객을 향해 연막탄 두 개를 던지고 실내가 연기로 가득 차자 스크린에 펼쳐지는 영화 속 한 장면처럼 총기를 난사하기 시작했다. 70명의 사상자가 발생했다. 12명 이상이 죽었다. 전국이 큰 충격으로 비틀거렸고, 소식을 접한 나 역시 휘청거렸다.

이제 거의 1년이 되어가는 길 위의 생활에서 내가 접한 사람들의 친절과 신뢰, 너그러움과는 야만적일 만큼 대조적인 사건이었다. 제임스 홈스라는 사람이 궁금했다. 그가 만약 내가 걷기 여행 중 식당이나 술집에서 만난 사람 중 한 명이고, 그래서 우리가 대화를 나누게 되었다면 그는 무슨 말을 했을까? 그는 왜 그런 짓을 저질렀을까? 신문에 실린 그의 얼굴이 나를 빤히 쳐다보았다. 눈에 띄는 형광 주황색의 염색 머리와 초점

없는 사슴의 눈동자, 애처로워 보일 만큼 게슴츠레한 표정의 이 젊은이는 누구인가? 안팎으로 어떤 삶을 살았기에 이토록 끔찍한 악행을 저질렀을까?

그의 일기가 온라인에 공개되었다. 최근 우연히 그의 일기를 발견했고, 첫 페이지의 첫 문장을 읽자마자 충격을 받았다. 거기 밑줄 친 문장이 있었다. "문제는 이것이다. 삶의 의미는 무엇인가? 죽음의 의미는 무엇인가?" 내 일기장의 첫 페이지에 쓴 문장일 수도 있었다. 내가 평소 품었던 몹시 익숙한 질문을 보자마자 미치광이 악마, 비인간적이고 반인간적 존재인 그의 이미지에 약간 금이 갔다. 나는 계속 떨면서 일기의 나머지 내용을 읽었다. 이 떨림은 홈스가 대량 학살을 정당화하려고 사용한 광기 어린 논리 때문이기도 했지만, 모든 단어에 스민 이해받고 싶어 하는 존재론적 갈망을 엿보았기 때문이기도 했다. 그는 그 갈망에 자신의 의식을 전부 쏟아부은 게 틀림없었다. 나 역시 그러한 갈망을 잘 알았다. 나는 그의 광기를 보고 어떤 질문은 무척 단순해 보이지만 스스로 왜 그런 질문을 하는지, 혹은 어떻게 질문해야 하는지, 어떤 대답을 원하는지 모른다면 매우 기만적인 길로 나아갈 수 있음을 깨닫고 떨었다. 나는 누구인가? 이런 질문을 던질 때 자신을 지지해주거나, 대답을 안다는 추측을 멈추고 미지의 세계로 들어갈 때 생기는 혼란을 지지해주는 사람이 없으면 홀로 고독 속에서 그런 질문을 던지는 것은 매우 위험하다는 걸 깨달았다. 그러므로 이런 질문을 던지려면 우선 지지해줄 사람부터 구해야 한다. 특히 두뇌의 화학작용에 문제가 있는 경우 반드시 필요하며, 그렇지 않은 경우도 마찬가지이다.

홈스의 일기에는 홀로 깊은 존재의 바다를 헤엄치고자 했던 과정이 묘사되어 있었다. 그는 초반부터 길을 잃었지만, 반드시 피를 흘리지 않아도 되는 진실을 향한 대안의 길을 모색하고 있었던 것으로 보였다. "나는 평생 어떻게 살 것인가, 무엇을 위해 살 것인가와 같은 질문을 해결할 대안의 길을 찾으며 살았다." 어떻게 살 것인가. 무엇을 위해 살 것인가. 이는 내가 걸으며 품었던 것과 똑같은 질문이었고, 모든 인간이 대면해야 할 질문이었다. 인간. 홈스도 인간이었고, 그 사실 때문에 자신을 미워하는 것 같았다. 그는 '고장 난 마음의 자가 진단'이라는 제목을 단 문단에 자신을 조목조목 검토하고 분석해놓았다. 사회불안장애부터 조현병에 이르기까지 의심되는 질환을 전부 20개의 목록으로 정리했다. 또 '자가 진단에 사용한 증상들'이라는 제목 아래에 자신의 문제를 종류별로 분류해두었다. 그중 몇 가지만 짧게 인용해보겠다.

긴장증

지나친 피로

고립주의

사회적 상호작용 기피

외모를 보기 위해 자꾸만 거울을 본다. 특히 머리 모양에 주의를 기울인다.

하루 열 번 이상

치아 문제

코 문제. 종종 물이 새는 수도꼭지처럼 콧물이 흐르고 계속 닦아줘야 함

귀 문제. 잘 들리지 않음

눈 문제. 생물학적으로 불완전함. 안경을 써야 함

성기 문제

이해는 하는데 원하는 대로 의사소통을 할 수 없다. 마음에 어떤 이미지는 있는데, 그 이미지를 말로 표현하거나 그릴 수 없다. 이미지를 전달할 텔레파시 같은 게 있으면 좋겠다.

자아에 대한 감각이 이상함. 나 자신을 분리된 것으로 봄. 진짜 나와 생물학적 내가 싸움. 진짜 나는, 다시 말해 생각하는 나는 정해진 대로가 아니라 내가 선택한 대로 어떤 일을 한다. 내가 패배한 가장 최근의 전투는 마침내 사랑에 빠지고 만 것임

자고 싶을 때 잘 수가 없음

머리카락을 뽑음

'날것의 자의식과 판단, 공포'와 같이 홈스가 말하는 마음의 고장은 사실 그 혼자만 겪는 문제가 아니다. 하지만 홈스는 어쩌면 그 혼자만의 증상이라고 생각했을지도 모르겠다. 그가 만약 릴케를 읽었더라면 자신의 마음 고장 증세를 반드시 고쳐야 할 대상이 아니라 내면의 초월성을 위한 동력으로 이해하고 위안을 얻었을지도 모른다.

당신은 어떤 불안이, 어떤 아픔이, 어떤 우울이 당신의 내면에서 무슨 일을 하는지도 모르면서 왜 삶에서 차단하려고만 합니까? 이 모든 것이 어디서 와서 어디로 가는지, 온갖 질문을 던져 왜 스스로를 괴롭히려고 합니까? 자신을 너무 가까이에서 관찰하지 마십시오. 자신에게 일어나는 일들을 보

고 너무 성급하게 결론 내리지 마십시오. 그저 일어나는 대로 내버려두십시오.

그러나 홈스가 이런 조언을 귀담아들었을 것 같지는 않다. 만약 그랬더라면 어땠을까?

"그래서 어쨌든." 그는 자가 분석 후 통렬한 결론을 내렸다. "이것이 내 마음이다. 이 마음은 고장 났다. 이것을 고치려고 노력했다. 단독 유죄 판결을 내렸지만, 이 자체를 고치려고 고장 난 것을 이용하는 것은 해결 불가로 드러났다."

어쩌면 그는 나중에 정신이상을 참작해달라는 탄원에 사용할 목적으로 일기장에 그런 척했을지도 모른다. 어쩌면 아닐 수도 있다. 어느 쪽이든 그가 묘사한 자신의 고장은 내장을 들어내는 정도의 자기혐오 때문에 읽기가 훨씬 더 고통스러웠다. 그러나 우주에 대한 묘사는 너무 아름답다는 생각이 들어 쉽게 잊을 수 없었다.

사람은 이기적인 본성 탓에 자신을 우주와 구별되거나 분리된 것으로 본다. 자신은 그 자체로 하나뿐인 우주라는 생각이다. 그러나 이는 옳지 않다. 우리는 모두 하나의 단일체이다. 그러므로 삶과 죽음 또는 시공간에는 차이가 없다. 모든 것, 모든 행동, 모든 현상은 여러 개의 잔물결이 아니다. 우주는 우리 각자가 속한 하나의 단일한 우세함이다. 어떤 이들은 이를 납득하지 못하고 결국 탈주를 추구하며, 통합을 분열된 개체로 쪼개려고 시도한다. 내가 보기에 이 통합은 무한히 복잡하다. 단순한 체계가 훨씬 좋다. 0으로의 통합.

　마지막 문장에는 불교의 세계관이 지닌 아름다움이 뒤섞여 있다. 그의 0은 전멸이고, 통합을 경험하는 그의 방식이었다. 자기의 죽음을 맞아 다른 사람의 죽음을 가져가는 것은 그가 '하나 됨'을 찾는 망상적인 수단이었다. 그것은 미치광이의 논리이거나 필사적으로 사랑받고 싶어 하는 사람의 논리였다. 홈스는 총 일곱 장 반에 걸쳐 "왜? 왜? 왜?"라는 말을 247회나 반복해 쓰면서 자신만의 철학을 끝맺었다. 어린애가 쓴 것 같은 유치한 흘림체는 점점 커졌고, 너무 지쳐서 더 이상 할 수 있는 일이 없다는 듯 마지막 페이지에 '왜?'라는 한 단어를 크게 써놓았다. "왜?" 그는 자신의 고통을 맛보기 위해 큰 소리로 247회나 '왜?'라고 자문했다.

　휘트먼의 다른 구절이 떠올랐다. "당신은 제가 복잡한 목적을 지녔다고 여깁니까? 그럴지도 모르겠군요. 4월의 비가 그렇듯이, 바위 한쪽의 돌비늘이 그렇듯이요." 이는 분석이라기보다 4월의 비를 경험하는 쪽으로, 이유를 묻기보다 돌비늘과 함께 사는 쪽으로, 그저 존재하는 쪽으로 당신을 당황하게 하기 위한 일종의 선문답이다. "당신은 제가 복잡한 목적을 지녔다고 여깁니까?" 우주는 시인을 통해 우리에게 질문한다. 존재 자체가 목적이라면 어떨까? 존재 자체로 충분하다면 어떨까? 어쩌면 '왜?'라는 유혹적인 질문은 고려할 가치가 없을지도 모른다. 존재란 풀어야 하는 수수께끼가 아닐지도 모른다. 비가 고쳐야 하는 문젯거리가 아니고, 돌비늘이 풀어야 할 암호가 아닌 것처럼. "삶이 존재하는 이유는 왜 존재해서는 안 되는지의 이유만큼이나 임의적이다"라고 홈스는 썼다.

그러나 임의적이든 아니든 삶은 존재하고, 존재만으로 경험할 충분한 이유가 된다. 그러나 홈스에게 삶을 경험하는 것은 고문이고 고립이었으므로 그는 증오로 가득 찼다. 그래서 그는 이러한 결론에 도달했다. "삶은 존재해서는 안 된다."

"메시지는 메시지가 없다는 것이다." 그는 일기의 끝부분에 이렇게 썼다. 임박한 공격 뒤에 숨은 의미, 다시 말해 모든 것은 의미가 없다는 것을 언급한 것이다. 그의 말은 기이하게도 휘트먼이 말한 4월의 비와 돌비늘에 관한 이야기, 그리고 내가 생각하기에 현실에 대해 불교에서 말하는 것과 비슷해 보였다. 즉 '메시지는 이러하다' 혹은 '복잡한 목적은 저러하다'와 같이 '이것은 이것'이라고 정의하려는 어떠한 시도도 사실은 존재가 지닌 다른 면을 무시하거나 정의 내리는 기제로서 마음에 내재하는 편견을 부여하는 것이 된다. 우리는 우주 전체를 사진으로 찍을 수 없으며, 오직 뷰파인더가 담을 수 있는 만큼만 찍을 수 있다. 카메라는 절대로 전체를 포착할 수 없으며, 우주 자체를 생산하지도 못하고 오직 우주를 나타낼 수 있을 뿐이다. 특정한 마음이 생각해낸 현실의 모든 해석이 그 특정한 마음의 경험에 의해 제한되지는 않지 않나? 무궁하고 완전한 현실이 한 인간의 제한된 렌즈로 완전하게 인지될 수 있을까? 단순한 마음의 작용이 아니라면 도대체 '메시지'란 무엇이고 '복잡한 목적'이란 무엇인가? 이는 경험 자체가 아니라 경험의 해석이다. 나에게는 마음이 있고 당신에게도 마음이 있으며, 제임스 홈스에게도 마음이 있다. 이 마음은 매일, 매월, 매년 벌어지는 일들을 완전히 고유하게 해석해내면서 다양한 방식으로 메시지와 복잡한 목적을 탐색한다. 나의 이야기는 당신의 이야기와 완전하게 일치하지 않을 것이고, 언제나 미묘하게 또는 광대하게 차이가 있을 것이며, 심지어 그 차이는 대체로 미지의 상태로 남을 것이다. 어쩌면 그것들 가운데 어떤 것도 실제로 믿지 말고 그저 이 이야기들을 바라보는 방법을 배우는 게 중요할 것이다. 모르겠다. 어쩌면 나는 모르겠다고 말하는 게 요점일지도 모른다.

　휘트먼은 '메시지 없음' '목적 없음'의 수수께끼를 누릴 줄 알았고, 스스로 이해할 수 없는 것에서 기쁨을 찾고 그것을 신뢰할 줄 알았다.

> 대기를 떠다니는 태양과 별들…… 사과 모양의 지구와 그 위의 우리…… 분명 그들의 표류는 장엄합니다.
> 나는 그것이 장엄하고 행복이라는 것 말고는 무엇인지 모릅니다.
> 그리고 여기 우리를 둘러싼 의미가 추측이나 명언이나 정찰이 아니라는 것을,
> 운이 좋으면 우리에게 이로울 것이고 운이 나쁘면 우리에게 해로운 것이 아니라는 것을,
> 어떤 우연으로 움츠러들 수도 있는 것이 아니라는 것을 제외하곤 알지 못합니다.

　휘트먼은 몰랐다. 그저 이 경이로운 세계를 경이로워하는 것에 만족했다. 그러나 홈스는 모르는 법을 몰라 두려움에 빠졌다. 약물 치료를 받지 않았을 때 그는 이렇게 썼다. "나는 공포의 화신이다." 약물 치료를 받을 때는 이렇게 썼다. "불안과 공포가 사라진다. 더는 공포가, 실패할 거라

는 공포가 없다. 실패를 향한 공포는 언제나 향상과 삶의 성공을 결심하게 한다. 결과에 대한 공포도 없다. 일차적 추동推動은 인류에 대한 증오로의 회귀이다."

제임스 홈스는 내가 걸어서 횡단 중인 이 나라, 나의 고향 미국에서 성년을 맞이했다. 그는 어떻게 성년을 맞이했을까, 어디에서 잘못이 시작되었을까, 그가 품었던 질문들은 얼마나 보편적이었을까, 그 질문들이 그의 마음에서 꼭 그렇게 파괴적인 힘을 발휘해야 했을까, 어른이 되는 중요한 과정에서 누군가 그를 좀 더 지지했더라면 그 힘이 창조적 행위로 발전할 수 있지 않았을까 하는 생각이 내내 맴돌았다. 나는 그의 사연을 모른다. 어쩌면 그의 두뇌가 처음부터 불행의 씨앗을 품었을지도 모르지만, 그의 두뇌만을 탓하는 건 잘못이라고 생각한다. 그의 두뇌가 살균된 연구실에서 그 어떤 환경의 영향도 받지 않고 자라지는 않았으니까. 그의 두뇌는 홈스가 자신의 존재에 반응하는 방식에 영향을 미친 관습과 신념과 실천과 문화가 형성한 사회에서 자랐다. 자연과 양육의 문제라고 할까. 자연은 원하는 대로 하겠지만, 우리는 양육한다. 오늘날 미국에서 우리는 무엇을 양육하는가? 이 총기 난사 사건은 하나의 고립된 사건이 아니다. 그 어떤 것도 고립된 사건이 아니다. 원인이 서로 연결된 전체적인 그물망에서 벗어나 반듯하게 정돈된 상태로 혼자서 일어나는 사건은 없다. 모든 사과는 나무에서 자란다. 심지어 썩은 사과도 나무에서 열린다. 이 총기 난사 사건은 21세기에 들어서면서 섬뜩하기 짝이 없는 정상 상태가 되었으며, 다른 모든 증상과 마찬가지로 내부에 뭔가가 잘못되었다는 사실에 관심을 불러일으키는 갑작스러운 고통의 표출 증상, 문화적 질병의 증후군이 되었다. 그렇다면 도대체 무엇이 문제인가? 이 아픈 소년들만 문제가 아니라 그들 곁에 사는 우리 모두 무엇이 문제인가?

제임스 홈스는 자신을 고치려고 노력했다. "죽음의 대안들"이라고 그는 썼다. "1. 문제를 무시하라. 문제나 질문이 존재하지 않으면 해결책도 필요 없다. 효과 없었음. 책 읽기, TV, 술을 포함해 도피주의의 형태들을 시도했다." 그는 문제를 미루려고 했다. "효과 없었음. 인지 기능을 향상시켜 문제에 대답할 능력을 기르고자 지식을 추구했다." 그는 다른 사람에게 의존하고자 했다. "효과 없었음. 다른 사람도 역시 해결책을 알지 못했다." 네 번째이자 마지막 시도는 사랑이었다. 사랑이 왜 효과가 없었는지 그는 단 한 단어로 설명해놓았다. "증오." 그가 제대로 된 방법을 알았더라면 사랑은 효과를 발휘했을지도 모른다. 그러나 누구도 혼자서는 사랑하는 방법을 배울 수 없다. 사랑하려면 상대가 필요하다. 어쩌면 우리를 가장 인간답게 만들어주는 것이야말로 서로가 필요하다는 사실일지도 모른다. 그러나 그 사실은 반드시 배워야 하고, 가르침을 받아야 한다. 안타깝게도 제임스 홈스는 그것을 찾고 있는 것처럼 보이기는 했지만, 그것을 배우지 못했다.

사건 소식에 너무 놀라서 아침 식사를 마쳤는데도 속이 울렁거렸고, 여전히 잠이 부족한 상태로 식당을 나왔다. 한 젊은이가 질문을 가득 품은 채 미국을 걸어서 횡단하고 있다. 또 다른 젊은이는 자기 질문을 가득 품은 채 감옥에 앉아 있다. 그 개자식도 걸었어야 했다. 그냥 걸었어야 했다. 우리는 그를 도와주었어야 했지만 그러지 못했고, 그도 그러지 못해서 현재 12명이 목숨을 잃었고 70명이 다쳤으며, 빌어먹을 나라 전체가 고장 났다. 미국은 다가올 몇 년 사이에 지금보다 더 망가질 것인가? 의문의 여지가 없었다. 미국은 스스로 마음을 고쳐보려고 한 홈스와 같았다. 이 자체를 고치려고 고장 난 것을 이용하는 것은 해결 불가로 드러났다. 홈스는 도움을 구했어야 했다. 도와달라고 소리를 질렀어야 했다. 그날 아침은 미국도 그렇게 보였다. 미국은 다름 아닌 개인의 집합체였기 때문에 책임은 우리 각자에게 있었다. 어쩌면 우리는 이미 도와달라고 소리를 지르고 있을지도 모른다. 우리는 서로의 이야기를 귀담아듣고 있었나? 누구라도 듣고 있기는 한 건가?

며칠 후 네바다주 남쪽 끝에 도착했을 무렵, 나는 완전한 고갈 상태였다. 수면 부족은 재미없는 장소에 있으면 일종의 고문이 되었다. 게다가 그 열기라니! 오, 끔찍한 그 열기. 나는 그 열기를 안다고 생각했다. 열기를 정말로 이해한다고 생각했다. 5월의 텍사스도 더웠고, 뉴멕시코에서 보낸 6월도 더웠으니까. 그리고 7월의 애리조나는 말 그대로 불지옥이었다. 그런데 8월에 그레이트베이슨(미국 서부의 네바다주, 유타주, 캘리포니아주, 오리건주, 아이다호주에 걸친 큰 분지-옮긴이) 남쪽 끝자락에 있는 불 같은 기후의 모하비사막에 들어서다니 나는 얼마나 순진했던가. 공기는 광기가 녹아내린 바다와 같았다. 바람이 내 머리 위 파도를 씻어내렸다. 어떤 파도는 다른 파도보다 악랄할 정도로 더 뜨거워서 내 몸에 조금만 더 인화성이 있었다면 내 숨결이 내 몸에 불을 질러버렸을 것이다. 태양은 온종일 만물을 향해 자신의 열기를 토해냈고, 오후가 되면 아스팔트가 나를 향해 분노를 뿜어냈다. 나는 갈증을 참을 수 없었고, 땀이 너무 흘러 미칠 것 같았다. 땀이 전혀 나지 않는 것보다 낫다는 걸 알면서도 땀이라면 질색이었다. 땀이 전혀 흐르지 않으면 탈수를 의미했고, 이곳에서 탈수란 죽음을 뜻했다.

그런데도 1년 중 그때가 확실히 시원한 편이라고 했다. 어쨌든 메스키트에서 만난 사람들이 그렇게 말했다.

에어컨이 나오는 맥도날드에서 잠깐 쉬었다가 아침 9시 무렵 메스키트를 떠났다. 오전 3시부터 줄곧 걸었다. 16km 정도 걸은 후 외딴곳에서 난데없이 다리를 하나 만났다. 몇 킬로미터 이내에 유일한 그늘일 것 같아서 다리 밑에 텐트를 쳤다. 오전 11시였다. 잠을 이룰 수 있을 거라 생각했지만 너무 뜨거웠다. 땅거미가 질 무렵 소일거리 삼아 오디오 일기를 녹음했다.

"최악의 열기는 지나간 것 같다. 이 열기가 나를 생각하게 했다. 열기는 지금껏 내가 만나 해결해야 했던 그 어떤 일과도 완전히 다른 부류의 게임이다. 기본적으로 위험하다는 느낌이 든다. 그냥 앉아 있기만 해도, 잠을 조금 자두려고 해도, 움직이지 않는 것만으로도 위험하다. 내 안에서 물이 곧장 밖으로 빠져나간다. 그래서 물을 마시고 또 마신다. 그러다가 갑자기 '아, 내가 충분히 마시고 있나? 이러다가 곤란해지면 안 되는데. 다음에는 물을 더 챙겨 와야겠다'라고 생각한다. 죽기 직전인 것 같은 기분이 든다. 그러면 나는 차분하게 가라앉기도 하고 미쳐 날뛰기도 한다. 사막이 사람을 어떻게 만드는지 알겠다."

기억을 헤집으며 시간을 보냈다. 머리 위에서 다리가 우르릉 쿵쿵 소리를 냈고, 날파리를 제외하면 그 밖의 모든 게 조용했다. 근처의 버진강이 소똥과 소 오줌을 싣고 나지막하고도 따뜻하게 흘러갔다. 그래도 잠깐 강에 몸을 담그고 수영을 했다. 그럴 수밖에 없었다. 내 몸은 불타고 있었으니까. 그날 정적을 깨려고 많은 이에게 전화를 했다. 그날의 고독은 어떤 적의를 품고 있었다. 나는 할머니와 통화했다. 할머니는 미시간의 콘도에서 늘 앉아 있는 TV 앞 안락의자에 오늘도 앉아 무릎에 신문을 내려놓고 있을 것이다. 우리는 대화를 나누며 웃었지만, 그 순간 조금도 재미있지 않았다. 완전히 다른 두 세상에 앉아 서로 대화를 나누는 게 얼마나 이상하던지.

그날 밤 11시 무렵, 다시 걷기 시작해도 될 만큼 시원해졌다. 물론 '시원'하다는 건 이제 하나의 개념에 지나지 않았고, 너무 빨리 지나가버리는 바람에 기억조차 할 수 없는 흐릿한 꿈에 불과했다. 나는 유모차 밥에 내 짐을 싣고 도로로 나섰다. 다음 읍내까지 48km가 남았고, 해가 다시 나타나 내 몸을 파괴하기 전까지 8~9시간이 남았다. 며칠 전 구글 지도를 보면서 내 계획을 꼼꼼히 점검했다. 리버사이드 도로를 타고 I-15번 주간고속도로로 진입해 몇 킬로미터를 걸은 다음, 지름길인 카프 엘긴 도로로 빠져나와 잠시 이 길을 따라 오버턴 읍내로 들어갈 예정이다. 특히 밤에는 I-15번 주간고속도로를 걷고 싶지 않았지만 달리 선택의 여지가 없었다.

처음에는 괜찮았다. 밤에 사막 한가운데를 지나가는 주간고속도로를 걷는 일은 기이하고 낯설었지만, 괜찮았다. 이윽고 어둠 너머 내 헤드램프 불빛 속에서 무지갯빛으로 영롱하게 빛나는 초록색 출구 표지판이 보였다. 카프 엘긴 도로였다. 하느님, 감사합니다. 드디어 주간고속도로가 끝났군요. 나는 긴장을 풀었다. 조금 웃기도 했다. 한밤중에 유모차를 밀며 사막을 지나는 남자를 보고 저 자동차 안의 사람들은 어떤 생각을 할까? 출구로 나갔지만, 곧바로 상태가 좋지 않음을 알 수 있었다. 도로는 낡아서 시멘트 바닥 여기저기에 홈이 패고 구멍이 나 있었다. 지나가는 자동차도 없었다. 아마 몇 년 동안 자동차 한 대도 지나가지 않은 듯 보였다.

이게 도로가 맞기는 할까? 하지만 뭐가 되었든 주간고속도로보다는 나았다. 1~2분 정도 지나 가축 탈출 방지용으로 파놓은 도랑을 건넜다. 도로는 흙길로 바뀌었다. 흙길이 아니기만 바랐는데. 한밤중의 사막에서 흙길은 좋은 징조가 아니었다.

괜찮아, 그냥 계속 걸어가자. 구글 지도에서 확인했잖아. 괜찮을 거야. 통화가 가능한 휴대전화가 없었지만 큰 문제는 아니었다. 적어도 응급 상황은 아니었다. 언제든 주간고속도로로 돌아갈 수 있고, 돌아가는 길도 찾을 수 있을 것이다. 그러나 막상 그 생각을 떠올리고 나니 정해진 사실은 아니었다. 한 걸음을 뗄 때마다 돌아갈 길에서 점점 멀어졌다.

"제기랄." 헤드램프로 주위를 비춰보다가 큰 소리로 말했다. 공허가 말들을 집어삼켰다. 작고 동그란 빛의 영역을 벗어나면 아무것도 보이지 않았다. 그러나 되돌아가고 싶지는 않았다. 벌써 오랫동안 걸었는데 돌아가면 또 몇 킬로미터가 늘어날 것이고, 이미 나는 몹시 피곤했다. 마지막으로 잠을 잔 게 언제였더라? 기억도 나지 않았다. 잠깐이라도 눈을 붙일 수 있으면 좋으련만. 나는 흙바닥 위에 누워 눈을 감았다. 설핏 잠이 들려는 순간 머릿속에서 분노의 고함이 터져 나왔다. 빌어먹을, 여기서 뭘 하는 거야? 일어나! 여기 누워 있다가 해가 뜨면 어떻게 될지 잘 알잖아. 여긴 진짜 사막이고, 망할 사막은 너 따위 어떻게 되든 눈 하나 깜짝하지 않는다고! 당장 일어나, 지금 당장!

이곳의 흙길은 샛길에 가까웠지만, 설상가상으로 바로 앞에서 길이 갈라졌다. 다시 성난 목소리가 들렸다. 숲에서 길이 두 갈래로 나뉘면 어떡하지? 나는 사람들이 덜 간 길을 택할 것이고, 결국 큰 변화를 맞겠지. 빌어먹을, 그 길로 가면 나는 죽고 말 테니까. 걷기 여행을 시작하기 전에는 이런 위험을 상상해본 적이 별로 없었다. 이 상상은 바깥세상을 향해 투사한 내 마음의 공포였다. 그러나 매우 실질적인 위험으로 느껴졌다. 지역 신문의 1면 기사가 떠올랐다. '사막에서 길을 잃은 남성, 숨진 채 발견되다.'

"이 세상에 태어난 게 행운이라고 생각하는 사람이 있던가?" 휘트먼은 〈풀잎〉에서 이렇게 말했다.

> 나는 태어나는 것은 죽는 것과 마찬가지로 행운이라고 그나 그녀에게 알릴 것이다. 나는 그것을 안다.

> 나는 죽어가는 사람과 함께 죽음을 지나가고, 새로 씻긴 아기와 탄생을 지나간다…… 그리고 나는 모자와 신발 사이에 한정된 사람이 아니다.

처음 이 시를 읽었을 때 이 구절에 밑줄을 쳤다. 나 자신은 한정된 사람이 아니라고, 시인이 다른 구절에서 스스로를 묘사한 대로 '불멸'이라고 느꼈다. 그러나 그것은 내가 지금처럼 밖에 나와 있지 않을 때, 지금처럼 어둠을 향해 점점 더 깊숙이 들어가면 곧 빛이 나올 때의 일이 아니었다. 게다가 그 빛은 희망적인 것도 아니었다. 그보다는 불태우고 녹여버리는 빛이었다. 닿는 것마다 모두 멸종시켜버리는 빛이었다. 이제 시인의 말은 다르게 다가왔다. 빌어먹을! 월트 휘트먼, 불멸 좋아하고 자빠졌네.

갈림길에서 오른쪽을 선택했다. 구글 지도에서 카프 엘긴 도로가 두 번 갈라지는 걸 보았고, 두 번 모두 오른쪽으로 가야 했다. 확실히 길은 다시 한번 갈라졌다. 이때도 오른쪽으로 갔다. 그런데 길이 또 갈라졌다. 그리고 또 한 번 더. 나는 점점 미로 깊숙이 들어가고 있었다. 마침내 눈앞에 또 다른 갈림길이 나타났을 때는 그만 질려버렸다. 이 샛길을 계속 가느니 차라리 55km, 아니 65km라도 더 걸어서 주간고속도로로 돌아가는 편이 나을 것이다. 그런데 이제 와서 돌아가는 길을 찾을 수 있을까? 나는 모래가 깔린 흙길 위에서 유모차를 돌렸다. 제발 유모차 바퀴가 터지지 않기를 빌면서 갈림길이 나타나면 익숙해 보이는 쪽으로 접어들었고, 마침내 저 멀리서 고속도로임을 알리는 자동차 헤드라이트 불빛이 천천히 흘러가는 게 보였다.

이렇게 남은 길을 공포 걷기를 하면서 오버턴까지 갔다. 오버턴의 모텔 방에 들어가 하마터면 일어날 뻔했던 일들을 모두 잊으려 애쓰며 온종일 잠만 잤다. 에어컨이 나오는 방은 천국이었지만 문만 벗어나면 바로 무엇이 있는지 알았다. 잠을 자면서도 그 사실을 무시할 수 없었다.

자정 무렵 다시 걷기 시작했다. 새로운 순간의 새로운 걸음이었다. 그러나 어둠을 향해 구불구불 이어지던 사막의 그 샛길은 결코 잊을 수 없을 것이다.

해럴드 소 **나바호족 북 연주자, 아메리카 원주민 교회 신도**

애리조나주 제디토 **밤새 벌어지는 페요테 의식**(페요테 선인장 꽃에서 딴 마약의 일종인 페요테를 복용하고 도취경에 빠지는 의식-옮긴이) **전 아침에 그의 집에서**

7월

"나는 북을 칠 때 환자를 생각하고, 우리가 왜 여기 모여 있는지, 목적이 무엇인지 생각해요. 노래가 진행되는 동안 생각하고, 생각하는 동안 곡조가 흘러나오죠. 좋은 곡조는 의식 내내 온종일 우리 안팎을 드나듭니다. 노래는 우리 앞에 놓인 삶에 관한 것이고 우리에게 필요한 것, 우리가 겪을 좋은 일들, 우리가 얻게 될 온갖 좋은 것들에 관한 것이지 나쁜 일에 관한 것은 아니에요. 우리는 이 북에 대고 말을 걸 수도 있고, 좋은 소리가 나게 할 수도 있어요. 만사를 그렇게 좋은 일로 만들 수 있죠. 그건 우리가 때때로 힘든 일을 겪기 때문이에요. 삶은 장애물입니다. 우리는 그 장애물을 극복하고자 하고, 위로 넘어가든 밑으로 지나가든 가능한 길을 찾으려고 노력하죠."

"그렇다면 북을 치는 일이나 의식을 치르는 일도 가능한 길을 찾기 위한 방법인가요?"

"물론이죠. 정말로 원하는 일이 있으면 그 일을 향해 노력해야 하잖아요? 언제나 좋은 생각을 하고, 때로 기도를 올리기도 하죠. 누구나 기도를 합니다. 그냥 생각만 해도 조물주는 알아들을 수 있어요. 내겐 그게 방법입니다. 또 당신처럼 혼자서 그렇게 먼 길을 걸어가면 걷는 길 내내 언제나 성령이 당신과 함께한다고 생각해요. 또 한 가지, 당신의 그림자도 어딜 가든 당신을 따라다녀요. 그림자는 가장 좋은 친구이고, 당신을 보호하죠. 그림자와 대화도 나눌 수 있어요. 그러므로 그림자는 우리에게 가장 중요한 존재예요. 그렇지 않다고 말하며 그림자를 멀리하려 해도 그림자는 여전히 우리 곁에 있지요. 내겐 그게 바로 성령입니다."

당신이 찾는 걸 꼭 찾길 빌어요

⟨ 25 ⟩

WALKING ⇒TO⇐ LISTEN

알고 보니 천국과 지옥은 그리 멀리 떨어져 있지 않았다. 서로 걸어갈 수 있는 거리에 있었다. 이글이글 타오르는 황량한 데스밸리는 시에라네바다의 서늘한 고산지대와 130km 정도 떨어져 있었다. 190번 고속도로를 떠나 길에서 벗어난 곳을 걷기 시작했다면 더 가까워지겠지만, 거리를 줄여보겠다고 모하비사막으로 들어서는 것은 전혀 좋은 생각이 아니었다. 나는 그것을 어렵게 배웠다.

캘리포니아로 가는 경로를 계획하면서 데스밸리를 통과하는 길 외에 두 가지 선택지가 더 있다는 것을 알았다. 하나는 I-50번 고속도로를 걸어 로스앤젤레스까지 가는 방법이었는데, 더는 주간고속도로를 걷고 싶지 않았다. 너무 위험한 데다 불법이었다. 또 하나는 95번 고속도로를 타고 북쪽으로 향하다가 266번 고속도로로 접어드는 방법이었는데, 그러면 네바다로 더 깊숙이 들어가게 되는 게 문제였다. 그곳의 읍들은 서로 너무 멀찍이 떨어져 있어서 낮 동안 아무것도 없는 황량한 곳에서 태양빛에 이글이글 달궈진 상태로 지내야 했다.

지도를 보니 정답은 명백해 보였다. 190번 고속도로였다. 이 도로는 순해 보이는 초록색 지역, 즉 국립공원을 곧장 지나갔으며, 하루 걸어 닿을 만한 거리에 두 개의 작은 리조트 단지가 있었다. 밤에 비티에서 스토브파이프웰스로 이동했다가 거기서 낮을 보낼 쉼터를 찾은 후, 다음 날 밤 파나민트스프링스에 도착해 다시 킬러까지 가면 되었다. 지도를 보면 이렇게 쉬웠지만, 현실은 그렇지 않았다. 지도만 보면 순해 보이는 초록색 지역이 구체적으로 어떤지는 알 수 없었다. 8월의 데스밸리는 불지옥이었다. 선택지가 주어졌다. 다른 인간 가까이에서 섭씨 48℃를 견딜 것인가, 아니면 사람 한 명 없고 그늘도 없는 곳에서 43℃를 견딜 것인가. 나는 전자, 즉 데스밸리를 선택했다. 게다가 8월이라는 타이밍은 끔찍했다. 그러나 나로서는 한두 달 라스베이거스에서 빈둥거리느니 이쪽의 현실을 극복하는 편이 훨씬 좋았다.

일주일을 라스베이거스에서 보냈다. 읍내에 도착하기 며칠 전 고속도로에 있는데, 모르는 번호로 전화가 왔다. 킴벌리 셰이퍼라는 여성이 소셜 미디어를 통해 내 이야기를 들었다고 했다. 그녀는 라스베이거스의 도시 재생 프로그램에서 일하고 있었고, 재포스닷컴의 창립자이기도 한 토니 셰이가 그 프로그램인 '다운타운 프로젝트'의 창립자였다. 그들은 도심에 호화로운 콘도 빌딩을 소유하고 있었는데, 내가 원한다면 일주일 동안 무료로 묵어가도 좋다고 했다. 21층의 작은 왕국에 들어섰을 때, 나는 거의 믿을 수 없었다. 에어컨이 있었다! 거대한 침대도 있었다! 게다가 가죽 소파까지! 작은 부엌도 딸려 있고, TV도 있었다! 건물 옥상에는 수영장이 있었고, 밤이면 도시가 네온으로 빛났다! 데스밸리를 코앞에 두고 깊이 잠수하기 전, 잠시 크게 숨을 들이마시는 것 같았다.

대학 시절 친구 샘 해리슨이 비행기를 타고 나를 만나러 왔다. 원래는 시내에서 만나기로 했는데, 나는 그냥 실내에서 쉬고 싶었다. 데스밸리가 이토록 가까이 있는데 '죄악의 도시'(도박과 환락의 대명사 라스베이거스의 별칭-옮긴이)에서 즐길 생각을 하니 흥분하기 어려웠다. 그러나 하루저녁은 샘과 함께 스트립쇼에 갔다. 시저스 팰리스 호텔에서는 여자들이 스크린 뒤에서 느릿느릿 춤추는 섀도 바에서 엄청나게 비싼 술을 마셨다. 정장 차림의 남자들이 여자들의 실루엣을 향해 추파를 던지거나 혹은 완전히 무시했다. 정말로 나와 맞지 않는 곳에 와 있다는 생각이 들어 한 잔씩만 마시고 술집을 나왔다. 바깥에서 여자 경찰관에게 엉덩이를 맞았는데, 진짜 경찰은 아니었다. 우리 주위로 수백 명이 지나가며 이 카지노에서 저 카지노로 몰려갔다. 이들은 자신이 사막을 걷고 있다는 사실을 알고 있을까? 주위가 온통 이글거리는 광활한 공허로 둘러싸였다는 것을 알고 있을까? 벨라조 호텔은 도박하는 사람에게 음료수를 무료로 제공했다. 샘은 5분 만에 가진 돈을 다 잃었지만, 나는 무슨 일인지 룰렛 테이블에서 거의 200달러를 땄다. 그곳은 창문이 없었다. 시계도 없었다. 바깥은 전등불 폭탄이 밤을 하얗게 밝혀주었고, 저 멀리 뻗어 있는 사막의 진실을 가려주었다.

라스베이거스 북서쪽의 인디언스프링스에서 아마고사밸리까지 낮 동안 69km를 걸었다. 한 번에 갈 수 있는 최장 거리였다. 13시간 후 어둠 속에서 빨간 불빛 하나가 깜박이며 마치 유도 표시등처럼 마을로 들어오라고 손짓했다. 온몸이 아팠고, 방광에 뭔가 문제가 생겼다. 탈수증상이거나 소똥이 흘러가는 다리 밑 조그만 강에서 수영할 때 요로감염이 된 것 같았다. 어쩌면 둘 다일 수도 있었다. 도로 아래에 작은 병원이 하나 있어서 날이 밝는 대로 가보기로 했다.

살갗이 까지고 까맣게 그을린 채 로봇처럼 아무 생각 없이 절뚝거리며 아마고사밸리로 들어섰다. 판자를 둘러친 사창가 건물 옆에 술집이 하나 있었다. 나는 자동인형처럼 술집으로 들어가 무너지듯 의자에 앉았다. 치즈버거를 주문하고 시원한 맥주도 마셨다. 바텐더가 외계인 이야기를 해주었다. 그의 이름은 저스티스였다.

"이름이 왜 저스티스(사법 또는 재판이라는 뜻-옮긴이)이죠?" 내가 물었다.

"내가 태어난 날 아버지가 체포되었거든요." 그가 말했다.

나는 저스티스에게 내 방광 문제를 털어놓았다.

"어쩌면 신장결석일지도 몰라요." 그가 말했다. "그렇게 나쁜 병은 아니에요. 그냥 오줌 구멍으로 면도날을 싸는 것과 같다고 할까요? 그게 다예요. 나도 한 번 걸린 적이 있는데, 통증으로 죽을 것 같아서 병원에 갔죠. 의사가 몸 안에서 결석을 쪼개는 알약을 주더라고요. 하지만 난 말했죠. '당신 약 따위 필요 없어.' 그러고는 크랜베리 주스 11L를 다 마시고 밤새 결석을 빼냈어요. 이만큼 커다란 돌멩이가 여섯 개나 나오더라고요." 그러면서 오른손으로 다임 동전(10센트짜리 동전-옮긴이) 크기만 한 오케이 표시를 해 보였다. "예쁘더라고요. 터키석 같았어요."

다행히 내 문제는 신장결석이 아니라 탈수증상이었다. 다음 날 병원에서 간호사가 정맥주사를 놓아주었고, 나는 병원 침대에 누워 스펀지처럼 부풀었다. 나 자신을 무시해왔다는 생각이 들었다. 내 몸은 무너지고 있었다. 그러나 무너지는 것도 몹시 겸손해질 수 있는 소중한 경험이라고 믿게 되었다. 나는 약하다. 도움이 필요하다. 더는 이렇게 할 수 없다. 매일 몸이 무너지면서 자아가 조금씩 죽어갔고, 순간적으로나마 나는 거대한 사막의 모래알 한 톨보다 나은 존재라는 망상에서 벗어났다. 이렇게 무너지고 나니 인간적 면모를 뛰어넘는다거나 혹은 인간다운 면을 면제받았다는 은근한 오만과 자부심도 산산조각이 났다. 나는 허약한 몸과 취약한 마음과 감정을 지니고 고통을 피할 수 없는 인간에 불과했다. 이렇게 철저히 무너지고 나니 거짓된 자아와 은밀한 오만이 빛나는 한순간 완전히 죽어버리는 것을 보고 오히려 무너진 상태를 환영했다. 그러나 완전히 죽고 싶지는 않았다.

병원을 떠나기 전 내 또래의 젊은 여성이 대기실로 들어왔다. 그녀는 텍사스 출신으로 근처 사창가에서 일한다고 했다. 나이 카운티에서는 매매춘이 합법이었다.

"그 일은 어때요?" 내가 물었다.

"아주 마음에 들어요." 그녀가 대답했다. 더 알고 싶어서 녹음기를 꺼낼까 고민했지만, 그녀가 대화에 관심이 없어 보였고 나도 너무 피곤했다.

다음 날 데스밸리의 관문인 비티에 도착했다. 사람들이 어쩌자고 이런 곳을 삶의 터전으로 선택했는지 나는 이해할 수가 없었다. 여기서 가장 가까운 이웃 읍인 리오라이트는 사실상 유령 도시였다. 또 근처에 유카 산 핵폐기물 처리장과 네바다 핵 실험장이 있었다. 고속도로에 핵 실험 장을 소개하는 표지판이 있었다.

이곳은 국방과 평화적 사용을 위해 핵 폭발물을 시험하는 곳입니다. 이곳 에 마지막까지 살았던 원주민 부족은 남부 파이우트족으로, 개척자들이 오 기 전까지 계절 따라 식량을 찾아다니며 살았습니다.

"그리고 우리가 이곳을 완전히 폭파해버렸죠. 미안해요." 표지판에는 이런 설명이 전혀 포함되지 않았다. 1950년대에 폭탄이 떨어졌을 때 라 스베이거스 도심에서도 버섯구름을 볼 수 있었다. 관광객들은 틀림없이 좋아했을 것이다.

불타버린 황량한 땅, 영원히 분노하는 땅 한가운데에 비티가 당장이라 도 쓰러질 듯이 서 있었다. 라스베이거스의 킴벌리 셰이퍼가 리처드 스 티븐스라는 비티 사람을 소개해주었다. 리처드는 비티 미술관 부관장이 었다. 미술관에 이곳을 방문하는 예술가들이 머무는 집이 있는데, 마침 그곳이 비어 있어서 거기 묵어가기로 했다. 나와 리처드가 서브웨이에서 점심을 먹고 있는데, 어깨에 커다란 얼음주머니를 올려놓고 땀을 흘리는 남자가 그날 데스밸리가 폐쇄되었다고 말해주었다.

"기온이 섭씨 52℃까지 올라갔어요." 남자가 말했다. "기록을 세웠어 요. 자동차도 그 정도 열은 견딜 수 없어요. 사람은 말할 것도 없고요."

그 말을 들은 후 나는 더 불안해졌다. 공원 사람들에게 내가 그곳을 걸어서 통과할 거라고 알려야 할 것 같아서 공원 안내소에 전화했다. 그들도 확신하지 못했다.

"그러지 말라고 적극적으로 말리고 싶군요." 어떤 여자가 말하고 동료를 바꿔주었다.

"우리 천국을 걸어서 산책할 생각이시라고요?" 남자가 말했다. "대신 버스표를 사야 합니다." 그는 얼마 전 누가 그 일을 시도했었다는 이야기를 들려주었다. 어떤 남자가 한낮에 공원을 걷기 시작했다. 그는 물 3.8L짜리 한 개를 가지고 있었다. 그의 계획은 소금밭을 가로질러 16km를 산책하는 것이었다. 그는 10km를 걷고 죽었다.

"내장이 말 그대로 익어버렸죠." 공원 관리인이 말했다. 지나가던 사람들이 죽기 직전의 남자를 발견했다. 그들이 남자를 즉시 에어컨을 튼 자동차에 태웠지만, 이미 열기가 그의 두뇌를 망가뜨린 다음이었다. 그는 녹아버린 시력을 통해 아무것도 없는 위협과 악마를 보았을 것이다. 그는 자동차 안에서 망상에 빠져 격하게 반응했고, 그를 발견한 사람들은 남자를 다시 열기 속으로 내보냈다. 남자가 돌을 던지기 시작하자 그들은 자동차를 타고 달아났다. 남자는 그 후 오래 버티지 못했다.

"기온이 49℃에 그늘 한 점 없는 곳에서 가진 거라곤 물 3.8L뿐인데 뭘 바라겠어요?" 공원 관리인이 말했다.

그렇다. 공원 관리인의 말이 백번 옳았다. 그러나 이렇게 멀리 와서, 특히 사막의 마지막 구간에 이르러 한 구간을 건너뛰자니 옳지 않게 느껴졌다. 나는 계획을 잘 세웠고, 할 수 있을 거라고 믿었다. 나흘이 걸릴 것이다. 처음에는 리처드의 도움을 받을 것이다. 첫날 밤 막바지에 그가 나를 태워 다시 비티에 데려다주면 낮 동안 잠을 자고, 다시 밤에 내가 출발했던 곳으로 데려다주기로 계획을 세웠다. 그다음에는 시골 리조트가 두 군데 있으니 거기서 잠을 잘 수 있었다. 짐은 유모차가 나를 것이고 내 몸은 어떻게 할지 알고 있었다. 나는 조용한 거실 바닥에 지도를 펼쳐놓고 꼼꼼하게 들여다보았다. 몇 번이나 되풀이해서 읍과 읍 사이의 거리와 고도가 높아지고 낮아지는 지점을 계산했다. 그 숫자들이 내 몸에 어떤 의미를 지니는지 예측해보았다. 그리고 자려고 노력했고, 마침내 잠들었다.

데이라이트 패스로 가는 첫날 밤은 간단했다. 해가 뜰 무렵 캘리포니아에 들어섰다. 주 경계를 표시하는 조그만 나무 말뚝이 있었다. 몇 달 동안 이 순간을 상상해왔다. 캘리포니아라니. 이제 여기까지 살아서 왔으니 신경 쓸 게 전혀 없었다. 그저 남은 거리를 무사히 걷고 싶었다.

리처드의 차를 얻어 타고 다시 비티로 돌아가 낮 시간 대부분을 잤다. 자정 무렵 리처드가 다시 데이라이트 패스에 내려주었고, 나는 데스밸리를 향해 하강하기 시작했다.

190번 고속도로는 바위 사이로 굽이굽이 산을 감아 내려갔다. 물을 추가로 45kg이나 더 실어서 유모차가 한층 더 무거워졌다. 또 산의 경사가 가팔라져서 한 걸음 갈 때마다 유모차가 줄에 묶인 사자처럼 앞으로 돌진했다. 무릎은 망치질을 당하는 것 같았다. 이윽고 어둠 속에 표지판이 나타났다. 헬게이트(지옥hell과 문gate의 합성어로 힘든 상황을 이를 때 쓰이고 있으나, 원래는 기상에서 태풍으로 일정 지역이 피해를 보는 것을 일컫던 표현이다ㅡ옮긴이).

지옥과 함께 열기도 따라왔다. 아래로 내려갈수록 열기가 올라가며 내 몸속의 원자 하나하나를 달구었다. 나는 태양을 생각했다. 걸음이 빨라졌다.

헤드램프가 주위 땅을 조그만 동그라미로 비추었다. 명아주 덤불과 갯해바라기, 남가새가 보였다. 빛 속에서 초록색 눈이 반짝였다. 쥐처럼 생긴 길쭉한 동물의 머리에 박힌 눈이었다. 머리 위로 페르세우스자리 유성군이 쏟아졌다. 전등불 같은 백색 빛줄기가 창공을 가르며 덧없이 떨어졌다. 이상한 꿈속을 걷고 있었다. 이것은 내 삶이 아니었다.

"거긴 너무 조용해서 다른 데에서 온 모든 게 당신 귀 밖으로 흘러나가는 소리까지 들을 수 있어요." 비티에서 만난 누군가가 이렇게 말했다. "모든 소음과 모든 헛소리가 전부 빠져나가죠."

"여보세요?" 나는 말했다. 진공상태에서 내 목소리를 거의 알아들을 수 없었다. 나는 적요를 깨뜨리려고 나직이 노래했다. "움파 룸파, 둠바디두. 너에게 완벽한 수수께끼를 내겠어. 움파 룸파, 둠바디디. 현명한 자라면 내 말을 듣겠지."

많은 것을 보지는 못했다. 오직 열기뿐이었다. 여전히 열기가 솟아올랐고, 이제 태양까지 떠오르며 밤을 물리치고 있었다.

문득 그동안의 탐색이 전부 쩨쩨해 보였다. 모든 질문과 대답도 터무니없을 정도로 불필요해 보였다. 내가 원하는 건 오직 데스밸리를 빠져나가는 것이었다. 그 밖의 다른 것은 전혀 중요하지 않았다. 그 밖의 다른 건 존재하지도 않는 것 같았다. 오직 이것뿐. 나는 예전처럼 죽음을 제외한 모든 것에 준비를 마치고 여기 존재했다.

마침내 산을 빠져나왔다. 무릎이 시큰거렸다. 도로가 계곡을 가로질러 곧장 뻗어 있었고, 아무런 보호막도 없이 노출된 나를 계곡으로 이끌었다. 멀리서 모래언덕이 서서히 다른 모래언덕 위로 무너졌다. 산은 거대한 성배의 벽처럼 나를 감쌌지만, 그 안에는 포도주 한 방울도 담겨 있지 않았고 물 한 방울도 보이지 않았다. 내가 바다 밑에 있다고 표지판이 알려주었다.

고도
해수면

해가 산꼭대기 위까지 솟아올랐을 때 스토브파이프웰스가 1.6km 남았고, 나는 태양이 불꽃을 뿜어내기 전에 옹기종기 모여 있는 리조트 단지에 도착했다. 빈방은 없었지만, 직원이 시원한 에어컨 바람이 나오는 로비의 소파에서 자고 가게 허락해주었다. 오랜만에 나는 활짝 깨어 있음을 느꼈고, 거의 흥분 상태에 이르렀다. 내가 태양을 이겼다! 나는 스스로에게 아침 식사 뷔페를 대접했다. 프렌치토스트가 그렇게 맛있던 적이 없었다.

낮 동안 끊임없이 지나가는 관광객들을 못 본 척하고 로비에서 잠을 자보려고 했다. TV에서 런던 하계올림픽 마라톤 경주를 중계하고 있었다. 천천히 흥분 상태가 가라앉고 다시 온몸에 피로가 스미기 시작하면서 공포가 되살아났다. 그날 밤 파나민트스프링스까지 걸어가는 일정은 마지막 백조의 노래가 될 것이다. 1.5km를 올라갔다가 760m를 내려오는 지름 48km의 거리였다. 자는 게 중요했지만, 잠을 이룰 수 없었다.

로즈는 리조트의 웨이트리스로 50~60대의 할머니였다. 그녀는 가죽처럼 진한 색으로 그을린 피부에 문신을 했으며, 흡연자 특유의 목소리를 가지고 있었다. 그녀는 낮 동안 어미 새처럼 날개 밑에 나를 품어주었다. 그날이 그녀의 그 계절 마지막 교대근무일이었다. 그녀는 여유가 생길 때마다 로비로 내려와 함께 있어주었다. 그녀는 나를 '자기'라고 불렀고, 내게 손자에 대해, 손자를 얼마나 사랑하는지, 손자가 얼마나 훌륭한 엔지니어인지 들려주었다. 손자는 벌써 자동차를 개조할 줄 아는데, 겨우 열두 살이라고 했다. 나는 그녀의 이야기를 집중해서 들으며 내 앞에 놓인 일정을 잠시 잊을 수 있었다.

그날 오후 로즈가 레자 발루치라는 이란 출신 직원을 소개했다. 그는 세계적 수준의 달리기 선수였다. 그는 열기 속에서 훈련하려고 그 리조트에서 일했다. 로즈는 우리 둘이 잘 어울릴 거라고 생각했다. "통합을 위한 한 사람, 하나의 임무." 그의 웹사이트에 이렇게 씌어 있었다. "세계 각국을 달리기로 통과한 최초의 인간." 그는 검은 머리에 작고 유연한 남자였다. 그는 서툰 영어로 별 감정 없이 말했다. 나는 그의 트레일러에서 그를 인터뷰했다. 그날 밤 걷기에 앞서 그가 감동적인 조언을 해주지 않을까 기대했다. 트레일러 안은 비좁았고, 포장된 건강식품과 달리기 장비가 어질러져 있었다.

"1996년에 시작했어요." 그가 말했다. "세계 여행을 했어요. 55개국, 7개 대륙을요. 평화를 위해 자전거를 타고 7만 9,900km를 달렸어요. 2003년에는 로스앤젤레스에서 뉴욕까지 124일 동안 5,980km를 달렸죠. 2007년에는 202일 동안 1만 8,860km를 달려 미국 둘레를 돌았어요.

이제 예루살렘에서 출발해 사해를 건너 9개국을 달려서 에베레스트산을 오를 계획이에요. 이다음에요."

나는 갑자기 어릿광대가 된 기분이었다. 지금까지 거의 6,400km를 걸었고, 그것만으로도 꽤 압도적인 거리라고 생각했다. 그러나 레자가 기록한 거리는 내 이해 범위를 넘어섰다.

"그동안 그 긴 여정을 지나오면서 좋았던 일도 있고 안 좋았던 일도 있었을 텐데, 역경을 만나면 어떻게 극복했나요?"

"누구나 할 수 있어요. 당신은 마음이 강합니까? 그러면 원하는 것을 할 수 있어요. 누구나 할 수 있지요. 모든 건 마음에 달렸으니까요."

"오늘 당신을 만나서 정말 반가웠어요. 데스밸리에 오기 전까지 매우 신경이 곤두서 있었거든요. 공원 관리인이 데스밸리에서 사람들이 죽어 나간다고 말해서요. 오늘 밤은 전체 여정 가운데 가장 힘든 길이 될 거예요. 오늘 밤 파나민트까지 걸어갈 예정인데, 제게 조언 한마디만 해주시겠어요?"

"아, 글쎄요. 어느 길로 갑니까?"

"190번 고속도로로 가요."

"계속 그 길로 갑니까?"

"네."

"오, 그러면 유모차를 가져갈 수 없어요! 도로가 너무 좁아서 자동차가 당신을 볼 수 없거든요. 국립공원 측도 당신을 통과시키지 않을 거예요. 물도 많이 필요하고요."

내가 바라던 감동적인 조언은 아니었다. 나는 자신감이 바닥을 친 상태로 레자의 트레일러를 나왔고, 심지어 신경이 더 곤두서고 더 불안해졌다.

밤이 오자 잠자려는 노력을 아예 포기했다. 리조트 관리인이 로비로 와서 데스밸리에 관해 설명했다. 독일인 부부가 내 옆 소파에 앉아 설명을 들었다. "실의에 빠진 사람들이 목숨을 끊으려고 여기 오기도 합니다." 리조트 관리인이 말했다. 그는 우발적인 죽음에 관해서도 말했고, 바로 일주일 전 소금 평원에서 죽은 남자 이야기를 구체적으로 들려주었다. 리조트 관리인의 설명이 끝나자 독일인 부부가 구석에 세워놓은 내 유모차를 보고 '듣기 위해 걷는 중'이라는 알림판에 관해 물었다. 내가 무엇을 해왔고 무엇을 하려는지 설명하자, 두 사람은 독일어로 뭐라 뭐라 중얼거리기 시작했다.

"당신은 아주 미쳤어요." 남자가 영어로 내게 말했다. 다른 상황이었다면 그 말을 대단한 칭찬으로 들었을 것이다.

나는 어둠이 열기를 꺾어주길 기대하며 9시까지 기다렸다. 그러나 열기는 꺾이지 않았다. 떠나기 전 로즈가 치즈버거와 맥주를 사주었다.

"조심해, 자기야." 그녀는 작별 인사로 나를 안아주며 말했다.

바람이 살갗에 뜨거운 불길처럼 와닿았다. 도로가 산을 향해 오르막길이 되기 직전인 리조트 외곽에서 한 남녀가 붉은 포도주 잔을 들고 별들 아래 열기 속에 함께 앉아 있었다. 그들은 도로를 비추는 내 헤드램프를 보고 나를 소리쳐 불렀다. 나는 그들에게 다가가 잠시 함께 서 있었다. 이 일을 모두 끝내버리고 싶어서 내 마음은 녹아내리고 있었다. 나는 이것이 아니라 그들이 가진 것을 원했다. 내 사랑은 어디에 있을까? 사랑하

는 아내와 우리 아이들과 함께 여기 와 있고 싶었다. 그들에게 내가 몇
년 전 살아남은 지옥 같은 이곳을 보여주고 싶었다. 아이들은 우리 방에
서 잠들고, 우리 둘은 몰래 여기로 빠져나와 정확히 여기서 붉은 포도주
잔을 들고 별들 아래 열기 속에 함께 앉아 있을 것이다. 다음 날 아침이
면 아이들이 우리 귀에 대고 속삭이며 우리를 깨울 것이고, 우리는 다 함
께 아침 뷔페에 가서 프렌치토스트를 먹을 것이며, 그런 다음 함께 차를
타고 집으로 돌아갈 것이다. 집 말이다. 나는 집에 가고 싶었다.

"당신이 찾는 걸 꼭 찾길 빌어요!" 작별 인사를 하고 출발하자 여자가
바람결에 나를 향해 외쳤다. 어두워서 그녀의 모습은 보이지 않았다.

"벌써 찾았어요!" 별생각 없이 곧바로 대답이 튀어나왔다. 내 말은 메
아리로 울리지 않았지만, 걸어가는 내내 머릿속에서 맴돌았다. 그냥 밖
으로 튀어나온 말이었다. 그리고 그 말은 거의 사실이었다. 지난 10개월
의 여정 동안 나는 무척 많은 것을 받았고, 더는 원하는 게 없었다. 그저
살아서 데스밸리를 빠져나가기만 바랐다. 그러면 좋을 것이다.

텅 빈 고속도로에서 파나민트를 향해 유모차 밥을 밀며 걷고 있으니
내가 졸린 시시포스가 된 것 같았다. 눈꺼풀이 절로 내려갔다. 절반 정도
왔을 때는 더 이상 참을 수 없었다. 태양이 나를 기다려주지 않는다는 걸
잘 알면서도 야영장으로 들어가 간이 테이블 위에서 잠들었다. 얼마나
잤는지 알 수 없었다. 1시간? 어쩌면 2시간일까? 유모차 뒷바퀴에 잠금
장치를 걸어놓는 걸 깜박 잊어서 유모차가 산 아래로 마구 굴러 내려가
는 꿈을 꾸었다. 나는 화들짝 놀라 몸부림을 치며 깨어났다. 유모차는 그

자리에 그대로 있었다. 아직 어두웠다. 계속 걸어야 했다.

할 일이라곤 오직 깨어 있기, 그리고 계속 걸어가기뿐이었다. 어쩌면 그것이 모든 질문에 대한 대답일지도 몰랐다. 깨어 있는 채로 계속 걸어가라. 태양이 산꼭대기 위로 솟아올랐고, 계곡 아래로 파나민트스프링스가 보였다. 나는 해낼 것이다. 작은 마을을 향해 내려가면서 규칙 하나를 어기고 귀에 이어폰을 꽂았다. 내 안에 덥스텝이 마구 쏟아져 들어왔다. 내겐 아드레날린의 격려가 필요했다. 어느 목소리가 노래했다. "너는 숨지 않아도 돼, 친구여. 나도 너와 똑같으니까." 나는 살아서, 살아서, 살아서 산등성이를 내려오며 내내 '댄스 걷기'를 했다.

데스밸리가 어쩌다가 그런 이름을 가지게 되었는지에 대한 전설이 하나 있다. 다음 날 밤 마지막으로 공원에서 나와 산에 올라가며 그 생각을 했다. 한 개척자 무리가 올드 스패니시 트레일(미국 뉴멕시코주에서 콜로라도주, 유타주, 애리조나주, 네바다주를 거쳐 캘리포니아주까지 이어지는 길로, 총길이는 2,000km이다. 예로부터 샌타페이와 로스앤젤레스를 잇는 역사적인 무역로로 이용되었다-옮긴이)을 가로지르는 지름길로 가기로 했다. 알고 보니 그 지름길은 지구에서 가장 지옥에 가까운 곳을 곧장 통과하는 길이었다. 개척자들은 몇 달 동안 사막을 헤맸고, 파나민트를 빠져나가는 길을 찾으려 했지만 헛수고였다. 그들은 식량을 구하려고 소를 잡아야 했다. 불을 지피려고 짐마차를 부숴야 했다. 물을 어디에서 구했는지는 오직 신만이 알았다. 마침내 두 명의 정찰대가 출구를 발견했다. 일행이 화염 밖으로 비틀비틀 빠져나왔을 때 누군가 뒤를 돌아보며 말했다. 내가 공원 서쪽 문을 걸어 나오며 속삭였던 말과 정확히 똑같았다. "잘 있어라, 죽음의 계곡아."

당시 그들이 느꼈을 희열을 상상할 필요가 없었다. 내 등 뒤로 태양이 솟아올랐고, 눈에 띄게 시원해졌다. 하이 시에라(시에라네바다산맥의 별칭-옮긴이)의 빛나는 화강암 천국이 눈앞에서 수천 미터 높이로 하늘을 향해 치솟았다. 땅에서 곧장 산이 솟구치는 모습을 처음 보았다. 산기슭도 없이 불쑥 바위벽이 은빛으로 솟았고, 그 아래에는 사막이 망간과 철의 빛깔로 반짝이며 붉은색과 금색으로 물들었다. 웃음이 멈추지 않았다.

산은 아름다움 그 이상이었고, 모하비사막의 끝을 알리는 신호였다. 나는 도로 위에서 서툴게 깡충깡충 도시도 춤(등을 맞대고 돌면서 추는 춤-옮긴이)을 추었다. 계속 밖으로 나가면 열기는 꺾일 것이고, 내게 돋보기를 들이대며 뒤를 쫓아오던 보이지 않는 거인은 마침내 다른 사람을 괴롭히러 갈 것이다. 더 이상 수면 부족도 없을 것이다. 더 이상 탈수증상도 없을 것이다. 그리고 곧 걷기도 없을 것이다.

"나는 열여섯 살에 가출했어요. 음악을 하고 기타를 치면서 시간당 12달러를 벌었죠. 덴버에 살 때 지금껏 만나본 최고의 색소폰 연주자가 있었어요. 그는 레게 머리를 한 늙은 남자로, 도로 옆에 앉아서 연주했어요. 내가 옆에 앉았더니 그가 말하더군요. '이봐, 음악을 느끼면 음악이 널 꼭 틀어쥐게 해야 해.' 좋은 음악을 들으면 음악이 당신을 터널처럼 통과해 흘러가잖아요. 음악이 거기 있는 걸 아니까요. 하지만 음악을 이용하려면 다른 게 필요해요. 우선 음악을 붙잡을 수 있어야 하고, 기본적으로 음악을 탈 수 있어야 해요. 손가락이 움직이게 놔둬요. 그 순간 그 자리에 존재하며 머리를 맑게 하는 것만으로도 최고로 아름다운 일이죠. 순수하게 완벽한 순간이에요. 그 순간을 발견하려고 평생을 사는 사람도 있어요. 기타에서, 혹은 만돌린에서, 주위의 모든 것에서 그런 순간을 발견할 수 있어요. 그저 눈을 뜨고 보기만 하면 돼요. 또 함께 연주하는 다른 사람에게서도 많은 것을 배울 수 있어요. 그러면 훨씬 더 풍성해지죠. 예를 들면 즉흥적으로 재즈 연주를 할 때처럼 말이에요. 아, 말이 나왔으니 말인데, 우리도 같이 연주해요."

잇어요

〈 26 〉

WALKING ⟫TO⟪ LISTEN

일주일 동안 시에라네바다산맥을 따라 걸었다. 도로에서 수 킬로미터씩 걸을 때마다 삐죽삐죽한 칼로 하늘을 베는 날카로운 산이 함께 따라왔다. 둘째 날부터는 고개를 뒤로 완전히 젖혀야만 산이 보였다. 건조한 계곡에 전투기가 날아가며 지각변동으로 주름진 땅의 궤적을 쫓아갔다. 전투기가 내는 음속 파열음이 바위 통로에 맞고 튀어 올랐다. 이 중 어떤 바위는 먼 옛날 바다가 왔다가 간 모습도 목격했을 것이다. 지각이 달라질 만큼 오래전의 일일 것이고, 그 기원마저 지금은 호된 압력과 열 때문에 사라졌다. 수백만 년 전 이곳은 어떤 모습이었을까? 지금은 어떤 모습일까? 내 좁디좁은 시야로는, 이 근시안적인 인간의 눈으로는 시간의 흐름이 만들어낸 이 모든 변화를 포착할 수 없었다. 전투기가 회색과 황갈색, 진흙 갈색, 겨자색으로 이루어진 팔레트 위를 날아갔다. 너무 낮게 날아 손을 뻗으면 닿을 것만 같았다. 일주일 전 라스베이거스 외곽에서 지나친 공군기지에서 온 것들이리라. 아마 전투기를 타고 가면 일주일 걸린 그 길을 단 몇 분 만에 갈 수 있을 것이다.

변화의 속도가 훨씬 빠를 뿐 구름도 바위처럼 모습이 변했다. 구름은 저 먼 위쪽의 파란 밭에서 난데없이 피어났다. 완벽할 만큼 새하얀 구름이 손이 닿지 않는 곳에서 별 노력 없이 풍성하게 피어올라 장엄한 장면을 이루었다가 이내 안쪽을 향해 휘몰아치더니 끊임없이 새로운 형태를 만들어냈다. 우리 인간도 그리 다르지 않다는 생각이 들었다. 다만 더 느리고 약간 더 견고할 뿐. 곧 구름이 사라지고 흐릿한 실 가닥만 떠돌다가 하늘이 다시 푸른색으로 돌아갔다.

————

이제 끝을 위한 계획을 세우기 시작했다. 끝이 이토록 가까이 다가온 것이 믿을 수 없었다. 샌프란시스코 남쪽의 하프문베이에서 바다를 만나기로 결정했다. 엄마가 그리로 와줄 것이고, 다른 사람들도 오기로 했다. 허브와 메리언 퍼먼 부부가 앨라배마에서 비행기를 타고 오기로 했고, 파이사노 부자도 나바호국에서부터 자동차를 타고 올 것이다. 우리는 다 같이 포틀럭 파티를 열기로 했다. 아버지가 올 것인지는 확실히 알 수 없었지만, 한동안 내가 진심으로 아버지가 오기를 원하는지도 알 수 없었다.

시에라네바다산맥을 오르기 며칠 전, 아버지가 전화를 걸어왔다. "너에게 집으로 돌아오는 비행기표를 사줄까 생각 중이야. 네가 이 여행을 마무리하는 데 도움을 주고 싶어." 아버지는 예산이 빠듯해서 내 비행기표를 사고 나면 아버지 본인은 여기까지 올 비행기표를 살 수 없을 것이다. 그러면 이 걷기 여행의 마지막 순간 아버지가 옆에 없다는 사실이 옳게 느껴지지 않을 게 분명했다. 아버지와 나 사이에는 이미 너무도 먼 거리가 존재했다. 내가 미국을 걸어서 횡단하는 일은 오직 한 번뿐일 가능성이 컸다. 그러므로 하프문베이에서 맞이할 걷기 여행의 마지막 순간은 내 평생 오직 하루뿐일 것이다. 그 완전함을 경험할 기회는 단 한 번이다. 그날 바닷가에 아버지가 나와 함께 있지 않으면 완전하다고 말할 수 없을 것이다.

"모르겠어요." 나는 말했다. "마지막 날 아버지가 옆에 있었으면 좋겠어요. 그 돈으로 샌프란시스코까지 오는 비행기표를 사시면 되잖아요. 한번 생각해보세요."

"그래, 알았다." 아버지가 말했다. "생각해보마."

마침내 120번 고속도로를 걸어 요세미티 국립공원으로 향하는 산을 오르기 시작했다. 유모차 밥은 이 길에서도 마구 덜컹거렸다. 사막은 밥에게 친절하지 않았다. 강한 자외선이 밥의 당근 색깔을 흐릿한 복숭아 색깔로 탈색시켰다. 물의 무게 때문에 끽끽 하고 흐느껴 우는 듯한 소리가 났다. 남가새 열매 가시와 파손된 트럭 타이어에서 나온 금속 조각 때문에 셀 수 없을 만큼 자주 바퀴가 터졌다. 그러나 가파른 지그재그식 도로에 올라 시에라네바다산맥의 고지대에 이르렀을 때 모든 게 끝났다. 유모차 밥은 구원을 받았다. 희열을 느꼈다. 나 역시 처음으로 그랬다.

120번 도로를 3시간 올라가 만난 산 정상에서 내려다보니 햇빛이 호수에 떨어지며 내 눈을 향해 찬란하게 빛나는 흰색 보석을 흩뿌렸다. 메리노 울처럼 부드러운 에메랄드빛 목초지가 펼쳐지면서 맨발로 걸어보라고 유혹했다. 산속 깊이 들어가니 상록수들이 가까이 기댄 채 자랐다. 모든 게 그 자체의 생명력으로 고동쳤다. 그 모습이 사막과 너무 달라서 그곳을 지나는 동안 나 역시 생기가 솟구치며 난데없이 감정의 물결이 밀려왔다. 지나가는 자동차가 볼 수 없게 햇빛 가리개 모자를 아래로 푹 눌러쓰고 계속 걸었다.

아름다운 걷기 다음으로 으뜸인 '울며 걷기'였다. 내 생각이 감당할 수 있는 것 이상의 감정이 몰려올 때 내가 할 수 있는 것이라곤 오직 우는 것뿐이었다. 걷기 여행 전에는 이런 일을 경험해본 적이 없었다. 예상할 수도 없고 통제할 수도 없는 흐느낌이 터져 나왔다. 흔히 남자는 이러면 안 된다고들 말하지만, 도로에서 이런 일을 많이 만날수록 내게 이런 일이 얼마나 필요했는지 깨달았다. 원인은 알 수 없었지만, 매개체는 확실했다. 바로 나의 몸이었다. 눈이 녹아 봄날의 강물이 부풀어 오르듯 내 몸이 눈물로 들썩였다. 왜 그런지 이해해보려고 했지만, 확실하게 알 수는 없었다. 아마 집에서 멀리 떨어진 곳을 홀로 걷는 일과 관계가 있을 것이다. 특히 하루에 32km 넘게 걷고 나면 온몸이 통증으로 비명을 지르기 시작하고 마음은 고독으로 흔들리는 상태가 되는데, 그때부터 고통에 몹시 취약해졌다. 그러면 입구가 생기고, 적절한 생각이나 이미지가 떠오르면 울며 걷기가 그 입구로 들어왔다. 처음에는 슬픔처럼 느껴지지만, 내 몸을 통해 지나가면서 경탄이라는 놀라운 감각이 흘러넘쳤다. 세상만사에는 제자리와 목적이 있고 모든 게 아름다움을 품고 있는데, 내가 그 안에 존재하며 순간적으로 그 모습을 실제 목격하고 느낄 수 있다니 이 얼마나 경이로운가. 때로는 너무 좋아서 목이 아프기도 했다. 그럴 때면 햇빛 가리개를 밑으로 눌러썼다. 흔한 종류의 걷기는 아니었고, 절대 억지로 할 수도 없었으며, 이런 순간이 찾아올 때마다 그 순간을 유지하려고 할 수 있는 일을 했다. 내 경험 가운데 가장 황홀했으며, 그런 게 존재한다면 신의 번개에 가장 가까웠다.

그러나 요세미티에서의 울며 걷기는 약간 달랐다. 끝이 없어 보였던 눈앞의 도로가 이제 끝나려 했다. 오랫동안 바다는 그저 아득한 상상에 머물렀다. 실소가 터질 만큼 멀리 떨어져 있었고, 심지어 존재하지도 않는 것 같았다. 그런데 겨우 열흘만 더 걸으면 닿는 곳에 바다가 있었다. 산길을 오르다 이 순간 희열을 느낄 거라고 예상했지만, 실제로는 전혀 그렇지 않았다. 특히 끝을 피할 수 없음을 깨달았을 때 그랬다.

갑자기 나는 끝내고 싶지 않았다. 반드시 끝내야 한다는 걸 알면서도 그랬다. 이 걷기 여행에 온 마음을 사로잡힌 채 오랜 시간을 보낸 끝에 마침내 이 여정의 궤적이 내 삶의 궤적이 되어버렸고, 어떻게 보면 둘 사이에는 편안한 거리라는 게 존재하지 않았다. 바다에 도착하는 날, 걷기 여행 말고 다른 것이, 그러니까 나의 옛 자아와 만료된 존재 방식도 함께 끝날 거라는 생각이, 심지어 확신이 들었다. 그 생각은 너무도 강렬해서 나는 실제로 혼란을 느꼈고, 걷기 여행의 끝을 죽음과 연관 지어 생각하기 시작했다. 건강염려증 환자처럼 굴기도 했고, 심지어 피해망상 증상을 보이기도 했다. 마지막 순간 트럭이 나를 치고 지나가거나 그해 여름 몇 사람의 목숨을 앗아간 요세미티의 한타바이러스에 감염되면 어쩌지?

나는 늘 내가 언젠가는 죽을 것을 알았다. 다른 사람들도 전부 그럴 테니까. 그러나 단순한 지식을 뛰어넘어 정말로 죽음을 믿게 된 것은 전체 여정을 열흘 남긴 시에라네바다산맥에서였다. 지난 2주 동안 도로에는 죽음에 관한 생각과 이따금 불쑥 떠오르는 망상으로부터 주의를 돌릴 만한 게 아무것도 없었다. 나는 더욱 안으로 깊숙이 들어가 어느새 현실적으로 변해버린 죽음을 생각하고 깊이 숙고하는 동시에 시각화했다. 그전에는 죽음이란 얼마든지 잊을 수 있는 옛날이야기 같았다. 그러나 지금은 더 이상 멀리 떨어진 추상적 생각이 아니었다. 죽음은 호흡처럼 분명한 나의 일부였고, 늘 존재해왔으며, 피할 수 없고, 심지어 아직은 인정할 수 없는 방식으로 필요했다. 이런 식의 섬뜩함을 느껴본 적이 없었다. 내 안에 아연실색할 공포가 도사리고 있었는지도 몰랐다.

동시에 이성적인 마음은 내가 그저 죽음의 공포를 아주 조금 엿보았을 뿐임을 잘 알았다. 나는 전쟁터에 와 있지도 않았고, 하릴없이 거리에 나앉은 것도 아니었으며, 말기 질병에 걸리지도 않았고, 사랑하는 이가 서서히 죽어가는 것을 목격하지도 않았다. 나의 공포는 부풀려졌고, 어쩌면 터무니없는 수준에 이르렀을지도 모른다. 그러나 내가 얼마나 죽음에 준비가 되어 있지 않은지, 내가 얼마나 취약하고 경험이 없는지 깨닫는 순간은 터무니없어 보이지 않았다. 시에라네바다산맥에 와 있는 나는 처음 집을 떠났을 때처럼 천하무적이라고 느끼지 않았다. 겸손해졌다. 두려웠다.

"죽음을 맞이할 때 가장 큰 깨달음은 죽음이 바로 앞에 와 있음을 알면 오히려 덜 두려워하게 된다는 것이에요." 앨버커키에서 만난 조젯 엔

디콧이 말했다. 그녀는 며칠 동안 나를 재워주었고, 자신의 암 투병 이야기를 들려주었다. "더는 죽음이 두렵지 않아요. 나는 그 과정을 겪었고, 고요하게 침묵하며 가만히 앉아 있는 법을 배웠어요. 많은 사람이 그 조용한 장소를 두려워하죠. 그래서 일부러 마음을 분주하게 만들거나 아예 마비시켜버립니다."

"하지만 이별은 슬프잖아요. 슬프지 않나요?" 내가 물었다.

"글쎄요, 슬픔이 존재한다고 해도 그걸 비난하지는 않아요. 슬픔도 기쁨만큼 좋으니까요. 요즘 내겐 그렇게 느껴져요. 와, 슬픔이다! 슬픔을 느낄 수 있는 것도 대단하지 않나요? 슬픔을 느끼지 못한다고 생각해봐요. 그러면 아마 기쁨도 못 느낄걸요. 좋고 나쁜 것으로 나눌 수는 없어요. 어떤 감정을 느끼면 곧바로 반대 감정도 느끼게 되는데, 그 모순이야말로 우리 영혼이 살아 있다는 뜻이니까요. 그게 인생이에요. 안녕이라고 인사하자마자 잘 가라고 인사하죠. 아름답지 않나요? 내 말뜻 알겠어요? 누군가 우리 곁을 영영 떠날 때도 마찬가지예요. 우리는 그저 삶이 죽음보다 낫다고 판단할 뿐입니다.

최고를 기대해라. 우리 엄마의 말이죠. 엄마는 매일 아침 부엌으로 들어가 커튼을 열고 밖을 내다보았어요. 워싱턴주는 늘 구름이 낀 우중충한 날씨였죠. 하지만 엄마는 항상 커튼을 열며 말했어요. '케 벨라 조르나타! Che bella giornata!' 날씨가 참 좋구나! 처음에는 나도 '엄마, 우중충하고 비도 오는데 지금 뭘 보고 있는 거예요?' 하고 물었죠. 하지만 엄마는 매일같이 그 말을 했어요. 케 벨라 조르나타! 당신도 최고를 기대하고 만족해요. 감사해요. 아름다운 날이라고 만족하는 쪽이 나아요."

시에라네바다산맥을 울며 걷기로 지나가며 그녀의 말을 떠올리고 만족하고 감사하려고 노력했다. 케 벨라 조르나타! 아침이면 이렇게 말했다. 진심은 아니었지만 그냥 말했다. 케 벨라 조르나타!

"피를 너무 많이 흘렸어요. 이렇게 피를 많이 흘리면 안 돼요." 남자는 아직도 의자에 안전띠로 묶여 있었다. 얼굴이 하얗게 질렸다. 남자는 비행기 사고에서 살아남았지만 그리 오래 살지는 못할 것이다. 리엄 니슨이 다가오자 남자는 그의 팔을 붙잡았다. "도와줘요, 네? 뭔가 잘못됐어요. 뭔가 정말로 잘못됐어요. 감각이 느껴지지 않아요."

리엄 니슨의 표정은 조금도 희망적이지 않았다. 사실 한 번도 그런 적이 없었다. "내 말 잘 들어." 리엄이 말했다. "쉿, 내 말 들어. 당신은 죽을 거야. 그게 바로 일어날 일이야."

영화가 정곡을 찔렀다. 빌과 겔린 글리슨 부부가 나를 괴롭히려고 일부러 이 영화를 틀어놓았나 의심이 들 정도였다. 빌과 겔린과 나는 어두운 거실에 함께 앉았다. 두 사람은 내가 요세미티 밖으로 걸어가는 동안 도로에서 차를 세우고 내게 말을 건넸다. 그리고 그날 밤 집에 묵어가도 좋다며 나를 초대했다. 그들의 오두막은 시에라네바다산맥의 소나무 숲에 자리 잡았다. 산맥이 서쪽으로 뚝 떨어져 산기슭이 되었고, 거기서부터 센트럴밸리가 시작되었다. 그곳은 내 걷기 여행의 마지막 코스였다. 빌은 금발 곱슬머리의 구식 히피였고, 호탕하게 잘 웃었다. 겔린은 필리핀 원주민으로 열정적인 남편에 비해 조용했다.

"나는 사람들하고 얘기를 나누는 게 좋아요." 영화를 보기 전, 새우와 쌀밥을 먹으며 빌이 말했다. 내가 마지막으로 녹음한 인터뷰였다. "늘 내가 먼저 낯선 사람들에게 다가가요. 솔직히 말하면 '나는 낯선 사람들과 얘기해요'라고 쓴 티셔츠도 있답니다. 미리 경고하는 게 좋아요. 엘리베이터를 타도 위 전등을 올려다보지 않고 안에 탄 사람들을 바라보죠. 그러면 사람들은 '제길, 왜 날 쳐다봐?'라고 생각하며 시선을 돌리거든요."

그는 껄껄 웃었다. 빌은 정말로 잘 웃었다. 도로에서 처음 차를 세운 순간부터 분명히 알 수 있었다. 내가 유모차에 아기를 싣고 산을 내려가는 중이라고 말했을 때도 빌은 요란하게 웃었다. 그 웃음소리 덕분에 남은 길이 조금 더 수월해졌다.

"나는 느긋함을 떨쳐내는 게 좋아요. 요즘은 다들 너무 심할 만큼 편해요. 잠든 채로 걸어가는 형국이죠. 그러면 삶이 얼마나 경이로운지 잊기 쉬워요. 한번은 겨울에 등산을 갔다가 죽을 뻔한 적이 있어요. 산등성이에서 발이 묶이고 말았죠. 3시간을 예정하고 갔는데, 13시간이 걸렸어요. 눈이 내리는 새벽 2시에 산속에 있었죠. 어두웠는데 손전등도 없었어요. 탈수증상으로 구역질이 나기에 눈을 퍼서 먹었는데, 갑자기 저체온증이 와서 온몸이 떨렸어요. 그래도 계속 걸었죠. 또 탈수가 왔어요. 그래서 눈을 조금 먹었더니 떨리기 시작했어요. 다시 걷고, 또 탈수가 오고……. 한동안 이런 식이었어요. 하지만 결국 우린 살아남았고, 나는 '오, 맙소사. 살았다! 이 순간을 절대로 잊지 않겠다! 남은 평생 매일 기쁘게 살 것이다'라고 생각했어요. 그 생각이 약 한 달 정도 이어졌죠. 그러다 잊었고요. 물론 다시 그때로 돌아가 조금 새롭게 마음먹을 수는 있겠지만, 우린 아침마다 잠에서 깨어나 다시 세상을 볼 수 있는 게 얼마나 큰 축복인지 쉽게 잊어요."

영화가 끝나자(모두 죽었다!) 나는 빌과 겔린에게 잘 자라는 인사를 하고 내 텐트가 있는 밖으로 나갔다. 시에라네바다산맥에서 보내는 마지막 밤이었기에 밖에서 자고 싶었다. 아니, 적어도 영화를 보기 전까지는 그러고 싶었다. 영화를 보고 나서는 어린 시절 어디선가 손 하나가 불쑥 튀어나와 내 발목을 움켜잡고 끌어당길 것만 같아 정신없이 계단을 뛰어올랐던 때처럼 무서움에 사로잡혀 텐트의 지퍼를 꼭 닫았다. 이제 걸을 날이 열흘도 남지 않았다. 만약 살 날이 열흘도 남지 않았다면 어떤 기분일까?

훌쩍훌쩍 울고 흐느끼고 한숨을 쉬고 칭얼거리며 걸었다. 약간 멜로드라마의 주인공이 된 것 같았지만, 어쩔 수 없었다. 휘트먼이 이런 내 모습을 보았다면 코웃음을 치면서 자신의 슬픔에 흡수되지 말라고, 더 크고 아름다운 그림을 놓치지 말라고 말했을 것이다. "모든 게 내게 다정했다." 그는 이렇게 말했다. 그러나 "당신에게 다정했다"라고 말할 수도 있었을 것이다. "나는 비탄을 기록하지 않는다. 비탄으로 무엇을 할 수 있겠는가?"

아버지에게 마지막 날 와달라고 부탁할 수 있어서 기뻤다. 과거는 더이상 중요하지 않았다. 내가 죽을 예정이라면 나는 모든 것을 바로잡고 싶었고, 그러려면 아버지가 와주어야 했다. 길에서 거의 1년을 지낸 뒤 아버지에게 화를 내기에는 너무 지쳤고, 나는 아버지에게 무척 감사했다. 심지어 이혼한 사실에도 감사했다. 당시의 고통은 내가 어른이 되어가는 과정에서 처음 겪은 입문이었으며, 인간 경험의 혹독한 현실로 들어가는 입구였다. 지금은 다른 사람들과 결합하고 공감할 수 있는 통로가 되었다. 그 일이 없었다면, 아버지가 없었다면 나는 지금보다 훨씬 뒤늦게 나의 나약함을 깨달았을 것이다. 모든 게 한순간에 흩어질 수도 있다는 것을 이해하지 못한 채 몇 년 동안 환상 속을 살아갔을지도 모른다. 탐색하고 듣고 배우고 싶은 강렬한 욕구를 느끼지 못했을지도 모른다. 이 걷기 여행을 시작하지도 않았을 것이다.

다음 날은 다시 더워졌고, 나는 센트럴밸리로 내려갔다. 데스밸리만큼 뜨겁지는 않았지만, 여전히 더웠다. 산이 정상에서 산기슭까지 급경사로 뚝 떨어졌고, 그 밑으로 땅이 잔잔한 파도처럼 굽이굽이 펼쳐졌다. 무릎 높이의 목초가 황토색과 호박색으로 물결쳤고, 울퉁불퉁하게 옹이진 작은 떡갈나무가 황금빛 너울을 배경으로 홀로 서 있었다. 땅이 비옥했다. 아몬드나무 덤불이 좁은 시골 도로에 늘어서 있었다. 복숭아와 딸기가 토양 위로 초록색과 분홍색과 빨간색을 점점이 수놓았으며, 산들바람에 달콤한 내음을 더해주었다. 머리 위로 찬란한 푸른빛이 웅장한 대지를 향해 깜박였다.

태양이 건조한 열기를 뿜어내는 탓에 목이 말랐다. 캐시스밸리라는 작은 마을 외곽에 잡화점 하나가 신기루처럼 손짓했다. 잡화점 이름도 마침 오아시스였다. 가게에 들어가 아이스티를 하나 사서 단숨에 들이켜고도 부족해 곧바로 또 하나를 사서 들이켰다. 축복 같았지만, 효과는 오래가지 않았다. 오래갈 수가 없었다. 어떤 것도 오래갈 수 없었다. 밖으로 나가려는데 어떤 남자가 품 안에 수박 하나를 갓난아기처럼 안고 가게로 들어왔다. 남자는 허리가 가늘고 다리도 막대처럼 가는데 희끗희끗한 콧수염을 길러 하반신보다 상반신이 훨씬 무거워 보였다. 그는 엄청나게 커다란 수박을 겨우 들고 있었다.

"내 말을 들으면 거짓말이라고 할걸." 남자는 가게 직원과 나에게 말했다. 그는 근엄한 표정으로 고개를 저었다. "절대로 믿을 수 없을 거야. 오늘 내 친구 대런하고 공원에 갔는데, 도로 옆 덩굴 사이에 이놈이 떡하니 앉아 있는 거야. 내가 얼마 전 잡초를 베어준 곳이거든. 그래서 내가 '이봐, 대런. 여길 좀 봐. 수박이 있어' 그랬지. 그리고 당장 줄기를 싹둑싹둑 잘라서 수박을 여기로 가져온 거야!"

수박은 완벽한 구형이었다. 세로줄 무늬가 매끄러운 수박 표면을 지나가면서 소나무 같은 초록색과 라임 같은 연초록색이 번갈아 보였다. 그것도 아고산대 기후의 요세미티 숲, 유타사막 남부의 모르몬교 지역 풀밭에서. 수박은 농구공만 했다.

"이것 좀 냉장고에 넣어서 시원하게 해주면 안 되겠나, 팸?" 남자가 가게 직원에게 물었다.

"저도 한 조각 잘라 주면요." 팸이 귀한 수박을 받아들며 말했다. "토끼들이 이걸 먹지 않고 놔뒀다니 놀랍네요. 그놈의 토끼들 때문에 우리 집 정원에서는 아무것도 기를 수가 없거든요."

"수박 멋지네요." 나는 이상하게 의기양양한 기분을 느꼈고, 이 축하연에 끼고 싶었다. 고작 수박 한 덩이였지만 엄청나게 커다란 수박이었고, 남자의 집에서 아주 가까운 고속도로 옆에서 자란 수박이었다. 그런 곳의 수박은 아주 작게 자랄 확률이 높았다. 토끼들도 있었고 자동차도 끊임없이 지나갔으며, 아무도 돌보지 않는 고속도로 갓길의 흙먼지를 생각하면 잘 자랄 수가 없었다. 그런데 이 수박은 엄청나게 컸다. 그리고 이렇게 뜨거운 날 남자가 그 수박을 발견했다.

"믿을 수 있겠어?" 남자가 내게 말했다. "세상에 거기 수박이 있더라니까. 처음에는 지나가는 트럭이 떨어뜨렸나 했어. 그런데 넝쿨에 붙어서 자라고 있지 뭐야."

"정말 대단하네요." 내가 말했다. "오늘처럼 더운 날 먹으면 꿀맛이겠어요."

"자네도 우리랑 같이 공원에 가서 수박을 먹자고. 음료수도 마시고 그늘도 즐기고. 수박이 시원해질 때까지 기다려도 된다면 한 조각 먹을 수도 있어."

나는 곧장 세 번째 아이스티를 샀다.

공원에는 풀이 듬성듬성 자랐다. 사실 공원이라기보다는 공터에 가까웠다. 검은딸기 울타리가 도로와 공원 사이를 막고 있었다. 나무 몇 그루가 그늘을 드리우고 공원 한가운데에는 피크닉 테이블을 갖춘 정자가 있었다. 테이블에 자리를 잡고 앉자 황갈색 머리를 어깨까지 기른 남자가 합류했다. 그는 치아가 누렇고 매의 깃털이 꽂힌 낡아 빠진 카우보이모자를 쓰고 있었다.

"내 친구 대런이야." 수박을 가져온 남자가 말했다. "다들 이 친구를 시장님이라고 불러. 이 친구가 공원의 시장 같은 사람이거든. 그리고 난 제프야. 사람들은 나를 관리인이라고 불러. 공원을 돌보거든."

"자네도 수박 봤어?" 시장님이 내게 물었다.

"예, 봤어요."

"대단하지?" 그가 믿을 수 없다는 듯 고개를 흔들며 말했다. "정말 대단한 수박이지. 제프가 덩굴 사이에 수박이 앉아 있는 걸 보고 '이봐, 저기 수박이 있어' 그러지 않겠어? 그래서 내가 '말도 안 돼' 그랬지. 그런데 이 친구가 수박을 따 가지고 왔는데, 맙소사, 진짜 수박이잖아. 이런 일이 흔치는 않지."

우리는 함께 어울려 놀았고, 두 사람은 경이롭다는 말투로 수박 이야기를 몇 번 더 들려주었다. 그동안 대륙을 걸어서 횡단하며 놀라움을 충분히 수련해왔다고 생각했는데, 시장님과 관리인은 놀라움 분야의 현자 같았다. 이들은 그저 단순해 보이려고 위장한 경이로움을 쉽게 알아보았고, 나는 그 점이 존경스러웠다. 휘트먼 역시 그랬을 것이다.

> 내가 걸어 오르는 계단은 그 수를 헤아릴 수 없다……
> 나는 잠시 멈추고 그것이 실제인지 생각해본다.
> 내가 먹고 마시는 사실은 위대한 작가들과 학파들에 비견할 만한 장관이고,
> 내 창문에서 바라보는 나팔꽃은 형이상학적인 책들보다 더 흡족하다.

휘트먼의 이 말은 수많은 위장 물건 사이에서 경이로움을 알아보지 못하는 사람들에게는 지나친 소리로 들릴 수 있을 것이다. 마치 삶의 속도를 늦출 줄 모르는 사람들에게 시장님과 관리인의 속도가 약간 느리게 보이는 것처럼.

"어제 강에서 두 사람이 더 죽었다는 소식 들었어?" 관리인이 시장님에게 물었다. 잠시 수박 이야기는 잊혔다.

"응, 들었어." 시장님이 말했다. "이번 계절에는 유난히 강에서 죽는 사람이 많네."

"지난밤 내가 밤새 강에 나가 낚시를 했잖아." 관리인이 내게 말했다. "나는 밤낚시를 좋아해. 조용한 게 좋거든. 평화롭고. 하지만 무섭기도 해. 옛날에 우리 아버지가 그 강에 가서 낚시했는데, 거기서 머리에 총을 쏴서 자살했어. 어제 두 사람이 죽은 그 강에서, 내가 밤낚시를 했던 바로 그 강에서 말이지."

"아, 유감입니다." 내가 말했다.

"괜찮아, 오래전 일인걸. 나는 우리 아버지랑 달라. 난 쉰세 살인데 아직도 나무에 올라가지. 보통은 나무 위에서 자." 그가 정자 처마를 가리켰다. 나무 대들보 위에 합판이 가로놓여 있었다.

"밤에는 여기가 완벽해. 너무 덥지도 춥지도 않고 완벽하지. 거의 매일 밤 저기 올라가서 아기처럼 자. 우리 아버지는 절대로 그러지 않았지만."

"저도 나무에 올라가는 걸 좋아해요." 나는 화제를 바꾸려고 노력하며 말했다. "그러고 보니 한동안 나무를 타지 않았네요."

"나는 어제 10m 높이의 십자가에 올라갔어." 관리인이 말했다.

"예수의 십자가 같은 거요?"

"응. 거기에 등이 100개가 달렸는데, 그중 35개를 교체했지. 그래서 올라간 거야. 우리 어머니가 '그런 일은 하지 마라. 네가 걱정된다'고 그러기에 '어머니, 나는 괜찮아요. 그런 일을 그만두면 나는 끝이에요'라고 말했지. 그런 일을 하는 덕분에 내가 계속 살 수 있는 거야. 아까도 말했지만 난 우리 아버지 같은 사람이 아니니까."

"틀림없이 힘드셨겠죠? 그러니까……." 나는 잠시 말을 멈추었다가 이었다. "그런 아버지를 본 것 말이에요."

"아니, 나는 죽은 사람을 많이 봤어. 산불과 싸운 적도 있는걸. 산불이 나면 곧바로 낙하산 연을 떠워. 한번은 우리가 글쎄, 불을 향해 날아가지 않겠어? 사람들이 말해줘서 알았지. 또 비행기 사고 현장을 수습한 적도 있어. 현장에 갔더니 반경 11km 범위에 걸쳐 비행기 부품이며 조각이 마구 흩어져 있더라고. 시신도 마찬가지였고. 난 못 하겠더라고. 전부 더미로 쌓아놓고 주머니를 채워야 했는데 못 하겠더라고. 너무 역겨웠거든. 아니, 그냥 역겨운 게 아니야. 끔찍하게 역겨웠어. 사람들은 내 아버지 일을 몰랐어. 내가 목을 매달고 죽은 창녀를 발견한 것도, 또 나무에 목을 매단 남자를 발견한 것도 몰랐지. 나는 살면서 죽은 사람을 많이 봤어. 지금은 괜찮아. 오늘 또 한 명을 봐도 괜찮을 거라고 생각해. 모르겠어."

이렇게 죽음에 관한 이야기가 불쑥불쑥 튀어나왔다. 나는 거의 놀라지도 않았다. 내가 죽음에 관한 생각을 너무 많이 해서 스스로 죽음 이야기를 끌어당긴 게 틀림없었다. 우리는 한동안 침묵 속에 앉아 그늘을 즐기고 음료수를 홀짝이며 죽은 사람 이야기가 뒤로 사라지기를, 어서 수박이 시원해지기를 기다렸다.

"그래서 자네 임무는 뭐야?" 시장님이 물었다. 나는 걷기 여행에 대해 그냥 걸으면서 사람들의 이야기를 듣는다고 말했다. 무슨 홍보용 연설 같았다.

"아니, 그게 아니고 자네 삶의 임무가 뭐냐고. 그동안 내내 걸어 다녔으니까 지금쯤은 뭔가 이해했을 것 아니야?"

나는 확실히 모르겠다고 대답했다. 시장님은 내 다음 말을 기다렸다.

"사랑을 뿌리고 행복해지기? 그런 거라고 생각해요. 평화롭게 살기? 잘 모르겠어요."

"나쁘지 않네." 그가 말했다.

"시장님은 어때요?" 내가 물었다. "시장님의 삶의 임무는 뭔가요?"

"머세드에 가서 코데인(통증을 완화하고 기침을 억제하는 약물로 아편이나 모르핀에서 추출한다-옮긴이)을 구해오는 것. 예전에 받은 약을 너무 빨리 먹어버려서 새로 처방전을 받을 수가 없거든. 더 이상 나한테 약을 주려고 하지 않아, 빌어먹을 놈들."

수박은 아직 시원해지지 않았지만, 해가 지기 전에 머세드에 도착하고 싶었다. 나는 시장님과 작별의 악수를 나누었다. 관리인이 일어나 뻣뻣하게 나를 안고 등을 토닥여주었다.

"자네가 자랑스러워." 관리인이 말했다. "이제 거의 다 왔군."

"아침 7시 30분 무렵, 개를 데리고 산책하러 나갔어요. 도심 지역 동쪽 끝으로 갔죠. 아주 황량한 곳이에요. 잡초가 자라고 구멍이 숭숭 뚫린 데다가 사슬을 연결한 울타리를 쳐놓은 공터예요. 거기 변두리에 사는 사람들이 있죠. 한 남자가 인도를 따라 험상궂은 얼굴로 걷고 있더라고요. 나도 함께 걸었는데, 이 경우 사람마다 다양하게 반응할 수 있겠죠. 우선 두려움을 느끼는 사람도 있을 거예요. 거구의 남자가 나를 향해 걸어오는데 약간 술에 취한 것 같고, 주변에는 나 말고 아무도 없어서 비명을 질러도 달려올 사람이 없었으니까요. 어쩌면 내 쪽에서 먼저 무시하는 말이나 비판하는 말을 할 수도 있어요. 아니면 그 역시 그저 인간임을 떠올리고 한동안 그 사람과 눈을 마주치고 웃어준 사람이 없었을지도 모른다는 생각을 할 수도 있겠죠. 그래서 그렇게 했어요. 남자는 잠깐 충격을 받은 것 같더니 곧 나를 향해 웃으며 말했어요. '좋은 아침입니다.' 그리고 또 말했어요. '개가 멋지네요.' 나는 그렇다고 대답했어요. 내 개는 정말 멋지니까요.

주변의 모든 사람에게 뭔가 있다는 사실을 깨달을 때가 있어요. 우리 모두 뭔가 지니고 있어요. 그리고 누구나 뭔가를 두려워하죠. 또 뭔가를 향해 화를 내기도 해요. 모두 뭔가를 원하죠. 그런데 사람들과 그 사실을 공유하면 다른 건 사라져요. 그 다른 걸 없애면 아주 많은 게 함께 사라져요. 이제 대화를 시작할 수 있어요."

나는
걷기로 했다

당신의 걷기는 계속될 테니까요

〈 27 〉

WALKING ÷TO÷ LISTEN

다시 유모차 밥을 밀고 산을 올랐다. 바다에 다다르기 전, 마지막 파도 모양의 땅이었다. 84번 고속도로가 산비탈 위로 치솟았다. 갓길은 없었고 곧 밤이 내려와 모든 게 어둠에 잠길 것이다. 오르막 끝까지 가려면 아직 몇 킬로미터 남았지만, 충분히 멀리 왔다. 해변이 가까웠다. 다음 날이면 바닷가에 도착할 수 있을 것이다. 왼쪽에 산등성이가 있고 도로 굽잇길 옆에 납작하고 평평한 땅이 보였다. 텐트를 칠 만큼 넉넉했다. 나는 유모차를 세우고 아무도 보는 사람이 없기를 바라며 그쪽으로 짐을 날랐다.

　어린 삼나무가 우듬지끼리 닿고 가지끼리 서로 얽혀 차양을 이루었다. 석양이 뿜어내는 빛무리가 바늘 모양의 잎이 깔린 땅바닥에 부딪혔다. 텐트를 치기 전 우선 바닥에 앉았다. 바로 이거다. 계속해서 머릿속에 이 말이 들렸다. 바로 이거야. 나는 침묵과 고요 속에 앉아 있었다. 이제 침묵과 고요는 오랜 친구 같았다. 마지막으로 릴케를 꺼내 읽었다. "결국 필요한 것은 오직 이것입니다. 고독, 광대한 내면의 고독. 몇 시간 동안 누구도 만나지 않고 자신의 내면을 걷기, 당신이 반드시 획득해야 할 일입니다." 적어도 한순간은, 이 순간만큼은 그렇게 할 수 있었다. 오직 나라는 존재 말고는 다른 어떤 것으로도 채울 수 없는 이 광대한 내면의 공간에서, 바로 여기에서 쉴 수 있었다. 나는 릴케를 더 읽었다. 친애하는 선생님이 내게 작별 인사를 건네며 내 행운을 빌어주고 나를 둥지 밖으로 밀어내는 듯한 느낌이 들었다. "유산처럼 당신을 위해 비축해둔 사랑이 있다는 것을 믿으십시오. 그 사랑 안에 커다란 힘과 축복이 있으니 굳이 밖으로 걸어 나가지 않아도 당신이 원하는 만큼 멀리 여행할 수 있음을 믿으십시오."

공기 중의 냉기가 살갗을 간질였다. 사막의 열기와는 완전히 다른 축복이었다. 자동차가 나를 미처 보지 못하고 어두워지는 숲을 지나갔다. 긴 하루를 걷고 나서 설명할 수 없는 만족감이 솟아나는 게 느껴졌다. 아주 흡족했다. 내 몸은 먼 길을 걸을 때마다 생겨나던 긴장을 간직하고 있는데, 땅거미가 지는 시간에 솔잎 위에 누워 있으니 마침내 긴장이 풀렸다.

마지막으로 텐트를 치고 식료품 봉지에서 마지막 저녁을 꺼내 먹었다. 이런 일상이 평소처럼 재미없게 느껴지지 않았다. 다시는 하지 않을 것을 알기에 가능한 감정이었다. 온종일 이렇게 예사롭지 않은 감정에 빠져 지냈다. 그날 아침에는 먹을 것을 사러 주유소에 들어갔는데, 문득 다시는 이렇게 특별한 기쁨을 경험하지 못할 거라는 생각이 스쳤다. 미국을 걸어서 횡단하다가 주유소에 들어가 커피를 마시고 허니 번을 먹는 기쁨 말이다. 순간 커피와 허니 번이 기념비적으로 중요해졌다. 나는 거의 숭배에 가까운 마음으로 커피를 마시고 허니 번을 먹었다. 그러자 문득 궁금해졌다. 이토록 사소한 것들이 긴 걷기 여행의 막바지에 이르러 이만큼이나 의미심장해질 수 있다면 삶의 마지막 순간에는 얼마나 큰 의미를 지니게 될까? 언젠가 생의 마지막 날이 되어 허니 번을 먹게 되면 얼마나 달콤하고 기이하고 슬플까? 그렇다면 그리 사소하지 않은 일들은 또 어떤 의미를 지니게 될까? 마지막으로 내 손에 다른 누군가의 손이 닿는 것을 느낀다면 얼마나 말로 표현할 수 없을 만큼 좋을까? 그 손을 놓으려면 얼마나 힘들까?

저 멀리 흐릿한 비행운이 하늘을 가로질렀다. 나는 비행운을 눈으로 좇으며 비행기를 찾아보았다. 나뭇가지가 순간적으로 만들어낸 창문 속으로 비행기가 막 지나갔다. 금속체가 곧 깊은 잠에 빠질 하늘의 온갖 빛깔을 반사했다. 그리고 사라졌다.

그날 나는 묵묵한 걸음으로 실리콘밸리를 지나갔다. 기술 계통 사람들이 인도를 오가면서도 나를 못 본 척했다. 이보다 더 낯선 이방인이 된 적이 없었다. 거기 있고 싶지 않았다. 나 혼자 나무 사이에 있고 싶었다. 내발에서 뿌리가 자라고 내 얼굴에서 이끼가 돋아나 땅으로 되돌아가고 싶었다. 그러나 나는 애플사 점심시간의 인파 속에서 길을 잃었다. 아무도 내게 말을 걸지 않았고, 나 역시 대화를 시작하지 않았다. 말할 기분이 아니었다. 바다가 이토록 가까이 있는데 한담을 나눌 수 없었다. 깊은 감사의 마음과 아무도 이해할 수 없는 슬픈 침묵 탓에 말이 나오지 않았다.

숲속이 너무 어두워지기 전, 길을 떠난 지 거의 11개월 만에 처음으로 칼릴 지브란의 《예언자》를 꺼냈다. 이 책에는 여러 가지 다양한 주제에 관한 성찰이 가득했다. 그중 하나가 죽음일 거라고 확신했다. 아무 페이지나 펼쳤는데, 내가 찾고 있는 구절이 무엇인지 정확히 안다는 듯 책이 나를 빤히 올려다보았다.

> 죽음에 대한 당신의 두려움은 단지 왕 앞에 서서 영광스러운 그 손길을 기다리는 목동의 떨림에 불과한 것.
> 왕의 은총을 받을 거라는 생각에 목동은 떨면서도 사실 속으로는 기뻐하지 않던가?

여정의 막바지에 이르러 느끼는 이 애매한 두려움의 실체는 무엇일까? 사실은 내가 받은 모든 것에 대한 떨리는 기쁨, 나라는 존재를 향한 경이로움이 아닐까? 감사의 마음이 위장한 게 아닐까? 왕은 이미 내게 은총을 내렸지 않은가? 그 사실을 부정한다면 내가 길에서 만난 모든 이를 부정하는 것과 같다. 왕은 아주 많은 얼굴과 목소리를 지녔다. 나는 나와 함께한 그들을, 6,400km를 걷는 동안 만난 그들을, 당황스러울 만큼 위대한 그들의 복잡성을, 그들의 아름다움을, 누구도 흉내 낼 수 없는, 이전에는 본 적도 없고 앞으로도 다시는 못 볼 그들의 독특함을 느꼈다. 그들의 갈망을, 그들의 승리를, 그들의 망가짐을 느꼈다. 그들이 그들 자신으로 남기를 선택한 온갖 방법을 보았다. 그리고 감사하게도 그들이 베푼 친절과 아무런 대가 없이 들려준 삶의 이야기들을 만났다. 그들은 내가 그렇지 않다고 느낄 때조차 나를 가치 있는 사람으로 여기고 축복해주었다. 내가 내 자신을 믿는 것보다 훨씬 더 나를 믿어주었다. 그들은 내가 충분하다고, 달리 되어야 할 모습은 아무것도 없다고 알려주었다.

숲 바닥에 누워 휘트먼이 들려주는 작별의 말을 들었다. "좋아하는 사람들과 함께하는 것만으로 충분하다는 것을 알았습니다. 저녁이면 일을 마치고 남은 사람들과 어울리는 것만으로 충분하다고, 아름답고 호기심 많고 웃는 육체에 둘러싸여 있는 것만으로 충분하다고."

자동차들이 옆을 지나갔다. 헤드라이트 불빛으로 이루어진 빛나는 야광의 행렬이 나무 사이로 끊겨 보였다. 내가 지금 저 자동차 중 하나에 타고 바깥의 어두운 숲을 바라본다면 저기가 무서운 곳이라고 생각했겠지? 그러나 지금 나는 숲속에 있으므로 여기가 무서운 곳이 아님을 안다. 사실 여긴 아주 사랑스러운 곳이다. 그 순간 늘 지니고 다니던 죽음에 대한 공포가 사라졌다. 결국 그것들도 하나의 두려움에 불과했다. 내가 믿지 않아서 무기력한 내 마음이 만들어낸 두려움이었다. 여기는 무서울 필요가 없었다. 내가 원하는 대로 될 수 있었다. "최고를 기대해요." 조젯은 이렇게 말했다. 최고가 아닌 다른 것을 기대할 이유가 뭐 있겠나?

그러나 죽음의 존재를 상상하고 내 삶에 통합해본 경험이, 죽음 가까이에서 서로 손을 잡고 걸으며 이 새로운 동료에 대한 내 반응들을 관찰해본 경험이 얼마나 필요한 과정이었는지 또한 알 수 있었다. 그 모든 두려움은 평화를 향해 가는 길에, 조젯이 획득한 두려움을 놓아주는 태도로 가는 길에, 언젠가는 나 역시 터득하고 싶은 그 초연한 태도로 가는 길에 반드시 필요한 과정이었다. 거기 숲에 앉아 있는 순간이 두려움으로부터 일시적으로 한숨 돌리는 유예의 시간에 불과할지도 모르지만, 지금 자유를 느낄 수 있다면 언젠가 다시 느낄 수 있다는 것도 알았다. 바로 그 순간 죽음에 대한 내 두려움은 걷기 여행을 마치고 다음 단계로 가는 하나의 길 안내처럼 보였고, 아직 배워야 할 교훈의 도입부이자 완전히 새로운 질문으로 보였다. 그러나 그날 밤, 숲에서 보내는 마지막 밤, 끝이 그렇게 두렵게 느껴지지는 않았다.

하프문베이로 가는 고속도로에는 갓길이 없어서 계속 차들이 지나가는 차선 안으로 걸어야 했다. 누군가 경찰을 부른 모양이었다. 읍 변두리에서 경찰관 두 명이 순찰차를 타고 나를 기다리고 있었다. 내가 도착하자 한 명이 내려서 가슴 위로 팔짱을 낀 채 내게 다가왔다. 여자 경찰관이었다.

"웬 남자가 고속도로에서 아기 유모차를 밀며 지나간다는 신고를 받았어요."

"아, 바로 저예요." 내가 말했다. "죄송합니다. 하지만 별일 없어요. 여기 유모차에는 아기도 없고요. 믿지 않을지도 모르지만, 저는 1년 정도 걸어서 미국을 횡단 중이고 이제 거의 다 왔어요. 말 그대로 눈앞의 해변에서 여정이 끝납니다."

"진담입니까?" 경찰관이 물었다.

"맹세합니다."

그녀는 자기 파트너를 보았고 그는 어깨를 으쓱했다.

"그럼 계속 가요!" 그녀가 말했다. "이제 당신을 막지 않을게요!"

나는 그들을 포틀럭 파티에 초대했다. 읍내에 들어서자 인도에 서 있는 사람들을 알아볼 수 있었다. 해변에서 기다리고 있을 수 없어서 여기까지 나온 사람들이었다. 앨라배마에서 나를 재워주었던 윌리 그레이가 보였고, 바로 일주일 전 센트럴밸리에서 나를 재워준 마크와 이본 행콕 부부도 보였다. 또 조경 일을 할 때 내게 일을 시켰던 그리스인 감독 거스의 부인인 캐시 서머스도 비행기를 타고 와주었다. 그리고 아버지가 보였다. 아버지는 나를 향해 달려오지는 않았지만, 거의 달려오듯 하며 손을 흔들고 얼빠진 사람처럼 "야호!"를 외쳐댔다. 아버지가 와 있는 걸 보고 나는 자신이 아는 최고의 방법으로 아들을 사랑하는 남자를 보았다. 꽤 오랜만에 아버지가 다른 사람일 필요를 느끼지 않았다. 아버지는 지금 여기에 와 있었다. 우리는 서로 얼싸안았고, 아버지는 스타카토로 연달아 나를 세게 끌어안았다. 휴일에 아버지를 만나러 갈 때 했던 것과 똑같았다. 평범하게 끌어안는 법을 잊었거나 자제할 수 없었거나, 둘 중하나로 보였다. 아버지가 내 뒤를 따라 걷는 동안 나는 인정받는 기분을 느꼈다. 또 이 일이 지속적인 프로젝트가 될 것을 알았고, 언제나 자유롭게 흘러 다닐 수는 없겠지만 이 순간의 명징함이 우리 두 사람 모두에게 오래 기억될 것을 알았다.

크리스와 제임스 파이사노 부자도 나바호국에서 여기까지 차를 몰고 와주었다. 그들은 지난주 내게 전화를 걸어 마지막 순간에 의식을 거행해도 되느냐고 물었다.

"당신이 다른 사람이 되었다는 것을 인정하는 의식이에요." 크리스가 말했다. "동시에 당신 마음이 이제 다른 곳에 있다는 걸 인정하는 의식이죠. 우리가 마지막 순간을 기리며 당신을 도와주고 싶어요. 우리 부족도 과거 이런 식의 순례를 했지만, 이제는 하지 않아요. 우리의 기도와 축복을 받아서 바다에 건네줄 수 있어요. 이 특별한 행사를 축복하고 계속 이어가기 위한 의식이에요. 당신의 걸음은 바다에 도착한 후로도 계속될 테니까요."

크리스는 마침 근처에 사는 형제 마이클과 함께 해변 옆 주차장 부근에서 나를 기다리고 있었다. 두 사람 모두 화려한 의식용 복장을 하고 있었다. 마이클이 북을 치며 나바호 말로 노래했고, 크리스는 내 앞길에 옥수숫가루를 뿌렸다. 이 모든 일이 눈앞에서 벌어지는 게 믿기지 않았다. 모퉁이를 돌자 40~50명 정도의 사람들이 나를 기다리고 있었다. 그중 한 사람이 짐승 같은 소리로 고함을 지르며 앞으로 달려 나왔다. 엄마였다. 모래 때문에 엄마의 속도가 느려지고 발걸음도 뒤죽박죽 엉망이 되었지만, 엄마는 멈추지 않고 내게 달려왔다. 엄마는 울고 있었다.

"내 아들." 엄마는 나를 끌어안고도 계속 말했다. "내 아들, 내 아들, 내 아들."

엄마는 아침 내내 리본과 풍선으로 해변을 장식했다. 그리고 1년 내내 나를 놓아주며 보냈다. 엄마의 희생을 나로서는 상상할 수 없었다. 자식을 고속도로로 내보내는 일이 어떤 것인지 가늠할 수 없었다. 그러나 그 일이 엄마에게 얼마나 힘들었는지, 마침내 모든 일이 끝나서 엄마가 얼마나 마음을 놓았는지는 알 수 있었다. 엄마가 내 뒤를 따라오던 아버지 곁으로 갔고, 우리는 다 함께 사람들 무리를 향해 걸었다.

북소리와 노랫소리 때문에 초현실적인 다른 세상에 와 있는 것 같았다. 모래는 내 몸을 자꾸 끌어당겼으며, 파도는 고속도로처럼 요란하게

으르렁거렸다. 많은 이가 와주었다. 고등학교 친구, 대학 친구, 도로에서 만난 사람들, 그날 해변에 왔다가 우연히 합류한 완벽한 타인까지 모두 원을 이루고 있었다. 크리스가 나를 원 한가운데로 이끌었고, 잠시 나 혼자 거기 서 있게 했다. 나는 뭘 어떻게 해야 할지 몰라서 그냥 거기 서서 울었다. 잠시 후 친구 루시가 달려와 나를 끌어안았고, 나는 원을 돌며 한 사람씩 끌어안았다. 전에 만난 적이 있는 사람인지 아닌지는 중요하지 않았다. 오직 그들이 거기 있다는 사실만이, 우리가 여기 함께 있다는 사실만이, 그리고 우리 중 누구도 그날은 홀로 걸을 필요가 없다는 사실만이 중요했다.

내가 정말로 죽은 게 아니라는 걸 분명히 알아도, 지난 15시간 동안 죽음을 향한 두려움이 많이 줄어들었더라도 그 순간에는 진짜 천국에 들어선 기분이었다. 상상한 것보다 훨씬 더 장관이었다. 수많은 이가 나를 기다렸고, 나는 더 이상 걷지 않아도 되어서 그저 둥둥 떠 있는 기분으로 길게 안도의 한숨을 내쉬었다. 그 순간이 내 두뇌에서 심장으로 옮아가는 동안 나는 내가 변하고 있음을 느꼈다. 여기서 밖으로 나가면 언젠가 이 삶이 끝날 거라는 사실을 잊기가 더욱 힘들어질 것이고, 이 순간의 순수한 경이로움을, 우주적인 특별함을 기억하기는 조금 더 쉬워질 것이다. 난생처음 바다에 엎드려 여기 와 있다는 기적을 향해 감사하고 경배하고 싶은 강렬한 충동을 느꼈다.

다들 내 곁으로 가까이 몰려왔다. 크리스가 모두에게 옥수숫가루를 조금씩 나눠주었고, 다들 동그랗게 오므린 내 손바닥 위에 떨어뜨렸다. 그 옥수숫가루는 나를 향한 그들의 축복이고, 그들 자신을 위한 기도이고,

각자의 희망과 상처였다. 우리는 다 같이 물가로 내려갔다. 제임스가 거기서 기다렸다. 제임스의 모습은 언젠가 내가 될 할아버지의 모습으로 보였다. 마침내 육지와 물이 만나는 끝부분에 다다른 한 노인, 그 노인은 희미하게 웃고 있을 것이다. 지금 제임스도 그랬다. 그 노인은 먼 거리를 걸어온 젊은 내 앞에 꼿꼿이 서 있을 것이다. "너는 어떻게 해야 할지 정확히 아는구나." 노인이 이렇게 말하는 모습을 상상했다. "두려워하지 마라. 계속 걸어라."

제임스 앞에 다다르자 그가 내 양쪽 어깨에 손을 얹고 나를 그의 아들로 받아들였다. "네가 처음 우리 집으로 걸어 들어왔을 때 나는 너를 아슈키 나가히Ashkíí Naghǎhí라고 불렀다. 이는 '걷는 소년'이라는 뜻이다. 이제 너는 새 이름을 얻었다. 너는 하스틴 니하 나가히Hastíín Níha Naghǎhí이다. '우리를 위해 걷는 남자'라는 뜻이다. 너는 우리 모두와 함께 걸었고, 이제 이 물을 향해 우리의 기도를 실어 보낼 것이다."

그 순간 압도당해 뭘 어떻게 해야 할지 몰랐지만, 4년이 흐른 지금 생각해보면 꽤 적절한 이름이었다. 그 마지막 단어에 모든 과정의 핵심이 담겨 있었다. 그 사람들은 나의 발걸음과 같았다. 모두가 필요했다. 각자이 움직임에 공헌했다. 우리는 떼려야 뗄 수 없게 얽혀서 서로 주고받았고, 말하고 들었고, 보고 또 보았다. 우리는 모두 나란히 걸었다. 우리는 각자가 걸음 자체였다. 우리를 위해 걷기에 참 좋은 방법이었고, 다른 사람을 위해 살기에 참 좋은 방법이었다. 빛과 어둠, 그 사이 모든 그늘을 경험하는 것은 언젠가 다른 사람에게 줄 선물이 될 수 있고, 그러면 내 삶은 단지 나라는 한 사람보다 훨씬 더 큰 것에 도움이 될 수 있을 것이다. 대단한 이름이었다. 나는 매일 이름값을 해야 할 것이다. 아니면 스스로 그 이름을 입에 올릴 수 없다.

바다가 더 이상은 기다릴 수 없었는지 파도를 보내 내 발등을 덮쳤다. 마지막 환영 인사였다. 나는 파도를 따라 물가로 가서 손안에 담긴 옥수숫가루를 차가운 푸른 바다에 바쳤다. 홀로 바닷물까지 걸어가는 동안 함께 해준 모든 이를 기억하며 내내 고마워요, 고마워요, 고맙습니다, 라고 속삭이면서.

감사의 말

감사의 말을 시작하려고 자리에 앉았을 때 머릿속에 오래된 찬송가가 들려왔다. "감사하는 내 마음에 미치지 못하는 이 노래를 용서하소서." 이 감사의 말 역시 이 찬송가처럼 확실히 내가 남은 평생 갚으려고 노력하는 감사의 크기에 한참 못 미칠 것이다. 그러나 어쨌든 나는 노래를 불러야 한다.

나를 환영해주고, 어떻게 해야 할지 잊었을 때 이 책을 믿어주고 원고에 핵심적 조언을 해준 제이 앨리슨에게 감사드린다. 당신의 격려와 협력이 없었다면 이 이야기는 나오지 못했을 것이다. 그리고 그 작은 황금부엌을 만들어낸 멜리사 앨리슨에게도 감사드린다. 알겠지만 음식 이야기를 하는 게 아니다.

수호천사의 날개 밑에 나를 품어준 비키 메릭에게 감사드린다. 원고에 대한 비판적인 숙고와 그 과정 내내 보여준 당신의 우정은 내게 매우 소중했다.

Transom.org와 매사추세츠 우즈홀의 친구들, 특히 시드니 루이스, 샘 브라운, 롭 로슨솔, 세라 레이놀즈, 홀리 노스, 머사이어스 보시, 칼라 킬스테트, 코너 에이헌, 메건 조톨리, 타라 디조반니, 앤드루 힉스, 엘리스 허거스, 대니얼 코자누, 세리나 카밧진, 그리고 커피 옵세션의 휴 버밍엄에게 감사드린다.

출판 산업의 황무지에서 나를 이끌어준 대니얼 그린버그에게 감사드린다. 또 레빈 그린버그 로스턴 문학 에이전시 전체 팀에게, 특히 티머시 워치크에게 감사드린다.

이 책을 쓰기까지 세 명의 편집자를 만났다. 출발 단계에서 조언을 아끼지 않은 코트니 영에게 감사드린다. 본질을 꿰뚫는 시선으로 원고를 봐준 윌리 오설리번에게 감사드린다. 당신이 없었다면 이 책은 나오지 못했을 것이다. 이 책이 어쩌다가 당신을 발견했는지 그 수수께끼에 감사드린다. 그리고 아주 초기 단계부터 열정적으로 원고를 검토해주고 다시 시작했을 때 마지막까지 견해를 공유해준 앤턴 뮬러에게 감사드린다. 또 교열을 맡아준 재닛 맥도널드와 교정을 봐준 마이클 리스크, 그리고 블룸즈버리 출판사의 글레니 바텔스, 제나 더턴, 세라 뉴에게 감사드린다.

기본적인 동지애를 보여준 모리엘 로스먼-제커, 깊은 형제애를 보여준 제이콥 유델, 맹렬한 자매애를 보여준 리야 트리베디, 세 사람 모두 초고를 읽고 조언을 아끼지 않은 점에 대해 감사드린다. 하비비(아랍어로 연인을 가리키는 말-옮긴이)의 마음을 보여준 로베르토 엘리스에게 감사드린다. 미치광이처럼 내 뒤를 봐준 펜 대니얼, 안팎으로 나와 집을 나눠 쓴 크리스 스피어스도 고맙다. 그리고 내 모든 친구, 그들이 없었다면 사막이나 습지대에서 길을 잃었을 텐데 무사히 돌아오게 해준 친구들, 특히 톨리 테일러, 짐 맥닌치, 롭 브라이언, 산타누 타타, 라크 메이슨, 헨리 투스먼, 니콜라 플라이셔, 숀 거스틀리, 조시 스피어스, 그레임 도버트, 앨릭스 케네디, 앤드루 파워스, 대니 메츠거-트라버, 에이브 카츠, 비안카 예베르, 엘리 무어, 앨리자 퍼싱, 샤이나 칸티노, 수전 핀커스, 라이언 리처즈, 마틴 레그, 콜레트 가리게스, 에린 페렌티노, 그레그 디스터호프트, 앤드루 디몰라, 재니 지아지오, 닉 메이온, 네이트 크라우스-말렛, 매리엘 루고쉬-엑커, 마리아 대로, 오마 배나, 니컬러스 터프에게 감사드린다.

둥근 탁자에서 내게 가르침을 주고, 이 책의 미래가 달린 중요한 격려의 말을 들려준 윌 스피어스에게 감사드린다. 미들베리 대학교에서 중요한 가르침을 준 수 핼펀, 댄 브레이턴, 크리스 쇼와 중요한 방식으로 내 인생에 감동을 주었던 모든 선생님, 특히 바버라 패터슨, 지니 로저스, 존 오스틴, 웨스 골즈베리, 나이젤 필롱, 그레천 허트, 피터 맥린, 마크 체번, 앨 우드, 데이비드 밀러, 애나 라미레스, 팸 브라운리, 도널드 더피, 마이클 가이슬러, 캐리 위브, 톰 모런, 존 버톨리니, 데이비드 베인, 제프 하워스, 마크 라핀, 스티브 트롬불라크, 레베카 브래드쇼에게 감사드린다. 나이젤과 니콜 필롱은 논문을 준비하는 과정에서 핵심을 꿰뚫는 중요한 질문들을 작성하는 데 큰 도움을 주었다.

이 책을 몇 년에 걸쳐 길 위에서 썼다. 그 과정에서 나를 재워준, 한 번에 몇 달씩 재워주기도 하고 글쓰기에 필요한 모든 것을 제공해준 모든 분에게 감사드린다. 특히 앨라배마주 캠던의 메리언과 허브 퍼먼 부부, 버몬트주 립턴의 조앤과 돈 키니 부부, 콜로라도주 볼더의 퀸 케레인과 댄 오코넬, 그리고 리엄과 핀과 로완, 매사추세츠주 우즈홀의 조니 글레이즈브룩, 펜실베이니아주 이리의 브라이언 파디니와 패티 볼드윈에게 감사드린다. 펜실베이니아주 채즈퍼드의 머시룸 카페에서 많은 시간을 보냈는데, 어쩌면 공간 임대료를 내야 했을지도 모르겠다. 머라일 보이 틸라와 젠 틸먼에게 감사드린다.

와이오밍주 배너의 젠텔 예술가 입주 프로그램에서 한 달 동안 글을 쓸 수 있도록 완벽한 조건을 제공해준 넬처, 메리 제인 에드워즈, 린 리브스, 멜리사 알브레히트에게 감사드린다. 그리고 동료 입주 작가 존 래드키, 진 콜러, 캐슬린 맥클라우드, 바버라 마크스, 그리고 특히 이 책의 심장이 멈추었을 때 고압 제세동기 같은 격려의 말로 재빨리 대처해준 아멜리아 휘트컴에게 감사드린다. 넌 모든 면에서 환상적이야, 친구.

아름다운 정원으로 내 정원을 돌이켜보게 해준 대릴 슬림에게 감사드린다. 그전에도 지금도 내가 찾으면 곧바로 와주는 애슐리 게이츠 잰슨과 참고 견뎌준 롭 잰슨에게 감사드린다. 이 책이 펼쳐지는 결정적 순간에 무너져 내리는 나를 도와준 보이드 바티와 그 과정 내내 중요한 조언을 해준 토드 매코맥에게 감사드린다. 아침마다 기도를 해준 게일 플린과 계속해서 응원을 보내준 샤론 시먼스, 짐과 낸시 브라이언, 짐과 메리 머피, 실라와 데이비드 다스코프스키, 앨리스 에드워즈와 제이미 보로비치, 거스와 캐시 서머스, 메그와 빌 말리, 윌리 모턴, 바버라 부시먼, 캐럴 버거, 낸시 시버그에게 감사드린다.

나를 가족처럼 받아준 에마 레넌과 그 가족(존, 주디, 레이철, 그레이스), 그리고 나와 함께 작업을 공유하고 나를 내 바다에 띄워 보내준 존 카버에게 감사드린다.

매사추세츠주 애머스트의 브룩필드 농장과 북 & 플로 농장 직원들, 그리고 피트 맥린에게 감사드린다. 이들은 내가 또다시 집이 어디에 있는지 알 수 없게 되었을 때 나를 받아주었다. 특히 댄 캐플런과 캐런 로마노프스키, 토빈 포터-브라운, 조이 에이브럼, 레일러 터널, 제이크 마자, 윌 밴 휴벨런에게 감사드린다. 노래를 불러준 트렐리스 스텝터와 팀 에릭슨, 조에 대로에게도 감사드린다.

살뜰한 친절과 우정을 보내준 해나 제이콥슨-하디에게 감사드린다.

월트 휘트먼과 라이너 마리아 릴케와 칼릴 지브란에게 감사드린다. 그리고 살아 있거나 세상을 떠났거나 내가 만나지 못한 다른 모든 시인과 스승들에게 인간의 삶을 너그럽게 표현해준 점을 감사드린다. 당신들은 어둠 속의 빛이 되어 나를 내 삶으로 이끌어주었다.

나의 조부모님, 프랜시스와 메리 존린, 빈센트 테이젠, 마크와 조앤 포스소펠, 그리고 나의 모든 할머니와 할아버지에게 감사드린다. 나의 대부 렌 존린과 나의 대모 메리 엘렌 키즈, 그리고 나의 모든 삼촌과 이모, 고모와 숙모에게 감사드리며, 특히 격동의 시간에 내게 조언을 아끼지 않은 프랭크 존린 삼촌에게 감사드린다.

내가 가는 길 내내 나를 축복해주고, 내 걸음 내내 나를 지지해주고, 이 책을 쓰는 내내 나를 응원해준 나의 아버지 톰 포스소펠에게 감사드린다. 말할 것도 없이 당신이 없었다면 어떤 일도 일어나지 못했을 것이다. 깊이 감사드린다. 그리고 내게 격려와 지지를 보내준 나의 새어머니 베스 질리스에게도 감사드린다.

케이틀린, 나의 여동생이 되어주어서 고맙다. 루크, 나의 남동생이 되어주어서 고맙다. 너희가 없었다면 어떤 걸음도 상상할 수가 없다. 이게 얼마나 큰 선물인지, 너희는 또 얼마나 큰 선물인지.

그리고 엄마, 당신은 정말이지 굉장한 어머니입니다. 당신이 살아온 모든 것, 당신이 준 모든 것, 당신이라는 존재의 모든 것에 감사를 뛰어넘어 감사드립니다. 이 책은 사실 오랜 시간에 걸쳐 우리가 함께 써온 책의 심오한 한 챕터입니다. 아름답게 걸어요, 테레즈 마리.

그리고 마지막으로 내가 걸으면서 만난 모든 분에게 감사드린다. 여기 일일이 헤아리기엔 너무 많지만, 내 블로그에 당신들의 이름이 모두 기록되어 있다. 매일매일 내가 배움을 구할 때 가르침을 주고, 내가 봐야 할 것을 보여주고, 내가 들어야 할 것을 들려주어서 고맙다. 당신들이 없었다면 내가 어떤 사람이 되었을지 알 수 없다. 당신들은 내가 상상하는 그 이상으로 내 삶을 구해주었다. 진심으로 나는 한동안 당신들과 함께 걸을 수 있어서 황감했고, 지금도 여전히 함께 걷고 있음을, 남은 나날 동안 계속 함께 걸어갈 것을 안다.

참고문헌

칼릴 지브란, 《예언자》

제임스 홈스의 일기 http://extras.denverpost.com/trial/docs/notebook.pdf.

라이너 마리아 릴케, 《젊은 시인에게 보내는 편지》

라이너 마리아 릴케, 《사랑하는 하느님 이야기》

월트 휘트먼, 《풀잎》

Walking to Listen: 4,000 Miles Across America, One Story at a Time
by Andrew Forsthoefel

Copyright © Andrew Forsthoefel, 2017
Korean translation copyright © Gimm-Young Publishers, Inc., 2019
All rights reserved.

This Korean edition was published by arrangement with Andrew Forsthoefel c/o Levine Greenberg Literary Agency, Inc. through KCC(Korea Copyright Center Inc.), Seoul.

나는 걷기로 했다

1판 1쇄 인쇄 2019. 8. 8.
1판 1쇄 발행 2019. 8. 15.

지은이 앤드루 포스소펠
옮긴이 이주혜

발행인 고세규
편집 김윤경 | 디자인 이경희

발행처 김영사
등록 1979년 5월 17일(제406-2003-036호)
주소 경기도 파주시 문발로 197(문발동) 우편번호 10881
전화 마케팅부 031)955-3100, 편집부 031)955-3200 | 팩스 031)955-3111

이 책의 한국어판 저작권은 KCC를 통한 저작권사와의 독점 계약으로 김영사에 있습니다.
저작권법에 의해 한국 내에서 보호를 받는 저작물이므로 무단전재와 무단복제를 금합니다.

값은 뒤표지에 있습니다.
ISBN 978-89-349-9611-8 03840

홈페이지 www.gimmyoung.com   블로그 blog.naver.com/gybook
페이스북 facebook.com/gybooks   이메일 bestbook@gimmyoung.com

좋은 독자가 좋은 책을 만듭니다.
김영사는 독자 여러분의 의견에 항상 귀 기울이고 있습니다.

이 도서의 국립중앙도서관 출판시도서목록(CIP)은 서지정보유통지원시스템 홈페이지
(http://seoji.nl.go.kr)와 국가자료공동목록시스템(http://www.nl.go.kr/kolisnet)에서
이용하실 수 있습니다.(CIP제어번호 : CIP2019023590)